# 魔道祖師

3

墨香銅臭

# 目次

## ―用語―

◆修真界《しゅうしんかい》
―古代中国で、仙人となることを目的とする修行者たちの世界。

◆仙術《せんじゅつ》
―仙人の行う術。また、仙人となる目的で行う術。

◆修士《しゅうし》
―仙術を修行する人。

◆道士《どうし》
―道教の修行者。

◆玄門《げんもん》
―仙門や道教など、正統派の術を研究し修行する世家・門派全体の総称。

◆仙門《せんもん》
―主に仙術を修行する世家、門派の通称。

◆世家《せいか》
―血族を中心として構成される一門。「地名＋姓」で呼称されることが多い。

◆仙府《せんふ》
―各世家の本拠地。

◆宗主《そうしゅ》
―世家の長。

◆公子《こうし》
―世家、名家の子息への敬称。

## ―人物名―

古代中国では、個人の名前には「姓・名・字」の三つがあり、その他に「号」も呼び名として使われる。

◆姓《せい》
―家族・一族に受け継がれる固有の名前。

◆名《めい》
―本名。家族や目上の人、親しい相手以外が呼ぶのは失礼に当たる。

◆字《あざな》
―成人する際につける通称で、「姓＋字」で呼ぶのが一般的。

◆号《ごう》
―身分や功績、世間からの評判などを表す称号。

# —登場人物—

**魏無羨《ウェイウーシエン》** 名 魏嬰《ウェイイン》
号 夷陵老祖《いりょうろうそ》

前世では人々が恐れる
「大悪党」となり討伐されたが、
意に反して現世に蘇る。
自由奔放でいたずら好きな性格で、
少年時代から藍忘機には
ちょっかいばかりかけていた。
彼の死を取り巻く事情には、
何か大きな秘密があるようで——？

**藍忘機《ランワンジー》** 名 藍湛《ランジャン》
号 含光君《がんこうくん》

姑蘇藍氏。
誰もがうらやむ
文武両道の美男子だが、
真面目すぎるほどに
真面目で無口な孤高の存在。
前世の魏無羨とは衝突も多かったが、
再会後はなぜか行動を共にする。
彼には、13年間ずっと胸に抱き続けた
強い想いがあり——。

## 雲夢江氏《うんぼうジャンし》

仙府：蓮花塢《れんかう》

◆[字]江晩吟《ジャンワンイン》／[名]江澄《ジャンチョン》
[号]三毒聖手《さんどくせいしゅ》
—現宗主。魏無羨と兄弟のように育った弟弟子。

◆江厭離《ジャンイエンリー》
—江澄の姉で、金凌の母。

◆江楓眠《ジャンフォンミエン》
—前宗主。江澄・江厭離の父。

◆虞紫鳶《ユーズーユエン》
—江澄・江厭離の母。

## 姑蘇藍氏《こそランし》

仙府：雲深不知処《うんしんふちしょ》

◆[字]藍曦臣《ランシーチェン》／[名]藍渙《ランホワン》
[号]沢蕪君《たくぶくん》
—現宗主。藍忘機の兄。義兄弟の契りを結んだ聶明玦・金光瑶とともに「三尊」と呼ばれる。

◆藍啓仁《ランチーレン》
—藍忘機・藍曦臣の叔父。

◆藍思追《ランスージュイ》
—藍家の弟子。

◆藍景儀《ランジンイー》
—藍家の弟子。

## 清河聶氏《せいかニエし》

仙府：不浄世《ふじょうせい》

◆聶懐桑《ニエホワイサン》
—現宗主。魏無羨や藍忘機とは机を並べた仲。

◆聶明玦《ニエミンジュエ》
[号]赤鋒尊《せきほうそん》
—前宗主。聶懐桑の兄。

## 蘭陵金氏《らんりょうジンし》

仙府：金鱗台《きんりんだい》

◆[字]金光瑶《ジングアンヤオ》
[号]斂芳尊《れんほうそん》
—現宗主。仙門百家を束ねる「仙督《せんとく》」でもある。

◆金凌《ジンリン》
―金家の弟子。江澄・金光瑶の甥。

◆金光善《ジングアンシャン》
―前宗主。

◆金子軒《ジンズーシュエン》
―金光善の嫡男で、金凌の父。

◆金子勲《ジンズーシュン》
―金子軒の従兄。

## 岐山温氏《きざんウェンし》
仙府：不夜天城《ふやてんじょう》

◆[字]温瓊林《ウェンチョンリン》 [名]温寧《ウェンニン》
―魏無羨の第一の手下。「鬼将軍」と呼ばれる最強の存在。

◆温情《ウェンチン》
―温寧の姉で、一流の医師。

◆温晁《ウェンチャオ》
―宗主・温若寒の末息子。

◆王霊嬌《ワンリンジャオ》
―温晁の愛人。

◆温逐流《ウェンジューリウ》
―温晁の護衛を務める近侍。

## ―他―

◆莫玄羽《モーシュエンユー》
―献舎によって魏無羨を蘇らせた。

◆蔵色散人《ぞうしきさんじん》
―魏無羨の母。

◆抱山散人《ほうざんさんじん》
―蔵色散人の師。

◆薛洋《シュエヤン》
―蘭陵金氏の客卿であったごろつき。

◆暁星塵《シャオシンチェン》
―抱山散人の弟子で、盲目の道士。

◆宋嵐《ソンラン》
―道士。暁星塵の知己。

◆蘇渉《スーショー》
―秣陵《まつりょう》蘇氏の宗主。かつては姑蘇藍氏の門弟だった。

装画
千二百

# 魔道祖師 3

# 第十二章　三毒

〈二〉


二人を乗せた小舟は流されるまま、あっという間に川を下っていった。

どれくらい経った頃だろう、紫電《ズデン》がようやく拘束を解いて元の銀色の指輪に戻り、江澄《ジャンチョン》の指に収まった。道中ずっと叫び続けていた二人の喉はとっくに嗄《か》れてしまっていて、動けるようになってからは一言も話さずに引き返した。櫂《かい》がないせいで手を使うしかなく、流れに逆らいひたすら川上に向かって漕《こ》いでいく。

虞《ユー》夫人は、紫電《ズデン》で打たれた魏無羨《ウェイウーシエン》の傷はひと月は治らないと言っていたが、今もまだ打たれた場所が焼けつくようにヒリヒリして痺《しび》れる痛みを感じるものの、動くのに大きな支障はないようだった。彼らは死にそうなほど力を振り絞って懸命に素手で漕ぐ。そうして一時辰《いちじしん》あまりかけて、ようやく蓮花塢《れんかう》の波止場《はとば》まで戻った。

時刻は既に深夜になっている。

固く閉ざされた蓮花塢の正門の外には、明々《めいめい》と明かりが灯《とも》っていた。澄んだ水面には、粉々に割れたかのような月光が映ってゆらゆらと揺らめき、九弁《きゅうべん》蓮《れん》を象《かたど》った数十基の飾り灯籠《とうろう》が波止場の辺りに静かに浮かんでいる。

すべてがいつも通りだ。しかし、いつも通りだからこそ、より一層苦痛を感じるほどの不安が募った。

二人は蓮花塢から遠く離れた湖の真ん中まで進んでから舟を止めた。静かになった舟の上で、心臓がドクンドクンと激しく打ち続けているのがわかる。どうしたことか、二人とも波止場に近づくのをためらっているのだ。岸に上がり蓮花塢がどうなっているのか、中の状況を知ることをひどく恐れている。

江澄《ジャンチョン》の目には熱い涙が滲《にじ》み、四肢《しし》もがたがたと震えている。

しばらくして、魏無羨《ウェイウーシエン》が口を開いた。

「……とりあえず、正門からは入らない方がいい」

江澄《ジャンチョン》は心ここにあらずといった様子で頷《うなず》いて返し、二人はそっと音を立てずに湖のもう一方までまた舟を漕ぐ。そちらには、一本の古い柳《やなぎ》の木が岸辺の土にしっかりと根を張っていた。太くて丈夫な幹は斜めに伸びて湖面と水平になり、枝はそのまま水の中へと垂れ下がっている。蓮花塢の少年たちはよくこの柳の幹を歩いて木のてっぺんまで登り、そこに座って魚を釣っていたものだ。

二人は垂れ下がった枝の後ろに舟を止め、それを隠れ蓑《みの》にして夜陰《やいん》に乗《じょう》じ密かに岸へと上がった。魏《ウェイ》無羨《ウーシエン》はよくこちら側から蓮花塢の塀を乗り越えていたため、江澄《ジャンチョン》を引っ張ると「こっちだ」と潜めた声で促《うなが》す。

江澄《ジャンチョン》は今、衝撃と恐怖に搦《から》め捕られ、もはや東西南北の区別すらできなくなっていた。魏無羨《ウェイウーシエン》の先導で塀に沿って進み、しばらくの間身を隠したあと塀の一画から音を立てず上に登る。この塀の上は獣頭《じゅうとう》の飾りが一列に並んでおり、覗き見するには非常に好都合だ。これまでは、蓮花塢の外に住む町人たちがよくこっそり塀に登って中にいる彼らを覗いてきたが、今は彼らがこうして覗いている。

そっと壁から頭を出して中を見るなり、魏無羨《ウェイウーシエン》はたちまち沈鬱になった。

蓮花塢の修練場《しゅうれんじょう》を埋め尽くすように、人々が列を成している。

彼らは皆、炎陽烈焔袍《えんようれつえんほう》を身に纏《まと》っていて、血のように真っ赤なその襟と袖口の火炎紋《もん》が目を射る。

並んで立っている者のほかに、倒れている者もいた。地面に倒れた者たちは全員が修練場の北西の一角に集められ、乱雑に山積みにされている。一人がこちらに背を向けて俯《うつむ》き、どうやらその山積みになっている江《ジャン》家の人々の生死を確認しているようだ。

黙ったまま一心不乱に虞紫鳶《ユーズーユエン》と江楓眠《ジャンフォンミエン》の姿を捜している江澄《ジャンチョン》の横で、魏無羨《ウェイウーシエン》の目頭は一瞬で熱くなった。

倒れた者たちの中に、よく知っている姿を数多く見つけたからだ。

喉がカラカラに渇いて痛み、まるでこめかみを鉄《てっ》槌《つい》に打たれたかのように感じて全身から血の気が引いていく。これ以上、江楓眠《ジャンフォンミエン》と虞紫鳶《ユーズーユエン》のことを考えるのが恐ろしくなった。それでも、山積みにされた人々のちょうど一番上でうつ伏せになっているやせ細った少年が、六師弟《ろくしてい》かどうかをよく見ようとした、その時。突然、北西の一角に立って彼らに背を向けていた者が、何かを察知したようにこちらを振り返った。

魏無羨《ウェイウーシエン》は素早く江澄《ジャンチョン》の頭を押さえつけて自らも俯く。

すんでのところで隠れたが、魏無羨《ウェイウーシエン》は相手の顔をはっきりと確認することができた。

それは彼らと年の近い少年で、細身で背は高く、清楚な目鼻立ちをしていた。漆黒の瞳をした顔は青白く見える。たとえ炎陽烈焔袍を身に纏っていても、旺盛な気迫は一切なく、あまりにも上品で雅《みやび》やかな雰囲気の少年だ。太陽紋の階級からして、おそらく温《ウェン》家の若公子《わかこうし》の誰かだろう。

（見られた？　今のうちに逃げるか？　それとも見られずに済んだのか？）

魏無羨《ウェイウーシエン》が焦慮《しょうりょ》に駆られ始めると、ふいに塀の中から女のか細い泣き声が響いてきた。こちらに近づいてくる足音に交じって、優しく語りかける男の声も聞こえる。

「もう泣くな。紅白粉《べにおしろい》までよれちゃったじゃないか」

その声は魏無羨《ウェイウーシエン》も江澄《ジャンチョン》も嫌というほどよく知っている――温晁《ウェンチャオ》だ！

続けて、王霊嬌《ワンリンジャオ》の弱々しい声がする。

「紅白粉がよれたら、もう私のことを好きじゃなくなるんですか？」

「まさか？　嬌嬌《ジャオジャオ》がどんな姿になっても、俺の気持ちは変わらないよ」

「私、本当に怖くて怖くて……今日は本当に……あと少しで、私、本当にあの卑《いや》しい女に殺されて、二度と温《ウェン》公子に会えないと思ったの……温《ウェン》公子……私……」

王霊嬌《ワンリンジャオ》は感極まったように言った。

温晁《ウェンチャオ》はどうやらそんな彼女を抱きしめたらしく、優しく慰め始める。

「嬌嬌《ジャオジャオ》、そんなことを言うな。もう大丈夫だ。温《ウェン》逐流《ジューリウ》がお前を守ったじゃないか」

「あんな奴の話はやめてください！　温逐流《ウェンジューリウ》なんて嫌いです。今日だって、あいつさえ遅れて来なかったら、私はそもそもここまで大変な目に遭《あ》わなかったんですから。今でも顔が痛いんです、すごくすごく痛い……」

王霊嬌《ワンリンジャオ》は拗ねた口調で訴えた。

どう考えても、あの時自分の目の前をうろうろするなと温逐流《ウェンジューリウ》を追い払ったのは彼女の方なのだから、平手打ちされたのも自業自得なのに、今になってまた白黒を入れ替えている。

温晁《ウェンチャオ》は、王霊嬌《ワンリンジャオ》が悔しそうに甘えてくるのがとても好きなようだ。

「痛くない痛くない、ほら、撫でてやるから……温《ウェン》逐流《ジューリウ》を嫌うのは構わないけど、怒らせるなよ。あいつの修為《しゅうい》はかなり高くて、父上は類《たぐい》まれな人材だと何度も褒めていたし、俺もあいつをもう何年かは使うつもりなんだから」

「人材……類まれな人材だからって、なんなんですか？　温宗主《ウェンそうしゅ》の下には名士と人材がごまんといるんですから、あいつ一人欠けたって構わないでしょう？」

彼女は自分の鬱憤《うっぷん》を晴らすために温逐流《ウェンジューリウ》を処罰してほしいと暗に訴えたが、温晁《ウェンチャオ》はただへへっと笑うだけだった。彼は確かに王霊嬌《ワンリンジャオ》を非常に寵愛してはいるが、それでも女のために自分の護衛を処罰するほどではない。なんと言っても、温逐流《ウェンジューリウ》は彼のためにこれまで数えきれないほどの暗殺を防いでおり、その上口が堅く無駄な話もしない、決して彼の父親を裏切らない男だ。それはつまり、等しく彼のことも裏切らないということを意味していて、そんな忠実で屈強な護衛は得難《えがた》いものだった。王霊嬌《ワンリンジャオ》は気にも留めない様子の温晁《ウェンチャオ》を見て、また続ける。

「あいつなんて、温《ウェン》公子の手下のただの一兵卒《いちへいそつ》にすぎないのに、あんなに大きい顔をして。さっきも私があの卑しい虞《ユー》の女に平手打ちをしてやろうと思ったら、あいつは止めたんですよ。もうとっくに死んでるただの死体なのに！　そこまで私をないがしろにするなんて、温《ウェン》公子をないがしろにしているも同然じゃないですか？」

江澄《ジャンチョン》は一瞬、手から力が抜け塀を滑り落ちそうになったが、魏無羨《ウェイウーシエン》が素早く彼の後ろ襟を掴《つか》んで止めた。

二人の目から熱い涙が溢《あふ》れた。涙は頬を伝ってぼろぼろと流れ落ち、それぞれの手の甲に滴《したた》って、地面まで濡らしていく。

魏無羨《ウェイウーシエン》は、今朝の江楓眠《ジャンフォンミエン》が出かける間際のことを思い出していた。彼はまた虞《ユー》夫人と喧嘩《けんか》になり、お互い相手に残した最後の一言はあまり優しい言葉ではなかった。二人はちゃんと最後に顔を合わせられただろうか。そして、江楓眠《ジャンフォンミエン》は虞《ユー》夫人に何か一言でも言葉を伝えられる機会があっただろうか。

温晁《ウェンチャオ》は適当に王霊嬌《ワンリンジャオ》に調子を合わせる。

「あいつはそういう風変わりな性分なんだ。なにが『殺すのはいいが、辱《はずか》しめてはならない』だ。全部あいつが殺したくせに、今さらそんなことを言ってなんになる」

「そうですよ。偽善者です！」

王霊嬌《ワンリンジャオ》が強く同意して見せると、彼女が自分に調子を合わせるところもまた大好きな温晁《ウェンチャオ》は、ハハッと笑った。

「卑しいあの女も自業自得よ。自分の家の力を笠に着て、あの男に自分を娶《めと》れと無理に迫ったのに、嫁《とつ》いでも一向に上手くいかない。結局、向こうはあの女のことなんて大して好きじゃなかったんだわ。十数年も見捨てられたままで誰もが陰で嘲笑《あざわら》っていたっていうのに、あの女は大人しくするどころか、逆に横柄に勝手放題して。最期があのざまになったのも罰《ばち》が当たったんだわ」

「そうか？　あの女、結構綺麗な顔をしていたのに、江楓眠《ジャンフォンミエン》は何が気に入らなかったんだ？」

　人の不幸を嬉しそうに話す王霊嬌《ワンリンジャオ》の言葉に、温《ウェン》晁《チャオ》は怪訝《けげん》そうな声を出す。

　彼の認識では、それなりに綺麗な女であれば、男が好きにならない理由などない。蔑《さげす》むべきは平凡な容姿の女と、それから彼に抱かれてくれない女だけだ。

「考えてみればわかるじゃないですか。あの卑しい女はあんなに高飛車で、女のくせに朝から晩まで鞭《むち》を打ったり、人に平手打ちを食らわせたりで、ちっとも教養がないんですもの。江楓眠《ジャンフォンミエン》もあんな嫁を娶った上に、こんなとばっちりまで食らって、本当に運が悪すぎましたね」

「その通りだ！　女は俺の嬌嬌《ジャオジャオ》みたいに利口で、優しくて可愛くて、俺のことだけを考えてくれないとな」

　温晁《ウェンチャオ》の言葉を聞いて、王霊嬌《ワンリンジャオ》はけらけらと笑い声を上げた。聞くに堪《た》えないあまりにも低俗で下品な会話を聞きながら、魏無羨《ウェイウーシェン》の全身は悲しみと怒りで震えだした。彼は江澄《ジャンチョン》が爆発するのではないかと心配になったが、江澄《ジャンチョン》は悲痛のあまり気を失ったように微動だにしない。

「私はもちろん、温《ウェン》公子のことしか考えられません……温《ウェン》公子以外、誰のことを考えるって言うんですか？」

　王霊嬌《ワンリンジャオ》が甘えるように弱々しく答えたその時、もう一人、別の誰かの声が割り込んできた。

「温《ウェン》公子！　すべての部屋を調べ終わりました。見つけた法器《ほうき》の数は二千四百点あまりありまして、ただいま種類分けをしているところです」

　――それは蓮花塢のものであり、江《ジャン》家のものだ！

　温晁《ウェンチャオ》はそれを聞いてハハハッと高笑いした。

「よしよし！　こういう時こそ、大いに祝うべきだ。今夜はここで宴《うたげ》を開こうじゃないか。ここにあるものを存分に使ってやろう！」

「おめでとうございます。これで公子は蓮花塢の主《あるじ》ですね」

　王霊嬌《ワンリンジャオ》はなまめかしい声で媚《こび》を売るように言った。

「なにが蓮花塢だ、名前を変えろ。九弁蓮の紋がついている扉をすべて外して、岐山《きざん》温《ウエン》氏の太陽紋に取り替えろ！　嬌嬌《ジャオジャオ》、早く俺にお前の一番得意な歌と舞いを見せてくれ！」

魏無羨《ウェイウーシエン》と江澄《ジャンチョン》は、これ以上聞いていられなかった。二人は塀から下りると、よろめきながら駆けだし蓮花塢を離れた。かなり遠くまで走っても、修練場の中であの烏合《うごう》の衆が談笑していた声が鼓膜にこびりついて消えず、さらに女のあでやかな歌声までもが楽しげに蓮花塢の上空を漂う。その声はまるで劇毒がついた一本の小刀のように、一回、そしてまた一回と、彼らの鼓膜と心臓を切り裂く。

一気に数里も走ったところで、江澄《ジャンチョン》は唐突に立ち止まった。

魏無羨《ウェイウーシエン》もまた立ち止まると、振り返って蓮花塢の方へ引き返そうとする江澄《ジャンチョン》の腕を急いで掴む。

「江澄《ジャンチョン》、何してる！　戻るな！」

江澄《ジャンチョン》は腕を振って彼の手を払いのけようとした。

「戻るな？　お前、本気で言ってんのか？　俺に戻るなって？　両親の遺体がまだ蓮花塢の中にあるっていうのに、俺がこのまま離れられるわけないだろう！　戻らないなら、俺はどこに行けばいいんだ!?」

魏無羨《ウェイウーシエン》はさらに彼の腕をきつく掴む。

「今戻ったって、お前に何ができる？　奴らは江《ジャン》おじさんと虞《ユー》夫人まで殺したんだ。お前が戻っても死ぬだけだ！」

「死んだって構うか！　怖いならお前は来なくていい。その代わり、俺の邪魔をすんじゃねぇ！」

「君子が仇《かたき》を討つのに十年かかったって遅くはない。遺体は必ず取り戻す。だけど、それは今じゃないんだ！」

魏無羨《ウェイウーシエン》は手を伸ばし、大声で叫ぶ江澄《ジャンチョン》を捕らえようとした。

しかし、江澄《ジャンチョン》は身をかわして彼の手を避《よ》けると反撃する。

「今じゃないならいつだ？　もうお前にはうんざりだ、さっさと失せろ！」

「江《ジャン》おじさんと虞《ユー》夫人は、俺にお前の面倒を見ろって、お前に元気でいてほしいって言ってただろ！」

「黙れ！」

江澄《ジャンチョン》は彼を押しのけ、さらに声を張り上げた。

「どうしてなんだ⁉」

怒鳴《どな》る江澄《ジャンチョン》にぐっと押され、魏無羨《ウェイウーシエン》は草むらに倒れ込んだ。そして、飛びかかってきた彼に襟を掴み上げられ、何度も力任せに揺さぶられる。

「どうしてなんだ⁉　どうしてなんだよ⁉　なんで！　お前は嬉しかったか⁉　満足だったか⁉」

魏無羨《ウェイウーシエン》の首を絞める江澄《ジャンチョン》の目は血走っている。

「なんであの時、藍忘機《ランワンジー》なんか助けたんだ⁉」

深い悲しみと怒りのあまり、江澄《ジャンチョン》は完全に理性を失い、力を加減することができなくなっていた。

「江澄《ジャンチョン》……」

魏無羨《ウェイウーシエン》は小さく呟《つぶや》くと、彼の手首を掴んで離そうとする。

しかし江澄《ジャンチョン》は、彼を地面に押さえつけたまま吠《ほ》えるように立て続けに言い募った。

「どうして藍忘機《ランワンジー》を助けたりした⁉　どうして出しゃばらなければ気が済まない⁉　いざこざを引き起こすなって、手を出すなって、俺はあれほど言ったのに！　そんなに英雄になりたかったのか⁉　その結果がどうなったか見ただろう⁉　あぁ⁉　これで満足か⁉」

「藍忘機《ランワンジー》と金子軒《ジンズーシュエン》なんか、死んだら死んだでいいだろう！　死なせておけ！　奴らが勝手に死んだって、俺たちになんの関係がある⁉　俺たちの家になんの関係がある⁉　どうしてこうなった⁉　こんなことが許されるか⁉」

「死ね、死ね、皆死ね！　皆死んでしまえ！」

魏無羨《ウェイウーシエン》は息ができなくなり、真っ赤になった顔で「江澄《ジャンチョン》！」と大声で怒鳴った。

すると、首を絞めていた手が突然緩《ゆる》んだ。

魏無羨《ウェイウーシエン》をきつく睨《にら》みつける江澄《ジャンチョン》の目からは涙が溢れ、頬を伝って流れ落ちていく。喉の奥深くから死の淵《ふち》に瀕《ひん》しているような悲鳴が込み上げ、痛切な嗚《お》咽《えつ》が聞こえた。

「……俺の父さんと母さんを返せ、父さんと母さんを……」

江澄《ジャンチョン》は泣きながら震える声で訴えた。

それは魏無羨《ウェイウーシエン》に向けた言葉だった。しかし、誰に願ったところで、もう二人が戻ることはない。

魏無羨《ウェイウーシエン》も泣いていた。草むらに座り込んだ二人は、互いに顔を見合わせながら滂沱《ぼうだ》の涙をこぼした。

江澄《ジャンチョン》も内心ではよくわかっているのだ。たとえあの時、屠戮玄武《とりくげんぶ》がいた暮渓山《ぼけいざん》の洞窟で魏無羨《ウェイウーシエン》が藍忘《ランワン》機《ジー》を助けなかったとしても、温《ウェン》家は遅かれ早かれ何かしら理由をつけて江《ジャン》家に襲いかかってきただろうということを。それでも、魏無羨《ウェイウーシエン》があんなことをしなければ、もしかしたらこんなにも早く悲劇が訪れることはなかったかもしれない、まだ挽回の余地があったかもしれないと思わずにはいられなかった。

そんなありもしない可能性に苛まれ、江澄《ジャンチョン》の胸はどこにも発散できない後悔と激しい怒りでいっぱいになり、彼は断腸の思いで号泣し続けた。

いつしか空が微《かす》かに明るくなってきた頃には、江《ジャン》澄《チョン》は半《なか》ば死んだように呆然《ぼうぜん》としていた。

この一夜の間、彼は意外にも数回眠りに落ちた。

一つには、力尽きるまで泣いたせいで、疲れ果てて知らず知らずのうちに昏睡《こんすい》していたから。そしてもう一つ、これはただの悪夢だという希望を抱き、一度眠って目覚めれば、目を開けた時には蓮花塢の自分の部屋の中で寝ているはずだと思ったからだ。父は大広間に座って書を読んで剣を磨き、母はいつものように怒って恨み言を言いながら、目配せしている魏無羨《ウェイウーシエン》を叱りつける。姉は台所にしゃがんで今日は何を作ろうかと頭を捻《ひね》り、弟子《でし》たちは真面目に朝の修練をせずあちこち走り回っているはずだと。

こんな荒涼《こうりょう》とした辺鄙《へんぴ》な山腹《さんぷく》で、一晩中冷たい夜風に吹かれて体を丸めるように縮こまり、雑草が生い茂る草むらの中で張り裂けそうなほどの頭の痛みで目覚めるこのような現実を、決して望みなどしなかった。

先に身じろいだのは魏無羨《ウェイウーシエン》だった。

彼は自分の両膝に手をついてどうにか立ち上がる

と、掠《かす》れた声で言った。

「行くぞ」

江澄《ジャンチョン》は一向に動こうとしない。魏無羨《ウェイウーシエン》は手を伸ばすと横たわったままの彼の手を引っ張り、「行くぞ」ともう一度繰り返した。

「……どこに行くんだ？」

尋《たず》ねた江澄《ジャンチョン》の声も嗄れている。

「眉山虞氏《びざんユー》に行って、師姉《しし》を捜すんだ」

江澄《ジャンチョン》は彼の手を振り払い、しばらくしてからようやく自分で体を起こして、ゆっくりと立ち上がった。

二人は眉山虞氏《ユー》の方角へ歩き始めた。

道中、無理やり気を張っていても彼らの足取りはずっしりと重く、まるで千斤《せんきん》もある重荷を背負っているかのようだった。

江澄《ジャンチョン》はずっと俯いたまま右手を胸に抱きしめ、人さし指にはまった紫電《ズデン》を心臓の辺りに押し当てて、家族の唯一の遺品に繰り返し触れた。そして、何度も蓮花塢の方角を振り向いては、今では魔の巣窟《そうくつ》と化したかつての自分の家をじっと見つめる。どれほど眺めても飽きることはなく、いつまでも一縷《いちる》の望みを抱き、それと同時に、いつまでも悲しみの涙が止めどなく溢れ続けていた。

彼らは慌《あわ》てて逃げたせいで手持ちの食料もなく、昨日から今日までの間でひどく体力を消耗したため、半日も歩くと、二人とも頭がぼうっとして眩暈《めまい》を覚え始めた。そこで、人気《ひとけ》のない荒野を離れ、ある小さな町に足を踏み入れた。魏無羨《ウェイウーシエン》が江澄《ジャンチョン》をちらりと見ると、彼は疲労困憊《こんぱい》でもう一歩も動きたくないという様子だった。

「何か食べる物を買ってくるから、お前は座ってろ」

江澄《ジャンチョン》は返事をせず、頷くこともなかった。ここまでの道中も、彼が魏無羨《ウェイウーシエン》に対して発した言葉は全部合わせてもたった数文字だ。

魏無羨《ウェイウーシエン》は、ここから動かず座っているよう何度も念を押してからやっと離れた。普段から服のあちこちに小銭を少し入れる習慣があったのが役に立ち、金には困らなかった。辺りを一周して、すぐに腹を満たせる食べ物を大量に買い込み、さらに長旅のための日持ちする食料も手に入れてから、一炷香《いっちゅうこう》も経たないうちに急いで元の場所に戻った。

ところが、そこに江澄《ジャンチョン》の姿はなかった。

魏無羨《ウェイウーシエン》は大量の饅頭《まんとう》、麺餅《めんへい》［小麦粉などをこねて円盤状にして、蒸したり焼いたりしたもの］、果物を腕に抱えたまま胸騒ぎを覚えたが、どうにか自分を落ち着かせると、辺りの通りをくまなく捜して回る。しかし、一向に江澄《ジャンチョン》の姿を見つけることはできず、彼は完全に慌てふためき、近くにいた靴の修理屋を捕まえて尋ねた。

「おじいさん、さっきあそこに俺と同じくらいの年の若公子が座ってたと思うんだけど、そいつがどこに行ったかわかりますか？」

靴の修理屋は一本の太い糸を口に入れて舐めながら、「さっきあんたと一緒にいた子かい？」と答えた。

「そうです！」

「ずっと手作業をしていたから、あまりはっきりとは見てないんだがな。あの子、ずっと通りの人を眺《なが》めながらぼうっとしていたようだが、わしがまた顔を上げてあそこを見たら、突然いなくなっていた。多分、先に行ったんじゃないか」

「……行った……行った……」

その言葉を、魏無羨《ウェイウーシエン》はぶつぶつと繰り返した。

（きっと、蓮花塢に遺体を盗みに戻ったんだ！）

魏無羨《ウェイウーシエン》は無我夢中で駆けだし、元来た方向に向かって走った。

先ほど買ったばかりの食べ物を手に持ったままだったが、重くて邪魔になるため、しばらく走ったところで後ろに投げ捨てた。さらに走り続けるうち、とうとう体力の限界が訪れて眩暈に襲われる。加えて動揺しきっていた彼は、両膝からがくりと崩れ落ち、地面に倒れ伏してしまった。

その拍子に顔中に砂埃《すなぼこり》がかかり、口の中は砂の味がした。

胸の中に、溢れ出しそうなほどの無力感と恨みが湧き上がり、魏無羨《ウェイウーシエン》は拳《こぶし》を強く地面に打ちつけて大声で叫んでから、やっとのことで立ち上がる。彼はやむなく引き返し、先ほど投げ捨てた饅頭《まんとう》を拾うと、胸のところで少し拭いてから二口で口に押し込んだ。肉でも噛み切るように思いきり咀嚼《そしゃく》してどうにか呑み込むと、喉につかえて胸が微かに痛む。それから何個かを拾って懐《ふところ》に入れ、饅頭《まんとう》を食べながら走り、なんとか道中で江澄《ジャンチョン》を止められるようにと願った。

しかし、彼が蓮花塢まで走り通し、いつしか夜空の月が薄く星がまばらになってきても、江澄《ジャンチョン》の姿を見つけることはできなかった。

魏無羨《ウェイウーシエン》は明かりが煌々《こうこう》と灯された蓮花塢を遠くから眺め、手を膝につきながら息を切らす。胸と喉には、長時間走ったあと特有の血生臭さを感じ、口の中まで鉄錆《さび》の味が広がって、視界は朦朧《もうろう》としていた。

（なんで江澄《ジャンチョン》に追いつけなかったんだ？　俺は饅頭《まんとう》も食べて全力で走ったのに。あいつは俺よりもっと疲れてるはずだし、衝撃だって俺より大きかっただろうに、まさか俺より速く走れたっていうのか？　そもそもあいつ、本当に蓮花塢に戻ったんだろうか？　でも、ここ以外に行くところなんてあるか？　俺を置いて一人で眉山に行ったとか？）

少しだけ息を整えると、やはりまずは蓮花塢に行って確認しようと決める。だが、密かに塀に沿って進みながら、魏無羨《ウェイウーシエン》の心の中では絶望の淵で祈るような声だけが響いていた。

（今度は誰かが修練場で江澄《ジャンチョン》の死体について話しているなんて、絶対にやめてくれ。さもないと、さもないと俺は……）

——さもないと？

さもないと、いったい何ができるというのか？

何一つできやしない。無力な自分にはどうすることもできない。蓮花塢は既に滅ぼされ、江楓眠《ジャンフォンミエン》も虞《ユー》夫人も亡くなり、江澄《ジャンチョン》まで姿を消してしまった。彼は今一人ぼっちで、剣の一本すらも持っていない。何もわからず、何もできない！

彼は初めて、自分の力がこれほど取るに足らないものであることに気づいた。岐山温《ウェン》氏という大物の前では、自分など蟷螂《とうろう》の斧《おの》に他ならない。目頭が熱くなり、魏無羨《ウェイウーシェン》の目にまた涙が溢れそうになる。

だが、塀の角を曲がったところで突然、正面から歩いてきた炎陽烈焔袍を身に纏った人影と出くわしてしまった。

電光石火の早業で、魏無羨《ウェイウーシェン》はすぐさまその人物を取り押さえる。

左手でしっかりと両手を拘束し、右手で首を絞めると、声を押し殺して出来得る限り最も凶悪で陰険な声音で脅した。

「声を出すな！　さもないとお前の首を今すぐ捻り折る！」

魏無羨《ウェイウーシェン》にきつく押さえつけられ、その人物は慌てて口を開いた。

「魏《ウェイ》、魏《ウェイ》公子、わ、私ですよ！」

それは少年の声だった。彼の言葉を聞いて、ある考えが真っ先に魏無羨《ウェイウーシェン》の頭をよぎる。

（まさか、こいつは俺の知ってる奴で、温《ウェン》家の袍を着て潜り込んでた回し者なのか？）

しかし、声にはまったく聞き覚えがなかったため、その考えをすぐさま打ち消し、魏無羨《ウェイウーシェン》は押さえつける手にぐっと力を入れた。

「何か企んでんのか!?」

「な……私は、何も、企んでません。魏《ウェイ》公子、わ、私の顔を見てみてください」

（顔を見ろだって？　まさか、口の中に何か隠してて、それを噴き出そうとしてるとか？）

魏無羨《ウェイウーシェン》は強い警戒心を抱きつつも、彼の顔を自分の方へ向けさせた。するとそこには、清楚な顔立ちで全身に未熟さを漂わせた俊逸《しゅんいつ》な雰囲気の少年の顔があった。それはまさしく、昨日江澄《ジャンチョン》と二人で塀から中を覗いた時に見かけた、あの岐山温《ウェン》氏の若公子だった。

「知らねぇ」

歯牙にもかけず、魏無羨《ウェイウーシェン》は冷淡な声でそう言い少年の顔を元に戻すと、再び首を絞め上げながら潜めた声で怒鳴った。

「お前は誰だ!?」

「わ……私は、温寧《ウェンニン》です」

少年はどうやら、魏無羨《ウェイウーシエン》が自分の顔を覚えていないことに少しがっかりしたようだ。

「温寧《ウェンニン》、お前は何者だ？」

眉をひそめて問い質《ただ》しながら、魏無羨《ウェイウーシエン》は内心であることを考えていた。

（こいつが何者であろうが、階級がある者を捕まえておけば、ひょっとすると引き換えに誰か取り戻せるかもしれない！）

「私……数年前に、岐山の百家清談会《せいだんかい》で、わ……私……弓比べ……」

温寧《ウェンニン》は訥々《とつとつ》と答える。

そのしどろもどろな答えを聞いていると、次第に激しい苛立《いらだ》ちが沸き上がり、魏無羨《ウェイウーシエン》は怒鳴った。

「いったいなんなんだ⁉　普通に喋《しゃべ》れねぇのか⁉」

温寧《ウェンニン》は怯《おび》えて、彼に捕らえられたまま必死に身を縮めている。まるで頭を手で抱えてしゃがみ込んでいるかのようだ。

「はい……そうです」

「……」

臆病に言葉につかえながら小さな声で話すその不《ふ》憫《びん》な様子を見ているうち、魏無羨《ウェイウーシエン》の中に突然微かな記憶が蘇ってきた。

（一昨年の岐山百家清談会……百家清談会……弓比べ……あ、確かにこんな奴いたかもしれない！）

「お前、その……温《ウェン》……温《ウェン》なんだっけ、弓の腕前が悪くなかった、あの時のあいつなのか？」

魏無羨《ウェイウーシエン》が探りを入れつつ質問すると、温寧《ウェンニン》は嬉しそうにこくこくと頷く。

「は、はい、私です！　昨日……魏《ウェイ》公子と江《ジャン》公子を見かけて、きっと、あなたたちがまた来ると思って……」

「お前、昨日俺を見たのか？」

「み、見ました」

「そのことを他の奴らに言わなかったか？」

「言いません！　他の人に言ったりなんかしません！」

彼は珍しくつかえずに言った。しかもその口調は揺るぎなく、まるで誓いを立てているかのようだ。

それでも魏無羨《ウェイウーシェン》は驚きと猜疑心《さいぎしん》を拭えず、彼をまだ信じることができないでいた。

「魏《ウェイ》公子、あなたは江《ジャン》公子を捜しに来たんですよね？」

「江澄《ジャンチョン》は中にいるのか!?」

「います……」

温寧《ウェンニン》の正直な答えを聞き、魏無羨《ウェイウーシェン》は頭の中で稲妻のように猛烈な速さで考えを巡らせた。

（江澄《ジャンチョン》が中にいるなら、何がなんでも蓮花塢の中に入らないと。温寧《ウェンニン》を人質に？　ダメだ、こいつはおそらく温晁《ウェンチャオ》に好かれてはいないだろうから、人質にしたところで意味がない！　それに、こいつが本当に嘘をついてないって言えるか？　温《ウェン》家の人間だぞ？　昨日俺たちを見たことを報告しなかったのは本当だとしても、もし解放したら、こいつは俺を裏切るんじゃないか？　温狗《ウェンく》の中にこんなに親切な奴がいるか？　万全を期するには、やむを得ない……）

魏無羨《ウェイウーシェン》の心の中に殺意が湧き起こった。


彼は本来無闇に人を殺すような容赦のない人間ではなかったが、一門が変事に遭い、連日胸を覆《おお》い尽くすような恨みの炎に焼かれているこの非常に厳しい状況下では、彼の中に仁義や善意など残る余地はなかった。今、この右手に少しだけ力を込めれば、すぐさま温寧《ウェンニン》の首を捻って折ることができる！

魏無羨《ウェイウーシェン》の心が千々《ちぢ》に乱れていたその時、温寧《ウェンニン》が尋ねた。

「魏《ウェイ》公子、あなたは江《ジャン》公子を助けに戻ったんですか？」

「当たり前だろう？」と冷たく答える魏無羨《ウェイウーシェン》の指の骨は、彼の首を今まさに絞めんと、微かに曲げられている。

緊張した面持《おもも》ちの温寧《ウェンニン》は、それを聞いてなぜか小さく微笑《ほほえ》んだ。

「そうだと思いました。わ……私、代わりに彼を助け出すことができます」

その刹那《せつな》、魏無羨《ウェイウーシェン》は自分が聞き間違えたのかと耳を疑った。

「……お前が？　お前が代わりに助けてくれるのか⁉」

「はい。今なら、すぐに彼を連れ出せます。ちょうど、温晁《ウェンチャオ》たちが全員出かけたところなんです！」

魏無羨《ウェイウーシエン》は思わず彼の腕をきつく掴んだ。

「本当にできるのか⁉」

「できます！　わ、私も一応温《ウェン》家の公子ですから、言うことを聞く配下の門弟たちもいます」

「言うことを聞く？　お前の言うことを聞いて人を殺してきたってことか？」

魏無羨《ウェイウーシエン》が厳しい声で尋ねると、温寧《ウェンニン》が慌てて答える。

「ちち、違います！　私の配下は、今まで闇雲《やみくも》に人を殺したことなんてありません！　江《ジャン》家の人も、私は一人も殺していません。私は、蓮花塢に大変なことが起きたって聞いて、あとから駆けつけてきたんです。本当です！」

魏無羨《ウェイウーシエン》は彼をじっと睨みつけた。

（こいつ、いったいどういうつもりだ？　嘘をついてる？　お為ごかしを言って逃げるつもりか？　だけど、嘘をつくにしたってあまりにもでたらめだ！　俺をバカだと思ってるのか⁉）

しかし、どんなに警戒しようとしても、恐ろしいことに彼の心の底からは九死に一生を得たかのような、尋常《じんじょう》ではない喜びが湧き上がっていた。

彼は心の中で自分のことを、愚か者、役立たず、荒唐無稽な話を信じる馬鹿野郎、と散々激しく罵倒《ばとう》した。だが、彼はたった一人で仙剣《せんけん》も法器も持っていないのに対して、塀の中には千人はいようかという温《ウェン》家修士《しゅうし》が駐留していて、しかもその中には、あの温逐流《ウェンジューリウ》までもがいるかもしれないのだ。

魏無羨《ウェイウーシエン》は死を恐れてはいない。怖いのは、江澄《ジャンチョン》を助け出せず、江楓眠《ジャンフォンミエン》と虞《ユー》夫人に託《たく》された思いを裏切ってしまうことだ。この崖っぷちの状況下で彼が望みを託せる相手は、すべて合わせてもたった三回しか会ったことのない、この温《ウェン》家の者だけだ！

魏無羨《ウェイウーシエン》は乾いた唇を少し舐めてから、掠れた声で言った。

「それなら、一緒に……江宗主《ジャン》と、江夫人《ジャン》の遺体も……頼め……頼めないか……」

知らぬ間に、魏無羨《ウェイウーシエン》までもが上手く言葉が出てこなくなっていた。途中まで言ったところで、自分がまだ温寧《ウェンニン》の首を掴んでいることに気づき慌てて放したが、それでもまだ魏無羨《ウェイウーシエン》は次の手を隠している。もし放した途端、逃げたり叫んだりすれば、彼はすぐさま温寧《ウェンニン》の頭をぶち抜くつもりだった。しかし、解放された温寧《ウェンニン》はただ体をこちらに向けてくる。

「わ……私、絶対に全力を尽くします」

生真面目にそう言ってから消えた温寧《ウェンニン》が戻ってくるのを、魏無羨《ウェイウーシエン》はぼうっとしながらひたすら待った。その場でぐるぐると何周も歩きながら、内心は不安でいっぱいだった。

(俺はどうしたんだ？　頭がおかしくなったのか？　だいたい、温寧《ウェンニン》はなんで俺を助けようとするんだ？　俺はなんであいつを信じようとしてる？　万が一あいつが俺を騙していて、江澄《ジャンチョン》はそもそも中にいなかったとしたら？　いや、江澄《ジャンチョン》は中にいない方がいいんだ！)

しかし一炷香足らずで、なんと本当に誰かを背負った温寧《ウェンニン》がこっそりと出てきた。

背負われた人物は全身血まみれで、顔は青褪《あおざ》めている。両目をきつく閉じ、温寧《ウェンニン》の背中に伏せたままぴくりともしない。間違いない、江澄《ジャンチョン》だ。

「江澄《ジャンチョン》!?　江澄《ジャンチョン》!?」

魏無羨《ウェイウーシエン》は潜めた声で必死に呼びかけた。

手を伸ばして確認すると、まだ息がある。温寧《ウェンニン》は魏無羨《ウェイウーシエン》に向かって片手を出すと、彼の手のひらにある物をそっと置いた。

「江、江公子《ジャン ジャン》の紫電《ズデン》です。持ってきました」

魏無羨《ウェイウーシエン》は、もうこれ以上何を言えばいいかわからなくなった。自分が先ほどまで温寧《ウェンニン》を殺そうと考えていたことを思い出し、ただ拙《つたな》い口調で「……ありがとう！」とだけ伝える。

「いいえ……江宗主《ジャン》と江夫人《ジャン》の遺体は、既に門弟たちが外へ移動させていますから、あとでお渡しします。こ、ここには長居しない方がいいです。とりあえず、行きましょう……」

温寧《ウェンニン》に促されるまでもなく、魏無羨《ウェイウーシエン》は江澄《ジャンチョン》を受け取ると、そのまま自分の背中に乗せようとした。

しかしその時、江澄《ジャンチョン》の胸に残る、斜めに真っすぐ伸びた血だらけの鞭の痕《あと》が目に留まった。

「戒鞭《かいべん》!?」

「はい。温晁《ウェンチャオ》が、江《ジャン》家の戒鞭を手に入れて……江《ジャン》公子の体には、おそらくまだ他にも傷があると思います」

魏無羨《ウェイウーシエン》が江澄《ジャンチョン》の体に二回触れてみただけで、少なくとも肋骨《ろっこつ》が三本は折れているのがわかった。その他にどれほど傷があるかわからない。

「温晁《ウェンチャオ》が戻ってこのことに気づけば、きっとあなたたちを捕まえようと、雲夢《うんぼう》一帯をくまなく捜すでしょう……魏《ウェイ》公子、もし私のことを信じてくれるなら、私は、あなたたちを一旦ある場所にかくまうことができます」

江澄《ジャンチョン》は重傷を負い、早急《さっきゅう》に薬と安静が必要な状態だ。昨日今日のように追い詰められ流浪《るろう》の身となることも、満足に食事も取れないような状況にも、絶対に陥《おちい》るわけにはいかなかった。もはや八方塞がりで為《な》す術《すべ》のない窮地に立たされている今、この温寧《ウェンニン》を頼る以外、魏無羨《ウェイウーシエン》には思いつく解決策が一つもない!

昨日までは、自分たちがまさか温《ウェン》家公子の力を借りて命からがら逃げることになるとはまったく考えもしなかった。温《ウェン》家には死んでも屈《くつ》するつもりなどなかったが、今はただ、温寧《ウェンニン》に対し「ありがとう!」という言葉しか出てこなかった。

「いえ……いいえ。魏《ウェイ》公子、こっちです。わ、私の舟があります……」

温寧《ウェンニン》は手を横に振ってそう言うと、二人を導いた。

魏無羨《ウェイウーシエン》が江澄《ジャンチョン》を背負って彼のあとに続くと、温《ウェン》寧《ニン》があらかじめ隠していた舟を見つけ、江澄《ジャンチョン》をその中に寝かせた。温寧《ウェンニン》はまず簡単に江澄《ジャンチョン》の傷口を綺麗にしてから、あちこちに薬を塗って包帯を巻いてくれる。彼のその慣れた手つきを見て、魏無羨《ウェイウーシエン》は岐山百家清談会で彼を見かけた時のことを思い出した。

それは、魏無羨《ウェイウーシエン》、藍忘機《ランワンジー》、藍曦臣《ランシーチェン》、金子軒《ジンズーシュエン》が弓比べで成績上位四名となった年のことだ。

あの日、弓比べの試合が始まる前に、魏無羨《ウェイウーシエン》は一人で不夜天城《ふやてんじょう》の中をふらついていた。ぶらぶらしながらある小さな庭を通りかかると、突然前方から弓の弦《つる》が震える音が響いてきた。

枝葉をかき分け、林を抜けて庭に入ると、そこには全身白の動きやすい服を身に纏った少年が一人立っていて、前方にある的《まと》に向かって弓を引き絞り、弦を放すところだった。

少年の横顔は非常に清楚で、弓を引く姿勢も正確かつ美しかった。的の中心にある赤い丸には、既にびっしりと矢が刺さっている。さらに今放った矢も、同じように中心の赤い丸に命中した。

なんと、百発百中だ。

「素晴らしい腕前だな!」

魏無羨《ウェイウーシエン》は思わず見知らぬ少年の弓に喝采《かっさい》した。

その時、少年は背中の矢筒《やづつ》から新しい矢を一本抜き、ちょうど俯いてつがえようとしたところだった。

そこへ、ふいに聞き覚えのない声が横から飛んできたので、驚いて手が震え、矢を地面に落としてしまう。魏無羨《ウェイウーシエン》は花畑の後ろから歩いて出ていきながら、笑って声をかけた。

「温《ウェン》家のなんていう公子なんだ? 素晴らしい、実に見事な腕前だ。俺さ、今までお前ん家の奴で弓の腕前がここまで……」

すると話の途中で少年は弓矢を捨て、あっという間に逃げ去ってしまった。

魏無羨《ウェイウーシエン》はしばらくの間言葉を失い、指で顎《あご》をそっと撫でる。

(俺ってそこまで格好いいのか? まさか、驚いて逃げちゃうほど?)

彼はこの出来事を特に気に留めることもなく、ただ珍しいものを見たと思った程度で、また広場に戻った。そうして試合がそろそろ始まろうという頃、温《ウェン》家の方が何やらがやがやと騒がしくなり、魏無《ウェイウー》羨《シエン》は江澄《ジャンチョン》に尋ねた。

「あいつらが開く清談会って、なんでいつもこう問題ばっかりなんだ。毎日面白いものが見られるな。今日は何があったんだ？」

「何って、参加できる人数に限りがあるから、誰が出場するかを争ってるんだ」

そう言ってから江澄《ジャンチョン》は一旦言葉を切り、軽蔑したように続けた。

「温《ウェン》家の……な奴らの弓の腕前なんて、全員同じくらい下手くそなんだから、誰が出場しても同じだろう？　争ったところで何か変わるのか？」

「あと一人！　残りはあと一人だ！　最後の一人だぞ！」

向こうで温晁《ウェンチャオ》が大声で叫んでいる。

彼の周りの人だかりの中には、先ほどの白い服の少年も立っていた。少年はあちらこちらをきょろきょろと見てから、思いきって手を挙げた。しかし、彼の挙げた手はあまりにも低すぎる上に、他の者のように自分の名前を叫びながら立候補する勇気はないらしい。しばらく押し合いへし合いされたあとでやっと近くの者が彼に気づき、「琼林《チョンリン》？　お前も参加したいのか？」と驚いたように言った。

その「琼林《チョンリン》」と呼ばれた少年がこくりと頷くと、また別の誰かがハハッと笑った。

「お前が弓を持つところなんて見たこともないのに、試合に出るだって？　参加枠が無駄になるだけだろう」

温琼林《ウェンチョンリン》は何か弁明しようとしたようだが、さらに相手が続ける。

「はいはい、興味本位で手を挙げるのはやめておけ。これは成績を競うものなんだから、出場して恥をかいても知らないぞ」

（恥をかく？　もしお前ら温《ウェン》家の中で誰か一人、ちょっとでも面目《めんぼく》を取り戻せる奴がいるとすれば、それはあいつだけだ）

揶揄《やゆ》した者の口ぶりには軽蔑が滲み、それがさも当然というような言い草だったため、聞いていた魏《ウェイ》無羨《ウーシエン》はあまりいい気分ではなかった。

唐突に、彼は声を大きく張り上げる。

「そいつが弓を持ったことがないなんて、誰が言った？　持ったことがあるどころか、腕前の方もかなりのものだぞ！」

　誰もが微かに驚いた表情で不思議そうに魏無羨《ウェイウーシェン》を見てから、その少年に視線を移す。温瓊林《ウェンチョンリン》の顔色はもともと少し青白かったが、全員の目が突然自分のところに集まったせいで、一気に真っ赤になった。その漆黒の瞳に真っすぐ見つめられ、魏無羨《ウェイウーシェン》は手を後ろで組み、彼に近づいた。

「さっき庭で弓を引いてた時、結構いい感じに的に命中してたよな？」

　それを聞きつけた温晁《ウェンチャオ》も振り返り、疑うように問い質した。

「本当か？　お前は弓が上手いのか？　そんなの今まで聞いたことがないぞ？」

「……わ……私、最近始めたばかりで……」

　温瓊林《ウェンチョンリン》は慌ててぼそぼそと答えた。

　彼の話し声は非常に小さくて途切れ途切れなので、いつでも割って入れるし、実際よくそうされている。温晁《ウェンチャオ》もやはり、うんざりして彼の話を遮《さえぎ》った。

「いいだろう。あそこに的があるからさっさと弓を引いて見せてみろ。上手かったら参加させてやるが、下手だったらとっととどけよ」

　周りにいた人々は、すぐさま温瓊林《ウェンチョンリン》のために場所を空けた。彼は弓をややきつく握りしめ、助けを求めるようにあちらこちらに目を向ける。魏無羨《ウェイウーシェン》はそのひどく自信がなさそうな様子を見て、彼の肩をぽんぽんと叩いた。

「落ち着け。さっきみたいにやればいいんだ」

　温瓊林《ウェンチョンリン》は感激の眼差《まなざ》しで彼を一目見ると、一つ深呼吸して弓を引いた。

　しかし残念なことに、彼が弓を引いた途端、魏無《ウェイウー》羨《シェン》は心の中で首を横に振った。

（まずいな）

　どうやら温瓊林《ウェンチョンリン》は、今まで人前で弓を引いたことがなかったようだ。指先から腕まで全部がぶるぶると震えていて、飛び出した矢は命中どころか的を掠めさえしなかった。周りで見ていた温《ウェン》家の人々から嘲笑う声が聞こえる。

「どこが上手いんだ！」

「俺が目を閉じてやったって、あいつよりは上手いぞ」

「時間の無駄だ、さっさと誰か一人選んで入場するぞ！」

皆から冷笑されて、温瓊林《ウェンチョンリン》の顔は既に耳のつけ根まで真っ赤だった。誰かに言われるまでもなく自らその場から逃げ去った背中を、魏無羨《ウェイウーシエン》は追いかけた。

「おい、逃げるなって！　えっと……瓊林《チョンリン》殿だよな？　なんで逃げるんだよ？」

後ろから自分を呼ぶ声が聞こえ、温瓊林《ウェンチョンリン》はやっと足を止める。項垂《うなだ》れて振り返った彼は居たたまれないといった様子でぼそぼそと口を開いた。

「……ごめんなさい」

「なんで俺に謝るんだ？」

「あ……あなたがせっかく私を推薦してくれたのに、恥をかかせてしまいました……」

温瓊林《ウェンチョンリン》は気がとがめて仕方ないという顔で答える。

「俺は恥をかいたなんて全然思ってないけど？　お前、今まであんまり人前で弓を引いたことがなかったんだろう。さっきは緊張したか？」

温瓊林《ウェンチョンリン》は小さく頷いた。

「少しは自信を持て。正直に言うけど、お前の弓の腕前は温《ウェン》家のどいつよりも上だぞ。それに、俺が今までに見た世家公子の中でだって、お前より上手い奴は三人くらいだ」

魏無羨《ウェイウーシエン》がそう言いきったところで、江澄《ジャンチョン》が歩いてきて呆《あき》れたように言った。

「お前また何をやってるんだ？　三人がどうした？」

「ほら、例えばこいつとか、弓の腕前はお前ほどじゃないぞ」

魏無羨《ウェイウーシエン》が無造作に彼を指さすと、江澄《ジャンチョン》はカッとなって怒鳴った。

「死ね！」

江澄《ジャンチョン》にぶたれた魏無羨《ウェイウーシエン》は、顔色一つ変えずに続ける。

「本当だって。だからそこまで緊張する必要ないよ。人前で練習を重ねればそのうち慣れてくるし、次こそは絶対皆から見直されるはずだ」

温琼林《ウェンチョンリン》はおそらく温《ウェン》家の傍系《ぼうけい》のそのまた傍系の世家公子で、地位は低くないはずなのに性格は相当内気のようだ。卑屈で引っ込み思案で、話す時もつっかえつっかえの彼が、せっかく頑張って練習して勇気を振り絞り試合に参加しようとしたのに、結局は緊張のあまり失敗してしまった。誰かが彼をしっかり教え導いてやらなければ、この少年は今後より一層自分の殻《から》に閉じこもり、場合によっては二度と人前に出られなくなるかもしれない。

魏無羨《ウェイウーシエン》は彼に励ましの言葉をかけ、注意すべき点について簡潔に助言すると、彼が先ほど庭で弓を引いた時に気づいた微かな癖《くせ》を少し直してやった。温《ウェン》琼林《チョンリン》は熱心にそれを聞いて、しきりに頷いている。

「無駄話ばかりしやがって！　そろそろ試合が始まるから、さっさと入場するぞ！」

「俺はこれから試合に出る。あとで、試合場で俺がどう弓を引いているかよく見て……」

促されても、魏無羨《ウェイウーシエン》は大真面目に温琼林《ウェンチョンリン》に話し続けたため、江澄《ジャンチョン》はうんざりして強引に彼を引っ張ってその場を離れた。

「いったいあいつに何を見せるっていうんだ。お前はまさか、自分のことを模範だとでも思ってるのか!?」

ぐいぐいと引きずられながら非難され、魏無羨《ウェイウーシエン》は少し考えてから当然のように言った。

「そうだよ。模範と言えば俺だろう？」

「魏無羨《ウェイウーシエン》！　どこまで恥知らずなんだ！」

あの時の記憶が蘇り、魏無羨《ウェイウーシエン》の視線は温寧《ウェンニン》から全身血まみれで両目をきつく閉じている江澄《ジャンチョン》の体に移る。彼は思わず五本の指をきつく握りしめた。

彼らはまず舟で水路を進み川を下ってから、岸に上がって温寧《ウェンニン》が前もって準備していた馬車に乗り込んだ。そうして二日目には夷陵《いりょう》に辿《たど》り着いた。

温寧《ウェンニン》は門弟を数十名招集し、とある美しく立派な屋敷まで魏無羨《ウェイウーシエン》たちを自ら護衛した。裏門から忍び込み、彼らを小さな部屋へと案内する。

しかし、温寧《ウェンニン》がちょうど振り返って扉を閉めた瞬間、一息つく間もなく、魏無羨《ウェイウーシエン》は再び彼の首に手をかけ、その首を絞めながら潜めた声で問い質した。

「ここはどういう場所だ!?」

温寧《ウェンニン》に助けられたとはいえ、それでも彼はすぐに温家《ウェン》の人間に対する警戒心を解くわけにはいかず、絶えず注意を怠《おこた》らずにいた。先ほど温寧《ウェンニン》のあとについてこの屋敷の中を歩き、いくつもの部屋を通りかかった際、中で会話していた人々の多くが岐山の方言を使っていた。そして、扉や窓の隙間から漏れ聞こえてきた一言半句《いちごんはんく》を彼はすべて聞き逃さず、途切れ途切れの会話の中から「監察寮《かんさつりょう》」の三文字を捉《とら》えていた！

温寧《ウェンニン》は慌てて手を振って説明しようとした。

「違います……私……」

「何が違うんだ？　ここは夷陵に設置した監察寮なんだろう？　温家《ウェン》はまたどこかの運の悪い世家の管轄地でも占領したか？　俺たちをここに連れてきてどうするつもりだ？」

「魏《ウェイ》公子、わ、私の話を聞いてください。ここは、確かに監察寮です。でも……でも、私は決してあなたたちに危害を加えるつもりはありません。もし本当にそうしたかったら、昨日の夜、私があなたと別れて蓮花塢に入ったあと、すぐに約束を破ることもできたし、それに、わ、わざわざあなたたちを二日もかけて、ここまで連れてくる必要もないはずです」

温寧《ウェンニン》はたどたどしい言葉で懸命に釈明した。

魏無羨《ウェイウーシエン》はここ数日の間ずっと気を張り詰めたまま、片時も緩めることができずにいた。そのせいか、些《さ》細《さい》なことでもすぐ頭に血が上るほど冷静さを欠いていて、頭がぼうっとして目の前は暗く、温寧《ウェンニン》の言葉を聞いてもまだ半信半疑の状態だ。

「ここは確かに監察寮ですが、温家《ウェン》の人が捜さない場所があるとすれば、それはもうここしかありません。ここにいてもらって大丈夫ですが、ただ、絶対に他の人たちに見つからないようにしてください……」

しばしの間動きを止めてから、魏無羨《ウェイウーシエン》はようやくどうにか強張《こわば》った手を彼の首から離した。小さな声で「ありがとう」と「ごめん」を伝えると、江澄《ジャンチョン》を木の寝床に横たわらせる。

しかしその時、部屋の扉が突然開いて女の声が響いた。

「ちょうど捜していたのよ！　あんた、正直に言いなさい……」

つい先ほど誰にも見つかるなと言われたそばから、即刻見つかってしまった！

一瞬で魏無羨《ウェイウーシエン》の全身から冷や汗が噴き出し、さっと寝床の前に立ちはだかって江澄《ジャンチョン》を庇《かば》った。温寧《ウェンニン》は驚きすぎて言葉が出てこないようだ。

二人は固まったまま、入り口に立っている女に目を向けた。女性、あるいは少女と言ってもいい年頃に見える。肌は微かに浅黒く可愛らしい顔立ちをしているが、眉と目からはなぜか傲然とした雰囲気が漂っていた。彼女が身に纏っている炎陽烈焔袍の火炎の赤色はかなり鮮やかなもので、まるで袖口と襟元で燃え盛り躍動《やくどう》しているかのようだ。

その赤の鮮やかさから、彼女の階級が非常に高いことがわかる。温晁《ウェンチャオ》と同じ階級だ！

しばらくの間、三人が固まったまま対峙《たいじ》していると、屋外から慌ただしい足音がこちらへ近づいてくるのが聞こえた。魏無羨《ウェイウーシエン》が覚悟を決めて動こうとすると、思いがけずその少女が彼より先に部屋を出て、「パン」という音とともに勢いよく扉を閉めた。

「温《ウェン》寮主、どうされました？」

「どうもしないわ。弟が帰ってきたけど、またしょげているみたい。放っておいてあげて。行くわよ、戻って続きを話しましょう」

扉の外で誰かに聞かれ、彼女は冷たく答えた。

そこにいるらしい数人は揃って「はい」と答え、彼女とともに離れていったようだ。温寧《ウェンニン》は安堵《あんど》の息を吐くと、魏無羨《ウェイウーシエン》に説明した。

「あれは、わ……私の、姉です」

「温情《ウェンチン》はお前の姉さんなのか？」

魏無羨《ウェイウーシエン》が驚いて尋ねると、温寧《ウェンニン》は少し照れくさそうに頷いた。

「私の姉は、すごい人なんです」

彼女は確かにすごい人だ。

温情《ウェンチン》は岐山温《ウェン》氏の有名人の一人と言えよう。温《ウェン》氏宗主、温若寒《ウェンルオハン》の実の娘ではなく、温若寒《ウェンルオハン》の従兄《いとこ》の子供のうちの一人で、遠縁のまた遠縁ではあったものの、温若寒《ウェンルオハン》と彼女の父親は子供の頃から仲が良かった。その上、娘の温情《ウェンチン》は抜きん出て書物に精通し、医術に造詣《ぞうけい》が深いなかなかの逸材《いつざい》だったため、温若寒《ウェンルオハン》に非常に気に入られ、年がら年中温若寒《ウェンルオハン》に伴《ともな》って岐山温《ウェン》氏が催《もよお》すあらゆる盛大な宴に出席していた。しかし、魏無羨《ウェイウーシエン》が彼女の顔に少々見覚えがあったのは、そういった場で見かけた記憶のせいもあるが、なんと言っても温情《ウェンチン》が美人だからだ。そしておぼろげに、彼女には兄か弟がいると噂で聞いてもいたが、おそらく温情《ウェンチン》ほど優秀ではないせいなのだろう、ほとんど話題に上ることはなかった。

「お前、本当に温情《ウェンチン》の弟なのか？」

魏無羨《ウェイウーシエン》は訝《いぶか》しげに尋ねる。

温寧《ウェンニン》は彼が驚き疑わしげなのは、あれほど優秀で有名な姉にこんな目立たない弟がいるなど信じられないからだろうと思い込んで、それを認めるように返事をした。

「はい。姉はすごいけど、私は……ダメなんです」

「いやいや、お前もかなりすごいだろう。俺が不思議なのは、お前の姉さんが温情《ウェンチン》で、しかも彼女がこの寮主だっていうのに、お前がよく俺たちを……」

魏無羨《ウェイウーシエン》が言いかけたその時、寝床の上の江澄《ジャンチョン》が身じろぎ、微かに眉をひそめた。

「江澄《ジャンチョン》!?」

「起きたら、薬を飲まないと。私、用意してきます」

魏無羨《ウェイウーシエン》がすぐさま江澄《ジャンチョン》の方に体を向け、彼の様子を確認していると、温寧《ウェンニン》は慌てて外に出て後ろ手で扉を閉めた。

かなり長い間昏睡していた江澄《ジャンチョン》はようやくゆっくりと目を覚ました。初めはそれを非常に喜んだ魏無《ウェイウー》羨《シエン》だったが、すぐに何かがおかしいことに気づく。江澄《ジャンチョン》の表情が不自然に平静なのだ。あまりにも平静すぎる。

彼はぼんやりとただ天井を眺めていて、どうやら今の自分の状態にも、どこにいるかにもまったく関心がない様子だ。

魏無羨《ウェイウーシエン》はまさか目覚めた彼がこんな反応をするとは想像もしていなかった。悲しみも喜びも怒りも驚きも一切消え失せ、心臓がドクンと大きく鼓動する。

「江澄《ジャンチョン》、ちゃんと見えてるか？　耳は聞こえてるか？　なぁ、俺が誰かわかるよな？」

江澄《ジャンチョン》は彼をちらりと見たが、何も言わない。魏無《ウェイウー》羨《シエン》がさらにいくつかの質問を投げかけると、ようやく寝床に手をついてゆっくりと起き上がった。俯き自分の胸にある戒鞭の痕に目を向け、冷ややかに笑う。

戒鞭の痕は一度体に残ったら、その屈辱的な痕跡《こんせき》を消し去ることは永遠にできない。

けれど、魏無羨《ウェイウーシエン》は偽《いつわ》りを口にした。

「見るな、きっと消せる方法があるって」

すると突然、江澄《ジャンチョン》は手のひらで彼に一撃を打った。だが、その一撃は弱々しく、魏無羨《ウェイウーシエン》の体は揺れることすらない。

「殴れよ。お前の気が済むなら」

「……感じ取れたか？」

江澄《ジャンチョン》の言葉の意味がわからず、魏無羨《ウェイウーシエン》はぽかんとした表情になる。

「なに？　なんのことだ？」

「俺の霊力、感じ取れたか？」

「なんの霊力？　お前今、霊力なんてちっとも使ってなかっただろ」

「使った」

「おい、いったい何を……お前、今なんて言った？」

江澄《ジャンチョン》は一音一音はっきりと繰り返した。

「使った、って言ったんだ。さっきの一撃、俺は込められる限りの霊力を使った。答えろ、お前は感じ取れたか？」

　魏無羨《ウェイウーシエン》は彼を見つめたまま、しばらくの間黙り込んでから口を開いた。

「もう一回、俺を打ってみろ」

「必要ない。あと何回打っても同じだ。魏無羨《ウェイウーシエン》、お前は化丹手《かたんしゅ》がなぜ『化丹手』と呼ばれるのか、知ってるか？」

　そう尋ねられ、魏無羨《ウェイウーシエン》にどうしようもなく暗い気持ちが押し寄せる。

「それはな、あいつの両手は金丹《きんたん》をなきものと化して、二度と結丹《けったん》できない体にすることができるからだ。霊力も散《ち》り散《ぢ》りになり、ただの一般人に成り下がる。そして、そうなった仙門《せんもん》の者はもはや廃人も同然だ。一生ただ平凡で役立たずのまま過ごし、頂《いただき》へ登る夢など二度と見られない」

　魏無羨《ウェイウーシエン》の様子に構わず、江澄《ジャンチョン》は話し続けた。

「母さんと父上も、先に温逐流《ウェンジューリウ》に金丹を消されて抵抗する力を奪われてから、奴に殺されたんだ」

　魏無羨《ウェイウーシエン》の頭の中はぐちゃぐちゃになり、茫然自失《ぼうぜんじしつ》の状態でぶつぶつと呟いた。

「……化丹手……化丹手……」

「温逐流《ウェンジューリウ》、温逐流《ウェンジューリウ》め。復讐してやる、復讐してやる……でも、いったいどうやって？　俺は金丹すら失って、この先二度と結丹することもできないのに、どうやって復讐するっていうんだ？　ハハハハハッ、ハハハハハハハハハハッ……」

　江澄《ジャンチョン》は冷ややかに絶望の笑い声を上げた。

　魏無羨《ウェイウーシエン》は床に崩れ落ち、寝床の上で正気を失ったように笑う江澄《ジャンチョン》を見て、何もかけられる言葉がなかった。

　江澄《ジャンチョン》がどれほど負けず嫌いで、どれほど修為と霊力にこだわってきたか、魏無羨《ウェイウーシエン》は誰より一番よく知っている。それなのに、彼の修為、自尊心、復讐への希望、そのすべてを化丹手の一撃によって粉々に打ち砕かれてしまった！

　江澄《ジャンチョン》はひとしきり半狂乱の笑い声を上げてから、

ばったりと寝床に倒れ込み、両手を伸ばして自暴自棄な様子で言った。

「魏無羨《ウェイウーシエン》、なんで俺を助けた？　俺を助けてなんの意味がある？　温狗《ウェンく》どもがのさばっているこの世に生かして、何もできない自分自身を見てろって言うのか？」

　ちょうどその時、扉が開いて温寧《ウェンニン》が戻ってきた。彼は顔色を窺《うかが》うような笑みを浮かべ、飲み薬を入れた碗《わん》を手に寝床に近づいてくる。だが、温寧《ウェンニン》がまだ口を開かないうちに、その身に纏っている炎陽烈焔袍が真っ先に江澄《ジャンチョン》の目に入り、彼の瞳孔《どうこう》は一瞬のうちに収縮した。

　江澄《ジャンチョン》が思いきり温寧《ウェンニン》を蹴りつけると、薬の碗がひっくり返り、黒い色をした飲み薬は温寧《ウェンニン》の体にぶちまけられてしまった。ちょうどその碗を受け取ろうと手を伸ばしていた魏無羨《ウェイウーシエン》は、驚いて呆然としている温寧《ウェンニン》をその手で引っ張って起こしてやる。

　すると、江澄《ジャンチョン》は魏無羨《ウェイウーシエン》に向かって吠えるように怒鳴った。

「お前、いったいどういうつもりだ!?」

　温寧《ウェンニン》が恐怖を感じてずりずりと後ずさると、江《ジャン》澄《チョン》は魏無羨《ウェイウーシエン》の襟元に掴みかかって怒鳴り声を上げた。

「温狗《ウェンく》を見てなんで殺さねぇんだ!?　今、奴を引っ張り起こしたな？　死にてぇのか!?」

　江澄《ジャンチョン》はありったけの力を込めたが、やはりその両手は弱々しく、魏無羨《ウェイウーシエン》はあっさりと手を解かせることができた。江澄《ジャンチョン》はどうやら今になってようやく自分が置かれている場所に目がいったようで、辺りを見回すと、「ここはどこだ？」と警戒しながら尋ねてくる。

「夷陵にある監察寮です。でもとても安……」

温寧《ウェンニン》が離れたところからそっと答えると、江澄《ジャンチョン》はぱっと魏無羨《ウェイウーシエン》の方を向いた。

「監察寮だと!?　お前、自分から捕まりに来たのか？」

「違う！」

魏無羨《ウェイウーシエン》がすぐさま否定したが、江澄《ジャンチョン》はまた厳しい声を上げた。

「違う？　だったらなんで今、俺たちは監察寮の中にいるんだ？　いったいどうやってここに入ってきた？　まさか、温狗《ウェンく》に助けを求めたなんて言わねぇだろうな!?」

　魏無羨《ウェイウーシエン》は彼をぐっと掴んだ。

「江澄《ジャンチョン》、まず落ち着け。ここは安全なんだ！　少しは冷静になれ。化丹手だって必ずしも……」

　落ち着かせようとしても、江澄《ジャンチョン》は既に人の話に耳を傾けられる状態ではなかった。彼は半ば錯乱したような様子で、魏無羨《ウェイウーシエン》の首を絞めながら壊れたように笑った。

「魏無羨《ウェイウーシエン》、ハハハハハハハハッ、魏無羨《ウェイウーシエン》！　お前！　お前……」

　その時突然、紅《くれない》の影が一筋、扉を蹴破って素早く中に入ってきた。その人影が手のひらから一撃を放つと銀色の光が走り、頭に一本の針を刺された江《ジャン》澄《チョン》は即座にまた寝床に倒れ込んだ。入ってきた温情《ウェンチン》はさっと振り返って扉を閉めると、低めた声で弟を怒鳴りつけた。

「温寧《ウェンニン》、あんたはどこまでバカなの？　そいつが叫んで笑ってあんなに大声で騒ぐのを放っておくなんて!!　今すぐ誰かに見つかりたいわけ？」

　叱られたというのに、温寧《ウェンニン》はまるで救いの神が現れたとでもいうように「姉さん！」と叫んだ。

「なにが姉さんよ！　言いそびれてたけど、あんた、いつからそんなに大胆になったの？　まさかここに誰かをかくまうなんて！　さっき人から遠回しに聞いて、あんたが急に雲夢に行きたいって言いだした訳がようやくわかったわ！　まったく、どこにそんな度胸があったの？　今度は誰に自信をもらったわけ？　あんたが何をやったか温晁《ウェンチャオ》に知れたら、絶対八つ裂きにされるわよ？　あいつがもし本当に誰かを消そうと決めたら、私に止められるとでも思うの？」

　温情《ウェンチン》は大変早口で発音もはっきりしており、口調は力強くて反駁《はんばく》することを許さず、魏無羨《ウェイウーシエン》にはまったく口を挟む隙が見つからなかった。叱られた温寧《ウェンニン》の顔はもはや雪のように真っ白だ。

「姉さん、でも魏《ウェイ》公子は……」

「あんたが感謝の気持ちでやったことなのは理解しているし、これ以上は言わないわ。でもね、その二人は絶対ここに長居させちゃダメよ！　あんたがいきなり蓮花塢に行って、いきなり帰ってきたのと同時に、温晁《ウェンチャオ》の方でも人がいなくなってるのよ。まさか、温晁《ウェンチャオ》のことをそこまで愚かだとは思っていないでしょうね？　あいつらはいずれここまで捜しに来るわ。ここは私が管轄《かんかつ》する監察寮で、ここはあんたの部屋。あんたが誰を隠してるかがもしバレたら、どういう罪名になると思うの？　よく考えなさい！」

温情《ウェンチン》は厳しい声で弟を叱咤《しった》した。

彼女は利害関係をそこまで明確に言葉にすると、魏無羨《ウェイウーシエン》の鼻先を指さし、さっさと失せろ、ここに残って私たちを巻き添えにするな、と言わんばかりの態度だった。もし怪我《けが》を負ったのが自分自身だったら、あるいは彼らを助けたのが他の誰かだったなら、彼はきっと強情《ごうじょう》を張って、またどこかで会おうとだけ言い置いて即刻立ち去っただろう。しかし、今怪我を負っているのは江澄《ジャンチョン》で、その上彼は金丹まで失い心も体も極めて不安定な状態のため、どうしても虚勢を張ることはできなかった。本《もと》はと言えば何もかも温《ウェン》家が彼らをこのような窮地に陥《おとしい》れたせいだというのに。内心では悔しさが湧き上がっていたが、魏無羨《ウェイウーシエン》はただ歯を食いしばるだけで何も言わなかった。

「でも、でも温《ウェン》家の人が……」

「温《ウェン》家がやったからといって私たちがやったことにはならないし、温《ウェン》家が犯した罪も、別に私たちが背負う必要はないわ。魏嬰《ウェイイン》、そんな目で私を見ないで。責任を取るべき人間は他にいるし、関係ない人にまで累《るい》を及ぼさないでちょうだい。私は夷陵方面の寮主だけど、これはただ命令を受けて就任しただけ。私は医師で薬師《くすし》。人を殺したことなど一度もないし、あんたたち江《ジャン》家の人間の血だってこの手には一滴もついていないのよ！」

確かに、これまで温情《ウエンチン》が誰かを殺したり、なんらかの惨事を引き起こしたなどという話は聞いたことがない。耳にしたのはただ、温《ウエン》家の各地ではどこも後継者として彼女に来てもらいたがっているという話だけだった。温情《ウエンチン》は温《ウエン》家の人間には珍しく人柄が良くまっとうで、時折温若寒《ウエンルオハン》の前で言うべきことを言ってくれるらしく、良い評判しか聞こえてはこなかった。

部屋の中はしんと静まり返った。

しばらくしてから、温情《ウエンチン》が口を開く。

「その針は抜かないで。そいつが起きたらすぐにまた暴れるでしょうし、大声で喚《わめ》いたり叫んだりされたら外に全部聞こえてしまう。怪我が治ってから抜いて、それからさっさとここを立ち去りなさい。私は絶対に温晁《ウエンチャオ》とは関わりたくないから。特にあいつの隣にいるあの女、見るだけで吐き気がするわ！」

彼女はそう言い残すと、すぐさま部屋から出ていく。

「今のは……つまり俺たちに長居はしてほしくないけど、数日なら残ってもいいって意味……かな？」

魏無羨《ウェイウーシエン》がそう言うと、温寧《ウエンニン》は慌ててこくこくと頷いた。

「姉さん、ありがとう！」

すると、扉の外から部屋の中に一包みの生薬《しょうやく》がぽんと投げ入れられた。

「本当に私に感謝したいなら、もっと頑張りなさい！　さっきあんたが煎《せん》じたあれは薬とは言えないわ。やり直し！」

遠くから聞こえた温情《ウエンチン》の声に、温寧《ウエンニン》はその生薬の包みを真正面からぶつけられても、にこにこして非常に嬉しそうだ。

「姉が調合した薬は、間違いなくよく効きます。私のより何百倍もいいです。絶対に効き目抜群ですよ」

それを聞いて、魏無羨《ウェイウーシエン》はようやく心の底から安堵することができた。

「ありがとう」

この姉弟《してい》は、一人は見て見ぬふりをし、もう一人は自ら進んで救いの手を差し伸べてくれている。しかしそれにはどちらも極めて大きな危険が伴っているのだ。先ほど温情《ウェンチン》が言ったように、温晁《ウェンチャオ》がもし誰かを消そうと決意したら、温情《ウェンチン》に止められるとは限らないし、ひょっとすると彼女自身も巻き込まれてしまうかもしれない。結局のところ温若寒《ウェンルオハン》にとって温情《ウェンチン》は他人の子供で、実の子供である温晁《ウェンチャオ》とは比べものにならない。

江澄《ジャンチョン》は頭に針が刺さったまま三日間昏睡し続けた。その間に骨と外傷はすべて完治したが、あの永遠に消せない戒鞭の痕と、決して取り戻すことができない金丹だけは、手を尽くしたところで治らない定めだった。

魏無羨《ウェイウーシエン》も、その間に考え続けていた。

そして三日が過ぎた時、魏無羨《ウェイウーシエン》は温寧《ウェンニン》に別れを告げて監察寮をあとにした。江澄《ジャンチョン》を背負ってしばらく歩き、ある森の管理人に頼んで小屋を一つ借りた。

彼は小屋の扉を閉めると、江澄《ジャンチョン》の頭に刺さった銀の針を抜く。それからかなり長い時間が経ち、江《ジャン》澄《チョン》はようやく目を覚ました。

目覚めたものの彼はぴくりともせず、寝返りを打つことも、「今度はどこに連れてきた」とたった一言聞く気すら起きないらしい。水も飲まず食事もせず、まるでひたすら死を願っているようだ。

「お前、本当に死にたいのか？」

「生きてたって復讐できないなら、死んだ方がましだ。ひょっとすると悪霊に化けられるかもしれないし」

「お前は子供の頃から安魂礼《あんこんれい》〔魂を安定させる儀式〕を受けてきたんだから、死んだって悪霊には化けられないよ」

「死んでも生きていても復讐できないなら、どっちだって変わらないだろう？」

そう言い終えると、江澄《ジャンチョン》は二度と口を開かなくなった。

魏無羨《ウェイウーシエン》はしばらく寝床の縁《ふち》に座ったままじっと彼を見つめていた。それから太ももをパンパンと叩いて立ち上がり、忙《せわ》しなく小屋の中と外を行き来し始める。

　夕暮れ時になってから、彼はようやく準備し終えた夕餉《ゆうげ》を卓の上に並べた。

「江澄《ジャンチョン》、起きろ。飯を食おう」

　江澄《ジャンチョン》は当然のように彼を無視したが、魏無羨《ウェイウーシエン》は構わずに卓のそばに座ると、自ら箸《はし》を手に取った。

「お前が体力を回復しなけりゃ、どうやって金丹を取り戻すんだ？」

「金丹」の二文字を聞いて、江澄《ジャンチョン》は思わず目を瞬かせる。

「そうだ。疑うなって、聞き間違いじゃないから。俺は『金丹を取り戻す』って言ったんだ」

　魏無羨《ウェイウーシエン》がそう続けると、江澄《ジャンチョン》は唇を微かに開き、掠れた声で聞いた。

「……何か、方法があるのか？」

「方法はある」

　魏無羨《ウェイウーシエン》は落ち着いて答えてから、江澄《ジャンチョン》の方を振り返った。

「お前はとっくに知ってるだろ。俺の母親である蔵《ぞう》色散人《しきさんじん》が、抱山散人《ほうざんさんじん》の弟子だってこと」

　このたった一言で、江澄《ジャンチョン》の一切生気がなかった両目に一瞬で光が灯った。

　抱山散人《ほうざんさんじん》——噂では、既に何百年も生きてきた仙《せん》師《し》〔仙人や、真理を会得した道士への尊称〕で、死者を生き返らせ、骨に血肉を再生させられるという世《せ》外《がい》の傑人《けつじん》！

「つまり……つまり……」

　声を震わせる江澄《ジャンチョン》に、魏無羨《ウェイウーシエン》ははっきりと答えた。

「俺は抱山散人《ほうざんさんじん》がどの山を『抱山《ほうざん》』しているかを知ってる。つまり、お前を抱山散人《ほうざんさんじん》のところに連れていけるってことだ」

「……でも、でもお前は子供の頃の記憶がほとんどないって言ってたじゃないか!?」

「別に、何一つ覚えてないってわけじゃない。何度も繰り返された断片的な記憶なら、まだ忘れてないよ。女の人の声が、ある場所と言いつけを繰り返し教えてくれたのを覚えてるんだ。その声はこう言ってた。『もし今後、何かやむを得ない状況に陥った時は、その場所に行って、その山に登って、山の上にいる仙人に助けを求めなさい』って」

魏無羨《ウェイウーシエン》のその言葉を聞いて、江澄《ジャンチョン》は一瞬で寝床から転がり落ちてきた。

彼が卓に飛びかかるように近寄ると、魏無羨《ウェイウーシエン》は碗と箸を彼の方へ押し出す。

「食べな」

「俺……」

卓の縁に縋《すが》りつき、ひどく興奮した様子で言いかけた江澄《ジャンチョン》を魏無羨《ウェイウーシエン》が遮る。

「食べろって。食べながら話そう。でなきゃ話さない」

江澄《ジャンチョン》は仕方なく腰掛けによじ登り、箸を持ってそそくさと飯をかき込み始めた。生きる気力を失っていたところに、突然転機が訪れまた道が開けた。彼は興奮のあまり全身がカッカと熱く燃えているようで居ても立ってもいられず、箸を逆さまに持っていることすら気づかなかった。魏無羨《ウェイウーシエン》は彼が上の空であっても、食事に口をつけ始めたところを見て、やっと口を開いた。

「何日かしたら、お前を連れて抱山散人《ほうざんさんじん》を捜しに行く」

「今日だ！」

「心配するな。何百年も生き続けてる仙人が、まさかこの数日で消えるはずないだろう？　それに何日かって言ったのは、その山にはたくさんの禁忌《きんき》があって、それをゆっくりお前に教え込まなきゃいけないからだ。もし禁忌を犯して師祖《しそ》を怒らせてしまったら終わりだぞ。お前も俺も、終わりだ」

江澄《ジャンチョン》は目を大きく見開いて彼をじっと見つめている。まだもう少し話を聞きたいようだ。

「山に登ったら、絶対にじっくり辺りを見回したり、山の景色を覚えたり、他の人の顔を見たりしてはならないんだ。いいか、相手がどんなことを要求したとしても、お前は絶対に何もかも、言われた通りにやるんだぞ」

「わかった！」

「それと、これが一番大事なことだ。もしお前は誰かと聞かれたら、自分は蔵色散人《ぞうしきさんじん》の息子だって言うんだ。絶対に本当の素性《すじょう》を明かすな！」

「わかった！」

おそらく今、魏無羨《ウェイウーシエン》がどんな要求を突きつけたとしても、彼は両目を赤くしながら、そのすべてに「わかった」と答えるだろう。

「じゃあ、とりあえず食べよう。体力を回復して元気にならないと。ここ数日で、俺はいろいろ準備する必要があるしな」

そこでようやく、江澄《ジャンチョン》は自分が箸を逆さまに持っていることに気づいて持ち直した。それから何口か食べると、今度は味が辛《から》すぎて目が赤くなってくる。我慢できず「……不味《まず》いな！」と一言罵《ののし》った。

それから数日間、江澄《ジャンチョン》にあれこれと抱山散人《ほうざんさんじん》に関することを詳しく問い質されたあと、魏無羨《ウェイウーシエン》は彼を連れて出発した。二人は山を越えて川を渡り、夷陵にある深山《みやま》の麓《ふもと》に辿り着いた。

この山は草木が生い茂り、青々として美しい。山頂には雲がかかり、霧がゆらゆらと立ち昇っていて、確かにどこか仙人が住んでいそうな雰囲気が漂っている。ただ世間の人々が思い描くような神山とは少なからず違いがあった。江澄《ジャンチョン》はここ数日の間ずっと疑心暗鬼で、実は魏無羨《ウェイウーシエン》が自分を騙しているのではないかと疑ったり、そもそも抱山散人《ほうざんさんじん》が助けてくれるという話自体、彼が子供の頃聞き間違えたか、あるいは記憶違いではないかと疑ったりもした。さらには、もし本当だとしても、その場所が見つかるかどうかも危ぶんでいたため、この山を見るなりまた新たな疑いを持った。

「ここは本当に抱山散人《ほうざんさんじん》が住んでいるところなのか？」

「絶対に間違いない。なぁ、俺がお前を騙してなんになる？　数日ぬか喜びさせてから、また地獄の底に突き落とすとでも思ってるのか？」

ここまでの道中でも、同じような会話を既に数えきれないほど繰り返していた。魏無羨《ウェイウーシエン》は彼につき添って一緒に山を登り、中腹まで来たところで言った。

「よし、ここまでだ。ここから先は、俺は一緒には登れない」

彼は懐から布切れを一枚取り出し、それで江澄《ジャンチョン》の両目を覆ってから、繰り返し言い聞かせた。

「絶対に、絶対に目を開けたらダメだぞ。この山に猛獣はいないから、ゆっくり歩くんだ。もし転んだとしても目隠しは外すなよ。それから、絶対に好奇心を持つな。いいか、何があってもお前は魏無羨《ウェイウーシエン》だって言うんだ。何を聞かれたらどう答えるか、もうちゃんとわかってるよな?」

事は再び金丹を取り戻せるかどうか、一族皆殺しにされた深い恨みを晴らせるかどうかに関わっている。江澄《ジャンチョン》も、もちろんいい加減なことをするつもりなどなく、緊張した面持ちで頷いた。

目隠しをされた彼は、魏無羨《ウェイウーシエン》に背を向けてゆっくりと山頂に向かって歩き始めた。

「俺はさっきの町でお前を待ってるからな!」

魏無羨《ウェイウーシエン》がその背中に声をかける。

しばらくの間、江澄《ジャンチョン》がゆっくりと登っていく後ろ姿を眺めてから、彼は身を翻《ひるがえ》して違う山道へと進んだ。

江澄《ジャンチョン》が山に登って、もう七日が経った。

彼らが落ち合う約束をした小さな町は、連なった山々の狭間《はざま》に位置していて、荒れ果てた辺鄙なところだった。町の人々を全員合わせても数人程度で、通りの路面は狭くでこぼこしており、道端には行商人の姿も見当たらない。

その日も魏無羨《ウェイウーシエン》は道端にしゃがみ込んであの山の方向を眺めていたが、まだ江澄《ジャンチョン》の姿はなかった。両膝に手をついて立ち上がると、くらっと眩暈がして小さくふらつき、町にある唯一の茶屋に向かって歩いた。

茶屋はこの小さな町の中で、造りが粗末ではない唯一の小綺麗な建物だ。彼が店に入るなり、すぐに店の雇人《やといにん》の青年が笑顔で出迎える。

「何を飲まれますか?」

魏無羨《ウェイウーシエン》の心臓はドクンと跳ね上がった。

ここ数日駆けずり回っていたせいで彼は疲れきっ

ている。身なりを整える気力もなく、髪は乱れているし、顔も薄汚れているはずだ。普通の茶屋の雇人であれば、このような客が店に入ってくれば、一瞬で忌々《いまいま》しげに睨みつけてくるものだ。追い出されないだけでもかなりましな方だというのに、こんなに親切に自ら進んで出迎えてくれるなど、いささか芝居がかっている。

　素早く店内を見回すと、帳場《ちょうば》の後ろに立っている勘定《かんじょう》係は、頭を帳簿の中に埋《うず》めたくて仕方ないというくらいに低く下げている。十脚ある卓のそばにはまばらに七、八人が座っているが、そのほとんどが外套《がいとう》を羽織《はお》り、俯いて茶を飲んでいる。まるで全員が何かを隠そうとしているかのようだ。

　魏無羨《ウェイウーシエン》は即座に振り返って店を出ようとした。しかし、茶屋の入り口から一歩踏み出したところで、正面から近づいてきた真っ黒な背の高い人影に、突然手のひらで落雷のような一撃を胸に打たれてしまった。

　弾き飛ばされた魏無羨《ウェイウーシエン》は卓を二脚巻き込み、それを見た雇人の青年と勘定係は慌てて外に逃げ出した。店内にいた七、八人の客たちがさっと外套を翻すと、中に着ていた炎陽烈焔袍が現れる。先ほど魏無羨《ウェイウーシエン》を一撃した温逐流《ウェンジューリウ》が、敷居を跨《また》いで彼の目の前に立った。必死に立ち上がろうとしている彼の姿を眺めてから自分の手のひらを見つめ、何やら考えているようだ。そこに、別の誰かが立ち上がりかけた魏無《ウェイウー》羨《シエン》の膝裏に一発蹴りを入れ、その両膝をがっくりと地面につかせる。視線を上に向けると、温晁《ウェンチャオ》が興奮を滲ませた残忍な顔でこちらを見下ろしていた。

「もう倒れたのか!?　このクソ野郎、屠戮玄武の洞窟では跳ね回ってたよな？　たった一撃でもう終わりか？　ハハハハッ、もう一度跳んでみろよ、好き放題のさばりやがって！」

　続けて、王霊嬌《ワンリンジャオ》の待ちこがれるような媚びた声も響いてきた。

「早く！　温《ウェン》公子、早くこいつの手を斬り落としてください！　こいつはまだ私たちに腕一本分の借りがあるんですから！」

「いやいや、そう急ぐな。やっとのことでこいつを見つけたんだ、手を斬って血を流しすぎたら、すぐ死んじまって面白くないだろう。先にこいつの金丹を消そう。俺はこいつがこの前の江澄《ジャンチョン》、あの畜生《ちくしょう》みたいに悲鳴を上げるのを聞きたいんだ」

「それなら先に金丹を消してから、手を斬りましょう！」

　彼らが楽しそうに話し合っている傍らで、魏無羨《ウェイウーシエン》は突然ぺっと血を吐き出した。

「上等だ！　どんな残虐な拷問《ごうもん》だろうが、いくらでもやればいい！」

「あらあら、あんた言ったわね！」

「もうすぐ死ぬ奴がなに英雄気取ってるんだ！」

王霊嬌《ワンリンジャオ》が笑い、温晁《ウェンチャオ》が蔑むように吐き捨てる。

魏無羨《ウェイウーシエン》はそんな彼らを見てせせら笑った。

「もうすぐ死ぬからこそ、嬉しいんじゃないか！　むしろ死ねない方が困る。お前ら、できるものなら俺をなぶり殺してみろ！　残忍であればあるほどいいぜ。俺が死んだら絶対に悪霊に化けて、昼夜問わず岐山温《ウェン》氏中をつきまとって、お前らを呪ってやるからな！」

　それを聞いて、温晁《ウェンチャオ》は意外にもしばしの間固まった。なぜなら、例えば江楓眠《ジャンフォンミエン》や虞紫鳶《ユーズーユエン》といった名門世家の血を引く者の多くは、生まれた直後から一族の教育と法器の影響を受け、さらに成長していく過程で数えきれないほど安魂礼を受けるため、死後に悪霊となる可能性は極めて低い。

　しかし、この魏無羨《ウェイウーシエン》は違う。彼は家僕の子供で、しかも江《ジャン》家で生まれ育ったわけではなく、魂魄《こんぱく》を安定させる儀式を受ける機会もそう多くはなかった。もし彼の死後、本当にその怨念《おんねん》が天まで届き、魂魄が現世に留まって悪霊と化していつまでもつきまとうとなれば、それは確かにいささか頭の痛い話だ。しかも、生前受けた苦痛がより大きく、死体がより粉々にされ、死にざまがより残酷であればあるほど、死後に化けた悪霊も一層凶悪残忍で相当手強《てごわ》くなる。

　温晁《ウェンチャオ》の様子を見て、王霊嬌《ワンリンジャオ》は慌てて声をかけた。

「温《ウェン》公子、こいつはでたらめを言っているだけですから、まともに聞いてはダメです。別に死んだってその全員が悪霊に化けるわけじゃないんですし、天の時、地の利、人の和、どれか一つでも欠けたら化けたりなんてできません！　ましてや、たとえ本当に化けたとしても、まさか岐山温《ウェン》氏がたかが悪霊一匹退治できないはずがないじゃないですか⁉　私たちがあちこちで長い間こいつを捜していたのは、懲《こ》らしめてやるためなんですよ。まさかこんなでたらめを聞いて、このままこいつを見逃すんですか？」

「そんなことはあり得ない！」

温晁《ウェンチャオ》が言いきる。

魏無羨《ウェイウーシエン》は自分の死を悟ると、逆にますます冷静になった。骨髄《こつずい》に達する恨みは深くまで沈み、鉄のように冷えた固い決心と化していた。温晁《ウェンチャオ》は彼のその表情を見て微かに身の毛のよだつ不快さを感じ、足を上げて彼の下腹部を蹴りつける。

「お前、まだ気取っていやがるのか！　いったい誰を怖がらせようとしてるんだ！　英雄豪傑ぶりやがって！」

周りの門弟たちも彼に続いて激しく魏無羨《ウェイウーシエン》を痛めつけ始めた。思う存分打ちのめしたところで、「もういい！」と温晁《ウェンチャオ》はやっと怒鳴って彼らを止める。

魏無羨《ウェイウーシエン》はまた血を吐き出し、腹を据《す》えた。

（そろそろ殺す気か？　死んだら死んだで悪くはない、三割の確率で悪霊に化けて復讐もできるしな！）

そう考えたら意外にも、この上ない高揚を感じた。

「魏嬰《ウェイイン》、お前はいつも自分のことを、天をも地をも恐れず勇敢で偉大な人間だとでも思っているんだろう？」

ふいに温晁《ウェンチャオ》がそんなことを言いだしたので、魏無《ウェイウー》羨《シエン》は目を丸くして驚いたように言った。

「あれ、温狗《ウェンく》って人間の言葉を喋る時もあるんだな？」

温晁《ウェンチャオ》は拳を彼に振り下ろし、凶悪に笑う。

「ほざいてろよ、せいぜい口先だけでも粋《いき》がればいいさ。見てみようじゃないか、お前がいつまで英雄豪傑気取りで強気でいられるかをな！」

そして手下たちに魏無羨《ウェイウーシエン》を押さえつけろと大声で命じ、歩いてきた温逐流《ウェンジューリウ》が彼を地面から掴み上げる。魏無羨《ウェイウーシエン》は懸命に顔を上げ、江楓眠《ジャンフォンミエン》と虞紫鳶《ユーズーユエン》を殺し、江澄《ジャンチョン》の金丹を壊した男を見据えながら、その冷淡な表情を深く心に刻み込んだ。

温家《ウェン》の一行は彼を連れて御剣《ぎょけん》して飛ぶと、小さな町と深山からどんどん遠く離れていく。

（もし江澄《ジャンチョン》が山から下りてきても、もう俺を見つけられないな……こいつらは俺を連れてこんなに高く飛んで、いったいどうするつもりだ。高いところから落として殺すつもりなのか？）

しばらく飛び続けると、足元に広がる雪のように白い層雲《そううん》が突然一つの黒い山に突き破られた。

その山は重々しく不吉な死の気配を漂わせている。それはまるで千年もの昔から鎮座する巨大な屍のようで、遠くから眺めるだけでもぞっとして怖気《おじけ》づいてしまうほどだ。

温晁《ウェンチャオ》は、まさにその山の山頂付近で止まった。

「魏嬰《ウェイイン》、お前はここがどういう場所か知っているか？」

そう尋ねてから、彼はにやりと陰険な笑みを浮かべた。

「ここはな、乱葬崗《らんそうこう》と言うんだ」

その名前を聞くと、魏無羨《ウェイウーシエン》の背中から頭までをひやりとした寒気が駆け抜けた。

「乱葬崗は夷陵にあるから、お前ら雲夢の方でも噂くらい聞いたことがあるだろう。ここはかつて戦場で、その時の屍《しかばね》でできた山だ。山中の適当なところを円匙《えんし》〔土を掘る小型のシャベル〕で掘れば、至るところに死体が埋まっているんだ。今でも身元不明の死体があれば、ござで包んでそのままここに捨てていく、そういう場所だ」

剣は緩やかに下降し、その山へと近づいていく。

「なあ、この黒い気を見てみろよ。いかにも邪気が強いだろう？　その上、怨念も濃い。我々温家《ウェン》ですらこれには手こずって、仕方なくこの山を塀で取り囲んで人の出入りを禁止することしかできなかったほどだ。今はまだ昼だが、夜になればこの中からどんなモノが出てくるかわからない。生きている人間が足を踏み入れれば、体も魂も二度と戻らず、永遠に出てはこられない」

温晁《ウェンチャオ》はぐっと魏無羨《ウェイウーシエン》の髪を掴み上げ、一字一句、凶悪な笑みとともに続けた。

「お前も、永遠に出られないんだよ！」

そう言い終えると、彼はすぐさまその山に向かって魏無羨《ウェイウーシエン》を放り投げた。

「ああああああああああ――！」

# 第十三章　邪風

「あああああああああ――！」

甲高い叫び声を上げて、王霊嬌《ワンリンジャオ》ががばりと寝床から起き上がる。すると、卓に向かって手紙を読んでいた温晁《ウェンチャオ》が卓をどんと叩いて怒鳴った。

「おい、こんな夜中に何を騒いでるんだ!?」

王霊嬌《ワンリンジャオ》は完全に取り乱した様子のまま、はあはあと喘《あえ》いでいる。

「私……私、あの魏《ウェイ》の奴の夢を見て……また、奴が夢に出てきたんです！」

「奴を乱葬崗に放り込んでやってからとっくに三か月以上も経つっていうのに、お前はなんでまだ奴の夢を見るんだ？　これでもう何度目だ！」

「ど……どうしてなのかわかりません。最近いつも奴が夢に現れて」

温晁《ウェンチャオ》はもともと不快な手紙を読んでむしゃくしゃしていたため、彼女の相手をするだけの気持ちの余裕はなかった。さらに、もう以前のように彼女を抱きしめて優しく慰めてやるような気も起こらず、うんざりした様子で言った。

「だったらもう寝なければいいだろう！」

彼女はとっさに寝床から降りて、温晁《ウェンチャオ》に飛びついた。

「温《ウェン》公子、私……考えれば考えるほど怖いんです。もしかしたら……私たち、あの時大きな過《あやま》ちを犯したんじゃないかって……奴は乱葬崗に放り込まれたあとも、もしかしたら、死んでいないのかも……？　もしかして……」

温晁《ウェンチャオ》のこめかみに浮かんだ青筋が、しきりにぴくぴくと動いた。

「あり得ないだろう？　温《ウェン》家はこれまでにも多くの修士を乱葬崗送りにして掃討《そうとう》してきたが、一人でも戻った奴がいたか？　あんな場所に放り込まれたんだ、今じゃもう死体だって腐りきってるだろう」

「そうだとしても、恐ろしいんです！　もし本当に奴が言った通り、悪霊に化けて私たちのところに来たら……」

彼女がそう言うと、二人はあの日魏嬰《ウェイイン》が落ちていった時のあの顔、あの表情を思い出し、思わず同時にぶるっと身震いする。

温晁《ウェンチャオ》はすぐさま反駁した。

「絶対にあり得ない！　乱葬崗で死んだ者は魂魄まであそこに閉じ込められると決まっているんだ。勝手な妄想で勝手に怯えるな。俺が今イライラしてるのがわからないのか！」

彼は持っていた手紙をくしゃくしゃに丸めて投げ捨てると、憎々しげに続けた。

「なにが射日《しゃじつ》の征戦《せいせん》だ。射日だと？　なんて馬鹿げたことを……太陽を射落とすつもりか？　愚かな夢を見やがって！」

王霊嬌《ワンリンジャオ》は立ち上がっておどおどしながら彼に茶を入れ、頭の中で彼の機嫌を取れそうな言葉をあれこれと考えてから、やっと媚びへつらった声で話しかけた。

「温《ウェン》公子、たかだか数世家ごとき、粋がっていられるのも今だけですわ。温《ウェン》宗主ならきっと、すぐに……」

「黙れ！　お前に何がわかる！　失せろ、俺の邪魔をするな！」

温晁《ウェンチャオ》に追い払われ、王霊嬌《ワンリンジャオ》の内心に悔しさが湧き上がる。彼を少々恨めしくも思ったが、湯呑を卓の上に置き、乱れた髪と紗《しゃ》の羽織を少し整えると笑みを浮かべて部屋をあとにした。

扉から出た途端、張りつけていた笑みは消え去り、彼女は顔を強張らせて手の中に掴んでいた丸まった紙を広げた。先ほど部屋を出る際に、温晁《ウェンチャオ》が投げ捨てたあの手紙をこっそりと拾い上げていたのだ。いったいどんな知らせが彼をあそこまで激怒させたのか知りたかった。だが、彼女は字がほとんど読めず、何度も読み返してから、ようやくこの手紙の内容を推測することができた。

——温《ウェン》家宗主の長男で温晁《ウェンチャオ》の兄である温旭《ウェンシュー》が、

反乱を先導した宗主の一人に刀で首をはねられ、しかも見せしめのためにその首は陣の前に吊るされた！

王霊嬌《ワンリンジャオ》は呆然として固まってしまった。

岐山温《ウェン》氏によって姑蘇《こそ》藍《ラン》氏が焼かれ、雲夢江《ジャン》氏が滅ぼされ、他にも大小数えきれないほどの世家があらゆる打撃を受け強い圧力をかけられたため、反抗する声も少なくはなかった。ただ、その声はいつも迅速《じんそく》に岐山温《ウェン》氏の手で鎮圧されるのが常だった。そうして三か月前に、金《ジン》、聶《ニエ》、藍《ラン》、江《ジャン》の四家が同盟を結び先頭に立って反乱を引き起こし、「射日の征戦」などという旗印を掲げ始めた時も、温《ウェン》氏の人々は皆、気にも留めずにいた。

その時、温《ウェン》宗主はその四家それぞれについてこう言って憚らなかった。まず、蘭陵《らんりょう》金《ジン》氏は二股膏薬《ふたまたごうやく》だ。今、あちこちの世家が激しい義憤《ぎふん》に駆られて討《とう》伐《ばつ》などと言いだしているが、奴らはただ同調して参加しただけで、次々に陣を破られればすぐに自ら苦労の種を蒔《ま》いたことに気づき、また温《ウェン》家にしがみついて泣き喚くだろう——清河《せいか》聶《ニエ》氏は、宗主が血気盛んすぎる故に折れやすく、そう長くは持たない。他人が手を下すまでもなく、いずれ仲間の手で殺されるはずだ——姑蘇藍《ラン》氏は、仙府《せんぷ》を焼かれて一敗地《いっぱいち》にまみれた。藍曦臣《ランシーチェン》が蔵書閣《ぞうしょかく》の書物を持って戻り、宗主を継いだとしても、ただの若輩者《じゃくはいもの》に大事を背負えるはずがない——そして、最も笑わせるのは雲夢江《ジャン》氏だ。一門皆殺しにされ、生き残った者も逃げ、残ったのは藍曦臣《ランシーチェン》より年下の江澄《ジャンチョン》一人だけ。まだ乳臭いクソガキが、手下もいないくせに宗主を名乗って旗を掲げ、また新たな門弟を集めつつ討伐に参加している。

簡潔に言うなら——全員身のほど知らずの小物だ！

当初、温《ウェン》家側に立つすべての人々は皆、この射日の征戦をただの笑い話としか思わなかった。しかし三か月が経ち、戦況は完全に予想外の筋書きへと進んでいた！

河間《かかん》、雲夢など多くの要地を破られて取り返されてしまったが、まあそれは構わない。しかし信じ難いことに、温《ウェン》宗主の長男までもが首をはねられてしまったのだ。

それを知った王霊嬌《ワンリンジャオ》は廊下でしばしおろおろしていたが、動転しながらも自分の部屋に戻った。彼女はずっとぴくぴく痙攣《けいれん》している瞼《まぶた》を手で擦りながら、もう片方の手で胸を押さえつけ、今後自分がどうするべきかを思案した。

温晁《ウェンチャオ》のそばで寵愛《ちょうあい》を受けるようになって、数えてみればそろそろ半年になる。これまでの温晁《ウェンチャオ》が、一人の女を可愛がり始めてから愛想を尽かすようになるまでの限界は半年間だった。自分は他の女と違い、最後まで寵愛を受ける唯一の女だと思っていた彼女だが、近頃の温晁《ウェンチャオ》の辟易《へきえき》とした態度は、既に自分が他の女となんら違わないことを彼女に教えていた。

王霊嬌《ワンリンジャオ》は唇を噛んで少し考えたあと、その場にしゃがみ込み寝床の下から小さな箱を一つ取り出した。

その箱には、彼女が温晁《ウェンチャオ》のそばについていたこの半年の間で、あらゆる手を尽くしてあちこちから搾《しぼ》り取った金品と法器が入っている。金品は要脚《ようきゃく》のためで、法器は護身用だ。悔しいが、結局これを頼りにする日が訪れてしまった。

王霊嬌《ワンリンジャオ》は、自分が今までいくら蓄《たくわ》えたかを調べようと、帯の中から小さな鍵を一本取り出し、箱の錠を開けながらぶつぶつと呟いた。

「クソ男、あんたみたいな脂《あぶら》てかてかのガマガエルだって、いずれ死ぬのよ。あんたの世話をしなくて済んで清々するわ……きゃっ！」

箱を開けて中に入っているものを見た瞬間、彼女は仰天して思いきり尻もちをついた。

そこには、彼女が大切に隠してきた宝物など一つもなく、その代わり――青白い肌の子供が一人、箱の中で丸くなっていたのだ！

王霊嬌《ワンリンジャオ》は驚愕《きょうがく》のあまり続けざまに悲鳴を上げ、両足で地面を蹴りながらひたすら後ずさった。彼女はいつもその箱に鍵をかけていて、唯一の鍵は肌身離さず持ち歩いていた。それなのに、なぜ中に子供が入っているのか？

箱はせいぜいひと月に一回程度しか開けないとはいえ、子供が一人隠れていて彼女が気づかないはずはない。この子はいったいなんなのか!?

小さな箱は彼女に蹴られてひっくり返り、こちらに底を向けた状態になっている。箱の中からはわずかな物音すら聞こえてこない。

王霊嬌《ワンリンジャオ》はがくがくと両足を震わせながら身を起こし、箱の中身をもう一度確認しなければと思ったが、恐ろしさのあまりどうしてもできなかった。

(霊だわ、悪霊がいる!)

彼女の修為は低すぎて、たとえ霊が出てもどうすることもできないが、ふいにここが監察寮で、正門の外側とすべての部屋の外には呪符《じゅふ》が張られていることを思い出した。呪符があればきっと自分を守ってくれるはずだと考え、慌てて外に飛び出し部屋の外に張ってあった呪符を剥《は》がして胸元にぺたりと張る。

呪符が胸の前で庇ってくれると思うと、彼女はまるで心を落ち着かせる薬でも飲んだみたいに冷静になった。抜き足差し足で部屋の中に戻り、竿《さお》上げを一本見つけると、それを使って遠くから箱を元通りにひっくり返す。中には彼女の宝物が整然と山積みになっていて、子供の姿などどこにもなかった。

王霊嬌《ワンリンジャオ》はほっと息を吐き、竿上げを持ったままましゃがんで宝物の数を数えようとする。だがその時、突然寝床の下に何やら白く光る点が二つあることに気づいた。

——それは、二つの目玉だった。

先ほど見た青白い肌の子供が、寝床の下で這《は》いつくばって彼女をじっと見つめている。

温晁《ウェンチャオ》は今夜これで三回目になる王霊嬌《ワンリンジャオ》の甲高い叫び声を聞いて、くすぶっていた怒りの炎がさらに勢い良く燃え上がり、吠えるように声を上げた。

「クソ女! いちいちびびるんじゃねぇ、これ以上俺様をイライラさせてくれるな!」

近頃は煩《わずら》わしい知らせばかりが届き、新しい美女を物色《ぶっしょく》する暇もない。見つけたとしても、例の雑魚世家どもから送られてきた女刺客《しかく》である恐れがあるのだ。もし夜伽が必要でなかったら、彼はとっくに王霊嬌《ワンリンジャオ》をできるだけ遠くへと追いやっていたに違いない。

「誰か！　あいつを黙らせろ！」

温晁《ウェンチャオ》が怒鳴ったが、なぜか誰からも返事はない。腰掛けを一つ蹴飛ばした温晁《ウェンチャオ》の怒りの炎は、さらに高く燃え上がった。

「おい！　クズども、どこへ消えやがった！」

すると突然、部屋の扉が大きく開いた。

「お前、中に入れじゃなくて、あのクソ女を黙らせろって……」

そう言いながら温晁《ウェンチャオ》はぱっと振り向いたが、その後の言葉は喉につかえて出てこなくなった。部屋の入り口に、女が立っているのが目に入ったからだ。

その女の鼻は歪《ゆが》み、目は斜めになっている。それはまるで、誰かに殴られてバラバラになった五官をもう一度組み合わせたような顔だった。両方の目玉はそれぞれが違う方向を見ていて、左目は斜め上を、右目は斜め下を見つめて、顔全体が人のものとは思えないほど激しく歪んでいる。

温晁《ウェンチャオ》は愕然《がくぜん》としながらも必死に女を観察し、肌が多く露出した見覚えのある紗の服でやっと気がついた――これは、王霊嬌《ワンリンジャオ》ではないか！

王霊嬌《ワンリンジャオ》は喉を獣のようにグルグルと鳴らし、おぼつかない足取りで近づきながら彼に手を伸ばした。

「……たすけて……たすけて……おねがい……」

温晁《ウェンチャオ》は大声を上げて、まだ新しい自分の剣を抜き出すと、彼女に斬りかかる。

「う、失せろ！」

王霊嬌《ワンリンジャオ》はその一振りで肩を深く斬られ、顔をさらにひどく歪ませて甲高い悲鳴を上げた。

「ああああああ……いたいいいいい――っ、いたいいいいっ！」

温晁《ウェンチャオ》は斬りつけた体から剣を抜くことすら怖くなって柄《つか》から手を離し、腰掛けの脚を掴んで投げつけた。腰掛けは王霊嬌《ワンリンジャオ》に当たってバラバラになり、彼女は少しよろめきながら床に張りついて頭を下げる。どうやら誰かに叩頭《こうとう》しているらしく、舌足らずに言い始めた。

「……ごめんなひゃい……、ごめんなひゃい……ゆるひて、ゆるひて、ゆるひてぇ、ううう……」

頭を床に擦りつけながらも、彼女の顔中の穴という穴から血が流れ始めた。王霊嬌《ワンリンジャオ》は扉の前にいて出口を塞いでいる。そのせいで温晁《ウェンチャオ》は飛び出すこともできず、仕方なく窓を押し開け、喉が嗄れそうなくらいの大声で必死に叫んだ。

「温逐流《ウェンジューリウ》！　温逐流《ウェンジューリウ》！」

床に座り込んだままの王霊嬌《ワンリンジャオ》は、壊れた腰掛けの脚を一本拾い上げる。

「はい、はい、たべます、たべます！　アハッ、わたし、たべます……！」

彼女はおかしくなったようにそれを自分の口の中に突っ込みながら、なぜか笑っている。そして、なんと本当に、その脚を半ばまで強引に呑み込んでしまった！

その異様な行動に、温晁《ウェンチャオ》が泡を食って窓から逃げようとしたその時、突然、庭一面を照らし出す月光の中に黒い人影が立っていることに気づいた。


――同じ頃。

ある森の入り口に立った江澄《ジャンチョン》は、誰かが近づいてくる気配に気づき顔をわずかに横へと向けた。やって来た人物は全身に白い服を纏い、額に締めた抹額《まっこう》が背後で髪とともにふわりと舞っている。その顔は玉の如く透き通るように白い。極めて美しく雅やかで、降り注ぐ月光のもと、まるで全身が淡い光を放っているかのようだ。

「藍《ラン》公子」

江澄《ジャンチョン》が冷然と呼びかけると、藍忘機《ランワンジー》も粛然《しゅくぜん》とした表情で、「江《ジャン》宗主」と言って会釈《えしゃく》した。

二人は挨拶を交わしたきり何も話さず、各自の家の修士を連れ、無言で御剣して移動し始めた。

二か月前、藍《ラン》氏双璧《そうへき》と江澄《ジャンチョン》は奇襲をかけ、温晁《ウェンチャオ》の「教化機関《きょうかきかん》」に取り上げられていた各世家門弟たちの仙剣を奪還し持ち主に返した。その時に、三毒《サンドゥ》と避塵《ビチェン》もやっと彼らの手に戻ってきたのだ。

藍忘機《ランワンジー》の薄い色の瞳は、江澄《ジャンチョン》が腰に提げたもう一本の剣をちらりと見てから、また視線を元に戻す。

しばらくしてから、彼は前方を真っすぐに見据えたまま口を開いた。

「魏嬰《ウェイイン》はまだ現れていないか？」

江澄《ジャンチョン》は、彼がなぜ急に魏嬰《ウェイイン》のことを聞いてきたのか不思議に思い、一瞬そちらを見てから「まだだ」とだけ答える。

彼は腰に提げた随便《スイビェン》に目を落としてから続けた。

「俺のところの者は、未《いま》だにあいつの消息を掴めていない。でも、戻ったらきっと俺を捜しに来るはずだから、現れたら剣をあいつに返す」

今夜間もなく、二人は修士たちを連れて温晁《ウェンチャオ》が身を隠している監察寮に夜襲をかけるつもりだった。

監察寮に着くと、その正門から入る前に藍忘機《ランワンジー》の視線が鋭くなり、江澄《ジャンチョン》も眉をひそめる。

——陰気が溢れ、怨念がそこここに蔓延《はびこ》っている。

しかし、正門の両側に張られた呪符はどれも破られていない。江澄《ジャンチョン》は手で合図を送り、彼が連れてきた修士たちは四方に散り塀の足元に身を潜める。江澄《ジャン》《チョン》が三毒《サンドゥ》を抜いて一振りすると、現れたその剣芒《けんぼう》が正門を乱暴に開け放った。

中に足を踏み入れる前に、藍忘機《ランワンジー》は正門の両側に張られた呪符をさっと確認する。

監察寮内には、この上なく凄惨《せいさん》な光景が広がっていた。

庭一面に死体が転がり、庭だけでなく、花畑、廊下、手すり、そして屋上までもが死体で埋め尽くされている。

どの死体も炎陽烈焔袍を身に纏っていて、すべてが温《ウェン》家の門弟だとわかる。江澄《ジャンチョン》が三毒《サンドゥ》を使って一人の死体をひっくり返し仰向《あおむ》けにすると、その青白い死に顔には何筋もの血の跡が残っていた。

「顔中から血を流しているな」

「こちらは違う」

江澄《ジャンチョン》の言葉を聞き、別の所に立っている藍忘機《ランワンジー》が口を開いた。

江澄《ジャンチョン》も近づいて見てみると、その死体はカッと白目をむいて、顔は原形を失うほど崩れ、口元からは黄色い胆汁《たんじゅう》を垂らしている。どうやら恐怖のあまり死んだらしい。

江澄《ジャンチョン》の配下の門弟の一人が報告をしに来た。

「宗主、くまなく調べ終わりましたが、全員死んでいます。しかも、どの死体も違う死に方です」

絞死《こうし》、焼死、溺死《できし》、毒死、凍死、喉を斬り裂かれて、鋭い武器で頭を貫かれて……と、江澄《ジャンチョン》はすべての死に方を聞いて、薄気味悪いと言わんばかりの表情で話した。

「どうやら今夜の任務は、何か他のモノが俺たちの代わりに済ませてくれたようだな」

藍忘機《ランワンジー》は押し黙ったまま、率先して屋敷の中に入った。

温晁《ウェンチャオ》の部屋の扉は大きく開いていて、部屋の中には女の死体が一つあるだけだった。その女の服は薄くて露出が多く、なんと腰掛けの脚を一本呑み込もうと口から押し込み、自分を刺し殺したようだ。

江澄《ジャンチョン》は死体をこちらに向かせ、その歪んだ顔をじっと見つめた。そして、冷ややかにクッと一度だけ笑うと、腰掛けの脚を掴んでさらに思いきり彼女の口の中に押し込み、残りの半分の脚まで突き入れた。

江澄《ジャンチョン》は目を赤くしながら立ち上がり何か言おうとしたが、なぜか藍忘機《ランワンジー》が扉の前に立ち、眉をひそめて考え込んでいるのが目に入った。近づいて彼の視線を追ってみると、黄色い紙に赤い色で描かれた呪符が一枚、扉の前に張られていた。

その呪符には、一見おかしなところは何もない。しかしよくよく観察してみると、どこか人を非常に不快にさせる部分があることに気づく。

「加筆されている」

「やはりそうか」

藍忘機《ランワンジー》がはっきりと言うと、江澄《ジャンチョン》は表情を険しくした。

この類の邸宅を守る呪符の描き方なら、彼らは十五、六歳までには既に熟知している。しかし、この呪符に描かれた力強く自由自在な丹砂《たんしゃ》の筆勢《ひっせい》は、通常のものよりもなぜか数筆多かった。しかも、まさにその数筆が呪文の筋道を丸ごと変えてしまっているのだ。改めてよく見てみると、この扉に張られた呪符の呪文は、まるで不気味に微笑む人の顔のようにも見える。

監察寮内では温晁《ウェンチャオ》と温逐流《ウェンジューリウ》の死体は発見されなかった。江澄《ジャンチョン》は、彼らならきっと岐山の方に向かって逃げたはずだと推測し、すぐさま修士たちを率いてこの廃《すた》れた監察寮から撤退すると、御剣して追跡した。藍忘機《ランワンジー》は彼らと別れ、一度姑蘇に戻ることにした。

その二日後、ようやく江澄《ジャンチョン》に追いついた藍忘機《ランワンジー》は例の呪符を取り出した。

「この呪符は、効果が反転されている」

「反転？　反転とはどういう意味だ？」

江澄《ジャンチョン》が怪訝な顔で尋ねると、藍忘機《ランワンジー》が説明した。

「通常の呪符の呪文は邪《じゃ》を払うが、この符は、逆に邪を招く」

「呪符で邪を招くことができると言うのか？　そんなの聞いたこともない」

「確かに聞いたことはない。しかし試してみたところ、これは間違いなく邪を招き、悪霊を呼び集める」

愕然とした江澄《ジャンチョン》は、彼から呪符を受け取ってそれをじっくりと観察した。

「たった数筆つけ足したくらいで、呪符の効果を真逆にできると？　これは人為《じんい》的なものか？」

「つけ足されたのは計四筆、それらは人の血で描かれている。監察寮にある邸宅を守る呪符はすべて描き変えられていて、筆鋒《ひっぽう》は同一人物のものだ」

「それなら、これを描いたのはいったいどこの誰なんだ？　世家名士の中に、こんなことができる者がいるなんて初耳だぞ」

そう言うと、江澄《ジャンチョン》はすぐさま続けた。

「まあ、この呪符を描いたのがどこの誰であろうと、目的が我々と一致しているならそれでいい――温《ウェン》狗《く》を皆殺しにさえできればな！」

二人は手に入れた情報に従って真っすぐに北上し、道すがら通過する地域ごとに、惨殺《ざんさつ》された変死体が現れているという噂を耳にした。それはすべて炎陽烈焔袍を身に纏った温《ウェン》家修士で、しかも階級がかなり高く修為もずば抜けた者ばかりだった。それなのに様々な惨《むご》い殺され方をして、しかもその全員が、人の往来が激しい場所に見せしめのように死体をさらされていた。

「こいつらも、あの呪符の主が殺したと思うか？」

「邪気がひどく重い。おそらく同じ人物の仕業だろう」

江澄《ジャンチョン》の問いかけに、藍忘機《ランワンジー》が淡々と答える。江《ジャン》澄《チョン》は「ふん」と鼻を鳴らした。

「邪気？　この世に温狗《ウェンく》より邪悪なものなんているか!?」

四日目の深夜まで追跡を続け、二人はようやくある辺鄙な山の上に建てられた宿場《しゅくば》の近くで温逐流《ウェンジューリウ》の足取りを掴んだ。

その宿場は二階建てで、建物のすぐそばが馬小屋になっている。駆けつけてきた藍忘機《ランワンジー》と江澄《ジャンチョン》は、ちょうど背の高い大柄な人影が一つ、建物の中に駆け込み扉の閂《かんぬき》をかけたところを目に留めた。二人とも温逐流《ウェンジューリウ》の「化丹手」の技を懸念し、不用意なことをして相手に先手を打たれないようにと、扉からは入らずに屋根の上に跳び上がった。江澄《ジャンチョン》は胸の中で荒れ狂う天を衝《つ》かんばかりの恨みを強引に抑え込み、歯噛みしながらもひび割れた屋根瓦《かわら》の隙間からしっかりと建物の中を眺めた。

温逐流《ウェンジューリウ》は長旅のせいでやつれた様子で、懐に誰かを抱きかかえ、もたついた足取りで二階に連れて上がる。抱えていた人物を卓のそばの腰掛けに座らせると、即座に窓に駆け寄ってすべての窓かけの布を下ろし、風も通さないほどしっかりと窓を覆ってから、やっと卓の上の紙燭《しろう》に火をつけた。

微弱な灯火が温逐流《ウェンジューリウ》の顔を照らし出す。相変わらず蒼白な顔には厳しい表情を浮かべて、その両目の下は疲労を表すかのように濃く黒ずんでいる。卓のそばにいるもう一人の人物は、全身を隙間なく衣服で覆い、顔までも外套の中に潜るように隠している。まるでとても弱々しい繭《まゆ》に包まれた生き物のように、羽織った外套の中でぶるぶると震え荒い呼吸を繰り返しながら、灯った火を見て突然口を開いた。

「明かりをつけるな！　万が一奴に見つかったらどうするんだ!?」

藍忘機《ランワンジー》は顔を上げ、江澄《ジャンチョン》と目を見交わす。二人の目の中には同じ疑問が浮かび上がっていた。

この人物は間違いなく温晁《ウェンチャオ》だ。しかし彼の声は、なぜこんなふうに甲高くて細く、まるで別人のようになっているのだろうか？

温逐流《ウェンジューリウ》は俯くと、袖の中の物を手で探った。

「まさか明かりさえつけなければ、奴には見つからないとでも？」

「俺たち……俺たちはこんなに遠くまで、こんなに長く走ったんだから、奴は……奴はもう、追ってこられないよな！」

温晁《ウェンチャオ》はゼーゼーと苦しそうに息をしながら話す。

「おそらくは」

温逐流《ウェンジューリウ》が冷然と答えると、温晁《ウェンチャオ》が細い声で怒鳴った。

「なにがおそらくだ！　これでも逃げきれていないなら、さっさとまた逃げるぞ！」

「あなたに薬を塗らなければ。さもないと死にますよ」

温逐流《ウェンジューリウ》はそう言うと、温晁《ウェンチャオ》が羽織っている外套をぱっとめくった。その下から現れたものを見て、屋根の上にいた二人は愕然とした。

現れたのは、あの尊大で横柄かつ凛々しくて少々脂ぎった温晁《ウェンチャオ》の顔ではなく、包帯でぐるぐる巻きにされた坊主頭だった！

温逐流《ウェンジューリウ》がその包帯を皮をむくようにぐるぐると外すと、温晁《ウェンチャオ》の皮膚があらわになっていく。その顔は、まるで全身丸ごと茹《ゆ》でられたかのように火傷《やけど》や傷痕で覆われ、ひどく凶悪で醜《みにく》く、昔の彼の面影は欠片《かけら》もない！

温逐流《ウェンジューリウ》は袖から薬瓶を取り出すと、まず彼に丸《がん》薬《やく》を数粒飲ませてから、次に塗り薬を頭皮と顔の火傷に塗ってやった。薬が沁《し》みて痛いらしく、塗られながら温晁《ウェンチャオ》は泣きじゃくる。温逐流《ウェンジューリウ》は「涙を流してはなりません。さもないと涙が傷口を化膿《かのう》させて、もっと痛むだけです」と諭《さと》した。

温晁《ウェンチャオ》はやむなく無理に涙を堪《こら》え、泣くことすらできなくなった。揺れ動く灯火の傍らで、顔中に火傷を負った坊主頭の男が歯をむき出しにして口元を歪め、不明瞭で奇妙な声を発しているのだ。彼を照らす薄暗い黄色の灯火は、消えそうで消えずに揺らめいている。その光景は、実に例えようもないくらいの恐怖に満ちていた。

その時、唐突に温晁《ウェンチャオ》が甲高い悲鳴を上げた。

「笛だ！　笛！　笛の音だよな!?　また奴が笛を吹いているのが聞こえたぞ！」

「違います！　あれは風の音です」

温逐流《ウェンジューリウ》が否定したが、温晁《ウェンチャオ》の方は怯えきって腰掛けから床に転がり落ち、大声で叫び始める。温《ウェン》逐流《ジューリウ》は再び彼を抱きかかえて座らせた。どうやら温晁《ウェンチャオ》の脚には何か問題があるらしく、自分では歩くことができないようだ。

温逐流《ウェンジューリウ》は彼に薬を塗り終わると、懐から肉饅頭《にくまんじゅう》をいくつか取り出し、彼の手に置いた。

「食べてください。食べ終わったら、また先を急ぎましょう」

温晁《ウェンチャオ》はぶるぶる震えながら一口噛みつく。それを見て江澄《ジャンチョン》は、魏無羨《ウェイウーシエン》とともに逃げ回りひどく不安で悲惨だった時のことを思い出した。あの日の二人はただの一口も食べ物を口にすることはできなかった。今目の前にあるこの光景は、まさに天罰覿面《てんばつてきめん》に他ならない！

江澄《ジャンチョン》は心底愉快に思い、声を出さずに口角を上げ、まるで理性を失ったような笑みを浮かべた。

ふいに温晁《ウェンチャオ》は何かを噛んでしまったようで、恐ろしい形相で肉饅頭《まんじゅう》を投げ捨て、甲高い声で喚き始めた。

「俺は肉なんて食べない！　食べない、食べない！　肉なんて食べないぞ！」

温逐流《ウェンジューリウ》はまた新しい饅頭《まんじゅう》を一つ渡す。

「こちらは肉ではありません」

「もう食べない！　こんな物見たくない！　どか

せ！　俺は父さんに会いたいんだ、いったいいつになったら父さんのところに帰れるんだ！」

「この調子だと、あと二日もあれば」

温逐流《ウェンジューリウ》の言葉は非常に誠実で、決して誇張せず誤魔化しもしない。だがその誠実さは逆に温晁《ウェンチャオ》をこの上なく苦しめるものだった。

「二日!?　二日だと!?　お前、今の俺を見てみろよ。なんて姿だ？　この上二日も経ったら、俺はどうなる!?　この役立たずが！」

彼は掠れた声で温逐流《ウェンジューリウ》を罵った。

しかし温逐流《ウェンジューリウ》がすっくと立ち上がると、温晁《ウェンチャオ》は驚いて身を縮めた。彼が一人で逃げてしまうかもしれないと思い、急に恐ろしくなったのだ。すべての護衛が一人ずつ彼の目の前で惨死《ざんし》していく中、唯一この温逐流《ウェンジューリウ》だけがそばに残った。彼は最強であり最後の頼みの綱でもあるため、温晁《ウェンチャオ》は慌てて言い直した。

「違う違う違う、温逐流《ウェンジューリウ》……温《ウェン》兄さん！　行かないで、絶対に俺を見捨てないで。俺を父さんのところに連れ帰ってくれさえすれば、あなたを最上級の客卿《かっけい》にさせますから！　いやいや、俺を助けてくれたんだから、もはやあなたは俺の兄も同然だ。あなたを温《ウェン》家本家に迎え入れさせます！　これからあなたは俺の兄です！」

「結構です」

そう言いながら、温逐流《ウェンジューリウ》は階段の方を凝視する。

彼だけではなく、藍忘機《ランワンジー》と江澄《ジャンチョン》の耳にもその音は聞こえていた。階段から、ギシッ、ギシッと足音が響いてくる。

誰かが今、一段一段踏みしめながら、二階に上がってきているのだ。

至るところに火傷を負った温晁《ウェンチャオ》の顔から、かなり濃かった血色が一瞬で引いていく。彼はがたがたと震えながら、羽織っている外套の中から両手を出して自分の顔を覆った。まるであまりの恐怖に、両目を塞いで自らを欺《あざむ》き、なんとかして身を守ろうとしているかのようだ。しかし、あらわになった彼の二つの手のひらはつるりとしていて、なんとすべての指を失っていた！

ギシ、ギシ、ギシ。

ゆっくりと二階まで上がってきたその人影は全身に黒い服を纏い、すらりとして背が高い。腰には笛を差し、手を後ろで組んで歩いている。

屋根の上にいる藍忘機《ランワンジー》と江澄《ジャンチョン》は、同時にそれぞれの剣の柄を押さえた。

ところが、その人物が悠々と階段を上がり、微笑みを浮かべながらこちら側に顔を向けた時、その明眸を見た藍忘機《ランワンジー》は信じられない様子で目を大きく見開いた。

彼の唇は少し震え、声を出さずに何文字かの言葉を口にする。江澄《ジャンチョン》も驚きのあまりその場で立ち上がりかけた。

——魏無羨《ウェイウーシエン》！

しかし、その顔を除けば、彼は頭の先から足の先まで元の魏無羨《ウェイウーシエン》とは似ても似つかない雰囲気を醸《かも》し出していた。

以前の魏無羨《ウェイウーシエン》は、抜きん出て明るく意気揚々とした人好きのする紅顔の美少年で、目元と眉にはいつでも笑みを浮かべ、ぶらぶらと自由気ままに歩くのが常だった。しかし今彼らの目に映る魏無羨《ウェイウーシエン》は、全身がひどく冷え冷えとした重苦しい気配に覆われ、美しい顔は青褪めた色をしていて、その微笑みまでも不気味さに満ちている。

目の前の光景があまりにも予想外だった上、まだ形勢も不明なため、軽はずみな行動はできない。屋根の上にいる二人はこれ以上ないほどに驚愕していたが、すぐに中に飛び込むことはせず頭をさらに低くして、ただじっと屋根瓦の隙間を覗き込むに留めた。

部屋の中に現れた黒ずくめの魏無羨《ウェイウーシエン》は、徐々に体の向きを変えていく。辺りからは自分の顔を覆ったままの温晁《ウェンチャオ》のゼーゼーという呼気《こき》交じりの声しか聞こえてこない。

「温逐流《ウェンジューリウ》……温逐流《ウェンジューリウ》！」

それを聞いて、魏無羨《ウェイウーシエン》の目と口元がゆっくりと弧を描いた。

「この期《ご》に及んで、お前はまだそいつを呼べばなんとかなると思ってるのか？」

彼がそちらに向かって数歩歩いたところで、足が何か白い物を蹴ってしまう。俯いて見ると、それは先ほど温晁《ウェンチャオ》が投げ捨てた肉饅頭《まんじゅう》だった。

魏無羨《ウェイウーシェン》は眉を吊り上げる。

「なんだ、好き嫌いか？」

温晁《ウェンチャオ》は腰掛けから床へと倒れ込み、胸が張り裂けそうなほど悲痛な声で叫んだ。

「俺は食べないぞ！　食べない！　食べない！」

大声を上げて泣き喚きながら、指が一本もない両手を使って床を這う。すると、引きずられた黒い外套が下半身に沿ってするりと滑り落ち、そこから彼の両脚が現れた。その脚は、まるで邪魔な飾り物みたいに下半身からぶらさがり、包帯をぐるぐる巻きにされているが、尋常ではないほどに細かった。彼が激しく動いたせいで、包帯が引きずられて隙間ができると、中からは真っ赤な血管と肉の切れ端がくっついた不気味な白骨が現れた。

彼の脚は、なんと肉がむざむざと削り取られていた。しかも、彼の反応から察するに……その肉はすべて彼自身が食べさせられたのだろう！

がらんとした宿場の中に、温晁《ウェンチャオ》の甲高い叫び声が響き渡る。魏無羨《ウェイウーシェン》は何も聞こえないかのように服の裾《すそ》をさっと払うと、別の卓のそばに腰を下ろした。

彼が二つ目の紙燭に火をつけ、ほのかに燃える黄色い炎の前に、暗闇に沈んでいた魏無羨《ウェイウーシェン》の顔が半分だけ照らし出される。そして手を下に垂らすと、卓の下の暗闇から青白い顔が一つ浮かび上がり、そこから「ガジガジ」という咀嚼音《そしゃくおん》が響いてきた。

異様に白い皮膚の子供が一人、彼の足元にしゃがみ、まるで小さな肉食獣のように魏無羨《ウェイウーシェン》が与えた何かをかじって食べている。

魏無羨《ウェイウーシェン》は手を戻すと、その白い鬼童《おにわらべ》の髪がまばらに生えた頭を、軽く二回ぽんぽんと叩いてやった。鬼童は何かを咥《くわ》えたまま振り返ると、魏無羨《ウェイウーシェン》の脛《すね》に抱きついてやけに憎々しげに咀嚼し続けながら、不気味な光を放つ両目で温逐流《ウェンジューリウ》を睨みつけた。

彼が口の中で咀嚼しているのは、二本の人間の指だった。

言うまでもなく、それは温晁《ウェンチャオ》の指に違いない！

藍忘機《ランワンジー》はその薄気味悪い子供の悪霊と、同じように薄気味悪い魏無羨《ウェイウーシエン》を見つめ、避塵《ビチェン》の柄をきつく握りしめた。

温逐流《ウェンジューリウ》は今もなお温晁《ウェンチャオ》の前に立って彼を庇い続けている。俯いている魏無羨《ウェイウーシエン》の表情は読み取れない。

「温逐流《ウェンジューリウ》、お前はそいつのつまらない命を、俺の手から守れると本気で思ってるのか？」

「命をかけて試すのみ」

魏無羨《ウェイウーシエン》は冷ややかにふっと笑った。

「なんとも忠誠に厚い温狗《ウェンく》だな」

「知遇《ちぐう》の恩には報《むく》いなければならない」

それを聞くと、魏無羨《ウェイウーシエン》の口調と表情がいきなり凶悪なものに変わり、彼は荒々しい声を上げた。

「馬鹿げたことを！　なぜお前が受けた恩の代償を別の誰かに払わせる！」

すると、話の途中で温逐流《ウェンジューリウ》の背後から温晁《ウェンチャオ》が泣き叫ぶ金切り声が響いてきた。温晁《ウェンチャオ》は部屋の隅まで這って、木の壁の中に必死で入り込もうとしている。まるで、そうすればその隙間から外へ逃げ出せるとでも思っているかのように。しかしその時、天井から突然「パン」と音を立てて一塊の赤い影が落ちてきた。赤い服を身に纏い青褪めた顔をした髪の長い女が、踏み潰すようにして温晁《ウェンチャオ》の体の上に落ちたのだ。その女の青黒い顔と鮮やかな赤い服、そして漆黒の長い髪は目を射るようにおぞましいほどの対照をなし、彼女の十本の指が温晁《ウェンチャオ》の頭に巻かれた包帯を掴むと、力一杯に引き剥がした！

その包帯は、つい先ほど温逐流《ウェンジューリウ》が薬を塗ったあと新しく巻いてやったものだ。塗り薬と皮膚、そして包帯はそれぞれ癒着《ゆちゃく》しており、火に焼かれた皮膚は脆《もろ》くなっているため、力を込めて引き剥がされると、かさぶたやごく薄い皮膚と肉が同時に剥がされてしまう。さらには唇の皮までもが剥がされ、でこぼこしていた坊主頭は一瞬で血みどろに染まった。

温晁《ウェンチャオ》はその場で気絶した。悲鳴を聞いた瞬間、温《ウェン》逐流《ジューリウ》はすぐさま振り返って彼を助けようとし、屋根の上にいる藍忘機《ランワンジー》と江澄《ジャンチョン》も剣をきつく握りしめて攻撃を仕掛けるつもりでいたが、その時には既に魏《ウェイ》無羨《ウーシエン》の足元にいた鬼童が甲高い叫び声とともに温《ウェン》逐流《ジューリウ》へと飛びかかっていた。

温逐流《ウェンジューリウ》が右の手のひらで打った一撃は真正面から鬼童の額に当たったが、同時になぜか彼の手のひらにも強い痛みが走った。なんと口を開けた鬼童が、二列の鋭い牙で彼に噛みついたのだ。思いきり振り払おうとしてもしっかりと食らいついて離れないため、温逐流《ウェンジューリウ》はそれに構わず温晁《ウェンチャオ》を助けようとした。するると鬼童は彼の手のひらの肉をがぶりと大きく喰いちぎり、ぺっと吐き出してからさらに手のひらに沿って蚕食《さんしょく》し始める。温逐流《ウェンジューリウ》は左手で鬼童の頭を掴み、そのひんやりとした小さな頭を素手で握り潰さんとした。

一方で青褪めた顔の女は血まみれの包帯を床に捨て、まるで四足歩行をする生き物のように素早く温《ウェン》逐流《ジューリウ》の近くまで這っていく。そして手を振ると、たちまち十本の血の色をした溝が彼の体に刻まれた。大人と子供の陰険で邪悪なモノが、取り囲んで引き裂いては噛みついてと、しつこくつきまとう。温《ウェン》逐流《ジューリウ》はこちらを構えばあちらが構いきれず、珍しく慌てふためき散々な体《てい》たらくだった。必死に応戦しながらふと顔を横に向けた時、魏無羨《ウェイウーシエン》がせせら笑いながらこちらを傍観《ぼうかん》しているのが見えて、温逐《ウェンジュー》流《リウ》は突然彼に向かって飛びかかった。

屋根の上にいる二人は同時に顔を強張らせる。とっさに藍忘機《ランワンジー》が手のひらから一撃を放ち屋根瓦を砕くと、崩れた天井から宿場の二階に飛び降りて温《ウェン》逐流《ジューリウ》と魏無羨《ウェイウーシエン》の間に立ち塞がった。温逐流《ウェンジューリウ》は呆気《あっけ》に取られていたが、さらに突然、紫に光る長い鞭が襲いかかり、ぐるぐると彼の首に三周も巻きついたかと思うといきなり体を持ち上げられる。背が高く体格のいいずっしりとした温逐流《ウェンジューリウ》の体は、電光を帯びた長い鞭に吊るされて宙に浮き、その場で「ボキッ」と首の骨が折れる音が響いた。それと同時に、魏無羨《ウェイウーシエン》の瞳孔はすっと収縮し、腰から笛を抜き出してそちらを振り向きながら立ち上がる。温逐流《ウェンジューリウ》を引き裂いたり噛みついたりしていた鬼童と青褪めた顔の女は、素早く彼の方へと下がり、新たに現れた見知らぬ二人に警戒の眼差しを向けた。

藍忘機《ランワンジー》と江澄《ジャンチョン》の後ろにいる温逐流《ウェンジューリウ》にはまだ息があり、赤黒い顔で全身を痙攣させながらなんとかあがいている。両目をカッと見開き、目玉は今にも飛び出しそうだ。鬼童が彼らに向かってしきりに牙をむき敵意を丸出しにすると、魏無羨《ウェイウーシエン》は微かに手を振って牙を収めさせ、視線を藍忘機《ランワンジー》と江澄《ジャンチョン》の間で行き来させる。三人は黙ったまま、誰も口火を切ろうとしなかった。

しばらくして、江澄《ジャンチョン》がようやく腕を上げるとある物を放り投げ、魏無羨《ウェイウーシエン》は反射的にそれを受け取る。

「お前の剣だ！」

魏無羨《ウェイウーシエン》は剣を掴んだ手をゆっくりと下ろした。

俯いてしばらくの間随便《スイビエン》を眺めてから、やっと口を開く。

「……ありがとう」

またしばし沈黙が続いたかと思うと、突然、江《ジャン》澄《チョン》がずかずかと近づいてきて手のひらで魏無羨《ウェイウーシエン》を叩いた。

「お前な！　この三か月、どこに行ってやがった！」

それは確かに非難の言葉だったが、口ぶりには歓喜が滲み出ていた。藍忘機《ランワンジー》は近づいてはこないが、視線は終始魏無羨《ウェイウーシエン》に釘《くぎ》づけになっている。魏無羨《ウェイウーシエン》は江澄《ジャンチョン》に叩かれぽかんとしていたが、しばらくすると、お返しのように彼を叩き返した。

「ハハッ、いろいろあったんだ、一言で済ませられるかよ！」

先ほどまで彼の体を覆っていたあの冷えきった不気味な気配は、お互いを叩き合ったことで大分薄くなっていた。江澄《ジャンチョン》は喜びと同時に怒りも湧き、思いきり彼を抱きしめたあと、またいきなり押し飛ばして怒鳴った。

「あの山の麓にあるボロい町で合流するって約束しただろう？　俺は六日近くも待ったのに、お前の影すら見当たらなかった！　死ぬなら俺の目の前で死ねよな！　この三か月、俺は忙しすぎて頭が割れそうだったんだぞ！」

魏無羨《ウェイウーシエン》はさっと服の裾を払うとまた卓のそばに座り、手をひらひらと横に振った。

「一言じゃ済まないって言っただろ。あの時、温狗《ウェンく》どもは至るところで俺を捜し回ってたんだぞ。ちょうどあそこで待ってたところを捕まえられて、ろくでもない場所に放り込まれて痛めつけられてたんだよ」

彼がそう話していると、青褪めた顔の女が手足をすべて使って彼のもとに這ってきた。先ほど引き裂いたり噛みついたりしながら殺し合っていた時の彼女の顔はひどく凶暴だったが、魏無羨《ウェイウーシエン》のそばで伏せて、その青褪めた顔を彼の太ももにくっつけているさまは、まるで見目の良い色気のある愛妾《あいしょう》が大人しく主人の機嫌を取っているかのようだ。しかも唇からは「くすくす」という楽しげな笑い声まで漏らしている。卓に向かって斜めに座った魏無羨《ウェイウーシエン》は、右手でそっと彼女の柔らかく長い髪を撫でた。彼の動きを見ていた藍忘機《ランワンジー》の表情は、ますます冷えて険《けわ》しいものになる。その絵面《えづら》に江澄《ジャンチョン》も少々不快感を覚えてはいたが、彼は愕然としていてそれどころではなかった。

「ろくでもない場所ってどこだ？　俺は町で人を見かける度にあれこれ聞いて回ったのに、全員お前のことなんて見てないって言ってたぞ!?」

「お前、あの町の人たちに聞いたのか？　皆世間知らずの田舎者だからな、ごたごたを引き起こすのが怖くて誰も本当のことなんて言わないよ。それに、温狗《ウェンく》だってきっと口封じのために手を打っただろうし、そう答えるのは当然だろ」

「老いぼれどもが！」

江澄《ジャンチョン》はそう罵ってから、またさらに彼を問い詰めた。

「で、ろくでもない場所ってどこなんだ？　岐山か？　不夜天城か？　そこからお前はどうやって逃げられたんだ？　しかもそんなふうに連れてるその……二匹はなんだ？　ずいぶんと素直に命令に従うもんだな。この間、俺と藍《ラン》公子は温晁《ウェンチャオ》と温逐流《ウェンジューリウ》に夜襲をかけて奴らを殺す任務を受けたけど、結局誰かに先を越されたんだ。それがまさかお前だったとは！　あの呪符もお前が描き換えたのか？」

視界の端に藍忘機《ランワンジー》がこちらをずっと見ているのが映り、魏無羨《ウェイウーシエン》は小さく微笑んだ。

「そんなところだよ。俺はある場所で謎の洞窟を見つけ、その中には謎の傑人が残した謎の秘伝書があった。それを読んだらこんなふうになって、外に出てあちこちで殺して回った……って言ったら、お前信じるか？」

「いい加減目を覚ませ、お前は奇譚《きたん》本の読みすぎだ。この世のどこにそんなに多くの傑人がいて、謎の洞窟やら秘伝書があるんだよ！」

江澄《ジャンチョン》は呆れたように吐き捨てる。

魏無羨《ウェイウーシエン》は両の手のひらを上向きにすると、肩をすくめた。

「ほら、言ったってお前は信じないだろ。また今度機会があればゆっくり話すよ」

江澄《ジャンチョン》は藍忘機《ランワンジー》をちらりと見て、おそらくこれは他家の公子の前で話すべきことではないと察し、喜びを抑え込んだ。

「そうだな。また今度話そう。ともかく戻ればそれでいい」

「うん。それでいい」

魏無羨《ウェイウーシエン》が頷いたあとも、江澄《ジャンチョン》は小さく呟くように何度も「戻ればそれでいい」と繰り返し、またいきなり手のひらで彼を叩いた。

「お前って奴は本当に……！　温狗《ウェンく》に捕まっても死なないなんて！」

「当たり前だ。俺を誰だと思ってるんだ？」

得意げな様子で言う魏無羨《ウェイウーシエン》を見て、江澄《ジャンチョン》は我慢できずに罵った。

「なにいい気になってるんだ！　死んでないならさっさと戻ってこいよ！」

「俺だってやっと抜け出したばっかりだぞ？　お前と師姉が無事だって聞いて、しかもお前は雲夢江《ジャン》氏の再建に着手して、さらに同盟を結んで戦《いくさ》に参加してるっていうじゃないか。だったら俺は先に温狗《ウェンく》を何匹か殺して、お前の負担を少しでも減らして貢献してやろうと思ったんだよ。この三か月、苦労をかけたな」

最後の一言を聞いて、江澄《ジャンチョン》はこれまでの三か月間、苦しい思いをしながら昼夜問わず駆けずり回ってきた日々を思い出し、微かに感極まった面持ちになる。だが、すぐさまその表情を引っ込めると、凶悪そうな顔と口調を作った。

「そのボロい剣をちゃんとしまっとけ！　俺は、お前が戻ってそれをさっさと持っていかないかとずっと待ってたんだぞ。毎日二本の剣を持ち歩いて、他人にあれこれ聞かれるなんて二度とごめんだからな！」

「魏嬰《ウェイイン》」

その時、藍忘機《ランワンジー》が突然口を開いた。

魏無羨《ウェイウーシエン》と江澄《ジャンチョン》は、先ほどからずっと静かに彼らの傍らに佇《たたず》んでいた藍忘機《ランワンジー》に向き直る。魏無羨《ウェイウーシエン》はようやく彼に挨拶していなかったことを思い出し、微かに顔を横に傾けて言った。

「含光君《がんこうくん》」

「道中で温《ウェン》氏門弟を殺したのは、君か？」

「もちろん」

すると、藍忘機《ランワンジー》と魏無羨《ウェイウーシエン》のやり取りに江澄《ジャンチョン》が口を挟んだ。

「お前だろうと思ったよ！　なんでわざわざ一人ずつ殺すんだ。手間暇かけすぎだろ」

「そりゃ面白いからだよ。奴らで遊び尽くしてやるんだ。一気に全滅させて楽に死なせてやるなんて甘すぎる。一人一人殺して奴らに見せつけて、一回一回、ゆっくり削り取るのさ。言うまでもないけど、温晁《ウェンチャオ》のことはまだまったくなぶり足りない。温逐流《ウェンジューリウ》に関しては、温若寒《ウェンルオハン》に引き上げられた恩義で姓を変えて温《ウェン》家に入って、命令に従って奴の大事な息子を守ってきたみたいだけど」

そう言ってせせら笑ってから、魏無羨《ウェイウーシエン》はまた続けた。

「むしろ奴に、守ろうとしている温晁《ウェンチャオ》が自分の手の中で少しずつ変わり果てて、人とも化け物ともつかない気味の悪いモノに変わっていくところを見せてやろうと思ってな」

その笑顔には冷えきった厳しさと、残忍さと、愉悦が浮かんでいる。藍忘機《ランワンジー》は彼のその表情をはっきりと目で捉えてから、一歩前へと踏み出した。

「君は、どういう方法でその邪悪なモノたちを操っている？」

魏無羨《ウェイウーシエン》は口元に浮かべていた笑みをふいに消すと、横目で彼を睨んだ。

怪訝に思ったのか、江澄《ジャンチョン》も穏やかではない声を出す。

「藍《ラン》公子、その質問はどういう意味だ？」

藍忘機《ランワンジー》の目は真っすぐに魏無羨《ウェイウーシエン》を射貫《いぬ》いている。

「答えなさい」

鬼童と青褪めた顔の女がそわそわし始めたのに気づいて魏無羨《ウェイウーシエン》が振り向くと、二匹は悔しさで不本意そうにしながらもゆっくりと後ずさり、暗闇の中に姿を消した。魏無羨《ウェイウーシエン》は再び視線を藍忘機《ランワンジー》に戻し、眉を吊り上げた。

「お聞かせ願いたい……答えなかったらどうする？」

突然、藍忘機《ランワンジー》が自分を捕らえようと伸ばしてきた手を避けると、魏無羨《ウェイウーシエン》は後ろに三歩下がる。

「藍湛《ランジャン》、俺たち久しぶりに再会したっていうのに、こんなふうに捕まえようとするなんて感心しないな？」

無言で手だけを伸ばし、なおも彼を捕らえようとする藍忘機《ランワンジー》を、魏無羨《ウェイウーシエン》はすべてかわしていく。どちらの動きも極めて素早かった。三度目に彼の手を払いのけたあと、魏無羨《ウェイウーシエン》は口を開いた。

「お前とは少なくとも知り合いだと思ってたのに、少し言葉が行き違っただけで手を出してくるなんて、ちょっと容赦がなさすぎじゃないか？」

「答えろ！」

藍忘機《ランワンジー》が厳しい声で言うと、江澄《ジャンチョン》が二人の間に立ちはだかった。

「藍《ラン》公子！」

「藍《ラン》公子、お前の質問に今すぐ簡潔に答えろだなんて、かなり難しいよ。それに、ちょっと変じゃないか？　だって、もし俺が姑蘇藍《ラン》氏の秘術のことを問い詰めたら、お前は答えてくれるのか？」

藍忘機《ランワンジー》が江澄《ジャンチョン》を避けて真っすぐ彼に近づいていくと、魏無羨《ウェイウーシエン》は笛を横に持って体の前で構えた。

「こんなのやりすぎだろう？　なんでそんなに頭が固いんだよ。藍湛《ランジャン》、お前いったい何がしたい？」

「私と一緒に姑蘇へ帰るんだ」

藍忘機《ランワンジー》は一音一音はっきりと答えた。

それを聞いて、魏無羨《ウェイウーシエン》と江澄《ジャンチョン》は呆気に取られたが、しばらくしてから魏無羨《ウェイウーシエン》は思わずくすくすと笑った。

「お前と姑蘇に帰るって？　雲深不知処《うんしんふちしょ》に？　行っていったいどうするんだ？」

すると彼は唐突にはっと理解した。

「そうか、忘れるところだった。お前の叔父貴《おじき》の藍《ラン》啓仁《チーレン》は、俺みたいに道を外れたまともでない奴が何より大嫌いだったよな。お前はあいつのお気に入りの教え子だから、当然あいつと同じ考えだろうな、ハハッ……断る」

江澄《ジャンチョン》は藍忘機《ランワンジー》に警戒の目を向けた。

「藍《ラン》公子、藍《ラン》氏の家風は我々もよく知っている。しかしこの前の暮渓山屠戮玄武の洞窟で、あなたは魏《ウェイ》無羨《ウーシエン》に命を救われた恩があるし、困難をともにしたよしみだってあるはずだ。それなのに、こんなふうにいきなりこいつを捕らえて罪を問い質そうとするのは、いささか義理人情を欠いていると思うが」

「おっ、言うじゃないか？　なかなか宗主の風格があるな」

「お前は黙ってろ」

「私は決して彼を捕らえて罪を問い質すつもりなどない」

「なら、なぜこいつを姑蘇に連れて帰ろうとする？　藍《ラン》公子、この正念場にあなたたち姑蘇藍《ラン》氏は、我々と心を合わせて温狗《ウェンく》を殺すことに注力せず、それよりもその頑《かたく》なな教義を重んじるというのか？」

二対一であっても藍忘機《ランワンジー》は引き下がらず、ただじっと魏無羨《ウェイウーシエン》を見つめている。

「魏嬰《ウェイイン》。邪道《じゃどう》を修練すれば、間違いなくその代償を払うことになる。古往今来《こおうこんらい》、誰一人として例外はない」

「それなら払ってやるさ」

　気にも留めていないように無造作に言いきる彼のその顔つきを見て、藍忘機《ランワンジー》は沈んだ声で続けた。

「その道は体を傷つけ、心をも傷つける」

「体が傷つくかどうか、傷ついたとしてどのくらいかは俺自身が一番よくわかってるよ。心の話なら、俺の心は俺が決めるし、それも自分でちゃんと把握《はあく》してる」

「君の制御が及ばないこともある」

　魏無羨《ウェイウーシエン》の顔に微かな不快感が浮かぶ。

「俺なら絶対できる」

　藍忘機《ランワンジー》が彼に一歩近づいてまた何か言おうとした時、魏無羨《ウェイウーシエン》はなぜかすっと目を細めた。

「結局のところ、俺の心の在《あ》りようなんて誰にわかる？　それに、それが他人にいったいなんの関係があるんだ？」

　藍忘機《ランワンジー》は一瞬言葉を失い、それから怒りをあらわにした。

「……魏無羨《ウェイウーシエン》！」

「藍忘機《ランワンジー》！　お前はこの大事な時期に、どうあっても俺を困らせたいのか？　雲深不知処に行ってお前ら姑蘇藍《ラン》氏の禁足《きんそく》を食らえと？　お前は何様のつもりだ、お前らの一族を何様だと思ってるんだ!?　本気で俺が抵抗しないとでも思ってるのか!?」

　魏無羨《ウェイウーシエン》もまた感情を昂《たかぶ》らせて怒鳴った。

　二人の間には険悪な空気がどんどん膨《ふく》れ上がり、避塵《ビチェン》の柄に置いた藍忘機《ランワンジー》の手の関節は力を込めすぎて白くなっている。江澄《ジャンチョン》は冷ややかな声で言った。

「藍《ラン》公子、今はまだ温狗《ウェンく》との戦乱の最中で、早急に戦力が必要な時だ。誰もが自分のことすら顧《かえり》みる余裕がない状況なのだから、姑蘇藍《ラン》氏だって何もこいつなんかに構うことはないだろう？　そもそも、魏《ウェイ》無羨《ウーシエン》は我々の側の人間なんだ。あなたはまさか、味方を処罰するつもりか？」

魏無羨《ウェイウーシエン》はその言葉に表情を緩める。

「その通りだ。殺すのは温狗《ウェンく》だけなんだから別にいいだろう。なんで殺し方にまで口出しするんだ？」

彼らは子供の頃から互いの話に同調して合いの手を入れるのが得意だった。今もそっちが一言、こっちが一言と次々と間を置かずに言葉を重ねる。

「僭越《せんえつ》ながら申し上げると、たとえ魏無羨《ウェイウーシエン》を追及することになったとしても、藍《ラン》家の者ではないのだから、あなた方姑蘇藍《ラン》氏に処罰される筋合いはない。彼が他の誰かと一緒に帰るとしても、それは決してあなたとではない」

江澄《ジャンチョン》の最後の一言を聞いて、藍忘機《ランワンジー》の表情は一瞬固まった。視線を上げて魏無羨《ウェイウーシエン》を見つめ、咽喉《いんこう》を微かに震わせると、「私は……」と何か言いかける。

ふと、話の途中で部屋の隅の方から弱々しい悲鳴が聞こえてきた。魏無羨《ウェイウーシエン》と江澄《ジャンチョン》の注意はたちまちそちらへと移る。期せずして同時に藍忘機《ランワンジー》を通り過ぎ、温逐流《ウェンジューリウ》と温晁《ウェンチャオ》の前へと近づく。温逐流《ウェンジューリウ》は紫電《ズデン》に吊るされたまま、まだひどく苦しそうにあがいている。悲鳴を上げた半死半生の温晁《ウェンチャオ》がゆっくりと瞼を開けると、頭上から自分を見下ろす二つの顔が見えた。

若々しいその二つの顔にはどちらも見覚えがあった。それは、かつて彼の目の前で絶望や苦痛、あるいは恨み骨髄に徹するという表情を見せた顔だった。しかし今この瞬間、自分を見下ろしてくる彼らの顔は二人ともが不気味にせせら笑い、目には冷たく鋭い光が宿っている。

温晁《ウェンチャオ》はもう叫ぶことも逃げることもできず、ただぼんやりと指をなくした両手を抱えるばかりで、だらだらとよだれを垂らし始めた。魏無羨《ウェイウーシエン》は彼を足で一蹴りして、雲夢の方角に向かって跪かせる。むき出しになった骨と肉が擦《こす》れ合うと、温晁《ウェンチャオ》が「ぎゃあ」という凄まじい悲鳴を上げ、がらんとした宿場の中でとりわけ耳障《みみざわ》りに響き渡った。

「こいつの声はなんでこんなに甲高いんだ？」

江澄《ジャンチョン》が忌々しげに問うと、魏無羨《ウェイウーシエン》が答えた。

「あるべきモノがなくなったんだから、そりゃあ甲高くもなるだろ」

「まさか、お前が斬り落としたのか？」

その答えに江澄《ジャンチョン》が嫌悪する顔を見せたので、魏無羨《ウェイウーシエン》は肩をすくめた。

「そう言われると、ちょっと気持ち悪いな。もちろん俺がやったんじゃなくて、こいつが囲ってたあの女が発狂して噛んだんだよ」

藍忘機《ランワンジー》はまだ彼らの後ろに立ったまま、こちらをじっと見つめている。魏無羨《ウェイウーシエン》は再び彼の存在を思い出し、くるりと振り返ると微笑んだ。

「藍《ラン》公子、ここからの場面はおそらくあなたが傍観するに相応《ふさわ》しくないものだ。どうぞ、席を外された方がよろしいかと」

言葉では「どうぞ」と丁寧に言っていても、その口ぶりは異論を許さないものだった。

「その通りだな。藍《ラン》公子、温晁《ウェンチャオ》と温逐流《ウェンジューリウ》は既に我々の手に落ちた。今回の任務はこれで完遂《かんすい》だ。そろそろお互いの持ち場に戻るべきだろう。ここからは一族の恨み、我々の個人的な恨みだから、あなたはどうぞ先にお帰りを」

江澄《ジャンチョン》も丁重にそう断りを入れる。

藍忘機《ランワンジー》の視線はまだ魏無羨《ウェイウーシエン》に釘づけのままだったが、魏無羨《ウェイウーシエン》の注意はとっくに虫の息の仇《かたき》に奪われ、爛々《らんらん》とした両目で温晁《ウェンチャオ》と温逐流《ウェンジューリウ》を睨みつけながら興奮を滲ませて残忍に笑っている。江澄《ジャンチョン》もまた彼と同じ表情をしていて、二人ともが今や復讐というこの上なく大きな快感の波に呑まれ、他人に構う余裕など欠片も残ってはいない。

しばらくして、藍忘機《ランワンジー》は身を翻すと階段を下りていった。

しかし、宿場から出るとその入り口に立ったまま、ずいぶんと長い間見守り続け、いつまでもそこを離れずにいた。

どれくらい経ったかわからなくなった頃、長く痛ましい悲鳴が深夜の静寂を切り裂いた。

顔を上げて振り向いた藍忘機《ランワンジー》の白い服と抹額が、冷えきった夜風にひらひらとなびいている。

夜の闇はじき過ぎ去り、天上の太陽はもうすぐ昇り始めるだろう。
そして、地上の「太陽」は沈んでいく。

# 第十四章　優柔

〈一〉


「……藍湛《ランジャン》」

突然、魏無羨《ウェイウーシエン》はぽつりと呟いた。

手を伸ばし、そっと藍忘機《ランワンジー》の片方の袖を掴む。ずっと彼のそばで見守っていた藍忘機《ランワンジー》は、すぐに身を屈めて囁《ささや》いた。

「ここにいる」

魏無羨《ウェイウーシエン》はまだ半ば眠りの中にいて、瞼をきつく閉じているというのに、どうしたことか彼の手は藍忘機《ランワンジー》の袖を掴んだまま放さない。どうやら夢を見ているようで、小声でぼそぼそと何かを訴えている。

「……お前……お前は、怒らないで……」

藍忘機《ランワンジー》は微かに驚きながらも、「怒っていない」と優しい声で答えた。

「……そう」

その一言を聞いて、安心したかのように魏無羨《ウェイウーシエン》の指の力がふっと緩んだ。

藍忘機《ランワンジー》は魏無羨《ウェイウーシエン》のそばにしばらくの間座っていたが、彼が再び寝ついたところを見計らって立ち上がろうとした。すると思いがけず、魏無羨《ウェイウーシエン》がもう一方の手を伸ばしてきて、またぎゅっと彼の袖を掴むと腕に抱きついたまま叫んだ。

「お前についていくから、早く、俺をお前の家に連れて帰ってくれ！」

藍忘機《ランワンジー》は目を瞠《みは》った。

魏無羨《ウェイウーシエン》は自分の叫び声を聞いてやっと覚醒したらしく、長いまつ毛を少し震わせながらゆっくりと目を開けた。ぼやけていた視界が徐々にはっきりしてくると、自分が今、まるで溺れかけて藁《わら》にもすがる思いで浮木《ふぼく》に抱きつくように、藍忘機《ランワンジー》にしがみついていることに気づく。

もはや転がって離れたいほどに動揺し、魏無羨《ウェイウーシエン》は慌てて彼から手を離す。大きく動いたせいか腹部の傷口に響き、「あっ」と声を上げて眉をひそめた時、ようやく自分の体に傷があることを思い出した。目の前で火花が散ったようにちかちかして、金凌《ジンリン》、江澄《ジャンチョン》、江厭離《ジャンイエンリー》、江楓眠《ジャンフォンミエン》、虞《ユー》夫人……多くの顔が次々に彼の目の前をぐるぐると回る。藍忘機《ランワンジー》は離れようとする彼を押さえ、「腹の傷か?」と聞いた。

「傷? いや、大丈夫、痛くない……」

魏無羨《ウェイウーシエン》はそう言ったが、藍忘機《ランワンジー》は彼をしっかりと押さえつけると服をめくった。腹部の傷にはきちんと包帯が巻かれており、その包帯を外すと傷口はなんと既に癒えて塞がっている。脚にも目を向けると、いつの間にか悪詛痕《あくそこん》までもが消えていた。

「俺はどれくらい寝込んでた?」

魏無羨《ウェイウーシエン》の傷には確実に問題がないことを確認してから、藍忘機《ランワンジー》はようやく彼を放した。

「四日だ」

金凌《ジンリン》はちょうど急所を刺していたし、傷口は浅くなかったはずなのに、四日で傷痕すらなくなるまで癒えるなど、藍忘機《ランワンジー》が持っている姑蘇藍《ラン》氏の高級丹薬がなくては無理なことだっただろう。魏無羨《ウェイウーシエン》は礼を言ってから、ついでに自分に皮肉を言った。

「現世に蘇ったら、こんなに貧弱になっちゃってさ。剣でちょっと刺されたくらいで持ち堪《こた》えられないなんてな」

「誰であろうと体を剣で刺されたら、持ち堪えることなどできない」

藍忘機《ランワンジー》の淡々とした言葉に、魏無羨《ウェイウーシエン》は軽口で応《こた》える。

「必ずしもそうとは限らないよ。もし前世の俺の体だったら、傷口から腸《はらわた》が少しぶら下がってたって、ぎゅっと自分でそれを押し戻して、そのまま三百回は戦えるって」

目覚めた途端、彼が早速口から出任《でまか》せを言い始めるのを見て、藍忘機《ランワンジー》は呆れたように首を横に振って顔を背《そむ》けた。魏無羨《ウェイウーシエン》は彼が離れるのかと思って、慌てて呼び止めた。

「藍湛《ランジャン》、藍湛《ランジャン》! 行かないで。でたらめを言ったりしてごめん、俺が悪かったから、ほっとかないで」

「君でも、誰かに無視されることが怖いのか？」

「ああ、怖いよ」

彼はもうずいぶんと長い間、怪我をして目覚めた時に、こうして誰かが傍らで見守ってくれる気分を味わっていなかったのだ。

藍忘機《ランワンジー》は腰に佩《は》いていた二本の剣のうち随便《スイビェン》を外すと、彼に渡した。

「君の剣だ」

その剣を見て、魏無羨《ウェイウーシエン》はしばらく呆然としてからやっと口を開いた。

「ありがとう」

剣の柄を握ってそっと引き抜くと、煌《きら》めく白刃《はくじん》に漆黒の両目が映し出される。魏無羨《ウェイウーシエン》はその目をじっと見つめたあと、随便《スイビェン》を再び鞘《さや》の中に戻した。

「これ、本当に自分で封剣《ふうけん》してたのか？」

藍忘機《ランワンジー》も随便《スイビェン》の柄を握って、それを抜き出そうとしてみたが、剣はびくともしなかった。魏無羨《ウェイウーシエン》はため息をついて剣身を軽く叩いた。

（金光瑶《ジングアンヤオ》が適当なことを言うはずがないとはわかってたけど……まさか、本当に封剣してたとは。万に一つあるかないかのことにぶつかるなんて、これはもう動かぬ証拠だな。抜き出せた者は、絶対に魏《ウェイ》無羨《ウーシエン》で間違いない。やれやれ、言い逃れできなくなったな……）

辺りに目をやると、寝かされていたのは清潔で簡素な部屋だった。部屋の中は薄暗く、隅に行灯《あんどん》の明かりが一つ灯っているだけだ。

「ここはどこだ？」

「雲深不知処」

「お前、俺を雲深不知処に連れてきたのか？　万が一お前の兄貴に気づかれたらどうするんだ？」

魏無羨《ウェイウーシエン》が動揺すると、ふいに誰かの声が聞こえてきた。

「私なら既に気づいているよ」

屏風《びょうぶ》の後ろから入ってきたその人は、白い服を纏い、額に抹額を結んだ美しい玉のような顔に、粛然とした表情を浮かべている。

雲深不知処で四日も安静にできた上に、自分はまだ蘭陵金《ジン》氏の者に捕らえられていない。となれば、藍曦臣《ランシーチェン》はおそらく魏無羨《ウェイウーシエン》にとって脅威ではないだろう。しかも、今は藍忘機《ランワンジー》がこうして隣にいるため、取り立てて警戒はしなかった。ふとあることを思い出して、魏無羨《ウェイウーシエン》は藍曦臣《ランシーチェン》に質問した。

「赤鋒尊《せきほうそん》の遺体は？」

「兄上の遺体は、各世家も既にその目で確認し、今は懐桑《ホワイサン》が保管している。私も信頼できる者をやって、その様子を見守らせた」

藍曦臣《ランシーチェン》の答えにほっとして、魏無羨《ウェイウーシエン》はさらに問う。

「金光瑶《ジングアンヤオ》はどうしていますか？」

「天衣無縫《てんいむほう》だった」

これには藍忘機《ランワンジー》が答えた。

魏無羨《ウェイウーシエン》は、金光瑶《ジングアンヤオ》ならきっとそつのない態度を取るに違いないとわかっていた。ならば、せめて彼が遺体を損なって証拠隠滅を図ることはできない状況だと確認できれば十分だ。


ところが、藍曦臣《ランシーチェン》もゆっくりと口を開いた。

「彼はこのことを必ず追及し、誰もが納得できるような説明をすると言っていた。魏《ウェイ》公子が目覚めたなら、忘機《ワンジー》、私が納得できるような説明をしてくれないか」

「兄上」

そう言って藍忘機《ランワンジー》がさっと立ち上がると、藍曦《ランシー》臣《チェン》は長いため息をついた。

「忘機《ワンジー》、お前にはもう言葉もない」

「兄上、赤鋒尊《せきほうそん》の首は確かに金光瑶《ジングアンヤオ》が持っています」

「自らの目で見たのか？」

「彼が見ました」

「彼を信じるというのか？」

「信じます」

藍忘機《ランワンジー》の返事には一切ためらいがない。その言葉に、魏無羨《ウェイウーシエン》の胸は熱くなった。

「なら金光瑶《ジングアンヤオ》は？」

「信用できません」

きっぱりと言う弟に、藍曦臣《ランシーチェン》は笑った。

「忘機《ワンジー》、お前は何をもって一人の人間が信用に値するかを判断できるんだ？」

藍曦臣《ランシーチェン》はそっと魏無羨《ウェイウーシエン》に目を向けて言った。

「お前は魏《ウェイ》公子を信じている。でも私は、金光瑤《ジングアンヤオ》を信じているんだ。兄上の首を彼が持っているかどうか、私もお前も自らの目で確認はしていない。ただ私たち自身が、別の誰かに対する信頼を頼りに相手の言い分を信じているだけだ」

藍曦臣《ランシーチェン》は穏やかな口調で続ける。

「お前は、自分が魏無羨《ウェイウーシエン》をよく知っているから彼を信じている……それと同じように私も、自分が金《ジン》光瑤《グアンヤオ》をよく知っているから彼を信じている。お前が自らの判断を信じるというなら、なぜ私が自分の判断を信じてはならない？」

魏無羨《ウェイウーシエン》は彼ら兄弟がこの件で言い争いになることを恐れ、「藍《ラン》宗主！」と口を挟んだ。

藍曦臣《ランシーチェン》の考えは理解できなくもなかった。魏無《ウェイウー》羨《シエン》は聶明玦《ニエミンジュエ》の視点から金光瑤《ジングアンヤオ》を眺め、彼の邪悪で悪賢《わるがしこ》く、野心満々な姿をすべてその目で見てきた。だが、もし金光瑤《ジングアンヤオ》が長年の間、藍曦臣《ランシーチェン》の前で自分を偽り続けてきたのなら、契《ちぎ》りを結んだ義兄弟よりも多くの血を流させた悪名高い者を信じろというのは無理がある。

藍曦臣《ランシーチェン》は魏無羨《ウェイウーシエン》を見て頷いた。

「魏《ウェイ》公子、心配は無用だ。事の真相が明らかになるまで、私はどちらか一方に偏《かたよ》って信じたりはしないし、君たちの居場所も誰にも教えたりしない。さもなければ、そもそも忘機《ワンジー》に君を私の寒室《かんしつ》に運ばせた上、君の傷を治すことなどしなかっただろう」

「藍《ラン》宗主、猶予《ゆうよ》をくださり感謝します。ですが、赤《せき》鋒尊《ほうそん》の首が金光瑤《ジングアンヤオ》のあの密室の中にあることは、絶対に間違いありません。俺はこの目で見ただけでなく、その怨念に襲われて共情《きょうじょう》し、ある事実も知ってしまいました。これは証明のうちに入るでしょうか？」

「魏《ウェイ》公子、君は確かに何かを見てしまったかもしれないが、それを金鱗台《きんりんだい》の密室の中で見たと証明することは不可能だ」

魏無羨《ウェイウーシェン》の問いかけに、藍曦臣《ランシーチェン》は落ち着いて返す。

「うっ……それはその通りです。でしたら、少しばかり別の話をしましょう。赤鋒尊《せきほうそん》の直接的な死因は確かに乱心したことですが、でも藍《ラン》宗主は、その時機があまりにもできすぎだったとは思いませんか？　刀霊《とうれい》が祟《たた》りを起こしたことは原因の一つだとしても、あなたはその背後に何か他の誘因《ゆういん》があることを考えませんでしたか？」

「君はその誘因をなんだと思う？」

「清心玄曲《せいしんげんきょく》です」

「魏《ウェイ》公子、彼が奏《かな》でる清心玄曲は私が直接教えたものだということは知っているかい？」

「でしたら藍《ラン》宗主、この曲におかしなところがないか、どうか聴いてみてください」

魏無羨《ウェイウーシェン》はすぐそばの枕元に置かれていた笛を手に取ると、俯いて少し考えてから吹き始めた。そして、一曲終わるなり藍曦臣《ランシーチェン》に尋ねる。

「藍《ラン》宗主、この曲は確かにあなたが金光瑤《ジングアンヤオ》に教えた曲ですか？」

「ああ、間違いない」

魏無羨《ウェイウーシェン》は少々意外に思いながらも、その気持ちを抑えた。

「この曲の名前は？」

「曲名は『洗華《せんか》』といい、心を清め、気を静める効果がある」

「洗華。玄門《げんもん》の名曲なら俺もかなり聴いてきましたが、なぜこの曲の名前と旋律《せんりつ》に少しも聴き覚えがないのでしょうか？」

「この曲はめったに使われない上、習得も難しい」

魏無羨《ウェイウーシェン》の質問に藍忘機《ランワンジー》が答えると、藍曦臣《ランシーチェン》も頷いた。

「その通り」

「金光瑤《ジングアンヤオ》が名指しでこの曲を習いたがったのですか？」

「そうだ」

「習得はそんなに難しいのですか？　ならばなぜ、金光瑤《ジングアンヤオ》は他の簡単な曲ではなく、敢えてこの曲を教わったのでしょうか？」

「それは私が、『洗華』は習得が難しいが効果は極めて高いと彼に教えたからだ。この曲は確かに扱《あつか》いにくいから、先ほど魏《ウェイ》公子も一節間違えて吹いていただろう？」

藍曦臣《ランシーチェン》がそう言ったのを聞いて、魏無羨《ウェイウーシエン》の頭の中で何かが閃《ひらめ》いた。

「俺、さっき間違えて吹きました？」

「真ん中の一節を間違えていた」

藍忘機《ランワンジー》にそっと指摘され、魏無羨《ウェイウーシエン》は思わず笑った。

「いやいや。それなら俺が間違えたんじゃなくて、金光瑶《ジングアンヤオ》が間違えたんですよ！　怨念に共情していた時、奴は確かにこう弾いていました。俺はそれを一音たりとも間違えずに繰り返したと断言できます」

そう聞いて、藍曦臣《ランシーチェン》は眉をひそめた。

「すると、彼が間違えて覚えていたと？　それは……あり得ない」

「確かにあり得ないことです。斂芳尊《れんほうそん》はあんなにも賢く記憶力も群を抜いているのに、曲の調べを間違えて覚えるはずがないですよね？　おそらく意図的なものでしょう。もう一度吹きますから、藍《ラン》宗主、含光君、お二方は『間違えた』一節がどこかを、注意深く聴いてみてください」

彼が再び笛を構え、第二節の終わり近くまで吹いたところで、「やめ」と藍忘機《ランワンジー》が告げた。

「まさに、今の一節だ」

藍曦臣《ランシーチェン》の言葉を聞き、魏無羨《ウェイウーシエン》は口元から笛を下ろした。

「本当ですか？　でも今のところを聴いても、俺にはちっとも違和感なんてないように思えますけど」

「確かに違和感はない。しかし、それは断じて『洗華』の一部ではない」

もし単なる弾き間違いであれば、誤った一節が元の曲の中にあんなにも自然に溶け込み、まるで一つの曲のように同化できるわけがない。この一節は、十分に工夫を重ねて差し込まれたものに違いなかった。そして、本来は『洗華』に含まれないはずの聴き覚えのないこの旋律こそが、おそらくは、聶明玦《ニエミンジュエ》の死の真相への鍵である可能性が非常に高いのだ。

しばらく考え込んだあとで、藍曦臣《ランシーチェン》が口を開いた。

「二人とも、私についてきなさい」

外に出てみて、魏無羨《ウェイウーシェン》は少々驚いた。

そこは奥まった静謐《せいひつ》な場所に立つ趣《おもむき》のある小さな建物で、雲深不知処のどこか隠れた一角のようだ。

藍《ラン》氏の仙府は山奥に建てられており、高い松の木が覆い被さっていて、辺りに生い茂る木は緑樹と蘭《ふじ》草《ばかま》が大多数だ。決して花がないわけではないが、そのほとんどが白木蓮《はくもくれん》、梔子《くちなし》、白菊《しらぎく》のような澄んだ淡い色の上品な品種ばかりだった。一見で強い印象を残すようなものは少なく、ささやかに敷地内を飾る程度だ。

しかしこの建物の前には、紫色の竜胆《りんどう》の花が一面に植えられている。愛おしさを感じさせる小さな花は妖艶な色をしていて、夜の闇の中で蛍《ほたる》が放つ淡い光の如く、夢か幻かのような美しさだった。

魏無羨《ウェイウーシェン》はこの場所にはきっと何かがあると感じたが、今はただ目に留めるのみで詳しく調べる暇はなかった。亥《い》の刻が過ぎた今、雲深不知処内のほとんどの人は既に就寝している。静寂に包まれた道には誰一人おらず、藍曦臣《ランシーチェン》は真っすぐに彼らを蔵書閣へと案内した。

雲深不知処は昔、大火に焼き払われたことがあり、蔵書閣はもう当時のものではないはずだ。しかし、当初の造りと何一つ違わずに再建された上、外にあったあの一本の白木蓮の木までもが同じように植えられていた。三人が中に入ると、魏無羨《ウェイウーシェン》は訝しげに尋ねた。

「藍《ラン》宗主、ここであの旋律の出どころが見つかるんですか？」

「いや、ここでは無理だ」

彼は並んだ書棚の前まで歩いていくと、ふいにしゃがみ込んだ。そして、床に敷いてある敷物を一枚めくり、その下にある木の板を持ち上げる。

「だが、ここなら見つかるはず」

木の板の下には、隠し扉があった。

「禁書室《きんしょしつ》だ」

藍忘機《ランワンジー》がそっと告げる。

隠し扉の下には五十数段も続く暗い階段があった。三人が順に下りていくと、魏無羨《ウェイウーシエン》の目の前に乾燥した空間に広がる石造りの地下室が現れた。足音が大きくこだまするその禁書室の中には、何列も連なった書棚が真っすぐにそびえ立ち、棚には分類された本がまばらに置いてあるものの、どれも埃を被っていて、どうやら長年誰の手も触れていないようだ。

藍曦臣《ランシーチェン》は彼らをある書棚の前まで案内した。

「この一段は、すべて異譜誌《いふし》（風変わりな曲の楽譜を収めた本）だ」

禁書室の中には文机《ふづくえ》が一台だけ据えられていて、その上には行灯が一つ置いてある。藍忘機《ランワンジー》はずっと使われていない紙と筆を棚から取り、先ほどの一節の旋律を三人分、楽譜に書き取った。三人は文机を囲んで座ると、分担して一人数十冊ずつを受け持ち、一冊一冊、一頁一頁、藍忘機《ランワンジー》が書き取った旋律と禁書に記された楽譜とを照らし合わせ、一致する部分をひたすら探していく。

しかし、二時辰が過ぎても、誰も例の一節と一致する楽譜を見つけられずにいた。つまり、旋律の出どころがまったく見つからなかったのだ。

魏無羨《ウェイウーシエン》は一目で十行を読む速さで楽譜を読み進めながら考えていた。

（藍《ラン》家の蔵書閣の禁書室にある異譜誌でも、この曲を収録してないっていうのか？　あり得ない。もし藍《ラン》家ですら収集してないなら、他のところが収集してる望みなんてない。まさか、金光瑶《ジングアンヤオ》は自分でこんなすごい曲を作ったのか……？　もしそうだとしたら、かなり厄介だぞ。この曲が怪しいと証明するには、誰かに数か月もの間聞いてもらって実験しなきゃいけなくなる。とはいえ、いくら奴が賢いとはいっても修練を始めたのは遅かったんだから、自分で作れるほどではないはず……）

魏無羨《ウェイウーシエン》は隙間なくびっしりと並ぶ小さな文字をずっと読み続けるうち、わずかに目がちかちかとしてきた。手元にはまだ数冊残っているため、少しの間目を休めてから続きを読もうとしたが、藍忘機《ランワンジー》は既に自分の分をすべて読み終えたらしく、無言で魏無《ウェイウー》羨《シエン》が置いた残りの数冊を持っていき、俯くとまた頁をめくって探し始める。おもむろに視線を上げた藍《ラン》曦臣《シーチェン》はその様子を見て何か言おうとしたが、言葉を呑み込んだ。

ちょうどその時、「この本だ」と藍忘機《ランワンジー》が言った。

彼にその一冊を手渡され、魏無羨《ウェイウーシエン》はたちまち元気を取り戻す。しかし、彼が開いてくれた二頁を確認し、手元にある不完全な楽譜と照らし合わせて困惑した。

「全然違うよ？」

すると、藍忘機《ランワンジー》は立ち上がり、彼のそばに座ってある箇所を指し示した。

「左右の頁を見比べて」

あまりにも近くまで顔を寄せられたせいで、藍忘《ランワン》機《ジー》の声は彼のすぐ耳元で響いた。その心を惹きつけられるような低く深みのある声に、思わず魏無羨《ウェイウーシエン》の手は震えてしまい、危うく書物を取り落とすところだった。なんとか心を落ち着かせ、視線を藍忘機《ランワンジー》の細長くて白く透き通るような指から無理やり引き剥がして、旋律を見分けることに集中する。

「ああ、左右の頁か」

一見したところでは、この楽譜集には不適当な箇所はどこにもないように思える。しかし音律に詳しい者が少し気をつけて見れば、今開かれたこの二頁の旋律が繋《つな》がっていないことに気づくだろう。

笛を取り出し、魏無羨《ウェイウーシエン》が譜面通りに少し吹いてみると、案の定、二つの旋律は切り離されている。どう考えても右の頁の楽譜と左の頁の楽譜はそれぞれ半分だけで途切れていて、同じ曲ではない。

つまり、この二頁の間にはおそらくもう一枚あったのだ。それは誰かの手で、一切の痕跡を残さずに破って持ち去られたようだった。

その人物は非常に慎重に深く破り、わずかな破り残しすらないので、気づきにくいわけだ。魏無《ウェイウー》羨《シエン》が書物を閉じると、紺色の表紙には三文字の書名が記されている。

「『乱魄抄《らんぱくしょう》』？　これはどういう本だ？　確かに曲調はちょっと変わってる気がするけど」

「東瀛《とうえい》〔日本のこと〕の秘曲集だ」

「東瀛の曲なのか？　どうりで曲調に馴染みがないわけだ」

藍忘機《ランワンジー》の答えに魏無羨《ウェイウーシエン》が納得していると、藍曦《ランシー》臣《チェン》は複雑な表情で口を開いた。

「……『乱魄抄』は、言い伝えによると姑蘇藍《ラン》氏の修士の一人が船に乗って海外へと漂流し、東瀛の地にて数年流浪した際にまとめた邪曲集だ。もしこの本の中の曲を演奏する時に霊力を込めれば、人に害をもたらす。日に日にやせ細るか、苛立ちや焦《あせ》りでいっぱいになるか、激しく血気盛んになるか、もしくは五感を失うか……霊力の高い者が演奏したなら、七音以内で人の命を奪うことすら可能だろう」

「まさにこれですよ！」

魏無羨《ウェイウーシエン》は嬉しくなり、声を上げて文机を叩いた。

叩いた振動で危うく机の上にある行灯が倒れかけ、藍忘機《ランワンジー》が素早く手を伸ばしてそれを支え起こす。

「藍《ラン》宗主、この『乱魄抄』の中に人の心を乱し、魂を激しく揺さぶって血気を滾《たぎ》らせ、すぐ頭に血が上るようになる類の曲はありますか？」

魏無羨《ウェイウーシエン》の質問に、少し考えてから藍曦臣《ランシーチェン》が答えた。

「……おそらくあるだろう」

「金光瑶《ジングアンヤオ》の霊力はそう高くないから、七音以内で人の命を取ることはできないでしょうし、そんなふうに手を下したらあまりにもあからさまだから、奴は絶対にそこまで殺傷力の高い邪曲は選ばないはずです。でももし、赤鋒尊《せきほうそん》のために清心玄曲を奏でて彼の心を落ち着かせるという名目で、その機会を利用し三か月別の曲を弾き続けたら、さながら弱い毒薬を習慣的に服用させるように、その曲によって赤《せき》鋒尊《ほうそん》の発作を促すことは可能なのではないですか？」

「……可能だろうな」

「だったら、やはり俺たちの推測はかなり理に適《かな》っていますね。本来は『洗華』に含まれない不完全な旋律は、まさにこの『乱魄抄』から失われた頁なんです。『乱魄抄』に記された東瀛の邪曲はどれも習得が非常に難しいし、禁書室で書き写す時間もなく、仕方なく破って持ち去るしか——いや、違うな。金《ジン》光瑤《グアンヤオ》には一度目を通したものは忘れない能力がある。奴がこの頁を破って持ち去ったのは覚えられないからじゃなくて、あとあと彼の所業が明らかになった時、照らし合わせる証拠を隠滅《いんめつ》するためです。万が一いつか悪事が露見したり、あるいは誰かにその場で捕まったりしても、この一節の旋律の出どころがわからないよう、先回りして手を打っておいたんでしょう」

　魏無羨《ウェイウーシエン》はさらに続けた。

「奴のやり口はどれも極めて慎重ですから、あなたの前で平然と奏でてきたのは、もちろん完璧な『洗華』だったんでしょう。でも赤鋒尊《せきほうそん》は到底風雅なことに心酔《しんすい》するような人じゃなかったから、藍《ラン》宗主が弾いた『洗華』を聴いたことがあっても、おそらく旋律をおおまかに覚えている程度だったはずです。それでも、金光瑤《ジングアンヤオ》はきっと邪曲を直接彼に聴かせる度胸はなくて、ずいぶんと苦労して二つの完全に違う系統の、完全に真逆の効果を持つ曲を混ぜ合わせて一つの曲に作り変えたんです。一切の違和感なく二曲を混ぜ合わせることができるなんて、意外にも音律の才能があるみたいだ。俺が思うに、奴は『洗華』の部分ではごくわずかな霊力しか使わず、その代わり『乱魄抄』の部分で注げる限りの霊力を使ったんでしょう。赤鋒尊《せきほうそん》はこの道には精通していないから、当然それらを判別などできなかったはずです。まさかその中の一節が、金光瑤《ジングアンヤオ》によって死へと誘《いざな》う邪曲に改変されていたことなど知らずに！」

　長い沈黙のあと、藍曦臣《ランシーチェン》は低い声で言った。

「……彼は確かによく雲深不知処にも出入りしているが、蔵書閣の下にあるこの禁書室については、私は彼に教えたことなどない」

「藍《ラン》宗主、直言《ちょくげん》をお許しください。昔、射日の征戦の際に、斂芳尊《れんほうそん》は岐山温《ウェン》氏の不夜天城に間者《かんじゃ》として潜り込んでいましたよね。しかも、この上なく優秀な間者でした。奴は温若寒《ウェンルオハン》の隠し部屋まで見つけて、さらに誰にも気づかれないようにそこへ侵入し、すべての地図と書類を暗記した上、情報をそっくりそのまま書き取って金鱗台に流すことができたほどです。奴にとっては、藍《ラン》家蔵書閣の禁書室は……きっと、いとも容易《たやす》い場所だったことでしょう」

藍曦臣《ランシーチェン》はあの不完全な楽譜が書かれた紙を手に持ち、しばしの間じっと見つめてから言った。

「何か方法を見つけて、この不完全な旋律を試してみよう」

「兄上？」

「明玦《ミンジュエ》兄上が他界した時には、乱葬崗殲滅戦《せんめつせん》は既に過ぎ去り、魏《ウェイ》公子も現世を去っていた。もしこの不完全な楽譜を試した結果、確かにこれは人の心と理性を乱し、今の話が決していい加減な作り話などではないとわかったら、私は……」

「沢蕪君《たくぶくん》、生身の人間で邪曲を試すのは、おそらく姑蘇藍《ラン》氏の家訓に背くことになります」

「私が自らで試すことはできる」

姑蘇藍《ラン》氏の宗主である彼が、事もあろうにそんな無謀とも思えることを言いだすとは、今、彼の心が千々に乱れているのが窺える。

「兄上！」

藍忘機《ランワンジー》が微かに語気を強めると、藍曦臣《ランシーチェン》は手で自らの額を支え、何かに耐え忍ぶかのような沈んだ声を出した。

「忘機《ワンジー》、私が知っている金光瑶《ジングアンヤオ》と、お前たちから見た金光瑶《ジングアンヤオ》と、そして世間の人々から見た金光瑶《ジングアンヤオ》はどれも完全に違うんだ！　長年私が見てきた彼は、ずっと……屈辱を忍んで重責を担《にな》い、すべての人々を思いやり、目上の人々を敬《うやま》い、目下の人々を労《いた》わる人間だった。私はこれまで、世間の人々の彼に対する非難はすべて誤解から生まれたものだと、私が知っている彼こそが真実だと固く信じてきたんだ。お前は今すぐ信じろと言いたいのだろう。だが、私の前にいた彼のすべてが偽りで、彼が義兄を害そうと企《たくら》み、私もまた姦計《かんけい》の一部に組み込まれていた上、一臂《いっぴ》の力を貸してしまったのだとしたら……私に、もう少し冷静になってから慎重に判断させてはくれないか？」

藍曦臣《ランシーチェン》はもともと、聶明玦《ニエミンジュエ》と金光瑤《ジングアンヤオ》の間にわだかまりがあることを心配し、仲直りして元通りになってほしいと願っていた。だからこそ、金光瑤《ジングアンヤオ》が清心玄曲を習得できるように教え、自分の代わりに聶明玦《ニエミンジュエ》の心を落ち着かせるようにと彼に頼んだのだ。ところがその善意こそが、まさか逆に金光瑤《ジングアンヤオ》の陰謀を成就《じょうじゅ》させる助けとなったなど、自分をどう思えばいいというのだろう？

三人は黙り込み、無言のまま蔵書閣から出る。そこで藍忘機《ランワンジー》がやっと口を開いた。

「私は叔父上に会いに行ってきます」

「私が魏《ウェイ》公子を連れて帰るから、お前はあとから来るといい」

藍曦臣《ランシーチェン》は魏無羨《ウェイウーシエン》を連れて雲深不知処の白い石が敷き詰められた小道を通り抜け、また雲深きこの地の奥深くに位置する、あの一面に竜胆の花が植えられた小さな建物へと戻った。扉の前に立った魏無羨《ウェイウーシエン》がふと尋ねる。

「藍《ラン》先生はご存じですか？　含光君が……」

「叔父は意識が戻って間もないから、不要なことは言わないよう皆に言いつけてある」

もし藍啓仁《ランチーレン》が、金鱗台で藍忘機《ランワンジー》と魏無羨《ウェイウーシエン》が一緒にやらかしたなかなかの出来事を知ってしまったら、目覚めたばかりだというのに、また激怒してすぐ失神してしまうに違いない。

「藍《ラン》先生にもご苦労をおかけしました」

「叔父は確かに苦労をしているな」

そう言うと、藍曦臣《ランシーチェン》は突然話題を変えた。

「魏《ウェイ》公子、君はこの建物がどういう場所か知っているかい？」

「沢蕪君《たくぶくん》は、なぜ俺が知っていると思うんですか？」

不思議に思って尋ねると、藍曦臣《ランシーチェン》は彼をじっと見つめる。

「ここは昔、私の母が住んでいたところなんだ」

藍曦臣《ランシーチェン》の母――それはつまり、藍忘機《ランワンジー》の母でもある。魏無羨《ウェイウーシェン》はその話を聞いて、かなり不可解に感じた。姑蘇藍《ラン》氏の歴代宗主の居所は「寒室」と呼ばれているが、それはこんな雲深不知処の片隅に隠された小屋ではないはずだ。もしかしたら、藍忘機《ランワンジー》の両親も江楓眠《ジャンフォンミエン》と虞《ユー》夫人のように反《そ》りが合わず、無理に結婚を強いられたせいで別居をしていたのだろうか？

　宗主とその夫人が別居するなど、そこに愉快な理由があったとは考えにくい。それに、姑蘇藍《ラン》氏の先代宗主である青蘅君《せいこうくん》の夫人は、噂によると虚弱な体質で常に療養し、人と会うことは避けていたという話だった。他の世家の人間はそもそも詳しいことを知らないため、ほとんどの者はその「病」とは何か表に出られない類のものではないかと裏で勘ぐっていた。例えば、顔に傷があったり、手足が不自由だったりなどだ。そのため、魏無羨《ウェイウーシェン》もあれこれと踏み込んだことは聞けずに沈黙を保ち、ただ藍曦臣《ランシーチェン》が自ら話すのを待った。

「魏《ウェイ》公子、君も知っているように私の父は一年中閉《へい》関《かん》し、世間のことには関心がなく、そのため姑蘇藍《ラン》氏は長年にわたってほぼ叔父一人がまとめてきた」

「それは俺も知っています」

魏無羨《ウェイウーシェン》が頷くと藍曦臣《ランシーチェン》は腕を下ろし、裂氷《リエビン》を握った手は白い袖の中に埋もれる。

「父が常に閉関していたのは、他でもなく母が原因だ。この場所も住んでいたところと言うより……軟禁していた場所、と言った方が正しいだろう」

　穏やかな彼の言葉に、魏無羨《ウェイウーシェン》は愕然とした。

沢蕪君《たくぶくん》と含光君の父親である青蘅君《せいこうくん》も、一時は広く名を轟《とどろ》かせた名士だった。若くして名を成し際立って注目されていたが、順風満帆だったはずの成人する歳に、なぜか突然勇退して妻を娶った。しかも、二度と世間のことに関わらないと公言したため、閉関とはいえども隠退《いんたい》したも同然だった。他世家の人々は様々な原因を憶測《おくそく》したが、結局のところ、どれも証拠のない噂にすぎなかった。

　藍曦臣《ランシーチェン》は竜胆の花畑のそばで身を屈めると、その瑞々《みずみず》しく軽やかな花弁を優しく撫でた。

「父は若い頃、夜狩《よかり》の帰りに姑蘇の外れで母と出会ったそうだ」

そう言ってから彼は小さく微笑み、「聞いた話によると、一目惚れらしい」と続けた。

魏無羨《ウェイウーシエン》も「情熱的な年頃ですから」と少し笑った。

「けれど、恋をしたその女性は父を好いてはくれず……しかも、父の恩師を殺してしまった」

藍曦臣《ランシーチェン》が続けたその話は、あまりにも予想外のことだった。魏無羨《ウェイウーシエン》は問い詰めるのは非常に失礼だとわかっていながらも、藍忘機《ランワンジー》の両親のことだと思うと、敢えて聞くべきだという気がした。

「いったい、なぜですか⁉」

「詳しくは知らないが、おそらく誰かへの恩義や恨みだとか、そういうことが理由だろう」

淡々と言う藍曦臣《ランシーチェン》に、魏無羨《ウェイウーシエン》はそれ以上深く追及はせず、無理やり疑問を抑え込んだ。

「その……その後は？」

「その後……」

促すと、藍曦臣《ランシーチェン》はまた続けた。

「父は真相を知って、当然ひどく苦しんだ。しかし、何度も苦悶《くもん》した末、結局こっそりとその女性を連れ帰り、一族の反対を顧みず一言の知らせもなしに夫婦の契りを交わした。しかも一族の全員に、彼女は一生涯の妻であり、断罪しようとする者がいるなら まず彼が相手になる、とまで宣言したんだ」

魏無羨《ウェイウーシエン》は目を瞠った。

「婚礼を挙げたあと、父はすぐにここに母を閉じ込め、また別の建物に自分をも閉じ込めた。名目上は閉関と言うものの、その実は自省《じせい》のためだ」

藍曦臣《ランシーチェン》はそう言うと、一旦言葉を切ってから、「魏《ウェイ》公子、君は、父がなぜそんなことをしたかわかるか？」と問いかけた。

しばらくの間押し黙ってから、魏無羨《ウェイウーシエン》は思いきって口を開く。

「彼は、自分の恩師を殺した者を許すことはできないし、それと同時に心から愛する女性が命を落とすことも見過ごすわけにはいかなかった。だから、彼女を娶ることで彼女の命を守りながら、会いに行けないよう自分を閉じ込めた。それ以外、道がなかったんだと思います」

「君は、それが正しいことだったと思うか？」

「わかりません」

藍曦臣《ランシーチェン》はどこか途方に暮れたような表情で「では、どうしたら良かったと思う？」とまた尋ねてきた。

「……わかりません」

魏無羨《ウェイウーシエン》が答えると、しばらくして藍曦臣《ランシーチェン》は潜めた声で話し始めた。

「父の行為は、もはや他の一切を顧みない決断だった。一族の目上の先達《せんだつ》たちは皆大変立腹したが、全員年少の頃から父の成長を見守ってきた間柄のためにどうすることもできず、仕方なく秘密を固く守り、姑蘇藍《ラン》氏の宗主夫人は人に言えない病を抱え、誰にも会えないと対外的にほのめかしたんだ。そして、私と忘機《ワンジー》が生まれたら、すぐさま私たちを母から引き離して他の者に面倒を見させ、少し大きくなったあとは叔父の手で教え導かれることになった」

藍曦臣《ランシーチェン》はぽつぽつと言葉を続ける。

「叔父は……元から一本気な性格だったが、母のために父が自ら一生を棒に振ったからか、より一層品行が悪い者を憎むようになった。そのせいで、私と忘機《ワンジー》を教え諭す時もことさら熱心で厳格だったよ。私たちは月に一度しか母に会えず、面会はいつも、まさにこの小さな建物の中だった」

二人の幼い子供が毎日顔を合わせるのは、厳しい叔父と厳格な教え、そして山積みの書物のみ。いくら疲れて飽きても幼い背筋をぴんと伸ばし、一族の中で最も優秀な公子として、周囲の模範的な存在にならなければいけなかった。ほとんど両親には会えず、父親の懐の中で転がって暴れることもできなければ、母親に抱きついて甘えることもできなかった。

――彼らにはなんの咎《とが》もなかったのに。

「私と忘機《ワンジー》が会いに行った時、母はここに閉じ込められて暮らすことがどれほど苦しいかを、一度も漏らすことはなかった。そして私たちの勉強についても一切尋ねはしなかった。母はとりわけ忘機《ワンジー》をからかうのが好きだったが、忘機《ワンジー》という子は、からかえばからかうほど黙り込んで、ますます表情も硬くなってしまう。年少の頃からそうだったんだ。でも……」

藍曦臣《ランシーチェン》は少し笑って続けた。

「たとえ本人が一度も言わなくても、私にはわかっていた。忘機《ワンジー》が毎月、母に会える日が来るのをずっと待ちわびていたことを。なぜなら私も同じだったから」

魏無羨《ウェイウーシエン》はまだ幼い藍忘機《ランワンジー》が母親に抱きしめられ、雪のように白い小さな頬を薄桃色に染め膨らませている姿を思い浮かべ、思わず声に出して笑った。しかし、その笑顔がまだ消えないうちに、藍曦臣《ランシーチェン》は続きを話し始めた。

「けれどある日、突然叔父が私たちに『もう行かなくてよい』と言った……母が逝ってしまったからだと」

「その時、藍湛《ランジャン》は何歳ですか?」

「六歳の時だ」

小さな声で聞いた魏無羨《ウェイウーシエン》に、藍曦臣《ランシーチェン》が静かに答えた。

「その時は幼なすぎて、まだ叔父が『逝く』と言った意味が理解できず、誰がどう慰めても、叔父がどれだけ厳しく叱責《しっせき》しても、忘機《ワンジー》はそれまでと同じように毎月ここに来て、縁側《えんがわ》に座って扉を開けてくれる人を待っていた。その後少し大きくなって、母はもう戻らない、誰も扉を開けてくれる人はいないのだとわかるようになっても、ここに来ることをやめなかった」

藍曦臣《ランシーチェン》は立ち上がって、深い色の瞳を魏無羨《ウェイウーシエン》と見交わした。

「忘機《ワンジー》は、子供の頃からかなり執念深いところがある」

風が吹いて樹木の葉がざわめくと建物の前に咲く一面の竜胆の花もゆらゆらと揺れ、まるで離れ難く寄り添っているようだ。魏無羨《ウェイウーシエン》が縁側に視線を向けると、そこに抹額を締めた小さな子供が一人きちんと座り、黙ったままひたすらその扉が開く時を待っているその光景が見えたような気がした。

「……藍《ラン》夫人は、きっとすごく優しい女性だったんですね」

「私の記憶の中の母は、確かにそうだった。私には、母が当時なぜあんなことをしてしまったのかはわからないが、本当のところ、私は……」

言葉を切った藍曦臣《ランシーチェン》は、一つ深く息を吸ってから、「別に、知りたくもないんだ」と正直な気持ちを漏らす。

少しの間黙り込んだあと、藍曦臣《ランシーチェン》は視線を落として裂氷《リエビン》を口元へ運ぶ。そして一陣の夜風に乗って、微かな簫《しょう》の音が辺りに響き渡った。その音色は低く沈んでいて、まるで誰かのため息のようだ。

魏無羨《ウェイウーシエン》は昔、藍曦臣《ランシーチェン》が吹く裂氷《リエビン》の音を耳にしたことがあった。その音色はまさに沢蕪君《たくぶくん》本人を表すようで、春の風と大地を潤す雨のように温かく穏やかで品がある。しかし今この瞬間、音色は変わらずにこの上なく美しいというのに、なぜか聴いているとたまらない気持ちになった。

夜風がそっと彼らを撫でていき、藍曦臣《ランシーチェン》の黒髪と抹額は微かに乱れている。しかし、日頃から極めて身だしなみを重んじる姑蘇藍《ラン》氏の宗主はまったくそれを気にせず、一曲を吹き終えてようやく裂氷《リエビン》を下ろした。

「雲深不知処では深夜に音楽を奏でることを禁じられているのに、今日は私自身が何度も規則を破ってしまった。魏《ウェイ》公子には恥ずかしいところを見せてしまったね」

「いえいえ、これくらい。沢蕪君《たくぶくん》、まさか忘れておいでですか。あなたの目の前に立っている者は、誰よりも規則を破ってきた奴ですから……」

魏無羨《ウェイウーシエン》がおどけて言うと、藍曦臣《ランシーチェン》は小さく笑った。

「私と忘機《ワンジー》の身の上については、これまで外の人に話したことはなかった。本来ならば君に教えるべきことではなかったが、なぜか今夜、急に誰かに吐き出したい衝動に駆られて打ち明けてしまったんだ」

「某《それがし》は決して口の軽い人間ではないので、ご安心ください」

「でも考えてみれば、忘機《ワンジー》が君に何か隠し事をすることもないだろう」

「あいつが言いたくないことは、俺も聞きません」

「しかし、忘機《ワンジー》の性格からすると、君が聞かない限り何も話さないのでは？　聞いても答えないこともあるかもしれない」

　魏無羨《ウェイウーシェン》がまた答えようとした時、後ろから誰かの足音が聞こえてきた。振り向くと、月光を浴びた藍《ラン》忘機《ワンジー》がこちらへと歩いてくるところだった。彼は右手にまん丸い酒壺《さかつぼ》を二つ提げている。真っ赤なその口覆《くちおおい》を見た魏無羨《ウェイウーシェン》は、ぱっと目を輝かせた。

「含光君、お前はなんて気が利《き》くんだ！」

　近づいてきた藍忘機《ランワンジー》は天子笑《てんししょう》を彼に手渡す。魏無《ウェイウー》羨《シェン》が酒壺を抱きかかえて扉から中に入ると、藍忘機《ランワンジー》は彼の背中を見ながら首を横に振ったが、その眼差しは非常に優しかった。藍曦臣《ランシーチェン》は弟をちらりと見て、

「自分の部屋から持ってきたのか？」と聞いた。

　藍忘機《ランワンジー》はこくりと頷く。

「お前は……できれば飲まない方がいい。気をつけなさい、また昔のあの時みたいにならないように」

藍曦臣《ランシーチェン》はそう言って、視線を藍忘機《ランワンジー》の服の鎖骨《さこつ》辺りに落とした。藍忘機《ランワンジー》も俯いて、自分の心臓辺りを一目見る。

「もうあのようなことはしません」

　藍曦臣《ランシーチェン》はどうにか小さく笑うと、またため息をついた。

　彼が自室へと戻っていくと藍忘機《ランワンジー》はようやく部屋の中に入り、そっと扉を閉めた。魏無羨《ウェイウーシェン》は酒壺の封を開けながら、頭の中で姑蘇藍《ラン》氏の開祖《かいそ》である藍安《ランアン》と、それから彼らの父である青蘅君《せいこうくん》の物語をあれこれと考え続けていた。

（姑蘇藍《ラン》氏は本当に奥深くて捉え難い一族だよな。先祖が坊主で家風も堅苦しいのに、時々本当に……一途で情熱的な人が出てくるんだな）

　しみじみと振り返っているうち、彼は思わず部屋にいる姑蘇藍《ラン》氏の子孫に目を向けた。

　藍忘機《ランワンジー》は今、俯いて書物を読んでいる。文机の隅には行灯が一つ置いてあり、その淡い灯火は彼の顔をより一層美しく照らし出していた。冷淡な表情も

薄い色の瞳もその暖かい色に包まれ、あまりにも優雅で美しすぎるその様子は、まるで生身の人間ではないようだ。一瞬、魏無羨《ウェイウーシエン》は頭がぼうっとし、なぜか目が眩《くら》んだようになり、知らず知らずのうちに彼の方へと近寄った。

視線を上げた藍忘機《ランワンジー》に「なんだ？」と聞かれ、魏《ウェイ》無羨《ウーシエン》は我に返った。

「ええと、なんでもない。お前の栞《しおり》が綺麗だなって思って」

藍忘機《ランワンジー》の栞は一輪の淡い色の押し花で、その花は保存状態が極めて良く鮮やかな色合いを保っている。花脈《かみゃく》もきめ細かく、まるで今まさに咲いている花のように瑞々しく見え、本の間に挟まれて爽やかな香りをほのかに放っているようだ。魏無羨《ウェイウーシエン》は手を伸ばしてその栞を摘まむ。

「芍薬《しゃくやく》？」

「うん」

魏無羨《ウェイウーシエン》は手にした栞をしばし鑑賞してから彼に返した。

「……お前の兄貴、かなりの衝撃だっただろうな」

藍忘機《ランワンジー》は慎重にその芍薬の押し花を頁の間に挟むと、書物を閉じる。

「証拠が見つかれば、兄は決して容赦しない」

「そうだよな。なんと言ってもお前の兄貴だし」

たとえ藍曦臣《ランシーチェン》が金光瑶《ジングアンヤオ》と懇意《こんい》の間柄であっても、彼は姑蘇藍《ラン》氏の人間として、自分なりの原則を持っているはずだ。

魏無羨《ウェイウーシエン》は酒壺を一つ開けながら考えた。

（この前のさらに前、藍湛《ランジャン》が酔っぱらった時、部屋の中にある天子笑をこっそり飲んではいないって言ってたけど、だったらこいつ、なんのために隠し持ってたんだ？　まさかとは思うけど、俺に飲ませるためにわざわざ取っておいてくれたとか。そう思うのはさすがにちょっと図々しいかな。そう言えば、俺は抹額のことでこいつに謝るべきか？　あんなに何回も遊んじゃったしな。だけど、もしこいつが恨めしいやら恥ずかしいやらで怒って、俺をここから追い出したらどうする？　でもここのところ、かなり長いことふざけてても ちっとも怒ったりしなかったし、修養を積んだんだろう。もっとからかったところできっと怒らない……いや、こいつには何も聞かない方がいいな。いっそのこと抹額の意味を知らないふりをしておけば、またわざと引っ張れる。もしこいつが本当に怒りだしたら、その時は知らなかったって無実を訴えればいいんだ。事情を知らない者に罪はないんだし……)

そんなことを考えながらいい気分になっていると、藍忘機《ランワンジー》が尋ねてきた。

「どうした?」

魏無羨《ウェイウーシエン》は真面目な顔で振り向き、「なんでもない。嬉しいだけ」と上の空で酒壺を開けて持ち上げる。

しかし、顔を壺に寄せてそれを飲んだ瞬間、思わず「ぶっ」と噴き出してしまった。

その様子に、藍忘機《ランワンジー》はさっと書物を置く。

「いったいどうしたんだ?」

「大丈夫! 平気、平気!」

魏無羨《ウェイウーシエン》はぶんぶんと手を横に振りながらその酒壺をそっと元に戻すと、運が悪いと言わんばかりの表情でもう一つの酒壺とこっそり取り替えた。

この間、藍忘機《ランワンジー》の部屋に隠されていた酒を飲み干したあと、酒壺に真水を入れておいて、彼がそれを飲んだら驚くだろうと企んだのだった。ところが最悪なことに、藍忘機《ランワンジー》が持ってきた二つの酒壺の中にちょうど真水を入れた壺が交ざっていて、自分自身が飲む羽目になってしまったのだ。

現世に戻ってから何度藍忘機《ランワンジー》をからかおうとしても、その度に毎回自業自得の結果になってしまう。まったく、どう考えても納得がいかない!

その後、いつの間にか眠ってしまったようで魏無《ウェイウー》羨《シエン》は早朝までうとうとしていたが、突然目を覚ました。はっとして起き上がると、外衣《がいい》を着て琴と剣を背負った藍忘機《ランワンジー》が、彼の肩先に置いた手をそっと引っ込めるところだった。そして手のひらにのせている物に意識を集中し、それをじっと見つめて告げた。

「招かれざる客が来た」

魏無羨《ウェイウーシエン》も目を細めて見ると、それはまさしく姑蘇藍《ラン》氏の通行玉令《つうこうぎょくれい》だった。藍忘機《ランワンジー》が持っているものの階級は非常に高く、もし部外者が雲深不知処の結界に侵入すれば異常を知らせてくれるという。

　しかし雲深不知処は十数年もの間、恐ろしくて誰もみだりに侵入などできない場所だったはずだ。魏《ウェイ》無羨《ウーシエン》は寝床から飛び降りると、自分の外衣がいつの間にか脱がされていたことに気づき、手早く服を着ながら「誰だ？」と聞く。

　藍忘機《ランワンジー》は首を横に振ると自分についてくるよう促した。二人はこっそりと移動し、青々とした竹に隠された建物へと辿り着く。その紙窓《しそう》からは室内の明かりが漏れ出している。魏無羨《ウェイウーシエン》は庭の前に配置された木の看板をちらりと見た。

「寒室？」

　予想通り、室内では藍曦臣《ランシーチェン》が姿勢正しく座っていて、二人が入ってきても別段驚くことはなかった。彼は藍忘機《ランワンジー》と目を見合わせただけで互いに何かを理解し合ったようだ。藍忘機《ランワンジー》はまだ事情が呑み込めていない魏無羨《ウェイウーシエン》を連れて、屏風の後ろに回り込んで腰を下ろす。

　しばらくして寒室の簾《すだれ》が誰かの手でめくられ、やけに軽い足音が室内に入ってきた。どうやらその人物は藍曦臣《ランシーチェン》の正面に座ったようだ。

　すると、玉石がぶつかる音が聞こえてきて、誰かが何かを卓の上に置き、それを前に押し出したようだとわかった。

　先に口を開いたのは藍曦臣《ランシーチェン》だった。

「どういう意味だ？」

「曦臣《シーチェン》兄様にお返しします」

　答えたのは、まさしく金光瑶《ジングアンヤオ》その人だった。

「これは君に贈った物のはずだが」

「この通行玉令は、長年なんの問題もなく私を通してくれていましたが、こうして無効になった以上はお返しすべきだと思ったのです」

　金光瑶《ジングアンヤオ》の言葉を聞き、魏無羨《ウェイウーシエン》はようやく状況を理解した。沢蕪君《たくぶくん》はこれまで斂芳尊《れんほうそん》と個人的に非常に仲が良かったため、雲深不知処の通行玉令を金《ジン》光瑶《グアンヤオ》にも一枚与え、彼が自由に出入りできるようにしていたようだ。しかし、おそらくここ数日の間に雲深不知処の結界の制約を書き換えたか、あるいは金光瑤《ジングアンヤオ》が持っている玉令の権限を撤回したのだ。そうして先ほど訪れた時、締め出されたことで状況を察した金光瑤《ジングアンヤオ》が自ら進んで玉令を返却しに来たというわけなのだろう。

藍忘機《ランワンジー》と同じように、藍曦臣《ランシーチェン》もまた相手を適当にあしらうことを知らないが、金光瑤《ジングアンヤオ》は進むためなら時には退《ひ》くことも辞さない。藍曦臣《ランシーチェン》は押し黙り、しばらくしてからようやく尋ねた。

「今日はどんな用向きでここへ?」

「こちらは未だに含光君と夷陵老祖《いりょうろうそ》の消息を掴めていません。私が雲深不知処を調べさせないことで、多くの世家は次々と疑心暗鬼になり異議を唱える声が高まっています。曦臣《シーチェン》兄様、もし都合の良い時があれば、やはり門を一時辰ほど開けていただけませんか。そうしたら私が金《ジン》家の者だけを入れて上手く収めますから」

魏無羨《ウェイウーシエン》は、金光瑤《ジングアンヤオ》がやって来たのは当然捜索を要求するためだろうと考えていたので、まさかこのような話を持ち出すとは思いもしなかった。彼はどうやら夷陵老祖の居場所を捜索することには関心がないようで、そこにいささかの奇妙さを覚える。

「兄様、どうかしましたか?」

屏風の向こうで、金光瑤《ジングアンヤオ》が声をかける。

「なんでもない」

「もし忘機《ワンジー》のことを気にかけているなら、心配は無用です。含光君の人柄が雅正で品行方正だというのは百家の誰の目にも明らかなことですから。あんなことをしたのはきっと騙されていたからに違いありません。それに、彼は取り返しのつかないことをしたわけではありませんし、時機が来たらはっきりと事情を説明すれば良いことです。決して誰にも流言《りゅうげん》飛語《ひご》などさせませんから」

「時機が来たら? それはいつだ?」

「乱葬崗を掃討したあとです」

屏風の裏で聞いていた魏無羨《ウェイウーシエン》は、一瞬ぽかんとしてしまった。

「乱葬崗？」

藍曦臣《ランシーチェン》も訝しげな声で問い返す。

「ええ。あの日、金鱗台での乱闘以降、秣陵《まつりょう》、蘭陵、雲夢など、各地で異象《いしょう》が多発しています。墓地が破壊され死体がいつの間にか消えているんです。その痕跡から明らかになったのは、大量の死体の群れが今、夷陵の方に押し寄せているということです。おそらく、乱葬崗を目指しているんでしょう」

「それは、いったい何が目的で？」

「わかりません。推測ではありますが、魏無羨《ウェイウーシエン》が何かの邪陣《じゃじん》を発動したか、もしくは陰虎符《いんこふ》を使ったのかもしれませんね」

「金鱗台の一件で彼は金凌《ジンリン》に刺されたというのに、そんなことができるだろうか？」

「曦臣《シーチェン》兄様、かつて魏無羨《ウェイウーシエン》が雲夢江《ジャン》氏を離反した時も、江《ジャン》宗主との一戦であそこまでの重傷を負ったというのに、それでも彼はまた戻ってきて、奇矯な真似をして屍の群れを操っていました。夷陵老祖にとって難しいことなど何もないと思いますが？」

魏無羨《ウェイウーシエン》は思わず指で顎をそっと撫でる。

（おいおい、俺を買い被りすぎだよ……）

「ですから、間もなく第二次乱葬崗殲滅戦が始まるかもしれません。もういくつかの世家には知らせていて、彼らには金鱗台に来てもらってともにこの件を協議するつもりです。曦臣《シーチェン》兄様もいらっしゃいませんか？」

ややあって、藍曦臣《ランシーチェン》は答えた。

「行こう。君は雅室《がしつ》で少し待っていてくれ。すぐに一緒に向かうから」

金光瑶《ジングアンヤオ》が部屋を出ていったあと、藍曦臣《ランシーチェン》はすぐ屏風の後ろへ回ってくると、藍忘機《ランワンジー》と目を見合わせてから告げる。

「私は金鱗台に行くから、お前たちは乱葬崗に向かいなさい。手分けして動こう」

「はい」

藍忘機《ランワンジー》はゆっくりと頷いた。

「もし彼に本当に二心《にしん》があるとわかれば、私は決して容赦しない」

「わかっています」

〈二〉

魏無羨《ウェイウーシェン》と藍忘機《ランワンジー》は小道を抜けて雲深不知処を下りていった。その途中、白い石が敷き詰められた小道の脇の生い茂った草むらが突然ガサガサと動き、草の間からまん丸い綿の塊のような小さな頭と長い二つの耳が現れた。

そのウサギは薄紅色の鼻をひくひくさせて藍忘機《ランワンジー》を見ると、垂れ下がっていた耳をぴょこんと立たせ、後ろ足で地面を蹴って彼に向かってぴょんぴょんと跳んでくる。彼らが林檎《りんご》ちゃんを繋いでいるあの草地まで行くと、林檎ちゃんは一本の木の下で伏せていて、数十匹のまん丸い白ウサギたちに囲まれていた。ウサギたちはほとんどが目を閉じてすやすやと眠っていて、ほんの数匹だけがまだもぞもぞと起きているようだ。木の方へ近づいた魏無羨《ウェイウーシェン》が、指先で林檎ちゃんの頭をぽりぽりと少しかいてやると、はっとして鼻の穴から荒い息を噴き出しながら目を覚ました。魏無羨《ウェイウーシエン》を見て鳴き声を上げようと動いたせいで、そのそばに集まっているウサギたちも皆一斉に驚いて目を覚ます。ウサギたちは長い耳をぴくぴくさせながら、次から次へと藍忘機《ランワンジー》の方に跳んでいく。丸い塊がわらわらと彼の真っ白な靴の辺りに集まるなりその周りを走り回って、いったいなぜそんなに興奮しているのかわからない。

魏無羨《ウェイウーシエン》は林檎ちゃんの手綱《たづな》を掴んで引っ張りながら、歩くようにと凄《すご》んで見せる。その間も、ウサギたちは後ろ脚だけを地面につけて立ち上がり、一匹また一匹と藍忘機《ランワンジー》の脚に縋りついて、皆なんとかして上に登ろうとしている。それでも、藍忘機《ランワンジー》は厳然と立ち尽くしたまま微動だにしなかった。

二人が歩きだすと、白ウサギたちもよたよたと彼のその白い靴についてきて、魏無羨《ウェイウーシエン》がいくら追い払っても一向に離れようとしない。藍忘機《ランワンジー》は腰を屈めてそのうちの一匹を持ち上げると、腕に抱きかかえる。表情の冷淡さは相変わらずだが、彼の手つきは優しく、細長い指でウサギの顎を軽くかいてやると、そのウサギは長い耳を揺らして振り向き、紅玉《こうぎょく》のような目を線のように細めた。よほど心地よかったらしい。だが、魏無羨《ウェイウーシエン》が手を伸ばしてかいてやると、ウサギは逆にふんと顔を背けた。

「そんなに俺のことを嫌って、お前のことだけが大好きなんて、ちゃんと主を覚えてるんだな」

藍忘機《ランワンジー》は彼をちらりと見ると、白ウサギをそっと手渡した。魏無羨《ウェイウーシエン》はにこにこと笑いながら受け取ったが、ウサギはその腕の中で逃げたそうにくねくねと懸命にもがいている。魏無羨《ウェイウーシエン》はウサギの耳を少し引っ張った。

「なんだよ、俺のこと好きじゃないのか？　そんなに嫌いかよ？　逃げてもいいけど、いくら逃げたって捕まえちゃうからな。大人しく俺を好きになってよ」

魏無羨《ウェイウーシエン》はそのウサギを抱きしめてしばらくの間からかっていたが、そろそろ雲深不知処の門から出るというところで、白い毛をもみくちゃにしたウサギをようやく放す。外へはついていけないウサギたちはしょんぼりと耳を垂らし、その場にお座りをして出かけていく主人をじっと見送っていた。

魏無羨《ウェイウーシェン》は振り向いてその様子を眺めながら言った。

「皆、お前と離れたくないんだな。含光君、まさかお前がこんなにちっちゃいものに好かれてるとは思わなかったよ。あいつらのこと、きっとすごく優しく細やかに面倒見てきたんだろうな。俺は全然ダメだ」

「駄目？」

「そうだよ！　空を飛んでるのも、地面を走ってるのも、水の中で泳いでるのも、どいつもこいつも俺を見るとすぐ逃げちゃうんだ」

藍忘機《ランワンジー》に問いかけられ、魏無羨《ウェイウーシェン》は得意げに話す。

その言葉に、藍忘機《ランワンジー》が呆れたように首を横に振ったが、その意味はかなりあからさまだった——きっと魏無羨《ウェイウーシェン》の方が先にいたずらをするせいで、好かれないんだろう。

二人は山道を下り、人目につかない近道を通って雲深不知処を離れた。少しずつ遠ざかり、姑蘇藍《ラン》氏の門弟たちが姿を見せるような場所から完全に離れるまで歩き続ける。

「ああ、腹が痛い」

突然魏無羨《ウェイウーシェン》がぼやくと、藍忘機《ランワンジー》はすぐさまその場で立ち止まった。

「休もう、薬を替える」

藍忘機《ランワンジー》に言われ、魏無羨《ウェイウーシェン》はロバを示しながら答える。

「大丈夫。こいつに座れば平気だから」

「では座りなさい」

「でも、乗る時は大きく動くから、傷口に響いたらどうしよう」

魏無羨《ウェイウーシェン》はわざと困った顔をして見せた。

彼の傷口はとっくに癒えて塞がっていて、今の言葉は明らかに駄々をこねて遊んでいるだけだ。けれど、振り返った藍忘機《ランワンジー》は彼をじっと見つめると、さっと手を伸ばしてきた。そして、怪我をした箇所を避けて魏無羨《ウェイウーシェン》の腰をしっかり掴むと軽々と持ち上げ、林檎ちゃんの背中に乗せてくれた。

そうして一人はロバに乗り、もう一人は道の端を歩いて進んでいく。林檎ちゃんの背中に座った魏無《ウェイウー》羨《シエン》の目は、三日月のように細められて笑っている。

「どうした?」

「なんでもないよ」

まるで小さないたずらが成功したみたいに、魏無《ウェイウー》羨《シエン》はちょっぴり楽しい気分になっていた。

彼は幼い頃のことを確かにほとんど覚えていないが、ある場面だけは、ずっとおぼろげな記憶の中に焼きついている。

一本の小道、一頭のロバ、そして三人の人影。黒ずくめの男が白ずくめの女を軽々と持ち上げると、抱きかかえてロバの背中に乗せ、そして今度は小さな子供を高く持ち上げて、自分の肩に乗せた。

まだ大人の腰の高さほどもない、その小さな子供が彼だ。黒ずくめの男の肩に乗ると、一瞬でとてもとても目線が高くなって威風堂々《いふうどうどう》とした気分になれた。そして、乗せてくれた男の髪を引っ張ったり顔を揉んだりして、両脚をずっとバタバタさせながら、ら〜ら〜と適当に口ずさんでいる。白ずくめの女はロバの背中に座ってゆらゆらと揺られ、彼らを眺めながら微笑んでいる。男は終始無口だったが、彼をもっと高く、もっとしっかり座れるように支えてくれながら、もう一方の手でロバの手綱を引いていた。三人は寄り添いながら、一本の小道をゆっくりと歩いていく。

――これが幼い頃の数少ない記憶だった。

記憶の中の二人は、彼の父さんと母さんだ。

「藍湛《ランジャン》、ちょっと林檎ちゃんの手綱を引いてくれないかな」

「なぜ?」

林檎ちゃんは非常に利口で、人の後ろについて歩けばいいとちゃんと理解している。

「そこは俺の顔を立ててさ、ちょっと引いてみてくれよ」

魏無羨《ウェイウーシエン》がそう頼み込むと、なぜ彼がそこまで顔を輝かせているかはわからなくとも、藍忘機《ランワンジー》は言われた通りに林檎ちゃんの手綱を握って引いてくれる。

「うんうん。あとはちびっ子がいればなぁ」

「なに？」

思わず漏らした独り言が聞こえたらしく、藍忘機《ランワンジー》が聞き返す。心の中で密かな幸福感を味わいながら、魏無羨《ウェイウーシエン》は答えた。

「なんでもないよ。藍湛《ランジャン》、お前って本当にいい奴だな」

今回、夷陵に行くことは明らかに前途多難で、凶と出る可能性が高いというのに、魏無羨《ウェイウーシエン》は少しも気を引き締められずにいた。こうしてロバに乗り、藍《ラン》忘機《ワンジー》が手綱を引いて先導してくれている。そのおかげで心の底から上機嫌で、まるで雲や霧に乗って空を飛んでいるかのように自由な気分だ。たとえ、今すぐ道の脇からあらゆる世家の者たちが彼を殺そうと襲いかかってきても、ただ興ざめなだけで、そんなのはちっとも大したことではないとすら思える。月の光に照らされた野原を観賞する余裕すら生まれ、腰から竹笛を抜き出すと自然に彼は一節の旋律を吹き始めた。

笛の音が清らかに響くと、藍忘機《ランワンジー》の足取りが微かに鈍《にぶ》る。すると、魏無羨《ウェイウーシエン》は突然あることに思い至った。

「藍湛《ランジャン》！　聞きたいんだけどさ、暮渓山で屠戮玄武の洞窟にいた時、お前が俺に歌ってくれたあの曲、いったいなんて名前だ？」

唐突な質問に、藍忘機《ランワンジー》は彼をじっと見つめる。

「なぜ急にそんなことを聞く？」

「いいから答えてよ、なんて曲名？　俺、もしかしたら、お前がどうやって俺に気づいたのかわかったかもしれない」

大梵山《だいぼんざん》でのあの夜、彼が自分でも気づかないまま吹いた曲は、まさしく暮渓山の洞窟で魏無羨《ウェイウーシエン》の熱が下がらずにいた夜に、藍忘機《ランワンジー》が小さな声でそっと歌ってくれたあの旋律だったのだ！

口を噤《つぐ》んだまま何も言わない藍忘機《ランワンジー》を、「言えよ、なんて曲？　誰が作ったんだ？」と魏無羨《ウェイウーシエン》が急《せ》かす。

「私だ」

「お前が作ったのか!?」

「うん」

魏無羨《ウェイウーシェン》は、あの曲はきっと姑蘇藍《ラン》氏秘伝の曲か何かだろうと思っていた。まさか彼が作ったものとは思わず、驚きと嬉しさが入り交じった感情が胸に押し寄せる。何に驚いたかは言うまでもないが、何が嬉しかったのかは自分でも上手く言葉で説明できない。

彼は探るように藍忘機《ランワンジー》に聞いてみた。

「もし、本当にこの曲で俺だって気づいたなら、つまり――お前はこれまで、この曲を他の人に聴かせたことはなかったってことか？」

「ない」

その答えに、魏無羨《ウェイウーシェン》は嬉しさのあまりうっかり林檎ちゃんを蹴ってしまった。林檎ちゃんは怒って大声で鳴き始め、後ろ脚を蹴り上げると彼を背中から振り落とそうとする。素早く藍忘機《ランワンジー》がしっかりと手綱を引っ張り、魏無羨《ウェイウーシェン》は落とされないよう林檎ちゃんの首に抱きつきながら言った。

「大丈夫、大丈夫。こいつはちょっと怒りっぽい性格なんだ。でも、せいぜい二回しか蹴り上げないからさ。ほら、話の続きをしよう。それで、この曲はいったいなんて名前なんだ？」

「君はなんだと思う？」

「なんだよ、それ。結局名前はあるのか？」

魏無羨《ウェイウーシェン》は問い詰めながらも心の中で自問自答する。

（まさか、藍湛《ランジャン》の名前のつけ方って、江澄《ジャンチョン》みたいなやつじゃないだろうな？　いやいや、あり得ない！）

「それとも、俺に意見を聞いてるってこと？　そうだな、俺がつけるんだったら……」

それから、熟考した八十以上の名前をすべて藍忘《ランワン》機《ジー》に却下されたあと、曲名に対する魏無羨《ウェイウーシェン》の興味も次第に薄れてきた。

二人は、彼らを捜索している修士の目を避けるため、大通りではなく辺鄙な村の小道だけを選んで進み続け、一日歩いた頃には魏無羨《ウェイウーシェン》は微かな疲労を感じ、喉も渇いていた。すると、道端に一軒の農家を見つけ、藍忘機《ランワンジー》が手綱を引いて林檎ちゃんを止める。

門を叩いても返事はなく、軽く押すと、なんと門が勝手に開いた。庭の中央には手作りの木の卓が一脚あり、その上にむき残しの豆が一たらい置いてある。土塀のそばには藁ぐまが高く積まれていて熊手《くまで》が一本刺さっており、地面ではひよこたちがピヨピヨさえずりながら餌を啄《ついば》み走り回っていた。

魏無羨《ウェイウーシエン》は庭の一角に西瓜《すいか》がいくつか積まれているのを見つけ、近づくとその一つを持ち上げて、真面目な顔で言う。

「含光君、ここの主人は留守のようだしさ、勝手に買わせてもらってもいいよな」

藍忘機《ランワンジー》がちょうど金を出して卓の上に置こうとした時、塀の外から足音が響いてきた。前後に並んで進む二つの足音を聞く限り、どうやらこの家の主人が帰ってきたらしいが、魏無羨《ウェイウーシエン》はなぜかその足音を聞いた瞬間、とっさに藍忘機《ランワンジー》を藁ぐまの後ろへ押し倒していた。

幸い藍忘機《ランワンジー》は普段から冷静沈着なので、こんなふうに予期せず飛びかかられても声を出さなかった。しかし、彼の怪訝な顔は明らかに、なぜ隠れる必要があるのか問いかけていて、魏無羨《ウェイウーシエン》もまた同じように自分の行動の意味がわからないままだった。

（そうだ、なんで隠れる必要があるんだ？　こんな田舎の村人が俺たちのことを知ってるわけがないし、正直に食べ物を買いに来たって言えばいいだけの話だよな？　多分これまであまりにも悪いことをやりすぎたせいで、隠れるのが癖になっちゃったんだな）

彼が飛びかかったせいで、藍忘機《ランワンジー》の体は全身柔らかい藁の上に押し倒されている。この半ば強引な体勢は、魏無羨《ウェイウーシエン》の中にある種の怪しい興奮を湧き上がらせ、彼は身を起こすことを諦めると、わざと意味深長《しんちょう》に口の前で人さし指を立て、藍忘機《ランワンジー》に声を出さないよう促す。そして、これはやむを得ないことだという顔で平然と藍忘機《ランワンジー》の体の上に腹ばいになり、また言葉にできない密かな喜びで胸がいっぱいになった。

その時、庭の方から木の腰掛けを動かす音がした。

農家の主人二人は、どうやら小さな木の卓のそばに腰を下ろしたようで、一人の女の声が聞こえてきた。

「ラン兄ちゃん、私が抱っこするよ」

その「ラン兄ちゃん」という言葉を聞いて、藍忘機《ランワンジー》は微かに目を瞠る。

すると、「お前は豆をむいてくれ」という男の声と、それに続いて熟睡した子供がむにゃむにゃと寝言を言っている声が聞こえてきた。

どうやら、ここの家主《やぬし》は一組の若い夫婦のようだ。妻は夕餉の準備をしていて、夫の方は眠っている子供を抱いているところらしい。

喜色満面の魏無羨《ウェイウーシエン》は、藍忘機《ランワンジー》に向かってぱちんと左目を瞬かせ、声を潜めて囁いた。

「偶然だな、まさかこの農家の主人も『ラン兄ちゃん』だったとはね」

彼はふざけた様子を隠すこともなく語尾を跳ね上げて言う。藍忘機《ランワンジー》は物言いたげな目で彼をちらりと見てから、ふいと顔を背けた。魏無羨《ウェイウーシエン》の心は少しとろけたようになり、彼の耳元に口を近づけると、

「藍《ラン》兄ちゃん」と小さく囁いた。

藍忘機《ランワンジー》の呼吸は一瞬凍りつき、こちらを見つめてくる目つきは警告の意味を含んでいるようだ。

ふいに、庭にいる妻が笑い声を立てた。

「あんたは抱っこが下手じゃない。この子が起きちゃったら、結局私があやす羽目になるでしょう」

「大丈夫、こいつ今日ははしゃぎすぎてかなり疲れてるから、すぐには起きないよ」

「ラン兄ちゃん、本当に阿宝《アーバオ》をしっかり躾《しつ》けないと。まだ四歳なのにこうなんだから、大きくなったらもっと大変よ。相手の子は怒って何度も泣いてたし、もう二度とこの子と遊びたくないって」

夫の言葉に、妻は手でプチプチと豆を押し出しながら答えた。

「それでも毎回仲直りするだろう。口ではもう遊びたくないって言っても、心の中ではきっとこいつと遊びたいと思ってるんだよ」

魏無羨《ウェイウーシエン》は「ぷっ」と思わず小さな声を出してしまう。

「なああ、藍《ラン》兄ちゃん、お前は今の話をどう思う？　同意か？」

「話すな」

藍忘機《ランワンジー》は窘《たしな》めるが、今の潜めた声音であれば一般の人にはまず聞こえることはない。あちらで若い夫婦が他愛のない会話をしているのをよそに、こちらでは魏無羨《ウェイウーシェン》が藍忘機《ランワンジー》の耳元に近づき、柔らかく甘い声で「藍《ラン》兄ちゃん」と立て続けにしつこく七、八回も呼び続けた。いい加減我慢の限界がきたようで、藍忘機《ランワンジー》がさっと体を入れ替える。

彼の動きは素早く安定していて、藁ぐまを少しも動かさずに、魏無羨《ウェイウーシェン》をあっという間に彼の体の下に押さえつけた。

「……また呼んだら、禁言《きんげん》だ」

声を潜めて言う藍忘機《ランワンジー》の顔に魏無羨《ウェイウーシェン》が手を伸ばそうとすると、ぱっとその手首を掴まれる。

「含光君、お前の抹額に藁がついてるんだよ」

魏無羨《ウェイウーシェン》が真剣な顔で訴えると、藍忘機《ランワンジー》はようやくゆっくりと手を放した。魏無羨《ウェイウーシェン》は彼の代わりにその細く小さな藁を取ってから、彼の目の前に持っていき、得意げに言った。

「ほら、嘘じゃないだろう」

だが、いい気分でいられたのはわずかな間で、すぐにまたあの妻の声が聞こえてきた。

「そうだとしても、このまま阿宝《アーバオ》が他の子をいじめるのをただ放っておくわけにはいかないわよ」

「好きにさせておけばいいさ。男の子はな、皆好きな子にばかり意地悪するもんだろう？　それはただ相手に自分を見てほしくてそうしてるだけなんだよ」

夫がゆったりと答えるのを聞いて、魏無羨《ウェイウーシェン》の笑顔は一瞬固まった。

その時、どうやら幼い子供が起きたらしく、何やら甘えたように呟く声が聞こえ、夫婦二人は慌てて一緒に子供をあやし始めた。しばらくあやすと、子供はまた眠ったようだ。

「ラン兄ちゃん、でもね、私がさっきあんたにちゃんと阿宝《アーバオ》を躾けてって言ったのは、それだけが理由じゃないの。最近ちょっと物騒だから、阿宝《アーバオ》にあちこち遊びに行かないで、毎日早く帰るようにちゃんと言いつけてよね」

「わかってる。ここ数日の間に、近くにある古い墓地が全部掘り返されたことだろう？」

「うちの村の近くだけじゃないって話よ。町の人たちのご先祖様の墓もかなり掘られたらしいし、不気味すぎる。やっぱり阿宝《アーバオ》はあまり出かけさせないで、家の中だけでいっぱい遊ぶ方がいいわ」

「ああ。もしあの夷陵老祖とやらに出会ってしまったら、大変なことになるからな」

「……」

夫婦の会話を密かに聞いて、魏無羨《ウェイウーシエン》は言葉が出なくなった。

妻は声を抑えて続けた。

「私は子供の頃から『言うことを聞かないと、夷陵老祖が捕まえにきて鬼に喰わせるぞ』なんて言われてきて、ただ大人が子供をからかって遊んでいるだけだと常々思っていたけど、まさか本当にそういう人がいて、しかも本当に戻ってきたなんてね」

「そうだな。俺も墓が掘られたって聞いて、すぐそいつだと思ったよ。やっぱり間違いなかったんだ。今は町中その噂で持ちきりだよ」

自分と「墓を掘ること」が一括《ひとくく》りにされるのは、もはや致し方ないと諦める以外に、魏無羨《ウェイウーシエン》自身にもどうすることもできなかった。正直に言えば、確かに過去にはかなり多くの墓を掘ってきた。最も有名なのは、まさに射日の征戦の中盤頃、掘れる所をすべて掘り起こし、さらに岐山温《ウェン》氏歴代の祖先たちの墓地も丸ごと掘り返して、すべての死体を傀儡《かいらい》にしたことだ。そして、温《ウェン》家修士を一人殺す度に、その全員を同じように傀儡にし、それらを操って彼らの生前の親類や親友を惨殺させたのだ。

射日の征戦の最中は、こういった功績は話に出るだけで人心を鼓舞し、口を極めて褒め称えられていたものだ。しかし、射日の征戦が幕を閉じ、時が経てば経つほど、誰かが再びその話題を持ち出す度に今度はぞっとして軽蔑するようになった。他人ばかりか彼自身ですら、あとあと思い返してみると度が過ぎていたと思うほどだった。そして今、つい数日前に彼の正体が露見《ろけん》し、時を同じくして各地でやりたい放題に墓が掘り返されたとなれば、すぐに何もかも蘇った夷陵老祖の仕業だと思われてしまうのは無理もないことだ。

妻の方が再び口を開く。

「ただ、その人が関係ない人たちにまで累を及ぼさないことだけを願うわ。恨みを晴らしたいなら、あの仙術《せんじゅつ》を修行する人たちに報復して済ませてもらいたいわよ。絶対に私たちみたいな一般人にまで災いをもたらさないでほしいわ」

「誰かはっきり言ってくれる人はいないのかな？　そいつが岐山で一気に三千人以上も殺した時のこと、俺はまだ小さかったけど覚えてる。あの時は、仙術を修行する仙人たちだけじゃなくて、一般人も皆怖がっていたよ。だって、そいつは情け容赦ってものがない殺戮《さつりく》を好む魔物だからさ」

魏無羨《ウェイウーシエン》の顔に浮かんだ笑みは次第に消えていった。

当初、この若い夫婦がゆったりと話すごく当たり前の日常の会話に、彼は非常に興味を惹《ひ》かれていた。しかし、今では頭がまるで千斤を超える重さになったかのように急速にずっしりとして、顔を上げることも藍忘機《ランワンジー》の表情を見ることもできなくなり、その後この夫婦が何を話したか、もう一言も耳に入らなかった。

その時、農家の外から突然ひどく恐ろしい咆哮《ほうこう》が響き渡った。庭にいた一家三人は楽しく談笑しながらおかずに箸を伸ばして夕餉を取っていたが、その予期せぬ人ならざるモノの咆哮に驚き、落とした茶碗が一つ割れてしまう。泣きだした阿宝《アーバオ》に、さっと鍬《くわ》を手に取りながら夫が言った。

「怖くない！　怖くないからな！」

驚いたのは彼らだけではなく、藍忘機《ランワンジー》と魏無羨《ウェイウーシエン》もわずかに身じろいだ。けれど、藍忘機《ランワンジー》が立ち上がろうとした時、魏無羨《ウェイウーシエン》は何かに気づいて彼の服の胸元を掴み、「動くな」と言った。

藍忘機《ランワンジー》は微かに目を瞠る。今の咆哮を聞けば、その声の主は極めて凶悪残忍な邪のモノだとすぐにわかる。もしこの農家の夫一人に対処させたら、きっと命を落とすことになるだろう。しかし、魏無羨《ウェイウーシェン》はもう一度「動くな」と繰り返した。

するると、庭の中から悲鳴が上がり、続けて狂気じみた人ならざるモノの咆哮も極めて近く、すぐそこから聞こえた。何かが、既に門から中へと入ってきている。藍忘機《ランワンジー》はもうこのまま横になっていることはできず、避塵《ビチェン》も稲妻のように鞘から出たが、その時には一家三人は既に門を突き破って駆けだし、叫びながら逃げたあとだった。藁ぐまが避塵《ビチェン》の刃で粉々に切り裂かれ空いっぱいに藁が舞う中、全身真っ黒な何かが一匹、髪を振り乱して歪んだ口から歯をむき出しにして佇んでいる。体のあちこちから角のようなものを生やし、見た目は非常に恐ろしいが、どこか滑稽《こっけい》でもある。藍忘機《ランワンジー》はこんな怪物を見たのは初めてで微かに呆気に取られていたが、魏無羨《ウェイウーシェン》の方はなぜか驚いた様子もなく、あろうことかその怪物に声をかけた。

「温寧《ウェンニン》、相当久しぶりに叫んだのに、ずいぶん恐ろしげに叫べたじゃないか」

「公子……私は一応凶屍《きょうし》なので……。凶屍が叫ぶと……皆こんな感じです」

真っ黒な怪物の口からは人の声が聞こえてきて、やけにすまなそうな様子で答えた。

魏無羨《ウェイウーシェン》は手を伸ばし、彼の肩をぽんぽんと叩く。

「勢いがあって勇ましかったよ」

ふと藍忘機《ランワンジー》に目を向けた温寧《ウェンニン》は、姑蘇藍《ラン》氏の人々は皆、身なりがだらしない者を好まないことを思い出したようで、必死にどうにか髪を撫でつけた。頭と体に木の枝を大量に差し込んでいる温寧《ウェンニン》の姿を見て、魏無羨《ウェイウーシェン》は見るに忍びないといった表情でその枝を一本引き抜く。

「お前はなんで急に飛び出してきたんだ？　しかもこんな格好で、強盗にでも遭ったのか？　この顔はいったい何を塗ったんだよ？」

「顔は、地面の灰と泥を塗りました……私、公子たちが中に入ってから、長い間出てこないので、それで……」

「俺たちのあとをずっとついてきてたのか？」

その問いに温寧《ウェンニン》がこくりと頷くと、魏無羨《ウェイウーシエン》はやっとすべてを理解した。温寧《ウェンニン》は彼以外の人と会うのが怖くて、彼らが雲深不知処から出てきてから、こっそりあとをつけてきたのだ。しかし、彼らが農家に入っていってから長い間動きがなかったため、隠れて盗み聞きをしてみたら、あの若い夫婦がちょうど夷陵老祖の話をしているのを聞いてしまった。きっとばつが悪いだろうと考え、夫婦を怖がらせて離れさせさえすれば彼と藍忘機《ランワンジー》は外に出てこられると思ったらしい。この姿は、おおかた自分の格好には恐ろしさが足りないと思って、ごちゃごちゃと顔と体にいろんな物をつけたのだろう。

魏無羨《ウェイウーシエン》はそんな彼を見て、笑いすぎて死にそうになった。温寧《ウェンニン》はというと恥ずかしさでいっぱいの表情をして、ごしごしと顔の泥を拭く。すると魏無《ウェイウー》羨《シエン》は彼のその両手に血がついているのを見つけた。

「何があった？」

「ああ、大丈夫です……」

温寧《ウェンニン》はそう言ったが、藍忘機《ランワンジー》が指摘した。

「血の臭いがする」

魏無羨《ウェイウーシエン》もそれを聞いてやっと気づいた。温寧《ウェンニン》の体からは、確かに血の臭いが漂っている。心臓がドクンと一回大きく鼓動した。だが、温寧《ウェンニン》は慌てて手を横に振った。

「血じゃないです！　あっ、違う、ええと、血ですけど、でも、生身の人間の血じゃないです」

「生身の人間のじゃない？　何かと戦ったのか？」

魏無羨《ウェイウーシエン》に問い質され、温寧《ウェンニン》は農家の前方の道へと彼らを案内し、ある雑木林に連れていく。林の中には二、三十個もの真新しい土墳《どふん》ができており、その近くにはまだ半分しか掘っていない穴と一塊の死体があった。なぜ「何体」ではなく「一塊」なのかといえば、それらの死体は既にバラバラに切断されていたからだ。魏無羨《ウェイウーシエン》が近寄って調べてみると、もがれたばかりでまだ五本の指が拳を握ったり開いたりしている腕もあれば、口を開閉し「ギシギシ」と歯ぎしりの音を出す頭もある。どれも既に屍変《しへん》した凶屍のものばかりだ。

「お前、これはずいぶんとバラバラにしたな」

「このくらいバラバラにしないと、また人を噛みに行くので、こうしないと止められません。道中は、ずっとこういう凶屍ばかりです……」

「道中？　ここまでの間、俺たちの先を行ってこいつらを片づけてたのか？」

温寧《ウェンニン》はぎくしゃくと頷いた。彼の同類を識別する能力は、生きている人間のそれより高く範囲も広い。どうりでここまで二人はずっと平穏無事だったわけだ。魏無羨《ウェイウーシエン》も内心では不思議に思っていた。今、大量の凶屍たちが夷陵方面に押し寄せているという話だったのに、なぜ一匹も見かけなかったのだろうと。つまり、それらはすべて先回りした温寧《ウェンニン》が片づけておいてくれたからだったのだ。

「お前、いつから俺たちのあとをついてきてたんだ？」

「金鱗台だ」

魏無羨《ウェイウーシエン》の質問に、藍忘機《ランワンジー》が答える。

魏無羨《ウェイウーシエン》が唖然《あぜん》として温寧《ウェンニン》に目を向けると、続けて藍忘機《ランワンジー》が説明してくれた。

「あの日、大勢の世家修士が私たちの行く手を阻《はば》み、殺し合っていた時、彼が現れて少々力を貸してくれた」

「どこかに身を隠して、ひとまずは何も手を出すなって言ってあっただろう？」

魏無羨《ウェイウーシエン》が嘆くと、温寧《ウェンニン》は苦笑いして言った。

「でも公子……私は、どこに隠れたらいいんでしょう？」

以前なら彼にもまだ帰る場所があり、他に従うべき人もいた。しかし今、現世では魏無羨《ウェイウーシエン》以外のすべての人は、彼にとってまったく馴染みのない人たちばかりなのだ。

少しの間黙り込んでから魏無羨《ウェイウーシエン》はすっくと立ち上がると、服の胸元と裾についた埃をパンパンとはたいた。

「埋めてやろうか」

温寧《ウェンニン》は慌てて頷き、掘りかけだった穴を再び掘り始める。それを見ていた藍忘機《ランワンジー》も避塵《ビチェン》を抜き出すと、その剣気が出た瞬間にぶわりと土が舞い上がり、地面に一本の亀裂《きれつ》が走った。

「含光君、お前も墓を掘るつもりか？」

魏無羨《ウェイウーシエン》が驚いて聞くと、藍忘機《ランワンジー》はこちらを振り向いた。しかし何か話そうとした時、彼の真後ろになぜか温寧《ウェンニン》が立ち、頑張って硬直した口角を上げて必死にぎこちない笑顔を作ってから声をかけた。

「……藍《ラン》公子、お手伝いしましょうか？　私の方は、もう終わりましたから」

藍忘機《ランワンジー》が背後に目を向けると、確かにいくつもの真っ暗な穴と、その横には高く盛られた土が整然と並んでいた。温寧《ウェンニン》は「笑顔」を維持しながら、「私、よくこういうことをしていて慣れているので、速いんです」とつけ加える。

いったい誰が彼に「よくこういうこと」をさせていたかについては言わずとも明らかだ。

しばらく沈黙したあと、「必要ない。君は彼の手伝いを……」と藍忘機《ランワンジー》が言いかけた時だ。

言葉の途中で彼はふいに、魏無羨《ウェイウーシエン》がちっとも動こうとせず、近くでしゃがんだままこちらを見物していることに気づいた。彼は先ほどの農家から離れる時、ついでに西瓜を一玉持ち去ってきていたらしく、今はそれをどう切るかについて悩んでいるようだ。

ふと自分を凝視している藍忘機《ランワンジー》の視線に気づき、彼は後ろめたそうに言った。

「含光君、お前、そんな目で俺を見るなよ。俺は今、手伝えるような道具も手元にはないし、霊力だって低いだろう？　何事にもその道の専門家がいる。これは事実だ。だから、墓を掘ることに関してはそいつが一番速いんだって。なあ、俺たちはこの西瓜をどう食べるか話し合うっていうのはどうだ。避塵《ビチェン》は土を掘ったからしばらくは使えないし、お前ら他に余りの刀とか剣とか持ってないか？」

「すみません、私、持っていません」

温寧《ウェンニン》は首を横に振った。

「含光君、そういえば、随便《スイビエン》ってお前が持ってるんだよな？」

「……」

しばし無言だった藍忘機《ランワンジー》は、やはりそれを持ち歩いていたらしく、乾坤袖《けんこんそで》の中から随便《スイビェン》を抜き出して彼に渡してきた。魏無羨《ウェイウーシエン》は片手に西瓜、片手に剣を持ち、流れるように綺麗な動きで剣を振りかざすと、「すっすっ」と小さな西瓜を八つに切る。切り終わるとすぐに地面にしゃがみ、それを食べながら彼らが真面目に墓を掘るところを眺めた。

温寧《ウェンニン》は一炷香も経たないうちに、完全に大きさの揃った一列の穴を掘り終わった。バラバラになった死体をその中に収めながら、温寧《ウェンニン》はそっと口を開く。

「皆さん、非常に申し訳ないのですが、私はもうどれが誰の一部かを見分けられなくなってしまったので、もし間違って埋めても、どうか悪《あ》しからず……」

西瓜を食べ終わり、残りの死体も埋め終わると、魏 無羨《ウェイウーシエン》と藍忘機《ランワンジー》は引き続き先を急ぐことにする。

そして数日後、二人はとうとう夷陵にある小さな町に到着した。

乱葬崗はこの町から十里足らずのところに位置している。あの場所でいったい何が彼らを待ち受けているかはわからないが、間違いなく良いことであるはずがないと魏無羨《ウェイウーシエン》は予感していた。

けれど、魏無羨《ウェイウーシエン》の隣には藍忘機《ランワンジー》がいる。彼は落ち着いた足取りで歩き、その眼差しは淡然としている。魏 無羨《ウェイウーシエン》には元からあまり危機感というものがないのに加え、そんな彼がそばにいるせいか、なおさらどうしても気を引き締められずにいた。

その小さな町を通ると、あちこちから生まれ故郷のなまりが聞こえてくる。この上ないほど親しみ深くて、どこか爽快な気持ちにすらなる。物を買うつもりはないのに、彼は我慢できずについ地元なまりで道端の行商人たちに話しかけてしまい、すっかり満足するまで話してから、やっと藍忘機《ランワンジー》の方を振り返った。

「含光君、この町を覚えてるか？」

藍忘機《ランワンジー》は浅く頷いた。

「覚えている」

その答えを聞いて魏無羨《ウェイウーシェン》は笑った。

「そりゃ俺よりお前の方が物覚えがいいもんな。まさにこの町で、俺たちは昔一度会ったことがある。お前が夷陵に夜狩に来た時に偶然会って、俺はお前に飯をおごるって言ったんだ。それも覚えてるか？」

「覚えている」

「でもさ、かなり恥ずかしい話だけど、結局あの時も最後はお前が勘定してくれたよな、ハハッ！」

ロバの背であぐらをかいた魏無羨《ウェイウーシェン》は、ゆらゆらと揺られながら過去の失態などまったく気にしない様子で続けた。

「そういえば、含光君。お前、隠居する予定はあるか？」

藍忘機《ランワンジー》は微かに動きを止める。どうやら少し考え込んでいるようなので、魏無羨《ウェイウーシェン》は鉄は熱いうちに打てと言わんばかりにさらに畳《たた》みかけた。

「隠居したあと何をするか、考えたことはあるか？」

藍忘機《ランワンジー》は彼を見上げながら、「まだ考えていない」と答えた。

（それならちょうどいい！　俺が代わりに考えておいたんだ）

魏無羨《ウェイウーシェン》は人気《ひとけ》がなく風光明媚《ふうこうめいび》な場所を見つけて、大きな家を建てるのだ。ついでにその隣に藍忘機《ランワンジー》の家も一軒建ててやって、毎日おかずは二品に汁物を一品。もちろん、藍忘機《ランワンジー》が食事を作るのが好ましい。そうでないと二人は魏無羨《ウェイウーシェン》が作った料理を食べることになるからだ。家計簿も藍忘機《ランワンジー》に任せるのがいいだろう。彼の目には、藍忘機《ランワンジー》が胸元と膝のところに継ぎが当ててある平織りの服を着て、無表情のまま手作りの木の卓のそばに座り、一枚ずつ小銭を数えている姿がありありと浮かぶようだった。小銭を数え終わったあとは、鍬を担いで畑仕事に出かける。そして魏無羨《ウェイウーシェン》はというと……。

（俺は……俺は、何をするんだ？）

魏無羨《ウェイウーシェン》は真剣に自分が何をすべきか悩んだ。生活とは薪《まき》、米、油、塩が必要で、そして布を織り、畑を耕《たがや》すことだと人は言うから、畑を耕す者はいるとすれば、残りは布を織ることだけだ。しかし、自分が組んだ足を揺らしながら織機《おりき》の前に座る姿を想像すると寒気がしたので、やはり魏無羨《ウェイウーシエン》が鍬を担ぎ、藍忘機《ランワンジー》に布を織らせる方が似合うだろう。昼間は魚を釣って畑を耕し、夜は剣を持って夜狩に出かけ、妖《よう》を斬って魔を払う。もし飽きてきたら、隠居などなかったことにして、再び俗世に戻ってもいい。でもやっぱり、ちびっ子が一人足りないな……。

「足りない？」

突然、藍忘機《ランワンジー》が不思議そうに問いかけてきた。

「え？」

魏無羨《ウェイウーシエン》は、なんと自分が最後の一言を口に出してしまったらしいということにようやく気づいた。彼は一瞬で表情を引き締め、誤魔化すように言う。

「ああ、林檎ちゃんに仲間が足りないかなって言ったんだ」

林檎ちゃんは振り向いて、力一杯こちらに唾《つば》を吐きかけてきた。魏無羨《ウェイウーシエン》はロバの頭を手のひらで軽く叩き、その長い両耳を掴んでくすくすと笑ったが、次の瞬間、急にその笑顔が消えた。

彼はふいに思い出したのだ。かつて、彼は本当に子供を一人連れていたことがあった。もし無事に生きていたら、今はもう十何歳になるだろうか。

乱葬崗は夷陵の長く連なる山々の奥深くに位置している。

人々の話では、乱葬崗は一つの屍の山であり、その野山のどこでも適当に円匙で掘れば、すぐに死体を一体掘り当てられると言われているが、それは嘘ではない。乱葬崗は古戦場《こせんじょう》で、その後長年にわたり人々が習慣的に名もなき死体を捨て続けてきた。そのせいで、陰気と怨念が年中消えない場所となり、最終的には夷陵一帯に住む者全員にとっての悪夢と成り果ててしまった。

まるで怨念に深く染まったかのように、この山にある森は枝葉まですべてが真っ黒だ。麓では一丈を超える高い塀が築かれ、びっしりと呪文が刻まれたその塀は、人間、あるいは人ならざるモノの出入りを防いでいる。乱葬崗を丸ごと囲んだこの呪塀《じゅへい》は、最初は岐山温《ウェン》氏の三代目宗主によって建てられた。凄まじく強力なこの地の怨霊たちを浄化できず、やむなく隔離する方法を選んだのだ。この塀は過去に魏無羨《ウェイウーシエン》によって一度壊されたことがあったので、現在の塀は蘭陵金《ジン》氏が人手を割《さ》いて壊れた部分を建て直し、さらに補強した新しいものだった。

　しかし彼らが到着した時、なんとその高い塀は再び広範囲にわたって壊されていた。

　魏無羨《ウェイウーシエン》はロバを麓に残し、石の塀の残骸を踏み越えると山道に沿って上へ向かい歩き始めた。いくらも経たないうちに、すぐに首のない一体の石獣《せきじゅう》が目に入る。この石獣の重さは千斤を超えるほどで、山道を長年鎮《しず》めて見守ってきたもののようだ。体中に藤蔓《ふじづる》が絡みつき、くぼみのところには満遍《まんべん》なく苔《こけ》が生えている。その首は誰かに重い斧《おの》で切り落とされたようで、近くに打ち捨てられ力を誇示するかのように粉々に砕かれていた。切断面はまだ真新しく、真っ白い石の内側があらわになっている。また少し歩いたところで出会ったもう一体も、頭から足元まで真っ二つに断ち割られていた。

　少し考えただけで、魏無羨《ウェイウーシエン》にはすぐにわかった。これらはきっと彼の死後に、百家によって乱葬崗の風水を左右する位置に据えられた鎮山石獣《ちんざんせきじゅう》たちだ。こういった石獣には怨霊《おんりょう》を鎮圧し邪気を払う力があり、造り上げるのに求められる技術は極めて高いうえ、費用もかなり高価だ。今のこの様子だと、おそらくそのすべてが誰かによって壊されたあとだろうが、なんともったいないことをするのか。

　魏無羨《ウェイウーシエン》はさらに藍忘機《ランワンジー》と肩を並べて数歩進んだところで、ふと振り向く。そこには、いつの間にか姿を現した温寧《ウェンニン》が石獣のそばで俯いたまま立ち尽くしていた。

「温寧《ウェンニン》、何を見てるんだ？」

　温寧《ウェンニン》は石獣の台座を指さした。

　その石獣は太くて丸い切り株の上にのせられていて、その低い切り株のそばには、さらに小さい切り株が三つある。どうやら大火に焼かれたことがあったようで、どれも焦げて真っ黒だ。

温寧《ウェンニン》は両膝を地面について跪くと、片方の手の五本の指を深々と土の中に差し込んだ。漆黒の土をひと掴みして手のひらに握り、小声でぽつりと呟く。

「……姉さん」

魏無羨《ウェイウーシェン》は何を言えばいいかわからずそっと近寄ると、力を込めてとんとんと彼の肩を叩いた。

魏無羨《ウェイウーシェン》の人生には、二度の極めて苦しく耐え難い歳月があった。それはいずれもこの場所で過ごしていた時のことだ。だから本当は、二度とここを訪れるつもりなどなかった。

そして、温寧《ウェンニン》にとってはなおさら、この乱葬崗は永遠に忘れられない場所なのだ。

一陣の冷たい風が吹き抜けると、まるで幾千万もの小さな囁き声のように樹海がざわめいた。魏無《ウェイウー》羨《シェン》は意識を集中して耳を澄まし、片膝をついて身を屈めると、足元の地面に向かってそっと何かを囁く。

すると突然、地面の一か所が微かに盛り上がり始めた。

まるで黒い土壌《どじょう》から蒼白な花が一輪咲くように、白骨化した腕がゆっくりと地面から出てくる。

そのわずかにあらわになった骸骨《がいこつ》の腕は、穏やかに力なく掲げられている。魏無羨《ウェイウーシェン》は片手を伸ばしてその手を握ると、さらに低く身を屈めた。彼の長い髪が肩先から滑り落ち、その顔を半分ほど覆う。

彼は骸骨へと唇を寄せ、小声で囁いてから沈黙した。まるで一心不乱に何かを聞いているみたいだ。しばらくして微かに頷くと、その腕は再び蕾《つぼみ》のように手をすぼめて地面の中に沈んでいった。

魏無羨《ウェイウーシェン》は立ち上がって、足についた土を払った。

「この数日で、相次いで百人あまりの人間がここに連れてこられたようだ。だが、彼らは山頂でまだ全員生きていて、拉致《らち》した者たちは皆、既に下山したらしい。そいつらがいったい何を企んでいるかわからないから、とにかく気をつけよう」

三人が再び上へ向かって歩いていくと、山道の脇に建つ荒れ果てた小さな家々が見えてきた。

そのほとんどが非常に小さく、簡素で粗末《そまつ》と言ってもいい造りをしていた。どれも一目で、慌てて建てた掘っ立て小屋だとわかる。既に焼かれて枠組みしか残っていないもの、一軒丸ごと片側に崩れたもの、最も良い状態で残っているものでさえ半分は跡形もなく壊れていた。十数年もの間、風雨にさらされ手入れする人もいなかったせいですべてがみすぼらしい。まるで虫の息のひどく弱った幽霊たちが、山を登ってくる人々を押し黙ったまま俯瞰《ふかん》しているみたいだ。

山に入ってからずっと、温寧《ウェンニン》の足取りはとりわけ重かった。そして今、一軒の小屋の前に立つと、その先へと足を踏み出せなくなってしまった。

これは昔、彼が自分の手で建てた小屋だ。ここを離れる前は、この小屋はまだこんなふうに壊れておらず、確かに粗末ではあったけれど、それでもちゃんと雨風をしのげる場所で、彼の親しい人、大切な人が住んでいたのだ。

「物是人非《ぶつぜじんぴ》」と言うから、善《よ》かれ悪《あ》しかれ「景色は変わらず元のまま」残るはずだ。しかし今のこの光景は、故人を偲《しの》ぶことすらできないほど変わり果てていた。

「もう見るな」

「……とっくに、こうなっているとわかっていたんです。ただ、まだ何か残っている物がないか、見てみたくて……」

魏無羨《ウェイウーシエン》の言葉に温寧《ウェンニン》がそう答えた時、壊れた小屋の中から突然ふらふらと一つの人影が立ち上がった。

その人影がよろめきながら小屋の外へと歩いてくると、半分ほど腐敗した顔が薄日のもとにさらされる。魏無羨《ウェイウーシエン》が一度手を叩いてもその彷屍《ほうし》には一切の変化はなく、そのまま彼らの方に向かって歩いてくる。魏無羨《ウェイウーシエン》は冷静に二歩後ずさった。

「陰虎符に操られてる」

一度彼に服従した傀儡は陰虎符に操られることはない。それと同じように、既に陰虎符に操られている傀儡もまた、彼の命令に従うことはない。法則は単純かつ乱暴で——つまり、早い者勝ちということだ。

温寧《ウェンニン》は一歩前に出て、咆哮を上げながらその彷屍の首をもぎ取った。すぐに四方八方から低く吠える声がいくつも響き、黒い森の中から四、五十体もの彷屍たちがゆっくりと近づいてくる。この彷屍たちは老若男女様々で、ほとんどがまだ死装束《しにしょうぞく》を身に纏った比較的死後間もない死体ばかりだ。おそらくこれが近頃各地で消えたという例の死体たちだろう。

藍忘機《ランワンジー》が古琴《こきん》を取り出し手任せに弾くと、琴の音はさざ波のように周囲へと流れ、彼らをぐるりと包囲している彷屍の群れは瞬く間に円陣のまま一斉にその場に膝をついた。温寧《ウェンニン》はその中でも長身で体格のいい男の彷屍を両手で持ち上げると、数丈先まで投げ飛ばした。その彷屍の胸部は一本の鋭い木の枝に貫かれ、引っかかったまましきりにあがいている。

「こいつらに構うな。真っすぐ山頂に登るぞ！」

魏無羨《ウェイウーシエン》は二人に声をかけた。

ここ数日の間で、金光瑶《ジングアンヤオ》が陰虎符を使って手当たり次第に集めてきた彷屍がいったいどれほどいるかはわからないが、三人は次から次へと彷屍を撃退しながら山を登っていった。乱葬崗の山頂に近づくにつれ、彷屍の群れもより一層その数を増していく。高くそびえる黒い森の上空に琴の音が響き渡り、鴉《からす》の群れが乱れ飛ぶ。二時辰近くが過ぎた頃、彼らはやっとのことで休む隙を得られた。

魏無羨《ウェイウーシエン》は壊された鎮山石獣の上に座ってほっと一息つくと、自嘲するように言った。

「昔は俺が陰虎符で彷屍に敵の相手をさせてたっていうのに、まさか今日、他の奴があれを使って、その相手を俺がする番が来たなんてな。今なら俺もあれの憎らしさがわかるよ。逆の立場だったら、俺だってこんな最悪な物を作った奴は殺してやりたいと思ったろうな」

藍忘機《ランワンジー》は琴を収めると、袖の中から一本の長剣を取り出して彼に手渡した。

「護身用に」

魏無羨《ウェイウーシエン》が受け取ったそれは随便《スイビェン》だった。あの日西瓜を切ったあと、彼が無造作に放《ほう》った剣を藍忘機《ランワンジー》がまた拾って保管してくれていたのだ。彼は剣を鞘から抜くと、真っ白に煌めく刃をしばらくの間じっと見つめ、再び鞘にきっちりと戻す。

「ありがとう」

魏無羨《ウェイウーシエン》は笑顔で礼を言ったが、それを腰に差したいだけで使おうとする気配はない。藍忘機《ランワンジー》がそんな自分を凝視していることに気づき、魏無羨《ウェイウーシエン》は頭をぽりぽりとかいて説明した。

「何年も剣を使ってこなかったから、全然手に馴染まなくてさ」

そう言ってから、ため息をついて続ける。

「わかったよ。本当の理由は、実は今の俺のこの体は霊力が低すぎて、高級仙剣を持ったところでその威力を十分に発揮できないんだ。だから、悪いけど含光君、このか弱い男の俺を守ってくれよな」

「……」

藍忘機《ランワンジー》は何も言わなかった。

か弱い男は一時の休憩を終えると、膝に手をついて立ち上がる。三人は再び山頂を目指して登り始め、しばらく歩き続けたところで、山道の奥に真っ暗な洞窟の入り口を見つけた。

この洞窟の高さと幅は、どちらも同じく五丈あまりある。近づかずとも、中からやけに冷たい風が吹き出しているのを感じ、何やら人の話し声と呻《うめ》き声までもが聞こえてくるような気がする。

噂で語られる、人を殺《あや》めて傀儡に仕立て上げ、極悪非道の限りを尽くしてきた夷陵老祖の巣窟——伏《ふく》魔洞《まどう》。

この洞窟の天井は高くて広い。三人は気を引き締めると、息を殺して洞窟の中にこっそりと入り込んだ。誰一人足音すら立てなかったが、それとは逆に、洞窟の奥深くから聞こえてくる人の声はますます大きく騒がしくなっていく。

魏無羨《ウェイウーシエン》は洞窟内の地形を知り尽くしているため一番前を歩き、ある場所で、止まれと手で合図した。

洞窟の最奥《さいおう》部にある伏魔洞は一枚の石壁で隔《へだ》てられており、その石壁に開いた穴越しに千人は入れそうなほどの大きさの洞穴《どうけつ》が見える。洞穴の中央には百人あまりの人間が座っていて、彼らの手足は皆捆《こん》仙索《せんさく》できつく縛られていた。彼らは全員非常に若く、服の色と腰に帯びた剣を見る限り、意外にも階級がかなり高い弟子か、そうでなければ直系の世家公子ばかりだ。

魏無羨《ウェイウーシエン》が藍忘機《ランワンジー》と目を見合わせ、小声で話そうとしたその時、地面に座っている少年の一人が突然声を出した。

「言わせてもらうけど、お前さ、あの時奴を一刺ししただけで終わりにすべきじゃなかっただろう。なんでそのまま奴の首を斬らなかったんだ？」

彼の声量はそれほど大きいわけではなかったが、伏魔洞は非常に広々としているため何か言う度洞穴内に響き渡り、耳をそばだてなくともはっきりと聞こえてくる。その少年が話しだした瞬間、魏無羨《ウェイウーシエン》はどこかで彼を見た覚えと、さらには声にも聞き覚えがあるような気がして、ずいぶん考え込んだあとでやっと思い出した。

（こいつ、あの日金凌《ジンリン》と喧嘩してた金闡《ジンチャン》じゃないか？）

しかも改めて見てみれば、彼のそばで冷たく沈んだ表情をしている少年は、金凌《ジンリン》ではないか。

金凌《ジンリン》は彼に目もくれず、黙り込んだまま何も答えなかった。

ふいに近くにいる少年の一人の腹が大きくはっきり「グーグー」と鳴り、その少年が話しだす。

「奴らが離れてもう何日も経つぞ。いったい何がしたいんだ？　殺すならさっさと殺せよ。ここで餓死するくらいなら、夜狩で怪物に噛み殺された方がましだ！」

べらべらとよく口が回るこの少年は、間違いなく藍景儀《ランジンイー》だ。するとまた金闡《ジンチャン》が口を挟む。

「何がしたいかって？　射日の征戦の時に温狗《ウェンく》にやったみたいに、俺たちを奴の傀儡にするに決まってる。そして……そして、俺たちをそれぞれの家の者と戦わせて、向こうが手を出せないようにして殺し合わせるつもりだろう」

彼は歯ぎしりしながら吠えるように続けた。

「卑怯な魏狗《ウェイく》め、この人でなしが！」

「お前は黙ってろ」

突然、金凌《ジンリン》が冷たく言い放つと金闡《ジンチャン》は愕然とした。

「黙れだと？　お前、それどういう意味だ？」

「どういう意味かって？　お前は耳が聞こえないのか、それともバカなのか、まさか人間の言葉がわからないのか？　黙れっていうのは、喚くなってことだよ！」

長い間ずっと縛られていたせいもあり、あっという間に金闡《ジンチャン》の苛立ちは頂点に達した。

「いったいお前は何様のつもりだ!?」

「お前がここで無駄口を叩いても屁の突っ張りにもならないのに、ぎゃーぎゃー喚けば縄が切れるとでも思ってるのか？　耳障りなんだよ」

「お前！」

すると、もう一人別の少年の声が聞こえてきた。

「私たちは今ここに閉じ込められている上に、山にはあんなに大量の彷屍がいて、いつ中まで押し寄せてくるかもわからないんですよ。こんな時まで、あなたたちは喧嘩をしないと気が済まないんですか？」

誰よりも冷静なこの声は、明らかに藍思追《ランスージュイ》のものだ。

「こいつが先に煽《あお》ってきたんだ！　金凌《ジンリン》、お前が誰かを罵るのは良くて、他の奴が罵るのはダメなのか!?　おい、お前は自分を何様だと思ってるんだ？　斂芳尊《れんほうそん》が仙督《せんとく》だからって、いずれお前がそうなれるとでも思ってるのかよ？　俺は絶対に黙らないからな、お前に……」

怒鳴っている途中で「ゴン」と突然金凌《ジンリン》に頭突きをされ、金闡《ジンチャン》は痛みのあまり大声で叫び、さらに憤《ふん》怒《ぬ》の声を上げた。

「喧嘩したいっていうなら上等だ！　俺様は今ちょうど腸《はらわた》が煮えくり返ってるんだ。この親なし野郎が！」

その言葉を聞いて、金凌《ジンリン》もさらにいきり立った。

縛られていて手を出せないため、彼は肘《ひじ》と膝の両方を使って続けざまに打ち込み、相手が喚くほど一層叩き潰しにかかる。しかし彼はたった一人で、逆に金闡《ジンチャン》の方には普段から多くの取り巻きがいる。数人の少年たちは、彼が劣勢な様子を見て「手を貸すぞ！」とすぐさま大声を上げ、一斉に飛びかかった。近くに座っていた藍思追《ランスージュイ》は、運悪く彼らの殴り合いに巻き込まれてしまう。

「皆さん落ち着いて、落ち着いてください」

最初はまだ辛《かろ》うじて皆を宥《なだ》めようとしていたが、うっかり誰かの肘を数回食らう羽目になり、彼は痛みで眉間《みけん》にしわを寄せる。顔色もだんだん悪くなり、しまいには大きく一声叫ぶと、思いきって乱闘に加わった。

壁の向こうにいる三人は、もうその様子を眺めているわけにはいかなくなった。魏無羨《ウェイウーシエン》が真っ先に伏魔洞へと続く石階段の上に跳び上がると、大声で叫ぶ。

「おーい！　皆、こっち見ろ！」

彼のこの叫び声は伏魔洞の中でガンガンとこだまし、ほとんど鼓膜が破れそうなくらいに大きく響き渡った。一塊になって取っ組み合いをしていた少年たちもはっとして顔を上げる。その中に交ざっていた藍思追《ランスージュイ》は、魏無羨《ウェイウーシエン》のそばにいる見慣れた人影に気づいて歓喜の声を上げた。

「含光君！」

「含光君だあああああ！」

藍景儀《ランジンイー》はさらに大声で喚いた。

「お前らなに喜んでるんだよ？　あいつら……あいつらは、敵の仲間だろう！」

金闡《ジンチャン》が驚きおののく前で、魏無羨《ウェイウーシエン》は伏魔洞の中に足を踏み入れる。そして随便《スイビエン》を鞘から抜き出し無造作に後ろに放り投げると、さっと人影が現れてその剣を受け取った。温寧《ウェンニン》だ。すると、彼の姿を目にした世家門弟たちは、またうろたえて大騒ぎになる。

「お、おお、鬼将軍《おにしょうぐん》！」

温寧《ウェンニン》は随便《スイビエン》を掲げると、金凌《ジンリン》に向かって振り下ろした。金凌《ジンリン》は歯を食いしばって目を閉じたが、思いがけず全身が軽くなり、捆仙索が随便《スイビエン》の刃で切られたことに気づく。その後、温寧《ウェンニン》は洞窟内のあちこちで皆の捆仙索を切って回った。彼に縄を解いてもらった世家門弟たちは、逃げるべきなのか残るべきなのかと混乱しているようだ。

　洞窟内には夷陵老祖と鬼将軍に加え、正道を裏切った含光君がいるし、かといって外には無数の彷屍たちが彼らを喰いちぎりたい一心で今か今かと待ち構えているのだ。進退窮《きわ》まり、ただ洞窟の一角に集まって身を寄せ、無表情で歩き回っている温寧《ウェンニン》を目で追うしかなかった。一方、藍思追《ランスージュイ》は他の少年たちとは逆に、満面に明るい表情を浮かべた。

「莫《モー》……魏《ウェイ》先輩。私たちを助けに来てくださったんですよね？　魏《ウェイ》先輩が誰かに私たちをここまで拉致させたんじゃありませんよね？」

　言葉は疑問形であっても、彼はもう完全に信頼と喜びに溢れた顔でこちらを見つめてくる。魏無羨《ウェイウーシエン》は心が温かくなってしゃがんで彼の頭をくしゃくしゃと撫で回し、数日間苦境に陥ってもまだきちんとしたままの藍思追《ランスージュイ》の髪を乱してしまった。

「俺が？　俺がどれほど貧乏なのか、お前も知らないわけじゃないだろ。どこから人を雇うような大金が出てくるって言うんだ」

　藍思追《ランスージュイ》はこくこくと何度も頷いた。

「はい。そうだと思っていました！　先輩が本当に貧乏だってことは知っていますから！」

「……」

　魏無羨《ウェイウーシエン》は一瞬黙り込んだが、気を取り直して言った。

「いい子だ。それで、相手は何人いるんだ？　近くで待ち伏せしてるのか？」

　体にまとわりつく縄を振り払った藍景儀《ランジンイー》が、我先にと口を挟む。

「相手はいっぱいいます！　全員黒い霧で顔を覆ってたから人相は見えなかったんですけど、私たちを縛ってここに連れてきてそのまま放置して、まるで自滅するのを待ってるみたいです。ああ、それとこの外には彷屍がいっぱいうろついてます！　奴ら、ずっと叫んでましたよ！」

　避塵《ビチェン》が音を立てて鞘から出ると、藍思追《ランスージュイ》を縛っていた捆仙索を切る。藍忘機《ランワンジー》は剣を鞘に戻してから、藍思追《ランスージュイ》に「良くやった」と言った。

それは、藍思追《ランスージュイ》が平静を保ち、なおかつ彼らを信じられたことについて褒めた言葉だった。藍思追《ランスージュイ》は慌てて立ち上がると、藍忘機《ランワンジー》に向かって背筋をきちんと真っすぐに伸ばす。しかし、笑みを浮かべる間もなく、魏無羨《ウェイウーシエン》がくすくす笑いながら口を挟んできた。

「だよな、本当に良くやったよ。まさかこの思追《スージュイ》が、喧嘩までできるようになったとはな」

藍思追《ランスージュイ》は一瞬で顔を真っ赤にした。

「あ……あれは……先ほどは頭に血が上ってしまい……」

その時ふいに、魏無羨《ウェイウーシエン》は誰かが近づいてくる気配を感じて振り向いた。するとそこには、身を硬くした金凌《ジンリン》が立っていた。

藍忘機《ランワンジー》は即座に魏無羨《ウェイウーシエン》を庇うように前に出て、また藍思追《ランスージュイ》も藍忘機《ランワンジー》の前に立ち慎重に口を開く。

「金公子《ジン》」

魏無羨《ウェイウーシエン》はそんな二人の後ろからのんきに歩いて出てきた。

「お前ら何やってるんだ？　皆で並んで体操でも始めるのかよ」

金凌《ジンリン》はかなり様子がおかしかった。拳を解いては握りしめ、握りしめてはまた解くを繰り返している。何やら言いたいことがあるようだが口には出さず、ただひたすら自分が剣で刺した魏無羨《ウェイウーシエン》の腹部を凝視した。藍景儀《ランジンイー》ははっとして顔面蒼白になった。

「おっお前！　まさかまたこの人を刺すつもりなのか！」

金凌《ジンリン》の表情が強張ると、慌てて藍思追《ランスージュイ》が声を上げる。

「景儀《ジンイー》！」

やり取りを見ていた魏無羨《ウェイウーシエン》は、景儀《ジンイー》を左に、思追《スージュイ》を右にして少年二人の首に腕を回した。

「いいから、ともかくさっさとここから出るぞ」

「はい！」

藍思追《ランスージュイ》はそう返事をしたが、隅の方にいる他の少年たちはまだ怖いのか、固まったまま動こうとしない。

「行かないのか？　お前ら、まさかまだここに残りたいのか？」

「外にあんなに大量の彷屍がいるのに、俺たちに出ろって……殺す気かよ!?」

藍景儀《ランジンイー》に問いかけられ、一人の少年が反抗するように首を伸ばしながら言った。

「公子、私が先に出て、あいつらを追い払います」

温寧《ウェンニン》の申し出に魏無羨《ウェイウーシエン》が頷くと、彼は一陣の風のように素早く外に出ていった。

「捆仙索は解けましたから、あとは皆で力を合わせて活路を切り開けばいいだけの話です。もしあなたたちがここに残るとしたら、私たちが離れたあとに万が一彷屍の群れが押し寄せてきた場合、この洞窟の地形を見る限り袋の鼠《ねずみ》になるのではないでしょうか？」

藍思追《ランスージュイ》はそれだけを言うと、藍景儀《ランジンイー》を引っ張ってさっと歩きだす。そうして二人を含む藍《ラン》家の少年数名が、率先して温寧《ウェンニン》のあとを追って洞窟の外へ向かった。残された少年たちは、うろたえてただ顔を見合わせるばかりだ。

しばしの沈黙のあと、誰かが「思追《スージュイ》殿、待ってくれ！」と呼びかけながらそのあとを追い、彼らと一緒に外へ出ていく。

それはまさに、義城《ぎじょう》で阿箐《アージン》に紙銭《かみぜに》を燃やしてやりながら熱い涙を流していたあの「恋多き男になる」少年だった。周りは彼のことを子真《ズージェン》と呼んでいるので、どうやら巴《は》陵《りょう》欧陽《オウヤン》氏の一人息子らしい。それから続々と立ち上がったのは皆、この前義城で見た顔ぶればかりだった。残った少年たちはまだぐずぐずしていたが、それは彼らが顔を上げると、魏無《ウェイウー》羨《シエン》と藍忘機《ランワンジー》が二人揃ってじっと見つめているせいだった。二人のどちらに見つめられても同じくらい怖くて、彼らはやむなく思いきってえいっとその二人を迂回《うかい》して先に進んだ。

最後に重い腰を上げたのは、なんと金凌《ジンリン》だった。

大勢の少年たちがゆっくりと慎重に洞窟を進み、

あと少しで出口へ辿り着こうかというその時、突然、一つの人影が勢い良く中に投げ込まれ、洞窟の壁に深々と人型の穴が開いた。

石灰岩がパラパラと落ち、前方から数名の少年たちの驚く声が響いてきた。

「鬼将軍！」

「温寧《ウェンニン》？　どうしたんだ!?」

「……大丈夫です」

魏無羨《ウェイウーシエン》も驚いて声をかけると、温寧《ウェンニン》はそう答えて壁の穴から転がり出る。そして立ち上がると、黙々と折れた腕を乱暴に元通り繋ぎ直した。魏無羨《ウェイウーシエン》が目を凝《こ》らして前方を見ると、紫の服を纏った青年が腕を下に伸ばし、伏魔洞の前に立っているのが見えた。紫電《ズデン》はビリビリと音を立て、彼の手元から霊力の光が流れている。温寧《ウェンニン》はまさに彼のその鞭に打たれ、洞窟の中に撥《は》ね飛ばされてきたのだ。

――江澄《ジャンチョン》。

どうりで温寧《ウェンニン》が一切反撃の意思を示さなかったわけだ。

「叔父上！」

「金凌《ジンリン》、こっちに来い」

金凌《ジンリン》が呼びかけると、江澄《ジャンチョン》は冷ややかにそう命じる。

彼の背後にある黒い森の中からは、多種多様な服を身に纏った各世家の修士たちがゆっくりと歩いて出てきた。その数はどんどん多くなり、ざっと数えただけでも、なんと千人を超えそうなほどの大軍だ。辺り一面黒山の人だかりが伏魔洞の外を取り囲んでいる。この修士たちは江澄《ジャンチョン》を含め、皆血まみれで疲《ひ》弊《へい》した表情をしていた。縛られていた世家の少年たちは次から次へと伏魔洞から飛び出して、「父さん！」「母さん！」「兄さん！」と叫びながら人だかりの中に駆け寄っていく。

金凌《ジンリン》はあちらこちらに目を向けながらも未だに出ていく決心がつかないようだ。その様子を見て、江《ジャン》澄《チョン》は厳しい声を上げる。

「金凌《ジンリン》、何をぐずぐずしている。さっさと来ないか？　それとも死にたいのか！」

そして、人だかりの中から藍啓仁《ランチーレン》が出てきて前に立つ。その姿はかなり年老いて見え、鬢《びん》の辺りがずいぶんと白髪交じりになっていた。

「忘機《ワンジー》」

「叔父上」

呼びかけられ、藍忘機《ランワンジー》は低い声で答える。

しかし、彼のそばへ戻ろうとはしなかった。

藍啓仁《ランチーレン》は否応なくはっきりと思い知った。それが、藍忘機《ランワンジー》からの揺るぎない答えなのだと。彼は完全に失望した表情で首を横に振ると、二度と口を開いて甥《おい》を諫《いさ》めようとはしなかった。

ふいに、ひらひらとした白い服を纏った仙子《せんし》が一人、目に涙を浮かべながら前に出てきた。

「含光君、いったいどうしたというのですか？　あなたは……ご自分を見失っています。かつてのあなたは、明らかに夷陵老祖とは敵対していたのに。魏《ウェイ》無羨《ウーシエン》はいったいどんな手を使って、あなたを敵側に立たせるように仕向けたのですか？」

藍忘機《ランワンジー》は彼女の言い分を一顧《いっこ》だにしなかった。無視された形になったその仙子《せんし》は、残念そうに引き下がりながら捨て台詞《ぜりふ》を吐く。

「そういうことなら、あなたは名士と呼ぶに相応しくありません！」

すると、魏無羨《ウェイウーシエン》が口を開く。

「お前ら、また来たのか」

「もちろん来るさ」

江澄《ジャンチョン》は冷淡な声で答えた。

七弦の古琴を背負った蘇渉《スーショー》は、江澄《ジャンチョン》たちと同じように人だかりの前に立つと悠々《ゆうゆう》と話しだす。

「もし夷陵老祖が現世に戻るなり、世の人々にそれを知らしめたいとばかりに、大々的に死体を掘り起こしたり、人を捕らえたりさえしなければ、おそらく我々もこんなにも早く、また貴殿の巣穴を訪れることもなかっただろう」

「どう考えても俺が、その捕まえられた世家門弟たちを助けたのにな。なんでお前らは俺に感謝するどころか非難するんだ？」

魏無羨《ウェイウーシエン》がそう言うと多くの人々が嘲笑い、「盗人《ぬすっと》猛々《たけだけ》しい」と呟いた。魏無羨《ウェイウーシエン》はこの場で言い争ったところで無駄骨を折るだけだと重々承知している。別に弁明を急ぐ必要もないと思い、ただ皮肉に小さく笑った。

「しかし、今回のお前らの陣容ときたら、少しばかりみすぼらしくないか。大物が二人足りないようだな。ちょっとお尋ねするが、このような盛事《せいじ》に斂芳《れんほう》尊《そん》と沢蕪君《たくぶくん》がなぜ来てないんだ？」

すると、蘇渉《スーショー》は冷ややかに笑った。

「ふん！　貴様、知っているくせになぜわざと聞く？　斂芳尊《れんほうそん》は数日前、金鱗台で何者かに暗殺されかけて重傷を負った。今はまだ、沢蕪君《たくぶくん》が手を尽くして治療をしているところだ」

金光瑶《ジングアンヤオ》が「重傷を負った」と聞いて、かつて彼が聶明玦《ニエミンジュエ》に不意打ちをかけるため、わざと自殺を図って見せた時の堂々たる姿を思い出し、魏無羨《ウェイウーシエン》はとっさに堪えられず「ぷっ」と吹き出した。

「何を笑っている？」

蘇渉《スーショー》は不快そうに眉をひそめた。

「別に。ただ、斂芳尊《れんほうそん》ってよく怪我するなって思っただけさ」

魏無羨《ウェイウーシエン》が答えた時、突然ぼそぼそとしたとても小さな声がどこかから聞こえてきた。

「——父上、僕が思うに、拉致したのは本当にあの人じゃないかもしれません。だって、この前の義城でも彼が僕たちを助けてくれたんです。今回もまた、僕たちを助けに来てくれたんじゃ……」

魏無羨《ウェイウーシエン》がその声のする方に目を向けると、小声で訴えていたのはあの欧陽子真《オウヤンズージェン》だった。しかし、彼の父親はすぐさま息子をとがめる。

「子供が適当なことを言うな！　お前はこれがどういう局面かわかっているのか？　あいつがどういう奴だかわかって言っているのか!?」

視線を戻した魏無羨《ウェイウーシエン》は、冷静な気持ちでぽつりと呟いた。

「そうだよな」

最初からわかっていたことだ。たとえ彼が何を言おうと、信じる者など誰一人いはしない。彼が認めなくとも無理やり罪をなすりつけられ、認めたことでも事実を捻《ね》じ曲げられる。

　これまでの藍忘機《ランワンジー》の発言には重みがあったが、魏無羨《ウェイウーシエン》の一味と結論づけられた今となっては、彼もまた大衆の非難の的となることは間違いない。当初、世家側の陣営は藍曦臣《ランシーチェン》が指揮を執《と》るはずだったため、どうにか仲裁してもらえる可能性もあると考えていたが、まさか、その藍曦臣《ランシーチェン》と金光瑶《ジングアンヤオ》の二人ともがこの場に来ていないとは。

　かつて、第一次乱葬崗殲滅戦の時は、金光善《ジングアンシャン》率いる蘭陵金氏《ジン》、江澄《ジャンチョン》率いる雲夢江氏《ジャン》、藍啓仁《ランチーレン》率いる姑蘇藍氏《ラン》、聶明玦《ニエミンジュエ》率いる清河聶氏《ニエ》のうち、前の二派が主力で、後ろの二派はいないも同然の状況だった。しかし今回、蘭陵金氏《ジン》の宗主は不在で、ただ部下たちを派遣するのみで藍家《ラン》の命令に従っている――姑蘇藍氏《ラン》は、前回と同じく藍啓仁《ランチーレン》が指揮している――清河聶氏《ニエ》は兄の地位を継いだ聶懐桑《ニエホワイサン》が来ているが、彼は人だかりの中で身を縮め、「何も知らない」「何もしたくない」「ただの埋め草です」という気持ちを全身で表すだけだ。

　そんな中で唯一江澄《ジャンチョン》だけが、相も変わらず全身に怒りを纏い、凶悪な目できつく彼を睨んでいた。

　――しかし。

　魏無羨《ウェイウーシエン》がそっと顔を横に向けると、一切ためらいもなく、恐れて退《しりぞ》く意思などまるでないといった表情で隣に立っている藍忘機《ランワンジー》の姿が目に入った。

　今は、彼はもう一人ではない。

　千あまりの修士たちが虎視眈々《こしたんたん》と見つめる中、一人の中年男性が感情を抑えきれずといった様子で前に飛び出ると、大声で叫んだ。

「魏無羨《ウェイウーシエン》！　貴様は俺のことを覚えているか?」

「覚えてないな」

　魏無羨《ウェイウーシエン》が正直に答えると、その中年修士はせせら笑った。

「貴様が覚えていなくても、俺のこの足は覚えている！」

　彼がぱっと袍の裾をめくると、木で作られた義肢《ぎし》をつけた片足が現れた。

「俺のこの足は、貴様が引き起こしたあの不夜天城での一夜で駄目になったんだ。貴様に見せたのはな、教えてやるためだ。今日、貴様を誅殺《ちゅうさつ》する者の中にはこの易為春《イーウェイチュン》もいて、力を尽くしたことをな。因果応報、天罰覿面だ！」

どうやら彼の言葉に後押しされたらしく、もう一人、別の若い修士も前に出てきて朗々《ろうろう》とした声で叫んだ。

「魏無羨《ウェイウーシエン》、お前が覚えているかどうかはもう聞かない。俺の両親は、お前に殺された。お前はあまりにもたくさんの人々を殺しすぎて、きっと俺の両親のことも覚えていないだろう。しかし、この方夢辰《ファンモンチェン》は忘れない！　そして決して容赦しない！」

すぐに続いて三人目も前に出てきた。体格はほっそりとして背が高く、眼差しは生き生きしていて、まるで孤高で気骨のある中年の文筆家みたいに見える。今度は、魏無羨《ウェイウーシエン》が先に彼に問うた。

「俺はあんたにも何かしていたのか？」

彼は首を横に振った。

「じゃああんたの両親を殺したのか、それとも一族を皆殺しにしたのか？」

また聞いても彼は再び首を横に振る。魏無羨《ウェイウーシエン》は怪訝に思って尋ねた。

「だったら何をしにここに来たんだ？」

「私は貴様に恨みなどない。私が参戦したのは、ただ貴様にわからせるためだ。平然と天下の大罪を犯した誅殺されて当然の者は、いかなる低級な手段を使い墓から何度這い出てこようが、我々が再び土に返す。ほかならぬ、ただ『義』のためだけに！」

彼が言い放つと、他の人々もそれを聞いて喝采し、その場にわあっと歓声が轟いた。

「姚《ヤオ》宗主のおっしゃる通りです！」

姚《ヤオ》宗主は笑みを浮かべて下がると、その時には既に他の者たちもかなり鼓舞されていて、相次いで前に立ち大声で勇敢に宣戦布告した。

「俺の息子は窮奇《きゅうき》道《どう》の奇襲で、お前の走狗《そうく》の温寧《ウェンニン》に首を折られて殺された！」

「私の師兄《しけい》は貴様の陰険な呪いのせいで全身ただれ

て、蠱毒《こどく》で死んだんだ！」

「我らはただ、世には正義があり、罪悪には決して容赦しないことを証明するのだ！」

「そうだ、世には正義があり、罪悪には決して容赦しない！」

どの顔にも沸き立つ熱い血が満ち溢れ、どの言葉も正当なものだ。誰もが意気軒昂《いきけんこう》として義憤に満ち、正義のために成し遂げてやるという熱意に溢れている。

ここに押し寄せた全員が、欠片も疑うことはなかった。彼らがやっていることは輝かしい偉業であり、偉大なる義のための行為だということを。

名声をとこしえに語り継がれ、万人からの称賛に値する、「正義」による「邪悪」の討伐なのだと！

# 第十五章　将離

——秋、百鳳山巻狩《ひゃくほうさんまきがり》場。

　何百何千もの修士たちが参加し、常に邪祟《じゃすい》や妖獣が絶えない場所を一か所定め、決まった時間内に各自が得意とするやり方で獲物を争奪する。これが巻狩だ。百鳳山は山並みが数里にもまたがって連なり、現れる獲物も種々様々《しゅじゅさまざま》で、三大有名狩場《かりば》の一つに数えられており、大規模な巻狩が数多く開催されている。こういった盛事は、大小問わず各世家が積極的に参加するため、一門の実力を誇示し、有能な人材を取り込むための機会というだけでなく、無所属の修士や優れた若者たちが名を上げられる絶好の機会でもあった。

　百鳳山の麓には、辺り一面見渡す限りの大きな広場がある。広場の四方には非常に高い位置に数十もの観猟台《かんりょうだい》が建てられており、今も多くの人がその上に集まり、混雑した中で興奮気味にひそひそ話をする声で騒々しい。その中で、最も高い場所に建てられ、最も華やかで美しい観猟台だけは静かだった。その台の上に座っているのは、ほとんどが高齢の名士と世家宗主の家族たちだ。彼らの後ろに控える侍女たちは、華蓋《かがい》〔儀式用の装飾的な日傘〕を支えたり五明扇《ごめいせん》〔儀式用の扇子《せんす》〕を持ったりしている。前列の婦女子たちは皆扇子で顔を隠し、控え目に礼儀を保った振る舞いで狩場の方を見下ろしていた。

　しかし、姑蘇藍《ラン》氏の騎馬陣が現れた途端、彼女たちはそのかしこまった様子を保つことなど到底できなくなってしまった。

　夜狩に際しては、実際に獲物を追いかける時、馬に乗ることなどない。しかし、馬術は世家門弟として必修に当たる技芸の一つだ。このような盛大な場において、乗馬して入場することは礼儀の象徴というだけでなく、騎馬陣はこの催しに華を添え、それは美しい眺めなのだ。端的に言うと、「秩序」と

将離……中国語で「もうすぐ離れる」という意味。また「芍薬」の別称であり、「芍薬」は別れを惜しむ花。

「美しさ」だけが目的だ。

　藍曦臣《ランシーチェン》と藍忘機《ランワンジー》は姿勢正しく二騎の白い駿馬《しゅんめ》に跨《またが》り、姑蘇藍《ラン》氏の騎馬陣を率いてゆっくりと前に進む。腰に剣を佩き、背中には弓矢を背負い、白い服と抹額を風になびかせる二人の姿は、まるで仙人のように厳《おごそ》かで畏敬《いけい》の念すら抱かせる。履いている真っ白な靴には埃一つなく、他人が着た服などよりよほど清潔そうに見える。藍《ラン》氏双璧はさながら瑕《きず》一つない美玉《びぎょく》、透き通る氷の彫刻、そして汚《けが》れのない雪像のようで、二人が入場した瞬間、まるで空気までもが澄み辺り一帯が清々しくなったかのようだ。大勢の女性修士たちは続々と夢中になり、控えめな者たちも扇子を下ろして遠くから眺めていた姿勢をやや乗り出し気味にし、大胆な者たちは次々に観猟台の端まで駆け寄り、準備しておいた蕾や花を彼らに向かって放り投げる。たちまち空から花の雨が降り注いだ。

　容姿端麗な男女に出会った時、花を投げることで愛慕《あいぼ》の意思を表すことは古くからの習わしだ。姑蘇藍《ラン》氏の公子は皆、その高貴な家柄と生まれながら人に勝る才能、さらには容姿も雅やかなためこういうことにとっくに慣れきっていて、まったく動じることはなかった。藍曦臣《ランシーチェン》と藍忘機《ランワンジー》に至っては、十三歳の頃には既にそれが日常になっており、平然と受け止め観猟台の方に微かに会釈して返すだけで、馬の足を止めさせることもなく、泰然自若《たいぜんじじゃく》としてそのまま前に進み続けた。

　ふいに、藍忘機《ランワンジー》がぱっと手を上げ、背後から投げつけられた一輪の花を受け止めた。

　振り向くと、まだ入場前の雲夢江《ジャン》氏の騎馬陣が後方にいるのが目に留まった。その先頭に立ち、うんざりした顔でチッと舌打ちをする江澄《ジャンチョン》の傍らに、艶やかな毛並みの黒い駿馬に跨った男がいる。馬の頭に肘をついたその男は、何事もなかったかのように顔を横に向け、色っぽい服装をした二人の女性修士と談笑に興じている。

　藍忘機《ランワンジー》が手綱を引いて馬を止めたのを見て、藍曦《ランシー》臣《チェン》は「忘機《ワンジー》、どうした？」と聞いた。

「魏嬰《ウェイイン》」

藍忘機《ランワンジー》に名を呼ばれ、魏無羨《ウェイウーシエン》はようやく顔を前に向けると、あっと驚いた表情になって口を開いた。

「なに？　含光君、俺を呼んだ？　なんか用？」

「君か」

藍忘機《ランワンジー》は先ほどの花を持ち上げて見せたが、その表情は非常に冷淡で、語気も同様に冷ややかなものだ。

「俺じゃないよ」

「信じちゃダメですよ、彼がやったんです！」

魏無羨《ウェイウーシエン》はすぐさま否定したが、彼のそばにいる女性修士たちが即座に口を挟んだ。

「君たち、無実の人に罪をなすりつけちゃダメだろう？　怒るぞ！」

魏無羨《ウェイウーシエン》が冗談めかして言うと、二人の女性修士はくすくすと笑いながら手綱を引き、自分たちの家の陣に馬を走らせ戻っていく。藍忘機《ランワンジー》は花を持った手を下ろし、無言で首を横に振った。

「沢蕪君《たくぶくん》、含光君、失礼いたしました。こいつのことは相手にしないでください」

江澄《ジャンチョン》がそう言うと、藍曦臣《ランシーチェン》は笑みを浮かべて答えた。

「構いません。魏《ウェイ》公子が花を贈ってくださったお気持ちに、忘機《ワンジー》に代わってお礼を言わせていただきます」

絶え間なく降り注ぐ花の雨と香《かぐわ》しい風を纏いながら、彼らはゆっくりと遠ざかっていく。江澄《ジャンチョン》は観猟台の上の、色とりどりの絹の海のように振りかざされた一面の手ぬぐいを見て、魏無羨《ウェイウーシエン》に向かって言った。

「彼女たちが投げるのはいいとして、お前まで一緒になって投げてどうするんだ？」

「あいつは綺麗だし、別に俺が投げたっていいだろう？」

魏無羨《ウェイウーシエン》の答えを聞き、江澄《ジャンチョン》はふんと鼻先で嘲笑った。

「お前はいったい何歳になったんだ。いい加減くだらないことはやめて、少しくらい自分の立場を考えろよ」

「お前も欲しかったのか？　地面にまだいっぱいあるから、拾ってやろうか？」

そう言うと、魏無羨《ウェイウーシエン》は体を屈めて花を拾うふりをする。

「失せろ！」

ちょうどその時、金光瑶《ジングアンヤオ》の声が広場の上空から響いた。

「清河聶《ニエ》氏、騎馬陣入場！」

聶明玦《ニエミンジュエ》は極めて背が高く、ただ立っているだけでも大きな威圧感を与えるのに、馬に乗るとさらに狩場全体を見下ろすような迫力と威厳が滲み出て、騒がしかった観猟台の上は一瞬で静かになった。

世家公子風格容貌格づけに名前が載っている男子が出場すると、ほとんどが頭や顔中に雨の如く花をぶつけられることは免《まぬか》れない。しかし、格づけ順位七位の聶明玦《ニエミンジュエ》は例外だった。もし藍忘機《ランワンジー》を、氷を含んだ冷ややかさの上に雪より冷たい霜《しも》のような空気を纏っていると評するのならば、聶明玦《ニエミンジュエ》は冷たさの中に炎を含み、いつでも怒りを漲《みなぎ》らせ燃えているかのようで、怖くて誰も安易に関わることなどできない。そのため、たとえ彼を見て胸を高鳴らせている女子たちの手に、微かに汗で湿った花が握りしめられていたとしても、彼女たちは怖くてそれを放り投げることなどできなかった。もし何かの拍子にうっかり彼を怒らせてしまえば、軽々と刀を一振りし、一瞬で観猟台を丸ごと破壊してしまうのではないかと心配しているのだ。

しかしその分、赤鋒尊《せきほうそん》を崇拝《すうはい》する男性修士たちの熱い応援の声が上がり、その歓声は耳をつんざくばかりの大きさだった。そして、聶明玦《ニエミンジュエ》のそばにいる聶懐桑《ニエホワイサン》は、今日も今日とて工夫を凝らした洒落《しゃれ》た服装に刀を佩き、丸い佩玉《はいぎょく》をぶら下げて紙の扇子を軽く揺らしている。一見したところでは、なんとも風情のある濁世《じょくせ》の貴公子といった雰囲気だ。しかし、誰もが知っている。彼のその刀は抜かれる機会も訪れず、今日の巻狩でもおおかた百鳳山の中をぶらぶらして風景を眺めるだけで終わるだろう、と。

清河聶《ニエ》氏のあとは、すぐ雲夢江《ジャン》氏の番だ。

魏無羨《ウェイウーシエン》と江澄《ジャンチョン》が馬に鞭打って入場するなり、再び花の雨が彼らに向かって勢い良く降り注いだ。江《ジャン》澄《チョン》は花をぶつけられて顔を顰《しか》めているが、魏無羨《ウェイウーシエン》は逆に上機嫌でその雨を浴び、一番高い観猟台の上に向かって手を振った。

その台の一番上等な席には、蘭陵金《ジン》氏の金《ジン》夫人が座っていて、その隣に座っているのは江厭離《ジャンイエンリー》だ。先ほどから金《ジン》夫人は彼女の手を握り、慈《いつく》しむような表情で何かを話していた。江厭離《ジャンイエンリー》は普段から平々凡々で目立たない容貌の上、姿勢も俯き加減でいかにも従順そうだが、弟二人が自分に手を振っているのを見つけると突然きらきらと顔を輝かせ始めた。彼女はその場に扇子をそっと置いて、恥ずかしそうに金《ジン》夫人に二言三言《ふたことみこと》言い置いてから席を立つと観猟台の端まで歩き、彼らに向かって花を二輪放り投げた。

ありったけの力で花を投げる様子に、魏無羨《ウェイウーシエン》と江澄《ジャンチョン》は彼女が落ちるのではないかと一瞬心配したが、江厭離《ジャンイエンリー》がしっかりと立ったのを見てほっと胸を撫で下ろした。二人は手を上げて難なくその花を受け取ると、揃ってにっこりと微笑み淡い紫の花を胸元につけてから、やっとまた前進し始める。周囲にいるたくさんの女性たちが江厭離《ジャンイエンリー》に羨望《せんぼう》の眼差しを向けると、彼女は俯いて再び金《ジン》夫人の隣に戻った。

ちょうどその時、白地に金色の模様が入った服を纏い軽い鎧《よろい》を身につけた修士たちが、一列になって大きな馬に乗って走り出てきた。その先頭にいる凛々しく朗《ほが》らかな顔立ちで甲冑《かっちゅう》を身に着けた者は言うまでもなく宗主である金光善《ジングアンシャン》だ。

金《ジン》夫人はすぐさま江厭離《ジャンイエンリー》の肩をとんとんと叩くと彼女の手を握り、また観猟台の端まで引っ張っていって、下の方にいる蘭陵金《ジン》氏の騎馬陣を指さした。

突然いななきが響き渡り、一騎の馬が先頭を切って広場を一周ぐるりと走ったかと思うと、手綱を引かれて急停止する。馬上の人物は身のこなしに品があり、纏っている服は雪のように白い。彼の眉目そのものが眉間にある丹砂よりもさらに抜きん出て聡明に見え、人々の目を奪ってしまう。弓を持つ姿勢は英気に満ち溢れ、観猟台の上からはたちまち大歓声が巻き起こった。故意にか無意識にか観猟台の方をさっと見渡す目元と眉尻には、取り繕《つくろ》おうとしても隠しきれない高慢さが滲み出ている。

魏無羨《ウェイウーシエン》はぷっと吹き出し、馬上で死ぬほど大笑いした。

「あー本当に参ったな。あいつ、派手な孔雀《くじゃく》みたいじゃないか」

「少しは大人しくしてろ。姉さんがまだ観猟台で見てるんだぞ」

隣にいる江澄《ジャンチョン》が窘める。

「安心しろ。あいつがまた師姉を泣かせたりさえしなければ、俺だって相手にするのはごめんだ。それより、なんでお前はここに師姉を連れてきたんだよ」

「蘭陵金氏《ジン》があんまり熱心に誘ってくるから、断るわけにいかなかったんだ」

「どうせ金《ジン》夫人だろう。金《ジン》夫人はあとで絶対、師姉とあの男姫《おとこひめ》を二人きりにさせるつもりだぞ」

二人が話している間に、金子軒《ジンズーシュエン》は馬に鞭を入れて的場の前へと走らせた。一列に並んだ的は、正式に山に入る前の関門だ。山に入って巻狩に参加する者は、決められた場所から一本の矢を的に命中させて入場資格を手に入れなければならない。的には七つの円が描かれ、それぞれ入場時に使える七つの山道を表している。矢が当たった場所が真ん中の赤い丸に近ければ近いほど、入場できる山道もより地の利に恵まれた場所になる。馬上の金子軒《ジンズーシュエン》は速度を一切緩めないまま、手を後ろに伸ばして矢を一本抜き出し、弓を引いて矢を放つ。矢が中心の赤い丸に命中すると、辺りの観猟台からわっと大歓声が沸き起こった。

金子軒《ジンズーシュエン》が大いに注目を集めているのを見ても、魏無羨《ウェイウーシエン》と江澄《ジャンチョン》は一切表情を変えなかった。その時突然、少し離れたところで誰かがわざとらしく「ふん」と鼻を鳴らし大声で話し始める。

「この場に誰か不服な者がいるのなら、子軒《ズーシュエン》より上手くやれるかどうか、いくらでも試してみるがいい！」

高らかに響く声の主は、背が高くて体格が良く、浅黒い肌で整った顔立ちをしている。他ならぬ金《ジン》光善《グアンシャン》の甥で、金子軒《ジンズーシュエン》と同世代の従兄である金子勲《ジンズーシュン》だ。先日、金麟台で催された花見の宴での魏無《ウェイウー》羨《シエン》と金子軒《ジンズーシュエン》の言い争いを彼はまだ根に持っていて、今まさにその恨みを晴らさんと挑発しているのだ。

魏無羨《ウェイウーシエン》がにっこりと微笑むだけで挑発に乗ってこないのを見て、彼は怖気づいたかと得意げな表情になる。しかし、雲夢江《ジャン》氏の騎馬陣が的場の前へと進むと、ちょうどそこで馬に乗って矢をつがえ弓を試していた藍《ラン》氏双璧に、魏無羨《ウェイウーシエン》が話しかけた。

「藍湛《ランジャン》、手を貸してくれないか？」

藍忘機《ランワンジー》は彼をちらりと見るだけで、何も言わない。

「お前、何をする気だ？」

江澄《ジャンチョン》が口を挟むと、やっと藍忘機《ランワンジー》も返事をする。

「なんの用だ」

「お前の抹額、ちょっと貸してくれないか？」

それを聞くなり藍忘機《ランワンジー》はすぐさま視線を前方に戻し、二度と魏無羨《ウェイウーシエン》を見なかった。すると、それを見た藍曦臣《ランシーチェン》が笑いだす。

「兄上、教える必要などありません」

「魏《ウェイ》公子は知らな……」

「わかった、言わないよ」

江澄《ジャンチョン》は、できることなら今すぐ魏無羨《ウェイウーシエン》を馬から叩き落としてやりたかった。

（この野郎、藍忘機《ランワンジー》が貸すわけないってわかってるくせに、わざと聞きやがって。ただ退屈しのぎにいざこざを起こしたいだけじゃないか）

次にこんなことをしたら、必ずこいつを馬から叩き落とすと江澄《ジャンチョン》は固く誓った。

「なんで抹額なんか必要なんだ？　首でも吊って死にたいのか？　だったら俺の帯を貸してやる、礼はいらんぞ」

江澄《ジャンチョン》が言うと、魏無羨《ウェイウーシエン》は手首を守るために巻いてあった黒い帯を解きながら答える。

「帯はとっておけよ。抹額がないからって、お前のなんかいるか」

「お前――」

江澄《ジャンチョン》が話している途中で、魏無羨《ウェイウーシエン》は素早く黒い帯で自分の両目を覆うと、矢をつがえて弓の弦を引き、その矢を放つ。

――命中！

この一連の動きは電光石火の間に終わり、行雲《こううん》流水《りゅうすい》の如く淀《よど》みなく、周りの人々はその目にも留まらぬ早業《はやわざ》に反応すらできなかった。そして、的の赤い丸に目を向ければ、矢に射貫かれてぽっかりと穴が開いている。束の間辺りはしんと静まり返り、次の瞬間、四方八方から怒涛《どとう》のような大喝采が沸き起こった。それは、先ほど金子軒《ジンズーシュエン》が巻き起こした興奮よりさらに熱狂的なものだ。

魏無羨《ウェイウーシエン》は口角を微かに上げ、長弓《ちょうきゅう》を手の中でぐるぐると二回転させてから、ぽいと後ろに放り投げた。

金子勲《ジンズーシュン》は、彼が蘭陵金《ジン》氏より注目を集めたのを見て、顔を顰めて「ふん」と鼻を鳴らした。表情に出ている通り内心かなり不愉快なようだ。

「前座の弓比べ如きに、そんな見かけ倒しなことをしやがって。目隠ししてできるというなら、巻狩が終わるまでお前はずっと目隠ししていればいい。のちほど百鳳山で互いに真の実力を見せようじゃないか！」

「いいだろう」

魏無羨《ウェイウーシエン》が応じると、金子勲《ジンズーシュン》は手下に手を振って合図し、「行くぞ！」と号令をかけた。

手下の修士たちは慌てて馬に鞭を入れて猛然と突き進んでいく。彼らは真っ先に狩場に駆け込んで機先を制し、すみやかに高階級の獲物を一網打尽《いちもうだじん》にしようと考えているらしい。金光善《ジングアンシャン》は自らの家の騎馬陣が常日頃から厳しい訓練を怠らずにいることが伝わるその様子を見て、得意満面といった表情を浮かべている。彼は魏無羨《ウェイウーシエン》と江澄《ジャンチョン》がまだ馬に跨ったままそこにいるのを見て笑った。

「江《ジャン》宗主、魏《ウェイ》公子、どうしました？　まだ山に入らないのですか？　子勲《ズーシュン》に獲物をすべて取られてしまいますよ」

「急ぐ必要なんかありません。彼が取ることはできないですから」

魏無羨《ウェイウーシエン》がそう答えると、周りの者たちは皆呆気に取られた。金光善《ジングアンシャン》が「取ることはできない」という言葉の意味を考えている間に、なぜか魏無羨《ウェイウーシエン》はさっと馬から下りると江澄《ジャンチョン》に向かって言った。

「お前は先に行け」

「おい、やりすぎるなよ」

魏無羨《ウェイウーシエン》が手を振ると、江澄《ジャンチョン》は手綱を引き、雲夢江《ジャン》氏の一行を率いて馬を走らせた。

魏無羨《ウェイウーシエン》は目隠しをしたまま両手を後ろで組み、速すぎず遅すぎずといった様子で百鳳山の山道に向かって歩いていく。まるで巻狩に来たのではなく、自宅の静かな庭をのんびり散歩でもしているかのようだ。

それを見て、周りの者たちは内心で訝しく思った。まさか本気で最後まで目隠しを取らないつもりなのか？　それでいったいどうやって巻狩に参加できるというのか？

皆互いに顔を見合わせるばかりだったが、結局これは対岸の火事だ。ただ見物しておけばいいと考え、各自狩場へと出発していく。

そして魏無羨《ウェイウーシエン》はというと、一人きりでかなり長いこと歩いたあと、ようやく百鳳山の山奥で休憩するのにちょうどいい場所を見つけた。

とても太くて丈夫な木の幹から大きな枝が一本、横に向かって生えており、彼の行く手を阻んでいる。魏無羨《ウェイウーシエン》はその枯れてしわだらけになった木肌をとんとんと叩いて頑丈さを確かめると、ひょいとその上に跳び上がった。

観猟台の騒がしい声はすっかり遠ざかり、ここは山林の外とは隔絶《かくぜつ》されている。魏無羨《ウェイウーシエン》は木の幹に背を凭《もた》れさせると、黒い布の下にある両目を細めた。木漏れ日が彼の顔に降り注いでいる。

差していた陳情《チェンチン》を抜いて持ち上げると、彼は唇から呼気を送り指で軽く撫でた。清らかに響く笛の音は、まるで鳥のように空の果てへと舞い上がり、山林の中を遥かに遠くまで、絶えることなく響き渡った。

魏無羨《ウェイウーシエン》は笛を吹きながら脚を片方下に垂らし、ゆらゆらと軽く揺らす。靴のつま先が木の下に生えた雑草を撫でつけ青々とした葉についていた朝露《あさつゆ》に濡れても、ちっとも気にすることはなかった。

一曲吹き終えると、魏無羨《ウェイウーシエン》は笛を懐に差し込んで胸の前で腕を組み、より心地よい姿勢になるよう体勢を変えて木に寄りかかった。まだ彼の胸元につけられたままの花が、涼しげでほのかな香りを放っている。

どれくらいそうしていただろう、そろそろ眠りに落ちそうなほどの長い時間が過ぎた頃、ふいにびくりと身じろぎ、次第に意識がはっきりしてくる。

誰かが近づいてきている。

しかしその人物からは殺気を感じなかったため、彼は木の上で寄りかかったままでいた。それどころか、起きることも、目を覆う黒い帯を外すことさえも億劫《おっくう》で、ただ少し首を傾《かし》げて様子を窺う。

しばらく待ってみたが、相手から声をかけてくる気配は一向になく、魏無羨《ウェイウーシエン》は我慢できなくなって自分から話しかけてみた。

「そっちも巻狩に参加しに来たのか？」

相手は答えない。

「だったら、俺の近くじゃ何も取れないよ」

依然として相手は一言も発しないまま、彼に向かって数歩近づいてきた。

魏無羨《ウェイウーシエン》は逆に元気が湧いてきた。普通の修士であれば、彼の姿を見かけるだけでも心なしか恐れを抱き、たとえ人が多い場所であっても滅多《めった》に近寄ってこないというのに、二人きりになり、ここまで近寄ってくるなどかなりのものだ。もしこの人物が、今のようにわずかな殺気すら感じさせずにいなければ、魏無羨《ウェイウーシエン》は本気で相手が悪意を抱いているのではないかと疑っていただろう。彼は微かに体を起こし、顔を横に向けてすぐそばに立っているその人物の気配を感じようとした。ところが、口角を上げてにっこりと微笑み話しだそうとしたところで、突然強い力で押されてしまった。

魏無羨《ウェイウーシエン》の背中が木の幹にどんとぶつかり、とっさに右手で目隠しを外そうとするが、すぐさま相手に手首を掴まれて捻られる。それはかなりの力で容易く振り払うことができないものの、今なお殺気は伝わってこない。魏無羨《ウェイウーシエン》は左袖を微かに動かし、中に入れてある呪符を振り落とそうとした。しかし、それも相手に気づかれ左手まで掴まれてしまう。魏無《ウェイウー》羨《シエン》の両手を木に押さえつけてくるその動きは極めて強引だ。両手を捕らえられた魏無羨《ウェイウーシエン》が、足を上げて相手を蹴りつけようとした瞬間、突然唇に温かい感触がして思わず息を呑む。

その馴染みのない感触は不思議で、しっとりしていて温かい。魏無羨《ウェイウーシエン》はいったい何が起きているのかを理解できず、頭の中は真っ白だったが、我に返って驚愕した。

——顔の見えないこの相手は今、掴んだ手首を木に押さえつけて彼に口づけをしている。

魏無羨《ウェイウーシエン》は突然もがきだし力尽くで目隠しを外そうとしたが、驚いたことにどうやっても抜け出せない。もう一度動こうとした時、急に魏無羨《ウェイウーシエン》は抵抗する力を緩めた。

彼に口づけしている人は、微かに震えているようなのだ。

そう気づくと、魏無羨《ウェイウーシエン》は唐突に動けなくなってしまった。

(この女の子、力持ちの割に怖がりで恥ずかしがり屋なんだな？　緊張してこんなふうになっちゃうなんて)

でなければ、敢えてこの機に乗じて彼を襲うこともなかっただろう。おそらく、精一杯の勇気を振り絞らなければ、こんなことは怖くてできなかったはずだ。それに、相手の修為は決して低くない。つまり自尊心も高いに違いない。万が一、魏無羨《ウェイウーシエン》が今目隠しを外してこの女の子の顔を見てしまったら、どれほど恥ずかしくて決まりが悪い思いをさせるだろうか？

二人の薄い唇は、離れるのを惜しむように遠慮がちに何度もそっと重なり合う。彼がまだどうすればいいかを決めかねていたその時、押し当てられていた唇と歯が突然荒々しくなった。歯をしっかり食いしばっていなかったせいで、相手の舌が口腔《こうこう》の中に入り込んできて、一気に抵抗できなくなってしまう。濃厚な口づけに次第に呼吸が苦しくなってきて、顔を背けようとすると、なんとその相手は彼の顔を掴んで強引にまた自分の方を向かせる。続けざまに唇と舌が貪《むさぼ》られ、だんだんと頭がふわふわして、魏無《ウェイウー》羨《シエン》はいつしか意識が朦朧としてきた。相手が最後に彼の下唇を甘噛みし、唇をこすりつけてから名残惜しそうに離れると、やっとのことでどうにか我に返った。

　ずっと情熱的な口づけをされ続けていたせいで、魏無羨《ウェイウーシエン》の全身からは力が抜けていた。長い間木に寄りかかったままでいたが、ようやく痺れたようになっていた腕に少し力が戻ってくる。

　彼は手を上げて、ぱっと目隠しの黒い帯を外す。日差しが眩《まぶ》しく目が痛んだが、やっとのことで瞼を開けた頃には、既に辺り一面がしんとしていた。低木、古木《こぼく》、雑草、枯れた藤蔓――どこにも人の姿など見当たらない。

　魏無羨《ウェイウーシエン》はまだ少し恍惚《こうこつ》としていて、しばらくそのまま木の枝の上に座っていた。それから飛び降りたものの、なんと足の裏もへなへなになっていて力が入らず、立ちくらみがする。

　彼は慌てて木の幹に手をつき、心の中で自分のことを「このへたれめ」と罵った。まさか口づけされたくらいで足の力が抜けてふらついてしまうなんて。顔を上げてきょろきょろと辺りを見回すが、やはり人がいた様子など一切ない。先ほどの出来事は、どこか荒唐《こうとう》無稽《むけい》で扇情的な白昼夢《はくちゅうむ》のようで、魏無羨《ウェイウーシエン》は思わず山精《さんせい》やお化けの伝説を思い出した。

　しかし断言できる。あれは決してそのようなモノではなく、絶対に人間だった。

　先ほどの出来事を思い返すと、しばし茫漠《ぼうばく》とした掴みどころのないむず痒《がゆ》さのようなものが心の底に広がった。魏無羨《ウェイウーシエン》が何気なく右手で自分の胸元を撫でると、そこにあったはずの花がなくなっている。

地面を見回して捜してみても、それは見つからなかった。まさか、訳もなく消えるはずがない。

魏無羨《ウェイウーシエン》は呆然としたまま、無意識に唇にそっと触れる。そうして、少ししてからやっと言葉を絞り出した。

「冗談じゃない……あれが、俺の……」

近くを一周捜しても人影すらなく、魏無羨《ウェイウーシエン》の心はどうしようもない気持ちでいっぱいになった。だが、相手はきっと彼を避けて、二度と出てきてはくれないだろうとわかっていたので、仕方なく捜すのを諦めるしかなかった。山林の中を足任せに歩き、しばらく進んだところで、突然前方から何かを強打する重い音が響いてくる。魏無羨《ウェイウーシエン》が顔を上げてそちらを見てみると、前方には見間違いようのない、背の高い白ずくめの人影があった——藍忘機《ランワンジー》だ。

しかし、そこにいるのはどう見ても藍忘機《ランワンジー》なのだが、やっていることはまったく彼らしくなかった。

魏無羨《ウェイウーシエン》が目を留めたその時、彼はちょうど拳を木に打ちつけ、あっさりとその幹を折ってしまったのだ。

魏無羨《ウェイウーシエン》は怪訝に思い、慌てて彼に声をかけた。

「藍湛《ランジャン》！　何やってるんだ？」

ぱっとこちらを振り向いたのは、やはり藍忘機《ランワンジー》だった。しかし、彼の目はわずかにではあるがなぜか血走っており、その表情には鬼気迫るものがある。

魏無羨《ウェイウーシエン》はそんな彼を見てぎょっとした。

「うわっ、こえぇ！」

「行け！」

藍忘機《ランワンジー》が厳しい声を上げる。

「今来たばっかりなのに、もう行けって……お前、そんなに俺のことが嫌いなのか？」

「私から離れろ！」

かつての屠戮玄武の洞窟での数日間を除いて、魏無羨《ウェイウーシエン》は藍忘機《ランワンジー》がここまで取り乱しているところを初めて見た。あの時は状況も特殊だったからまだ理解もできる。けれど、今は特に何事もないはずなのに、彼はなぜまたこんなふうになってしまったのだろう？

魏無羨《ウェイウーシエン》は言われた通り後ろに一歩下がって、彼から少しだけ「離れ」てから、改めて問い質した。

「なぁ藍湛《ランジャン》、どうしたんだ？　大丈夫か？　何かあったんなら話してみろよ」

藍忘機《ランワンジー》が彼を直視せずに避塵《ビチェン》を抜き出すと、辺りに青い光が数本横切る。周りの樹木は鋭い剣気に薙《な》ぎ払われ、あっという間に大きな音を轟かせながら斬り倒されてしまった。

藍忘機《ランワンジー》は剣を握ったまましばらく無言で立ち尽くしていた。五本の指は、力を込めすぎて関節が白くなるほどきつく握りしめられている。どうやらほんの少し落ち着いてきたようで、彼はいきなりこちらに視線を向けると、魏無羨《ウェイウーシエン》をじっと見つめた。

魏無羨《ウェイウーシエン》はしばしの間、訳がわからず呆然としていた。彼の目は一時辰以上も黒い帯に覆われていたため、日差しが未だに少し眩しく感じられる。そのせいか帯を外したあとはずっと目が潤み、あの口づけで唇も微かに赤く腫《は》れていた。今の自分の姿はきっと見るに堪えないものだと思い、藍忘機《ランワンジー》に見つめられて無意識に指先で顎をそっと撫でた。

「藍湛《ランジャン》？」

「……大丈夫だ」

「チャン」という音とともに剣を鞘に戻すと、藍忘《ランワン》機《ジー》は身を翻して立ち去ろうとする。しかし、魏無《ウェイウー》羨《シエン》はまだ彼の様子が気にかかり、少し考えてから、結局万が一のことを考えて彼についていくことにした。取り押さえる技を使って強引に彼の脈を測ろうともしたが、藍忘機《ランワンジー》はさっと身をかわしてそれを避けると、冷ややかな目を向けてくる。

「おい、そんな目で俺を見るなよ。俺はただ、お前がいったいどうしたのかと思っただけだ。だってお前、さっきはかなり変だったぞ。本当に何かの毒にあたったとか、夜狩で何か事故でも起きたとかじゃないのか？」

「何もない」

彼の表情はようやくいつも通りに戻っていた。どうやら本当に問題はなさそうだとわかると、魏無《ウェイウー》羨《シエン》もやっと安心できた。先ほど何があったのかは気になるが、過度に干渉するのも良くないと考え、適当に他愛もないことを話し始める。最初のうち、藍《ラン》忘機《ワンジー》は何も答えてはくれなかったが、だんだんと一言だが簡潔に返事をしてくれるようになった。

ふと、魏無羨《ウェイウーシエン》は唇にわずかに残る熱と腫れた感触で、二十年守り続けてきた初めての口づけを先ほど失ってしまったことをまざまざと思い出した。しかも、その初めての口づけで頭がふわふわして意識が遠くなった上、なんと相手がどこの誰でどんな顔をしているかも知らないのだ。どう考えてもあり得ない。

魏無羨《ウェイウーシエン》は途端に沈んだ気持ちになり、ため息をついてから口を開いた。

「藍湛《ランジャン》、お前、人に口づけしたことあるか？」

もし江澄《ジャンチョン》がここにいて、こんな軽はずみでくだらない質問をするのを聞きつけたら、きっとすぐさま彼を滅茶苦茶に殴りつけただろう。

藍忘機《ランワンジー》はぴたりと歩みを止め、やや硬い声でそっけなく答えた。

「それを聞いてどうする？」

魏無羨《ウェイウーシエン》は満面に心得たとばかりの笑みを浮かべる。

「ないんだろう？　だよな、そんなことわかってたけど。ちょっと聞いてみただけなんだから、そんなに怒らなくてもいいだろ」

「なぜ君にわかる？」

「わかるに決まってるだろう？　毎日そんな仏頂《ぶっちょう》面《づら》してたら、怖くて誰もお前に口づけなんてできないよ。それに、お前が自分から誰かに口づけするなんてこと絶対なさそうだし。多分初めての口づけは一生守るんだろうな。ハハハハッ……」

彼が意気揚々として言うと、なぜか藍忘機《ランワンジー》の無表情がわずかに和らいだように見えた。

魏無羨《ウェイウーシエン》が満足して笑い終えるのを待ってから藍忘《ランワン》機《ジー》は聞き返した。

「では、君は？」

「俺？　聞くまでもないだろう？　もちろん百戦錬《ひゃくせんれん》磨《ま》だよ」

眉を跳ね上げて言うと、つい先ほど和らいだばかりの藍忘機《ランワンジー》の表情は、またたちまち冷えきって寒々とした霜と雪に覆われたようになってしまう。

その時突然、魏無羨《ウェイウーシエン》は口を噤んだ。

「しっ！」

彼は警戒した表情でしばらく何かに耳を傾けると、藍忘機《ランワンジー》をぐいぐいと引っ張って茂みの後ろまで連れていく。

彼の行動の意味がわからず藍忘機《ランワンジー》が尋ねようとした時、なぜか魏無羨《ウェイウーシエン》がある方向をじっと見つめているのに気づく。彼の視線の先を追うと、そこには白と紫の人影があった。碧雲《へきうん》の下から、前後に並んだ二つの人影がゆっくりと歩いてくる。

前を歩いている人物はすらりとして背が高く、眉目秀麗だが居丈高《いたけだか》な雰囲気を醸し出していた。眉間の中央に丹砂で朱色の点をつけ、白い服の端には金色の装飾が施されており、全身あちこちに着けている装飾品はやたらと煌めいている。何より昂然《こうぜん》と闊《かっ》歩《ぽ》する姿は、その態度にも表情にも高慢さが滲み出ていた。あれは金子軒《ジンズーシュエン》だ。そして、彼の後ろにいる小柄で痩せぎすな人物は、小さな歩幅で歩きながら俯いて黙りこくっている。前方の金子軒《ジンズーシュエン》とあまりにも対照的なその人は、江厭離《ジャンイエンリー》だった。

（やっぱりな……金《ジン》夫人なら、絶対に師姉を金孔《きんく》雀《じゃく》と二人きりにさせやがると思った）

魏無羨《ウェイウーシエン》がそう考えていると、隣にいる藍忘機《ランワンジー》は彼のその軽蔑の表情を見て声を潜めた。

「君は金子軒《ジンズーシュエン》と何か揉め事でもあったのか」

魏無羨《ウェイウーシエン》は「ふん」と鼻を鳴らす。

彼がなぜここまで金子軒《ジンズーシュエン》を毛嫌いしているのかと聞かれたら、かなり昔のことから話さなければならない。

虞《ユー》夫人と、金子軒《ジンズーシュエン》の母親である金《ジン》夫人は幼馴染みで、二人には子供の頃からの約束があった。もし将来生まれてきた子供が二人とも男の子だった場合は、義兄弟の契りを結ばせよう――もし女の子同士だった場合は、姉妹の契りを交わさせよう――そして、もし男の子と女の子だった場合は、必ず夫婦にさせよう、と。

両家の女主《おんなあるじ》二人の関係は親密で、互いに相手を知り尽くしていた。その上、家柄も釣り合っているため、この縁談はこの上なくお似合いで、誰もが天意の良縁だと称賛した。しかし、当事者の方はまったくそうは思っていなかったようだ。

金子軒《ジンズーシュエン》は幼少時から多くの取り巻きに囲まれ、ちやほやされて育ってきた少年だった。雪のように白く柔らかい肌に、眉間には朱色の点をつけていて、生まれも高貴な上にずば抜けて聡明だった。そのため誰もが彼を可愛がり、幼少の頃から既に高慢さが滲み出ていた。金《ジン》夫人は何度か彼を連れて蓮花塢を訪れたことがあったが、魏無羨《ウェイウーシエン》と江澄《ジャンチョン》は二人とも彼と遊ぶのが好きではなかった。ただ、江厭離《ジャンイエンリー》だけがいつも彼に何か作っては食べさせようとしていた。しかし金子軒《ジンズーシュエン》はあまり彼女の相手をしたがらなかったため、魏無羨《ウェイウーシエン》と江澄《ジャンチョン》はその度に喚き散らすほど腹を立てていたのだ。

そして、魏無羨《ウェイウーシエン》が雲深不知処で金子軒《ジンズーシュエン》を相手に思いきりやり合ったあの出来事のせいで、金江《ジンジャン》両家の縁談に水をさし破談にさせてしまった。その後蓮花塢に戻った彼は江厭離《ジャンイエンリー》に謝ったが、彼女は特に何も言わず、ただ彼の頭をそっと撫でただけだった。魏無羨《ウェイウーシエン》と江澄《ジャンチョン》は、この件はもうこれで終わり、婚約を解消したことで手打ちになったと思い込んでいた。しかし、あとになってから彼らはようやく知ることになる——あの時、江厭離《ジャンイエンリー》は心の中で、おそらくとても悲しんでいたのだと。

射日の征戦の中盤、雲夢江《ジャン》氏は琅邪《ろうや》一帯に赴《おもむ》き、蘭陵金《ジン》氏に加勢したことがあった。その時はひどく人手不足だったため、江厭離《ジャンイエンリー》も彼らと一緒に戦場に出たのだ。

彼女は自分の修為が高くないことを自覚しており、その中でも自分にできることをしようと、修士たちの食事作りを手伝うことにした。魏無羨《ウェイウーシエン》と江澄《ジャンチョン》は賛成していなかったが、江厭離《ジャンイエンリー》はもともと料理が得意な上、彼女自身も楽しそうに働いて周りとも上手く馴染めていた。無理をしたり疲れたりもしていないようで、安全も確保できるとわかり、二人はそれならば悪くないだろうと納得した。

　過酷な状況のせいで食事はみすぼらしかったが、江厭離《ジャンイエンリー》は弟二人の舌が肥えていて満足に食べられなかったら、と心配して毎日こっそりと特別に汁物を作ってやっていた。ところが、彼女以外には誰も知らないことがあった。その汁物は三人目の分もあり、当時同じように琅邪にいた金子軒《ジンズーシュエン》に届けられていたのだ。

　実はそのことを金子軒《ジンズーシュエン》自身も知らずにいた。彼はその汁物を非常に気に入り、そして届けてくれた者の気持ちにも感謝していたが、江厭離《ジャンイエンリー》は自ら名乗り出ることはなかった。ところが、事の真相をある低階級の女性修士の一人が目にしてしまったのだ。この女性修士は蘭陵金《ジン》氏の家僕《かぼく》の一人で、修為が低いために江厭離《ジャンイエンリー》と同じく食事作りの仕事をしていた。彼女は美人の部類に入る容貌で立ち回りが上手く、隙あらばつけ入るような考えの持ち主だった。そのため、好奇心から江厭離《ジャンイエンリー》のあとを何回か尾行しただけで、すぐさま事の次第をほぼ把握してしまった。そこで、彼女は何食わぬ顔で機会を窺い、江《ジャン》厭離《イエンリー》が汁物を送り届けてその場を離れたあと金子《ジンズー》軒《シュエン》の部屋の外をうろうろして、金子軒《ジンズーシュエン》が自分の姿を見つけるよう仕向けた。

　金子軒《ジンズーシュエン》はやっとのことで捜していた相手を捕まえたと思い、当然のことながら彼女を問い詰めた。その女性修士は非常に頭が良く、はっきりと認めはせずにただ顔をぱっと真っ赤に染めて、言葉を濁《にご》して否定しただけだった。しかしその口ぶりはあたかも彼女がやったかのようで、しかも金子軒《ジンズーシュエン》に自分の心遣いを見破られまいとしているようにしか思えないものだった。そのため、金子軒《ジンズーシュエン》も彼女に認めるように迫ることはしなかったが、それからはこの女性修士を何かと気にかけるようになり、かなり面倒も見てやって、彼女を家僕から客卿にまで抜擢《ばってき》したのだ。

　そのまま日々が過ぎ、江厭離《ジャンイエンリー》自身も何一つ異変に気づいていなかった。そうして、さらに時が過ぎたある日、彼女がいつものように汁物を送り届けた時、たまたま書簡を取りに戻ってきた金子軒《ジンズーシュエン》に見つかってしまったのだ。

金子軒《ジンズーシュエン》は当然のことながら江厭離《ジャンイエンリー》に、自分の部屋に来て何をしていたのかと質問した。江厭離《ジャンイエンリー》には本当のことを伝える勇気はなかったが、問い詰めてくる彼が次第に疑いの口ぶりになってきたため、仕方なくおろおろしながらも正直に事実を告げた。

しかし、その理由は既に別の人物に使われたものだった。

金子軒《ジンズーシュエン》が二度目となるその話を聞いたあと、どう反応したかは言うまでもない。

彼はその場ですぐさま江厭離《ジャンイエンリー》の「嘘」を「暴《あば》いて」しまったのだ。江厭離《ジャンイエンリー》は、自分の行動がまさかこんなごたごたを引き起こすなんて思いもよらなかった。彼女は普段から身分を触れ回るようなことは一切せず、そのため彼女が雲夢江《ジャン》氏宗主の息女《そくじょ》であることを知る者はほとんどいなかった。今すぐに明確な証拠を出すこともできず、二言三言弁明したが、言えば言うほど気落ちしてしまった。そして最後に、金子軒《ジンズーシュエン》は硬い口調で彼女に言い放ったのだ。

「世家出身だからと言って、他人の気持ちを盗んだり踏みにじったりできるとは思わないでください。たとえ生まれが微賤《びせん》な者であっても、品性は遥かに気高い。言動を慎《つつし》みなさい」

金子軒《ジンズーシュエン》が本心から発したこの言葉を聞き、ようやく江厭離《ジャンイエンリー》はいくつかのことを理解した。

最初から、金子軒《ジンズーシュエン》は何も信じようとしていなかったのだ。江厭離《ジャンイエンリー》のような修為も高くない世家の息女が戦場に出たところで何もできやしないし、何も力にはなれない。はっきり言ってしまえば、彼女はただ理由を見つけて自分に近づこうとしているだけで、ここへ邪魔しに来ただけだと彼は思っていたのだ。

金子軒《ジンズーシュエン》は彼女のことなど何も知らないし、知ろうと考えたことすらない。つまり、そんな彼が江《ジャン》厭離《イエンリー》の言葉を信用するなんてそもそもあり得ないことだったのだ。

彼の言葉に江厭離《ジャンイエンリー》はその場に立ち尽くすと、突然泣きだしてしまった。そして、魏無羨《ウェイウーシエン》が戻った時にちょうどその場面を見てしまったのだ。

彼の姉弟子は心優しい性格だが、蓮花塢が滅ぼされ彼ら三人が再会したあの日、抱き合って一緒に号泣した時を除いて、彼女が人前で涙を流すことはほとんどなかった。ましてやこんなに大勢の前で、ここまで大声を上げて悔しさに泣くことなど初めてだった。魏無羨《ウェイウーシエン》は慌てふためき、事情を尋ねてみても、江厭離《ジャンイエンリー》は泣きすぎてはっきりと話せないほどだった。傍らで呆気に取られている金子軒《ジンズーシュエン》が魏無羨《ウェイウーシエン》の目に入り、またこのクソ野郎のせいか、と思うなり血相を変えて怒鳴りつけ、思いきり足で蹴りかかって金子軒《ジンズーシュエン》と殴り合いを始めた。

二人の驚天動地《きょうてんどうち》の殴り合いに、拠点一帯のすべての修士が出てきて仲裁しようとした。あれこれとやかましく言い合う中、ようやく事の顛末《てんまつ》を知ることになった魏無羨《ウェイウーシエン》はさらに怒りを抑えきれなくなった。いつか必ずこの手で殺してやると金子軒《ジンズーシュエン》に言い放ちながら、周りの者に例の女性修士を引きずり出させてすべてを問い質すと、真相を明らかにした。真実を知った金子軒《ジンズーシュエン》は呆然として完全に固まってしまい、魏無羨《ウェイウーシエン》がまた罵っても彼は青褪めた顔のまま一言も言い返せず、殴られても殴り返すことはなかった。江厭離《ジャンイエンリー》が魏無羨《ウェイウーシエン》の手を握らなければ、そして江澄《ジャンチョン》と金光善《ジングアンシャン》が戻ってきて彼らを引き離さなければ、おそらく金子軒《ジンズーシュエン》は今日の百鳳山巻狩に参加することはできなかったはずだ。

その後も、江厭離《ジャンイエンリー》は引き続き琅邪に残って食事作りを手伝ったが、ただ大人しく真面目に自分の仕事だけをするようになった。そして、二度と金子《ジンズー》軒《シュエン》に汁物を届けることもなく、さらにはまともに彼を見ることもなくなってしまった。しばらくして琅邪が危機を乗り越えると、魏無羨《ウェイウーシエン》と江澄《ジャンチョン》はすぐ彼女を連れて雲夢に帰った。逆に金子軒《ジンズーシュエン》の方は後ろめたさからか、それとも金《ジン》夫人にこっぴどく叱られたからかは知らないが、射日の征戦が終わって以降、次第に江厭離《ジャンイエンリー》に対して少しずつ関心を寄せるようになっていった。

事の経緯をよく知る者たちの大多数は、そもそも単なる誤解なのだから、事実をはっきりさせたあとはもう気にするようなことではないだろう、と皆一様に言ったが、魏無羨《ウェイウーシエン》は決してそうは思わなかった。彼は金子軒《ジンズーシュエン》のことを独りよがりな男姫、けばけばしい金孔雀、上っ面《つら》だけを見るその目は節穴《ふしあな》だとこの世で一番嫌悪している。金子軒《ジンズーシュエン》のような常軌を逸した尊大野郎が自分の間違いを認識できるなんて絶対に信じられないし、突然江厭離《ジャンイエンリー》に対して必死になるなどあり得ず、おおかた金《ジン》夫人に叱られ厳しく急き立てられたせいで、気が進まないまま不承《ふしょう》不承《ぶしょう》に任務として遂行しているに違いないと思っていたのだ。

しかし彼への嫌悪は別として、江厭離《ジャンイエンリー》を困らせないためにも、魏無羨《ウェイウーシエン》は仕方なく今は出ていくのを堪えた。顔をこちらに向けた藍忘機《ランワンジー》は、彼を見ながら状況が解《げ》せないという顔をしている。魏無羨《ウェイウーシエン》はというと、藍忘機《ランワンジー》に説明するだけの暇がなく、ただ人さし指を唇に当てて声を出すなと合図し、そっと二人の様子を窺う。薄い色の瞳はその湿ってしっとりと膨らんでいる魏無羨《ウェイウーシエン》の唇に視線をしばらく留《とど》めてから、やっと目を逸らした。

一方、江厭離《ジャンイエンリー》を連れた金子軒《ジンズーシュエン》が草むらをかき分けると、太くて逞《たくま》しい蛇妖怪の死体が一匹現れた。彼はしばらくそこで身を屈めてその死体を眺める。

「死んでいる」

金子軒《ジンズーシュエン》の言葉に、江厭離《ジャンイエンリー》は小さくこくりと頷く。

「量人蛇《りょうじんじゃ》だ」

「え？」

「南蛮《なんばん》の地から流れてきた蛇妖怪だ。人間に会ったら急に立ち上がって相手と背比べをして、もし自分の方が背が高ければ相手を丸呑みにして喰らってしまう。大したことはない。ただ見た目が恐ろしげなだけだ」

江厭離《ジャンイエンリー》は彼がなぜ急にこんなことを説明し始めたのか、理解できなかったようだ。本来ならばこういう時は、「金《ジン》公子は博学多才ですね」、「金《ジン》公子は冷静沈着ですね」などの社交辞令を言うべきなのだろうが、彼が先ほど話したことは極めて簡単な常識で、どう考えてもただの話題作りの雑談にすぎない。そのような明らかに心にもない世辞《せじ》を恥じることもなく口に出せるのは、おそらく金光瑶《ジングアンヤオ》くらいだろう。江厭離《ジャンイエンリー》は言葉が見つからず、仕方なくまた小さく頷いている。魏無羨《ウェイウーシエン》は、彼女はここまでの道中ひたすら頷いていただけだろうなと推測した。

　それからしばらく沈黙が続き、彼らの間に流れるいかにも気まずい雰囲気は草むらを通り抜け、低木の茂みの後ろで眺めている二人のところまで届いた。どのくらい経った頃か、金子軒《ジンズーシュエン》はようやく江厭離《ジャンイエンリー》を連れて引き返す素振りを見せたが、彼は歩きながらなんとまたしつこく量人蛇の話をし始めた。

「あの量人蛇の表皮は鱗《うろこ》に覆われていて、むき出しの牙は下顎よりも長いから、おそらく変種だろう。一般人には太刀《たち》打ちできないし、並みの者ではその鱗を射貫くことすらできない」

　一旦言葉を切り、彼はまたさり気ない口ぶりで続ける。

「まあ、所詮《しょせん》大したことじゃない。今回の百家巻狩の獲物は皆その程度だ。我々蘭陵金《ジン》氏の人間には傷一つつけることなどできない」

　最後の言葉からは、いつもの尊大さと自惚《うぬぼ》れに満ちた臭いがぷんぷんしていた。魏無羨《ウェイウーシエン》は内心不愉快に思ったが、傍らにいる藍忘機《ランワンジー》が無表情のまま、なぜかじっと金子軒《ジンズーシュエン》を見つめていることに気づく。不思議に思って彼が見ている先を辿ってみると、その光景に絶句した。

（金子軒《ジンズーシュエン》の奴、いつの間にか右手と右足が一緒に出てるじゃないか!?）

「巻狩でも、怪我がないことが一番です」

「人に傷一つつけられない獲物になんの価値があるんだ？　蘭陵金《ジン》氏の狩場に来れば、もっとたくさんの珍しい獲物が見られるぞ」

　金子軒《ジンズーシュエン》の言葉を聞き、魏無羨《ウェイウーシエン》は内心で「ふん」と嘲笑った。

（誰がお前なんかの家の狩場に行くもんか！）

しかし金子軒《ジンズーシュエン》は、なんと身勝手に話を進め始める。

「ちょうど来月なら俺は時間があるから、君を連れていけるよ」

江厭離《ジャンイエンリー》は小さな声で答えた。

「金《ジン》公子、ご厚意に感謝いたします。ですが、どうぞお構いなく」

金子軒《ジンズーシュエン》は呆気に取られて、思わず問い質す。

「なぜだ？」

なぜかと問われても答えられるわけがなかった。

江厭離《ジャンイエンリー》はどうやら少し困惑したらしくそっと顔を伏せた。

「君は巻狩を見るのが好きじゃないのか？」

金子軒《ジンズーシュエン》の質問に江厭離《ジャンイエンリー》は小さく頷いた。

「だったら、今回はなんで来たんだ？」

もし金《ジン》夫人が熱心に誘わなければ、彼女だって来るつもりはなかったはずだ。しかし、そんなことを言えるはずもない。

江厭離《ジャンイエンリー》が黙り込むと、金子軒《ジンズーシュエン》の顔色は赤くなったり白くなったりしたあと、だんだんと青褪めてひどい色になる。長いこと堪えていたが、彼は硬い一言を絞り出す。

「君は巻狩を見たくないだけか、それとも、俺と一緒にいるのが好きじゃないということか？」

「いいえ……」

江厭離《ジャンイエンリー》は消え入りそうな声で答えた。

魏無羨《ウェイウーシエン》にはわかっている。彼女は、金子軒《ジンズーシュエン》が金《ジン》夫人に強く促されて誘ってくれているだけで、彼の本心からの望みではないことを気にかけ、無理をさせたくないと思っているのだ。しかし金子軒《ジンズーシュエン》はそれを知る由《よし》もなく、人生で初めてここまで恥をかかされたことで頭がいっぱいだった。生まれてこの方、女の子を誘ったこともなかったのに、その初めての誘いを断られてしまったのだ。凄まじい憤《いきどお》りに眉間を勢い良く寄せ、しばらくしていきなり嘲《あざけ》るように笑った。

「まあいいだろう」

「申し訳ございません」

江厭離《ジャンイエンリー》が謝ると、金子軒《ジンズーシュエン》はまた冷淡な口調で続ける。

「謝る必要なんてないだろう。どう思うかは君の勝手だ。もともと俺が君を誘いたかったわけじゃないんだ、嫌なら別に構わない」

魏無羨《ウェイウーシエン》はカッとなり、一気に頭に血が上った。今すぐにでも飛び出してまた金子軒《ジンズーシュエン》とやり合うつもりでいたが、ふと考え直す。

（いや、師姉にあいつの本性をちゃんと見てもらった方がいい。これであいつを大嫌いになって、二度とあいつのことなんて考えないようになればいいんだ）

彼は無理やり怒りを抑え込み、もうしばらく我慢しようと堪えた。江厭離《ジャンイエンリー》は唇を震わせてそれ以上は何も言わず、微かに腰を曲げて金子軒《ジンズーシュエン》に一礼した。

「失礼します」

彼女はくるりと背を向け黙々と一人で引き返していく。金子軒《ジンズーシュエン》は、彼女から目を逸らし冷ややかな様子でしばらく立ち尽くしていたが、突然声を上げた。

「止まれ！」

それでも江厭離《ジャンイエンリー》は足を止めず振り返ることもしない。金子軒《ジンズーシュエン》はムッとして、三歩で追いつくと彼女の手を掴もうとした。すると黒い影が目の前を掠め、まだ相手をはっきりと確認できないうちに、手のひらで胸に一撃を食らわされた。金子軒《ジンズーシュエン》はぱっと剣を抜き出して数歩後ずさり、目を凝らして相手を捉えると怒鳴りつける。

「魏無羨《ウェイウーシエン》、またお前か⁉」

魏無羨《ウェイウーシエン》は江厭離《ジャンイエンリー》の前に立ち塞がり、怒鳴り返した。

「クソったれ、こっちの台詞だ！　またお前か⁉」

「理由もなく手を出すなんて、正気か！」

金子軒《ジンズーシュエン》の言葉に、魏無羨《ウェイウーシエン》は再度手のひらで一撃を打って答える。

「正気だよ！　何が理由もなくだって？　お前が恥

をさらしたからって勝手に怒りだしやがって、俺の師姉を掴んでいったい何するつもりだ？」

金子軒《ジンズーシュエン》は身をかわして避けると、剣を突き出して反撃した。

「俺が彼女を止めるのは当然だろう。まさか、一人でこの山をうろつかせろとでも言うのか!?」

金子軒《ジンズーシュエン》の剣芒は、もう一本の別の剣芒に弾かれて軌道を逸らされ、真っすぐに空の果てまで飛んでいく。金子軒《ジンズーシュエン》は続けて現れた者を見て愕然とした。

「含光君？」

藍忘機《ランワンジー》は避塵《ビチェン》を収めて三人の真ん中に立ち、沈黙を保った。彼の前に出ようとする魏無羨《ウェイウーシエン》の腕を江《ジャン》厭離《イエンリー》が掴んで引っ張る。

「阿羨《アーシエン》！」

それと同時に、騒々しく入り乱れた足音がどこかから響いてきた。林の中に押し寄せた集団の先頭で、威風堂々と大勢を引き連れている者が声を上げる。

「いったい何事だ!?」

先ほど藍忘機《ランワンジー》と金子軒《ジンズーシュエン》の二本の剣芒がともに天空を貫いたことで、どうやら辺りにいた修士たちを驚かせてしまったようだ。彼らは一目でその剣芒が誰のものか、そしてその二人がやり合っているようだとわかり、慌てて駆けつけてきたらしい。そして、林の中で四人が対峙している奇妙な場面に出くわしたのだ。会いたくない者ほど案外ばったり顔を合わせてしまうもので、先頭に立っていたのは、あの金《ジン》子勲《ズーシュン》だった。

「子軒《ズーシュエン》、またこいつが突っかかってきたのか!?」

「お前には関係ないだろう、今は放っておいてくれ！」

金子軒《ジンズーシュエン》は金子勲《ジンズーシュン》にそう言い放ってから、魏無羨《ウェイウーシエン》が江厭離《ジャンイエンリー》を引っ張ってこの場を離れようとしているのに気づき、また声を上げた。

「止まれ！」

「本気でやり合うつもりか？　いいだろう！」

振り向いた魏無羨《ウェイウーシエン》が挑発するように言う。

「魏《ウェイ》の野郎、何度も子軒《ズーシュエン》に突っかかってきやがって、いったいどういうつもりだ？」

金子勲《ジンズーシュン》が忌々しげに言うと、魏無羨《ウェイウーシエン》は彼をちらりと見て、「お前は誰だ?」と聞いた。

一瞬ぽかんとしてから、彼はたちまち激怒する。

「お前、俺が誰か知らないだと!?」

魏無羨《ウェイウーシエン》は不思議そうに答えた。

「なんで俺が知ってなきゃいけないんだ?」

金子勲《ジンズーシュン》は、射日の征戦が勃発《ぼっぱつ》して間もなく怪我を負ったせいでずっと後方で守りを固めていたため、魏無羨《ウェイウーシエン》が前線で戦う姿をその目で見たことがなかった。他人の口からあれこれと聞かされてはきたが、内心では到底納得できず、そんな噂などただ大げさなだけだと思い込んでいたのだ。

そして、先ほど魏無羨《ウェイウーシエン》が笛を吹いて山の邪祟たちを呼び寄せ、金子勲《ジンズーシュン》ら大勢の者があと少しで獲れそうだった凶屍までも残らず集めてしまったせいで、彼らは無駄骨を折り不快な思いをさせられていた。しかも今、面と向かって彼が誰なのかと聞いてきたことで、憤りは一層強く湧き起こった——彼は魏無《ウェイウー》羨《シエン》を知っているというのに、魏無羨《ウェイウーシエン》は彼のことを知らない上、大胆にも人前で誰なのかと尋ねてきたのだ。この上ない大恥をかかされ、考えれば考えるほど不愉快さが増していく。金子勲《ジンズーシュン》が口を開こうとしたその時、空を金色の輝きがよぎり、さらに大勢の者が駆けつけてきた。

御剣したその一行は下降すると、落ち着き払って着地する。先頭に立っているのは極めて上品な容貌をした正統派の美人で、輪郭《りんかく》に微かに気の強そうな雰囲気を纏った婦人だった。御剣する姿は颯爽としてきりりと勇ましく、歩く姿はおっとりしていて優雅だ。

「伯母上《おばうえ》!」

金子勲《ジンズーシュン》が声を上げ、金子軒《ジンズーシュエン》も少々驚いた顔になる。

「母上! なぜここへ?」

しかし、金子軒《ジンズーシュエン》はすぐにその理由に思い至った。彼と藍忘機《ランワンジー》の剣芒が空高く打ち上げられ、観猟台の方にいた金《ジン》夫人の目にも入れば、当然来るに決まっているではないか。彼は母親と一緒に来た蘭陵金《ジン》氏の修士数名を見て続けた。

「そんなに人を連れてきて、何をするんですか？　巻狩は母上に手伝ってもらう必要などありません」

しかし、金《ジン》夫人は見下げるように息子を一瞥《いちべつ》し答えた。

「自惚れないでちょうだい。誰がお前を捜しに来たって言ったの？」

彼女は魏無羨《ウェイウーシエン》の後ろで縮こまっている江厭離《ジャンイエンリー》を見つけると、一瞬で表情を緩めた。すぐに近寄ってきて彼女の手を握りしめ、柔らかい声で話しかける。

「阿離《アーリー》、その顔はどうしたの？」

「夫人、ありがとうございます。大丈夫です」

江厭離《ジャンイエンリー》はそう言って何も説明しようとはしなかったが、金《ジン》夫人の勘は非常に鋭かった。

「あのバカがまたあなたをいじめたのね？」

「いいえ」

慌てて答えた江厭離《ジャンイエンリー》を見て金子軒《ジンズーシュエン》は微かに動き、何かを言おうとしてやめた。金《ジン》夫人は自分の息子の性格を一番よく知っているため、それで顛末を察知してしまう。たちまち血相を変えて激怒し、息子を激しく叱りつけた。

「金子軒《ジンズーシュエン》！　お前は死にたいの？　ここへ来る前に私になんと言ったか忘れた!?」

「俺は……」

金子軒《ジンズーシュエン》が何か言いかけると、魏無羨《ウェイウーシエン》が口を挟む。

「ご子息《しそく》が金《ジン》夫人になんと言ったかなど関係ありません。今後、こいつと俺の師姉はそれぞれの道に進み、一切関わらなければいいだけの話です！」

まだ頭に血が上っているせいもあって、彼の口調は少々無礼で乱暴だったが、幸い金《ジン》夫人は江厭離《ジャンイエンリー》を慰めることに気を取られていて、それを気にはしなかった。ところが、彼女自身は気にしなくとも、この機に乗じて脇から金子勲《ジンズーシュン》が怒鳴った。

「魏無羨《ウェイウーシエン》、伯母上は目上の方だぞ。それなのに、お前のその口の利《き》き方はいささか思い上がりすぎなんじゃないか？」

周りの者たちも皆その通りだと考え、続々と同調する。

「俺は別に金《ジン》夫人に突っかかってるわけじゃない。お前の従弟が俺の師姉に何度も暴言を吐いたっていうのに、我々雲夢江《ジャン》氏がまだその無礼に耐えるというのなら、それこそ世家としての名が廃《すた》る！　これのどこが思い上がってるんだ？」

魏無羨《ウェイウーシエン》の言葉を聞き、金子勲《ジンズーシュン》はせせら笑った。

「どこが思い上がってるかって？　むしろ、お前に思い上がってないところなんてあるのか？　今日だってこの百家巻狩の盛事で、お前は相当目立っただろうな？　三割の獲物をすべて独り占めして、さぞかしいい気分なんだろう？」

藍忘機《ランワンジー》はわずかに顔を横に向けてぽつりと言った。

「三割の獲物？」

金子勲《ジンズーシュン》が従えてきた百人近くの修士たちは、誰も彼もがひどく不満そうな表情を浮かべている。普段から魏無羨《ウェイウーシエン》と極めて仲が悪いと噂されている藍忘機《ランワンジー》が尋ねるように言うのに気づき、我慢できずロ々に答え始めた。

「含光君はまだご存じないのですね？　先ほどまでこの巻狩場で、我々は辺りをずっと探し回っていましたが、ここには凶屍も怨霊も一匹たりともいなくなっているのです！」

「使いの者を出して、やっとわかったんです。巻狩が始まって半時辰も経たないうちに、観猟台の方にいる斂芳尊《れんほうそん》に聞こえてきて、それから、百鳳山の中からしばし笛の音が聞こえてきて、それから、ほぼすべての凶屍と怨霊が次から次へと自ら雲夢江《ジャン》氏の陣営へ捕まりに行ったというんですよ！」

「百鳳山にいる三種の獲物のうち、残っているのはもう妖獣類と怪物類のみです……」

「鬼類《きるい》は、既に魏無羨《ウェイウーシエン》一人に残らず獲られてしまいました……」

修士たちが次々に訴えるのを聞き、金子勲《ジンズーシュン》が言い放つ。

「お前はちっとも周りの者たちを顧みないで、自分のことばかり考えやがって。どうだ、これのどこが思い上がってないっていうんだ？」

その時、魏無羨《ウェイウーシエン》ははっとしてすべてを理解した。

結局のところ、この男は今回の巻狩にかこつけて難《なん》癖《くせ》をつけたいだけなのだ。魏無羨《ウェイウーシェン》は思わず笑った。

「お前が言ったんだろう？　前座の弓比べ如きがなんだ、できるものなら百鳳山で真の実力を見せろって」

金子勲《ジンズーシュン》はまるで彼の言い分を滑稽だと思っているように「ハッ」と声を上げた。

「所詮お前のやり方は邪道で、本当の腕前じゃないだろうが。笛をちょっと吹いたくらいで、真の実力だと言えるとでも？」

魏無羨《ウェイウーシェン》は不思議そうに尋ねる。

「俺は別に陰謀詭計《いんぼうきけい》を巡らしてるわけじゃないのに、どうして実力とは言えないんだ？　だったら、お前も笛をちょっと吹いてみろよ。それで、凶屍と怨霊がお前についていくかどうか見てみようじゃないか？」

「こんなにも規則に従わないなど、陰謀詭計と変わらないだろうが！」

その言葉に、藍忘機《ランワンジー》は眉をひそめた。金《ジン》夫人もどうやらようやくこちらの言い争いに気づいたらしく、淡々と窘める。

「子勲《ズーシュン》、もうやめなさい」

魏無羨《ウェイウーシェン》も彼とこれ以上言い争うのは面倒だったため、笑いながら提案した。

「いいだろう。俺ももう何を実力と呼ぶのかわからなくなってきたから、何でもいいからお前がその実力とやらを出して、俺に勝ってみせてくれよ」

そう言われて勝てるものなら金子勲《ジンズーシュン》もここまで悔しくはなかったはずだ。しばらく言葉に詰まった彼は考えれば考えるほど怒りが込み上げ、八つ当たりのように吐き捨てる。

「自分が間違っている自覚がないのも仕方ない。魏《ウェイ》公子が規則を守らないのはこれが初めてじゃないからな。そうだ、お前、この前の花見の宴の時もそうだったが、今回の巻狩の盛事にも剣を佩いていないじゃないか。こんな盛大な場だっていうのに、礼儀作法を欠片もわきまえないなんて、同席する俺たちをなんだと思っているんだ？」

魏無羨《ウェイウーシェン》はまだしつこく突っかかってくる彼の相手をせずに、振り返って藍忘機《ランワンジー》に話しかけた。

「藍湛《ランジャン》、言うのを忘れてた。さっきは庇ってくれてありがとうな」

金子勲《ジンズーシュン》など明らかに眼中にないという魏無羨《ウェイウーシェン》の態度を見て、歯を食いしばった金子勲《ジンズーシュン》は続けて言い放った。

「雲夢江《ジャン》氏の躾《しつけ》は、所詮その程度か！」

「子勲《ズーシュン》！」

金《ジン》夫人は眉をひそめて、厳しい声で怒鳴る。

そして、彼の今の言葉を聞いて魏無羨《ウェイウーシェン》からふっと笑顔が消えた。

「躾？」

そう言ってから、ゆっくりと金子勲《ジンズーシュン》の方に顔を向けて続ける。

「邪道だと？」

ふいに藍忘機《ランワンジー》が低い声で彼に呼びかけた。

「魏嬰《ウェイイン》」

金子勲《ジンズーシュン》らもどこか尋常でない雰囲気を感じ取り、息を凝らして彼を見つめる。すると魏無羨《ウェイウーシェン》はまた笑った。

「俺がなぜ剣を佩かないか、そんなに知りたいのか？　だったら教えてやってもいい」

体ごと彼らの方を向くと、一言一句はっきりと続けた。

「それはな、ただお前らにわからせてやりたかっただけだ。たとえ剣を使わなくたって、お前らが言う『邪道』だけで十分だ。お前ら全員俺の足元にも及ばない」

彼の言葉に、この場にいる全員が呆気に取られてしまった。

これほどまでに思い上がった言葉を、こんなにも大勢の前で言える度胸のある世家門弟など、未だかつて誰一人としていなかった。しばらくして、金子《ジンズー》勲《シュン》はようやく我に返ると荒々しい声で怒鳴った。

「魏無羨《ウェイウーシェン》！　家僕の子の分際で、傍若無人《ぼうじゃくぶじん》にもほどがある！」

「家僕の子」という一言を聞いた瞬間、藍忘機《ランワンジー》の視線が凍りついたように固まる。魏無羨《ウェイウーシェン》の瞳孔はすっと収縮し、右手を陳情《チェンチン》に添えるべく動かした。まるで空気中に火薬の臭いが充満したような、一触即発といった状況のまさにその時、突然誰かの声が響いた。

「阿羨《アーシェン》！」

その声を聞くと、途端に魏無羨《ウェイウーシェン》の心は少し緩み、声の方へと顔を向ける。

「師姉？」

江厭離《ジャンイエンリー》は彼に向かって手招きをした。

「阿羨《アーシェン》、私の後ろにおいで」

魏無羨《ウェイウーシェン》は面食らったが、彼が動くより前に金《ジン》夫人が慌てて彼女を引っ張った。

「阿離《アーリー》、これは彼らのことだから、あなたは表に立たない方がいいわ」

しかし江厭離《ジャンイエンリー》は、金《ジン》夫人に申し訳なさそうに微笑みかけてから前に出た。魏無羨《ウェイウーシェン》を庇うようにして彼の前に立つと、金子勲《ジンズーシュン》らに礼儀正しく一礼した。

対する彼らもどう対応すべきかわからず、ちらほらと会釈を返す者もいれば、返さない者もいる中、江厭離《ジャンイエンリー》は物静かな様子で囁くように金子勲《ジンズーシュン》に話しかけた。

「金《ジン》公子、あなたが先ほどおっしゃった話によると、つまり、阿羨《アーシェン》が百鳳山の中の三割の獲物を独り占めし、規則も守らず、あまりにも思い上がっているとのこと。確かに私も……今までそういう話を耳にしたことはないですし、皆様にはご迷惑をおかけいたしました。彼に代わって、私がお詫び申し上げます」

そう言って、やはりまた彼女は腰を折って一礼する。それは、いかにも丁重な詫びの姿勢だ。

「師姉！」

魏無羨《ウェイウーシェン》が思わず呼びかけたが、江厭離《ジャンイエンリー》は体を起こさないまま彼を見ると、周りに気づかれないように首をそっと横に振った。魏無羨《ウェイウーシェン》はただ拳をきつく握りしめて、口を噤むしかなかった。

金子軒《ジンズーシュエン》は遠くからこちらを見つめて複雑な表情を浮かべている。それとは逆に、金子勲《ジンズーシュン》とその手下たちは得意げな表情を隠すつもりなど一切なく、痛快極まりないといった様子だ。

金子勲《ジンズーシュン》はハハッと笑った。

「江《ジャン》殿は実に上品で礼儀正しく、道理をわきまえておられる。確かにあなたの師弟がやったことはどう考えても妥当ではないし、かなりの迷惑を被《こうむ》りました。しかしあなたがそのことをちゃんとわかっておられるなら、江《ジャン》殿と江《ジャン》宗主に免じて、詫びはもう結構です。雲夢江《ジャン》氏と蘭陵金《ジン》氏の両家は、元より兄弟のように仲睦《なかむつ》まじい間柄ですから」

彼はもはや意気揚々と声を上げて、大笑いしそうなほど上機嫌だった。魏無羨《ウェイウーシエン》の中で怒りの炎は暴れ回り、握りしめた拳の関節がギシギシと音を立てる。さすがに我慢ならずに彼が口を開こうすると、江《ジャン》厭離《イエンリー》が体を起こし真剣な様子でまた続けた。

「しかし、私は巻狩に参加したことはありませんが、一つだけわかっていることがあります——古往今来、これまでの巻狩において、一人が大量に獲りすぎてはならないという規則があるとは聞いたことがありません」

周囲の者たちの得意げな笑顔は、消えるより前に固まってしまった。

「あなたは阿羨《アーシエン》が規則を守っていないとおっしゃいましたが、守っていないのは、結局のところどんな規則なのでしょうか？」

今度は魏無羨《ウェイウーシエン》がハハッと声に出して笑う番だった。

金子勲《ジンズーシュン》の顔は一気に青褪めたが、反論を口にはしなかった。理由は二つある。一つ目は、今まで江《ジャン》厭離《イエンリー》が表立って何かを話すところを見たことがなかったため、彼女の発言がどれだけ本気なのか、その度合いを把握することが難しい上に、金《ジン》夫人と江《ジャン》家宗主である江澄《ジャンチョン》は二人とも江厭離《ジャンイエンリー》を非常に大切に思っているため、彼らをむやみに怒らせるわけにもいかないということだ。そして二つ目は、深く追及されれば、そのような規則は存在しないとわかってしまうからだ！

その時、人だかりの中から堪えきれずに誰かが一歩踏み出した。こういう時、いつも一番先に飛び出してくるのは姚《ヤオ》宗主だ。

「江《ジャン》殿、あなたのその言い分は違うのではないですか。たとえ記録されていない規則でも、それは古くからの暗黙の了解であり、誰もがこれまでちゃんとその規則を守ってきたのです」

　すると、他の者も喚くような声を上げた。

「百鳳山にいる獲物を全部合わせたところでたかが知れています。せいぜい五百といったところでしょうが、巻狩に参加している者は何人いると思うんです？　五千では収まらないでしょう！　我先にと奪い合っていたというのに、彼一人が悪意のある手段を使ってあんなに大量の獲物を狩ってしまったら、他の者たちはいったいどうすればいいんですか？」

　魏無羨《ウェイウーシエン》はくすっと笑って話しだそうとしたが、江《ジャン》厭離《イエンリー》から潜めた声で釘を刺されてしまう。

「静かにしててね」

　その間にまた、誰かが不満げな声を漏らす。

「そうですよ。そうでなければ、俺だって一匹も捕まえられないはずないんだ！」

「ですが……他の方が取れないからと言って、それは彼のせいではないのではありませんか」

　江厭離《ジャンイエンリー》がそう尋ねると相手は言葉に詰まる。彼女はさらに続けた。

「巻狩は、ただ実力のみを試される場なのではないでしょうか？　たとえ鬼類が既に狩り尽くされてしまったとしても、まだ妖獣類と怪物類が残っているのですよね？　そうであれば、彼がその三分の一を独り占めしなくても、あるいは巻狩に参加すらしなかったとしても、取れない方には結局取れないのではないでしょうか？　阿羨《アーシエン》が使った方法は、確かに他の方とは違います。ですが、それも彼が修練して得た実力です。他の方たちが、三分の一の獲物と無縁になったからと言って、それで彼を邪道だと言うのは少々理不尽なのではありませんか」

　金子勲《ジンズーシュン》にくっついて一緒に騒ぎ立てていた者たちの顔からは、たちまち血の気が引いていった。だが、江厭離《ジャンイエンリー》の身分を憚《はばか》って誰も怖くて直接反駁すらできない。

「それに、巻狩は巻狩です。なぜ躾の話を持ち出す必要があるのでしょう？　阿羨《アーシエン》は我が雲夢江《ジャン》氏の門弟です。私たちとともに育ち、本物の姉弟同然の間柄なのです。彼に向かって『家僕の子』と考えなしに口に出すなど、私は受け入れることはできません。ですから……」

彼女は痩せて線の細い背筋を真っすぐに伸ばし、声を大きくした。

「金子勲《ジンズーシュン》公子、どうか我々雲夢江《ジャン》氏の魏無羨《ウェイウーシエン》に、謝ってください！」

もし今、それを言ったのが江厭離《ジャンイエンリー》ではなく、取るに足らない身分の誰かだったなら、おそらく金子《ジンズー》勲《シュン》はすぐに手のひらで一撃を打ったに違いない。しかし、今の彼は攻撃するどころか顔色を青黒くするだけで、口を噤んだまま黙り込むしかなかった。江《ジャン》厭離《イエンリー》も静かに彼を見つめ、決して視線を外そうとはしない。

「阿離《アーリー》、何もそんなに真剣にならなくてもいいじゃない？　些細なことよ、どうかそんなに怒らないでちょうだい」

宥めるように言う金《ジン》夫人に、江厭離《ジャンイエンリー》は小さな声で答えた。

「夫人、阿羨《アーシエン》は私の弟なのです。他人から彼を侮辱されるのは、私にとって決して些細なことではありません」

その言葉を聞くと、金《ジン》夫人は金子勲《ジンズーシュン》にさっと目を向け、冷たく鼻を鳴らした。

「子勲《ズーシュン》、聞こえたの？」

「伯母上！」

金子勲《ジンズーシュン》が驚いたような声を出す。

もちろん、金《ジン》夫人も彼の性格を知らないわけではない。彼に魏無羨《ウェイウーシエン》への謝罪を求めたところで、絶対に応じないだろう。しかし、金《ジン》夫人にとって目下の状況は既に不愉快なものになっている。たとえ金子《ジンズー》勲《シュン》がこの場で謝ったとしても、金鱗台に戻ればこの憤りからきっと彼は度々大暴れするに違いないと考えると苛立ちは募るばかりで、今すぐにでも彼の首を押さえつけてさっさと謝らせ、事を収めたくてたまらなかったのだ。

するとその時、二筋の剣芒がこちらへと飛んできた。

やって来たのは金光瑶《ジングアンヤオ》と藍曦臣《ランシーチェン》の二人だった。

「兄上」

藍忘機《ランワンジー》が呼びかけると、藍曦臣《ランシーチェン》は不思議そうに尋ねる。

「忘機《ワンジー》、なぜここにいるんだ？」

「皆さん、こちらで何か問題でもありましたか？」

金光瑶《ジングアンヤオ》が着地して、笑顔でそう言った瞬間、金《ジン》夫人と金子勲《ジンズーシュン》の二人が心の中に抑え込んでいた怒りの炎は発散できる相手を見つけて瞬く間に燃え上がり、金《ジン》夫人はすぐさま彼を罵った。

「あんた、なぜ笑っているの！　こんな大事が起きているっていうのに、あんたはよくもまあ平気で笑っていられるものね！　これはあんたが仕切る巻狩会でしょう、この役立たず！」

金光瑶《ジングアンヤオ》はいつも一貫してこのような笑顔だったため、まさか到着してすぐにこっぴどく罵倒されるとは思わず、慌てて笑顔を引っ込めると落ち着いて問いかけた。

「母上、いったいどういうことですか？」

金《ジン》夫人は横目でじろりと彼を見る。

「どういうことかくらい、自分の目で見たらどう？　あなたは人の顔色を窺うのがお得意でしょう？」

金光瑶《ジングアンヤオ》が黙り込むと、今度は金子勲《ジンズーシュン》が口を開いた。

「この巻狩場の中から、全体の三分の一もの獲物がなくなったんだ。参加している五千あまりの人々はいったい何を取ればいいんだ!?」

彼はこの機に乗じて、まんまと魏無羨《ウェイウーシエン》への謝罪から逃れようとしている。さらに続けて金光瑶《ジングアンヤオ》を責め立てようとした時、藍曦臣《ランシーチェン》が口を開いた。

「斂芳尊《れんほうそん》は既に巻狩場の範囲拡大の手配に着手していますので、皆さんどうか焦らずに、少し落ち着いてください」

沢蕪君《たくぶくん》の発言で、金子勲《ジンズーシュン》は自分の訴えにはもう手が打たれていると知り、これ以上金光瑶《ジングアンヤオ》に向かって怒りをぶつけるわけにもいかずに、弓矢を地面に叩きつけせせら笑った。

「今回の巻狩は完全にただの茶番劇だな！　もういい、参加する気が失せた。俺は辞退する」

「子勲《ズーシュン》、もうすぐ手配できますから。あと半時辰も待ってくれれば……」

金光瑶《ジングアンヤオ》が驚いてすぐに引き留めると、姚《ヤオ》宗主が
「金《ジン》公子、そこまでしなくてもいいじゃないですか！」と口を挟んだ。

「この巻狩には既に一切の公平性がないというのに、待つ必要なんてあるか？　悪いが俺はもうつき合っていられない！」

金子勲《ジンズーシュン》はそう言い終わるなり、手下の修士たちを率い御剣して立ち去ろうとし、金光瑶《ジングアンヤオ》は慌てて前に出て宥めた。騒ぎ立てて金子勲《ジンズーシュン》に追従しようとする者もいれば、このまま諦めてしまうのは悔しく、まだどうするかを決めかねている者もいて、辺りが一気に混然とした状況に陥ってしまう。

江厭離《ジャンイエンリー》は首を横に振ると、金《ジン》夫人にそっと話しかけた。

「金《ジン》夫人、ご迷惑をおかけいたしました」

金《ジン》夫人は手を振って答えた。

「そんなこと言わないの。あなたが子勲《ズーシュン》のバカを罵りたいなら、思いきり罵ってやればいいのよ。私は構わないから。それでも気が済まなければ、私が代わりに叩いたっていいわよ」

「そんな、大丈夫です……では、私は先に戻りますね」

「観猟台に戻るのよね？　だったら待って、子軒《ズーシュエン》に私たちを送るように言うから」

戻ろうとする江厭離《ジャンイエンリー》に慌ててそう言いながら、金《ジン》夫人は距離を置いた場所でずっと立ち尽くしたままの金子軒《ジンズーシュエン》に目配せをした。

「大丈夫です。私は阿羨《アーシエン》と話したいことがあるので、彼に送ってもらいますから」

江厭離《ジャンイエンリー》が小さな声で答えると、金《ジン》夫人は眦《まなじり》を吊り上げた。魏無羨《ウェイウーシエン》をしげしげと見るその目つきには若干《じゃっかん》の警戒心が滲んでいて、どうやら彼が江厭離《ジャンイエンリー》

とともに帰ることを少し不快に思っているようだ。

「あなたたちみたいな若い男女二人が、従者もなしでいつも一緒にいるのはどうかしら？」

「阿羨《アーシエン》は私の弟です」

「阿離《アーリー》、どうかもう怒らないで、私に話してみて。あの頑固者の青二才が、今度はどんなバカなことをやらかしたの？　私がちゃんとあなたに謝らせるから」

江厭離《ジャンイエンリー》は首を横に振った。

「本当に大丈夫です。金《ジン》夫人、彼に無理強《じ》いしないでください」

「無理強いなんてそんな！　そんなことはまったくないのよ！」

金《ジン》夫人が焦って言ったところで、魏無羨《ウェイウーシエン》が会釈をして二人の会話に割り込む。

「失礼します。金《ジン》夫人」

彼は江厭離《ジャンイエンリー》とともに夫人に向かって軽く頭を下げてから、踵《きびす》を返してその場を立ち去ろうとした。

だが、金《ジン》夫人の方も必死に江厭離《ジャンイエンリー》の手を引っ張り、彼女を行かせまいとする。江厭離《ジャンイエンリー》を挟んで引っ張り合う状態になったところで、突然、金子軒《ジンズーシュエン》が駆け寄ってきて大声で呼んだ。

「江《ジャン》殿！」

魏無羨《ウェイウーシエン》は聞こえなかったふりをして江厭離《ジャンイエンリー》の手を引っ張る。

「師姉、早く行こう」

すると金子軒《ジンズーシュエン》が再び声を張り上げる。

「違うんだ、江《ジャン》殿！」

さすがにもう聞こえないふりはできなくなり、魏《ウェイ》無羨《ウーシエン》は仕方なく江厭離《ジャンイエンリー》と一緒に振り向いた。騒ぎ立てていた金子勲《ジンズーシュン》らもこちらに興味を惹かれ、この場にいる全員が金子軒《ジンズーシュエン》の言った「違うんだ」とはいったいどういう意味なのかと訝しく思った。金子《ジンズー》軒《シュエン》は急いで江厭離《ジャンイエンリー》の方に近づき、彼女のそばまで行こうとしたようだが、結局また足を止めた。遠く離れた場所で立ち尽くしたまま、数回息を吸った彼の額には青筋が立っている。

しばらくして、彼はまた突然大声で叫んだ。

「違うんだ、江殿《ジャン》！　母上じゃない！　母上の意思じゃないんだ！　無理強いなんかじゃない。俺はそんなことちっとも思っていない！」

　しばらく何かを堪えるように黙ったあと、彼は声を振り立てた。

「俺だ！　俺自身なんだ！　俺自身が、君に来てほしかったんだ！」

「……」

「……」

「……」

「……」

　江厭離《ジャンイエンリー》も、魏無羨《ウェイウーシエン》も、金《ジン》夫人も、金子勲《ジンズーシュン》までもが、それを聞いて言葉を失った。

　叫び終えた金子軒《ジンズーシュエン》の透き通るように白い顔は、みるみるうちにまるで血でも滴りそうなほど真っ赤に染まった。

　彼はよろめきながら数歩後ずさると、近くの木の幹に手をついてどうにか体を支える。そしてふと顔を上げて見るなり、金子軒《ジンズーシュエン》はぎょっとした。今になってようやく、ここにはまだ大勢の人々がいることに気づいた上、先ほど自分が彼らの前で何を口走ったかを思い出したのだ。かなり長いこと固まったあと、突然我に返って一声叫ぶと、さっと駆けだしてどこかへ去ってしまった。

　しばらくの間黙っていた金《ジン》夫人は、息子の行動に激怒の声を上げた。

「このバカ者！　なぜ逃げるのよ!?」

　彼女は江厭離《ジャンイエンリー》の手を引っ張ると、そっと言った。

「阿離《アーリー》、あとで観猟台に戻ってまた続きを話しましょうね！　私はあの子を捕まえてくるから！」

　そう言い終えるや否や、金《ジン》夫人はすぐに金《ジン》氏の修士たちを従えて素早く御剣し、金子軒《ジンズーシュエン》が逃げた方向に向かって飛びながら息子の名を呼んだ。魏無《ウェイウー》羨《シエン》もまさかこんな展開になるとは考えてもおらず、人騒がせな彼の態度に首を捻った。

「あいつはいったいなんなんだ！　師姉、俺たちも行こう」

　江厭離《ジャンイエンリー》はまだ少し呆然としたまま頷く。魏無羨《ウェイウーシエン》は藍忘機《ランワンジー》に手を振った。

「藍湛《ランジャン》、じゃあな」

　藍忘機《ランワンジー》は微かに会釈をしたが返事はせず、魏無羨《ウェイウーシエン》と江厭離《ジャンイエンリー》の背中が林の中にゆっくりと消えていくのをただ黙って見つめていた。他方では、金光瑶《ジングアンヤオ》も結局金子勲《ジンズーシュン》らを引き留められず、一行は口々に文句を言いながら御剣してその場をあとにした。集まっていた人だかりはあっという間にその大半がいなくなり、残った野次馬たちも見物できるものがなくなると、同じようにばらばらと散っていく。金光瑶《ジングアンヤオ》は額の汗を拭《ぬぐ》って苦笑いを浮かべた。

「これは、本当に……」

　藍曦臣《ランシーチェン》は彼の肩をとんとんと優しく叩いた。

「今日のことは、君のせいじゃない」

　金光瑶《ジングアンヤオ》はため息をついてから、眉間を軽くつまんだ。

「おそらく、獲物は一時辰かかっても手配できそうにありません」

「なぜだ?」

「実は、あの魏《ウェイ》公子が三分の一の獲物を独り占めしただけではなく、妖獣の類は明玦《ミンジュエ》兄上が一人でほとんど一掃してしまったのです」

　金光瑶《ジングアンヤオ》の話を聞いて、藍曦臣《ランシーチェン》は思わず笑った。

「さすが兄上だ」

　藍忘機《ランワンジー》の方は、それを聞いて何か考え込むような顔をしている。一方で、金光瑶《ジングアンヤオ》は頭を抱えた。

「ですから狩場の範囲は、おそらくさらに拡大しなければなりません」

「ならば、我々は今すぐ手配に着手しよう」

「申し訳ありません、曦臣《シーチェン》兄様。あなたも巻狩に参加しに来たのに、お手を煩わせて一時的に私の手伝いまでさせてしまいまして」

　申し訳なさそうに言う金光瑶《ジングアンヤオ》に、藍曦臣《ランシーチェン》は微笑んだ。

「構わないよ。忘機《ワンジー》、私たちはもう行くが、どうする?　お前も手伝いに来るか?」

　藍忘機《ランワンジー》は無言で避塵《ビチェン》を鞘から呼び出して答えた。

「お手伝いします」

彼らが御剣して離れると、その場にはもうちらほらとしか人はいなくなった。しばらくして、残った数人が雑談しているところに、誰かが林の中から大股でやって来た。その人物を見て彼らは少々驚いた。

やって来たのは、江澄《ジャンチョン》だった。彼は百鳳山の空に藍忘機《ランワンジー》と金子軒《ジンズーシュエン》の剣芒が現れたという話を聞きつけ、二人がやり合ったのではと思い至った。江厭離《ジャンイエンリー》も金子軒《ジンズーシュエン》のそばにいるかもしれないと心配して来てみたのだが、ちょうど行き違いになったようだ。

江澄《ジャンチョン》はその場に残った数人の中から、唯一顔に見覚えがあった姚《ヤオ》宗主に話しかけた。

「姚《ヤオ》宗主、先ほどここで何かあったのですか？」

姚《ヤオ》宗主は彼をちらりと見て、意味深長な口ぶりになる。

「江《ジャン》宗主、お宅の魏無羨《ウェイウーシエン》は大層な人物ですね」

「いったいどういう意味ですか？」

江澄《ジャンチョン》が眉をひそめて問うと、姚《ヤオ》宗主はハハッと笑った。

「それは恐れ多くて言えません。江《ジャン》宗主、私の話など気にならないでください」

江澄《ジャンチョン》は顔を曇らせ、どうせいい話ではないだろうと思った。

（あとで絶対に魏無羨《ウェイウーシエン》を捕まえてじっくり問い詰めてやる）

そう考え、これ以上もったいぶるような者につき合う気もなく、身を翻してすぐさま林をあとにした。しかし、歩いていくうちに、背後からこそこそと話す声が微かに耳に届く。おそらく彼に聞こえたらまずいと声を抑えているのだろうが、江澄《ジャンチョン》は五感が鋭いため、その会話がすべてはっきりと聞こえてしまった。

話している一人の宗主は妬《ねた》ましく切なげな声音だ。

「今回、蓮花塢は頭一つ抜けていたな。ほぼすべての凶屍と怨霊が雲夢江《ジャン》氏の陣営の中に呼び寄せられるなんてさ。きっとたくさんの修士たちが江《ジャン》家の傘下に入りたいと思っただろう」

「これぱかりはどうしようもありませんよ。だって、我々の家には魏無羨《ウェイウーシエン》がいませんからね」

姚《ヤオ》宗主の声がぼやくように答えた。

「魏無羨《ウェイウーシエン》がいたって、必ずしもいいことばかりとは限らないですよ。私は家の中にあんな奴がいて、毎日問題を起こすなんてごめんです」

「あの魏無羨《ウェイウーシエン》はあまりにも身のほど知らずだろう……とにかく、今後彼が参加する夜狩には、私は一切参加しないから」

ふいに誰かがせせら笑った。

「はぁ？　江《ジャン》家の傘下に入るだって？　そうとは限らないぞ。はっきり言って、結局魏無羨《ウェイウーシエン》が目当てなだけだろう？　射日の征戦だって、雲夢江《ジャン》氏がその名を轟かせたのは何もかも魏無羨《ウェイウーシエン》一人の力のおかげじゃないか？」

江澄《ジャンチョン》はその会話を聞いて暗く沈んだ気持ちになる。

まるで何かが彼の顔と心の中の両方に、拭い去れない陰を落としたようだった。

◆

——二か月後、雲夢。

岐山温《ウェン》氏が崩壊したあと、かつて最も栄えていた不夜仙都《ふやせんと》は一日にして跡形もなく消え失せ、今や廃墟と化している。膨大な数の修士たちは新しい活動場所を探し求め、あちこちに散らばって各々《おのおの》が新たな拠点に流れ着いた。中でも、蘭陵、雲夢、姑蘇、清河の四つの地域には、多くの修士たちが押し寄せた。そして今、雲夢の長い通りは人々が行き交い、剣を佩いた各世家の門弟たちが歩きながら現在の天下の情勢について大いに議論を戦わせ、道行く人々は誰も彼もが意気揚々としている。

ふいに、現れた人影に通行人たちは声を潜め、自然と皆が通りの果てへと視線を向けた。

ゆっくりと歩いてきたのは、白い服を身に纏って額には抹額を締め、琴を背負い剣を佩いた青年だ。

この青年の容貌は極めて秀麗で雅やかであり、全身がまるで霜雪《そうせつ》に覆われているかのように冷然とした空気を纏っている。彼はまだ遠くにいるのに、多くの修士たちは口を噤み、彼を見つめて目礼した。

少しばかり名の知れた者が勇気を振り絞って前に出ると、「含光君」と呼びかけて一礼する。

藍忘機《ランワンジー》の方も微かに頭を下げ丁寧に会釈を返すが、足を止めることはなかった。その他の修士たちも恐縮し、彼の邪魔にならないようにと気遣《きづか》って道を空けた。

ところがその時、藍忘機《ランワンジー》の正面から、満面に笑みを浮かべ煌びやかな服を身に纏った少女が一人歩いてきた。少女は小走りですれ違いざまに、突然何かをぽんと彼に向かって投げつける。

藍忘機《ランワンジー》は素早くそれを受け止め、俯いて手の中にある物を確認すると、なんと投げつけられたのは真っ白な花の蕾だった。

瑞々しく新鮮な蕾には、まだ微かに露が降りている。藍忘機《ランワンジー》が無言で固まっていると、今度は色っぽい雰囲気の人影が正面から歩いてきて、手を上げて薄い青色の小さな花を一輪投げて寄越した。本当は彼の胸元を狙ったようだが、あいにく外してしまい、肩先に当たった花を藍忘機《ランワンジー》が摘まむ。彼が視線を向けると女はくすくすと笑い、恥じらう素振りで顔を隠しながら逃げていく。

そして三度目、今度は双鬟《そうかん》に髪を結った幼い少女が飛んだり跳ねたりしながら近づいてきた。少女は赤い蕾がまばらについた枝を一本両手で持っていて、それを彼の胸元に投げつけるなり、振り返ってさっと逃げていった。

何度も色とりどりの花と枝を受け取ってしまったおかげで、藍忘機《ランワンジー》は一抱えもあるそれらを手に、無表情のまま道端に立ち尽くすしかなかった。通りで見ていた含光君を知っている修士たちは、皆笑いたいのを堪え必死に真顔を作るものの、その目はひたすら彼の方をちらちら見ている――藍忘機《ランワンジー》を知らない一般の人たちは、彼を見て何やらひそひそと互いに話し始めた。藍忘機《ランワンジー》が俯いて考え込んでいると、突然耳際の髪が微かに重くなる。手でその辺りを探ってみると色鮮やかに咲いた薄紅色の芍薬の花が一輪、ちょうどそこに引っかかっていた。

すると、そばにある高楼《こうろう》の上の方から、嬉しそうな笑い声が響いてきた。

「藍湛《ランジャン》──あ、いや、含光君。奇遇だな！」

藍忘機《ランワンジー》が顔を上げると、そこには高くそびえる立派な楼閣《ろうかく》があった。薄絹の幕がひらひらと舞う中、上階の一角から、すらりとした背の高い黒ずくめの青年が長椅子に座り、朱塗りの手すりにもたれかかってこちらを見下ろしていた。手すりから外へ垂らした手には、繊細《せんさい》な造りの黒い陶器の酒壺を持っていて、酒壺の真っ赤な房《ふさ》は半ばまで彼の腕に巻きつき、もう半分はぶら下がって悠々とそよ風に揺れている。

魏無羨《ウェイウーシエン》の顔を見るなり、藍忘機《ランワンジー》を取り囲んで見物していた世家弟子たちの表情は複雑なものになった。夷陵老祖と含光君の仲が悪いことは、かねてから世家の間で知れ渡っている。射日の征戦の最中には何度か肩を並べて戦いながらも、味方同士でありながら度々言い争っていたため、今回は何事かと気になって、かしこまった様子を装うのも忘れ、彼らは一層二人の様子に見入った。

藍忘機《ランワンジー》は彼らの予想に反して冷たく袖を振って立ち去ることなく、ただ「君か」とだけ言った。

「俺だよ！　こんなくだらないことをやりそうな奴なんて俺しかいないだろ。ところで、お前はなんで雲夢に来たんだ？　急いでないなら上がって一杯どうだ？」

誘ってくる魏無羨《ウェイウーシエン》の周りを数名の少女が囲む。少女たちは続々と長椅子に座って下を覗き込み、揃って笑い声を上げた。

「そうよ、公子。上がって一杯飲みましょうよ！」

その中の何人かは、どう見ても先ほど藍忘機《ランワンジー》に花を投げつけてきた少女たちだった。そして、その行動が誰の差《さ》し金《がね》だったかは、言わずとも明らかだ。

藍忘機《ランワンジー》は視線を伏せて踵を返すと、そのまま去っていってしまった。魏無羨《ウェイウーシエン》はせっかくのいたずらに反応してもらえなかったことを特に意外には思わず、ただ「ちぇっ」と呟いてごろんと長椅子から床に転がり落ちると、顔を上げて酒壺の中の酒を一口飲んだ。ところがしばらく経った頃、軽すぎも重すぎもせず、遅すぎも速すぎもしない足音が遠くから響いてきた。

藍忘機《ランワンジー》が確かな足取りで上の階まで上ってきたのだ。簾に手を添えて部屋の中へ入ってくると、その珠簾《たますだれ》がぶつかり合い軽快に響く音は、まるで何かの音律のようだ。

藍忘機《ランワンジー》は、先ほど彼に投げつけられた一抱えの花を、すべて小卓の上に置いた。

「君の花だ」

魏無羨《ウェイウーシエン》は小卓に寄りかかって座る。

「遠慮するな。お前に贈ったんだから、それはもうお前の花だよ」

「なぜ花を？」

「別に。ただ、お前がこういうことをされた時、どう反応するのかなって見たかっただけ」

「くだらない」

「だって毎日退屈すぎてさ。そうじゃなかったらお前をここに呼ぶわけ……ちょちょちょ、行くなよ。せっかく上がってきたんだから、ちょっと飲んでいけば？」

「酒は禁じられている」

「お前ん家が禁酒だっていうのは俺も知ってるよ。でもここは別に雲深不知処じゃないし、ちょっとくらいいいだろう？」

そばにいる少女たちがすぐに新しい杯を出し満杯に注ぐと、花の山のそばへ押し出してきた。しかし、藍忘機《ランワンジー》には依然として座る様子がなく、かといって、どうやらすぐに去るつもりもないようだ。

「せっかく雲夢に来たっていうのに、本当にここの美味い酒を味わわないのか？　まあ、雲夢の酒は美味いとはいえ、やっぱりお前ら姑蘇の天子笑には敵《かな》わないけどな。あれは実に絶品だよ。いつかまた姑蘇に行く機会があったら、絶対に八個でも十個でも買ってどこかに隠して、満足するまで目一杯飲んでやるんだ。なあ藍湛《ランジャン》、お前って奴は本当にどうしたっていうんだ？　せっかく席があるのに、なんでわざわざ立ってたいんだよ？　ほら、座れって」

魏無羨《ウェイウーシエン》が促すと、少女たちも口々に騒ぎ立てた。

「座ってよ！」

「座って！」

藍忘機《ランワンジー》の薄い色の瞳は、極めて美しいその少女たちを冷ややかに観察した。続けて視線を移し、魏無《ウェイウー》羨《シエン》が腰に差している、端に赤い房を結んだ漆黒に輝く笛をじっと見つめた。俯いて考え込みながら、どうやら彼は言葉を選んでいるようだ。その様子を見て、魏無羨《ウェイウーシエン》は片方の眉を跳ね上げ、彼がこれから何を言うつもりかだいたい予想がついた気がした。

案の定、藍忘機《ランワンジー》はおもむろに口を開くと、こう言った。

「人ならざるモノたちと、一日中一緒にいるべきではない」

魏無羨《ウェイウーシエン》を取り囲み、一緒にはしゃいでいた少女たちの顔からさっと笑みが消えた。

仕切り幕がひらひらと揺れ、時折日差しを遮るせいで、建物の中は日が差し込んだり陰になったりしている。暗くなった今見てみれば、彼女たちの真っ白な顔は奇妙なほどに白すぎて、一切の血色もないばかりか、青白くさえ見える。その目が真っすぐに藍忘機《ランワンジー》を見つめると、不可解で薄気味悪い寒気が漂ってきた。

魏無羨《ウェイウーシエン》は手を上げて彼女たちを傍らに下がらせ、首を横に振った。

「藍湛《ランジャン》、お前って本当に年を重ねるほどつまらなくなってくな。年寄りのじいさんでもあるまいし、なんでいつもお前の叔父貴みたいにけじめをつけて人を説教することばっかり考えてるんだ」

藍忘機《ランワンジー》は体ごと正面から彼に向き合うと、一歩近づいた。

「魏嬰《ウェイイン》、やはり私と一緒に姑蘇へ帰ろう」

「……その言葉を聞くのは本当に久しぶりだな。射日の征戦も終わったし、とっくに諦めたんだと思ってた」

「先日の百鳳山巻狩で、君は兆《きざ》しのようなものに気づかなかったか」

「いったいなんの兆しだ？」

「暴走だ」

「それって、俺がもう少しで金子軒《ジンズーシュエン》とやり合うところだったたって言ってるのか？　だったらお前の勘違いだよ。俺は今までずっと、あいつに会う度に殴りたいって思ってきたんだから」

「そのあと君が言った言葉だ」

「なんて言ったっけ？　俺はお喋りだからさ、二か月前に話したことなんてとっくに忘れちゃったよ」

魏無羨《ウェイウーシェン》は関心のない素振りで言うが、藍忘機《ランワンジー》は彼をじっと見つめ、一目で彼がただ口から出任せを言って自分をあしらおうとしているだけだと見抜く。覚悟を決めるように一回息を吸うと、「魏嬰《ウェイイン》」と呼んだ。

「鬼道《きどう》は体を傷つけ、心を傷つける」

執拗に言う藍忘機《ランワンジー》に、魏無羨《ウェイウーシェン》は少々頭が痛くなってきたという顔で、さも仕方なさそうに答えた。

「藍湛《ランジャン》、お前な……そんな言葉はもうとっくに聞き飽きたけど、まだ言い足りてないのか？　体を傷つけるって言うけど、俺は今この通り元気だし……心の方だって、まだそんなに残虐非道になんかなってないだろう？」

「今ならまだ間に合うが、いつか後悔するようなことになったら……」

「藍湛《ランジャン》！」

藍忘機《ランワンジー》がすべて言い終える前に、顔色を変えた魏《ウェイ》無羨《ウーシェン》がぱっと立ち上がった。

彼の後ろに控えた少女たちも、いつの間にか皆目を赤く光らせている。

「お前らは動くな」

魏無羨《ウェイウーシェン》に命じられ、彼女たちは頭を下げて身を引いたが、その目は藍忘機《ランワンジー》をきつく睨んだままだ。

「なんて言うべきかな。俺は自分が後悔するとは思わないし、他人に俺の今後を勝手に推測されるのも好きじゃない」

しばらく沈黙したあと、藍忘機《ランワンジー》は口を開いた。

「申し訳ない」

「別にいいさ。でも、お前をここに呼ぶべきじゃなかったみたいだ。今日は出過ぎた真似をして悪かったな」

「そんなことはない」

それを聞いて魏無羨《ウェイウーシエン》は小さく微笑み、愛想良さそうに続けた。

「そうか？　それなら良かった」

彼は杯に半分残った酒を一気に飲み干す。

「でもさ、ともかくありがとうな。今日は、お前が俺を心配してくれたってことにするから」

魏無羨《ウェイウーシエン》はひらひらと手を振って続けた。

「もう含光君を邪魔したりしないからさ。じゃあな」

魏無羨《ウェイウーシエン》が藍忘機《ランワンジー》と別れて蓮花塢に帰り試剣堂《しけんどう》に入ると、ちょうど江澄《ジャンチョン》が剣の手入れをしているところだった。彼は魏無羨《ウェイウーシエン》に気づいて視線を上げる。

「戻ったのか」

「ただいま」

「顔に『ついてない』って書いてあるぞ。まさか、また金子軒《ジンズーシュエン》に出くわしたのか？」

「あいつに出くわすより最悪だ。誰だか当ててみな」

「何か手がかりを言えよ」

「俺を閉じ込めたいんだってさ」

その言葉に、江澄《ジャンチョン》は眉をひそめた。

「藍忘機《ランワンジー》か？　なんであいつが雲夢に来るんだ？」

「知らない。町中でぶらぶらしてたぞ。誰か人を探しに来たんじゃないかな。射日の征戦が終わってから、あいつもしばらくこの話はしなかったっていうのに、今になってまた言い始めたんだよ」

「お前が先にあいつを呼び止めたのが悪いんだろうが」

「なんで俺が呼び止めたってわかるんだ？」

「聞くまでもないだろ。いつもそうじゃないか？お前も変わってるよな。毎回喧嘩別れになるってわかってるくせに、なんでまた飽きもせずに近づいて嫌われようとするんだ？」

江澄《ジャンチョン》に問われて、魏無羨《ウェイウーシエン》は少し考えた。

「俺がくだらない奴だから？」

江澄《ジャンチョン》はじろりと冷たい目で彼を睨み、心の中で

「自覚があるのかよ」と一言ぼやくと、視線を拭いていた剣に戻した。

「お前、その剣一日何回拭きゃ気が済むんだ？」

「三回。お前の剣はどうした？　どれくらい手入れしてないんだ？」

問い返され、魏無羨《ウェイウーシエン》はそばにあった梨《なし》を手に取って一口かじった。

「部屋に置いてあるよ。一か月に一回も拭けば十分だろ」

「今後、巻狩やら清談会みたいな盛事の時には剣を佩いて行けよ。躾がなってないって話の種にされるからな」

「お前も知ってるだろう。俺という人間は、他人に無理強いされるのが一番嫌いなんだ。無理強いされればされるほど、余計やりたくなくなる。絶対に剣を佩かないからって、他人が俺をどうにかできるとでも？」

江澄《ジャンチョン》は横目で彼をちらりと見たが、魏無羨《ウェイウーシエン》はさらに続けた。

「それに、俺は見ず知らずの奴らにつき合って剣の手合わせなんてやりたくないんだ。俺の剣は鞘から出ると必ず血を欲するから、二人くらい殺しても構わないってことじゃないなら、関わろうとしないでほしいね。いっそのこと剣自体佩かなければ、あと面倒なことにもならないし、俺も煩わしい思いをしなくて済むからな」

「お前、昔は人前で剣術を見せるのが好きだっただろう？」

「それはまだ子供だったからだよ。誰だって、永遠に子供のままではいられないだろ」

魏無羨《ウェイウーシエン》の言い分を聞き、江澄《ジャンチョン》は鼻で笑った。

「剣を佩かないのは別にいい、好きにしろ。でも、今後はあまり金子軒《ジンズーシュエン》を怒らせるなよ。なんと言っても金光善《ジングアンシャン》の一人息子なんだから、将来、蘭陵金《ジン》氏の宗主はあいつになるに決まってる。お前があいつと喧嘩したら、宗主として俺はどうしたらいいんだ。お前と一緒にあいつを殴るのか？　それともお前を処罰するのか？」

「金氏《ジン》には今はもう一人、金光瑶《ジングアンヤオ》がいるだろう？　金光瑶《ジングアンヤオ》はあいつよりだいぶ感じがいいよな」

魏無羨《ウェイウーシエン》がそう言うと、江澄《ジャンチョン》は拭き終わった三毒《サンドゥ》をしげしげと眺めてから鞘に戻す。

「感じだけ良くたって意味がない。いくら愛想が良くて利口だって、結局は一生ただ忙しく客の接待をするだけの家臣止まりだろう。どうしたって金子軒《ジンズーシュエン》とは比べられない」

意外にも、江澄《ジャンチョン》は金子軒《ジンズーシュエン》をかなり高く評価しているような口ぶりだ。

「江澄《ジャンチョン》、正直に答えろ。それはどういう意味だ？　この間、お前がわざわざ巻狩に師姉を連れていったのも、まさか本気で師姉をあいつに……？」

「別に駄目ってこともない」

「ダメじゃない？　よくもそんなことが言えたな。あいつが琅邪で何をやりやがったか忘れたのか。言うに事欠いてダメじゃないだと？」

「あの時のことを、あいつはどうも後悔しているようだし」

「あいつが後悔したからってなんだ。間違いだったとわかれば許すとでも言うのか？　お前、あいつの親父のあのざまを見てみろよ。ひょっとしたらあいつだってこの先同じように、あちこちで放蕩《ほうとう》して女を漁《あさ》るかもしれないんだぞ。師姉があいつと一緒になる？　お前はそんなの我慢できるのか？」

魏無羨《ウェイウーシエン》が喚くと、江澄《ジャンチョン》は暗く厳しい声で言った。

「浮気なんて、できるものならやってみろ！」

一旦言葉を切ってから、江澄《ジャンチョン》は彼をちらりと見て続けた。

「でも、あいつを許すかどうかはお前が決めることじゃない。姉さんは、あいつに思いを寄せてるんだからな？」

魏無羨《ウェイウーシエン》はたちまち言葉をなくし、しばらくしてからやっと声を絞り出す。

「なんで、好きになったのがよりによってあんな……」

彼は食べていた梨を放り投げ、「師姉は今どこだ？」と聞いた。

「知るか。どうせいつもの場所だろ。台所にいなかったら寝室か祠堂《しどう》だ。それ以外、行くところなんてあるか？」

江澄《ジャンチョン》の答えを聞くと、魏無羨《ウェイウーシエン》は試剣堂を離れてまず台所に向かった。台所では半分ほど残った汁物を時間をかけて煮込んでいるようで、鍋がとろ火にかけられているが人の姿はなかった。江厭離《ジャンイエンリー》の部屋に行ってみてもいない。最後に祠堂に行くと、やはり彼女はそこにいた。

江厭離《ジャンイエンリー》は祠堂で正座し、父親と母親の位牌《いはい》を布で拭きながら小声で何か話しかけているようだった。

魏無羨《ウェイウーシエン》は中に頭をひょっこりと覗かせ、声をかける。

「師姉？　また江《ジャン》おじさんと虞《ユー》夫人と話してるの？」

江厭離《ジャンイエンリー》は囁くように答えた。

「あなたたちが来ないから、その分も私が来てるのよ」

魏無羨《ウェイウーシエン》は中に入って彼女のそばに座ると、一緒に位牌を拭き始める。

江厭離《ジャンイエンリー》は彼にそっと目を向けた。

「阿羨《アーシエン》、そんなに私を見てどうしたの？　何か話したいことでもあるの？」

「何もないよ。ちょっとごろごろしに来ただけ」

魏無羨《ウェイウーシエン》は笑って答えると、本当に床に寝転がる。

そんな彼に江厭離《ジャンイエンリー》が尋ねた。

「羨羨《シエンシエン》、何歳になったの？」

「三歳だよ」

おどけた答えに江厭離《ジャンイエンリー》が笑うのを見て、彼はやっと起き上がると、少し考えてから口を開いた。

「師姉、一つ聞きたいことがあるんだけど」

「いいわよ」

「人って、なんで誰かを好きになるのかな？　あ、この『好き』っていうのはそういう意味の『好き』だよ」

魏無羨《ウェイウーシエン》の問いかけに、江厭離《ジャンイエンリー》は小さく驚き不思議そうな顔になった。

「それを私に聞いてどうするの？　もしかして、誰か好きな人ができたの？　どんな女の子？」

「そんなのいないよ。俺は誰も好きにならない。少なくとも誰かを好きになりすぎたりはしない。だって、それって自分で自分に首輪と手綱をつけるようなものだろう？」

江厭離《ジャンイエンリー》が微笑む。

「やっぱり三歳は少し大きいから、一歳かな」

「違うよ、俺は三歳だ！　三歳の羨羨《シエンシエン》はお腹が空いたなぁ！　どうしよう！」

魏無羨《ウェイウーシエン》がふざけてそう言うと、江厭離《ジャンイエンリー》は笑った。

「台所に汁物があるから、飲んでおいで。でも羨《シエン》羨《シエン》は小さいから、ちゃんとかまどに手が届くかな？」

「届かなかったら師姉が抱っこしてくれれば……」

その時、江澄《ジャンチョン》がちょうど祠堂に足を踏み入れ、さも軽蔑したというように顔を顰めた。

「またそんなでたらめなことを言いやがって！　宗主の俺様が、お前のために直々《じきじき》によそって外に置いてやったから、さっさと跪いて感謝してから飲みやがれ」

魏無羨《ウェイウーシエン》はさっと祠堂の外に出て碗を見てみたが、すぐに引き返してきた。

「江澄《ジャンチョン》、どういうことだ。骨つき肉は？」

「俺が全部食べた。あとは蓮根《れんこん》しか残ってないけど、嫌なら食うな」

そう言い放つ江澄《ジャンチョン》を、魏無羨《ウェイウーシエン》はいきなり肘で突いた。

「肉を吐き出せ！」

「お前が食べたいなら吐き出してやるよ！」

江厭離《ジャンイエンリー》は彼らがまた言い争い始めたのを見て、慌てて言った。

「ちょっと、大の大人がお肉を奪い合うなんて、私がもう一鍋作ればいいだけのことじゃない……」

魏無羨《ウェイウーシエン》は、江厭離《ジャンイエンリー》が作る蓮根と骨つき肉の汁物が一番の好物だ。

それは、とても美味《おい》しくて口に合うというだけでなく、初めてそれを飲んだ時のことをよく覚えているからでもあった。

あれは、魏無羨《ウェイウーシエン》が江楓眠《ジャンフォンミエン》に夷陵で拾われ、蓮花塢に連れてこられて間もない頃だった。正門から中に入ると、元気一杯の少年公子が一人、紐《ひも》で繋いだ数匹の子犬たちと修練場を走り回っているのが見えた。その途端、幼い魏無羨《ウェイウーシエン》は両手で顔を覆って大声を上げると、わーわーと泣き始め、一日中江楓《ジャンフォン》眠《ミエン》の体に縋りついたまま決して降りようとはしなかった。次の日には、江澄《ジャンチョン》が飼っていた数匹の子犬は他家へもらわれていった。

このことで江澄《ジャンチョン》は怒ってひどく泣き喚いた。江《ジャン》楓眠《フォンミエン》がやんわりと優しい言葉で慰め、二人に「仲良くして、友達になるんだ」と言っても、彼は魏無《ウェイウー》羨《シエン》と会話することを拒《こば》んだ。数日が過ぎ、江澄《ジャンチョン》の態度が少し和らいだところを見計らって、江楓眠《ジャンフォンミエン》は鉄は熱いうちに打てとばかりにすぐに魏無羨《ウェイウーシエン》を彼と同じ部屋に住まわせ、彼らが親しくなるようにと願った。

もともと、江澄《ジャンチョン》は拗《す》ねながらも彼と同室で暮らすことを承諾しようとしていたが、間が悪いことに、江楓眠《ジャンフォンミエン》は二人の距離が縮まったと思った嬉しさのあまり、魏無羨《ウェイウーシエン》を抱きかかえ自分の腕に座らせてしまった。その一部始終を目にした江澄《ジャンチョン》は驚きで呆然として固まり、虞《ユー》夫人の方はふんと鼻先で笑うと袖を翻して立ち去るだけだった。夫婦はそれぞれの用事で急いで出かけていったおかげで、その時は口喧嘩をせずに済んだ。

その日の夜、江澄《ジャンチョン》はすぐさま魏無羨《ウェイウーシエン》を部屋の外に締め出して、中に入れないようにした。

魏無羨《ウェイウーシエン》は扉を叩きながら話しかけた。

「師弟、師弟、おれも入れて。中でねむらせて」

江澄《ジャンチョン》は部屋の中で、扉を背中で押さえながら叫んだ。

「誰がおまえの師弟だ！　おれの妃妃《フェイフェイ》を、おれの茉《モー》莉《リー》、おれの小愛《シャオアイ》を返せ！」

妃妃《フェイフェイ》、茉莉《モーリー》、小愛《シャオアイ》は、すべて彼が飼っていた犬の名前だ。魏無羨《ウェイウーシエン》は江楓眠《ジャンフォンミエン》が自分のために彼の犬をよそに譲ったことを知っていて、小さな声で謝った。

「ごめんなさい。でも……でもおれ、ほんとにあいつらがこわくて……」

江澄《ジャンチョン》の記憶の中では、江楓眠《ジャンフォンミエン》に抱き上げられた回数は全部合わせて五回もない。しかも、そうしてもらえると彼はいつも何か月もの間、嬉しい気持ちでいられた。江澄《ジャンチョン》の鬱憤は胸の奥に抑え込まれたま、心の中は「なんでお前が、なんでお前が、なんでお前が」という言葉でいっぱいに溢れかえっていた。

その時、もともと自分専用だったはずの部屋の中に自分の物ではない寝具が一式増えていることに気づくと、怒りと悔しさが一気に押し寄せて頭に血が上り、江澄《ジャンチョン》は魏無羨《ウェイウーシエン》のござと布団を腕に抱えずにはいられなくなった。魏無羨《ウェイウーシエン》は扉のそばでひたすら開けてくれるのを待っていた。しかし、突然扉が開くと、喜んで顔を輝かせる間もなく、一気に大量の物を投げつけられ危うく仰向けに倒れるところだった。彼の物をすべて投げ出すと木の扉は再び勢いよく閉ざされ、江澄《ジャンチョン》は中から怒鳴った。

「おまえは他のところで寝ろ！　ここはおれの部屋だ！　おまえはおれの部屋まで取るつもりか!?」

魏無羨《ウェイウーシエン》はこの時、江澄《ジャンチョン》がなぜ怒っているのかをまったく理解できず、驚きつつも答えた。

「取ったりしない。江《ジャン》おじさんがいっしょに住もうって言ったから」

江澄《ジャンチョン》は、彼がまさか自分の父親の話を持ち出すとは思わず、まるでわざとひけらかしているように思えて、目まで赤くしながら大声で叫んだ。

「うせろ！　次にその顔を見せたら、犬をたくさん呼んでおまえをかませてやるからな！」

扉の前に立っていた魏無羨《ウェイウーシエン》は、犬に噛ませると言われてにわかに恐怖を覚え、両手を合わせてきつく握りしめると、慌てて頼んだ。

「行くから、おれ、どっか行くから、犬を呼ばないで！」

彼は投げつけられたござと布団を引きずりながら、一目散に回廊を飛び出した。蓮花塢に来て間もなかったため、彼はまだ勝手がわからずあちこち動き回ることもできない。毎日、ただ江楓眠《ジャンフォンミエン》が連れていってくれるいくつかの場所に大人しくこもるだけだったので、道も部屋も知らず、誰かを起こしてしまうのではないかと不安で気軽に扉を叩くこともできなかった。

しばらく考えてから、渡り廊下の隅の風が通らないところまで歩くと、ござと布団を敷いてそこで横になった。しかし眠ろうと目を閉じると、江澄《ジャンチョン》のあの「犬をたくさん呼んでおまえをかませてやるからな」という言葉が頭の中で一層大きく響き始め、魏《ウェイ》無羨《ウーシエン》は考えれば考えるほど怖くなってきて、布団の中で丸まって何度も寝返りを打った。そよ風が吹いて草がカサコソと音を立てる度に、まるでたくさんの犬がこっそりと自分を取り囲んでいるように感じる。しばらく悩んだ挙句、もうこの場所にはいられないと悟り、飛び起きてござを丸めて布団を畳むと蓮花塢から逃げ出してしまった。

彼は夜風の中を息せき切らしてしばらく走り、一本の木が目に入るなり、何も考えずにすぐさま登り始めた。手足を使って木の幹に抱きつき十分高いところまで登ると、ようやくわずかに落ち着きを取り戻す。木の上でどれくらいそうしていたかはわからないが、突然、遠くから誰かが柔らかい声で自分の名前を呼んでいることに気づいた。その声は少しずつ近づいてきて、それほど経たないうちに白い服を身に纏った一人の少女が、提灯《ちょうちん》を手に木の下に現れた。

魏無羨《ウェイウーシエン》はそれが江澄《ジャンチョン》の姉だと気づいて黙り込み、彼女が自分に気づかないようにと願った。ところが江厭離《ジャンイエンリー》はすぐに彼を見つけて声をかけた。

「阿嬰《アーイン》なの？　あなた、木に登って何をしているの？」

魏無羨《ウェイウーシエン》が黙りこくっていると、江厭離《ジャンイエンリー》は提灯を上げて彼の方を照らした。

「そこにいるのは見えているのよ。あなたの靴も木の下に落ちているし」

魏無羨《ウェイウーシエン》は俯いて自分の左足を見ると、驚いて声を上げた。

「おれのくつ！」

「下りておいで。一緒に帰りましょう」

「おれ……おれ、下りないよ。犬がいるから」

「あれは阿澄《アーチョン》の嘘よ。犬はいないから。そこには座れるところがないし、そのうち腕が痺れて落ちちゃうわよ」

　しかし、彼女がなんと宥めて説得しても、魏無《ウェイウー》羨《シエン》は木の幹に抱きついたまま決して下りようとはしなかった。江厭離《ジャンイエンリー》は彼が落ちてしまうことを恐れて提灯を木の下に置くと、いざという時は両手を伸ばして受け止められるよう、そこから離れずにいた。一炷香ほどもそうしていると、魏無羨《ウェイウーシエン》の腕がようやく痺れてきて、木の幹から手を放して落ちてきた。江厭離《ジャンイエンリー》は慌てて受け止めようとしたが、魏無羨《ウェイウーシエン》はやはりどんと地面に落ち、数回転がると脚を抱えながらわーわーと叫んだ。

「あしが折れた！」

「折れてないわよ。多分、脱臼《だっきゅう》もしていないと思う。すごく痛いの？　大丈夫、動かないで。私がおんぶしてあげるから」

　江厭離《ジャンイエンリー》に慰められても、魏無羨《ウェイウーシエン》はまだ犬のことが心配で、泣きじゃくりながら尋ねた。

「犬……犬はいないの……」

　江厭離《ジャンイエンリー》は繰り返し断言した。

「いないわよ。もし犬が来たら、私が追い払ってあげる」

　そう言いながら、彼女は木の下に落ちていた魏無《ウェイウー》羨《シエン》の靴を拾う。

「靴はどうして落としちゃったの？　足に合わなかった？」

　魏無羨《ウェイウーシエン》は痛みのあまり滲んだ涙を堪えながら、慌てて答える。

「そんなことない。ぴったりだよ」

　実際はその靴は足に合っておらず、かなり大きかった。しかしそれは江楓眠《ジャンフォンミエン》が彼に買ってくれた初めての靴だったため、魏無羨《ウェイウーシエン》は気が引けてとてももう一足買ってもらうことなどできず、大きいとは言い出せずにいたのだ。江厭離《ジャンイエンリー》は彼に靴を履かせ、へこんでいる靴のつま先を押してみた。

「やっぱり大きいじゃないの。帰ったら直してあげるね」

魏無羨《ウェイウーシエン》はそれを聞いて、また自分が何か間違えてしまったような気がして少しおどおどしていた。

居候《いそうろう》の身は、人に迷惑をかけることが何よりも怖いのだ。

江厭離《ジャンイエンリー》は彼を背負って、でこぼこして歩きづらい道を引き返しながら話しかけた。

「阿嬰《アーイン》、さっき阿澄《アーチョン》があなたに何を言ったかわからないけど、どうか許してあげて。あの子は気が強いから、いつも家の中で一人ぼっちで遊んでいたの。だから、あの子犬たちを一番可愛がっていて、その子たちを父さんがよその家にあげてしまって悲しかったんだと思うの。でも、家族が一人増えて遊び相手ができて、本当はあの子もすごく嬉しかったのよ。あなたが飛び出していってしばらく帰ってこなかったから、何かあったのかと心配して急いで私を起こしに来たの。それで捜しに来たのよ」

江厭離《ジャンイエンリー》は彼より二、三歳年上なだけなので、あの時まだ十二、三歳の頃だったが、自分も子供なのにやけに大人びた様子で、ずっと彼を宥めてくれていた。彼女の体は小柄でとても痩せていて、かなり線が細い。当然力もあまりなく、時々ふらつき立ち止まっては魏無羨《ウェイウーシエン》が滑り落ちないように彼の太ももを抱え直しながら歩いていた。しかし、魏無羨《ウェイウーシエン》はそんな彼女の頼りない背中に伏せていると、この上ない安心感を覚え、なぜか江楓眠《ジャンフォンミエン》の腕に座っていた時よりも安心するほどだった。

その時突然、「えんえん」という泣き声が夜風に乗ってどこかから聞こえてきた。江厭離《ジャンイエンリー》は驚いてびくりと身を震わせる。

「なんの音？　あなたも聞こえた？」

魏無羨《ウェイウーシエン》は一つの方角を指さして答えた。

「きこえたよ。あの穴の中からきこえてきた！」

二人は穴のそばへと回り、慎重に下を覗き込んだ。するとは小さな人影が一つ、穴の底にうずくまっているのが見える。その人影が上を向くと、顔中が土と埃にまみれていて、頬には涙の跡が二筋残っている。こちらを見た彼は途端に涙にむせびながら必死に声を上げた。

「……姉さん！」

江厭離《ジャンイエンリー》はほっと息をついた。

「阿澄《アーチョン》、誰かを呼んで一緒に捜しに来てって言ったじゃないの？」

江澄《ジャンチョン》はひたすらぶるぶると首を横に振った。彼は江厭離《ジャンイエンリー》が出ていったあと、少し待っていたものの、居ても立ってもいられなくなって自分もあとを追いかけてきた。しかし、あまりにも急いで走っていて、しかも提灯を持つのも忘れたせいで途中で転んでしまったのだ。さらにその時にどこかの穴の底まで落ちて、頭を怪我してしまったらしい。

江厭離《ジャンイエンリー》は手を伸ばして弟を穴の中から引っ張り上げた。そして懐から手ぬぐいを取り出すと、彼のその出血が止まらない額に当ててやった。江澄《ジャンチョン》はしょんぼりしていて、黒い瞳でこっそり魏無羨《ウェイウーシエン》を見た。

「あなた、阿嬰《アーイン》にまだ言っていないことがあるでしょう？」

江厭離《ジャンイエンリー》が促すと、江澄《ジャンチョン》は額の手ぬぐいを押さえながらとても小さな声で言った。

「……ごめん」

「あとで阿嬰《アーイン》のござと布団も代わりに部屋に戻してあげて。できるよね？」

江厭離《ジャンイエンリー》が言うと、江澄《ジャンチョン》は鼻水を啜《すす》ってから答える。

「もうもどした」

なんと二人ともが脚を怪我してしまい、まったく歩けず、しかもそこはまだ蓮花塢からかなり離れた場所だった。江厭離《ジャンイエンリー》は仕方なく背中に一人を背負い、胸に一人を抱きかかえた。魏無羨《ウェイウーシエン》と江澄《ジャンチョン》の二人ともが彼女の首に抱きついているおかげで、数歩歩く度に疲れて息も絶え絶えになってしまう。

「あなたたちったらもう、私、どうしたらいいの？」

二人ともまだ痛みで目に涙を浮かべたままで、同時に彼女の首により一層ぎゅっと強く抱きついた。

結局彼女は、一歩歩いては立ち止まったりしながら二人の弟をなんとか蓮花塢まで運んで帰った。小声で医師を呼び起こし、魏無羨《ウェイウーシエン》と江澄《ジャンチョン》の傷を手当てしてもらうと、「すみません」と「ありがとうございます」を何度も繰り返してから医師を見送りに行った。江澄《ジャンチョン》は魏無羨《ウェイウーシエン》の脚の怪我を見て、顔を強張らせている。もしこのことを他の門弟か家僕に知られ、彼が魏無羨《ウェイウーシエン》のござと布団を外に投げ捨て、しかも怪我までさせてしまったことが江楓眠《ジャンフォンミエン》の耳に入ったら、父はきっとさらに自分を好きでなくなるはずだ。それは、先ほど彼が他の者を呼べず、自分一人だけで追いかけるしかなかった理由でもあった。

魏無羨《ウェイウーシエン》は江澄《ジャンチョン》がひどく心配している様子を見て、自分から話しかけた。

「安心して、江《ジャン》おじさんには言わないから。これは、おれが夜中に急に木にのぼりたくなって、それでケガしちゃったんだ」

それを聞くと、江澄《ジャンチョン》はほっと息をついて誓いを立てた。

「おまえも安心しな。これから犬を見かけたら、おれがぜんぶ追いはらってやるから！」

二人がようやく打ち解け始めたのを見て、江厭《ジャンイエン》離《リー》は嬉しくなった。

「やっぱりこうでないとね」

半日近く歩き回りいろいろなことがあったせいで、二人とも空腹だった。江厭離《ジャンイエンリー》はすぐ台所に行き、つま先立ちであちこち動き回ると、彼ら二人のために蓮根と骨つき肉の汁物を一杯ずつ温めてやった。

――その時の香りは彼の心に残ったまま、今もずっと消えずにある。

魏無羨《ウェイウーシエン》は蓮花塢の中庭でしゃがみ込み、飲み干した空の碗を地面に置く。星がまばらな夜空を見上げてしばらくの間眺めてから、ふっと微笑んだ。

今日、藍忘機《ランワンジー》と雲夢の町で偶然出会ったせいか、急にかつて雲深不知処で一緒に学んでいた頃のことをあれこれと思い出したのだ。

彼は気まぐれで藍忘機《ランワンジー》を呼び止め、本当はその話をしたいと思っていたが、藍忘機《ランワンジー》は彼に教えてくれた——もはや、すべてがあの頃とは変わってしまったのだと。

それでも蓮花塢に戻り、江家《ジャン》の姉弟のところに帰りさえすれば、まだ何一つ変わっていないという錯覚に浸《ひた》ることができる。

ふいに魏無羨《ウェイウーシエン》は、あの夜に抱きついた木を探しに行きたくなった。

彼は立ち上がり蓮花塢の外まで歩いていく。その道中、すれ違う門弟たちは皆、彼に向かって恭《うやうや》しく頭を下げて会釈した。だがそれはどれも見知らぬ顔ばかりで、彼がよく知っていた、あの猿みたいに落ち着かず、きちんと歩こうとしなかった弟弟子たちや、目配せばかりして真面目に挨拶してくれなかった家僕たちは、誰一人としていなくなっていた。

修練場を通り抜け、蓮花塢の正門から足を踏み出すと、すぐに辺り一面は広々とした波止場になっている。昼夜を問わず、波止場にはいつも食べ物を売っている行商人がいて、鍋の油で揚げる度、美味しそうな匂いが周囲に漂ってくる。魏無羨《ウェイウーシエン》は我慢できず近づくと、笑いながら話しかけた。

「今日は具が多めじゃないか」

行商人も笑った。

「魏《ウェイ》公子も一ついかがですか？　これはわしが差し上げたことにしますから、つけはなしでいいです」

「じゃあ一つ。でもつけはいつも通りで」

談笑する行商人のそばには、薄汚い身なりをした誰かがしゃがんでいた。どうやら寒くて疲弊しているらしく、膝を抱えて震えている。魏無羨《ウェイウーシエン》が行商人と二言三言話しているのを聞くと、その人影はぱっと顔を上げた。

そちらに気づいた魏無羨《ウェイウーシエン》は思わず目を見開いた。

「お前!?」

# 第十六章　豪毅

——金鱗台。

藍曦臣《ランシーチェン》と藍忘機《ランワンジー》は肩を並べ、咲き誇る金星雪浪《きんせいせつろう》の花の海の中をゆっくりと歩いていた。

藍曦臣《ランシーチェン》は手を伸ばし、満開に花開いた一輪の真っ白な金星雪浪を何気なくそっと撫でた。慈しみを込めたその手つきは、一滴の露すらこぼさないほどに優しい。

「忘機《ワンジー》、何か心配事でもあるのか。なぜずっと塞ぎ込んでいるんだ？」

たとえ塞いでいたとしても、他人からすれば、おそらく普段の藍忘機《ランワンジー》の様子と何一つ変わらずに見えるだろう。

藍忘機《ランワンジー》は眉根を寄せて首を横に振ったが、しばらくして潜めた声で打ち明けた。

「兄上、私は、ある者を雲深不知処に連れ帰りたいのです」

「雲深不知処に連れ帰る？」

藍曦臣《ランシーチェン》は驚き、怪訝な表情で尋ねた。

藍忘機《ランワンジー》は心配事が幾重《いくえ》にも重なっているかのように神妙な顔で頷き、少し間を置いて再び口を開く。

「連れ帰り……隠します」

それを聞いて、藍曦臣《ランシーチェン》は思わず目を見開いた。

彼のこの弟は母親が他界してからというもの、より一層もの憂《う》げな性格になっていった。夜狩に出かける以外は終日部屋に閉じこもってひたすら書物を読んだり、座禅《ざぜん》をしたり、書き物をしたり、琴を弾いたり、修練をしたりで、誰とも話したがらず、唯一の例外が兄とたまに話すくらいだ。だが、そのような仲でも彼がこういった話を打ち明けたのは、これが初めてのことだった。

「隠す？」

藍曦臣《ランシーチェン》が問い返すと、藍忘機《ランワンジー》は微かに眉間にしわを寄せて続けた。

「しかし、彼はそれを望まないのです」

その時、前方ががやがやと騒がしくなったかと思うと、誰かの見下げるような声が聞こえてきた。

「ここはお前が歩いていい道じゃないだろう？　誰の許可を得て歩いているんだ！」

「失礼いたしました。私は……」

　まだ若い別の誰かの声が答える。

　その声を聞いた瞬間、藍曦臣《ランシーチェン》と藍忘機《ランワンジー》は同時に顔を上げた。前方の壁画《へきが》のそばで、二人の人物が対峙しているのが見える。先ほど怒鳴り声を上げていた者は金子勲《ジンズーシュン》で、後ろに数名の家僕と修士たちを従えていた。そして怒鳴りつけられていたのは、白い服を身に纏った一人の若い男だった。その男は藍曦《ランシー》臣《チェン》たちの方へちらりと目を向けるなり、さっと青褪め、言いかけた言葉の続きを口に出すことができなくなってしまう。

　金子勲《ジンズーシュン》が眉を吊り上げて冷ややかに対応していた時、金光瑶《ジングアンヤオ》がちょうどよい頃合いで現れて、その白い服の男に助け船を出した。

「金鱗台は道が複雑ですから、蘇《スー》公子が道を間違えるのも無理はありません。私がご案内しましょう」

　金子勲《ジンズーシュン》は彼が出てきたのを見て、ふんと鼻を鳴らすと、二人を迂回して立ち去った。白い服の男は驚いた顔で金光瑶《ジングアンヤオ》に尋ねる。

「私のことをご存じなのですか？」

　金光瑶《ジングアンヤオ》は笑った。

「もちろん知っていますとも。覚えていないわけがないでしょう？　先日、百鳳山巻狩の際に一度お会いしましたよね？　蘇憫善《スーミンシャン》殿、あなたの剣術は非常に素晴らしいものでした。あの時からずっと考えていたんです。あなたのような若く才能豊かな方が我が蘭陵金《ジン》氏に来ないなんて、あまりにももったいなさすぎると。そうしたら、本当にうちに来てくださることになって、とても嬉しく思っていたんですよ。さあ、どうぞこちらへ」

　蘇渉《スーショー》のように、蘭陵金《ジン》氏に身を寄せる剣術専修の修士は数えきれないほどいるため、彼は自分のことなど誰も気に留めていないと思っていた。ところが、金光瑤《ジングアンヤオ》は慌ただしい巻狩の最中に一度会っただけだというのに、彼をはっきりと記憶し、しかも絶賛してくれたのだ。蘇渉《スーショー》は満更《まんざら》でもなくつい頬を緩めきって、それきり藍《ラン》氏兄弟の方には目を向けずに、金光瑤《ジングアンヤオ》のあとについていった。どうやら、彼らがこちらへ近づいてきて冷笑し皮肉を言うのではないかと相当恐れているようだ。

　闘妍庁《とうけんちょう》内に入ると、藍曦臣《ランシーチェン》と藍忘機《ランワンジー》は順番に席に着いた。宴席では先ほどの話題を続けるわけにもいかず、藍忘機《ランワンジー》はまたいつも通りの、あの氷のように冷ややかな表情に戻っている。

　姑蘇藍《ラン》氏が酒を好まないことは広く知られているため、金光瑤《ジングアンヤオ》の計らいで、彼ら二人の前にある小卓の上にはいずれも杯はなく、湯呑とさっぱりした味つけの料理数品だけが置かれていた。近づいてきて酒を勧める者もおらず、辺りは静かで煩わしさもない。ところが、その状態は長く続かなかった。金星雪浪袍を身に纏った男が一人、両手にそれぞれ杯を一つずつ持って彼らの方へ歩いてくると、大声を上げた。

「藍《ラン》宗主、含光君、お二方に一献《いっこん》お願いいたします！」

　それは、先ほどからずっと皆に酒を勧めて回っていた金子勲《ジンズーシュン》だった。藍曦臣《ランシーチェン》と藍忘機《ランワンジー》の二人ともが酒を嗜《たしな》まないことを知っている金光瑤《ジングアンヤオ》が、慌てて駆けつけてくる。

「子勲《ズーシュン》、沢蕪君《たくぶくん》と含光君はお二人とも雲深不知処からいらっしゃった方です。藍《ラン》家の規訓石《きくんせき》には三千条以上の家規《かき》が刻まれているんですよ。お二方にはお酒を勧めるより……」

　金子勲《ジンズーシュン》は金光瑤《ジングアンヤオ》のことが非常に気に食わず、身分が卑しい彼が同じ一族にいることを内心では恥だと思っていたので、構わずに遮った。

「我々金《ジン》家と藍《ラン》家は身内のような間柄です。我が兄弟も同然の藍《ラン》家のお二方がこれを飲んでいただけないとなれば、それはつまり俺のことを軽く見ていることにほかならない！」

　傍らにいる彼の取り巻きたちが続々と拍手喝采し

た。

「実に豪快でよろしいですな！」

「名士というものは、まさにかくあるべきです！」

金光瑶《ジングアンヤオ》は顔では笑みを保ちながらも、密かにため息をついてこめかみを少しもむ。藍曦臣《ランシーチェン》は立ち上がってやんわりと断ったが、金子勲《ジンズーシュン》はしつこく絡み、藍曦臣《ランシーチェン》に向かって続けた。

「何もおっしゃらないでください。藍《ラン》宗主、我々両家は他人ではないのですから、よそ者みたいに俺をあしらわないでくださいよ！　一言、飲むか飲まないかだけお聞かせいただきたい！」

微笑んでいる金光瑶《ジングアンヤオ》の口角はもはや引きつる寸前で、ひどく申し訳なさそうな眼差しで藍曦臣《ランシーチェン》を見ると、気遣うように言った。

「藍《ラン》宗主たちはこのあと御剣して帰らなければならないのですから、飲酒はおそらく御剣に影響が……」

しかし、そう言われても金子勲《ジンズーシュン》は納得しない。

「二杯如きでまさか倒れるとでも言うのか。俺はたとえ大きな碗で八杯飲んだとしても、いつも通り御剣して飛べるぞ！」

周囲の者たちが「いいぞ」と囃《はや》し立てる。藍忘機《ランワンジー》は依然として座ったまま、金子勲《ジンズーシュン》が自らの面前に差し出してきた杯を冷ややかな目で見つめていた。彼がちょうど口を開こうとした時、突然誰かが手を伸ばしてきて、その杯を受け取った。

藍忘機《ランワンジー》は微かな驚きを感じ、眉間のしわを消すと顔を上げた。

真っ先に目に入ってきたのは全身黒の服と、腰に差した一本の笛だ。笛の端には血のように真っ赤な房が垂れ下がっている。現れた者は、片手の甲を腰の背中側に当て、仰《あお》ぐようにして一気にそれを飲み干した。そして空っぽになった杯の底を金子勲《ジンズーシュン》に見せる。

「俺が代わりに飲んでやったぞ。これで満足か？」

眉と目には笑みを含み、語尾は微かに上がっている。背はすらりとして高く、豊神俊朗《ほうしんしゅんろう》な人物だった。

「魏《ウェイ》公子？」

藍曦臣《ランシーチェン》が呟くと、他の誰かも小さく驚愕の声を上げた。

「彼はいつ来たんだ!?」

魏無羨《ウェイウーシエン》は小卓の上に杯を置くと、片手で軽く襟を正して答える。

「今しがただよ」

今しがたとは言うが、明らかに誰かが取り次いだ様子もなければ、案内してきた者もいない。なんと、彼がいつの間にか闘妍庁の中に入ってきたことに、誰一人として気づかずにいたのだ。その場にいた誰もが寒気を感じた。金光瑶《ジングアンヤオ》は真っ先に我に返ると、いつも通りこの上なく親切な態度で対応する。

「魏《ウェイ》公子が金麟台にいらっしゃるとは知らず、お出迎えできず失礼いたしました。席をご用意しましょうか？　ああ、そうでした、招待状はお持ちですか？」

魏無羨《ウェイウーシエン》は挨拶することなく、単刀直入に答えた。

「結構だ。持っていない」

彼は金子勲《ジンズーシュン》に向かって微かに頷くように会釈して続けた。

「金《ジン》公子、少し場所を変えよう。話がある」

「話があるなら、うちの家宴《かえん》が終わって客が皆帰ったあとでまた来てくれないか」

金子勲《ジンズーシュン》はそう答えたが、実際は魏無羨《ウェイウーシエン》と話すつもりなどさらさらなかった。もちろん、魏無羨《ウェイウーシエン》の方もそれを見抜いている。

「いつまで待てばいい？」

「三、四時辰かな。いや、五、六時辰かもしれない。あるいは明日になるかもな」

「そんなに長く待ってはいられない」

金子勲《ジンズーシュン》は傲然として言った。

「待てなくても、待つしかないだろうなぁ」

「魏《ウェイ》公子、子勲《ズーシュン》にどのようなお話があるかは存じませんが、かなりお急ぎなのですか？」

そっと口を挟んだ金光瑶《ジングアンヤオ》に、魏無羨《ウェイウーシエン》は答えた。

「火急の用件で、一刻の猶予も許されない」

金子勲《ジンズーシュン》は藍曦臣《ランシーチェン》の方に向き直ると、もう片方の杯を持ち上げた。

「藍《ラン》宗主、どうぞどうぞ。俺はまだこの杯を飲んでいただいていませんよ！」

明らかにわざと話を引き延ばそうとしているのを見て、魏無羨《ウェイウーシエン》の眉間に不穏な気配が表れた。彼は目を細め、口角を上げる。

「そうか。ならばこの場ではっきりと言わせてもらうぞ。金《ジン》公子に聞く。お前は温寧《ウェンニン》という者を知っているか？」

「温寧《ウェンニン》？　知らないな」

「知らないはずはないだろう。先月、お前が八翼蝙《はちよくこう》蝠王《もりおう》を追いかけて甘泉《かんせん》一帯で夜狩をしていた時、お前は岐山温《ウェン》氏の残党の居住地、いや監禁地から、温《ウェン》家門弟の一団を連れていったそうだな。その先頭に立っていた者のことだ」

射日の征戦が幕を閉じ、岐山温《ウェン》氏が滅びたあと、温《ウェン》氏が周囲に侵略の手を広げていた占領地はすべて他の世家に分割されて、甘泉一帯は蘭陵金《ジン》氏の管理下となった。そして、温《ウェン》家の残党は一人残らず岐山の一角に追い立てられ、その地の広さは元の管轄地の千分の一足らずだ。そんな狭い場所で、辛うじて彼らは生き長らえていた。

「覚えていないと言ったら覚えていない。たかが温《ウェン》狗《く》一匹の名前をわざわざ覚えているほど、俺は暇じゃないんだ」

「いいだろう。もっと詳しく話してやる。あの蝙蝠王を捕まえられなかったお前は、ちょうど近くまで異象を調べに来ていた数人の温《ウェン》家門弟たちと偶然出くわし、そいつらに召陰旗《しょういんき》を無理やり背負わせて、餌として使おうとした。しかし、そいつらは怯えきっていて役に立たず、つかえながら話す者が一人出てきてお前と口論になったはずだ。それが、俺が言っている温寧《ウェンニン》だ。そして、ぐずぐずしている間に蝙蝠王が逃げてしまい、お前はその温《ウェン》家の修士たちを思いきり殴りつけたあと、強引にどこかへ連れていった。それからその数人は行方知れずだ。さらに細かいところまで話そうか？　そいつらは未だに見つかってないんだ。だから、お前に事情を聞く以外、某には他に誰に聞けばいいのか皆目見当もつかない」

「魏無羨《ウェイウーシエン》、どういう意味だ？　そいつらを渡せと？　お前、まさか温《ウェン》狗《く》のために首を突っ込むつもりじゃないだろうな？」

魏無羨《ウェイウーシエン》はこぼれんばかりの笑みをたたえる。

「俺が首を突っ込みたいのか、それとも首を斬りたいのか、そんなのお前の知ったことじゃないだろう――さっさと差し出せ！」

最後の一言と同時に、彼の顔から一瞬にして笑みが消えた。いきなり暗く冷酷なものになったその口調からは、明らかに彼が我慢の限界に達しているとわかる。その気迫に、闘妍庁の中にいる多くの者たちは無意識のうちに身震いした。金子勲《ジンズーシュン》も同じくぞっとしたが、にわかに怒りが湧き上がり怒鳴った。

「魏無羨《ウェイウーシエン》、調子に乗りすぎだ！　そもそも今日、我々蘭陵金《ジン》氏はお前を招待したか？　図々しくもやって来て傍若無人な真似をしやがって。お前、本気で自分が無敵で誰も逆らえないとでも思っているのか？　天でも覆《くつがえ》すつもりか？」

それを聞いて魏無羨《ウェイウーシエン》は失笑する。

「おいおい、それじゃまるで自分たちのことを天だと言ってるようなものじゃないか？　はっきり言わせてもらうが、さすがに面《つら》の皮が厚すぎるぞ」

確かに金子勲《ジンズーシュン》は、内心では蘭陵金《ジン》氏を岐山温《ウェン》氏に代わる新しい天だと思っていたため、自分の失言に気づくと微かに顔を赤らめた。彼が声を上げて反駁しようとした時、上座《かみざ》に座っている金光善《ジングアンシャン》がふっと笑い、先に口を開く。

「まあまあ、大したことでもないのに、若い者が何もそんなに腹を立てることはないでしょう？　しかし魏《ウェイ》公子、私からまっとうなことを言わせてもらいますと、あなたが我々蘭陵金《ジン》氏が開いたこの家宴に飛び込んできたのはいただけませんな」

金光善《ジングアンシャン》が百鳳山巻狩のことを気に留めていないわけはなかった。それは先ほど、金子勲《ジンズーシュン》が魏無羨《ウェイウーシエン》に突っかかっていたのを終始薄ら笑いを浮かべながら見ているだけで一向に制止せず、金子勲《ジンズーシュン》が劣勢になってからようやく口を出してきたことからも窺える。

魏無羨《ウェイウーシエン》は彼に会釈してから答えた。

「金《ジン》宗主、俺は元から宴を騒がせるつもりなど決してありません。失礼いたしました。しかし、この金《ジン》公子が連れていった数人は、未だに生死も行方もわからないままで、一足遅ければ助けようにも間に合わないかもしれないのです。その中の一人に命を救われた恩義があるので、俺は決して手をこまねいて傍観などしてはいられません。ご容赦いただこうとは思いません、お詫びは後日させていただきます」

「そんなに焦らなくても、先延ばしできない用件なんてありませんよ。さあさあ、とりあえず座って、ゆっくり話しましょう」

金光善《ジングアンシャン》が促すと、金光瑶《ジングアンヤオ》は既に物音一つ立てずに新しい小卓と席を用意していた。

「金《ジン》宗主、お構いなく。席は結構です。この件をこれ以上長引かせるわけにはいきません。どうか迅速に解決していただきたい」

「そう急がなくても。ああ、考えてみれば、我々にもまだ清算していないことがある。これも長引かせるわけにはいきませんな。せっかくあなたが来ているることだし、我々の件もこの機に解決しようじゃないですか?」

金光善《ジングアンシャン》の言葉に、魏無羨《ウェイウーシエン》は眉を跳ね上げた。

「いったい何を清算するというんですか?」

「魏《ウェイ》公子、我々はこれまでもあなたにお話ししたことがあるはずですが、まさかお忘れですか……射日の征戦で、あなたはある物を使いましたね」

「ああ、陰虎符のことですか。確かに話しましたね。それで?」

「噂によると、陰虎符はあなたが屠戮玄武の洞窟から手に入れた、鉄の剣から鋳造した物らしいじゃないですか。当時、あなたは戦場でそれを一度だけ使ったことがあったが、凄まじい威力で仲間の修士たちまでその余波に巻き込まれる事態に陥って……」

魏無羨《ウェイウーシエン》は「要点を言ってください」と彼の話を遮った。

「まさにこれが要点ですよ。先のあの大戦では、温《ウェン》氏のみならず我々も多くのものを失いました。私が思うに、あのような法器は制御が難しい。あなた一人で保管するには、少々……」

金光善《ジングアンシャン》が言いかけたところで、魏無羨《ウェイウーシエン》は突然笑いだした。

しばし笑ってから、彼は口を開く。

「金《ジン》宗主、一つ質問させてください。岐山温《ウェン》氏が消えた今、あなたは蘭陵金《ジン》氏がその座を取って代わるべきだと思っているんですか？」

闘妍庁内はしんと静まり返った。魏無羨《ウェイウーシエン》はさらに続ける。

「何もかもあなたに渡して、誰もがあなたに従うべきだと？　蘭陵金《ジン》氏のそのやり方、俺はまた温《ウェン》氏が王として君臨していた時代が戻ってきたのかと思うところでしたよ」

それを聞いて、金光善《ジングアンシャン》の四角張った顔に、ばつの悪さが極まって怒りに変わった表情が一瞬浮かぶ。

射日の征戦のあと、各大世家の間では、魏無羨《ウェイウーシエン》が鬼道を修練していることへの非難をほのめかす言葉が次第に聞こえるようになっていた。とはいえ、金《ジン》光善《グアンシャン》がここで陰虎符の話を持ち出したのも、もともとはただ魏無羨《ウェイウーシエン》を少々脅かそうと思っただけだった。お前にはまだ弱みがあり、周りは皆目を光らせている。あまり調子に乗るな。金《ジン》氏の上に立つなどといった身のほど知らずなことは考えるなと、彼に警告しようとしたのだ。

ところが、魏無羨《ウェイウーシエン》がまさかここまで一切憚ることなく、面と向かってそのことを指摘してくるとは思いもよらなかった。確かに、金光善《ジングアンシャン》には前々から密かに温《ウェン》氏に取って代わろうという腹はあったが、それをここまではっきりと暴き出し、その上皮肉まで言う者など誰一人としていなかったのだ。

ふいに金光善《ジングアンシャン》の右側にいた客卿の一人が怒鳴った。

「魏無羨《ウェイウーシエン》！　お前なんてことを言うんだ!?」

「俺は何か間違ったことを言ったか？　生きた人間を餌に使って、少しでも従わなければあれこれといじめまくる。これが岐山温《ウェン》氏とどう違うって？」

魏無羨《ウェイウーシエン》が反論すると、別の客卿が立ち上がって答えた。

「もちろん違う。温狗《ウェンく》が今のような末路を迎えたのは、奴らが様々な悪事を働いてきた当然の報いだ。我々はただ、奴ら自身がまいた種を存分に自らで刈り取ってもらっただけのこと。それのいったいどこに非難すべきところがあるんだ？」

「誰かに噛まれたら、歯で返してやればいい。だけど、温寧《ウェンニン》の手には誰かを殺した血なんてついていない。まさかお前ら、また連座だとか言い出したりしないだろうな？」

それを聞いて、さらに別の人物が問い質す。

「魏《ウェイ》公子、彼らの手に血がついていないと言いますが、それは事実なのですか？　あくまでもあなたの一方的な言い分にすぎないでしょう。何か証拠があるのですか？」

「そもそも、むやみに人を殺したと思ってるのだって、同じようにお前の一方的な言い分だろう？　だったら、まず先にお前がその証拠を出すべきじゃないのか？　なんでそれを俺に要求するんだ？」

発言した者は魏無羨《ウェイウーシエン》の言葉に「理不尽すぎる」とでも言いたげな表情を浮かべ、首を横に振った。

すると、せせら笑いながらまた別の者が口を挟んでくる。

「温《ウェン》氏が我々の仲間を虐殺しまくった時は、今回よりも百倍、いや千倍も残忍だったんだぞ！　奴らが我々に道義を通さなかったのに、なぜ我々がそうする必要がある？」

その言い草に、魏無羨《ウェイウーシエン》は笑った。

「へえ、そうか。温狗《ウェンく》はあらゆる悪事を働いてきたから、温《ウェン》姓の奴なら皆殺しにしてもいいって？　違うだろう。降伏して岐山から寝返った奴らだっているが、今は水を得た魚《うお》のようじゃないか。この場に座ってるそこの何人かだって、かつては温《ウェン》氏の配下だった一族の宗主だよな？」

見抜かれたその宗主たちの顔色が一変する。

魏無羨《ウェイウーシエン》はさらに続けた。

「温姓《ウェン》なら、どんな相手でも恨みをぶつけて好き勝手に使って構わない。しかも罪の有る無しにかかわらず、ってことなら、つまり俺が今こいつらを皆殺しにしても問題ないってことだよな？」

そう言い終える前に、魏無羨《ウェイウーシエン》は腰に差した陳情《チェンチン》の上に手を置く。

その刹那、庁内にいる全員の脳裏にある記憶が呼び起こされた。まるで真っ暗闇の中、死屍累々《ししるいるい》として血の海と化していたあの戦場へ戻ったかのようだ。やにわに立ち上がる者もおり、藍忘機《ランワンジー》は低く抑えた声で彼を呼んだ。

「魏嬰《ウェイイン》！」

魏無羨《ウェイウーシエン》から一番近いところにいながら表情を一切変えていない金光瑶《ジングアンヤオ》も、彼に穏やかに話しかける。

「魏公子《ウェイ》、どうかくれぐれも無茶なことはしないでくださいね。話し合いましょう」

「魏無羨《ウェイウーシエン》！　江《ジャン》……江《ジャン》宗主がここにいないからといって、これほどまで何も憚らず、好き勝手に振る舞うとは！」

立ち上がった金光善《ジングアンシャン》は、驚き、怒り、恐れ、そして恨みが入り交じった声を上げた。

魏無羨《ウェイウーシエン》も荒々しく言い返す。

「あいつがここにいれば、俺が気兼ねして勝手をしないとでも思ってるのか？　俺が誰かを殺したいと思ったら、誰が止められる？　そんな度胸あるか!?」

その剣幕に、藍忘機《ランワンジー》は一音一音はっきりと彼に告げた。

「魏嬰《ウェイイン》、陳情《チェンチン》から手を離せ」

魏無羨《ウェイウーシエン》が一瞬目を向けると、その玻璃《はり》のような薄い色の瞳には、凶悪に見える自分の姿が映っていた。だが、さっと顔を逸らし、再び鋭く怒鳴りつける。

「金子勲《ジンズーシュン》！」

金光善《ジングアンシャン》もはっとして慌てて叫ぶ。

「子勲《ズーシュン》！」

「無駄話はおしまいだ。皆さんご存じの通り、俺は気が短い。あいつはどこだ？　お前につき合ってだいぶ時間を無駄にしたんだ。三つしか数えない。

三！」

金子勲《ジンズーシュン》は、もともと歯を食いしばってでも白《しら》を切るつもりでいたが、金光善《ジングアンシャン》の顔色をちらりと窺って、背筋が冷たくなった。

「二！」

さらに魏無羨《ウェイウーシエン》が数えると、金子勲《ジンズーシュン》は大声で怒鳴った。

「……もういい！　温狗《ウェンく》数匹ごとき、使いたいなら持っていけばいい。今日ここでお前とやり合うのはごめんだ！　自分で窮奇道に行って捜せ！」

魏無羨《ウェイウーシエン》はせせら笑いながら言った。

「さっさと言えば良かったのに」

彼は来た時と同じように風の如く去り、その姿が消えた途端、ようやくその場にいた多くの者の心の中から憂いが晴れていく。宴が催されていた闘妍庁内では、あちこち歩き回っていた者も三々五々《さんさんごご》と座り、ほとんどの者は驚きのあまり冷や汗をかいていた。

金光善《ジングアンシャン》は立ち上がったまま呆然としていたが、しばらくすると、突然激しい怒りをあらわにして目の前の小卓を蹴返し、卓いっぱいに置かれた金の杯、銀の皿は上がり段から転がり落ちていった。金光瑶《ジングアンヤオ》は彼が演じた失態を、どうにか丸く収めようと口を開く。

「父……」

しかし、言いかけたところで、金光善《ジングアンシャン》は袖を振ってさっさと立ち去ってしまった。金子勲《ジンズーシュン》も先ほど人前で譲歩させられ、恥をかいたことを実感して、ふつふつと憤りと恨みが込み上げていた。金光善《ジングアンシャン》に続いて退場しようとした彼を、金光瑶《ジングアンヤオ》が慌てて呼び止める。

「子勲《ズーシュン》……」

金子勲《ジンズーシュン》はまだ頭に血が上っており、藍曦臣《ランシーチェン》に渡せずに手に持ったままだった杯を、何も考えずに勢い良く投げ捨てると、それはちょうど金光瑶《ジングアンヤオ》の胸元に当たった。真っ白な袍の胸元で咲き誇っている金星雪浪の上に酒がぶちまけられて一輪の花のように広がり、散々な様子だ。しかし、誰もがひどく混乱していて、このあまりにも失礼な行為を気にする者などほとんどおらず、藍曦臣《ランシーチェン》だけがすぐさま声をかけた。

「阿瑶《アーヤオ》！」

「大丈夫、大丈夫です。曦臣《シーチェン》兄様は座っていてください」

金光瑶《ジングアンヤオ》は慌てて答える。

藍曦臣《ランシーチェン》は金子勲《ジンズーシュン》に意見する立場ではなかったため、ただ真っ白な手ぬぐいを一枚取り出して彼に渡した。

「下がって服を着替えた方がいい」

金光瑶《ジングアンヤオ》は手ぬぐいを受け取ると、酒を拭いながら苦笑いを浮かべた。

「ここを離れることはできませんよ」

この場を取り仕切れる者は金光瑶《ジングアンヤオ》だけになり、彼が後始末をするほかなく、下がるなど到底無理な話だ。彼は満場の人々を宥めながら、この耐え難い状況に追われてぼやいた。

「はぁ、魏《ウェイ》公子は本当に感情的すぎます。こんなにも多くの世家の前で、なぜあんなことを言ったんでしょう？」

金光瑶《ジングアンヤオ》の言葉に、藍忘機《ランワンジー》が冷ややかに尋ねた。

「彼は間違ったことを言いましたか」

金光瑶《ジングアンヤオ》は誰も気づかないほどごくわずかに驚いた表情になると、すぐさま笑顔を作る。

「ハハッ、いいえ。間違ってなどいません。ただ、正しいことだからこそ、面と向かって言うのは避けるべきかと」

藍曦臣《ランシーチェン》は、何か思うところがあるような様子で言った。

「魏《ウェイ》公子は、どうやら本当に心に大きな変化があったようだな」

それを聞いて、藍忘機《ランワンジー》のきつく寄せた眉根の下の、あの薄い色の瞳の中に微かな悲哀《ひあい》が滲んだ。

一方、魏無羨《ウェイウーシエン》は金鱗台から下りると、蘭陵の町で何度も角を曲がり、道を変えて、ようやく一本の路地に入った。

「見つけた。行くぞ」

路地に座り込んでいた温情《ウェンチン》は、もう長い間居ても立ってもいられない気持ちで待っていたため、その声を聞くなりすぐさま駆け出そうとする。だが、彼女は今衰弱しており、突然動いたせいで頭がぼうっとして目が眩み、足をくじいてしまった。魏無羨《ウェイウーシエン》はとっさに片手で彼女の体を支えてやる。

「俺がどこか場所を見つけてやるから、お前は休んだ方がいい。俺一人が行けば十分だ。必ず温寧《ウェンニン》を連れて帰るから」

温情《ウェンチン》は慌てて彼を引っ張った。

「大丈夫！　大丈夫だから！　私も行く。絶対に行く！」

温寧《ウェンニン》が失踪《しっそう》したあと、彼女はほぼ自分の足だけで一刻も休まずに岐山から雲夢まで駆けつけ、数日間一睡もしていなかった。魏無羨《ウェイウーシエン》に会ってからここまでの道中も、ひっきりなしに彼を急かして頼み続けていたのだ。唇には血色がなく目も虚《うつ》ろで、ほとんど生気を失ったような状態だ。魏無羨《ウェイウーシエン》は彼女がこのままでは持ち堪えられないと思い、しかしゆっくり食べさせてやるだけの時間もないため、道端の店で白い饅頭《まんとう》をいくつか買うと、彼女に渡してその場で食べさせる。温情《ウェンチン》も自分がそろそろ限界で、何かしら食べなければならないことはわかっていた。乱れたままの髪にも構うことなく、目の縁を赤くしながら憎々しげに饅頭《まんとう》をかじって無理に口に詰め込み始める温情《ウェンチン》の姿は、魏無羨《ウェイウーシエン》に自分と江澄《ジャンチョン》が逃げていたあの時のことを思い起こさせた。

彼はもう一度約束した。

「大丈夫だ。俺が必ず温寧《ウェンニン》を連れ出すから」

温情《ウェンチン》はそれを聞いて、食べながらむせび泣く。

「私、わかっていたの、離れるべきじゃなかったのよ……でも、どうすることもできなくて……奴らは私を強引に他の地域に追いやって、私が戻った時にはもう阿寧《アーニン》と皆がいなくなってて！　あの子を一人にしたら駄目だってわかっていたのに！」

「あいつなら大丈夫だ」

温情《ウェンチン》は完全に取り乱して声を荒らげた。

「大丈夫じゃないわ！　阿寧《アーニン》は子供の頃からおどおどした性格で、臆病で怖がりで、手下の者ですら少しても気性が荒ければ受け入れもしなかった。だから、皆あの子と同じく言いなりになる者ばっかりなのよ！　何か起きた時、私がいなきゃあの子は途方に暮れてしまう！」

かつて魏無羨《ウェイウーシエン》が江澄《ジャンチョン》を背負って彼女と別れた際、温情《ウェンチン》はこう言った。

『この戦の結末がどうであれ、今後、あんたたちと私たちの間に一切の貸し借りはない。これで帳消しだから』

その高慢な表情は、今でもはっきりと目に浮かぶ。しかし、昨夜再会した時の彼女は必死に魏無羨《ウェイウーシエン》の手を引っ張り、彼の前で跪きそうな様子で哀願《あいがん》してきた。

『魏無羨《ウェイウーシエン》、魏無羨《ウェイウーシエン》、魏《ウェイ》公子、助けてください。他に頼れる人がどこにも見つからなくて、どうか私に手を貸して、阿寧《アーニン》を助けてください！　あんたに頼る以外、他に方法がないの！』

そこには、かつての高慢さは少しも見えなかった。

窮奇道は、ある山の谷間を通っている古道だ。言い伝えによると、その道はあの岐山温《ウェン》氏の開祖である温卯《ウェンマオ》が、一戦で名を成した場所だという。数百年前、彼は一匹の上古《じょうこ》の凶獣《きょうじゅう》と八十一日もの間そこで激戦を繰り広げ、最後にはそれを斬り殺した。その凶獣というのが、すなわち窮奇——善を懲らしめ悪を勧め、世に混乱を招く邪悪な存在であり、正直で忠実な者を好んで喰い、悪事を働く者には贈り物をする神獣だ。当然、その伝説が事実なのか、岐山温《ウェン》氏の後世の宗主たちが開祖を神格化して誇張しただけなのかどうかは、考証のしようがない。

それから数百年もの時が経ち、その古道は険しい要路から、功績や徳行を称えるための観光地と化していた。そして射日の征戦が終わると、各世家たちは岐山温《ウェン》氏の管轄地を分割し、窮奇道は蘭陵金《ジン》氏の手中に収まった。もともと、窮奇道の両側は高く切り立った崖が続いており、そこには偉大な先賢《せんけん》である温卯《ウェンマオ》の生前の足跡が彫られていた。だが、蘭陵金《ジン》氏の手に渡ったあとは、当然のことながら岐山温《ウェン》氏の輝かしい過去の功績など残しておくわけもなく、今は再建に着手している。再建とは、つまり崖にある壁画をきれいさっぱり削ってから、新しい絵を彫ることだ。もちろん、最終的には道の名前も、蘭陵金《ジン》氏の並外れた勇敢さを強調するような新しいものに変えるに違いない。

これほどの大工事ともなると、多くの人間が苦役《くえき》を強いられるのは言うまでもない。その役目には、射日の征戦のあと、喪家《そうか》の狗となった温《ウェン》家の捕虜たちが適任だった。

二人が窮奇道に着いた時には既に夜になっており、漆黒の夜空からは冷たい雨がぱらぱらと降っていた。よろめきながらも魏無羨《ウェイウーシエン》のあとをしっかりついてくる温情《ウェンチン》は、ずっとぶるぶると震えている。冷えきった体の芯《しん》から寒気がしているのか、魏無羨《ウェイウーシエン》は時々彼女を支えてやる必要があった。

谷間の前方には、その場しのぎに建てられた掘っ立て小屋がずらりと一列並び、捕虜たちが夜間休む場所として使われているらしい。魏無羨《ウェイウーシエン》が温情《ウェンチン》を連れて近づくと、遠くから背中の曲がった人影が見えてきた。細雨《さいう》に打たれながら、大きな旗を担いでゆっくり歩いている。もう少し近づくと、その旗を担いでいる者は、なんとおぼつかない足取りの老女だとわかった。しかもその背中には、年端《としは》もいかない幼子《おさなご》を背負っているではないか。老女の背中に布で括りつけられたその子供は、ただ一心に爪を噛んでいる。老女と子供の二人連れは道を行ったり来たりしていたが、年寄りにはその長い旗を担ぐのは一苦労なようで、二歩歩いたところで少し休んで旗を下ろした。それを見て、温情《ウェンチン》は目を赤くしながら叫んだ。

「おばあさん！　私です！」

目と耳、どちらも悪いのだろう。その老女は来た者の顔をきちんと判別できず、声もはっきりとは聞こえていないようだった。ただ、誰かが近づいてきて何か叫んでいることだけがわかったのか、慌ててまた旗を担ぐ。満面に恐怖の色を浮かべ、誰かに見つかって叱責されるのを恐れているらしい。温情《ウェンチン》は彼女に駆け寄ると、その旗を奪った。

「これは何？　いったい何をさせられているの!?」

その旗には、岐山温《ウェン》氏の巨大な太陽の家紋が一つ描かれており、その上から大きく真っ赤なばつがつけられ、旗自体もボロボロに破られていた。

射日の征戦が終わってから今に至るまで、「温狗《ウェンく》残党」と見なされた者は数えきれないほどいて、彼らを痛めつける方法もまた数多くあった。しかも、その行為は「自省」と聞こえのいい名前で呼ばれている。魏無羨《ウェイウーシエン》は、きっとこの老女が高齢で、他の者と同じ肉体労働ができないため、ここの責任者は彼女を痛めつけるためにこんな方法を考え出したに違いないと思った。彼女に温《ウェン》家のボロボロの旗を担いで歩き回らせ、自分で自分を辱めさせたのだ。

老女はいきなり旗を奪われ、びっくりして身を縮めたが、来た者が誰なのかをやっと認識すると、驚きに口を大きく開けた。

「おばあさん、阿寧《アーニン》は？　叔父さんたちは？　ねぇ、阿寧《アーニン》は!?」

温情《ウェンチン》が必死に尋ねたが、老女は彼女の後ろにいる魏無羨《ウェイウーシエン》に気づくと怖くて言葉が出ず、ただ谷間の方に視線を向けた。温情《ウェンチン》は何も構う余裕などなく、一目散にその方向へと走った。

広々とした谷間の両側にはたいまつが備えられていて、炎は微かに降る雨の中で揺らめきつつ、依然として燃え立ちながら、山道で重い物を背負う数百もの人影を照らしていた。

ここにいる捕虜たちは皆青白い顔色で、足取りもふらふらともたついている。彼らは霊力と道具の使用を禁じられていた。それは、蘭陵金《ジン》氏が彼らを警戒しているというだけではなく、懲罰《ちょうばつ》の意味もあったからだ。十数名いる工事監督は黒い傘を差し、馬に乗って動き回りながら彼らを怒鳴りつけている。

温情《ウェンチン》は雨の中に飛び込むと、汚れて疲れきった捕虜たちの顔を目で追いながら、忙しなく確認して回った。監督の一人が彼女に気づくと、手を振り上げて怒鳴った。

「お前、どこから来たんだ？　誰の許可を得てここに入った!?」

「人を捜しているの、人を捜しているのよ！」

その監督は馬を走らせて近づくと、腰からある物を抜き出し、彼女に向かって振りかざした。

「お前が何を捜していようが関係ない。出ていけ！　さっさと行かないと……」

ちょうどその時、黒ずくめの青年が一人、その若い女の後ろから歩いてくるのが彼の目に入る。すると、まるで突然舌が回らなくなったかのように声を失った。

その青年は明朗な容貌をしているのに、目つきはひどく冷徹で鋭く、見つめられた彼は無意識のうちに身震いした。しかし、監督はすぐに察する。その青年は自分を見つめているのではなく、彼が振りかざした鉄の焼印を見つめているのだ。

監督たちが手に持っているのは、かつて岐山温《ウェン》氏の家僕たちが使っていたのと同じ物で、ただ棒の先端にある焼印の形を太陽紋から牡丹《ぼたん》紋に変えてあるだけだった。

魏無羨《ウェイウーシエン》がそれに気づくと、ふいに彼の目に冷たい光が宿る。監督たちは皆彼の顔を知っていて、思わずそっと手綱を引いて馬を下がらせ、同僚たちとこそこそ話し合った。誰もう温情《ウェンチン》を止めることはなく、彼女は弟を呼びながら捜し回る。

「阿寧《アーニン》！　阿寧《アーニン》！」

しかし、その甲高く悲しげな叫び声に返事をする者はいなかった。谷間の至るところを捜しても、弟の姿は見つからない。もし温寧《ウェンニン》がここにいたら、もうとっくに自分から飛び出してきているはずだ。数名の監督たちはこっそりと馬から下りると、魏無《ウェイウー》羨《シエン》を取り囲んで彼の方を見つめ、前に出て挨拶すべきかとためらっているようだ。

温情《ウェンチン》は彼らに飛びついて聞いた。

「ここ数日で、新しく送られてきた温《ウェン》家の修士たちは？」

監督たちは、互いに顔を見合わせるばかりだ。しばらく煮えきらない態度だったが、とても温厚で真面目そうに見える監督責任者が一人、ゆっくりと口を開いた。

「ここにいる捕虜たちは皆温《ウェン》家の修士で、毎日新しい修士が送られてくるんです」

「私の弟なの。金子勲《ジンズーシュン》が連れてきたのよ！　あの子は……だいたいこれくらいの背の高さで、無口で、つかえながら話して……」

「はぁ、ですがお嬢さん、見てください。ここにはこんなにたくさんの人間がいて、我々は誰がどんなふうに話すかなんて、とても覚えていられないんですよ」

温情《ウェンチン》は焦って地団駄を踏んだ。

「あの子は絶対にここにいるってわかってるんだから！」

丸く太った体格をしたその監督責任者は、作り笑いを浮かべる。

「お嬢さん、焦らないでください。実は、しょっちゅう他家の者がやって来て修士を連れていくので、ひょっとしたらここ数日の間に誰かに連れていかれたのかもしれませんよ？　たまに点呼《てんこ》するんですが、逃げてしまっていた者もいますし……」

「あの子は絶対に逃げたりしない！　おばあさんたちもまだここにいるのに、絶対に一人で逃げたりしないわ！」

「でしたら、ゆっくり捜してみては？　全員ここにいますから。ここで見つからなければ、我々にはどうすることもできません」

その監督責任者の言葉を聞いて、唐突に魏無羨《ウェイウーシエン》が口を開いた。

「全員ここにいる？」

彼が会話に入ってきたことで、周囲を取り囲んでいた者たちの顔が固まった。

監督責任者は、彼の方を向いて答える。

「そうです」

「わかった。とりあえず、生きている者は全員ここにいるとしよう。ならば、その他は？」

魏無羨《ウェイウーシエン》の問いかけに、温情《ウェンチン》の体はふらりと揺れた。

「その他」が指すのは、自《おの》ずと「死んでいる者」しかない。

「そんなふうに言わないでくださいよ。ここにいるのは確かに全員が温《ウェン》家の修士ですが、まさか殺したりなんて、誰も……」

監督責任者は慌てて言ったが、魏無羨《ウェイウーシェン》はそれが聞こえなかったかのように、腰に差していた笛をさっと手に取る。すると、もともと彼の近くでこわごわと前進していた捕虜たちは、突然大声で叫び背負っていた重い荷を捨てて逃げていった。谷間の中、魏《ウェイ》無羨《ウーシェン》を中心にしてあっという間に円形の空間が生まれる。

実は、この捕虜たちは魏無羨《ウェイウーシェン》の顔などまったく知らなかった。なぜなら、射日の征戦の戦場で魏無《ウェイウー》羨《シェン》と出会った温《ウェン》家修士たちの末路はただ一つ——全滅だったからだ。そのため、彼の顔を知っている温《ウェン》家修士はほとんどが凶屍となって操られ、彼の手下となった。しかし、その真っ赤な房を垂らしている黒い笛と、それを持つ黒ずくめの青年の逸話《いつわ》は知れ渡り、もはや彼らにとっても悪夢となっている。辺りには、驚いて叫び声を上げる者までいた。

「鬼笛《きてき》陳情《チェンチン》！」

魏無羨《ウェイウーシェン》は陳情《チェンチン》を口元に持っていくと、物寂しく甲高い音を響かせた。笛の音が鋭い矢の如く雲を貫いて夜空を切り裂き、雨を横切っていくと、谷間中にその余韻《よいん》がこだまする。ただ一音を吹いただけですぐに陳情《チェンチン》を収めた魏無羨《ウェイウーシェン》は、腕を下ろして冷ややかな笑みを浮かべ、細雨に自分の黒い髪と黒い服を打たせるままにした。

ほどなくして、ふいに誰かが口を開く。

「これはなんの音だ？」

人だかりの外からいきなり悲鳴が聞こえてきて、その近くにいる者たちが、慌てふためいて転がったり這いつくばったりしながら包囲網を崩し始める。彼らが空けた場所には、ぱらぱらと降り注ぐ雨の中、ボロボロの衣服を着た十数体の人影がよろめきながら立っていた。背が高い者も低い者も、男も女も、腐乱した体から悪臭を発している者もいる。そして一番前に目を開けたまま立っているのは、温寧《ウェンニン》だった。

彼の顔色は蝋《ろう》のように青白く、瞳孔は開いていて、口元の血痕も既に焦げ茶色になって固まっている。胸部が呼吸で起伏している様子はなく、明らかに肋骨が半分ほど潰れているのがわかった。この状態を見れば、彼がまだ生きているとは誰も思わないだろう。それでも温情《ウェンチン》は諦めず、震えながら彼の脈を測った。

　長い間必死にそうしたあとで、ついに彼女は声を上げて泣きだした。

　ここ数日、彼女は動転し怯えながら死に物狂いで走ったにもかかわらず、結局間に合わなかった。弟の死に目に会うことすらできなかったのだ。

　温情《ウェンチン》は泣きながら温寧《ウェンニン》の肋骨を触っている。それらを繋ぎ合わせれば、まだ一縷の望みがあるかもしれないと馬鹿げたことを考えているのだろう。可愛らしい顔は涙でぐしゃぐしゃになって歪み、ひどく醜くて不格好だった。さりとて、一人の人間が心底絶望して慟哭《どうこく》する時に、美しく泣けるはずがない。

　たった一人の弟の硬直した死体の前で、彼女がずっと保ってきた気高さは、本当に跡形もなく消えてしまった。

　あまりにも大きな衝撃を受けた温情《ウェンチン》は、耐えきれずに気を失った。後ろに立った魏無羨《ウェイウーシエン》は何も言わずに彼女を受け止め、自分の胸元にもたれさせる。そして目を閉じ、しばらくしてからようやく開けると一言問いかけた。

「誰がこいつを殺した？」

　彼の口ぶりは冷たくも優しくもなく、怒っているわけではないのか、ただ何か考えているふうだった。監督責任者は内心で少しほっとして、やや強気な口調で言う。

「魏《ウェイ》公子、そんなひどいことを言わないでくださいよ。ここには人を殺すような度胸のある者なんていやしません。そいつが作業中に、不注意で崖から転がり落ちて死んだんです」

「人を殺すような者はいない？　本当か？」

　魏無羨《ウェイウーシエン》が問い質すと、監督たちは一斉に誓いを立てるかのように答えた。

「間違いありません！」

「決して嘘ではありません！」

それを聞いて、魏無羨《ウェイウーシエン》はうっすら微笑んだ。

「ああ。そうだよなぁ」

そしてすぐに、彼は落ち着き払って続けた。

「こいつらは温狗《ウェンく》だから、人間じゃないんだもんな。だから、こいつらを殺したとしても人を殺したことにはならない……そういう意味なんだろう？」

監督責任者は、たった今心の中で考えていたことをいきなり彼に見透かされ、顔色を変える。

「それともお前らは、一人の人間がどうやって死んだかくらい、俺にわからないとでも思ってるのか？」

魏無羨《ウェイウーシエン》が詰め寄ると、監督たちは全員言葉を失った。ようやく事の重大さに気づき始め、じりじりと後ろに下がる。魏無羨《ウェイウーシエン》は笑顔を保ったまま、さらに問い詰めた。

「お前たち、今すぐ正直に白状した方がいい。殺した者は自ら前に出ろ。さもないと、俺はたとえ無実の者を殺してでも、絶対に犯人を野放しにはしない。全員殺せば、罪を免れる者はいなくなるからな」

皆が恐怖で総毛立ち、背中に寒気が走った。監督責任者は口ごもりながら言う。

「雲夢江《ジャン》氏と蘭陵金《ジン》氏は、今は良好な関係です。どうか……」

それを聞いて、魏無羨《ウェイウーシエン》は彼にちらりと目を向けると、驚いた顔をして見せた。

「お前、相当度胸があるな。それは俺を脅迫してるのか？」

監督責任者は慌てて答える。

「そんな、滅相《めっそう》もございません」

「おめでとう、お前らの目論《もくろ》みは見事成功した。もう俺の我慢も限界だ。お前らが言いたくないないなら、こいつに自分で答えさせる」

すると、まるで彼のその一言をずっと待っていたかのように、硬直した温寧《ウェンニン》の体は突然びくっと動きだして顔を上げた。一番近くに立っていた二人の監督は悲鳴を上げる間もなく、すぐさま温寧《ウェンニン》の手のひらで、鉄の箍《たが》をはめるようにそれぞれ喉を絞められてしまう。

温寧《ウェンニン》は無表情のまま、その小柄な監督二名を高々と持ち上げた。周りを取り囲んでいた者たちの輪はますます遠ざかり、監督責任者が声を上げる。

「魏《ウェイ》公子！　魏《ウェイ》公子！　どうかご容赦を！　衝動に身を任せては、取り返しのつかないことになります！」

雨は勢いを増し、雨水は魏無羨《ウェイウーシエン》の頬を伝って絶え間なく流れ落ちる。

彼はぱっと振り返り、手を温寧《ウェンニン》の肩先に置くと大声で叫んだ。

「温琼林《ウェンチョンリン》！」

応えるかのように、温寧《ウェンニン》は耳をつんざくような長い咆哮を発する。谷間にいる全員の耳が微かに痛んだ。

魏無羨《ウェイウーシエン》は一音一音はっきりとした口調で告げた。

「誰がお前たちをこんなふうにさせた？　そいつらにお前たちと同じ結末を迎えさせてやれ。俺がその権利を与えてやるから、綺麗さっぱり方《かた》をつけるといい！」

その声に、温寧《ウェンニン》はすぐさま両手で掴んでいた監督二名を思いきりぶつけ合わせた。二人の頭はまるで爆発した西瓜の如く「パン」と大きな音を響かせ、花の雨を降らせるように赤と白が混ざって弾けた。

その様子は非常に凄惨で血生臭く、谷間中のあちらこちらで甲高い悲鳴が上がった。馬たちはいななき、捕虜たちは逃げ惑い、混沌とした騒乱状態だ。

魏無羨《ウェイウーシエン》は温情《ウェンチン》を横抱きに抱え上げると、何食わぬ顔で混乱に陥っている人の群れを突っ切った。だが、馬の手綱を掴んだ時、何者かが彼に声をかけた。

「……魏《ウェイ》公子！」

魏無羨《ウェイウーシエン》が振り向くと、声の主は小柄で痩せた捕虜の一人だった。

「なんだ？」

その捕虜は微かに声を震わせながら、ある方向を指さして告げる。

「谷……谷間のあっち側に、小屋が一軒あります。奴らが……人を閉じ込めて、痛めつけるための部屋で、殴り殺して、そのまま引きずり出して埋めていました。捜している人は、まだあそこにいるかもしれません……」

「ありがとう」

魏無羨《ウェイウーシエン》は礼を言い、その捕虜が示した方に向かった。そこにはやはり、急ごしらえで建てたらしい掘っ立て小屋が一軒あった。魏無羨《ウェイウーシエン》は片方の手で温情《ウェンチン》を抱えながら、足で扉を蹴破る。小屋の隅には十数人が座っていて、誰もが頭から血を流し、鼻には青あざができて顔が腫れ上がっている。人々は、入ってきた彼の乱暴な動きに驚いてびくっと震えたが、その中の数人は魏無羨《ウェイウーシエン》の腕の中にいる温情《ウェンチン》を見ると、自分たちの怪我など構わずに飛びついてきて叫んだ。

「情《チン》お嬢さん！」

一人がカッとなって怒鳴る。

「お前……お前は誰だ。寮主に何をした？」

「何も。どいつが温寧《ウェンニン》の手下の修士だ？　無駄口はいいから、全員外に出ろ！」

魏無羨《ウェイウーシエン》がそう言っても、彼らは互いに顔を見合わせるばかりだ。しかし、魏無羨《ウェイウーシエン》が温情《ウェンチン》を抱いてさっさと小屋の外に出ていってしまったため、無理にでも体を動かし、互いに支え合ってついていかざるを得なかった。小屋から出てすぐに、彼らは谷間が混乱状態に陥っていることに気づいたが、いったい何が起きたのか確認する暇もなく、魏無羨《ウェイウーシエン》に急かされる。

「各自馬を探せ、急げ！」

「私たちは行けません。うちの温寧《ウェンニン》公子が……」

一人の中年の男が言ったその時、人間の頭が一つ、彼らの目の前を横切って飛んでいった。全員が一斉に頭が飛んできた方向に目を向けると、ちょうど温《ウェン》寧《ニン》が首なしの死体を地面に叩きつけているのが見えた。彼は手足をまだ痙攣させているその死体から、素手で内臓を引きずり出し始める。

「もういい！」

魏無羨《ウェイウーシエン》が一喝すると、どうやら温寧《ウェンニン》はまだ満足していないらしく、喉から低い咆哮を発した。だが、魏無羨《ウェイウーシエン》が舌笛を一回吹いて「立て！」と命じると、温寧《ウェンニン》はやむなく立ち上がった。

「何ぼけっとしてるんだ。まさか、飛べる剣を探してくれるのを待ってるわけじゃないだろうな！　早く馬に乗れ！」

魏無羨《ウェイウーシエン》が皆を急かす。まだ老女が残されていたことを思い出した誰かが、大急ぎで彼女と幼子を連れてきて、支えながら馬に乗せてやった。魏無羨《ウェイウーシエン》も、まだ気絶したままの温情《ウェンチン》を抱えて馬に飛び乗る。数十人の人々は、混乱の中で十数頭の馬しか見つけられず、二、三人が一頭に乗り、馬の上はぎゅうぎゅうになった。老女は一人では馬に乗れない上に、あの子供をどうにか必死で抱きかかえている。魏無《ウェイウー》羨《シエン》はそれを見て、さっと手を伸ばした。

「渡せ」

老女はぶるぶると首を横に振り、子供もまたきつく祖母の首に抱きついているが、そろそろ滑り落ちてしまいそうだ。二人の目の中には隠しきれない驚きと恐怖が満ち溢れている。魏無羨《ウェイウーシエン》は強引に手を伸ばすと、素早く子供を掴んで脇に抱え込む。老女は愕然として声を上げた。

「阿苑《アーユエン》！　阿苑《アーユエン》！」

阿苑《アーユエン》と呼ばれたその子供は、まだ幼くとも恐怖という感情を知っているが泣くことはなく、ただひたすらに爪を噛みながらこわごわと魏無羨《ウェイウーシエン》を見上げるだけだ。

「行くぞ！」と叫ぶと、魏無羨《ウェイウーシエン》は両脚で馬を挟むように蹴り、先頭を切って出発する。十数頭の馬たちはそのすぐあとに続き、闇夜に降りしきる雨の中を駆け抜けていった。

その日の夜、事件が伝わると大きな波紋が広がった。

子《ね》の刻、金鱗台の点金閣《てんきんかく》の中、大小の世家の宗主たち五十名近くが席次に従って着席した。上座には金光善《ジングアンシャン》が座っている。金子軒《ジンズーシュエン》は出かけており、金《ジン》子勲《ズーシュン》はまだ経歴が浅いため、金光瑶《ジングアンヤオ》だけが恭しく彼のそばにつき従って立っていた。前列には聶明《ニエミン》玦《ジュエ》、江澄《ジャンチョン》、藍曦臣《ランシーチェン》、藍忘機《ランワンジー》といった宗主や名士など一級の大物たちが座し、粛然とした表情をしている。後列にはやや格下の宗主と修士たちがいるが、皆まるで強大な敵を相手にでもしているかの如くひどく強張った面持ちで、時々声を低めて二言三言ひそひそと話していた。

「やっぱりな」

「遅かれ早かれこうなると思ったよ」

「どうやって始末をつけるか見てみようじゃないか」

前列に座り、表情を曇らせている江澄《ジャンチョン》のもとには、その場にいる全員の視線が集まっている。彼は周りの者たちと同じように、前に立ち恭しい表情をした金光瑶《ジングアンヤオ》が柔らかい口ぶりでゆっくりと話す内容に耳を傾けた。

「……この度、殺された工事監督は四名、脱走した温《ウェン》氏残党は約五十名です。魏無羨《ウェイウーシェン》はその者たちを連れて乱葬崗に入ったあと、すぐに数百体もの凶屍を召喚して麓を巡回させ、侵入を阻んでいます。そのため、我々の手の者は未だに一歩も上へは登れていません」

説明をすべて聞いたあと、点金閣内はしんと静まり返った。

しばらくしてから、江澄《ジャンチョン》が重い口を開く。

「これは確かに常軌を逸しています。彼に代わって金《ジン》宗主にお詫びいたします。もし何か挽回できる術《すべ》があれば、いくらでもおっしゃってください。私が必ず全力をもって償います」

だが、金光善《ジングアンシャン》が望んでいるのは決して彼の謝罪と償いなどではなかった。

「江《ジャン》宗主、本来ならばあなたに免じて、我々蘭陵金《ジン》氏は事を荒立てるつもりなど一切ありませんでした。しかし、殺された工事監督たちは全員が金《ジン》家の者というわけではなく、他の家の者も何人かおりましてな。そうなると……」

眉間にきつくしわを寄せた江澄《ジャンチョン》は、しきりに跳ねるこめかみを軽く押さえ、静かに息を深く吸い込んだ。

「……宗主の方々、皆さんにお詫びいたします。皆さんはご存じないと思いますが、魏無羨《ウェイウーシェン》が助けようとしたという温《ウェン》姓の修士は温寧《ウェンニン》と言って、射日の征戦より以前に、我々二人は彼とその姉の温情《ウェンチン》に恩義があるのです。ですから……」

「恩義があるとはどういうことだ？　岐山温《ウェン》氏は雲夢江《ジャン》氏を皆殺しにした張本人じゃないか？」

聶明玦《ニエミンジュエ》が怪訝そうに言う。

ここ数年の間、江澄《ジャンチョン》は連日深夜まで根《こん》を詰めて働き通しで、珍しく今日は早めに休もうとしていた。その矢先、この雷鳴のような知らせに打たれ、夜のうちに金鱗台まで駆けつけてくる羽目になったのだ。元から疲労による苛立ちを溜め込んでいた上、生来の負けず嫌いな性格もあって、人前で他人に頭を下げることを余儀なくされた彼は、さらにその苛立ちを募らせる。そして聶明玦《ニエミンジュエ》が、かつて一門に起きた事件を思い出させてくれたおかげで、心の中にはふつふつと恨みが蘇っていた。

その恨みの矛先《ほこさき》は、今この場に座っている全員に無差別に向けられているだけではなく、もちろんここにはいない魏無羨《ウェイウーシェン》にも向かっている。

藍曦臣《ランシーチェン》は低い声で呟いた。

「温情《ウェンチン》の名前は、私も少しばかり知っています。これまで、彼女が射日の征戦で人殺しに関与したという話は一度も聞いたことがありません」

「しかし、阻止《そし》もしなかった」

聶明玦《ニエミンジュエ》はそう断じる。

「温情《ウェンチン》は温若寒《ウェンルオハン》の側近の一人でしたし、どうして彼を阻止できるというのですか？」

冷静に反論する藍曦臣《ランシーチェン》に、聶明玦《ニエミンジュエ》は冷ややかに返した。

「温《ウェン》氏で悪事が行われていた時、ただ沈黙するだけで反対せずにいれば、それは傍観しているも同然だ。温《ウェン》氏が隆盛を極めている時は優遇を享受《きょうじゅ》するだけしておきながら、温《ウェン》氏が滅びたらその報いを受けることも、代価を払うことも拒むなど、虫が良すぎる」

藍曦臣《ランシーチェン》は知っていた。一族の仇ということもあって、聶明玦《ニエミンジュエ》は温狗《ウェンく》を何よりも激しく憎んでいる。しかも、彼は自らの態度と原則を非常に厳格に定め、決してごまかさない性格なので、それ以上追及することはしなかった。

すると、一人の宗主が同意して話を続けた。

「聶《ニエ》宗主の言う通りです。それに、温情《ウェンチン》は温若寒《ウェンルオハン》の側近だった以上、彼女が何も関与していないだなんて信じられません。温狗《ウェンく》ならどいつでも何人かは人を殺しているでしょう？　ただ我々に見つかっていなかっただけかもしれません！」

岐山温《ウェン》氏のかつての暴虐の話になると、皆がいきり立ち騒然と沸き立った。口を開こうとしていた金光善《ジングアンシャン》は、その様子を不愉快に感じ、金光瑤《ジングアンヤオ》は彼の表情を見るなり急いで声を張り上げて人々に訴えかけた。

「皆さんどうか落ち着いて、静粛に願います。本日の議題の要点は、そこではありません」

そう言いながら、家僕たちに食べやすい大きさに切った冷えた果物を用意させ、彼らの注意を逸らす。

そのおかげで、点金閣内のざわめきはようやく落ち着き始め、金光善《ジングアンシャン》は頃合いを見て話しだした。

「江《ジャン》宗主、本来ならばこれはあなた方江《ジャン》家のことで、私が干渉するべきではありませんが、事がこうなった以上、この魏嬰《ウェイイン》に関して一言言っておかなければなりません」

「金《ジン》宗主、どうぞおっしゃってください」

「江《ジャン》宗主、魏嬰《ウェイイン》はあなたの有能な右腕であり、非常に重用《ちょうよう》していることは我々もよく知っています。しかし反対に、彼があなたのことを宗主として尊敬しているとは言い難い。いずれにせよ、私は宗主として長年務めてきたが、あそこまで大胆に手柄を自慢して思い上がり、身のほど知らずも甚《はなは》だしい部下などこれまで見たことがありません。外でどう噂されているかご存じですか？『射日の征戦での雲夢江《ジャン》氏の功績は、すべて魏無羨《ウェイウーシエン》一人によるものだ』などと、実に荒唐無稽な話ですよ！」

それを聞いた江澄《ジャンチョン》の顔色は最悪だった。金光善《ジングアンシャン》は首を横に振る。

「百家花見の宴のようなあんなに大きな場でも、あなたの目の前ですら偉そうな態度を取って、急に帰ると言いだして勝手に帰ってしまうし、昨日など、あなたがいないせいかさらに傍若無人でしたよ。『当主だろうが、江晩吟《ジャンワンイン》なんてまったく眼中にない！』みたいな言葉さえ、のうのうと言い放っていたんですから！　あの場にいた全員がその耳で聞いたはず……」

　その時、誰かの冷淡な声が響いた。

「聞いていません」

　作り話がまさに盛り上がってきたというのに、唐突に聞こえてきたその否定の言葉に金光善《ジングアンシャン》は呆然として、皆と同じように声のする方へと目を向ける。

　視線の先で、端然と座った藍忘機《ランワンジー》が落ち着き払った様子で続けた。

「私は魏嬰《ウェイイン》の口からそのような言葉を聞いたことはありません。彼が江《ジャン》宗主を軽んじるような発言をしているのも、一切聞いたことがありません」

　藍忘機《ランワンジー》が外で口を開くことは極めてまれだ。たとえ清談会での議論の場であっても、誰かが彼に挑戦を申し込んだ場合のみ問答《もんどう》に応じ、簡潔明瞭に答える。他の者がべらべらと立て板に水のように熱弁を奮おうが、彼は少ない言葉に意を尽くし、要点のみに言及して完勝するのだ。それ以外には、自分から進んで発言することなどほとんどない。

　そのため、金光善《ジングアンシャン》は彼に遮られても、不愉快さよりも驚きの方が遥かに大きかった。しかし、元の言葉を改ざんし、わざと話に尾ひれをつけたことを公衆の面前で暴かれてしまったことは、やや決まりが悪い。けれど、幸い彼は長く気まずさを感じずに済んだ。金光瑶《ジングアンヤオ》がすぐさま彼のために場を取り成すべく、不思議そうな様子で言ったのだ。

「そうでしたか？　ああ、昨日は魏《ウェイ》公子がすごい剣幕で金鱗台に怒鳴り込んできて、かなりいろいろと話していましたし、次から次へと、どれも驚愕するようなことばかりでしたからね。もしかしたら似たような意味合いの言葉を言ったかもしれません。私もあまり覚えていないのです」

　彼の記憶力は藍忘機《ランワンジー》に勝るとも劣らない。聶明《ニエミン》玦《ジュエ》はそれを聞いてすぐ金光瑶《ジングアンヤオ》がわざととぼけていることに気づき、微かに眉をひそめた。

金光善《ジングアンシャン》は彼の言葉に便乗する。

「その通り。とにかく彼は明らかに身のほど知らずで、ずっと増長した態度を取り続けていたんです」

すると、一人の宗主がここぞとばかりに賛同した。

「実は私もずいぶん前から言いたかったんだ。魏無羨《ウェイウーシェン》は確かに射日の征戦では多少功績を挙げたが、彼より功績のある客卿はたくさんいれど、彼のように自惚れている者など見たことがない。厳しい言い方をするようだが、彼は所詮家僕の子のくせに、ここまで尊大でいいものか？」

彼が「家僕の子」と言うと、当然のことながらこの場には「娼妓《しょうぎ》の子」も一人いることを連想してしまう者もいた。金光瑶《ジングアンヤオ》はその好意的ではない視線に明らかに気づいてはいたが、それでも完璧な笑みを浮かべたまま、少しも動じることはなかった。

人々は多数派の意見に追従して続々と不満を口に出し始める。

「金《ジン》宗主が魏嬰《ウェイイン》に陰虎符を差し出せとおっしゃったのも、本来善意からのことで、奴が制御できずに大きな過ちを犯すんじゃないかと心配なさっただけだ。それなのに奴は小人《しょうじん》の心を以て君子の腹を量って、まさか、誰もが奴の法器を欲しがるとでも思っているのか？　馬鹿馬鹿しい。どの家にだって仙府を鎮《ちん》守《じゅ》する法器くらいあるというのに」

「私は最初から、奴が鬼道を修練すればいずれ問題を起こすと思っていましたよ。ざまはない！　あっという間に残忍性を現し始めたじゃないですか。たかが温狗《ウェンく》数匹如きのために、我々側の者を無闇に手にかけるなど……」

その時、極めて控えめな声がそっと口を挟んだ。

「無闇ではないのでは？」

藍忘機《ランワンジー》はまるで何も耳に入らない禅《ぜん》の境地に入っているようだったが、その声を聞いてぴくりと身じろぐと視線を上げてそちらに向けた。声の主は、見目麗しい娘だった。彼女は一人の宗主のそばにつき従って立っている。この場の流れとは相容《あい》れないその一言を聞きつけると、すぐさま近くにいる修士たちがこぞって彼女を責め始めた。

「君、それはいったいどういう意味だ？」

彼女は驚いた顔で、さらに注意深く続けた。

「いいえ……他意はありません。皆様どうか落ち着いてください。ただ、『無闇に』という言葉が、少し不適切かと思っただけなのです」

また別の一人が、唾を飛ばしながらまくし立てる。

「何が不適切だ？　魏無羨《ウェイウーシエン》は射日の征戦の時から既に人殺しが習性のようになっていた。それを否定できるのか？」

「ですが、射日の征戦は戦場です。戦場では誰もが人を殺めるものではないですか？　私たちは今、事実に基づいて是非を論じているはずです。彼が無闇に人を殺めたとおっしゃいますが、本当にそうでしょうか。どのようなことにも原因がありますし、もし本当にあの数名の監督たちが捕虜を虐待して温寧《ウェンニン》の命を奪ったのだとしたら、それは殺戮ではなく、復讐と呼ぶ……」

必死に釈明する彼女の言葉を、誰かが憤慨《ふんがい》して遮る。

「バカなことを言うな！　まさか奴が我々の味方を殺したことに道理があるとでも言うのか？　それを義挙《ぎきょ》として称賛するつもりか？」

誰かがふんと鼻先で嘲笑う。

「あの監督たちが本当にそんなことをやったかどうかなんて、わからないぞ。何しろ誰もその目で見ていないじゃないか」

「その通りだ。生き残った監督たちは口を揃えて、絶対に捕虜を虐待してなどいないし、温寧《ウェンニン》は自分の不注意で崖から落ちて死んだんだと言っている。しかも、彼らは親切にも温寧《ウェンニン》の遺体を回収して埋めてやったというのに、まさかあんな報復を受けるなんて。実に痛ましい！」

その言い分に、彼女は反論した。

「他の監督たちは、虐待と殺人の責任を追及されるのを恐れて、当然彼が自分で落ちたと言い張る……」

それを聞いて、突然誰かがせせら笑う。

「これ以上こじつけの弁解は必要ない。心にやましいことがある者の言い分など、我々は聞きたくもないからな」

するると、彼女は顔を真っ赤にして声を張り上げた。

「はっきりおっしゃってください。心にやましいことがあるとは、どういう意味ですか？」

「言うまでもない、君自身はっきりとわかっているだろう。我々もよくわかっている。あの時、屠戮玄武の洞窟でちょっと気を持たされたくらいで奴に一途になったのか？　今になってもまだ奴のために屁理屈をこねて事実を捻じ曲げるなど、ハッ、所詮女は女だな」

かつて、魏無羨《ウェイウーシエン》が屠戮玄武の洞窟で美人を救ったという色恋沙汰《いろこいざた》は、一時期話の種になっていたため、彼の言葉を聞いて多くの者はすぐさまはっと理解した。この娘は、まさしくあの時の「綿綿《ミエンミエン》」だったのだ。

「そういうことか。どうりでそんなに必死になって、魏無羨《ウェイウーシエン》のために弁解するわけだ……」

すぐに誰かが呟くのを聞いて、綿綿《ミエンミエン》はカッとなった。

「屁理屈をこねて事実を捻じ曲げるっていったいどういうことですか？　私はただ是非を論じているだけだというのに、私が女かどうかなんて、なんの関係があるんです？　理詰めで私に勝てないからって、他のことで攻撃するおつもりですか？」

追い打ちをかけるように、また誰かが嘲笑う。

「チッチッチッ、なんとも清廉潔白《せいれんけっぱく》そうに話すもんだな。そもそも、魏無羨《ウェイウーシエン》をえこひいきしている君が是非だけを論じるだと？」

「もう無駄話につき合うのはやめだ。あんなのがうちの者で、しかも点金閣にまで紛れ込んでいたなんて、一緒に立つこっちが恥ずかしい」

攻撃する言葉を吐いた者たちは、そのほとんどが彼女と同じ世家陣営に立っている者で、ともに修練してきた修士たちだった。綿綿《ミエンミエン》は怒りで赤くなった目に涙を滲ませながら、耐えきれなくなって大声を上げた。

「わかった！　声ばかり大きいから十分よく聞こえたわ！　もういい！　正しいのはあんたたちよ！」

彼女は歯噛みすると、着ていた家紋袍をいきなり脱ぎ、思いきり卓の上に叩きつけた。「バン」と音を立てたため、まだこちらの様子に気づいていなかった前列の宗主たちも振り返って目を向ける。周りの者は彼女の意外な行動に驚いていた。なぜならその行為は、「世家から抜ける」ことを意味しているからだ。

綿綿《ミエンミエン》は一言も話さずに身を翻すと、外へ出ていった。

しばらくして、誰かが馬鹿にしたように言う。

「袍を脱いだんなら、二度と戻ってきて着たりするなよ！」

「あいつ、自分のことを何様だと思ってるんだ……抜けたければ抜ければいいさ。誰もあいつなんか欲しがらない。こんなふうに意地を張って、いったい誰に見せてるんだ？」

ちらほらと、彼らに同調する声が聞こえ始めた。

「やっぱり女だな。ちょっと言ったくらいでもう耐えられなくなってさ。どうせ二、三日経てばまた自分から戻ってくるだろう」

「違いない。なんといっても、やっとのことで召使いの娘から門弟になれたんだからな、へへッ……」

後列の方で好き勝手に言い合う声に構わず、藍忘《ランワン》機《ジー》も立ち上がると外へ出ていった。藍曦臣《ランシーチェン》は先ほどの揉め事がいったいどういうことかを他の者に聞いてようやく把握すると、彼らが話せば話すだけ一層最悪の方向に向かっていくのを落ち着いた声で窘めた。

「皆さん、もう当人は出ていったのですから、言葉を慎みましょう」

沢蕪君《たくぶくん》が発言したからには、当然のことながら皆多少は彼の顔を立てなくてはならない。

すると点金閣内には、またあちこちから温《ウェン》狗《く》と魏《ウェイ》無羨《ウーシエン》を厳しく非難する声が上がり始めた。誰もが歯ぎしりして憤慨し、有無を言わせずどんな反駁をも許さないような熱狂的な憎しみの空気が、人々の感情を激しくかき立てる。この雰囲気に乗じ、金光善《ジングアンシャン》は江澄《ジャンチョン》に話しかけた。

「私が思うに、彼が今回乱葬崗に向かったのは、おそらく長い間企んでいたことなのでしょう。彼の実力をもってすれば、自ら世家か門派を立ち上げることも難しくないですからね。だから、これを機に江《ジャン》氏から離反して、外の果てしなく広がる空を自由奔《ほん》放《ぽう》に羽ばたくつもりに違いありません。あなたがあらゆる苦労をして雲夢江《ジャン》氏を立て直したというのに。彼はもともと賛否両論なところも多い上に、矛《ほこ》を収めることを知らない。あなたにこんなにも多くの迷惑をかけて、まったくもってあなたのことなど慮《おもんぱか》っていないじゃないですか」

江澄《ジャンチョン》は必死に気を静めながら言った。

「そのようなことはありません。魏無羨《ウェイウーシエン》という人間は、子供の頃からああなんです。父ですら彼をどうすることもできなかったんですから」

「楓眠《フォンミエン》殿がどうすることもできなかった？」

金光善《ジングアンシャン》はハハッと笑う。

「楓眠《フォンミエン》殿のあれは、彼を偏愛していたからですよ」

「偏愛」の二文字を聞いて、江澄《ジャンチョン》の口角の筋肉がぴくりと震えた。金光善《ジングアンシャン》はさらに続ける。

「江《ジャン》宗主、あなたはお父上とは違います。雲夢江《ジャン》氏は再建してからまだ数年しか経っていませんから、まさに今はあなたが威厳を示すべき時なのです。それなのに、彼は疑われるような振る舞いを控えようともせず、江《ジャン》家の新しい門弟たちがこれを見たらどう思いますか？　まさか全員に彼を手本にさせ、あなたを眼中に入れなくて良いと？」

彼は矢継ぎ早に話し続け、一歩ずつ詰め寄り、鉄は熱いうちに打てとばかりに畳みかけた。江澄《ジャンチョン》はおもむろに口を開く。

「金《ジン》宗主、もう十分です。私が乱葬崗に行って、この件を解決してまいります」

金光善《ジングアンシャン》は満足したように、心を込めた重みのある口調で答える。

「よくぞ言ってくれました。江《ジャン》宗主、彼自身とその行いについて、決して大目に見てはいけませんよ」

会合が終わったあと、宗主たちは皆、今日はなかなかすごい話の種を手に入れたと興奮し、足早にその場をあとにしながら盛り上がって議論したものの、憤りが収まることはなかった。

金星雪浪の花の海の後ろでは、三尊が集まってきていた。

「阿瑶《アーヤオ》、お疲れさま」

藍曦臣《ランシーチェン》が労わると、金光瑶《ジングアンヤオ》は笑った。

「私はまったく問題ありません。ただ、江《ジャン》宗主の席の小卓には苦労しました。何か所も粉々に握り潰されていましたよ。どうやら本当にかなりお怒りだったみたいです」

そこへ聶明玦《ニエミンジュエ》が歩いてきて声をかける。

「口八丁《くちはっちょう》、確かにご苦労だったな」

それを聞いても、藍曦臣《ランシーチェン》はただ苦笑するだけで何も言わなかった。金光瑶《ジングアンヤオ》は、聶明玦《ニエミンジュエ》が機会さえあればちゃんとした人間になれと自分を教育するつもりだと理解していて、これは厄介だと慌てて話題を変えた。

「あっ、曦臣《シーチェン》兄様、忘機《ワンジー》はどうしました？　彼が先に退場するところを見ましたが」

藍曦臣《ランシーチェン》が自分の前方を見るように促すと、金光《ジングアン》瑶《ヤオ》と聶明玦《ニエミンジュエ》は振り返ってそちらに目を向ける。藍忘《ランワン》機《ジー》は、金星雪浪の花の海の中に立っていた。彼は、先ほど点金閣で世家を抜けたあの娘と向かい合っている。彼女の目にはまだ涙が浮かんでおり、藍忘機《ランワンジー》の方は恭しく静かな表情で、二人は何か話をしているようだ。

しばしのあと、藍忘機《ランワンジー》は微かに頭を下げて彼女に一礼した。

その一礼は、尊敬の中に厳かさのある重々しいものだった。娘も同じように、さらに真面目で丁重な一礼を彼に返した。そして家紋のない紗衣《しゃぎぬ》を身に纏った彼女は、ふらりと金鱗台を下りていった。

「あの娘は、彼女がいた世家の烏合の衆などよりよほど気骨《きこつ》がある」

聶明玦《ニエミンジュエ》が称賛すると、金光瑶《ジングアンヤオ》はにこにこして「ですね」と答えた。

その二日後、江澄《ジャンチョン》は門弟三十名を引き連れて夷陵に向かった。

乱葬崗の麓にある破壊された呪堺の前では、今も数百体もの凶屍が歩き回っている。しかし、それらは江澄《ジャンチョン》が前に出てもまったく無関心なのに、江澄《ジャンチョン》の後ろの門弟たちが近寄ると、低い声で警告の咆哮を発した。江澄《ジャンチョン》は門弟たちに山の下で待つように命じ、一人で乱葬崗に登った。黒々とした深い森を抜け、かなり長い間歩くと、ようやく前方から人の声が聞こえてきた。

山道の傍らには、まん丸い木の切り株がいくつかあり、大きな一つは卓のように見え、小さな三つは腰掛けのように見える。そのうちの二つの切り株の上に、赤い服を身に纏った娘が一人、魏無羨《ウェイウーシエン》とそれぞれ腰を下ろしていた。何人かの真面目で大人しそうに見える男たちが、その近くでせっせと土を鋤《す》き返している。

魏無羨《ウェイウーシエン》は足を小刻みに揺すりながら提案した。

「ジャガイモを植えよう」

赤い服の娘は断固とした口ぶりで答える。

「大根にしましょう。大根は育てやすいから、簡単には枯れないし。ジャガイモは手間がかかるから」

「大根はまずいじゃないか」

魏無羨《ウェイウーシエン》がそう言うのを聞いて、江澄《ジャンチョン》はふんと鼻を鳴らした。魏無羨《ウェイウーシエン》と温情《ウェンチン》はやっと気配に気づいて振り返ったが、彼を見ても特別驚くことはなかった。魏無羨《ウェイウーシエン》は立ち上がってこちらに近寄ってくると、何も言わず後ろで手を組みながら山の上に向かって歩き始めた。江澄《ジャンチョン》も何も聞かず、彼について一緒に歩いていく。

そう経たないうちに、山道の傍らにはまた違う男たちが現れた。彼らは数本の木材で組み立てた骨組みの前で、忙しく動き回っている。皆、温《ウェン》家の修士に違いないが、炎陽烈焰袍を脱いで平織りの粗衣《そい》を身に纏っていた。手には金槌《かなづち》とのこぎりを持ち、肩には木材と稲わらを担いで上り下りしてと、バタバタと忙しないその姿はごく普通の農家の者や猟師となんら変わりない。彼らは江澄《ジャンチョン》を見て、その服と佩いている剣の様子からして大世家の宗主だとわかると、過去のことを思い出したのかにわかに緊張し始める。皆作業の手を止めておずおずと視線をこちらに向け、呼吸する音まで静まりかえった。魏無羨《ウェイウーシエン》は手を振って、「続けろ」と一言告げる。

彼の言葉で、彼らは安心してまた作業に取りかかった。

「あれは何をやってるんだ？」

江澄《ジャンチョン》が尋ねると、魏無羨《ウェイウーシエン》が答えた。

「見てわからないか？　家を建ててるんだ」

「家を？　じゃあさっき登ってきた時、土を掘り返していた奴らは何をやってたんだ？　まさかお前、本当に畑を耕すつもりじゃないだろうな？」

「聞いてたんだろう？　まさに今、耕してるところだよ」

「お前はこの屍の山で耕作する気か？　収穫したものはちゃんと食べられるのか？」

「俺を信じな。人間って本当に腹が減ってどうにもならない時には、どんなものでも食べられるんだ」

「まさか本気でここに長逗留《ながとうりゅう》するつもりか？　こんなろくでもない場所に人が住めるとでも？」

「俺は以前、ここに三か月住んでた」

魏無羨《ウェイウーシエン》の言葉に江澄《ジャンチョン》はしばらく沈黙して、再び口を開いた。

「蓮花塢には戻らないのか？」

魏無羨《ウェイウーシエン》は気楽な口ぶりで答えた。

「雲夢と夷陵はすぐ近くだから、戻りたくなったらいつでもこっそり戻ればいいだけだ」

江澄《ジャンチョン》は嘲笑った。

「夢でも見てろ」

彼が続けて話そうとした時、突然脚が重くなったのを感じて俯くと、そこにはいつの間にか一、二歳くらいの子供がこっそり近づいて彼の脚にしがみついていた。まん丸い顔を上げて、まん丸い黒い瞳でじっと彼を見つめている。

意外にも雪のように白く可愛らしい子供だったが、江澄《ジャンチョン》という人間には仁愛の心が皆無《かいむ》なため、彼は魏無羨《ウェイウーシエン》に向かって遠慮もなしに言った。

「どこから来た子供だ？　どかせ」

身を屈めた魏無羨《ウェイウーシエン》はその子供を抱きかかえると、自分の腕に座らせる。

「何がどかせだ。お前、その言葉遣いどうにかしろよな？　阿苑《アーユエン》、お前もなんで人に会う度に脚に抱きつくんだ？　ああ、ダメダメ！　土で遊んだあとすぐに爪を噛むな。お前、それがどういう土かわかってるのか？　手をどかせ！　俺の顔も触るな。おばあちゃんは？」

まばらな白髪をした老女が一人、あたふたと木の杖を突いてよろめきながらこちらに歩いてくる。彼女は江澄《ジャンチョン》の姿を見て他の者たちと同じように、これは大物だと気づくと少し怯えた様子になり、曲がっていた背中がますます曲がってしまった。魏無羨《ウェイウーシエン》は阿苑《アーユエン》と呼んだ子供を彼女の足元にそっと下ろした。

「あっちで遊びな」

老女は片方の足を引きずりながら、慌てて孫を連れて離れていく。子供はよちよちと歩きながらも、まだこちらを振り向いている。江澄《ジャンチョン》は皮肉を込めて言った。

「宗主たちは、お前が悪人の残党を大勢引き連れて大きな旗を掲げて御山の大将をやってると思ってるぞ。それがどうだ、老弱ばかりじゃないか」

魏無羨《ウェイウーシエン》が自嘲するように小さく笑うと、江澄《ジャンチョン》が続ける。

「それで、温寧《ウェンニン》は？」

「なんで急に思い出したように聞くんだ？」

魏無羨《ウェイウーシエン》が問い返すと、江澄《ジャンチョン》は冷ややかに答えた。

「ここ数日、数えきれないほど奴のことを聞かれた。あいつらは俺に聞くが、俺は誰に聞けばいいんだ？　そんなの、お前しかいないだろう」

魏無羨《ウェイウーシエン》は前方を指さし、二人は肩を並べて歩き始める。一陣の冷えきった空気が正面から吹きつけると、天井が高く広々とした洞窟の入り口が目の前に現れた。中に入ってしばらく真っすぐに歩いたところで、江澄《ジャンチョン》は何かを足で蹴ってしまい、俯いて確認する。それは半分しかない羅針盤《らしんばん》だった。魏無羨《ウェイウーシエン》が慌ててそれを拾い上げる。

「蹴るなよ。これは未完成だから、まだ必要なんだ」

しかし、江澄《ジャンチョン》はまた別の物を踏んでしまい、見ると今度は一枚のしわしわになった旗だった。

「踏むな！　それもまだ必要なんだから。もうすぐ完成するんだ」

「お前が散らかしてるからだろうが。壊したとしても俺のせいじゃないからな」

「ここには俺一人しか住んでないんだから、別にちょっとくらい放っておいたっていいだろう」

さらに進んでいくと、道中はあちこち呪符だらけだった。壁に張ってあるもの、地面に捨てられたもの、丸めたもの、細切れに破られたもの、まるで誰かが自棄《じき》になってここで当たり散らしたかのようだ。そして、中に進めば進むほど洞窟内はさらに散らかっていて、見ているだけで江澄《ジャンチョン》は息が詰まりそうになった。

「お前、もし蓮花塢でもこんなふうにめちゃくちゃに散らかしやがったら、俺が火を放《はな》ってお前の物を綺麗さっぱり燃やしてやるからな！」

洞窟の最奥に辿り着くと、地面に一人の人間が横たわっていた。頭のてっぺんから足のつま先までびっしりと呪符を張られていて、隙間から覗いているのは白目をむいた両目だけだ。それはまさしく温寧《ウェンニン》だった。江澄《ジャンチョン》は彼をさっと一瞥すると魏無羨《ウェイウーシエン》に尋ねた。

「お前はここに住んでるのか？　いったいどこで寝るんだよ？」

魏無羨《ウェイウーシエン》はついさっき拾った物を隅の方に放り投げると、もう一か所の隅にある、一塊にされて積まれたしわしわの毛布を指さした。

「あれに包《くる》まれば、どこでも寝られる」

江澄《ジャンチョン》は、彼とこれ以上この話題を続けたくなくなり、ぴくりとも動かない温寧《ウェンニン》に目を移して上から観察した。

「これはどうしたんだ？」

「こいつ、ちょっと凶暴なんだよな。何か問題でも起きやしないか心配で、それでまずは封印して、しばらく動けないようにしたんだ」

「生きてた時は上手く話せもしない臆病な奴じゃなかったか？　なんで死んだらそんなに凶暴になるんだ？」

江澄《ジャンチョン》の口ぶりは明らかに友好的とは言えなかったため、魏無羨《ウェイウーシエン》は彼をちらりと見てから丁寧に説明した。

「温寧《ウェンニン》は生前、確かに比較的気が弱かった。だからこそ、あらゆる感情を心の底に隠して、恨み、怒り、恐怖、焦り、苦痛なんかをあまりにも多く溜め込んでしまってたんだ。そのせいで、死後すべてが爆発して表に出てきて、その威力は想像を絶するほどだった。ほら、あれと同じ理屈だ。普段気立てがいい人ほど、怒ると怖いもんだろう？　そういう人間の方が、死後はより狂猛になるってわけだ」

「お前昔から、凶暴であればあるほどいいってよく言ってたじゃないか？　怨念がより深く、恨みや憎しみがより強ければ、殺傷力が高いからって」

「そうだけど、でも俺は温寧《ウェンニン》をそんな傀儡に作るつもりはない」

「だったらどんなふうに作るんだ？」

「俺は、こいつの意識を呼び覚ましたいと思ってる」

魏無羨《ウェイウーシエン》の考えを聞き、江澄《ジャンチョン》は嘲笑った。

「お前はまた現実離れしたことを。こいつの意識を呼び覚ますだと？　そんな凶屍がいたら、人間とどこが違うんだ？　もしお前がそんなことを本当に成し遂げたら、皆人間なんてやめて、仙術の修練も理《ことわり》の探求もしないでお前に自分を凶屍にしてくれって頼めばいいだけじゃないか」

魏無羨《ウェイウーシエン》もまた笑った。

「だよな。俺も本当にクソ難しいって気づいた。でも、もうこいつの姉さんに山ほどほらを吹いちゃったから、今じゃあいつら全員、俺なら絶対に成し遂げられるって信じてるんだ。だから俺は必ず作り出して見せないとな。でなけりゃ合わせる顔が……」

するとその時、彼が話し終わる前に江澄《ジャンチョン》は突然三毒《サンドゥ》を抜き出し、温寧《ウェンニン》の喉元めがけて真っすぐに斬りかかった。まるで彼の首を一振りで斬り落とそうとするかのように。しかし、魏無羨《ウェイウーシエン》の反応も極めて速く、彼の腕に一撃打ち、剣の勢いを逸らしながら怒鳴った。

「お前、いきなり何するんだ!?」

彼の言葉は広々とした伏魔洞の中でしばしの間こだまし、がんがんと響いた。江澄《ジャンチョン》は剣を収めないまま厳しい声を上げる。

「何をするだと？　それはこっちの台詞だ。魏無羨《ウェイウーシエン》、お前最近ずいぶん調子に乗ってるじゃないか!?」

江澄《ジャンチョン》が乱葬崗に来る前から、魏無羨《ウェイウーシエン》はとっくに予測していた。今回彼が来たのは、決して心穏やかに自分と無駄話をするためではないのだということを。ここまでの道中、二人の心の中には終始張り詰めた糸が一本あった。何食わぬ顔で話し、落ち着いているふりをしてここまで抑え込んできたが、その糸はついにぷつりと切れてしまったのだ。

「温情《ウェンチン》たちが追い込まれて八方塞がりじゃなかったとしたら、俺がこんなふうに威張《いば》りたがると思うのか？」

「あいつらが追い込まれて八方塞がりだと？　俺だって今、お前のせいで八方塞がりだ！　数日前、金鱗台で大小の世家たちが俺を取り囲んで責め立てて、どうしてもこの件について合理的な説明をしろと言うから、ほら、こうして仕方なく来てやったんだぞ！」

「何が合理的な説明だ？　この件は既に帳消しになってるはずだぞ。あの監督たちが温寧《ウェンニン》を殴り殺したから、温寧《ウェンニン》は凶屍になってあいつらを殺した。殺人の罪を己の命で償ったんだ。これで終わりだろ」

「これで終わりだと？　終わるはずがないだろ！　どれほど多くの目がお前と、お前のその陰虎符を狙ってるかわかってるのか？　あいつらにこの機を掴まれたら、たとえお前に道理があったとしても、なかったことにされるんだ！」

「ああそうだ。お前の言う通り、俺に道理があろうと、なかったことにされる。なら、ここに留まって籠城《ろうじょう》する以外、他にどんな方法があるっていうんだ？」

「方法？　もちろんある」

江澄《ジャンチョン》は三毒《サンドゥ》の剣先で、地面に横たわっている温寧《ウェンニン》を指した。

「今、挽回できる唯一の方法は、奴らが次の手を打つ前に俺たちで先にけりをつけることだけだ！」

「なんのけりだ？」

「今すぐにこの死体を燃やして、あの温《ウェン》氏の残党たち全員を金《ジン》氏に引き渡せ。それでやっと矢面《やおもて》に立たずに済むんだ！」

そう言いながらまた、江澄《ジャンチョン》は剣を上げて刺そうとする。だが、魏無羨《ウェイウーシエン》は彼の腕を素早く、そしてきつく掴んだ。

「冗談じゃない！　今温情《ウェンチン》たちを引き渡せば、残らず粛清《しゅくせい》される以外の結末なんてないんだぞ！」

「お前自身ですらあと腐れなく身を引けるかどうか危ういっていうのに、他人の結末なんて構ってられるか。粛清したければすればいい。お前には関係ないだろ！」

江澄《ジャンチョン》が言いきると、魏無羨《ウェイウーシエン》はにわかに声を荒らげた。

「江澄《ジャンチョン》！　お前――お前、なんてことを言うんだ。殴られたくなかったら、全部取り消せ！　忘れるな。いったい誰が俺たちのために、江《ジャン》おじさんと虞《ユー》夫人を火葬して、今蓮花塢に埋葬《まいそう》されてる遺骨を届けてくれたんだ。あの時、温晁《ウェンチャオ》に追われていた俺たちを、いったい誰がかくまってくれたと思う！」

「ふざけるな、こっちこそお前をこのまま殴り殺したいくらいだ！　そうだよ、あいつらは確かに俺たちを助けてくれた。だからって、お前こそなんでわからないんだ。今、温《ウェン》氏の残党はあらゆる者の攻撃の的なんだ。たとえそれがどんな奴であっても、温《ウェン》姓ってだけで極悪非道とされるんだよ！　それ以上に、温《ウェン》姓の奴らを庇う者は、世間の非難をものともせずに平然と天下の大罪を犯す、そういう人間だと見なされる！　誰もが温狗《ウェンく》を恨んで、奴らが悲惨に死ぬことを望んでる。庇い立てする者は世の中の全員を敵に回すことになって、誰もそんな奴を擁護したりしない。お前に味方する者なんていないんだぞ！」

「誰も味方になんかなってくれなくていい」

「お前はいったい何にこだわってるんだ？　どけ、お前が手を下せないなら俺がやってやる！」

　魏無羨《ウェイウーシエン》は彼の腕をさらにきつく掴んだ。その指の強さは、まるで鉄の箍のようだ。

「江晩吟《ジャンワンイン》！」

「魏無羨《ウェイウーシエン》！　お前はわかってるのか？　こちら側に立っていれば、お前は豪傑だの、逸材だの、梟雄《きょうゆう》だの呼ばれる特別な存在だ。だが、お前があいつらに異を唱えた途端、残虐非道、倫理道徳を顧みない邪道ってことにされるんだ。お前、自分だけは一人よがりに世俗を離れて自由気ままでいられるとでも思ってるんじゃないだろうな？　そんなのがまかり通った先例はどこにもない！」

　江澄《ジャンチョン》の言い分を撥ねのけ、魏無羨《ウェイウーシエン》も怒鳴り返した。

「先例がないなら、俺がその先例になってやる！」

　二人は一触即発の状態のまま睨み合い、一歩たりとも譲らなかった。しばらくそうして対峙したあと、江澄《ジャンチョン》が口を開く。

「魏無羨《ウェイウーシエン》。お前はまだ、今のこの情勢を見極められてないのか？　どうしても、俺にはっきり言わせたいか？　お前が頑《がん》としてこいつらを守ろうとすれば、俺がお前を守れない」

「守らなくていい。捨ててくれ」

　その言葉に、江澄《ジャンチョン》の顔が歪む。

「捨てろ。そして、それを世の中に知らせろ。俺は離反したって。今後、魏無羨《ウェイウーシエン》が何をやっても、すべて雲夢江《ジャン》氏とは関係ないって」

「……この、温《ウェン》家の奴らのためだけに……？」

　江澄《ジャンチョン》がぽつりと言った。

「魏無羨《ウェイウーシエン》、お前は英雄病でもあるのか？　無理に出しゃばって何か騒ぎを起こさないと、死んでしまうとでも？」

　江澄《ジャンチョン》が尋ねると魏無羨《ウェイウーシエン》は一瞬黙り込む。

　それから、ようやく彼は言った。

「だから、いっそのこと今のうちに繋がりを断った方がいい。のちのち、雲夢江《ジャン》氏に災《わざわ》いをもたらさないためにも」

　でなければ、彼自身にも本当に保証することができなかった——自分が今後、またどんなことをやらかすかを。

「……」

江澄《ジャンチョン》はぼそりと呟く。

「母さんは、お前はうちに厄介事を持ち込むに違いないと言ってた。その通りだな」

せせら笑った江澄《ジャンチョン》は、まるで独り言でもこぼすように続けた。

「……『成せぬと知りても為さねば成らぬ』？　そうだな。お前も、お前らも雲夢江《ジャン》氏の家訓を理解している。俺よりもな」

　彼は三毒《サンドゥ》を収め、長剣はチャンと音を立てて鞘に戻った。それから江澄《ジャンチョン》は冷淡に告げた。

「ならば、決闘の約束をしよう」

　——三日後、雲夢江《ジャン》氏宗主である江澄《ジャンチョン》は魏無《ウェイウー》羨《シェン》と決闘し、夷陵で他に類を見ないほど世間を驚かせる一戦を繰り広げた。

　交渉は決裂し、二人は激しくぶつかり合ったのだ。魏無羨《ウェイウーシエン》は凶屍温寧《ウェンニン》を操って、手のひらで江澄《ジャンチョン》に一撃を命中させて彼の片腕を折り、江澄《ジャンチョン》の方は、魏無《ウェイウー》羨《シェン》の腹を剣で刺し貫いた。

　双方が重傷を負い、どちらも口から真っ赤な血を吐くと相手を激しく罵りながら離れていき、二人は完全に袂《たもと》を分かった。

　この決闘が終わるなり、江澄《ジャンチョン》は世間に公言した——魏無羨《ウェイウーシエン》は一門を離反し多数の世家に公然と敵対したため、雲夢江《ジャン》氏はこの者を追放した。今後は関係を断ち切り一線を画す。今後この者が何をしようと、雲夢江《ジャン》氏は一切関知しない！

# 第十七章　漢広

魏無羨《ウェイウーシエン》と江澄《ジャンチョン》の一戦のあと、温寧《ウェンニン》はその狂猛で凄まじい戦いぶりを知られることとなり、いつしか聞こえがいいとは言えないあだ名で噂されるようになったが、それはもう少し先の話だ。

魏無羨《ウェイウーシエン》の方は、江澄《ジャンチョン》に刺された腹部を意にも介さずに、自ら腸《はらわた》を腹の中に押し戻し、しかも決闘の直後に何事もなかったかのように温寧《ウェンニン》を操って数匹の悪霊を捕らえさせ、さらにはジャガイモを大きな袋ごと何袋も買って帰っていった。

そして乱葬崗に魏無羨《ウェイウーシエン》が戻ってくると、温情《ウェンチン》は彼の傷口に包帯を巻き、こっぴどく叱りつけた。なぜなら彼に買ってきてと頼んだのは、ジャガイモではなく大根の種だったからだ。

それからしばらくの間は、意外にも平穏な時間が流れた。魏無羨《ウェイウーシエン》は温《ウェン》家修士たち五十名を率いて乱葬崗で畑を耕したり、小屋を建てたり、傀儡を作ったり、道具を作ったりして過ごし、さらに暇な時間があれば、温情《ウェンチン》の従兄のところのまだ二歳のあの子供、温苑《ウェンユエン》で遊んだりもした。温苑《ウェンユエン》を木に吊るしてみたり、あるいは頭だけ出したまま土に埋めて、太陽を浴びて水をやればもっと早く大きくなれるぞとからかったりしては、温情《ウェンチン》にいつも叱られていた。

そんなふうに数か月が過ぎていき、世間の魏《ウェイウー》無羨《シエン》に対する評価がますます悪くなったこと以外には、次の展開は何も起こらなかった。

魏無羨《ウェイウーシエン》が下山できる日数は限られている。乱葬崗にいるすべての人ならざるモノたちは皆、彼一人が鎮めているからだ。そのため、あまり遠くまで行くことはできないし、長く離れることもできない。しかし彼は生まれつき落ち着きがなく、一か所にじっとしてはいられない人間なので、仕方なくいつも最《も》寄《よ》りの小さな町に行っては、買いつけという名目でぶらぶらほっつき歩いているのだ。そして、温苑《ウェンユエン》も



漢広……渡ることのできない広い川の向こう岸の女性への恋慕の詩。中国語で「含光」と同じ発音。

乱葬崗にいる時間があまりにも長く、二歳の子供をずっとあんな場所に閉じ込めて泥遊びばかりさせるのは良くないと考えた魏無羨《ウェイウーシエン》は、ある日買いつけのために下山するついでに、彼も連れていくことにした。

この小さな町には頻繁《ひんぱん》に来ているので、魏無羨《ウェイウーシエン》には既にどこも馴染みの道となっていた。野菜の露店を見つけて近づくと、さっそく品定めをし始める。そして、突然その中から一つを手に取ると憤慨した。

「このジャガイモ、芽が出てるじゃないか！」

野菜売りはまるで大敵に臨《のぞ》むかのように警戒しつつ答える。

「それがどうした!?」

「ちょっとまけてくれよ」

最初、魏無羨《ウェイウーシエン》の脚に抱きついていた温苑《ウェンユエン》は、彼がうろうろと歩き回りながらジャガイモを選んで値切っていたせいで、それほど経たないうちに短い腕が疲れて力尽きてしまう。魏無羨《ウェイウーシエン》の脚を放して少し休もうとすると、たった一瞬のその間に、通り過ぎる人の波に巻き込まれ、方向を見失ってしまった。まだ幼い彼の目線は非常に低く、歩き回っても魏無《ウェイウー》羨《シエン》の長い足と黒い靴を見つけられない。視界には、埃っぽくて薄汚い泥のついた靴や黒い下衣《かい》が見えるばかりで、ますます途方に暮れてしまう。どうしたらいいかわからなくなったその時、突然誰かの足にぶつかった。

埃一つない真っ白な靴を履いたその人はかなりゆっくり歩いていて、温苑《ウェンユエン》がぶつかるなり、すぐさま立ち止まった。

温苑《ウェンユエン》が恐る恐る顔を上げると、まず目に入ったのは腰からぶら下がっている玉佩《ぎょくはい》で、次に見えてきたのは巻雲紋《けんうんもん》が刺繍《ししゅう》された帯だ。さらにその次は、きっちり整えられた襟、最後にようやく玻璃のように透き通った極めて冷淡な双眸《そうぼう》が見えた。

見知らぬこの人は冷ややかで厳しい表情を浮かべ、上から彼を見下ろしてくる。その途端、温苑《ウェンユエン》は怖くなった。

魏無羨《ウェイウーシエン》は露店の前で、どれを買おうかと長い間選んでいたが、結局、その芽が出ているジャガイモは買わないことに決めた。食べれば毒にあたる可能性もある上、値引きもしてくれなかったからだ。野菜売りにふんと鼻先で笑われながら振り向くと、なんと温苑《ウェンユエン》がいなくなっているではないか。彼は驚き、血相を変えて通り中を捜し回っていると、ふいに大声で泣き叫ぶ幼子の声が聞こえてきて、慌ててそこへ駆けつけた。そう遠くない場所に、物好きな野次馬たちが大勢集まって何かを取り囲んでいて、皆ひそひそと耳打ちしたり、何やら意見を言ったりしている。人だかりをかき分けた魏無羨《ウェイウーシエン》は、ぱっと目を輝かせた。

その人だかりの真ん中には、全身に白い服を纏って避塵《ビチェン》を背負った藍忘機《ランワンジー》が、固まったまま立っていたのだ。珍しく彼はわずかに慌てているように見えて、途方に暮れた顔をしている。さらに、彼をもう一度見た魏無羨《ウェイウーシエン》は、危うく大笑いしそうになった。小さな子供が一人、藍忘機《ランワンジー》の足元に座り込んで涙と鼻水を一緒に流しながらわーわー泣き叫んでいるのだ。藍忘機《ランワンジー》はこの場を離れることもできず、かといって手を伸ばしたり話しかけたりすることもできないまま、厳しい顔つきでどうすればいいかを思案しているようだ。

通りすがりの人が向日葵《ひまわり》の種をカリカリと噛み、皮を割って中身を食べながら口を開いた。

「この子はいったいどうしたんだい？　ちびが泣いてるからびっくりしたわ」

誰かが確信したように言う。

「お父ちゃんに怒られたんでしょう」

「お父ちゃん」という言葉を聞いて、人だかりの後ろに隠れていた魏無羨《ウェイウーシエン》は思わず吹き出す。藍忘機《ランワンジー》はすぐさま顔を上げ、それを否定した。

「私ではない」

温苑《ウェンユエン》は周りの人々が何を議論しているのかわからなかったが、子供は怖い思いをした時には親しい人を呼ぶものだ。彼もまた、おいおい泣きながら父親を呼んだ。

「とうちゃん！　とうちゃん、ううう……」

すぐさま通りかかった人が断定する。

「ほら！　やっぱりその子のお父ちゃんだ！」

自分の目に間違いはないと思い込んでいる誰かも同意した。

「きっとそうだ。鼻の辺りがそっくりだから、絶対間違いない！」

状況を見て同情の声が上がる。

「ああ、かわいそうに、こんなに大泣きしちゃって。お父ちゃんに叱られたのかしら？」

何がどうなっているのかまったくわからない者もいた。

「おい、どうなってるんだ？　どいてくれないかな？　俺の荷車が通れないじゃないか」

ついには怒りだして説教する者まで現れる。

「子供を抱っこしてあやすことも知らないのか！　息子を地面に座らせたまま泣かせておくつもりか？　父親だろう！」

一方では理解を示す声も聞こえてくる。

「まだ若いし、きっと初めての子なんだろう。俺も昔はそうだったよ。何もわからなくてさ。でも妻が何人か産んだらわかるようになってきたんだ。なんでもゆっくり学ばなきゃな……」

子供をあやす者もいた。

「よしよし、泣かないの。お母さんは？」

「そうだ。お母さんはどこだ。お父さんが何もしないなら、お母さんは？」

やかましいうねりの中で、藍忘機《ランワンジー》の表情は次第に微妙なものになっていく。

かわいそうに、彼は生まれた時から才能に恵まれ、些細な言葉や行動のすべてが雅正の中の雅正、皆の模範とされてきたため、今まで衆人からこんなふうに攻撃の的とされる状況に陥ったことなど一度もなかっただろう。魏無羨《ウェイウーシエン》は笑いすぎてどうにかなりそうだったが、温苑《ウェンユエン》の方は泣きすぎて呼吸困難になってしまいそうだったので、彼はやむなく前に出て、さもたった今ここにいる二人に気づいたふりをして、驚いた声で話しかけた。

「あれ？　藍湛《ランジャン》？」

藍忘機《ランワンジー》がぱっと顔を上げて目と目が合うと、なぜかはわからないが、魏無羨《ウェイウーシエン》は思わず一瞬目を逸らしてしまった。そして魏無羨《ウェイウーシエン》の声を聞いた途端、温苑《ウェンユエン》はいきなり立ち上がり、二筋の涙を激しく流しながら彼に向かって走ってきて、再び足にしがみついた。

「今度は誰だよ。お母さんは？　お母さんはどこで、いったい誰が本当のお父さんなんだ？」

通りすがりの人が喚くと、魏無羨《ウェイウーシエン》は人だかりに手を振って言った。

「もう行った行った！」

面白いものが見られなくなり、暇人たちはようやくのろのろと散っていく。魏無羨《ウェイウーシエン》は振り向くと、にっこりと微笑んだ。

「偶然だな。藍湛《ランジャン》、何しに夷陵に来たんだ？」

「夜狩のために通りかかった」

藍忘機《ランワンジー》のいつもと変わらない口調には、嫌悪や憎悪、対立を感じさせるような気配は含まれていなかったため、魏無羨《ウェイウーシエン》は急にほっとして心が落ち着いてくるのを感じた。

ふいに藍忘機《ランワンジー》がゆっくりと口を開く。

「……その子は？」

魏無羨《ウェイウーシエン》は、気が緩むと口も軽くなり適当な出任せを言う。

「俺が産んだ」

それを聞いた藍忘機《ランワンジー》が眉根をぴくりと寄せるのを見て、魏無羨《ウェイウーシエン》はハハッと笑った。

「もちろん冗談だって。よその家の子だよ。俺が遊びに連れてきたんだ。お前、さっきなんかしたのか？　なんでこいつを泣かせたんだ？」

「何もしていない」

藍忘機《ランワンジー》は淡々と答える。

温苑《ウェンユエン》は魏無羨《ウェイウーシエン》の足に抱きついたまま、まだしくしくと啜り泣いている。魏無羨《ウェイウーシエン》は理解した。藍忘機《ランワンジー》の顔は確かに綺麗だが、まだ幼い子供には美醜《びしゅう》を見分けることなど難しい。ただ、彼がちっとも親切ではなく、冷ややかで厳しい人間だということはわかったのだろう。その厳粛な表情に驚き、怖がるのも無理はなかった。魏無羨《ウェイウーシエン》は温苑《ウェンユエン》を抱き上げてしばらく機嫌を取り、二言三言あやした。それから、道端で天秤棒《てんびんぼう》を担いでいる行商人がこちらを見ながら歯を見せて笑っているのに気づいて、彼はその荷籠《にかご》の中にある色とりどりのおもちゃを指さしながら聞いた。

「阿苑《アーユエン》、こっちを見てみろ。ほら、綺麗か？」

温苑《ウェンユエン》は興味を惹かれ、くんくんと匂いを嗅ぎながら答えた。

「……きれい」

「いい匂いか？」

「いいにおい」

するると、行商人はすかさず勧めてくる。

「綺麗でいい匂いがしますよ。公子、一つ買ってあげたらどうです？」

「欲しいか？」

魏無羨《ウェイウーシエン》が尋ねると、温苑《ウェンユエン》は彼が自分に買ってくれるのだと思い、はにかんで答えた。

「ほしい」

しかし、魏無羨《ウェイウーシエン》は反対方向に向かって足を踏み出した。

「ハハッ、行くぞ」

温苑《ウェンユエン》は大打撃を受け、目にまた涙を浮かべる。それを冷静な目で傍観していた藍忘機《ランワンジー》は、これ以上見ていられなくなって口を挟んだ。

「なぜ買ってあげない」

魏無羨《ウェイウーシエン》は不思議そうに聞き返す。

「なんで買ってやるんだ？」

「その子に欲しいかと聞いたのは、買ってあげるつもりだからではなかったのか」

「それは単に聞いただけだよ。買うのはまた別の話だろう。なんで欲しいかって聞いただけで必ず買わなきゃいけないんだ？」

魏無羨《ウェイウーシエン》にもっともらしくそう問い返されて、藍忘《ランワン》機《ジー》はなんとも答えに窮《きゅう》し、彼をしばらくの間睨んでから視線を温苑《ウェンユエン》の方へ向ける。温苑《ウェンユエン》は彼に見られると、また怯えてぷるぷると震え始めた。

少ししてから、藍忘機《ランワンジー》は温苑《ウェンユエン》に話しかけた。

「君は……どれが欲しい？」

まだ訳がわからずにいる温苑《ウェンユエン》に、藍忘機《ランワンジー》は行商人の籠の中にある物を指さすと、もう一度聞く。

「この中で、どれが欲しい？」

温苑《ウェンユエン》は恐る恐る彼を見て、声を出す勇気もなかった。

半炷香後、温苑《ウェンユエン》はようやく泣きやんでいた。しきりに触れている衣嚢《いのう》には、藍忘機《ランワンジー》が買ってくれたおもちゃがいっぱいに詰め込まれ、パンパンに膨れている。彼がやっと泣かなくなったのを見て、藍忘機《ランワンジー》はほっとしたように息をついた。ところが、温苑《ウェンユエン》は小さな顔を赤らめながら黙ってこっそり近づくと、彼の足にひっしと抱きつく。

見下ろすと、足に何かがくっついている。

「……」

言葉もない藍忘機《ランワンジー》の様子を見て、魏無羨《ウェイウーシエン》は腹の皮が捩《よじ》れそうなくらいに笑い転げる。

「ハハハハハッ！　藍湛《ランジャン》、おめでとう。気に入られたな！　そいつはいつも気に入った相手の脚に抱きつくんだ。もう絶対に放さないぞ」

藍忘機《ランワンジー》は二歩歩いてみたが、やはり温苑《ウェンユエン》はしっかり彼の足に登ってしがみついたままだ。離れるつもりは欠片もないらしく、思いきりぎゅっと抱きついている。

魏無羨《ウェイウーシエン》は藍忘機《ランワンジー》の肩をぽんぽんと叩いた。

「夜狩にはそんなに急いで行かなくてもいいだろう。どうだ、とりあえず俺たちと食事でもしに行かないか？」

藍忘機《ランワンジー》は視線を上げて彼を見ながら、落ち着いた口調で返す。

「食事？」

「そうだよ、食事だ。なんだよ、水臭いじゃないか。せっかくお前が夷陵に来て、しかもこうして偶然会えたんだからさ、昔話でもしようよ。ほら行くぞ。俺がおごるから」

藍忘機《ランワンジー》は彼に半ば強制的に引っ張られ、加えて温《ウェン》苑《ユエン》もずっと足にくっついたまま、一軒の料理屋の中に引きずり込まれた。魏無羨《ウェイウーシエン》は個室の座敷に腰を下ろして彼に促す。

「注文しなよ」

藍忘機《ランワンジー》は彼に押されて席に座ると、品書きの札をさっと見渡した。

「君が好きな物でいい」

「おごるんだから、お前が注文しろって。好きな物なんでも頼んでいいから、遠慮なんかするな」

先ほどあの芽が出ていたジャガイモを買わなかったおかげで、払う金はある。藍忘機《ランワンジー》はずるずると何度も遠慮して無駄なやり取りをするようなことは好まず、しばし考えるとすぐに決めて注文した。魏無《ウェイウー》羨《シェン》は彼が淡々といくつかの料理の名前を口に出すのを聞いて、思わず笑顔になる。

「やるじゃないか、藍湛《ランジャン》。俺はてっきり、お前ら姑蘇人は皆辛い物を食べないんだとばっかり思ってたけど、お前は意外と好きなんだな。酒でも飲むか？」

首を横に振る藍忘機《ランワンジー》に、魏無羨《ウェイウーシェン》が言った。

「雲深不知処の外にいても真面目に規則を守るなんて、さすが含光君だな。それならお前の分は頼まないぞ」

温苑《ウェンユエン》は藍忘機《ランワンジー》の足のそばに座って、懐の中から小さな木の刀、木の剣、粘土でできた人形、草編みの蝶などのおもちゃを取り出すと、ござの上に並べてまじまじと見ている。片時も手放せないほどお気に入りの様子だ。魏無羨《ウェイウーシェン》は、彼が藍忘機《ランワンジー》のそばにくっついて寄りかかったりもたれかかったりしているせいで、藍忘機《ランワンジー》が茶すらまともに飲めずにいるのに気づき、口笛を一つ吹くと声をかけた。

「阿苑《アーユエン》、おいで」

温苑《ウェンユエン》は、一昨日自分を大根のように土の中に植えた魏無羨《ウェイウーシェン》を見てから、今度は先ほど自分におもちゃをたくさん買ってくれた藍忘機《ランワンジー》に目を向ける。尻を上げることはせず、その顔には正直に三文字の言葉が大きく書いてあった――『いやだ』。

「おいで、お前、そこに座ってたら邪魔だろう」

魏無羨《ウェイウーシェン》が言うと、逆に藍忘機《ランワンジー》が答えた。

「このままで構わない」

温苑《ウェンユエン》は嬉しくなって、また彼の脚に抱きついた。今度は太ももだ。魏無羨《ウェイウーシエン》はそれを見て、手に持っている箸を素早く回しながら笑った。

「乳があれば母さん、金があれば父さんか。やれやれだ」

すぐに料理と酒が運ばれてきて、卓いっぱいに真っ赤で辛そうな料理が並べられた。その中には藍忘《ランワン》機《ジー》が温苑《ウェンユエン》のために注文した甜羹《てんかん》（穀物などで作った甘い汁物）も一杯あった。魏無羨《ウェイウーシエン》は碗を匙《さじ》で叩いて何度も呼んだが、温苑《ウェンユエン》は俯いたまま、草編みの二匹の蝶を両手に持って何やらひそひそと呟いている。左側の蝶に声を当て、「ぼく……きみがすごくすきだ」と恥ずかしそうに言ってみたり、次は右側の蝶に声を当てると、「ぼくもすごくすきだよ！」と楽しそうに言ったりして、一人二役で二匹の蝶を演じ、かなりご機嫌で遊んでいた。それが聞こえると、魏《ウェイ》無羨《ウーシエン》はわき腹が痛むほど笑い転げた。

「嘘だろう阿苑《アーユエン》、その年で誰から習った？　何が『君が好き』、『僕も好き』だ。お前、好きってどういう意味か知ってるのか？　ほら、もう遊ぶのはやめてこっちに来て食べな。お前の新しい父さんがお前のために注文してくれた美味しいやつだぞ」

温苑《ウェンユエン》はようやく小さな蝶たちを懐に収めると、碗と匙を手に持ち、藍忘機《ランワンジー》のそばに座ったまま甜羹を掬《すく》って食べ始めた。温苑《ウェンユエン》はもともと岐山の監禁地にいて、その後は乱葬崗に移ったが、どちらの食事も一言では言い表せないほど粗末なものだった。

それゆえに、その甜羹は彼にとって目新しい上にとても美味しく感じられ、二口食べたらもう止まらなくなった。しかし、それでも温苑《ウェンユエン》はわざわざ碗を魏無羨《ウェイウーシエン》の方に向け、宝を献上でもするみたいに差し出す。

「……羨《シエン》にいちゃん……にいちゃんもたべて」

魏無羨《ウェイウーシエン》は満足げな表情を浮かべる。

「うん、偉いぞ。良い心がけじゃないか」

「食うに語らず」

藍忘機《ランワンジー》は一言告げてから、温苑《ウェンユエン》にも理解できるように、わかりやすい言葉でもう一度言った。

「物を食べている時は話さない」

温苑《ウェンユエン》は慌てて頷くと、甜羹を食べることに専念し、ぴたりとお喋りをやめる。その様子を見て、魏無《ウェイウー》羨《シエン》は次々と不満を漏らした。

「どういうことだよ。俺の言うことなんて、何回も言ってやっと聞いてくれるくらいだっていうのに、お前の言うことには一回ですぐ従うなんて、どう考えてもあり得ない」

「食うに語らず。君もだ」

藍忘機《ランワンジー》は淡々と注意する。

それでも、魏無羨《ウェイウーシエン》はにこにこしながら顔を上げ、杯の中の酒を飲み干した。そして空の杯を持ったまま、目の前の藍忘機《ランワンジー》を鑑賞するように眺める。

「お前って本当に……何年経ってもちっとも変わらないな。はぁ、藍湛《ランジャン》、今回は夷陵で何を狩るんだ？　この辺りのことならよく知ってるから、道案内でもしようか？」

「その必要はない」

藍忘機《ランワンジー》にすげなく断られたものの、世家では部外者には言えない極秘任務がよくあるため、魏無羨《ウェイウーシエン》も問い詰めることはしなかった。

「こうして昔馴染みに出会えた上に、お前が俺を避けないなんてな。ここ数か月は退屈で息が詰まって死にそうだったんだよ。なぁ、最近は外で何か大事件とかないのか？」

「大事件とは」

「たとえば、どこかの地域に新しい世家が現れたとか、どの世家が仙府を増築したとか、どことどこが同盟を結んだとか。世間話だから、どんなことでもいいよ」

江澄《ジャンチョン》と袂を分かってからというもの、魏無羨《ウェイウーシエン》の耳には久しく世間の新しい情報が届かなくなっていた。せいぜいがこの町で種々雑多《しゅじゅざった》な無駄話を聞くくらいだ。

すると、藍忘機《ランワンジー》が一つ教えてくれた。

「世家同士の婚約が決まった」

「どことどこだ？」

「蘭陵金《ジン》氏と雲夢江《ジャン》氏」

その答えに、杯を眺めていた魏無羨《ウェイウーシエン》の手が固まった。彼は愕然として尋ねる。

「俺の師……江《ジャン》殿と、金子軒《ジンズーシュエン》？」

藍忘機《ランワンジー》は小さく頷いた。

「いつの話だ？　いつ婚礼を挙げるんだ？」

「七日後」

魏無羨《ウェイウーシエン》は微かに震える手で口元まで杯を持っていくが、既に空だということにすら気づいていない。

突然心にぽっかりと穴が空いたような気持ちになり、それが憤慨のせいか、驚愕のせいか、不愉快だからなのか、それとも仕方ないと感じているからかはわからなかった。

彼が江《ジャン》家から離れる前に、いずれこうなることは予想できていたはずだった。ただ、いきなり聞かされると心の中は複雑に乱れ、千言万語《せんげんばんご》が胸につかえて、すべてをぶちまけてしまいたくて堪らないのに、やるせない思いの行き場はどこにもない。しかも江《ジャン》澄《チョン》は、こんな大切なことを何かしらの手段を講じて魏無羨《ウェイウーシエン》に知らせようとはしなかったのだ。もし今日、偶然藍忘機《ランワンジー》に出会わなかったら、おそらくもっとあとになってから知ることになったはずだ！

だが考えてみれば、魏無羨《ウェイウーシエン》に知らせたところでなんになるというのか？　表向き江澄《ジャンチョン》は既に世の中に宣言し、世家たちも皆、彼の言い分を信じている――魏無羨《ウェイウーシエン》は一門から離反し、彼は今後雲夢江《ジャン》氏とは一切関係ないのだと。婚礼のことを知ったところで、祝い酒を飲みには行けないのだから、江澄《ジャンチョン》が彼に知らせなかったのも当然だった。もし知らされていたら、一時の衝動で何かしでかしていたかもしれない。

しばらくしてから、魏無羨《ウェイウーシエン》はぼそぼそと呟いた。

「師姉はあいつにはもったいない。金子軒《ジンズーシュエン》の野郎、運が良かったな」

彼はまた杯に酒を注ぎながら尋ねる。

「藍湛《ランジャン》、お前はこの縁談をどう思う？」

しかし、藍忘機《ランワンジー》は答えなかった。

「あ、そうか。お前に聞いても仕方ないよな。お前は何も思わないだろう。今までこういうことを考えたこともないだろうし」

魏無羨《ウェイウーシエン》は杯に注いだ酒を一気に飲み干した。

「知ってるよ。裏では師姉が金子軒《ジンズーシュエン》に釣り合わないって言ってる奴が大勢いるってことはな、ハッ。俺からすれば、金子軒《ジンズーシュエン》の方が師姉には釣り合わない。でも、よりによって……」

――よりによって、江厭離《ジャンイエンリー》はどうしてもあの金《ジン》子軒《ズーシュエン》が好きなのだ。

魏無羨《ウェイウーシエン》は空の杯の底をどんと強く卓に叩きつけた。

「藍湛《ランジャン》！　知ってるか？　俺の師姉には、世の中で一番の男じゃなきゃ釣り合わないんだ」

バンと音を立てて卓を叩くほろ酔いの彼の眉間はわずかに寄せられ、気高さが滲み出ている。

「俺たちで師姉の大事な日を、これから百年の間、誰もが素晴らしいものを見たと称えて語り継ぐような比べようもないものにするんだ。俺は師姉が盛大に婚礼を挙げるところを見届けたいんだよ」

「うん」

藍忘機《ランワンジー》が答えると、魏無羨《ウェイウーシエン》は冷ややかに笑った。

「お前、何が『うん』だよ？　俺はもうそれを見られないんだぞ」

その時、甜羹を食べ終わった温苑《ウェンユエン》がござに座り、また草編みの蝶で遊び始めた。すると二匹の蝶の長い触覚が絡まってしまい、なかなか解けないようだ。温苑《ウェンユエン》が焦っているのを見て、藍忘機《ランワンジー》は蝶を彼の手の中から取ると、絡み合っていた四本の触覚をさっと解いて彼に返してやる。

それを見て魏無羨《ウェイウーシエン》は少し気が紛《まぎ》れ、ぎこちなく笑った。

「こら阿苑《アーユエン》、顔をこすりつけるな。お前、口にまだ甜羹がついてるんだから、人の服を汚しちゃうだろう」

藍忘機《ランワンジー》は懐から真っ白な手ぬぐいを一枚取り出すと、無表情のまま温苑《ウェンユエン》の口元についていた甜羹を拭いてやる。その様子に魏無羨《ウェイウーシエン》はため息をついた。

「藍湛《ランジャン》、やるじゃないか。まさかお前がこんなふうに子供を上手くあやせるなんて、全然知らなかったよ。そいつをそれ以上甘やかしたら、きっと俺と一緒には帰らないって言いだす……」

突然、瞬時に魏無羨《ウェイウーシエン》の顔色が一変した。

懐から一枚の呪符を取り出すと、その呪符はあっという間にぼうぼうと燃え始める。彼が取り出してからほんのわずかの間に、呪符は灰へと変わった。藍忘機《ランワンジー》の目つきも険しくなり、魏無羨《ウェイウーシエン》はいきなり立ち上がる。

「まずい」

その呪符は、魏無羨《ウェイウーシエン》が乱葬崗に設置した警告陣の警報の役目を果たしている。もし彼が離れたあと、乱葬崗に何か異変があったり、陣が破られたり、あるいは血の気配を察知したら、呪符は自ら燃え上がって彼に知らせるのだ。魏無羨《ウェイウーシエン》は素早く温苑《ウェンユエン》を抱き上げて小脇に抱え、去り際に藍忘機《ランワンジー》に謝った。

「失礼する。藍湛《ランジャン》、悪いけど先に帰るな！」

抱えられた弾みで懐から何かを落としてしまった温苑《ウェンユエン》は、「ちょう……ちょうちょ！」と訴えたが、魏無羨《ウェイウーシエン》は既に彼を抱えたまま支払いもせず料理屋を飛び出したあとだった。だがほどなくして、彼らの隣を白い影が掠める。なんと藍忘機《ランワンジー》が追ってきて、魏無羨《ウェイウーシエン》と肩を並べて走り始めたのだ。

「藍湛《ランジャン》？　なんでついてきたんだ？」

藍忘機《ランワンジー》はそれには答えず、先ほど落としたあの蝶を温苑《ウェンユエン》の手に持たせ、逆に魏無羨《ウェイウーシエン》に尋ねた。

「なぜ御剣しない」

「剣を忘れてきた！」

それを聞くなり、藍忘機《ランワンジー》は無言のまま彼の腰に手を回して一緒に避塵《ビチェン》に乗せ、空中へ飛び上がった。

温苑《ウェンユエン》はまだ小さいので、飛んでいる剣に乗るのはこれが初めてだ。怯えて当然のはずだが、避塵《ビチェン》は非常に安定して飛んでおり、まったく揺れを感じることはなかった。その上、町の通行人たちも皆、この唐突に飛び上がった三人の姿に大いに驚き、こちらを見上げて見物しているので、温苑《ウェンユエン》は珍しさに興奮して楽しそうに大声を上げてはしゃいでいる。その様子に魏無羨《ウェイウーシエン》はほっと息をつき、藍忘機《ランワンジー》に向かって礼を言った。

「ありがとう！」

「どこへ向かう?」

魏無羨《ウェイウーシエン》は行くべき道を指さした。

「こっちだ!」

三人はすぐさま電光石火のような速さで乱葬崗方面に向かった。雲を突き破って顔を覗かせる黒い山頂が見えてくると、魏無羨《ウェイウーシエン》の不安はますます大きくなっていった。

まだ距離があるというのに、黒い山林の中から凶屍たちの咆哮が聞こえてきたのだ。しかもそれは一体や二体ではなく、大勢の群れだ。

藍忘機《ランワンジー》が剣訣《けんけつ》すると、避塵《ビチェン》は指令に従ってさらに速度を上げる。それでも、依然として剣の上は極めて安定していた。

着地した途端、林から飛び出してきた黒い影が、甲高い叫び声を上げながら誰かに飛びかかっているのを目にし、藍忘機《ランワンジー》は避塵《ビチェン》の一振りで黒い影を真っ二つに斬り裂いた。襲われていた人物は地面に倒れて顔面蒼白で、魏無羨《ウェイウーシエン》を見るなり慌てて大声で叫んだ。

「魏《ウェイ》公子!」

魏無羨《ウェイウーシエン》が手を振ると、一枚の呪符が飛び出す。

「四叔父さん〔四番目の叔父〕、どういうことだ⁉」

「伏魔洞……伏魔洞の中の凶屍たちが、全部逃げ出したんです!」

「俺はちゃんと禁制を施してただろう? 誰が触った⁉」

「誰も触っていません! 実は……実は……」

その時、前方から女の澄んだ大きな呼び声が響いてきた。

「阿寧《アーニン》!」

黒い森の中、数十名の温《ウェン》家修士が一つの人影と対峙している。その白目をむいた凶悪極まりない人影は、まさしく温寧《ウェンニン》だった。彼の体にびっしりと隙間なく張ってあった呪符はほとんどが剥がされ、手には二体の凶屍を引きずっている。その凶屍たちは既に素手の彼によってズタズタに引き裂かれていて、黒い血が滴る体はどちらもほとんど骨だけになっていた。それなのに、温寧《ウェンニン》はさらに荒々しくそれらを叩きつけ、どうやら骨まで粉々に潰して灰にしないと気が済まないようだ。そして、剣を手に修士たちの先頭に立っているのは温情《ウェンチン》だった。

「あいつの体に張った呪符には触るなって言っただろう!?」

　魏無羨《ウェイウーシエン》が怒鳴ると、温情《ウェンチン》は藍忘機《ランワンジー》がなぜここにいるのかと驚く余裕すらないまま答えた。

「誰も触っていないわ！　そもそも誰も伏魔洞に入っていないのよ！　あの子が暴れて自分で引き剥がしたの。しかも、血の池と伏魔洞の禁制も全部破ったから、血の池の中にいた凶屍まで皆這い出てきてしまって。魏無羨《ウェイウーシエン》、あんたは早くおばあさんたちを助けて！　あっちはもう持ち堪えられない！」

　話している最中、上の方からスースーという奇妙な音が聞こえてきた。その場にいる者たちが顔を上げると、なんと数体の凶屍が木の梢《こずえ》にまで登り、まるで蛇のように木のてっぺんに巻きついているではないか。奴らは下に向かって歯をむき出しにし、その歯の間からは気味の悪い謎の粘液を垂らしている。

温寧《ウェンニン》も顔を上げて奴らに気づき、もはや細切れになった死体の残骸をぽいと捨てて素早く地面を蹴ると、そのまま空高く梢へと跳び上がった！

　その木の高さは少なくとも五丈ほどはあり、一回の跳躍《ちょうやく》でその高さまで到達できるのは、彼の瞬発力が極めて驚異的ということだ。そして木に登った温《ウェン》寧《ニン》は、手のひらから打った二撃だけで、凶屍たちの肢体が飛び散るくらいに引き裂き、空からは血の雨が降り注いだ。しかし彼はまだ満足していない様子で、少し離れた場所に飛び降りる。それを見た魏無《ウェイウー》羨《シエン》は、腰に差していた陳情《チェンチン》をさっと抜き出した。

「藍《ラン》……！」

　魏無羨《ウェイウーシエン》はもともと、藍忘機《ランワンジー》に他の者の救助を頼んでから、自分が温寧《ウェンニン》の相手をするつもりでいた。それなのに、振り向くと彼の姿はなかった。焦燥感《しょうそうかん》に駆られたその時、遠くから朗々たる琴の音色が天を揺るがすほどに響いてきた。驚いた鴉たちが黒い森中をバサバサと激しく飛び回る。魏無羨《ウェイウーシエン》が頼むまでもなく、藍忘機《ランワンジー》は既に向かっていてくれたのだ。魏《ウェイ》無羨《ウーシエン》はほっとして、素早く陳情《チェンチン》を口元に持っていくと、長い一音を吹いた。それを聞いて、地面に着地した温寧《ウェンニン》の体が一瞬動きを止める。その隙を突いて魏無羨《ウェイウーシエン》は彼に話しかけた。

「温寧《ウェンニン》！　俺がわかるか？」

　あちらの琴の音は三回鳴ると、それ以上聞こえず静かになった。つまり藍忘機《ランワンジー》は、たった三つの音で暴走した凶屍たちをすべて鎮めてしまったらしい。わずかに体を屈めた温寧《ウェンニン》は、喉の奥から地を這うような咆哮を発している。その様子は、不安と警戒心でいっぱいの野獣がいつでも攻撃できるように構えているかのようだった。もう一度陳情《チェンチン》を吹こうとした時、ふいに足に温苑《ウェンユエン》がきつく抱きついていることに気づいて、魏無羨《ウェイウーシエン》は愕然とした。温苑《ウェンユエン》が恐ろしさのあまり一切声を上げずにいたので、彼の存在がすっかり頭から抜け落ちていたのだ！

　彼は慌てて温苑《ウェンユエン》を抱き上げると、温情《ウェンチン》の方に素早く投げた。

「そいつを連れて遠くへ逃げろ！」

　そう言った瞬間、温寧《ウェンニン》がいきなり魏無羨《ウェイウーシエン》めがけて飛びかかってきた。

　まるで巨大な岩をぶつけられたかのように、魏無《ウェイウー》羨《シエン》は強く後ろに吹き飛ばされ、一本の木に思いきりぶち当たってしまった。喉から血の味がする熱い感触が込み上げ、一言罵りの言葉を吐く。ちょうどこちらへと戻ってきた藍忘機《ランワンジー》は、その様子を見てたちまち血相を変え、いち早く魏無羨《ウェイウーシエン》のもとへと駆けつけた。温情《ウェンチン》も温苑《ウェンユエン》を他の者の懐に押し込み、急いで魏無羨《ウェイウーシエン》の傷の具合を調べに行こうとしたのだが、彼に先を越され呆気に取られている。藍忘機《ランワンジー》は魏無《ウェイウー》羨《シエン》を胸に抱きかかえるようにして彼の手を握り、直接霊力を送り込んでいた。それを見て、温情《ウェンチン》が慌てて声を上げる。

「そいつを放して、大丈夫だから！　私に任せて！　私は温情《ウェンチン》よ！」

　岐山の温情《ウェンチン》といえば、まさしく一流の医師だ。藍《ラン》忘機《ワンジー》はそれを聞いてやっと霊力を送り込むのをやめ、彼女に魏無羨《ウェイウーシエン》の状態を見せたものの、彼の手は握ったまま放さずにいた。だが、魏無羡《ウェイウーシエン》は藍忘機《ランワンジー》を思いきり押しのけて叫んだ。

「あいつを行かせるな！」

温寧《ウェンニン》は魏無羡《ウェイウーシエン》を殴って傷を負わせたあと、腕をだらりと垂らして山の麓に向かっていた。その先は温《ウェン》家修士たちが身を隠している場所だ。温情《ウェンチン》はそちらに向かって声を張り上げた。

「逃げて！　皆早く逃げて！　あの子がそっちに向かってるわ！」

魏無羡《ウェイウーシエン》は藍忘機《ランワンジー》の手を振り払い、痛みを堪えながら追いかけると、藍忘機《ランワンジー》もまた彼に追いついてきて尋ねる。

「君の剣は？」

魏無羡《ウェイウーシエン》は腕を振り、素早く十二枚の呪符を宙に投げつける。

「どっか行った！」

十二枚の黄色い呪符は、空中で一列に並んで一気に燃え上がると、温寧《ウェンニン》の体に叩きつけられた。まるで一本の火の鎖《くさり》のようになった呪符が、瞬く間に彼を縛り上げる。

藍忘機《ランワンジー》が琴の弦をさっと弾くと、温寧《ウェンニン》の足は形のない糸にまとわりつかれたかのように少し止まった。しかし、若干難儀《なんぎ》しながらも、なおも強引に前に進んでいく。

すぐさま陳情《チェンチン》を口元に添えて吹こうとした魏無《ウェイウー》羡《シエン》は、先ほどの一撃のせいで、息ではなく血が混ざった唾を噴いてしまった。眉間にしわを寄せ、それでも胸腔《きょうくう》内を荒れ狂う血と痛みをどうにか抑え込み、一切音を震わせることなく吹き続ける。

二人の力が重なり、やっと跪いた温寧《ウェンニン》は天を仰いで長々と吠えた。その咆哮に黒い森の木の葉も激しく揺れてざわめく。魏無羡《ウェイウーシエン》はもはや耐えきれなくなって、咳《せ》き込むように血を吐き出した。

すると、忘機琴《ワンジーきん》の音色は唐突に凄まじいまでに鋭くなり、温寧《ウェンニン》は頭を押さえて激しく吠えながらその場で身を縮めた。温情《ウェンチン》はその様子を見て、痛ましい声で叫ぶ。

「阿寧《アーニン》！　阿寧《アーニン》！」

弟のもとに駆けつけようとする彼女に、魏無羨《ウェイウーシエン》が声を上げた。

「危ない！」

温情《ウェンチン》は、今の温寧《ウェンニン》には強い攻撃を加えなければ、こちらが危険なのだと内心ではわかっていながらも、弟が琴の音に影響されて苦しんでいるところを見ると心配せずにはいられなかった。

「含光君、どうかご容赦を！」

「藍湛《ランジャン》！　お前少し……」

魏無羨《ウェイウーシエン》が藍忘機《ランワンジー》に言いかけた時だ。

「……公……子……」

聞こえてきた声に驚き、彼は「待て」ととっさに声を上げた。

「藍湛《ランジャン》、一旦やめてくれ!!」

今の声は、温寧《ウェンニン》の方から聞こえてきた。

藍忘機《ランワンジー》は五本の指で琴の弦を押さえつけると、余韻の震えを止める。

「温寧《ウェンニン》!?」

魏無羨《ウェイウーシエン》に呼ばれ、温寧《ウェンニン》はぎこちなく顔を上げた。


すると、彼の目の中にはあの獰猛《どうもう》で蒼白な瞳ではなく……黒い双眸が現れている！

温寧《ウェンニン》は口を小さく開けると、また続けた。

「……魏《ウェイ》……公子……？」

一音一音必死に絞り出し、舌を噛んでしまいそうなほどたどたどしい言葉だった。しかし、それは確かに人間の言葉で、無意味な咆哮などではない。

温情《ウェンチン》は完全に我を忘れて言葉を失っていた。

しばらくして、彼女は突然大声で叫ぶと、足をもつれさせながら弟に飛びついた。

「阿寧《アーニン》！」

姉弟二人は、その衝撃で一緒に地面に倒れ込んだ。

「姉……さん……」

温寧《ウェンニン》が答えると、温情《ウェンチン》はぐっと弟を抱きしめ、泣きながら笑顔になり彼の胸に顔を埋めた。

「私よ！　姉さんよ、姉さん！　阿寧《アーニン》！」

彼女は温寧《ウェンニン》の名前を何度も繰り返し呼び続けた。

他の修士たちも彼に飛びつきたいように見えたが、怖くてできず、ただ大声で叫んだり大笑いしたりしながら、誰彼構わず互いに抱き合っていた。四叔父さんは大きな声を上げながら山の麓へと走っていく。

「もう大丈夫だ！　成功した！　成功した！　阿寧《アーニン》が目覚めたぞ！」

魏無羨《ウェイウーシエン》も彼らの近くまで歩いていき、温寧《ウェンニン》のそばでしゃがみ込んだ。

「気分はどうだ？」

仰向けで地面に倒れた温寧《ウェンニン》は、まだ少し四肢と首が硬直しているようだ。

「私……私……」

彼は少しの間言葉に詰まってから、ようやく続きを口にした。

「……私、すごく泣きたい。でも、泣けません。どうして……」

しばし沈黙したのち、魏無羨《ウェイウーシエン》は彼の肩をぽんぽんと叩いた。

「覚えてるだろう。お前はもう死んでるんだ」

温寧《ウェンニン》が確実に目覚めたことを確認して、魏無羨《ウェイウーシエン》は心の中でほっと深く息をついた。


——成功したのだ。

当初、魏無羨《ウェイウーシエン》は一時的な衝動と憤怒のせいで、温寧《ウェンニン》を低階級の凶屍に作り上げてしまった。温寧《ウェンニン》に自分を惨殺したあの監督たちを捕らえさせズタズタに引き裂かせたものの、温情《ウェンチン》が目覚めると、温寧《ウェンニン》は彼女のことをまったく覚えていなかった。ただ狂犬のように低い唸《うな》り声を上げてはあちこち噛みちぎり、肉を食べたい、血が飲みたいと訴えた。そんな弟と向き合うことは、彼女にとってより一層の苦痛だっただろう。

冷静になった魏無羨《ウェイウーシエン》は、はっきりと誓いを立てて彼女に約束した。温寧《ウェンニン》の意識を取り戻せる方法があるのだと。だがそれは、本当はただ大風呂敷《おおぶろしき》を広げただけで、とりあえず温情《ウェンチン》を安心させようとして言ったことだった。実際のところ、彼にはまったく自信などなかったが、やむなく勢いで取りかかったのだ。

それでも、何日もありったけの知恵を絞り、寝食を忘れ、本当にその約束を果たすことができた。

温情《ウェンチン》は温寧《ウェンニン》の蒼白な顔を両手で包み、大粒の涙をぽろぽろとこぼした。結局堪えきれずに、温寧《ウェンニン》の死体を見たあの夜と同じように、おいおいと激しく泣き始める。

温寧《ウェンニン》が硬直した手で彼女の背中をさすっている間に、多くの温《ウェン》家の者たちも山の麓からどんどん登ってきた。彼らは二人に飛びついて一緒に泣くか、もしくは魏無羨《ウェイウーシェン》と藍忘機《ランワンジー》を畏敬と感激の眼差しで見つめた。

彼ら姉弟にはきっと積もる話もあるだろう、と魏《ウェイ》無羨《ウーシェン》は思った。それに温情《ウェンチン》も、よその者には自分が泣きじゃくる姿など見られたくないはずだ。

「藍湛《ランジャン》」

声をかけると、藍忘機《ランワンジー》は彼に視線を向けた。

「せっかく来たんだしさ、寄っていかないか？」

魏無羨《ウェイウーシェン》がそう誘い、二人は山の上にある冷たい風が吹く洞窟の入り口まで歩いた。

「伏魔洞？」

「その通り。この名前は俺がつけたんだ。どう思う？」

魏無羨《ウェイウーシェン》が聞くと、藍忘機《ランワンジー》は押し黙ってしまった。

「わかってるよ。お前はきっと心の中で『特に何も』って言ったんだろう。ここの名前が外に広まってから、外の奴らがとやかく言ってるって話は俺も耳にしたしな。鬼道を修練していて自分が魔王みたいなものなのに、よくもまあ自分の巣窟に『魔王を降伏させる洞窟』なんて名づけたもんだな？　ってさ」

藍忘機《ランワンジー》はそれについて、良いとも悪いとも意見を述べずにいた。既に二人は洞窟の中に足を踏み入れ、魏無羨《ウェイウーシェン》の笑い声は広々とした空間に絶え間なくこだましている。

「でもさ、皆勘違いしてるんだよな。この名前の意味は、奴らが受け止めてるのとまるっきり違う」

「ではどう解釈する？」

「簡単だよ、ただ俺がよくここで寝てるからだ。『魔王が地面に伏せて寝る洞窟』なんだから、ここが伏魔洞じゃなかったらなんなんだ？」

「……」

あっけらかんとして答える魏無羨《ウェイウーシエン》に、藍忘機《ランワンジー》は無言だった。

二人はさらに洞窟の奥へと進む。

「ならば血の池とはなんだ」

藍忘機《ランワンジー》が尋ねると、魏無羨《ウェイウーシエン》は洞窟内にある淀んだ池を指さした。

「血の池はあれだよ」

洞窟内は薄暗く、その池の濁った水が黒か、それとも赤なのかもわからない。ただ、池は薄くも濃くもない血の臭いを放っている。

もともと池の周りは禁制の縄で囲むことで封じていたが、今は温寧《ウェンニン》に壊されてしまっている。魏無《ウェイウー》羨《シエン》は再びそれを繋ぎ合わせると、結び目を作って補強した。

「陰気が強すぎる」

「そう、陰気がすごく強いところだから、邪のモノが育つのに適してるんだ。ここはまだ完成してない凶屍を『飼ってる』場所だ。この底にどれだけ沈んでるか、当ててみな？」

彼は笑ってまた続ける。

「正直、何体いるかは俺にもわからない。でも、池の水はどんどん血の臭いが濃くなってるな」

ここの薄暗い明かりのせいかはわからないが、魏《ウェイ》無羨《ウーシエン》の顔色は殊《こと》の外《ほか》蒼白に見え、その笑顔は微かにぞっとするような雰囲気を帯びている。

藍忘機《ランワンジー》は静かに彼を見つめた。

「魏嬰《ウェイイン》」

「何？」

「君は本当に制御できるのか」

「何をだ？　ああ、温寧《ウェンニン》のことか？　もちろん問題ないさ。だってほら、あいつはもうああして意識を取り戻すことができたわけだし」

魏無羨《ウェイウーシエン》は得意げに続けた。

「史上類を見ない凶屍だ」

「万が一、彼がまた理性を失ったとしたら、どう対処する」

「あいつが暴走した時の対処については、俺はもうかなり経験を積んできた。あいつは俺が制御するから、俺さえ大丈夫ならなんの問題もない」

魏無羨《ウェイウーシエン》がそう言うと、藍忘機《ランワンジー》はしばらく沈黙してから再び口を開いた。

「ならば、もし君に問題が起きたら」

「そんなことにはならないよ」

「どうして保証できる」

藍忘機《ランワンジー》の問いかけに、魏無羨《ウェイウーシエン》は揺るぎない口ぶりできっぱりと答えた。

「そうはならないし、させない」

「君は今後ずっと、このままでいるつもりか」

「それで何か問題があるか？　俺の縄張りを見くびってるのか。この山はお前らの雲深不知処より広いし、食事だってお前らのとこよりずっといいぞ」

「魏嬰《ウェイイン》」

藍忘機《ランワンジー》が真剣な顔のまま告げる。

「君には私が言っている意味がわかっているはずだ」

「……」

魏無羨《ウェイウーシエン》はどうすることもできず、諦めたように言った。

「藍湛《ランジャン》、お前って奴は……本当に、なんて言ったらいいんだ。俺は話題を変えようとしてるのに、また元に戻しやがって」

その時、喉の辺りが微かにむず痒くなり、いきなり血の臭いがせり上がってきて、魏無羨《ウェイウーシエン》はぐっと堪えたままごほごほと咳き込んだ。すると藍忘機《ランワンジー》が自分の手を握ろうとするのを見て、彼はさっと避ける。

「何するんだ？」

「君の怪我を治す」

「いらない。この程度の怪我で霊力を無駄遣いしてどうするんだ。ちょっとゆっくりすれば自然と治るよ」

藍忘機《ランワンジー》は彼の適当な言葉には取り合わず、再び彼の手を掴もうとした。すると、洞窟の外から二つの人影が近づいてきて、温情《ウェンチン》の声が響いた。

「ちょっとゆっくりすれば自然と治る？　あんたは私が死んだとでも思っているわけ？」

彼女の後ろについてきているのは、茶盆を持った温寧《ウェンニン》だった。彼の肌には一切の血の気がなく、首にはまだ綺麗に拭いきれていない呪文が見える。そして、その脛に抱きついているのは温苑《ウェンユエン》だった。温《ウェン》苑《ユエン》は洞窟に入ってきた途端、タッタッタッと魏《ウェイ》無《ウー》羨《シエン》のそばに駆け寄って、今度は彼の脚にひっしと抱きついてきた。魏無羨《ウェイウーシエン》と藍忘機《ランワンジー》が図らずも同時に自分に視線を向けてきたのを見て、温寧《ウェンニン》の口が微かに動いた。どうやら笑みを浮かべたかったようだが、彼の顔の筋肉は硬直しきっていて口角を上げられず、仕方なく声だけをかける。

「魏《ウェイ》公子……藍《ラン》公子」

魏無羨《ウェイウーシエン》は片足を上げると、そこにしがみついている温苑《ウェンユエン》ごと軽く揺らした。

「お前らはなんで入ってきたんだ？　もう泣きやんだのか？」

からかわれて温情《ウェンチン》は憎々しげに答える。

「あとで私があんたを泣かせてやるから、待ってなさい！」

言葉ではそう言っているものの、その声はまだかなりの鼻声だ。

「冗談だろ。お前がどうやって俺を……あ！」

近づいてきた温情《ウェンチン》は、魏無羨《ウェイウーシエン》の言葉を遮るようにして即座に「バン」と手のひらで彼の背中を叩いた。血を吐くほど思いきり叩かれて、魏無羨《ウェイウーシエン》は信じられないといった表情を顔中に浮かべる。

「お前……よくも俺を……」

そう言いながら両目を閉じると、彼は気絶してしまった。藍忘機《ランワンジー》は色を失って彼を受け止める。

「魏嬰《ウェイイン》！」

温情《ウェンチン》は逆に、キラキラと光る銀の針を三本見せつけながら忠告する。

「私にはまだ、あんたの知らないもっと悪辣《あくらつ》なところがあるのよ。ほら、起きなさい！」

気絶したはずの魏無羨《ウェイウーシエン》は何食わぬ顔をして藍忘機《ランワンジー》の懐から起き上がり、口元についていた血を拭った。

「結構だ。婦人の心より悪辣なものはないってよく言うからな。ちっとも知りたくない」

先ほどの温情《ウェンチン》のあの一撃は、ただ彼の胸につかえた血を吐き出させただけだった。よくよく考えれば、百家にその名が知られている岐山随一の医師が、加減もわきまえずに手を出すはずがない。気絶したのは魏無羨《ウェイウーシエン》のいたずらだとわかると、藍忘機《ランワンジー》は強く袖を振って身を翻した。もう二度とこんなくだらない人間を相手にしたくないとでも言うようだ。

温寧《ウェンニン》はまだ目覚めたばかりのため、すべてにおいて反応が鈍かった。先ほど魏無羨《ウェイウーシエン》が血を吐いた時もただ呆然としていて、そして今やっとその怪我が自分が意識をなくしていた時に彼を殴ったせいだと思い至り、申し訳なさそうに謝罪の言葉を口にする。

「公子、すみません……」

魏無羨《ウェイウーシエン》は手をひらひらと振って答えた。

「いいよいいいよ。あんな一撃如きで、本気で俺がお前にどうこうされるとでも思ってるのか？」

温情《ウェンチン》は真っ黒な瞳で少し離れて立つ藍忘機《ランワンジー》の表情を映すと、彼に声をかけた。

「含光君、どうぞお座りになったら？」

魏無羨《ウェイウーシエン》はようやくはっとして気づいた。

（何か忘れてるような気がしてたけど、そういえば、藍湛《ランジャン》は入ってきてからずっと座ってないじゃないか）

しかし洞窟内に座れる場所といえば、ほんの数か所ある石の寝床だけで、しかもどの寝床の上にも奇妙な物がいっぱいに広げてある。旗に刀に箱、そして血を拭いた包帯に食べかけの果物、あまりにひどすぎて見るに堪えない有様《ありさま》だ。

「でも、座れる場所なんてないぞ」

「そこにあるじゃない」

冷淡にそう言うと、温情《ウェンチン》は石の寝床の一つから、その上にある物をすべて容赦なくさっと地面に払い落とした。

「ほら、これでできたでしょう」

「おい！」

魏無羨《ウェイウーシエン》は驚愕して思わず声を上げる。

すると、温寧《ウェンニン》も藍忘機《ランワンジー》に休むように勧めた。

「そうですよ。藍《ラン》公子、どうぞ掛けてください。お茶を……」

　温寧《ウェンニン》は手に持っていた茶盆を藍忘機《ランワンジー》の方に差し出す。茶盆の上には湯呑が二つ置いてあり、とても綺麗に洗ってあったが、魏無羨《ウェイウーシエン》はそれを一目見るなりケチをつけた。

「おい、ここまで貧乏なのかよ。客人に出す茶葉すらないのか！」

「さっき聞いたけど、なかったんです。四叔父さんは、茶葉を備蓄していないって……」

　温寧《ウェンニン》がすまなそうに言い、魏無羨《ウェイウーシエン》は真水が入っているその湯呑を持ち上げて一口飲んだ。

「さすがにこれはないだろう。今度客人が来る時のためにちゃんと用意しておけよ」

　そう言い終えてから、やっと自分が滑稽なことを言っていると自覚した。今度とはいつだ。どこに客人なんて来るというんだ？

「あんた、よくそんなことが言えたわね。何回も下山して買い出しに行かせたのに、あんたがいつもごちゃごちゃと無駄な物ばかり買ってくるんでしょう。そもそも今日、あんたに買ってきてって頼んだ大根の種は？」

「いつ俺がごちゃごちゃと無駄な物を買ったんだ！　俺は阿苑《アーユエン》のために楽しいおもちゃを買ってやっただけだ。なぁ、そうだろう阿苑《アーユエン》」

「羨《シエン》にいちゃん、うそつきだ。こっちのにいちゃんがかってくれたんだよ」

　温苑《ウェンユエン》は一切合わせてくれず、魏無羨《ウェイウーシエン》はわざとらしく怒って声を上げた。

「阿苑《アーユエン》、何を言うんだ！」

　伏魔洞内に楽しく談笑する声が響く中、なぜか藍《ラン》忘機《ワンジー》は一言も話さずに背中を向け、洞窟の外へと歩きだす。

　温情《ウェンチン》も温寧《ウェンニン》も、皆驚いた顔になった。

「藍湛《ランジャン》？」

　魏無羨《ウェイウーシエン》が声をかけると、藍忘機《ランワンジー》は足を止めた。

「私はそろそろ帰らなければ」

　その声からは、彼が今どんな気持ちでいるのかは感じ取れなかった。

彼は振り返りもせず、真っすぐに伏魔洞から出ていく。また動揺して慌て始める温寧《ウェンニン》は、どうやら彼が帰ってしまったのは自分に落ち度があったせいだと思っているようだ。

「にいちゃん！」

温苑《ウェンユエン》が焦って呼びかけ、二本の短い足で藍忘機《ランワンジー》を追いかけようとしたが、魏無羨《ウェイウーシエン》はさっと彼を捕まえて脇に抱え上げた。

「お前らはここで待ってろ」

彼は二歩で三歩分歩くように、大股で藍忘機《ランワンジー》に追いついた。

「本当にもう帰っちゃうのか？　だったら俺が送ってくよ」

藍忘機《ランワンジー》は沈黙して答えなかった。

温苑《ウェンユエン》は魏無羨《ウェイウーシエン》の脇に挟まれたまま、顔を上げて藍忘機《ランワンジー》を見た。

「にいちゃんは、いっしょにごはんたべないの？」

藍忘機《ランワンジー》は温苑《ウェンユエン》に目を向けて手を伸ばすと、ゆっくりと頭を撫でた。

それで温苑《ウェンユエン》は彼が残ると思い込み、喜びの表情を浮かべてひそひそと話した。

「ないしょだよ、阿苑《アーユエン》ね、きょうはおいしいものがいっぱいだってきいたの……」

「この兄ちゃんは、家にご飯があるから帰るんだよ」

「えー」と言う温苑《ウェンユエン》の失望した気持ちは言葉と顔に表れ、だらんと頭を垂らすと黙り込んだ。

二人は子供を間に一人挟み、無言のまましばらく歩いて乱葬崗の麓に着いた。図らずも同時に歩みを止めたが、互いに何も言葉は出てこない。

少しして、魏無羨《ウェイウーシエン》の方が先に口を開いた。

「……藍湛《ランジャン》、お前さっき俺に聞いたよな。これからずっとこのままでいるつもりかって。実は俺も、誰かに聞きたかったんだ。こうする以外に、俺はどうすればいいのか。鬼道を諦める、か？　そうしたら、この山の上にいる人たちはどうするんだ。あいつらを見捨てるのか？　そんなことは、俺にはどうしてもできない。もしお前だとしても、できないはずだってわかる」

　魏無羨《ウェイウーシエン》は続ける。

「誰か俺に上手く歩ける道をくれないかな。鬼道に頼らなくても、自分が守りたいものを守れる道を」

　藍忘機《ランワンジー》は彼を見つめたまま何も答えなかった。しかし彼らは二人とも、心の中ではその答えを知っていた。

　――そんな道などどこにもない。

　そして、解決策もない。

　魏無羨《ウェイウーシエン》は、またゆっくりと話しだした。

「今日はつき合ってくれてありがとう。それから、師姉の婚礼の話を教えてくれたこともありがとう。でも、物事の是非はすべて自分の考え次第だ。その結果を他人に称賛されようが非難されようが、何もかもそれは他人が決めることであって、損得《そんとく》も天に任せるだけさ。これからどうするべきかは、俺自身がよくわかってる。そして俺は、自分が制御できると信じてる」

　まるでずっと前から彼のその言葉を予想していたかのように、藍忘機《ランワンジー》は微かに顔を背けて目を閉じる。

　ここでお別れだ。

　山の上に引き返す道の途中で、魏無羨《ウェイウーシエン》はようやく気づいた。藍忘機《ランワンジー》に食事をおごると約束したのに、最後に二人は重苦しい雰囲気の中で別れることになってしまい、すっかり支払いを忘れていたのだ。

（まあ、でも藍湛《ランジャン》は金持ちなんだから、一回くらい勘定してもらっても平気だろう。そういえばあいつ、まだ金はあるんだろうな。まさか子供のおもちゃを少し買ったくらいで使い果たすわけはないか。次は俺がおごってやればいいだけだし……次なんてあるのか？）

　思い返してみると、彼と藍忘機《ランワンジー》は毎回顔を合わせる度、大抵あれやこれやの原因で気まずい思いをして別れることになる。おそらく、本当に友達になるには向いていないのかもしれない。

　けれど、今後は友達になろうと試みるような機会もほとんどないのだろう。

　温苑《ウェンユエン》は彼と左手を繋ぎ、右手で小さな木の剣を握って、草編みの蝶を頭の上にのせると無邪気に言った。

「羨《シエン》にいちゃん、お金もちにいちゃんはまたきてくれる？」

「お金持ち兄ちゃんってなんだ？」

魏無羨《ウェイウーシエン》が思わず吹き出してから尋ねると、温苑《ウェンユエン》は真剣に答える。

「お金もってるにいちゃんは、お金もちにいちゃんだよ」

「じゃあ俺は？」

「羨《シエン》にいちゃんは羨《シエン》にいちゃんだよ、お金なしにいちゃん」

思った通りの答えを口にした温苑《ウェンユエン》を一目見て、魏無羨《ウェイウーシエン》はぱっといきなり彼の頭の上の蝶を奪い取った。

「なんだよ、お金持ちだからあいつのことが好きなのか？」

温苑《ウェンユエン》はつま先立ちで奪い返そうとして、焦りながら不平を言う。

「かえして……それはぼくにかってくれたんだから！」

魏無羨《ウェイウーシエン》も実にくだらない人間なので、子供にいたずらする時もはしゃいでしまい、蝶を自分の頭上にのせた。

「嫌だね。お前はあいつのことを父ちゃんとも呼んでたけど、俺のことはなんて呼んでる？　兄ちゃんとしか呼んだことないだろう。いきなりあいつより下になってるじゃないか！」

温苑《ウェンユエン》はぴょんと跳び上がった。

「とうちゃんなんてよんでない！」

「俺は聞いたぞ。とにかく、俺は兄ちゃんと父ちゃんより、もっと上がいいんだ。なんて呼ぶべきかわかるか？」

魏無羨《ウェイウーシエン》に聞かれ、温苑《ウェンユエン》は悔しげに答える。

「でも……でも阿苑《アーユエン》……羨《シエン》にいちゃんをかあちゃんてよびたくない……なんかへんだもん……」

魏無羨《ウェイウーシエン》は思わず吹き出した。

「誰が母ちゃんって呼べって言った？　兄ちゃんと父ちゃんよりもっと上なのは、じいちゃんだぞ。そんなことも知らないのか？　お前、そんなにあいつのことが気に入ったなら早く言えよ。そうしたら、さっきあいつにお前を連れて帰らせたのに。あいつの家は確かに金持ちだけど、すっごく怖いんだぞ。お前を連れて帰ったら部屋に閉じ込めて、朝から晩まで本を書き写させるんだ。怖いだろう？」

温苑《ウェンユエン》は慌てて首を振ると、小声で答えた。

「……ぼくいかない……ぼく、まだばあばといっしょがいい」

魏無羨《ウェイウーシエン》は温苑《ウェンユエン》にひしひしと迫った。

「おばあちゃんはいるけど、俺はいらないのか？」

「いる。羨《シエン》にいちゃんもいる」

温苑《ウェンユエン》は機嫌を取るように言い、小さな指を折り曲げながら一人一人数えた。

「お金もちにいちゃんもいる。阿情《アーチン》ねえちゃんも、寧《ニン》にいちゃん、四おじちゃん、六おじちゃん〔六番目の叔父〕……」

魏無羨《ウェイウーシエン》は蝶をぽんと彼の頭上に投げた。

「もういい。俺はその他大勢ってことな」

温苑《ウェンユエン》は急いで草編みの蝶を懐の中に収め、彼にまた奪われることをとても心配しながら、もう一度問いかけた。

「お金もちにいちゃんは、またきてくれるの？」

それを聞いて、魏無羨《ウェイウーシエン》はしばらく笑い続けていた。

だが、少しして彼はやっと答える。

「もう来ないだろうな」

温苑《ウェンユエン》はがっかりしたように聞いた。

「どうしてなの？」

「どうしてもだ。この世のすべての人間には、皆それぞれやることがあって、それぞれ進む道があるんだ。自分のことだけでも十分忙しいのに、他人のことまで構ってられないだろう？」

所詮、同じ道を進む者同士ではないのだ。

温苑《ウェンユエン》はわかるような、わからないような様子で「ふうん」とだけ答え、かなり落ち込んでいるように見えた。

魏無羨《ウェイウーシエン》はさっと彼を掬い上げ、また脇に抱え込むと鼻歌を歌い始める。

「……陽《ひ》の当たる平らな大道なんて知るか。この先真っ暗だとしても、俺は険しい小道を突き進むさ……突き！　進む！　……この先真っ暗だとしても……あれ？」

「真っ暗」と口ずさんだ時、彼はふいに辺りがちっとも真っ暗ではないことに気づいた。

これまでは暗闇に包まれていた山頂までの道が、今夜彼らが戻ってきた時には、なぜか様変わりしていたのだ。

数軒の掘っ立て小屋の周辺は非常に綺麗に掃き掃除をされ、雑草も抜き取られている。そして、傍らの林の中には真っ赤な提灯がいくつかかかっていた。まん丸い形の提灯はすべて手作りで、枝の先端に掲げられている。作りは粗末でも、温かい明かりが黒々とした山林を明るく照らし出していた。

普段はこの時間になると、五十人あまりいる者たちはとっくに夕餉を終えて、各自が各々の小屋の中に明かりを消してこもっているはずなのに、なぜか今日は皆、中でも一番広い上屋《うわや》の中にいた。この上屋は、ただ八本の杭《くい》に屋根をかけただけのもので、全員が集まることができる。そばにある小屋は「台所」のため、それでこの上屋は食堂として使われているのだ。

魏無羨《ウェイウーシエン》はその状況を見て不思議に思い、温苑《ウェンユエン》を小脇に挟んだまま近寄った。

「なんで今日は皆ここにいるんだ？　まだ寝ないのか？　それに、どうしてこんなにたくさん提灯をかけて明るくしてるんだ？」

すると、台所から温情《ウェンチン》が皿を一つ持って出てくる。

「お年寄りのあんた様のためにかけたの。明日もっと作って山道にかけるわ。毎日暗闇の中を急いではかりだから、いつか転んで骨を折っちゃうかもしれないし」

「骨が折れてもお前がいるじゃないか」

「私は無駄に働きたくないのよ、お金ももらえないのに。もしあんたが骨を折って私が治す時、うっかり骨を砕いても文句言わないでよね」

温情《ウェンチン》の脅しに魏無羨《ウェイウーシエン》はぶるっと身震いすると、さっさとその場から逃げた。上屋に入ると、皆は続々と彼のために座る場所を空けてくれる。そこには三つの卓があり、どの卓の上にも七、八枚の皿が置いてあって、皿の中には湯気がほかほかと立ち上る料理ばかりが盛られていた。

「なんだ、皆まだ夕餉を食べてなかったのか？」

魏無羨《ウェイウーシエン》の言葉に、温情《ウェンチン》が答えた。

「まだよ。皆あんたを待っていたの」

「俺を待ってどうするんだ？　今日は外で食べてきたよ」

そう言い終わるなり、彼はまずいことを言ったようだと気づいた。やはり温情《ウェンチン》は怒ったらしく、持っていた皿をどんと叩きつけるように卓に置く。反動で、料理に入っている赤唐辛子たちが一斉に跳ね上がった。

「どうりで何も買って帰ってこなかったわけね。どうせ、料理屋に行って全部食べ尽くしてきたんでしょう？　私はあれだけしかお金を持ってなかったのよ。それを全部あんたに渡したっていうのに、よくもまあ豪快に使ってくれたじゃない！」

「いや！　ち、違う……」

魏無羨《ウェイウーシエン》が慌てた時、片方の手に杖をつき、もう片方の手に皿を持った温《ウェン》おばあさんがよろよろと台所から出てきた。温苑《ウェンユエン》は体を数回捩って彼の腕の中から下りると、彼女に駆け寄った。

「ばあば！」

温情《ウェンチン》も振り返って手伝いながら、口先だけ小言を言った。

「持たなくていいって言ったじゃないですか。手伝わなくて大丈夫ですから、もう座ってください。中は煙と臭いがすごいから。それに、おばあさんは足も悪いし手も不自由なんだから、落としたら皿はもう何枚かしか残ってないんですよ。こんな磁器《じき》を山まで運ぶのも簡単じゃないんですから……」

その他の温《ウェン》家修士たちは、箸を並べる者もいれば茶を注ぐ者もいて、上座を魏無羨《ウェイウーシエン》のために空けてくれる。ここまでされると、魏無羨《ウェイウーシエン》はむしろ平然とこの待遇を受け入れ難くなってきた。

これまで、この温《ウェン》家の者たちが実は皆、多かれ少なかれ彼に恐怖心を抱いていることに決して気づかなかったわけではない。

彼らは射日の征戦での魏無羨《ウェイウーシエン》の凶悪な評判と、常軌を逸した戦績を耳にしたことがあった。彼の広く伝えられてきた、凶暴で残忍、邪悪と言えるような憂さ晴らしの方法も聞いたことがある。さらには、彼が傀儡を操って人を殺す姿をその目で直接見たことがある者までいた。最初の頃、温《ウェン》おばあさんは彼を見る度に、両足をずっとぶるぶると震わせていて、温苑《ウェンユエン》も彼女の後ろに隠れるだけだった。けれど、時間をかけてようやく少しずつ彼に近づけるようになっていったのだ。

しかし、今この瞬間、五十人あまりの双眸はすべて彼を見つめている。その視線の中にはまだ恐れの感情が含まれてはいるものの、それは畏敬の恐れであって、またわずかに機嫌を取ろうとする気持ちと、おどおどした気持ちも残っていた。ただそれらよりも最も大きいのは、温《ウェン》家姉弟の視線に含まれているのと同じ、感謝と善意だ。

温情《ウェンチン》が小さな声で言った。

「今まで、あんたには苦労をかけたわ」

「お前……急にそんなふうに改まって言うなんて、ちょっとびっくりなんだけど?」

魏無羨《ウェイウーシエン》がからかうように言うと、温情《ウェンチン》の五本の指に力が込められ、関節が「カッ」と音を立てたのを聞いて、彼は慌てて口を噤む。

「……実は皆ずっと前から、一度あんたと一緒にご飯を食べて、ありがとうって言いたかったの。でもあんたはいつもあちこち動き回ったり走り回ったりしてるか、そうでなければ伏魔洞の中に閉じこもったまま何日も出てこないで、誰にも邪魔させないようにしているかのどっちかだったでしょう。皆あんたの作業を邪魔して、苛《いら》つかせてしまうのが怖かったのよ。あんたが人と関わるのが嫌いだから皆を相手にしたくないんだろうと思い込んでて、気が引けていたから、むやみに話しかけたりできなくて。だけど今日、阿寧《アーニン》が目覚めたら、四叔父さんがどうしてもあんたと一緒にご飯を食べるんだって言い張るから……外でお腹いっぱい食べてきたのかもしれないけど、ここに座って。食べなくてもいいから、座って話したり、お酒を飲んだりするだけでいいの」

魏無羨《ウェイウーシエン》はその言葉に驚いて、目を輝かせた。

「酒？　この山に酒なんてあるのか？」

数名いる温《ウェン》家の年寄りたちは、ずっとびくびくしながらこちらを眺めていたが、その言葉を聞いてすぐさま一人が答えた。

「ええ、ええ。お酒ならありますよ、ここに」

彼は卓のそばに置いてあった密閉された瓶をいくつか持ち上げ、魏無羨《ウェイウーシエン》に渡した。

「果実酒です。山で採った果実を使って醸造《じょうぞう》したものので、すごくいい香りなんですよ！」

卓のそばにしゃがみ込んでいた温寧《ウェンニン》が口を開いた。

「四叔父さんもお酒が大好きで、自分で醸造もできるので、特別に造ってくれたんです。何日も試行錯誤したそうですよ」

一音ずつ話すせいで彼の言葉は非常にゆっくりだが、逆につかえることもなくなった。四叔父さんは少し照れくさそうに笑う。彼はまだどこか緊張した面持ちで魏無羨《ウェイウーシエン》を見つめていた。

「そうなのか？　だったら是非とも飲まなきゃな！」

魏無羨《ウェイウーシエン》がそう言って卓のそばに座ると、四叔父さんは急いで瓶の封を切り、両手で彼に渡してくる。受け取った魏無羨《ウェイウーシエン》は、その匂いを嗅ぐなり笑顔になった。

「本当にいい香りだ！」

他の者たちも魏無羨《ウェイウーシエン》に続いて一斉に腰を下ろし、彼の称賛を聞くと誰も彼もがまるで自分が褒め称えられでもしたように、嬉しさで顔をほころばせ、続々と箸を手に取って食事を始めた。

こんなことは初めてだ。魏無羨《ウェイウーシエン》は酒を飲んでもその味がわからなかった。

（この先真っ暗……か？）

そこまで暗くはないかもしれない。

突然、清々しい気持ちになった。

五十数名が隙間なく三つの卓をそれぞれ囲んで座り、盛んに箸を動かしている。温苑《ウェンユエン》は祖母の膝に座り、彼女に自分の新しい宝物たちを見せていた。小さな木の刀と木の剣で戦っているところを彼女に見せると、老女は歯のない口を開けて大笑いした。魏《ウェイ》無羨《ウーシエン》は四叔父さんと、飲んだことのある酒の話題でかなり盛り上がり、最終的に同じ結論に至った。姑蘇の銘酒、天子笑が議論するまでもなくやはり絶品だ。温情《ウェンチン》は三つの卓を回りながら、目上の人々とその部下たちに果実酒を注《つ》いだが、二周しただけで瓶はもう空になってしまった。

「なんでもうないんだ？　俺はまだちょっとしか飲んでないぞ？」

「まだ何本かあるけど、とっておいてまた別の日に開けるから、今日はもう飲まないで」

「そんなのダメだ。よく言うじゃないか、死後の名声も、この一杯の酒には敵わない。さあ、何も言わずに満杯に注いでくれ」

今日は特別な日だからか、温情《ウェンチン》は彼の望み通りに新しい瓶を開け、満杯に酒を注いでやった。

「今回だけだから。私、あんたは禁酒すべきだと本気で思ってるのよ。浴びるように飲みすぎだわ」

「ここは別に雲深不知処じゃないんだし、なにが禁酒だ！」

雲深不知処の話が出ると、温情《ウェンチン》は魏無羨《ウェイウーシエン》をちらりと見て、関心のないふりをして聞いた。

「そうだ、聞くのを忘れていたわ。あんたが誰かを乱葬崗に連れて帰るなんてこと今まで一度もなかったのに、今日はいったいどうしたの？」

「藍湛《ランジャン》のことか？　道でばったり出くわしたんだ」

「出くわした？　どうやって？　まさか、また偶然会ったっていうの？」

「そうだよ」

「すごい偶然ね。あんたたち、雲夢でも偶然会ったことがあったでしょう？」

「別に珍しくもないだろう。雲夢と夷陵はよく他家の修士たちが出没するから」

魏無羨《ウェイウーシエン》の返事を聞いて、温情《ウェンチン》はさらに問う。

「さっき、あんたがずっと彼を直接名で呼んでいたのを聞いたけど、かなり度胸があるじゃない」

「あいつだって俺を名で呼んでただろう？　大したことじゃないよ。昔から呼び慣れてるし、お互い気にしてない」

「そう？　でも、あんたら二人の関係ってかなり悪かったんじゃなかったの？　噂では水と油みたいに相容れない関係で、顔を合わせたらすぐ喧嘩になるって聞いたわよ」

「お前、そんなでたらめな噂なんか信じるなよな。まあ、昔は確かに仲良くはなかったかもな。射日の征戦の時も、カッとなって何回かやり合ったことはあったけど、でもそのあとは噂で言われてるほど悪くはなかったよ。まあまあかな」

温情《ウェンチン》はそれ以上追及はしなかった。

皿の中の料理はあっという間に綺麗さっぱり空になり、誰かが箸で碗を叩きながら喚いた。

「阿寧《アーニン》、何皿かまた料理を作ってきてくれないか？」

「量多めにな、たらいに盛りつけてもいいぜ！」

「料理を盛りつけるたらいなんてどこにあるのよ。全部顔を洗う用でしょ！」

物を食べる必要がないため、ずっと上屋のそばで皆が食べるのを見守っていた温寧《ウェンニン》は、それを聞いてのろのろと答えた。

「あっ、はい」

魏無羨《ウェイウーシエン》は大いに腕を振るう機会が来たと思い、急いで口を挟む。

「待て。俺がやる！　俺がやるよ！」

「あんた、料理もできるの？」

温情《ウェンチン》に意外そうに聞かれ、魏無羨《ウェイウーシエン》は眉を跳ね上げて見せる。

「もちろんだとも。この俺は広間で客を出迎えられる気品もあるが、台所に入って料理を作れるくらい家事だってこなせる。俺の腕前を見るがいい。皆、待ってろよ」

周囲からは期待しているとばかりに続々と拍手が沸いた。しかし、台所から出てきた魏無羨《ウェイウーシエン》が、満面に怪しげな表情を浮かべながら皿を二つ卓の上に置くと、温情《ウェンチン》はそれを一目見るなり頭を抱えた。

「あんた、今後はできる限り台所に近づかないで」

いきなりそう言われて、魏無羨《ウェイウーシエン》は弁解する。

「まずは食べてみろよ。見た目だけで判断するのは良くないぞ。食べてみればわかるって。美味いってのはまさにこの味のことだぞ」

「食べるもんですか！　食べた阿苑《アーユエン》がどれだけ泣いているのか見えないの？　まったく、食材を無駄にして。皆、箸をつけないでね。こいつの顔を立てる必要なんてないんだから！」


それから三日も経たないうちに、ほぼすべての世家の者たちの間で、ある恐ろしい情報が知れ渡った。

江《ジャン》家から離反し、夷陵で独立して新たな派閥《はばつ》を作ったあの魏無羨《ウェイウーシエン》が、これまでにないほど最高階級の凶屍を作り出したという――その動きは素早く、力は限りなく強く、何も恐れることはない。手を出すとなれば、残忍かつ悪辣だ。しかも完全な思考能力を持ち意識も明瞭で、夜狩では向かうところ敵なしなのだ！

その話に、大勢の者が大いに驚きおののいた。

――これでは平穏が保てなくなるぞ！

魏無羨《ウェイウーシエン》はきっとあのような凶屍を大量に作り出し、世家か門派を興《おこ》そうと企んで、百家よりも優位に立とうとしているに違いない！　そして数多くの若き次世代の人材も、きっとあの小賢《こざか》しく利を掠め取る邪道に引きつけられる。もし彼らが続々と魏無羨《ウェイウーシエン》のもとに身を寄せていったら、正道の玄門百家の未来は憂いに満ち、前途は真っ暗闇だ！

しかし実際には、温寧《ウェンニン》の凶屍を作り出すことに成功した魏無羨《ウェイウーシエン》が最も有効的な使い道として感じたのは、これからは山に荷物を運ぶ時に、苦労を厭《いと》わず恨み言も言わない労働力が一人増えたな、ということだけだった。これまで魏無羨《ウェイウーシエン》はせいぜい一箱の荷物しか運べなかったが、今は温寧《ウェンニン》一人だけで荷車一台分の荷物を引ける。ついでに荷車の上で足を組んで暇を持て余す魏無羨《ウェイウーシエン》を加えて。

けれど、そんな話を信じる者は誰一人としていなかった。幾度か夜狩に繰り出して出しゃばったあとから、本当に憧れを抱いて訪ねてきて、「老祖」の傘下に入り、弟子入りしたいなどと願い出る者も少なくない。そういった者たちのせいで、もの寂しく荒涼としていた山野が、なんと突然、門前市《もんぜんいち》を成すようになったのだ。

魏無羨《ウェイウーシエン》が麓に置いた見回りの凶屍たちは、皆自分から攻撃はせず、せいぜい相手を放り投げて歯をむき出し咆哮するだけだ。そのおかげで怪我人も出ていないせいか、乱葬崗の麓に集まって魏無羨《ウェイウーシエン》が出てくるのを待つ者たちの数は、日に日に増えるばかりだった。ある時は、魏無羨《ウェイウーシエン》は遠くから「無上邪尊《むじょうじゃそん》夷陵老祖」と書かれたのぼりを見かけ、地面に果実酒を盛大に噴き出してしまったこともあった。さすがに我慢できなくなって下山し、「夷陵老祖様に献上」された供え物を一切遠慮せずにすべてもらってから、それ以降は違う山道を使って出入りしている。

ある日、彼が荷物運びのために温寧《ウェンニン》を連れて、夷陵のとある町で買い出しをしていると、突然、前方の路地に見覚えのある人影が一つぱっと現れた。魏《ウェイ》無羨《ウーシエン》は厳しい目つきになり、顔色一つ変えずに彼についていく。その人影に続いて、魏無羨《ウェイウーシエン》と温寧《ウェンニン》の二人はある一軒の小さな屋敷の中庭へと素早く入った。しかし中に入った途端、庭の門が閉ざされ冷ややかな声が一言響く。

「出ていけ」

彼らの後ろに立っていたのは江澄《ジャンチョン》だった。門を閉じた彼は、温寧《ウェンニン》に対してそう言い放つ。

江澄《ジャンチョン》という男は非常に根に持つ人間だ。そして、彼の岐山温《ウェン》氏へ向ける恨みは、温《ウェン》氏の上から下まで限りがない。その上、温情《ウェンチン》と温寧《ウェンニン》の姉弟に治療してもらった間、彼は終始昏睡状態だったため、深い恩義を感じている魏無羨《ウェイウーシエン》にはまったく同感できずにいる。そのため温寧《ウェンニン》に対してはずっと無遠慮で、乱葬崗に来たあの時など容赦なく手を下そうとまでしたのだ。温寧《ウェンニン》は相手が彼だとわかるとすぐさま俯き、大人しく下がって外へ出ていった。

庭の中には女性が一人立っていた。被っている笠からは紗が垂れていて、体は黒い外套に覆われている。魏無羨《ウェイウーシエン》はまるで喉に何かがつかえたように、ゆっくりと口を開いた。

「……師姉」

足音が聞こえるとその女性は振り返って、被っていた笠を取り外套も肩から下ろす。その下は、なんと全身真っ赤な花嫁姿だった。

江厭離《ジャンイエンリー》は荘重な婚礼衣装を身に纏い、あでやかで美しい化粧を施した顔はいつもよりも綺麗に見える。魏無羨《ウェイウーシエン》は彼女の方に二歩近づいた。

「師姉……それは？」

「それはってなんだ？　まさか、お前に嫁ぐとでも思ってるのか？」

揶揄してくる江澄《ジャンチョン》に、魏無羨《ウェイウーシエン》は吐き捨てた。

「お前は黙ってろ」

江厭離《ジャンイエンリー》は両手を広げて晴れ姿を彼に見せながらも、微かに顔を赤らめた。

「阿羨《アーシエン》、私……もうすぐ婚礼を挙げるの。だから、あなたにも見せたくて……」

その言葉に、魏無羨《ウェイウーシエン》の目頭が熱くなった。

魏無羨《ウェイウーシエン》は江厭離《ジャンイエンリー》が婚礼を挙げるその日に祝いの場には行けず、家族の花嫁姿も見られない。だから、江澄《ジャンチョン》と江厭離《ジャンイエンリー》はわざわざこっそりとこうして夷陵まで駆けつけてくれて、彼をこの庭の中まで誘い、彼一人だけに見せてくれたのだ——婚礼の日に、姉がどんな姿なのかを。

しばらくして、魏無羨《ウェイウーシエン》はようやく笑顔を見せた。

「知ってるよ！　聞いたんだ……」

「誰から聞いた？」

「お前には関係ないだろ」

怪訝そうな江澄《ジャンチョン》を魏無羨《ウェイウーシエン》が適当にあしらう。

江厭離《ジャンイエンリー》は恥ずかしそうに口を開いた。

「でも……今日は私一人だけだから、花婿《はなむこ》は見られないけど」

魏無羨《ウェイウーシエン》は軽蔑の表情を作って答える。

「花婿なんて全然見たくないし」

彼は江厭離《ジャンイエンリー》の周りを歩き、ぐるぐると二周してから褒めた。

「綺麗だよ！」

「姉さん、ほら言っただろう。本当に綺麗だって」

江澄《ジャンチョン》もそう言ったが、江厭離《ジャンイエンリー》は昔から自分自身をよく知っているため、真面目な顔で反論する。

「あなたたちが言ってくれても意味がないの。あなたたちの言うことは、真に受けられないわ」

江澄《ジャンチョン》は為す術《すべ》がないといった様子で尋ねる。

「俺の言葉も信じないし、こいつが言っても信じない。まさか、あの誰かさんが綺麗って言わない限り信じないのか？」

それを聞いて、江厭離《ジャンイエンリー》の顔はさらに赤くなった。真っ白な耳たぶまでもが赤く染まり、薄紅色の紅白粉でも隠しきれず、慌てて話題を変える。

「阿羨《アーシエン》……字《あざな》をつけてくれる？」

「字《あざな》って？」

魏無羨《ウェイウーシエン》が聞き返すと、江澄《ジャンチョン》が答えた。

「まだ生まれてきていない俺の甥の字《あざな》だ」

婚礼もまだ挙げていないというのに、もう未来の甥につける字《あざな》を考えるという。だが、魏無羨《ウェイウーシエン》もちっともおかしいと思うことはなく、一切遠慮もせずに、少し考えただけですぐに決めた。

「わかった。蘭陵金《ジン》氏の次の世代の字《あざな》には『如《ルー》』が入るから、金如蘭《ジンルーラン》にしよう」

「いいわね！」

江厭離《ジャンイエンリー》は微笑んだが、なぜか江澄《ジャンチョン》は不満顔だ。

「良くない。金如蘭《ジンルーラン》じゃ、藍《ラン》家の藍《ラン》に聞こえるじゃないか。蘭陵金《ジン》氏と雲夢江《ジャン》氏の子孫なのに、なんで如藍《ルーラン》なんだ？」

「藍《ラン》家も別に悪くないだろう。蘭は花の中の君子、藍《ラン》家は人の中の君子。いい字《あざな》だろう」

「お前、昔ならそんなふうに言わなかったぞ」

「名づけを頼まれたのはお前じゃなくて俺なのに、なんでお前がケチをつけてくるんだ」

すると、江厭離《ジャンイエンリー》が慌てて口を挟んだ。

「はいはい。阿澄《アーチョン》にはそういうところがあるって、あなたも知っているでしょう。そもそも、あなたに字《あざな》をつけてもらおうって提案してくれたのは阿澄《アーチョン》なのよ。もう、二人とも喧嘩しないで。二人のために汁物を持ってきたから、ちょっと待ってね」

彼女が屋敷の中に汁物を取りに行くと、魏無羨《ウェイウーシエン》と江澄《ジャンチョン》は目を見交わした。少し経ったあと、中から出てきた江厭離《ジャンイエンリー》は二人に一つずつ碗を渡すと、なぜかまた中に入っていってしまった。そして三つ目の小さな碗を持って門の外まで出て行き、温寧《ウェンニン》にそっと話しかけた。

「ごめんなさい。もう小さな碗しか残っていなくて。これをどうぞ」

温寧《ウェンニン》はもともと俯いて門を見守りながら立っていたのだが、目の前の出来事に、思いがけなく身に余る待遇を受けて驚き喜ぶと、つかえながら話し始めた。

「あ……わ、私の分まで？」

それに気づいた江澄《ジャンチョン》が不満を口にする。

「なんであいつの分まであるんだ？」

「どうせいっぱい持ってきたから、この場にいる皆の分はあるのよ」

江厭離《ジャンイエンリー》が答えると、温寧《ウェンニン》は訥々と礼を言った。

「江《ジャン》殿、ありがとうございます……ありがとうございます」

彼は自分のために目一杯よそってくれた小さな碗を両手で支えるように持ったが、申し訳なくて本当のことは言えなかった——ありがとう、でも、食べられません。私にくれてももったいないだけです。死人は物を食べませんから……。

江厭離《ジャンイエンリー》は彼が困っていることに気づいて、二言三言何かを問いかけ、門の外に立って温寧《ウェンニン》と話し始めた。魏無羨《ウェイウーシエン》と江澄《ジャンチョン》はというと、庭の中で立ったままそれを眺めている。ふいに江澄《ジャンチョン》が、碗を少し持ち上げて言った。

「夷陵老祖に一献差し上げる」

その号を聞いた瞬間、魏無羨《ウェイウーシエン》はまたあの風にはためく、やたらと覇気溢れるのぼりを思い出し、金色にまばゆく輝いた「無上邪尊夷陵老祖」の八文字で頭がいっぱいになる。

「黙れ！」

魏無羨《ウェイウーシエン》が怒鳴ったあと、二人は腰を下ろして汁物を飲み始めた。

一口飲んでから、江澄《ジャンチョン》は尋ねた。

「この前の傷はどうなった」

「とっくに治ったよ」

「そうか」

その答えを聞いて江澄《ジャンチョン》は頷き、そして少し間を置いてからさらに確認する。

「何日で治った？」

「七日もかからなかったぞ。言っただろう、温情《ウェンチン》さえいれば問題にならない。だけど、この野郎、お前まさか本気で刺すなんて」

魏無羨《ウェイウーシエン》が顔を顰めると、江澄《ジャンチョン》は蓮根を一口食べてから答えた。

「お前の方こそ、先にあいつを使って俺の腕を砕かせただろうが。お前は七日かもしれないが、俺の腕は一か月以上も吊るしたんだぞ」

魏無羨《ウェイウーシエン》はへへっと笑った。

「強めにやらないと本当に見えないだろう？　左腕なら字を書くのにも困らなかったろうし。それに、じん帯や骨を怪我したら少なくとも百日は安静にする必要があるんだから、一か月吊るしただけならちっとも長くないだろう」

ふいに、門の外からつっかえつっかえ返事をする温寧《ウェンニン》の声が微かに聞こえてくる。わずかな沈黙のあと、江澄《ジャンチョン》は改めて問いかけた。

「お前は今後、ずっとこのままでいるつもりか？　他にやりたいことはないのか？」

「今のところはまだないな。あの人たちは皆、山から下りるのが怖いんだ。それに俺が山から下りても、外の奴らは怖くてちょっかいも出してこないから、俺が自分からいざこざを起こしさえしなければ問題ない」

「自分から起こさない、だと？」

魏無羨《ウェイウーシエン》の言葉を江澄《ジャンチョン》がせせら笑う。

「魏無羨《ウェイウーシエン》、信じられるか？　たとえお前自身がいざこざを起こさなくとも、いざこざはお前に引き寄せられるんだ。たった一人を救いたい時は、往々《おうおう》にしてどうすることもできないものだが、たった一人を陥れようとする時、その方法は何千何百にとどまらないんだ」

しばし汁物を食べるのに没頭してから、魏無羨《ウェイウーシエン》はきっぱりと答えた。

「絶対的な力の前では、小細工なんてなんの意味もない。方法が何千何百あろうが、誰かが来れば、そいつを殺すだけさ」

「お前はこれまで俺の意見になんて何一つ耳を貸さなかったよな。いつかわかるさ、俺の言ったことが正しかったって」

江澄《ジャンチョン》は淡々と言うと、一気に残りの汁物を飲み干して立ち上がった。

「威風があって大したものだ。さすがは夷陵老祖」

魏無羨《ウェイウーシエン》は骨をぺっと一つ吐き出して、顔を顰める。

「お前な、いい加減にしろよ」

別れ際、江澄《ジャンチョン》は先に断りを入れた。

「見送りはいい。誰かに見られたらまずいからな」

魏無羨《ウェイウーシエン》は頷く。彼にもよくわかっていた。今日、江《ジャン》家姉弟がここまで来ることは決して容易ではなかったはずだ。もしこれを他の者に見られれば、彼らが以前、世間の人々に見せるために演じた大芝居のすべてが無駄になってしまうのだから。

「俺たちが先に行く」

魏無羨《ウェイウーシエン》はそう告げて、路地をあとにする。相変わらず魏無羨《ウェイウーシエン》が前を歩き、温寧《ウェンニン》は黙々とその後ろに続いた。突然、魏無羨《ウェイウーシエン》はくるりと振り返る。

「お前、そのお碗を持ったままでどうするつもりだ？」

「え？」

一瞬戸惑った温寧《ウェンニン》は、惜しそうに答えた。

「持って帰ります……私は飲めないけど、でも他の人に飲ませてあげられますから……」

「……」

思わず言葉を失ってから、魏無羨《ウェイウーシエン》は言った。

「好きにしろ。こぼさないようにな」

魏無羨《ウェイウーシエン》はまた顔を前に向けた。

これから先、おそらくまた長い間、昔からよく知る親しい者たちには会えなくなるのだろう。
けれど……今から会いに行こうとしているのも、よく知る者たちではないか？

# 第十八章　夜奔

——蘭陵の町で最大規模を誇る霊宝閣《れいほうかく》［各地にある、上級修士御用達とされる装飾用武器店］の店内。

目を奪うばかりの逸品が揃い、秩序立てて配置された飾り棚には、数えきれないほどの高級霊玉《れいぎょく》や、上質な武器がずらりと陳列されている。訪れた大勢の修士たちは、そこから目当ての品を選んだり、じっくりと見比べたりして、自らの懐具合と相談している。さらに時間が許せば、彼らはここで世間話をしていくのだ。

ふと、誰かが話す声が聞こえてきた。

「仙督？　最近どうやら大世家たちはずっとその話題で揉めてるらしいけど、結論は出たのか？」

「揉める必要なんてあるか？　だってここのところ各世家の足並みはばらばらだし、導く者がいないとダメだろう。仙門の頂として百家を監督し導く立場を設けて、代表の人間を決めるっていうのは、いい考えだと思うけどな」

「良くないですよ。だって万が一、どこかが第二の岐山温《ウェン》氏みたいになったら……」

「それとこれとは一緒くたにできないだろう？　そもそも仙督は百家が推薦して決めるものだぞ。全然違うじゃないか！」

「ハッ、推薦と言っても、皆本当はもうわかりきっているはずだよ。だって結局のところあのお歴々が争っているだけで、他の者の出る幕なんてないだろう？」

「赤鋒尊《せきほうそん》はかなり強く反対してるらしいな。金光善《ジングアンシャン》が何度も遠回しにほのめかしたり、はっきり言ったりしても、そのすべてに反駁したって。まだかなりのすり合わせが必要だろうな」

「しかも仙督の座につけるのは一人だけだから、万が一本当に設けることになったとしても、誰が座るべきかでまだ数年は揉め続けると思うぞ」

「まあ、どうせそんなのは上のお方たちが思い悩むべきことだから、関係ないさ。俺たちみたいな一介の小者が関与できるわけもないし」

　すると、誰かが話題を変えた。

「先月行われた雲深不知処の蔵書閣の落成《らくせい》式、どなたか行かれましたか？　小生は行ってきたのですが、完成された蔵書閣を見たら、なんと元の建物とそっくりだったんですよ。さぞ大変だったでしょう」

「そうだろうな。並大抵のことじゃない。あんなに大きな仙府、百年の仙境だ。こんな短期間で再建できたとは」

「そういえば、近頃はめでたいことがあれこれとありましたね」

「金子軒《ジンズーシュエン》の息子の七日礼《なのかれい》〔子供が生まれて七日目に行うお披露目式〕のことか？　大量の色とりどりの贈り物を見ても、あの子はどれも気に入らなくて、闘妍庁をひっくり返す勢いで大泣きしていたんだぜ。でも、父親の歳華《スイホワ》を見たらご機嫌で笑って、両親も大層喜んでいたよ。将来はきっと大した剣使いになるだろうって誰もが言っていたな」

　少し離れた場所で、白い服を身に纏った青年が、緒締《おじ》め玉《だま》つきの房を手に取ってしげしげと丹念に眺めている。彼は、耳に入ってきた話に小さく笑う。

　今度は女性修士の声が聞こえてきた。

「金《ジン》家の若夫人は本当に幸せな方ですよ……きっと、前世で仙人になる機会を諦めたから、あんな幸運を得たんでしょうね」

　彼女とともに訪れていた女性も口を開く。

「やはり、いくら見た目や資質やそれ以外の何もかもが良くても、生まれた家柄には敵わないわね。所詮、あの程度の女性なのに……」

　白ずくめの青年は、それを聞いて微かに眉をひそめた。だが、幸い今の嫉妬《しっと》交じりの小言《こごと》は、すぐに他の者の大声に紛れてしまう。

「蘭陵金《ジン》氏はさすがだよ。まだ生まれてから数日しか経たない赤ん坊の祝いだっていうのに、あんなに豪勢にするとはな」

「お前は赤ん坊の両親が誰と誰かをちゃんとわかっ

ているのか？　いい加減になんかできるはずないだろう？　旦那がそれを望まないどころか、少しでも豪勢さが足りないところがあれば、旦那の母親も、若夫人の弟も、どっちもそれを許さないだろう？　二、三日後に行われる予定の一か月礼は、おそらくさらに大げさにやるんだろうな」

「そういえば、お前ら知ってるか。噂によると、その一か月礼に……ある者を招待したらしい」

「誰だ？」

「魏無羨《ウェイウーシエン》だよ！」

その途端、霊宝閣内は一瞬静まりかえった。

別の者が、理解し難い様子で問い質す。

「それ……てっきりでたらめな噂話だろうと思ってたんだけど、まさか本当に招待したのか!?」

「そうだよ！　ここ数日で確定したんだ。本当に魏《ウェイ》無羨《ウーシエン》が来るらしい」

また他の誰かが、怪訝そうに言った。

「蘭陵金《ジン》氏はいったい何を考えているんだ？　魏無《ウェイウー》羨《シエン》が以前、窮奇道で無実の者たちを大量に殺した事件を忘れちまったのか？」

「そんな奴を金凌《ジンリン》の一か月礼に招待したなんて、恐ろしくてきっと誰も行かないでしょう？　もちろん、私は絶対に行きませんけどね」

その言葉を聞くと、その場にいたほとんどの者が心の底で密かに嘲笑った――お前はそもそも招待されてすらいないのに、なぜ行くの行かないのと悩む話をしているんだ？

白ずくめの男は眉を跳ね上げ、目当ての品を選び終えると霊宝閣を出た。

数歩歩いたところで角を曲がり、一本の路地に入る。すると、黒ずくめの人影が現れて彼に声をかけてきた。

「公子、買い物は終わりましたか？」

魏無羨《ウェイウーシエン》は手の中にある檀木《だんぼく》でできた繊細な造りの箱をぽいと彼に放り投げた。温寧《ウェンニン》がそれを受け取り蓋《ふた》を開けてみると、中には飾り房がついた白い玉の根付《ねつけ》が入っている。玉は透き通った色味をしていて、光を浴びて柔らかく輝く様子は、まるで命が宿っているかのようだ。温寧《ウェンニン》は嬉しそうに言った。

「すごく綺麗です！」

「綺麗だけど、こんなちっぽけな小物だっていうのに全然安くなかったよ。お前の姉さんの金でこの服を新調したあとで、さらにそれを買ったら危うく足りなくなりそうだった。どのみち、もう一文《いちもん》も残ってないから戻ったらきっと怒られるだろうな」

魏無羨《ウェイウーシエン》がぼやくと、温寧《ウェンニン》は慌てて否定する。

「そんな、怒らないですよ。だって、公子が江《ジャン》殿のお子さんに買った贈り物なんですから、姉さんはきっと怒りません」

「お前、今の言葉聞いたぞ。もし怒られたら、ちゃんと俺を庇ってくれよな」

魏無羨《ウェイウーシエン》の言葉に頷いてから、温寧《ウェンニン》は続けた。

「金凌《ジンリン》若公子は、きっとこの贈り物をすごく気に入ってくれると思います」

「これは本当に俺が贈りたいと思ってるのとは別の物だよ。ただの飾りにすぎない。霊宝閣にあるような物は、ただ見た目が綺麗なだけで、あんなのがいったいなんの役に立つっていうんだ？」

予想外な彼の答えに、温寧《ウェンニン》はぽかんとしている。

「じゃあ公子はいったいどんな贈り物を用意したんですか？」

「それは大事な秘密だから教えられないんだ」

「そうですか」

そう言ったきり、彼はそれ以上尋ねようとはしなかった。魏無羨《ウェイウーシエン》はしばらくの間我慢していたが、結局痺れを切らした。

「温寧《ウェンニン》、こういう時はさ、いったい何を贈るのかが気になってしょうがなくなって、しつこく問い詰めるもんじゃないのか？　まさか本当に『そうですか』って言っておしまいかよ？　どんな贈り物なのか興味がないってことか？」

温寧《ウェンニン》は呆然と魏無羨《ウェイウーシエン》を見つめ、ようやく彼の言葉の意図を理解したようだ。

「……もちろん、知りたいです！　公子！　いったいどんな贈り物を用意したんですか？」

魏無羨《ウェイウーシエン》は改めてそう言われて、やっと袖の中から小さな木箱を取り出し、温寧《ウェンニン》の目の前で揺らすとにっこり微笑んだ。受け取ってその中を見た温寧《ウェンニン》は、思わず声を上げた。

「この銀鈴《ぎんりん》、すごいです！」

その「すごい」とは、ただそれの造りがいかに繊細で美しいかということだけではなかった。確かにこの混じりけのない綺麗な銀色と、鈴の上にある生き生きとして本物の花にしか見えない九弁蓮は、技術面ではもはや最高の域に達していると言える。しかし、温寧《ウェンニン》を驚嘆させたのは、この小さな銀鈴が内包している非常に強い力だった。

「公子、ここ半月の間、ずっと伏魔洞の中に閉じこもったまま、夜となく昼となく出てこなかったのは、これを作っていたんですか？」

「その通り。この銀鈴さえつけていれば、階級が低めの妖魔鬼怪《きかい》程度なら何もあの子の体には近づけないんだ。お前も触るなよ？　もし触ったら、たとえお前でもおそらくそれなりの間は大変なことになるからな」

それを聞いて、温寧《ウェンニン》は頷いた。

「私、ちゃんと感じ取れました」

魏無羨《ウェイウーシエン》は先ほど買ってきた飾り房のついた根付を取り出すと、それを銀鈴の下につける。二つの小物が組み合わさるとこの上なく美しく、その贈り物にとても満足した。

「でも公子、金凌《ジンリン》若公子の一か月礼に参加するからには、江《ジャン》殿の旦那さんに会ったとしても、絶対に我慢してくださいね。そして、彼とは言い争いにならないようにしてください……」

温寧《ウェンニン》にそっと釘を刺され、魏無羨《ウェイウーシエン》は手をひらひらと横に振った。

「それは安心しな。もちろんそれくらいの分別《ふんべつ》は持ち合わせてるよ。今回、金子軒《ジンズーシュエン》が俺を招待してくれたことに免じて、俺は一年間あいつの悪口を言わないことにする」

温寧《ウェンニン》は頭をぽりぽりかくと、気まずそうに少し前のことを口にした。

「この間、金《ジン》公子が使いの者を遣《よこ》して、乱葬崗の麓に招待状を届けてくれた時は、私はてっきり何かの罠《わな》かと思ってしまいました。でも、誤解だったことがわかって、本当に彼には申し訳ないと思っています。そんなふうに見えなかったけど、実は金《ジン》公子もいい人だったんですね……」

正午頃には、二人はあの窮奇道の辺りを歩いていた。

窮奇道は再建されてとっくに名前も変えられていたが、魏無羨《ウェイウーシエン》は新しい名前を知らなかった。どうやら同じように他の者たちもよく忘れてしまうのか、大抵は相変わらず窮奇道と呼ばれているらしい。

初めはなんの異常も感じていなかった魏無羨《ウェイウーシエン》だが、谷間の真ん中辺りまで歩いてくると、次第に何かがおかしいと感じ始めた。

いくらなんでも、通行人がここまで少ないはずはない。

「何か異常あるか？」

魏無羨《ウェイウーシエン》が聞くと、温寧《ウェンニン》は白目をむく。しばしのあと、黒い瞳が下りてきた。

「ないですね。とても静かです」

「むしろ、静かすぎるな」

今まで耳元で常に聞こえていた、溢れかえる人ならざるモノたちの騒々しい声ですら、一切捉えられなくなっている。

魏無羨《ウェイウーシエン》は警戒し、潜めた声で命じた。

「行くぞ！」

彼が進む方向を変えたその瞬間、温寧《ウェンニン》が突然手を上げて何かを掴んだ。

それは、魏無羨《ウェイウーシエン》の心臓をめがけて真っすぐに飛んできた、一本の矢だった！

魏無羨《ウェイウーシエン》が素早く顔を上げると、谷間の両側の崖の上と、四方八方から大勢の修士が飛び出してきた。その数およそ三百あまり。ほとんどが金星雪浪袍を身に纏っているが、他の色の服を着ている者もいる。皆が長弓を背負い、腰には剣を佩き、顔中に警戒の色を浮かべて完全武装している。もともとの山の地形を利用し、さらに人為的な遮蔽物《しゃへいぶつ》を使った上で、剣先と矢先、そのすべてが彼に向けられていた。先ほど真っ先に魏無羨《ウェイウーシエン》を狙った矢は、その先頭に立つ誰かが射たものだ。目を凝らして見ると、大柄でがっしりとしたその人物は浅黒い肌をしていて、その整った容姿は明らかにどこかで見た覚えがある。

「お前は誰だ？」

その人物は矢を射終わって話を始めようとしていたのに、魏無羨《ウェイウーシエン》にそんなふうに質問されて、言いたいことも忘れて激昂《げきこう》した。

「お前、よくも俺が誰かなんて聞けたな？　俺は――金子勲《ジンズーシュン》だ！」

魏無羨《ウェイウーシエン》はすぐに思い出した。この男は金子軒《ジンズーシュエン》の従兄で、これまで二回会ったことがある。

魏無羨《ウェイウーシエン》の心は一瞬で沈んで暗鬱《あんうつ》なものになった。先ほどまで胸の中は江厭離《ジャンイエンリー》の息子の一か月礼に参加できる喜びでいっぱいだったが、歓喜は跡形もなく消え失せ、心に暗い陰が落ちる。しかし、まだあれこれと深く考えたくはなかった。この者たちがなぜここで自分たちを待ち伏せしていたのか、推測したくなかったのだ。

金子勲《ジンズーシュン》は大声を上げて言った。

「魏無羨《ウェイウーシエン》、警告する。今すぐお前がかけた忌々しい呪いを解け。そうすれば、俺は何事もなかったことにしてこれ以上は追及しないし、このことは忘れてやる」

魏無羨《ウェイウーシエン》はその話を聞いて思わず呆気に取られてしまった。たとえ言い逃れだと思われたとしても、それでもはっきり確認しなくてはならない。

「忌々しい呪いってなんだ？」

するとやはり、金子勲《ジンズーシュン》は彼が知っていながらわざと聞いてきたと思ったようだ。

「お前、よくもしらばっくれやがって！」

彼は思いきり自分の襟元をはだけながら怒鳴った。

「いいだろう、見せてやるよ。これがいったいどんな呪いかを！」

すると、さらされた金子勲《ジンズーシュン》の胸には、大小様々な穴が隙間なくびっしりと広がっているではないか！

その穴は小さいものはゴマのように微小だが、大きいものは大豆《だいず》ほどもあり、均等に彼の肌の上に開いているそのさまは見る者をぞっとさせる。

魏無羨《ウェイウーシエン》はさっとそれを見ただけで、すぐに状況を理解した。

「千瘡百孔《せんそうひゃっこう》か？」

「その通りだ！」

「千瘡百孔」は、他にはないほど陰険で、悪辣極まりない呪いの一種だ。

かつて魏無羨《ウェイウーシエン》が姑蘇藍《ラン》氏の蔵書閣で本を書き写していた時、適当に本をめくりながら、その中にあった一冊の古書を読んだことがあった。そこにはこの呪いについての記述があって、しかも絵まで添えられていた。絵の中の人間は、痛みを感じていないかのように落ち着いた表情だったが、その体には銀貨ほどの大きさの黒い穴が大量に描かれていた。

初めは、術にかかった者には自覚症状がなく、大抵は毛穴が荒れただけだと思い込む。しかし、そう長く経たないうちに、その小さかった毛穴はゴマほどの大きさに変わり、時間が経てば経つほどますます大きくなって数も増え、全身が大小様々な黒い穴に覆われるまで増え続けるのだ。まるで生きたまま人間ふるいにされたみたいに、非常に気味が悪い。しかも皮膚の表面がすべて穴に覆われ尽くすと、次にその呪いは内臓にまで広がり、軽度の場合は辛抱《しんぼう》できないほどの腹痛、重度の場合に至っては、五臓《ごぞう》六腑《ろっぷ》がすべてただれてしまうのだ！

金子勲《ジンズーシュン》がこんな見るだけでも吐き気がするような、しかも解くことも難しい呪いにかかっていると知り、魏無羨《ウェイウーシエン》は危うく少々同情しかけた。しかし、たとえ同情していたとしても、彼が金子勲《ジンズーシュン》をどうしようもなく頭が悪い奴だと思っていることに変わりはない。

「それで、千瘡百孔にかかったお前が、俺を待ち伏せするっていうのはどういうわけだ？　俺となんの関係がある？」

金子勲《ジンズーシュン》はどうやら自分でも胸を見るのが不快らしく、服の前を閉じた。

「お前のような邪道を使い慣れた逆賊《ぎゃくぞく》以外に、いったい誰が俺にこんな陰険で毒々しい呪いをかけるというんだ？」

（そりゃ、数えきれないほどいるだろう……まさか、金子勲《ジンズーシュン》は自分に人望があるとでも思ってるのか？）

魏無羨《ウェイウーシエン》は内心でそう思ったが、それを直接口に出してわざわざ金子勲《ジンズーシュン》を怒らせ、事態を悪化させるのは避けたかった。

「金子勲《ジンズーシュン》、俺はそんなふうにこそこそした三流の手なんて使わない。もし俺が誰かを殺したら、すべての者に俺がやったと堂々と宣言するさ。それに、もし本当に俺がお前を殺そうとしたなら、お前は今より千倍はみっともない格好になってるぞ」

「お前はもっと高慢な奴だと思っていたがな？　やる度胸はあるのに認める度胸はないか？」

「俺がやったんじゃないのに、なんで認めなきゃならないんだ？」

魏無羨《ウェイウーシエン》がそう言うなり、金子勲《ジンズーシュン》の目に殺気が溢れてきた。

「こちらは先に礼儀は尽くした。ここからは武力行使だ。お前に悔い改めるつもりがないのなら、俺も容赦などしない！」

「へぇ？」

魏無羨《ウェイウーシエン》は足を止めた。

「容赦しない」という言葉の意味は明確だ。かけられた千瘡百孔を解く方法は二種類ある。一つは、呪った者自身がこれまでの修練の成果と引き換えに、自ら呪いを取り除くこと。そしてもう一つ、最も根本的な解決方法は——呪った者を殺すことだ！

魏無羨《ウェイウーシエン》は彼を見下すようにして続けた。

「容赦しない？　お前が？　お前ら何百人程度の力でか？」

金子勲《ジンズーシュン》が腕を振って合図を出すと、すべての門弟が弓に矢をつがえ、谷間の最も低い位置にいる魏無《ウェイウー》羨《シエン》と温寧《ウェンニン》に狙いを定める。魏無羨《ウェイウーシエン》も腰に差していた陳情《チェンチン》を持ち上げ口元にあてると、彼が吹いた笛の音は谷間の静寂を鋭くつんざいた。

しかし、しばらくの間静かに待ってみても、笛に応える音は一向に聞こえてこない。

「この辺り一帯の区域のモノはとっくに我々がすべて片づけてある。あとはお前が来るのを待つだけだったんだ。いくら吹いても、召喚できる手下はせいぜい数匹程度だろう。ここはお前のために入念に準備した墓場だからな！」

金子勲《ジンズーシュン》の言葉を魏無羨《ウェイウーシエン》はせせら笑った。

「ならばこれは、お前が自ら死に急いだ結果ってわけだ！」

彼が言い終わったその時、温寧《ウェンニン》は手を上げ、首から提げていた一枚の呪符がついた赤い紐を引きちぎった。

その赤い紐が切れると彼の体は小さく揺れ、だんだんと顔の筋肉が歪み始める。首から頬にかけて黒いひびが数本伸びるなり突然顔を上げ、明らかに人ならざるモノの出す、長く恐ろしい咆哮を発した！

ここで待ち伏せしていた三百あまりの者たちの中には、夜狩の腕利《うでき》きが大勢いるものの、一体の凶屍がこんなにも恐ろしい声を出すのを初めて聞いた者ばかりで、彼らは皆一様に足がすくんでしまう。金《ジン》子勲《ズーシュン》自身も背筋に寒気が走り、腕を振って命令を下す。

「放て！」

すぐさま、矢が豪雨の如く降り注いだ！

温寧《ウェンニン》は素手で岩を一つ断ち割って、それを高く掲げて鋭い矢をすべて防いだ。矢の雨が降りやむと、続けて百人あまりの修士が崖から飛び降りてきて、谷間の最深部の道にいる二人を殺そうと襲いかかる。

魏無羨《ウェイウーシエン》は素早く後ろに数歩下がり、不意打ちで繰り出された剣の刃を瞬時に避けた。

金子勲《ジンズーシュン》は、温寧《ウェンニン》がその百人あまりの相手をしている隙に魏無羨《ウェイウーシエン》を狙ってきた。彼は魏無羨《ウェイウーシエン》が剣を佩いておらず、今は役に立たないであろう笛だけを手にしているのを見て、嘲るように高笑いする。

「これが、まさにお前が思い上がっていたことの代償だ。剣を持っていないなんて、いったいどう反撃するつもりなのか見ものだな？」

魏無羨《ウェイウーシエン》が手を振ると、瞬時に緑の炎に燃える呪符が一列飛んでいき、金子勲《ジンズーシュン》の剣芒を打ち消す。金子《ジンズー》勲《シュン》は驚きで笑みをなくすと、慌てて戦いに集中した。そうして二人が接近して戦っているうち、魏無羨《ウェイウーシエン》の袖の中からある物が飛び出してしまった。彼は目を見開き、心の中で「まずい」と叫ぶ。

その箱はまさしく、金凌《ジンリン》のために準備したあの贈り物だった。魏無羨《ウェイウーシエン》はそれをあまりにも大事にしていたため、適当に置いて箱が潰れることを不安に思い、また時々眺められるよう、浅く袖の中に入れて保管していたのだ。それが、激戦の最中にうっかり飛び出し、あろうことか真っすぐに金子勲《ジンズーシュン》に向かって飛んでいってしまった。金子勲《ジンズーシュン》は何か暗器か毒薬の類だと思い込み、とっさに避けようとしたが、魏《ウェイ》無羨《ウーシエン》の顔色が一変したのを見てぱっとそれを掴んだ。見ると、それは繊細な見た目をしたただの小さな木箱だった。木箱の上には小さな字が一行彫られていて、金凌《ジンリン》の名前と誕生日が書かれている。金子勲《ジンズーシュン》は最初訳がわからずにいたが、すぐにそれがなんであるかを理解し、げらげらと笑い始めた。

魏無羨《ウェイウーシエン》の顔に怒りの色が表れ、一音一音はっきりとした口調で告げた。

「それを返せ」

「これは、阿凌《アーリン》への贈り物か？」

金子勲《ジンズーシュン》は手の中の木箱を軽く持ち上げて皮肉った。

温寧《ウェンニン》は少し離れた場所で、一対百の多勢に無勢の状況を闇雲に戦っている。

「お前、まさか本気で自分が阿凌《アーリン》の一か月礼に参加できるとでも思っているのか？」

金子勲《ジンズーシュン》の言葉に魏無羨《ウェイウーシエン》の手が微かに震える。

ちょうどその時、誰かの声が大きく響き渡った。

「全員やめろ！」

白い服を身に纏った人影が一つ、軽やかに谷間へ飛び降りてきて、魏無羨《ウェイウーシエン》と金子勲《ジンズーシュン》の間に立ち塞がった。金子勲《ジンズーシュン》はやって来た者を見るなり、思わず声を上げる。

「子軒《ズーシュエン》？　なんでお前が来るんだ!?」

金子軒《ジンズーシュエン》は片手を腰の剣の柄に添えながら怒鳴った。

「俺がなんで来たかは、お前自身が一番よくわかっているだろう！」

「阿瑶《アーヤオ》は？」

金子勲《ジンズーシュン》がそう聞いたのは、実は金光瑶《ジングアンヤオ》の方こそが、本来はこの場に現れ彼に加勢するはずだったからだ。去年まで、金子勲《ジンズーシュン》は金光瑶《ジングアンヤオ》のことをひどく軽蔑し、見下して蔑《ないがし》ろにしていたが、今ではその頃とは比べものにならないほど二人の関係は改善されていて、親しく呼ぶまでになっていた。

「あいつは金鱗台に閉じ込めてきた。もし俺があいつの様子がおかしいことに気づかず、この企みを見抜かなかったら、お前らはこんな無茶なことを本気でやるつもりだったのか？　千瘡百孔にかかったことをなぜ俺に一切教えず、黙ったままでこんな行動に出たんだ？」

金子勲《ジンズーシュン》は、千瘡百孔のような悪辣な呪いにかかってしまったなど、とても彼には打ち明けられなかったのだ。第一に、金子勲《ジンズーシュン》はもともと容姿体格ともになかなかのもので、かねてから自分のことを傑物《けつぶつ》だと自負していた。そのため、こんな不気味で不格好な呪いにかかったことを、他の者に知られるのは耐え難い屈辱だった。第二に、呪いにかかったということは、つまり彼の修為が低く、霊力による防御が脆弱《ぜいじゃく》だということを意味しており、それこそ他人に知られるわけにはいかなかった。

それ故、彼は仕方なく呪いのことを金光善《ジングアンシャン》にだけ伝え、自分のために最高の秘呪師《ひじゅし》と医師を探してほしいと頼んだ。ところが、医師も呪師も皆お手上げ状態で、しかもちょうど金凌《ジンリン》の一か月礼が近づいてきたところで、金子軒《ジンズーシュエン》が魏無羨《ウェイウーシエン》を直々に招待すると決めたのだ。金光善《ジングアンシャン》の方も、元からその招待にはあまり乗り気ではなく、密かに裏をかくように金子勲《ジンズーシュン》に提案した。魏無羨《ウェイウーシエン》を宴に赴く道中で待ち伏せして殺せば、彼を金鱗台に上らせる必要もなくなる、と。

魏無羨《ウェイウーシエン》は江厭離《ジャンイエンリー》の弟弟子であり、金江《ジンジャン》夫妻は仲睦まじいため、金子軒《ジンズーシュエン》はどれほど些細なことでも、ほとんど包み隠さず妻に話してしまう。そのため、この企みの首謀者たちは金子軒《ジンズーシュエン》が計画を漏らして、魏無羨《ウェイウーシェン》が参加を回避するのを恐れて、ずっと彼には黙っていたのだった。しかし、その行動がやはり少々不誠実だったことは確かで、計画が露見した金子勲《ジンズーシュン》は多少の後ろめたさを感じたものの、やはり自分の命が大事だと腹を括った。

「子軒《ズーシュエン》、義姉《ねえ》さんにはとりあえず黙っていてくれ。この呪いを解いたあとで、改めてお前らには謝罪するから！」

かつて、魏無羨《ウェイウーシェン》が金子軒《ジンズーシュエン》と最後に会った時は、彼はまだ傲慢さと尊大さを身に纏った少年だったが、身を固めた今は、かなり落ち着いたように見える。沈んだ表情の金子軒《ジンズーシュエン》は、力強く堂々とした口ぶりで答えた。

「この件はまだ話し合えば挽回の余地がある。お前たちはともかく手を止めろ」

金子勲《ジンズーシュン》は焦りを覚えて怒鳴った。

「今さら何を挽回するって言うんだ。お前は俺の体にあるこの傷を見ていないからそう言えるんだろう!?」

彼がまた服をめくり、あの一面穴だらけの胸を見せようとすると、金子軒《ジンズーシュエン》は慌ててそれを制止した。

「必要ない！　どんな状態かは既に金光瑶《ジングアンヤオ》から聞いている！」

「あいつから聞いたなら、俺がもう待てないってこともわかるだろう。まさか、そいつが義姉さんの師弟だからって、お前は妻のために兄弟を見殺しにするのか!?」

金子勲《ジンズーシュン》が訴えると、金子軒《ジンズーシュエン》もまた声を荒らげた。

「お前は俺がそういう人間じゃないとよく知っているだろう！　そもそも、お前の体にある千瘡百孔はまだこいつがかけたと決まったわけじゃないのに、焦って事を荒立てる必要はないはずだ！　それに魏《ウェイ》無羨《ウーシェン》には、俺が招待して阿凌《アーリン》の一か月礼に参加してもらおうとしているのに、こんなやり方をするなんて、お前らは俺と妻をないがしろにするつもりか？」

「そいつなんか参加しなければいい！　魏無羨《ウェイウーシェン》がなんだって言うんだ。うちの宴に参加する資格なんてないだろう？　そいつと関わったら最後、皆全身真っ黒に染め上げられるんだ！　子軒《ズーシュエン》、お前はそいつを招待したことで、お前と義姉さん、それから阿凌《アーリン》の一生に拭っても拭いきれないほどの汚点ができることが怖くないのか？」

　声を上げた金子勲《ジンズーシュン》を、金子軒《ジンズーシュエン》が一喝する。

「黙れ、子勲《ズーシュン》！」

　金子勲《ジンズーシュン》がカッとなって手に力を込めると、あの銀鈴と玉の房が収められた小さな木箱は、一瞬で粉々に握り潰されてしまった！

　目の前で大切な贈り物が彼の手によってぐしゃぐしゃにされる瞬間を見て、魏無羨《ウェイウーシエン》の瞳孔がすっと収縮する。同時に、手のひらで金子勲《ジンズーシュン》に一撃を打った。

　しかし金子軒《ジンズーシュエン》は、あの箱の中に入っていたのがなんなのかを知らないまま、手を上げてその一撃を止めると、強い声で彼を窘めた。

「魏無羨《ウェイウーシエン》！　お前もいい加減にしろ!!」

　魏無羨《ウェイウーシエン》の胸は激しく起伏し、目の縁は真っ赤になっていた。金子軒《ジンズーシュエン》と金子勲《ジンズーシュン》の二人はなんといっても子供の頃から旧知の間柄の従兄弟《いとこ》同士で、十年二十年ものよしみがある。今、金子軒《ジンズーシュエン》がここでよそ者の肩を持つのは確かに都合が悪いし、それに彼も実際魏無羨《ウェイウーシエン》という人間とは馬が合わないため、どうにか気を静めて要求する。

「まず、あの温寧《ウェンニン》を止めるんだ。もう暴れさせるな、これ以上事を大きくしないように」

　魏無羨《ウェイウーシエン》は低く掠れた声で答えた。

「……なぜ、先にあいつらの方を止めない？」

　辺り一面、声を上げて喚き立てながら人々が殺し合う中、金子軒《ジンズーシュエン》は怒りをあらわにする。

「こんな時まで、まだそんな頑なことを言ってどうする？　皆を落ち着かせたあと、とりあえず俺と金鱗台に行き、冷静にお互いの言い分を聞いた上で一通り議論して、事実をはっきりさせればいい。お前が本当にやっていないのなら、もちろんなんの問題もない！」

「止めろだって？　俺が今温寧《ウェンニン》を止めたら、たちまち無数の矢と無数の剣に心臓を刺されて、無残に殺されるだけだ！　なのに、金鱗台に行って議論だと？」

「そうはならない！」

魏無羨《ウェイウーシエン》は失笑した。

「そうはならない？　何をもってそれを保証できる？　金子軒《ジンズーシュエン》、聞きたいことがある。お前が最初に俺を招待した時、本当にそいつらが俺を待ち伏せして殺そうとしている計画を知らずに招いたのか!?」

金子軒《ジンズーシュエン》は呆気に取られ、激怒して叫ぶ。

「お前！　魏無羨《ウェイウーシエン》、お前——正気か！」

魏無羨《ウェイウーシエン》は天を衝かんばかりの恨みの炎を無理やり抑え込みながら、冷ややかに言った。

「金子軒《ジンズーシュエン》、そこをどけ。俺はお前には手を出さないから、お前も俺を怒らせないでくれ」

金子軒《ジンズーシュエン》は、断固として譲歩しない魏無羨《ウェイウーシエン》に突然迫り、彼を取り押さえようとする。

「なぜお前は、今回くらい大人しく引き下がれないんだ!?　阿離《アーリー》が……」

彼がちょうど魏無羨《ウェイウーシエン》に手を伸ばしたその時、鈍く奇妙な音が一つ聞こえた。

そのおかしな音はあまりにも近くから聞こえ、金《ジン》子軒《ズーシュエン》は一瞬呆然とする。彼が俯くと、そこには自分の胸を貫通している一本の腕が見えた。

いつの間にか、温寧《ウェンニン》が彼らの近くまで来ていたのだ。無表情のその顔の片側には、焼けるように熱く、そして目を刺すように真っ赤な鮮血が数滴飛び散っている。

金子軒《ジンズーシュエン》の唇が微かに動き、表情は少し虚ろになる。彼は必死で声を絞り出して、先ほど最後まで言えなかった残りの言葉を続けた。

「……彼女は今も、お前が金鱗台に来て、阿凌《アーリン》の一か月礼に参加するのを待っている……」

魏無羨《ウェイウーシエン》の顔にもまた、彼と同じように呆然とした表情が浮かんでいた。彼はまだ呑み込めていなかった。いったい、何が起きているのかを。

どういうことだ？

なんで一瞬でこんなことになった？

違う。

あり得ない。

きっと、どこかが間違っている。

温寧《ウェンニン》が金子軒《ジンズーシュエン》の胸を貫いた右腕を引き抜くと、そこにはぽっかりと開いた穴が一つ残った。

金子軒《ジンズーシュエン》の顔は苦しげに小さく震え、まるでこれくらいの怪我など大したことはなく、自分はまだ立っていられると思い込んでいるかのようだ。けれど、やはり脚から力が抜け、彼はその場にがくりと膝をついた。

恐れおののく叫び声が辺りに高く低く響き渡った。

「鬼……鬼将軍が発狂した!」

「殺した、奴が殺したんだ、魏無羨《ウェイウーシエン》が鬼将軍に金子《ジンズー》軒《シュエン》を殺させた!」

金子勲《ジンズーシュン》は大声で吠えた。

「矢を放て! 何をぼうっとしているんだ! 矢を放たないか!」

しかし、振り向いた彼の前に黒い人影が一つ現れ、化け物の如く目前まで迫ってくる。喉がきつくなり、青白い一本の手に首を絞め上げられて金子勲《ジンズーシュン》は悲鳴を上げた。

「あああああああ――!」

魏無羨《ウェイウーシエン》は呆然とその場に立ち尽くしたまま、身動きを取れない。

違う。

違うんだ。

先ほどまで、確かにしっかりと温寧《ウェンニン》を操っていた。たとえ温寧《ウェンニン》が魏無羨《ウェイウーシエン》によって狂化されていたとしても、制御できるはずだった。

絶対に、これまではずっと完璧に制御できていた。金子軒《ジンズーシュエン》を殺そうなどとは欠片も思っていなかった。

金子軒《ジンズーシュエン》を殺したいという意思すら一切なかった!

ただ、先ほど一瞬、なぜか温寧《ウェンニン》を制御できなくなり……その結果、突然暴走してしまったのだ!

金子軒《ジンズーシュエン》の体はもはや持ち堪えられなくなり、大きく前に傾《かし》いだかと思うと、「ドン」という重々しい音とともに地面に叩きつけられた。

彼は生まれてこの方傲慢で、自分の見た目と立ち居振る舞いを極めて重んじ、綺麗好きで、ひいてはやや潔癖症《けっぺきしょう》なところがあった。だが今この瞬間、その顔は下を向き、無残にも砂埃の中へと倒れ込んだ。顔のところどころについている真っ赤な血は、眉間の丹砂の点と同じ暗紅色《あんこうしょく》だ。

次第に光を失っていく彼のその双眸を見つめながら、魏無羨《ウェイウーシエン》の脳内は完全に混乱していた。辺りは至るところで悲鳴が上がり、もはや血の海と化していたが、彼の耳にはもう何も届かない。

唯一聞こえるのは、心の中で厳しく詰問《きつもん》してくる一つの声だけだ。

――お前は自分が把握していると言っただろう？

――お前は自分なら制御できると言っただろう？

――お前は絶対大丈夫、絶対間違いなんて起きないと言っただろう！

魏無羨《ウェイウーシエン》の頭の中は真っ白になり、どれくらい経ったかわからなくなった頃、ふいにぱっと大きく両目を見開いた。

目に入ったのは、伏魔洞の漆黒の丸天井だった。

辺りに目をやると、温情《ウェンチン》と温寧《ウェンニン》の姉弟が二人揃って伏魔洞の中にいることに気づく。

温寧《ウェンニン》の黒い瞳は白目の中に戻っていて、彼は既に狂乱状態を脱して理性を取り戻し、今は温情《ウェンチン》と声を潜めて何か話しているようだ。魏無羨《ウェイウーシエン》が目を開けたことに気づくと、彼は静かに地面に跪く。温情《ウェンチン》の方は、目を赤くしたまま黙り込んでいた。

魏無羨《ウェイウーシエン》は無言で起き上がる。

しばらく沈黙しているうち、急激に荒れ狂う憎悪の感情が心の中に湧き上がってきた。

彼が足を上げて思いきり温寧《ウェンニン》の胸を蹴りつけると、その体は地面に仰向けに叩きつけられた。

温情《ウェンチン》はびくっとして肩をすくめ、拳をぐっと握りしめたが、ただ俯いてきつく口を引き結ぶ。

「お前、誰を殺した？　お前はいったい誰を殺したのか、わかってるのか⁉」

魏無羨《ウェイウーシエン》が咆哮を上げたちょうどその時、温苑《ウェンユエン》が頭の上に草編みの蝶を一匹のせて、洞窟の外から駆け込んできた。彼は嬉しそうににこにこしている。

「羨《シエン》にいちゃん……」

阿苑《アーユエン》は色を塗ったばかりの蝶を魏無羨《ウェイウーシエン》に見せに来たのだが、洞窟に入るなり、まるで悪鬼《あっき》の如き形相《ぎょうそう》をした魏無羨《ウェイウーシエン》と地面で縮こまっている温寧《ウェンニン》を見て、一瞬ぽかんとした。

魏無羨《ウェイウーシエン》はぱっと彼の方を振り向いたが、まだ到底感情を抑え込むことはできず、鋭い目つきをしていた。温苑《ウェンユエン》は驚いて跳び上がり、蝶は頭の上から地面へと滑り落ちてしまう。彼がその場で泣きだすと、四叔父さんが急いで腰を屈めながら入ってきて、温苑《ウェンユエン》を抱いて外に出ていった。

温寧《ウェンニン》は彼に蹴られてひっくり返ったあと、再び身を起こして跪いたものの、恐ろしさのあまり何も言えずにいた。魏無羨《ウェイウーシエン》は襟元を掴んで彼を持ち上げると、また吠えるような声を上げる。

「他の誰でも殺せたのに、なんでよりによって金子《ジンズー》軒《シュエン》を殺したんだ!?」

温情《ウェンチン》は傍らでその様子を見つめながら、前に出て弟を守りたい気持ちを無理やり呑み込む。悲しみと恐怖で身をすくめながら、ただ黙って涙を流した。

「お前があいつを殺したら、師姉はどうすればいいんだ？　師姉の息子はどうすればいいんだ!?　俺は？　俺はどうすればいいんだよ!?」

彼の咆哮は伏魔洞内で割れんばかりに反響し、それが外まで届くと、温苑《ウェンユエン》はさらに激しく泣きじゃくった。

耳では遠くに聞こえる子供の泣き声を聞きながら、目では動揺しきって身の置き所もないほどにうろたえている姉弟を見つめて、魏無羨《ウェイウーシエン》の心はますます暗鬱としていった。彼は胸に手を当てて自問しながら呟く。

「ここ数年の間、俺はいったいなんのために自分をこの乱葬崗に閉じ込めてたんだ？　なんで俺がこんな目に遭わなければならないんだ？　俺はあの時、なんでこの道を選んだんだ？　なんで、自分をこんなふうにしてしまったんだ？　他の奴らは俺をどう思ってる？　俺はいったい何を手に入れた？　俺がおかしくなったのか？　俺が？　俺が！」

最初から、この道を選ばなければ良かった。

するとその時、温寧《ウェンニン》が小さな声で言った。

「……申し訳……ありません」

これは死人だ。無表情で目も赤くならず、さらに涙を流すこともできない。しかし今、この死人の顔には、なぜかはっきりとした悔恨《かいこん》の思いが表れている。

「申し訳ありません……全部……全部……私のせいです……」

彼はまたたどたどしく繰り返した。

「申し訳ありません……」

彼がつかえながら何度も繰り返し謝るのを聞き、ふいに魏無羨《ウェイウーシエン》は自分をひどく滑稽だと感じた。

何もかも、温寧《ウェンニン》のせいなどではない。

自分自身のせいだ。

狂乱状態の温寧《ウェンニン》は、ただの武器でしかなかった。

この武器を造り上げたのは、他でもない魏無羨《ウェイウーシエン》だ。

そして、その武器は彼の命令に忠実に従う。

あの時、一触即発の状況下で殺気が荒れ狂い、その上彼は、普段から温寧《ウェンニン》の前で金子軒《ジンズーシュエン》に対する敵意を隠すことすらしなかった。そのせいで、金子《ジンズー》軒《シュエン》が魏無羨《ウェイウーシエン》に手を伸ばしたその瞬間、思考できない状態の温寧《ウェンニン》は彼を「敵」だと認識し、即座に「殺戮」の命令を実行したのだ。

この武器をしっかりと制御できなかったのは、自分だ。己の能力を過信しすぎていたのも自分だ。そして、今までの危険な前触れをすべて見過ごし、自分ならあらゆる暴走の兆しも抑え込めると思い込んでいたのも、すべて魏無羨《ウェイウーシエン》自身なのだ。

温寧《ウェンニン》は武器だが、そもそも彼は自ら武器になりたいと願っただろうか？

生まれつきこんなにも気弱な性格で、臆病な上に緊張してつかえて喋るような人間が、これまで魏無《ウェイウー》羨《シエン》の指示に従って人を殺してきて、楽しかったとでも言うのか？

以前温寧《ウェンニン》が、江厭離《ジャンイエンリー》から蓮根の汁物を一杯もらった時、山の下にある町から乱葬崗までの道中ずっと両手で大切に持ち、一滴もこぼさなかった。たとえ自分が飲めなくとも、人が飲んでいるのをとても嬉しそうに眺め、飲み干すとどんな味なのかを尋ねてその味を想像していた。そんな彼が、自らの手で江厭離《ジャンイエンリー》の夫を殺して、いい気分でいるとでも思うのか？

　それなのに、温寧《ウェンニン》はすべての責任を一人で背負い込み、魏無羨《ウェイウーシエン》に謝っている。

　温寧《ウェンニン》の襟を掴んで彼のその青白く生気のない顔を見ると、ふいに魏無羨《ウェイウーシエン》の目の前に、金子軒《ジンズーシュエン》のあの土と埃、真っ赤な血にまみれて汚れた顔が浮かんできた。彼の顔は温寧《ウェンニン》と同じように青白く、生気がなかった。

　それから魏無羨《ウェイウーシエン》は、やっとのことで苦しかった日々が終わり、意中の人に嫁ぐことができて幸せな日が訪れた江厭離《ジャンイエンリー》のことを思い出し、そして金子《ジンズー》軒《シュエン》と江厭離《ジャンイエンリー》の息子、阿凌《アーリン》のことを思い出した。魏無羨《ウェイウーシエン》が字《あざな》をつけてやって、まだあんなに小さくて、父親の剣を掴んで笑うだけで両親を大層喜ばせた幼い子供。あと二日経てば、彼の一か月礼なのに。

　ぼんやりと考えるうち、魏無羨《ウェイウーシエン》の頬を涙が伝っていく。それから、彼は呆然としたまま口を開いた。

「……誰か、教えてくれ……俺は今、どうすればいいんだ？」

　これまではただ、人々が彼にそれを尋ねるばかりだった。今度は逆に、彼が他人に尋ねている。しかし、誰も彼にその答えを教えてはくれない。

　その時、急に魏無羨《ウェイウーシエン》の首の側面がまるで極細《ごくぼそ》の針に刺されたようにちくりと痛み、全身が痺れ始めた。彼は先ほどから頭がぼうっとして警戒を怠っていたため、その感覚が伝わってずいぶんと経ってから、やっとこれはまずいと気づいた。しかし、体の方は既に自分の思い通りにはならず、石の寝床の上で傾き始める。初めはなんとか腕を動かすことができたものの、だんだんとその腕すらも上がらなくなり、寝床の上で横たわったまま動けなくなってしまった。

　目を赤くした温情《ウェンチン》が、ゆっくりと右手を引っ込める。

「……ごめん」

本来であれば、彼女の速さでは魏無羨《ウェイウーシエン》を刺すなど不可能なことだが、先ほどまでの彼は完全に無防備な状態だった。針を思いきり刺されたことで、魏無《ウェイウー》羨《シエン》の頭も少し冷静になってきて、喉仏《のどぼとけ》を一度上下させてから問いかける。

「これはなんのつもりだ？」

温情《ウェンチン》と温寧《ウェンニン》は互いに目を見合わせると、揃って彼の前に並んで丁重に一礼した。

それを見て、魏無羨《ウェイウーシエン》の心の中に、なぜか尋常ではない不安が湧き上がってきた。

「お前ら何をする気だ？　いったい何をしようとしてる？」

「さっきあんたが起きた時、ちょうど私たち話し合っていて、もう粗方話はついたの」

「なんの話し合いだ？　無駄口はいいからさっさと針を抜け、俺を放せ！」

温寧《ウェンニン》はゆっくりと地面から立ち上がると、頭を上げることなく言った。

「姉さんと私で、話し合って決めたんです。金鱗台に行って、過ちを認めて、罰を受けます」

「罰を受ける？」

それを聞いて、魏無羨《ウェイウーシエン》は愕然とした。

「罰を受けるって、なんだ？　過ちを認めてひたすら謝るのか？　まさか、自分が殺したって自訴《じそ》するってことか？」

温情《ウェンチン》は目元を拭ってから、どこか落ち着いたような表情で答える。

「まあ、そんなところ。あんたが眠っていたここ数日の間に、蘭陵金《ジン》氏が乱葬崗の麓まで使いの者を遣して、条件を出してきたの」

「なんの条件だ？　いちいち聞かせるな、一回ではっきり言え！　全部だ！」

「蘭陵金《ジン》氏はあんたにけじめをつけろって。そのけじめっていうのは、温《ウェン》氏残党の頭《かしら》である二名を差し出すこと。特に、鬼将軍を」

「……」

魏無羨《ウェイウーシエン》は言葉を失った。

「お前ら二人に警告する。今すぐこの針を抜け」

魏無羨《ウェイウーシエン》の要求には従わず、温情《ウェンチン》はさらに続けた。

「温《ウェン》氏残党の頭、それはつまり私たちのことよ。奴らの話では、あんたが私たちを差し出しさえすれば、この件はとりあえず不問にするみたい。だから、悪いけどあんたにはもう何日か寝ていてもらうわね。その針は三日で徐々に効果が消える。四叔父さんたちにお願いしたから、ちゃんとあんたの面倒を見てくれるし、もしこの三日で何か急ぎの用があれば、すぐに解放してもらえることになってるから」

魏無羨《ウェイウーシエン》は憤りをあらわにして怒鳴った。

「クソったれ、黙れ！　今ですらもう十分ぐちゃぐちゃなんだ！　お前ら二人ともこれ以上面倒をかけるな。何が罰を受けるだ、馬鹿げたことを。誰がそんなことをしろって言ったんだ、ともかくこれを抜け！」

温情《ウェンチン》と温寧《ウェンニン》は恭しくその場に立ち、一緒に黙り込んだ。魏無羨《ウェイウーシエン》は体に力が入らず、全力であがいてもどうにもならない上、誰一人彼の言うことなど聞きもしない状況に唐突に気力を失った。

彼は吠えることに疲れ果て、動くこともできないまま掠れた声で尋ねる。

「お前ら金鱗台に行ってどうするんだ？　あの千瘡百孔は、絶対に俺がかけたんじゃない……」

「でも奴らは、あんただと決めつけてるのよ」

温情《ウェンチン》の言葉を聞き、魏無羨《ウェイウーシエン》は必死に対抗策を考え、急に閃いた。

「だったら、呪いをかけた真犯人を見つけ出す！　金子勲《ジンズーシュン》は絶対に呪術師に見てもらっただろう。ああいう悪辣な呪いの対処方法といえば、それを打ち返して術者の体に跳ね返すことだ。たとえすべては跳ね返せなくても、一部ならできたはずだ。だから、体に同じ呪いの痕跡がある者を探せばいいだけだ！」

「無駄よ」

あっさりと言う温情《ウェンチン》に、魏無羨《ウェイウーシエン》が混乱気味に問い返す。

「なんで無駄なんだ？」

「この果てしないほど膨大な人の海の中で、どこに行って探すの？　まさか、すべての町のすべての道に検問所を設置して、すべての人に服を脱いでもらって調べるっていうの？」

「それの何がダメなんだ？」

魏無羨《ウェイウーシエン》が考えもせずに問うと、さらに温情《ウェンチン》が言った。

「誰があんたを手伝ってその検問所を設置してくれるっていうの？　それに、それじゃいつまで探せばいいかもわからないでしょう？　十年も探せばいつかは見つけ出せるかもしれないけど、奴らがそれを待ってくれると思う？」

「でも、俺の体には悪詛痕が跳ね返ってきた痕跡なんてない！」

「あんたを待ち伏せした奴らは、そんなこと聞いてきた？」

「いや」

「そうでしょう。あんたには何も聞きもせず、直接殺しにかかってきた。わかった？　証拠なんてまったくいらないし、あんたが真実を見つけ出す必要もない。あんたの体に悪詛痕があるかどうかなんて、全然重要なことじゃないのよ。あんたは夷陵老祖で鬼道の王、そして邪道に精通している。だから、たとえ跳ね返された痕跡がなくても、何も不思議じゃないの。それに、仮にあんたが自分自身でやらなくても、手先の温狗《ウェンく》に命じて手を下させることができるじゃない。つまり、どのみち犯人はあんたしかいない。どうしたって言い逃れはできないのよ」

淡々と話す温情《ウェンチン》に、魏無羨《ウェイウーシエン》は一言悪態《あくたい》をつく。

温情《ウェンチン》は静かに彼の気が済むのを待ってから、また続けた。

「だからね、意味なんてないの。それに今となっては、そもそも千瘡百孔をかけたのが誰なのかなんてもう重要じゃないわ。最も重要なのは、窮奇道にいたあの三百以上の人たち、そして……金子軒《ジンズーシュエン》を殺したのは、阿寧《アーニン》だってことよ」

「……でも、でも……」

魏無羨《ウェイウーシエン》は言いかけて、次の言葉を見つけられずにいた。

でも、なんだ？　彼自身ですら「でも」の続きが考え出せない。どんな理由を使えば彼らを差し出さずにいられるのか、どんな言い訳を使えば逃れられるかを、どうしても考え出せなかった。

「……でも、もし行くのなら俺が行くべきだ。凶屍を操って人を殺したのは俺なんだから。なんで下手《げしゅ》人《にん》が行かないで、刀に行かせるんだ？」

「それは、その方がいいからよ」

「何がいいんだ!?」

声を荒らげる魏無羨《ウェイウーシエン》に、温情《ウェンチン》は淡々と答えた。

「魏嬰《ウェイイン》、あなたも私たちもわかっているはずよ。温《ウェン》寧《ニン》は刀で、奴らを怖がらせる武器だわ。でも、それと同じように、奴らがあんたを攻撃するための大義名分にもなる諸刃《もろは》の剣《つるぎ》でもある。私たちが行って、あんたの手元から刀がなくなれば、奴らの口実もなくなるわ。この件も、終わりにできるかもしれない」

魏無羨《ウェイウーシエン》は呆然と彼女を見上げながら、突然意味を成さない咆哮を上げた。

彼は、江澄《ジャンチョン》がなぜいつも彼が問題を起こす度に、強い憤怒の気持ちを表していたか、なぜいつも彼のことを英雄病だと罵っていたか、なぜいつも彼を滅多打ちにして、どうにか目を覚まさせようとしていたかを、今になってようやく理解した。なぜなら、誰かが意固地になって自分一人で責任を取り、惨憺《さんたん》たる結果を何もかも引き受けようとしている時、いくらやめるよう説得しても無駄なこの感覚は実に恨めしく、とてつもなく相手が憎らしく思えるとわかったからだ！

「お前ら、本当にわかってるのか？　金鱗台に行って過ちを認めて罰を受けようものなら、お前ら二人、特に温寧《ウェンニン》はどんな結末になるか。お前は弟を何より大切に思っているんじゃなかったのか？」

「どんな結末でも、全部この子が受け入れるべきなの」

違う。それは絶対に温寧《ウェンニン》ではなく、魏無羨《ウェイウーシエン》が受け入れるべきものだ。

「どのみち考えてみれば、私たちはとっくに死ぬべきだった。これまでの日々は、私たちが運良くもらったおこぼれみたいなものよ」

温情《ウェンチン》の言葉に、温寧《ウェンニン》が頷いた。

彼はいつもそんなふうに、誰が何を言っても頷いて賛同し、決して反対することはなかった。魏無《ウェイウー》羨《シエン》は彼のその仕草や従順さを、これほどまでに激しく憎んだことはなかった。

温情《ウェンチン》は寝床のそばにしゃがみ込む。彼の顔を眺めながらいきなり手を伸ばすと、魏無羨《ウェイウーシエン》の額を指でぺちんと弾いた。

かなり力を込めて強く弾かれたせいで、魏無羨《ウェイウーシエン》は痛みで小さく眉間にしわを寄せる。それを見て、温《ウェン》情《チン》はいい気分になったようだ。

「話はこれでおしまい。伝えたいことは伝えたし、別れもう告げたから。じゃあ、さようなら」

「やめ……」と魏無羨《ウェイウーシエン》が言いかけると、その言葉を温情《ウェンチン》が遮った。

「この言葉をあんたにはあまり言ったことがなかったわね。でも今日は言わなきゃならない。これから先は、本当にもう言える機会がないから」

「……黙れ……放せ……」

必死に呟くように言う魏無羨《ウェイウーシエン》に、温情《ウェンチン》が囁いた。

「ごめん。それと……ありがとう」

――それから三日の間、魏無羨《ウェイウーシエン》はずっと横になっていた。

温情《ウェンチン》の計算は正確で、丸々三日、一刻の過不足もなく過ぎた頃、彼は動けるようになった。

まず指、次に四肢、首……硬直した体に血液が再び流れ出し、動くようになるまで待ったあと、魏無《ウェイウー》羨《シエン》は石の寝床からぱっと飛び起きて伏魔洞を飛び出した。

温《ウェン》家の者たちもここ三日の間どうやら寝ていなかったらしく、皆黙り込んだまま、あの大きな上屋の中で卓を囲んで座っている。魏無羨《ウェイウーシエン》は彼らをちらりと見る暇もなく、ひたすら突っ走って乱葬崗を駆け下りた。

一気に麓まで下り、彼は荒野の中ではあはあと息を切らしながら腰を屈めて両手を膝についた。息が整うと、やっとのことで腰を伸ばしたが、雑草が生い茂るいくつかの山道を見つめ、どこに向かえばいいかわからなくなってしまった。

乱葬崗は、たった今そこから下りてきたばかりだ。

蓮花塢は、既に一年以上も戻っていない。

ならば——金鱗台？

温情《ウェンチン》と温寧《ウェンニン》が出て行ってからもう三日が過ぎている。今行ったところで、見られるとしても温情《ウェンチン》の遺体や温寧《ウェンニン》の遺骨だけだろう。

彼はぼんやりと立ち尽くし、急にこの広い天地に、自分の行ける場所などどこにもないのだという気持ちに襲われた。

その上、自分が今何をしたらいいのかもわからない。

ふいに、ある恐ろしい考えが心の底から湧き上がってきた。

それはこの三日間、何度も何度も否定し続けてきたことだ。だが、それでも繰り返し現れ、どうしても消えてはくれなかった。

温情《ウェンチン》と温寧《ウェンニン》が自ら出て行ったことで、もしかすると彼は心の奥底では、それを喜んでいるのかもしれない、と。

彼らがそうすれば、自分はいったいどう選択すべきかと思い悩む必要もなくなる。なぜなら温情《ウェンチン》と温《ウェン》寧《ニン》は彼の代わりに選択し、この面倒事を解決してくれたのだから。

魏無羨《ウェイウーシェン》は手を上げて自分に平手打ちをすると、低い声で自分自身を怒鳴りつけた。

「何を考えてるんだ!?」

頬がヒリヒリするのを感じ、痛みのおかげで魏無《ウェイウー》羨《シェン》はようやくその恐ろしい考えを抑え込むことができた。頭を切り替え、何がなんでも、せめて温《ウェン》氏姉弟二人の遺体と骨だけは取り戻さなければと決意を固めた。

そして、彼は金鱗台の方に向かって走り始めた。

魏無羨《ウェイウーシェン》がもし物音と気配一つなくどこかへ潜入し

ようとすれば、それは決して難しいことではない。金鱗台は非常に静かで、意外にも彼が想像していたような厳重な警備は敷かれていなかった。辺りをしばらく調べてみても、特に怪しい場所は見つからない。

金鱗台内に建ち並ぶ殿堂の間をまるで幽霊のように彷徨《さまよ》い、人影を見かけると隠れ、人がいなくなるとまた進んでいく。魏無羨《ウェイウーシエン》にも、自分がいったい何を探しているのか、そしてそれをどう探したらいいのかわからずにいた。しかし、どこからか赤ん坊の泣き声が響いてきた時、彼の足は凍りつき、心の中で囁く声が赤ん坊の声がする場所まで進むように促した。

その泣き声は、漆黒の闇に包まれた大きな殿堂の中から響いていた。

魏無羨《ウェイウーシエン》は物音を立てずに扉の前まで近づき、きめ細かな花の模様が透かし彫りされた木の窓の隙間から、密かに中を覗き込んだ。

大広間の中には真っ黒な棺《ひつぎ》が一基置かれている。その棺の前には、白い服を身に纏った女性が二人、跪いて座っていた。

左側にいる女性からは弱々しい雰囲気が漂っている。彼がこの後ろ姿を決して見間違えることはない。子供の頃から今まで、この後ろ姿の主に何度も背負ってもらってきたのだ。

江厭離《ジャンイエンリー》だ。

江厭離《ジャンイエンリー》は円座の上に正座し、目の前にある艶やかな黒い棺をぼんやりと見つめている。赤ん坊はまさに彼女の胸に抱かれ、まだ細々とした泣き声を上げていた。

もう一人、右側にいる女性が小さな声で言う。

「……阿離《アーリー》、もういいから、戻って少し休んでちょうだい」

江厭離《ジャンイエンリー》は首を横に振り、それを見た金《ジン》夫人はため息をついた。

金《ジン》夫人は、彼女の親友だった虞《ユー》夫人と非常によく似た性格の女性だ。とてつもなく気が強く、声色もいつも高く上げていた。しかし、先ほど彼女が出した声はやけに低く、しかもしわがれていて、驚くほど老け込んだように聞こえた。

「ここは私が見守っているから、あなたはもうやめなさい。体が持たないわよ」

また金《ジン》夫人が気遣うと、江厭離《ジャンイエンリー》は細い声で答える。

「母上、私は大丈夫です。もう少しここにいたいんです」

しばらくして、金《ジン》夫人はゆっくりと立ち上がった。

「このままじゃ駄目だわ。何か食べ物を持ってきてあげるわね」

彼女もまた、おそらくここでかなりの時間正座していたはずだ。足が痺れ、立ち上がると体が微かにふらついたが、すぐになんとか持ち堪えた。振り返ってこちらに顔を向けると、それはやはり、輪郭にやや勝気な雰囲気を帯びたあの女性の顔だった。

魏無羨《ウェイウーシエン》の記憶の中にある金《ジン》夫人は、行動は厳格で迅速、表情は傲慢で、全身に漂う高貴な雰囲気は金色にまばゆく輝いていた。容貌は手入れが行き届いていてかなり若く見えるため、二十歳《はたち》くらいだと言っても信じる者もいるだろうと思うほどだった。しかしこの瞬間、魏無羨《ウェイウーシエン》の目には、全身喪服《もふく》姿の鬢髪《びんぱつ》に白髪の交じったごく普通の中年女性に映った。化粧っけもなく暗澹《あんたん》とした顔つきをして、唇は荒れて皮がむけている。

こちらにやってきた彼女が、扉を押して外に出ようとしたその瞬間、魏無羨《ウェイウーシエン》は素早く身をかわし軽く足を踏み込むと、廊下の上部にある桝組《ますぐみ》まで跳び上がった。それと同時に金《ジン》夫人は廊下へと出てきた。そして後ろ手に扉を閉め、冷然とした表情のまま深く息を吸って、顔の筋肉をなんとか整える。どうやら、いつも通り威厳のある表情を作りたいようだ。

しかし、その息がまだ吸い終わらないうちに、彼女の目がじわじわと赤くなる。

先ほど江厭離《ジャンイエンリー》の前では、彼女は悲しい表情を一切見せずにいた。けれど扉から出た途端、その口角はあっという間に崩れ、五官をしわくちゃにして全身をぶるぶると震わせ始めた。

魏無羨《ウェイウーシエン》が、こんなにも不格好な表情をして、どうしようもないほど悲痛に満ちた女性の姿を見たのはこれで二回目だ。

彼はもう二度とこんな表情を見たくはなかった。

無意識のうちに拳をきつく握りしめると、指の骨が「ポキッ」と音を立ててしまった。それを聞くなり金《ジン》夫人は眉間にしわを寄せ、眉を吊り上げて怒鳴る。

「誰!?」

彼女は顔を上げると、すぐさま枡組のそばに潜んでいた魏無羨《ウェイウーシエン》を見つけた。金《ジン》夫人は非常に目が良く、暗闇の中に隠れていた彼の顔をはっきりと確認すると、徐々に顔を歪めて甲高い叫び声を上げた。

「誰か！　皆こっちに来て！　魏嬰《ウェイイン》――奴が来た！　奴が金鱗台に侵入してきたわ！」

魏無羨《ウェイウーシエン》が長廊下に飛び降りると、急に殿堂の中から誰かが飛び出してこようとする足音が聞こえてきて、彼は思わず動揺してその場から逃げ出してしまった。

今この時、彼は江厭離《ジャンイエンリー》がどんな表情をしているか見るだけの勇気がなく、さらには彼女が自分に向かって言うたった一言すらも聞くことができそうになかった。

金鱗台から逃げ出し、蘭陵の町からも離れたあと、魏無羨《ウェイウーシエン》は再び行くべき方向を見失ってしまった。意識も半ば朦朧としたまま、あてもなくふらふらと歩き始める。一刻も立ち止まることなく、いくつの町を通り過ぎたかわからなくなった頃、大勢の者たちがある城壁の前に集まっているのが見えた。活発に意見を言い合い、その場の雰囲気はやけに盛り上がっていて、人々は激しく憤っている。

魏無羨《ウェイウーシエン》はその者たちを気にも留めずにいたが、そばを通りかかる時、ふいに人だかりの中から小さく「鬼将軍」の三文字が聞こえてきた。彼はすぐに足を止め、必死に耳をそばだてる。

「鬼将軍も実に凶暴で残忍だ……罰を受けに来たっていうのに、また突然発狂して、金鱗台でも大暴れして殺しまくってよ！」

「その日は俺、行かなくて良かったぜ！」

「さすが魏無羨《ウェイウーシエン》が育てた犬だけあって、誰彼構わず噛みやがって」

「魏嬰《ウェイイン》もまったく困ったもんだよ。制御できないならむやみに作り出すなって。自分で作った狂犬くらい、ちゃんと鎖で繋いでおけよな。そのうちに術の反動で自分が噛みつかれるに違いない。まあこの流れじゃ、その日はそう遠くないだろうな」

魏無羨《ウェイウーシエン》は黙って聞いていたが、指の関節と顔の筋肉はどれも微かにぴくぴくと震えている。

「しかし、蘭陵金《ジン》氏は本当についてないね」

「姑蘇藍《ラン》氏の方がついてないだろう！　金鱗台で殺された三十数人の大半が藍《ラン》家の者で、ただ単に事を収めようと加勢しに来ただけだったんだから」

「ようやく鬼将軍を焼き払えたのは幸いだったよ。そうじゃなければ、あんなモノが毎日外をうろついていて、しかも時々理性を失って暴れるって考えると夜も眠れない」

するど、誰かが軽蔑した声を上げた。

「温狗《ウェンく》の末路はこうでないとな！」

「鬼将軍も焼かれて灰になったし、これでやっと魏《ウェイ》無羨《ウーシエン》も参っただろう？　今回の決起《けっき》大会に参加しようとしている多くの宗主たちが皆、明言したって聞いたよ。すっとする！」

その場の話を聞けば聞くほど、魏無羨《ウェイウーシエン》の表情は次第に冷淡なものになっていった。

こうなることはとっくにわかっていた。たとえ彼が何をしても、この者たちの口からは永遠に良い言葉など出てはこない。彼が自らを誇れば人々は恐れ――彼が失意のどん底に沈めば人々は満足なのだ。

結果がどうであろうと、すべてが邪道だ。ならば、彼が今まで守り抜いてきたものは、いったいなんだったのだろう？　いったい、なんのためだったのだろう？

ただ、凍てついた彼の瞳が冷たくなればなるほど、心の中で怒り狂う業火《ごうか》も一層激しく燃え上がる。

誰かが得意満面で、あたかも最大の功労者でもあるかのように言った。

「その通り、すっとするよ！　奴が今後大人しくあのボロ山の上で縮こまって、尻尾を巻いてまともな人間になるんならいいが、もしまたのこのこと出てきて人前にその顔を見せたら？　ハッ、奴が出てきさえすれば、すぐ……」

「すぐ、なんだ？」

ちょうど熱気を溢れさせて議論していた者たちは、その声を聞いて驚き、一斉に振り向いた。

すると青褪めた顔をして、目の下に褐色《かっしょく》の陰を帯びた黒ずくめの青年が一人、彼らの後ろに立って冷ややかに口を開いた。

「奴が出てきさえしたら、すぐ、なんだ？」

目ざとい者が、現れた者の腰にあるあの真っ赤な房をつけた笛を見るなり驚愕し、激しく震え上がって思わず口走ってしまった。

「陳情《チェンチン》、陳情《チェンチン》だ！」

夷陵老祖魏無羨《ウェイウーシエン》、まさか本当に出てくるとは！

人だかりは一瞬で魏無羨《ウェイウーシエン》を中心にして円を描くように広がり、四方に向かって逃げ惑い始めた。魏無羨《ウェイウーシエン》が凄まじく甲高い口笛を一回吹くと、彼らの体は突然重くなり、誰もが地面にうつ伏せになって倒れ込んでしまう。戦々恐々としながら振り向いてみると、自分も含めた全員の背中には、口から血を垂らした様々な姿の幽霊たちがそれぞれ数匹、ずっしりと乗っているではないか！

あちこちに倒れ込み身動きできない者たちの中を、魏無羨《ウェイウーシエン》は悠々とした足取りで通り抜ける。

「あれ、お前らどうした？　さっきまで陰で俺のことを罵って、だいぶ大きな顔をしてたじゃないか？　なんだ、俺の前では違うのか？　五体投地《ごたいとうち》なんかして」

彼は先ほど最も辛辣《しんらつ》な言葉を口にしたあの人物に近づくと、足で思いきり彼の顔を踏みつけてから、ハハッと笑った。

「言えよ？　なんで言わないんだ――侠客《きょうかく》様、お前はいったい俺をどうしたいんだ!?」

その者は彼に蹴られて鼻柱が折れ、鼻血を激しく噴き出しながら、絶え間なく悲鳴を上げ続けた。城壁の上からそれを眺めていた数名の修士たちは、助けたいとは思いながらも恐ろしくて出ていけず、離れた場所から距離を保ったまま叫んだ。

「魏《ウェイ》……魏嬰《ウェイイン》！　もし本当にお前に力があるなら、なぜ決起大会のあの大世家大宗主たちのところに行かないんだ？　ここに来て、俺らみたいに抵抗できない低階級の修士ばかりいじめるなんて、真に実力があるとは言えないだろう？」

魏無羨《ウェイウーシエン》がまた短い口笛を吹くと、叫んだその修士は見えない手に強く引っ張られ、城壁の上から地面へと転がり落ちてきた。両脚が折れた彼は、長々と悲惨な声で泣き叫び始める。

痛切な叫び声が響く中、魏無羨《ウェイウーシエン》は顔色一つ変えずに言い放った。

「低階級の修士？　低階級だから、俺はお前らの暴言を我慢してやらなきゃならないっていうのか？　言う度胸があるのなら、その結果も受け止めるべきだろう。自分が取るに足らない虫けら同然のゴミだとわかってるなら、自分の口くらいしっかり閉じておけ！」

その場にいた全員の顔から血の気が引き、皆口を噤んで押し黙るしかなかった。しばらくして、二度と無駄話が聞こえてこなくなり、魏無羨《ウェイウーシエン》は満足げに言う。

「そうだ。それでいい」

そう言い終えると、また一蹴りであの一番張りきってでたらめばかり言っていた者の歯を半分ほど折った！

一面に血が飛び散り、誰もが戦慄《せんりつ》して色を失った。歯を折られた者は、痛みのあまり気絶してしまう。魏無羨《ウェイウーシエン》は俯くと、靴の底についた血を地面にこすりつけた。血まみれの足跡がいくつか残り、それを束の間じっと眺めてから淡々と告げる。

「でも、お前らゴミどもも一つだけ正しいことを言ったな。お前らみたいな奴らに時間を費やしても、何も面白くない。俺にあの大世家たちのところに行けって？　いいだろう。これから行って、奴らと方《かた》をつけようじゃないか」

魏無羨《ウェイウーシエン》が顔を上げると、城壁に貼られた巨大な布《ふ》告《こく》が目に入った。先ほどこの者たちは、まさにこの布告を囲んで議論していたのだ。

布告の一番上のところには「決起大会」の四文字が書かれていて、その内容はこうだった――蘭陵金《ジン》氏、清河聶《ニエ》氏、雲夢江《ジャン》氏、姑蘇藍《ラン》氏の四大世家を筆頭に、岐山温《ウェン》氏の廃された仙府、不夜天城の廃墟にて、温《ウェン》氏残党の骨灰を撒《ま》くと同時に決起する。乱葬崗を占拠している夷陵老祖とは決して共存などあり得ない。

(不夜天城、決起大会?)

地面に倒れている者たちは、きっと自分は夷陵老祖の手によって惨殺され、操られて歩く屍と成り果てるに違いないと思い込んで、誰もが彼をひどく恐れてすくみ上がっていた。ところが、魏無羨《ウェイウーシエン》にはこれ以上彼らに構うほどの興味などなく、布告を眺め終わると、彼らを地面に放ったまま手を後ろで組んで立ち去ってしまった。

彼は幽霊たちを回収していかず、痛みに喚き続ける者もいれば、小声で話していた者も身悶《みもだ》えしながら囁くばかりで、全員這い上がれずにいる。

どれくらい経ったかわからなくなった頃、突然、青色の剣芒がさっと辺りを一筋掠めていくと、たちまち皆背中が軽くなるのを感じ、誰かが驚きの声を上げた。

「動けるぞ!」

我先にと数人がどうにか立ち上がる。

引き返して飛んでいった青色の剣芒は、ある者の鞘の中に納まった。

その人物はかなり若く、秀麗で雅やかな見た目をした青年だった。彼は白い服に抹額を結び、冷たく厳粛なその表情は、どこか抑圧された一縷の憂いを帯びているように見える。極めて速い足取りで近づいてきているというのに、一切焦った様子は現れず、袖すら一度もはためくことはなかった。

あの両脚を折ってしまった修士は、痛みに耐えながらもその名を呼んだ。

「含……含光君!」

藍忘機《ランワンジー》は彼のそばに近づくと、しゃがんでその脚を少し押して怪我の具合を見たが、それほど深刻なものではないと判断する。彼が立ち上がって口を開く前に、その修士が続けた。

「含光君、いらっしゃるのが遅かったようです。魏《ウェイ》無羨《ウーシエン》はついさっき行ってしまいました！」

多くの者が知っていた。魏無羨《ウェイウーシエン》が行方をくらませてからここ数日、姑蘇藍《ラン》氏の含光君があちこちで彼を追跡していることを。おそらく捕まえて、姑蘇藍《ラン》氏のあの無残に殺された数十人のけじめをつけさせるためだろう。さらに誰かが急いで状況を告げる。

「そうです。奴が離れてから、まだ半時辰も経っていません！」

「彼は何をして、どこへ向かいましたか？」

藍忘機《ランワンジー》が尋ねると、皆慌てて苦しみを訴え始めた。

「奴は、有無を言わせずに私たちを見境なく殺しにかかってきて、危うく全員この場で殺されるところだったんです！」

藍忘機《ランワンジー》の真っ白な袖の下に隠れている指がぴくりと震える。どうやら拳を握りかけたようだが、すぐに彼はその手を緩めた。

その修士がまたつけ加える。

「でも、奴は明言しました。今から不夜天城に行き、決起大会で四大世家と方《かた》をつけると！」

岐山温《ウェン》氏が滅びたあと、不夜天城の主な殿堂はどれも華麗で中身のない廃墟と成り果てた。

不夜天城の中でも最も高い場所に位置する炎陽烈《えんようれつ》焔殿《えんでん》の前には、非常に大きな広場がある。昔はその一番手前に、高くそびえる旗棒が三本立っていたが、今ではそのうちの二本が折られ、残った一本に掲げられているのはボロボロに破られ、しかも血で塗り潰された一枚の炎陽烈焔旗《えんようれつえんき》だった。

この夜、広場には大小の各世家たちの方陣《ほうじん》が隙間なくびっしりと列を成し、あらゆる世家の家紋つきの錦旗《きんき》が夜風の中ではためいていた。折れた旗棒の前には臨時の祭壇が一つ据えられ、各世家の宗主はそれぞれの家の方陣の前に立ち、金光瑶《ジングアンヤオ》が順番に酒を一杯ずつ渡していく。全員が杯を受け取ると、宗主たちは皆それを高く掲げ、それから地面へと注いだ。

　すべての酒が土の中に沈むと、金光善《ジングアンシャン》は粛然とした様子で言った。

「どこの世家かは問わず、姓の如何《いかん》にもかかわらず、この一杯の酒を死んだ世家の烈士《れっし》たちの弔《とむら》いに捧げます」

「英魂《えいこん》不滅」

　聶明玦《ニエミンジュエ》がそう言うと、藍曦臣《ランシーチェン》も静かに続けた。

「どうか安らかに」

　江澄《ジャンチョン》はというと、暗く沈んだ面持ちで杯を傾けて、酒をすべて地面に注いでも無言のままだった。

　次に、金光瑶《ジングアンヤオ》が蘭陵金《ジン》氏の方陣の中から進み出ると、四角く黒い鉄の箱を両手で捧げ持つ。金光《ジングアン》善《シャン》は片方の手でその鉄の箱を受け取り、高く持ち上げて大声を上げた。

「ここに温《ウェン》氏残党の燃えかすがあります！」

　そう言い終えると彼は霊力を流し込み、鉄の箱を素手で破壊した。黒い鉄の箱はいくつかの破片に砕かれ、無数の灰が寒々しくもの寂しい夜風の中をはらはらと舞い落ちる。

　焼き払われた者の灰が撒かれたのだ！

　群衆の中から、歓呼と喝采の声がどっと沸き起こった。金光善《ジングアンシャン》は両手を上げて皆を静粛にさせ、自分の話を聞くように促す。歓声が次第に静まるのを待ってから、彼はまた声を張り上げた。

「今夜、灰にされ撒かれたのは、温《ウェン》氏一族残党の頭二名です。そして明日！　こうなるのは残りすべての温狗《ウェンく》、それから――あの夷陵老祖、魏嬰《ウェイイン》だ！」

　すると突然、どこかから低い笑い声が響いてきて、彼の意気軒昂とした言葉を遮った。

　その笑い声は唐突で耳障りな上、一番まずい時に響き渡り、群衆はすぐさま声がした方向へと視線を向ける。

　炎陽烈焔殿は雄大な殿堂で、全部で十二本の棟木《むなぎ》があり、どの棟木の端にもそれぞれ八匹の神獣の像が据えられている。そしてこの瞬間、群衆はその中の一棟の脊獣《せきじゅう》がなぜか九匹になっていることに気づいた。先ほどのあの低い笑い声は、まさにあそこから発されていたのだ！

　その一匹増えた脊獣が微かに動いたかと思うと、次の瞬間、片方の靴と黒い裾の一端が垂れ下がり、風に揺れた。

　その場にいた全員の手が剣の柄を押さえた。江《ジャン》澄《チョン》の瞳孔は収縮し、手の甲には青筋が立つ。金光《ジングアン》善《シャン》は驚きと憎しみが交ざり合った口調で怒号を発した。

「魏嬰《ウェイイン》！　貴様、大胆にもここに現れたか！」

　すると、やはりその人物からは、魏無羨《ウェイウーシエン》のやけに怪訝そうな声が聞こえてきた。

「俺にはここに現れる度胸がないとでも？　お前ら全員合わせて三千はいるか？　忘れるな。かつて射日の征戦では、三千はおろか五千人にも俺一人で挑んだんだ。それに、俺がここに現れたのは、お前らとしても好都合なんじゃないか？　明日わざわざ訪ねてきて、俺を灰にする手間が省けるだろ」

　清河聶《ニエ》氏も、数名の門弟が理性を失った温寧《ウェンニン》によって命を落としていたため、聶明玦《ニエミンジュエ》は冷ややかに言う。

「若造が大きな顔しやがって」

「これまでだってずっと俺の態度はこんなふうだっただろう？　金《ジン》宗主、自分で自分に平手打ちして、痛快か？　温《ウェン》氏姉弟が金鱗台に行き、過ちを認めて罰を受ければこの件はもう終わりだと言ったのは誰だ？　さっき明々白々《めいめいはくはく》と、明日は俺とその他の温《ウェン》氏一族残党を灰にすると言ったのは？」

　魏無羨《ウェイウーシエン》が追及すると、金光善《ジングアンシャン》が恥ずかしげもなく答える。

「それとこれとは別だ！　窮奇道の奇襲で、お前が我々蘭陵金《ジン》氏の門弟百人あまりを殺害したことと、お前が温寧《ウェンニン》を操って金鱗台で凶行に及ばせたことは、まったく別の……」

　魏無羨《ウェイウーシエン》は金光善《ジングアンシャン》の言葉を遮った。

「ならば金《ジン》宗主に聞くが、窮奇道で奇襲を受けたのは誰だ？　殺されるはずだったのは誰だ？　首謀者は誰だ？　罠にはまったのは誰だ？　結局のところ、最初に俺を罠にかけ、手を出してきたのはいったい誰だ!?」

方陣を組む門弟たちは、黒山のような群衆の中に身を潜め、ここなら安全だと感じて勇気を出すと、続々と遠くから叫び始める。

「たとえ、金子勲《ジンズーシュン》が先に罠をしかけてお前を待ち伏せし殺そうとしたのだとしても、お前は断じてあんな残忍な手口で、あれほど多くの人々の命を奪うべきではなかった！」

「へぇ」

魏無羨《ウェイウーシエン》は一声呟くと、声を上げた者に代わって分析し始めた。

「あいつが俺を殺したければ、なんら憚ることなく手を下せるし、結果俺が死んだら俺の運が悪いだけってか。逆に、俺は自分を守るためであっても、誰一人として傷つけないように、髪の一本すら落とさないように配慮しなければならないってことか？要するに、お前らは俺を取り囲んで攻撃していいけど、俺は反撃しちゃダメ、そういうことだろう？」

すると、姚《ヤオ》宗主が声を上げた。

「反撃？　あの三百あまりの者たちと、金鱗台の三十あまりの者たちはすべて無実の者だぞ。貴様は反撃と言うが、なぜ彼らを巻き添えにする必要があったんだ!?」

「だったら、今乱葬崗の上にいる五十数名の温《ウェン》家修士たちだってなんの罪もないじゃないか。お前らこそなんでそいつらを巻き添えにしようとするんだ？」

魏無羨《ウェイウーシエン》が反論すると、今度は別の誰かが蔑むように口々に言ってのける。

「そこまであのゴミどもの肩を持つなんて、温狗《ウェンくく》はいったいお前にどれほど大きな恩恵を与えたんだ!?」

「恩恵なんて何もないんだろう。ただ奴が、自分のことを全世界を敵に回した英雄だと自惚れて、自分は義のために動いているとでも思っているんだ。世間の非難をものともせずに、平然と天下の大罪を犯す自分を偉大だと思い込んでいるに違いない！」

その一言が耳に入ると、魏無羨《ウェイウーシエン》は意外にも黙り込んだ。

下からその様子を見上げている群衆は、彼の沈黙を自分たちにたじろいだのだと思い込み、さらに勢いづく。

「結局のところ、お前が金子勲《ジンズーシュン》にあんな下劣で陰険な呪いをかけたのが始まりだろうが！」

「ならば聞くが、いったいどんな証拠があって、その呪いをかけたのが俺だって証明できるんだ？」

魏無羨《ウェイウーシエン》が問い質すと、声を上げたその者は答えに窮し少し口ごもる。

「だ、だったら、お前だって、自分がかけていないってことを証明できるのか？」

それを聞いて、魏無羨《ウェイウーシエン》が笑った。

「ならまた聞くけど、お前が呪いをかけていないことを証明できるものだって、何もないだろう？」

その者は驚きながら大声でまくし立てる。

「俺？　俺がお前と同じなはずないだろうが。是非を一緒くたにして、しつこく言いがかりをつけるのもいい加減にしろ！　誰よりもお前の嫌疑が一番濃厚なんだ。我々が知らないとでも思っているのか。お前と金子勲《ジンズーシュン》は一年以上前からいがみ合っていたことを！」

魏無羨《ウェイウーシエン》は不気味に暗い声音で答えた。

「しつこく言いがかりをつけてるのはどっちだ？　そうだよ。もし俺があいつを殺したかったら、一年以上前にとっくに殺してる。今まで生かしておく理由なんてないだろう。あいつ如きを殺すのに一年もいらない。そもそも俺は三日で忘れるし」

姚《ヤオ》宗主は驚愕して言った。

「……魏無羨《ウェイウーシエン》よ。今日は実に新たな見識を深めた。貴様ほど理不尽な悪党は未だかつて見たことがない……人を殺したあと、さらに言葉で侮辱して暴言まで浴びせるなど。貴様にはよもや一切の憐《あわれ》みの心、後ろめたい気持ちすらないのか？」

辺り一面から浴びせられる罵声を、魏無羨《ウェイウーシエン》は平然として受け入れた。

唯一、憤怒だけが、彼の心の中にある他の感情を抑え込んでいる。

ふいに、方陣の前列に立っている修士が、激しい憎悪と恨みをあらわにして叫んだ。

「魏嬰《ウェイイン》、貴様には心底失望した。かつては貴様に感服して、敬慕《けいぼ》の念すら抱いていたのに。善かれ悪しかれ、いつか新たな仙門の開祖となる一代の傑物だとも称賛していたのに。今思えば吐き気がする。この瞬間から、俺は貴様とは敵対する！」

その言葉に魏無羨《ウェイウーシエン》は少々驚き、そしてすぐさま大声を上げて激しく笑いだした。

「ハハハハッ……」

彼は笑いすぎて、もはや息ができないくらいだ。

「俺を敬慕していただと？　お前はそう言うけど、だったらなんでその頃に俺はお前を見た覚えがないんだ？　そして誰もが俺を討伐しようとした途端、お前は飛び出してきて、こいつらの勢いを煽ろうとするんだな？」

魏無羨《ウェイウーシエン》はあまりに笑いすぎて、目尻に涙が滲んだ。

「お前のその敬慕ってやつはあまりにも安っぽい。俺と敵対するって言うなら、いいだろう。でもな、お前のその敵対だの不倶戴天《ふぐたいてん》だのは、俺に何か一つでも影響を与えたか？　お前の敬慕も憎悪も俺にとってはこんなにも取るに足らないのに、よくも恥ずかしげもなく喚き立てられるな」

その言葉が終わらぬうちに、魏無羨《ウェイウーシエン》の喉がぐっと詰まり、胸元から予期せぬ鈍痛《どんつう》が伝わってきた。

俯いて見ると、彼の胸元には一本の矢が真正面から刺さり、その矢尻は二本の肋骨の間に埋まっている。

彼は矢が放たれた方向に視線を向けた。この一矢を射たのは、端整な顔立ちの少年修士だった。彼はある小さな世家の方陣の中に立っていて、依然として射る姿勢を保ったまま、弓の弦も微かに震えている。

魏無羨《ウェイウーシエン》の目に、この矢は本来、真っすぐに彼の胸元の急所めがけて射られたものだとわかった。ただ、射手の腕前が未熟なために、矢の勢いが空中で衰《おとろ》え心臓より下側に寄り、肋骨の間を射貫くことになったのだ。

矢を射た少年の周りの者たちは皆驚愕した目つきをしていて、ひいては恐怖にすくみながらもこんな軽率な行動を取った同門の門弟を見ている。頭を上げた魏無羨《ウェイウーシエン》の顔には殺気が表れ、逆手でその矢を抜くと力一杯に投げ返した。すると悲痛な叫び声が上がり、彼を射た若い修士は、なんとそのまま彼が素手で投げ返した矢に胸元を貫かれてしまった！

そばにいたもう一人の少年が、彼の体に飛びつき大声で泣き叫ぶ。

「兄ちゃん！　兄ちゃん！」

少年がいた世家の方陣はたちまち乱れ、宗主は震える手を伸ばし、魏無羨《ウェイウーシエン》を指さす。

「貴様……貴様……貴様、なんという悪辣な！」

魏無羨《ウェイウーシエン》は右手で胸の傷口のところを無造作に押さえつけ、一時しのぎの止血を施しながら、冷ややかに言った。

「何が悪辣だ？　不意打ちをかけて俺を射る度胸があれば、万が一外した場合にどんな結末になるかくらい予想できたはずだろう。俺のことを邪道だと呼んでるんだから、まさか俺が寛大にそいつのことを見逃すなんて期待してないだろうな」

金光善《ジングアンシャン》が声を張り上げて叫んだ。

「布陣、布陣せよ！　今日こそは絶対に奴を生きてここから出すな！」

号令のもと、睨み合いの局面がようやく打ち破られる。数人の門弟が弓を手に御剣し、魏無羨《ウェイウーシエン》のいる殿堂の上方に攻め込み始めた。

とうとう先に手を出した！

魏無羨《ウェイウーシエン》は冷たく笑いながら腰から陳情《チェンチン》を取り出し、持ち上げて口元に添えると、笛から鋭いいななきのような音が響き渡る。それと同時に、不夜天城の広場からは青白い腕が一本二本と地面を突き破って出てきた！

屍たちは一体一体、白い石煉瓦《れんが》が敷き詰められた地面を突き破り、土の奥深くから這い出てくる。御剣してたった今地面から離れた者は、すぐさまそれらに掴まれ引きずり降ろされてしまう。

魏無羨《ウェイウーシエン》は炎陽烈焔殿の棟の上に立っていた。竹笛を横にして吹き続ける彼の双眸は、深い夜色《やしょく》の中で冴え冴えとした冷たい光を放って煌めいている。下の方を俯瞰すると、各世家の服や飾りは、まるで絶え間なく湧き上がる色とりどりの水のように、混ざり合ったり、四方に散ったり、また集まったりしていた。雲夢江《ジャン》氏の方陣に何一つ変化がないことを除けば、その他の世家はどこも大いに乱れ、各宗主たちは皆自分の門弟を守るのに忙しく、一時に至っては魏無羨《ウェイウーシエン》を攻撃しに行く暇などないほどだった。

ちょうどその時、冷たい琴の音が響き、陳情《チエンチン》の笛の音を妨《さまた》げた。

魏無羨《ウェイウーシエン》が陳情《チエンチン》を下ろして振り向くと、誰かがもう一本の棟の上で、横にした琴を自分の前に置いて座っている。全身真っ白な服は、闇夜の中では少々目に眩しい。

「ああ、藍湛《ランジャン》」

冷たい声で挨拶を済ませ、魏無羨《ウェイウーシエン》はまた笛を口元まで持ち上げて言った。

「お前はとっくに知ってるはずだぞ。清心音《せいしんおん》は俺には効かない！」

藍忘機《ランワンジー》は琴をひっくり返して背負うと、代わって避塵《ビチェン》を抜き出した。真っすぐに陳情《チエンチン》に向かって襲いかかってくる彼は、その魔の音色を生み出す鬼笛を断ち切ろうとしているようだ。魏無羨《ウェイウーシエン》は身を翻してそれをかわすと、ハハッと大笑いした。

「いいだろう、俺にはわかってたよ。いつか俺たちはこんなふうに本気で殺し合う日が来るって。どのみちお前はずっと、俺のことを目障《めざわ》りだと思ってただろうしな。ほら、かかってこい！」

その言葉を聞いて、藍忘機《ランワンジー》は微かに動きを止めた。

「魏嬰《ウェイイン》！」

それは怒鳴るように発した一言だったが、冷静な者であれば誰が聞いてもわかるほどに、藍忘機《ランワンジー》の声は明らかに震えていた。けれど、魏無羨《ウェイウーシエン》はこの時既に冷静な判断能力を失っていた。彼はもう半ば理性をなくし半狂乱の状態で、悪意だけが彼の中で無限に膨らんでしまう。この世界にいるすべての人間は皆彼を憎んでいると思い込み、彼もまた、今すべての人間に憎しみを抱いている。誰が来ても怖くなどないし、誰が来ても同じだ。どうということもない。

その時、辺り一面で殺し合う激しい喧騒の中からとても微かな声が聞こえてきた。

「阿羨《アーシエン》！」

その声はまるで冷たい水のように、彼の心頭で激しく暴れ狂う炎を一瞬で消し去った。

江厭離《ジャンイエンリー》？

彼女はいつからこの決起大会に来ていたんだ!?

魏無羨《ウェイウーシエン》は仰天して、もはや藍忘機《ランワンジー》と戦うどころではなくなって即座に陳情《チェンチン》を下ろした。

「師姉!?」

江澄《ジャンチョン》もその声を聞くと、その刹那に顔から血の気が引き、声を張り上げ居場所を捜す。

「姉さん？　姉さん！　どこだ？　どこにいる？」

魏無羨《ウェイウーシエン》は炎陽烈焔殿の棟から飛び降りると、江《ジャン》澄《チョン》と同じようにあらん限りの声を出して叫んだ。

「師姉？　師姉？　どこ？　どこにいるんだ？　見えない！」

彼は殺気を漲らせて迫る刀と剣に構う暇もなく、混乱している人の群れの中を、手のひらから一撃を放ち拳で殴りつけながら必死に駆け回った。ふいに、江厭離《ジャンイエンリー》の白い姿が人の群れの合間に覗くと、魏無《ウェイウー》羨《シエン》は道を塞いでいる者たちを全力でかき分け、難儀しながら前へと進んだ。彼らの間にはまだかなり距離があり、数えきれないほどの人間に阻まれていて、魏無羨《ウェイウーシエン》も江澄《ジャンチョン》もすぐに彼女に駆け寄ることができない。ちょうどその時、最悪なことに、江厭離《ジャンイエンリー》の後ろで一体の凶屍がふらつきながら立ち上がるところが二人の目に映った。

その凶屍の肉体は半分ほど腐り落ち、手に握った錆《さ》びた長剣を一本引きずりながら、今まさに江厭《ジャンイエン》離《リー》に向かって近づいている。

その驚愕の場面を目にして、魏無羨《ウェイウーシエン》は厳しい声を上げて怒鳴った。

「失せろ！　失せろって言ってるだろう！　師姉に

触るな！」

「あれをどうにかしろ！」

江澄《ジャンチョン》もまた、咆哮を上げて三毒《サンドゥ》を投げつけると、紫の剣芒は凶屍めがけて飛んでいった。しかし、その剣芒は途中で他の修士の剣芒に邪魔され、方向が逸れてしまう。魏無羨《ウェイウーシエン》の心が混乱すればするほど、凶屍を制御する能力は低くなる。凶屍は彼の命令を無視して手の中の長剣を振りかざすと、江厭離《ジャンイエンリー》に向かって斬りかかった。

魏無羨《ウェイウーシエン》は激しく取り乱し、突っ走りながら叫んだ。

「止まれ、止まれ、止まれって言ってるだろう！」

誰も彼もが皆、自分の周りにつきまとう凶屍との戦いに精一杯で、誰一人として他人に危険が迫っていることを気にかける余裕などない。凶屍は剣を振り下ろすと、あろうことか、江厭離《ジャンイエンリー》の背中を切り裂いた！

江厭離《ジャンイエンリー》の細い体はばったりと地面に倒れ込んだ。

凶屍は彼女の後ろに立ったまま、続いて長剣を振りかざす。しかしちょうどその時、一本の剣芒がその体を二つに断ち切り、半分を吹き飛ばした！

藍忘機《ランワンジー》は広場に降り立ち、戻ってきた避塵《ビチエン》を無造作に掴んだ。魏無羨《ウェイウーシエン》と江澄《ジャンチョン》はようやく彼女のもとに駆けつけたが、彼らには藍忘機《ランワンジー》に感謝の言葉を言う余裕はなかった。江澄《ジャンチョン》が先んじて江厭離《ジャンイエンリー》を抱きかかえると、藍忘機《ランワンジー》は彼女に駆け寄ろうとする魏無《ウェイウー》羨《シエン》を止めた。彼の襟元を掴んで目の前に引き寄せると、厳しい声を上げる。

「魏嬰《ウェイイン》！　屍の群れを動かすのをやめろ！」

けれど、魏無羨《ウェイウーシエン》は今、他のことになど一切構っていられなかった。藍忘機《ランワンジー》がどんな顔をしているのかなど眼中になく、彼の充血した目にも、目のふちを赤くしていることにも気づかない。ただ、江厭離《ジャンイエンリー》が無事かどうかを見に行きたいということで頭がいっぱいで、目を赤くしながら彼を押しのけ、地面に飛びついた。藍忘機《ランワンジー》は彼に押されて体をふらつかせたが、体勢を立て直して彼を見つめる。だが、遠くからまた誰かが悲鳴を上げて助けを呼んでいるのが聞こえ、振りきるように視線をそちらに向けると、助けに飛んでいった。

江厭離《ジャンイエンリー》の背中は真っ赤な血で染まり、目を閉じてはいるが、幸いにもまだ息があった。江澄《ジャンチョン》は彼女の脈を調べる手を震わせながら引っ込め、ほっと息をつくや否や、いきなり魏無羨《ウェイウーシエン》の顔に拳を食らわせた。

「どういうことだ!? お前はちゃんと制御できるって言っただろう? 問題ないって言っていただろう!?」

魏無羨《ウェイウーシエン》は地面にへたり込み、呆然として呟く。

「……俺にもわからない」

彼は絶望しながら続けた。

「……制御できない、制御できないんだ……」

その時、江厭離《ジャンイエンリー》が微かに身じろいだ。江澄《ジャンチョン》は彼女をしっかりと抱きしめ呼びかけたが、その言葉は支離滅裂《しりめつれつ》だった。

「姉さん! 大丈夫! 大丈夫だから。剣が少し掠っただけだから、問題ない。俺が今すぐにここから連れて出るから……」

そう言いながら、彼が急いで江厭離《ジャンイエンリー》を抱き上げようとすると、彼女が小さく囁いた。

「……阿羨《アーシエン》」

魏無羨《ウェイウーシエン》は一回身震いして、慌てて答える。

「師姉、俺……俺、ここにいるよ」

江厭離《ジャンイエンリー》はゆっくりと漆黒の双眸を開けた。魏無《ウェイウー》羨《シエン》の心は恐怖に駆られ、激しく動揺する。

江厭離《ジャンイエンリー》は必死に声を絞り出した。

「……阿羨《アーシエン》。あなたこの前……なんであんなに早く走り去ってしまったの……私はあなたを一目見ることも、一言話すことさえ間に合わなくて……」

彼女の言葉を聞きながら、魏無羨《ウェイウーシエン》の心臓はドクンドクンと激しく鼓動した。

彼はまだ江厭離《ジャンイエンリー》と向き合う勇気がなかった。しかも今、彼女の顔はあの時の金子軒《ジンズーシュエン》と同じように、土と埃、そして真っ赤な血で汚れているのだ。

無論、彼女がこれから言おうとしている言葉を聞く勇気もなかった。

「私は……あなたと話をしに来たの……」

何を話すんだ？

大丈夫？

私はあなたを恨んでいない？

何も問題ないから？

あなたが金子軒《ジンズーシュエン》を殺したことを責めないから？

――どれもあり得ない。

しかし、これらと完全に真逆の言葉も、彼女に言えるはずがない。

彼女にもわからなかった。この場で何を考え、これ以上魏無羨《ウェイウーシエン》に何を言えるのか。

けれど、彼女は胸の内で、この弟と必ずもう一度会わなければならないと決めていたのだ。

一回深く息をつくと、江厭離《ジャンイエンリー》は口を開いた。

「阿羨《アーシエン》……ともかく、これをやめましょう。もう、これ以上は……」

それを聞いて、魏無羨《ウェイウーシエン》は慌てて答える。

「うん、俺、やめるから」

彼は陳情《チェンチン》を持ち上げて口元に近づけると、俯いて一心に吹き奏で始めた。彼は極めて大量の気力を消耗することで、やっとのことでどうにか心を落ち着かせ、凶屍たちはようやく彼の命令を聞き入れた。一体一体が、喉からグーグーと奇妙な声を発し、どうやらその命令を不満に思っているようだったが、それでもゆっくりと屈服し始める。

藍忘機《ランワンジー》はわずかに足を止め、遠くからこちらに視線を向けた。だがすぐに振り向いて続けざまに剣を振り、まだ苦戦している同門の門弟と、それから他家の門弟たちをも助けた。

その時突然、江厭離《ジャンイエンリー》は両目を見開くと、一瞬にして爆発的なまでの大きな力がどこかから湧いてきて、両手で魏無羨《ウェイウーシエン》をドンと押した！

魏無羨《ウェイウーシエン》は彼女にいきなり押されてまた地面に倒れ込んだ。そして再び顔を上げた時、信じ難いことに冴え冴えと光る長剣が一本、彼女の喉を貫いているのが目に入る。

剣を握っているその少年は、まさに先ほど、あの矢を射た少年修士の体に飛びついて激しく泣いていた年若い修士だった。彼はまだ泣きじゃくりながら、目を涙でいっぱいにして叫んだ。

「魏賊《ウェイぞく》！　この一刺しは俺の兄ちゃんに代わってお前に返す！」

魏無羨《ウェイウーシエン》は信じられない様子で薄汚い地面の上にへなへなと座り込み、首を傾け喉から真っ赤な血を大量に流している江厭離《ジャンイエンリー》を見た。

彼は、つい先ほどまで彼女の言葉を待っていた――まるで、最後の宣告が下されるのを待つかのように。

江澄《ジャンチョン》も呆然として、まだ姉の体を抱きかかえたまま固まっている。

しばらくして、魏無羨《ウェイウーシエン》はようやく悲痛な叫び声を上げた。

藍忘機《ランワンジー》は剣を突き出しながら、その声に素早く振り向く。

江厭離《ジャンイエンリー》を刺した少年は、自分が思っていたのとは別の相手を殺してしまったことに気づき、震えながら彼女の喉から長剣を抜いた。血しぶきが噴き出し、恐怖に駆られた少年は慌てて何度もじりじりと後ずさる。

「……違う、俺じゃない、違う……俺は、魏無羨《ウェイウーシエン》を殺すつもりで、俺は、兄ちゃんの仇を討つつもりで……彼女が自分で飛びついてきたんだ！」

魏無羨《ウェイウーシエン》は一瞬で少年の目の前に立ち塞がると、彼の首を絞めた。それを見て、姚《ヤオ》宗主は剣を振りながら怒号を放つ。

「この悪魔め、彼を放せ！」

藍忘機《ランワンジー》はもはや風格や立ち居振る舞いなどに一切構う余裕もなく、道を塞いでいる者たちを次々と押しのけて、魏無羨《ウェイウーシエン》のいる方へ向かって走った。しかし、彼がまだ半分までしか近づいていないところで、魏無羨《ウェイウーシエン》は衆人環視の中、素手でその少年の首の骨を折ってしまった。

それを目の当たりにして、一人の宗主が激昂する。

「貴様！　貴様――かつては江楓眠《ジャンフォンミエン》夫婦を巻き添えにして死なせ、今度は貴様の師姉を巻き添えにして死なせた。すべて貴様の自業自得だというのに、よくも他人に八つ当たりしやがって！　悔い改めるどころか続けざまに人の命を奪うなど！　魏嬰《ウェイイン》、貴様が犯した罪は、もはやどんな理由があっても……決して許されない！」

しかし、どれほどの罵倒と叱責も、この時の魏無《ウェイウー》羨《シエン》の耳にはもう届かなくなっていた。

まるで、もう一つの別の魂に支配されてでもいるかのように、彼は両手を伸ばすと袖の中から二つの物を取り出し、その場にいる全員の目の前で一つに合わせた。

その二つの物が、半分ずつ上下が合わさって一つになると、不気味で凄まじい音が響き渡った。

魏無羨《ウェイウーシエン》はそれを手のひらにのせ、高く掲げる。

――陰虎符！

# 第十九章　丹心

〈一〉

――血の不夜天。

言い伝えによると、夷陵老祖 魏無羨《ウェイウーシエン》はその夜、たった一人の力で決起大会の場にいた三千名の修士を虐殺した。それは血生臭い一戦だったという。

また、時によって犠牲者は五千人あまりという噂もあった。だが、たとえ三千でも五千であっても、ただ一つだけ変わらないことは、あの夜、不夜天城の廃墟は魏無羨《ウェイウーシエン》によって血にまみれた地獄に変えられてしまったということだ。

そして、その下手人自身は衆人から攻撃を受けながらも、なんと生きて撤退し乱葬崗へと戻ったのだ。いったいどうやって彼が不夜天城から消えたのかは、誰も知らない。

多くの世家はこの戦役《せんえき》で甚大《じんだい》な被害を被《こうむ》り、それからおおよそ三か月の間、英気を養い気力を蓄え計画を練った。その後、四大世家はやっとのことで魔の巣窟である乱葬崗の包囲討伐に成功し、「虐殺」の二文字を、生き残りの温《ウェン》氏残党と残虐非道な夷陵老祖に返したのだった。

――そして今、魏無羨《ウェイウーシエン》は伏魔洞前にいる修士たちを眺めている。彼らの表情は、決起大会のあの夜に亡き英霊たちに酒を注ぎ、彼と温《ウェン》氏残党を灰にすると宣誓したあの修士たちのものとまったく同じだ。

ある者はまさにあの夜運良く生き残った者で、ある者はあの時に戦った修士たちの子孫で、そして最も多くは、あの夜いた修士たちと同じ信念を持つ「正義の士」だ。

彼に脚を斬り落とされ、やむを得ず木の義肢をつけなければならなかったと自ら訴えた中年修士、易《イー》為春《ウェイチュン》が口を開いた。

「三千人を殺した罪、貴様が万死したところで償いきれない！」

魏無羨《ウェイウーシエン》は彼の言葉を遮った。

「三千人？　あの夜の不夜天城には確かに三千あまりの修士がいたけど、でもその場には大世家の宗主たちや、各世家の精鋭に名士もいたんだぞ。そんなふうに際立った腕利きたちが顔を揃えていた場所で、本当に三千人全員をたった一人で綺麗さっぱり殺せると思うのか？　お前は俺を買い被りすぎか、もしくは、そいつらを甘く見すぎてるんじゃないか？」

ただ淡々と事実を述べているだけだというのに、その修士は自分が軽視され侮辱を受けたと感じたようで、カッとなった。

「貴様は俺と何を論じていると思っている？　まさか、駆け引きをして人殺しの罪を棒引きしたいとでも言うのか？」

「俺は決してこんなことで駆け引きするつもりなんてない。ただ他人の言葉一つで、勝手に俺の罪を倍にされるのはごめんなだけだ。やっていないことまで責任を負わされたくない」

魏無羨《ウェイウーシエン》がそう説明すると、また誰かが言った。

「やっていないだと？　お前がやっていないことなどあるのか？」

「例えば、赤鋒尊《せきほうそん》が八つ裂きにされたことは俺がやったんじゃないし、金《ジン》夫人が金鱗台で自害したのも追い込んだのは俺じゃない。それから、お前らがこの山に登ってくる道中に出くわして殺す羽目になったあの彷屍や凶屍たちも同じく、俺が操ったモノじゃない」

魏無羨《ウェイウーシエン》の言い分を聞いて、蘇渉《スーショー》が嘲笑う。

「夷陵老祖、私は貴様については身のほどを知らない奴だとしか聞いたことがなかったが、まさかこんなに謙虚だったとは思いもよらなかった。だが、もし犯人が貴様でなければ、この世の中には貴様以外にもあんなに大量の彷屍や凶屍を操り、私たちを散々に追い込むことができる者がいることになる。私にはまったくそんな奴は思いつかないな」

「なんで思いつかないんだ。陰虎符さえあれば誰にだってできる」

「陰虎符は貴様の法器だろう？」

「だったら、いったい誰が俺のその法器を気に入って、片時も手放さないかを聞いてみなきゃな。まさに温寧《ウェンニン》の件みたいに、ある世家の者たちはいかにも鬼将軍を死ぬほど恐れているふりをして、口先では殴るだの殺すだのと言っておきながら、裏ではこそこそとあいつを十数年もの間隠していたんだから。あれ、変だな。当時、あいつを灰にしたって言ったのは誰だったっけ？」

魏無羨《ウェイウーシエン》がとぼけたように言うと、全員の視線が、思わずこの場にいる蘭陵金《ジン》氏の門弟へと向けられた。

なんといっても当初、それに関する全権を握り、明々白々と温《ウェン》氏残党の頭二名は既に焼き払ったと言い張り、さらには不夜天城で先頭に立って骨灰を撒いたと宣言したのは、蘭陵金《ジン》氏の先代宗主だ。蘇《スー》渉《ショー》は急いで止めに入る。

「貴様、話を逸らすな」

ちょうどその時、森の中からまた怪しいざわめきとグーグーと喉を鳴らす奇妙な声が響いてきた。

「皆さんご注意を！　新たな凶屍の群れがすぐそこまで来ている！」

藍啓仁《ランチーレン》の言葉を聞いて、半分ほどの者は対処するために振り返り、残りの者はまだ警戒を解かず、剣先を伏魔洞前にいる魏無羨《ウェイウーシエン》ら「烏合の衆」に向ける。

魏無羨《ウェイウーシエン》は冷静に助言してやった。

「さっき言っただろう。あの凶屍たちはまったく俺の命令を聞かないんだ。俺を睨んでる暇があったら、あいつらを警戒した方がいいんじゃないか」

この場には名の知れた修士も少なくはなく、しかも何名かは世家宗主や年配の先輩もいるため、彼らにとって凶屍の群れに対処するのは当然容易いことだ。目下、剣芒と琴の音は一斉に飛び、ほとんどの者は魏無羨《ウェイウーシエン》らの方に構う暇などなかった。江澄《ジャンチョン》は一鞭で凶屍三体を粉々に打ち砕くと、振り向いて金凌《ジンリン》に怒鳴った。

「金凌《ジンリン》！　お前、もう足はいらないのか！」

その言葉の意味は、金凌《ジンリン》がこれ以上ぐずぐずしてこちらに来なければ、戻ったら彼の脚をへし折ってやるということだ。しかし、そんな脅しを金凌《ジンリン》は昔から数えきれないほど聞かされてきて、一度たりとも実行されたことはなかったため、彼は江澄《ジャンチョン》をちらりと見るだけで、やはり動かなかった。江澄《ジャンチョン》は一言罵ると、手首を捻って紫電《ズデン》の向きを変え、それを金凌《ジンリン》に巻きつけて彼を強引に引っ張ろうとする。ところが紫電《ズデン》の鞭の形に流れる紫の光は唐突に弱まり、ややもすると、なぜか消えてしまった。

長い鞭は素早く銀色の指輪の形に戻ると、彼の人さし指にはまる。江澄《ジャンチョン》はそれを見て呆気に取られていた。今まで、紫電《ズデン》が命じてもいないのに自ら元に戻るような状況には陥ったことがなかったのだ。しかも、手のひらを見つめているうち、突然ぽたぽたと二滴の血が彼の手のひらに滴り落ちた。

江澄《ジャンチョン》が手を上げて顔を拭うと、手のひらは真っ赤に染まる。それを見て、金凌《ジンリン》は思わず声を上げた。

「叔父上！」

屍の群れと戦っている者たちの中からも、続々と驚きの声が響いてきた。遠くまで見渡すと、なんとこの場にいるうちの八、九割もの人々の剣芒が揃って暗くなっていき、ほぼ半分の者の顔には、本人も気づかないうちに真っ赤な跡が二筋垂れている。それは鼻血だった。中には口と鼻から同時に血を流している者もいる！

名を知らない剣専修の修士たちが、慌てふためきながら叫んだ。

「どういうことだ!?」

「私の霊力が消えた！」

「師兄、手を貸してください！　こっちが大変です！」

避塵《ビチェン》が鞘から出て、その助けを呼んだ修士を追いかけていた二体の凶屍を斬り殺す。しかし、助けを呼ぶ声はますます増え、次から次へと声が上がっていった。人の群れも次第に一か所に集まって、いつしかまとまり、伏魔洞の方に向かって下がり始める。

この乱葬崗に登り、思いきり戦うつもりだった修士たちにとって、ここで自分たちが突然霊力を失ってしまうなど予想外のことだった。剣芒が徐々に消えるだけではなく、呪符までもが効かなくなり、姑蘇藍《ラン》氏と秣陵蘇《スー》氏の門弟たちの琴と簫《しょう》で奏でた曲でさえただの音に成り下がり、魔を退ける効力を失っている。

あっという間に形勢が一変した！

藍忘機《ランワンジー》が背中から古琴を下ろすと、その弦の音は天までも轟いた。しかし、彼の破障音《はしょうおん》がいくら優れていて、どれほど群を抜いていても、結局はたった一人の力にすぎない。伏魔洞の上から飛び降りた温寧《ウェンニン》は藍忘機《ランワンジー》を手伝って凶屍を追い払いながら、同時に他の修士たちから刺したり叩き斬ったり、殴ったり蹴ったりされるのを、ただ黙々と耐えるしかなかった。幸い彼には痛覚がないため、なんとか影響を受けずに済んだ。辺り一面騒然とした戦いの場面が繰り広げられ、てんやわんやの大騒ぎの中、藍《ラン》思追《スージュイ》が急に皆の前に飛び出して声を上げた。

「皆さん、こちらに来てください、伏魔洞の中に入りましょう！　中の地面には非常に大きな陣がありま す。数か所だけ欠け落ちていますが、おそらくそこを描き足せばすぐに使えますので、しばらくの間は凶屍たちが入ってくるのを防げるはずです！」

戦いに熱中するあまり、もはや頭が回らなくなった修士たちが、それを聞いてすぐにでも中に駆け込もうとするのを、蘇渉《スーショー》は慌てて大声で止めた。

「中に入ってはなりません！　これは絶対に我々を袋の鼠にするための計略です！　中にはきっと、さらに危険な罠が待っているに違いありません！」

彼の叫びを聞いた群衆は、またはっとして我に返り、どうするかを決めかねているようだ。魏無羨《ウェイウーシエン》は花びらを散らすように、六十枚以上もの呪符を素早く飛ばしながら言った。

「外で死ぬも中で死ぬも同じだ。だが、どのみち死ぬんなら、中に入れば少しくらいは時間稼ぎができるかもしれない。それなのに、お前がそんなにまで急いでここにいる全員に死んでもらいたがってるのは、いったいどういう理由があってのことだ？」

魏無羨《ウェイウーシエン》のその言葉は確かに非常に筋が通ったものだが、彼の口から出たせいで、群衆は信じるどころか余計に中に入るのが怖くなり、ためらいながらも凶屍と戦い続けるしかない。霊力を失った者がいても、まだ残りの者たちでどうにか多少は持ち堪えられているが、聶懐桑《ニエホワイサン》はもう待っていられなくなった。

誰もが知っている。彼は勇気がなく臆病で、仙術の資質も向上心もない上に修練を怠り、この突如として起きた異変に追い込まれておろおろするばかりで、もはや散々な体たらくだということを。怪我もなく無事なのは、身辺警護の数人が全力で彼を守ったおかげだ。見る見るうちに押し寄せる屍の群れが増えてきて、まったく果てが見えない状況下で、彼は慌てて呼びかけた。

「皆さんは入るんですか、それとも入らないんですか？　入らないなら、私は先に入りますね。失礼します。さあ早く早く、皆、入りますよ！」

そう言いながら、聶懐桑《ニエホワイサン》は即座にてきぱきと清河聶《ニエ》氏の門弟一行を引き連れて伏魔洞へと駆け込んだ。その様子は、まるで頼れる飼い主を失った犬が慌てふためいているようでもあり、あるいは網の目から漏れた魚がびくびくしているようでもあった。周りは彼のその素直さに驚いて目を丸くし、口をぽかんと開けた。欧陽子真《オウヤンズージェン》も必死に訴える。

「父さん、もうやめてください。僕を信じて、中に入ってください！　僕たちはついさっきあの洞窟から出てきたばかりだけど、中には罠なんてなかったですよ！」

その他の少年数名も同じように叫び始めた。

「そうですよ。中の地面には確かに大きな陣がありました！」

「叔父上、入ろう！」

声をかける金凌《ジンリン》に、剣芒を失った三毒《サンドゥ》の剣先をずいと向けると、江澄《ジャンチョン》は憎々しげに答えた。

「お前は黙ってろ！」

しかし声を荒らげて怒鳴ったせいで、また彼の口と鼻からは真っ赤な血が流れてきた。金凌《ジンリン》は階段を駆け下りて彼に掴みかかると、強引に伏魔洞の中まで引きずった。今の江澄《ジャンチョン》は霊力をすべて失った上、半日もの間必死に凶屍たちを殺し続けてきたことで、気力体力ともに尽き果てている。なんと彼は、そのまま金陵《ジンリン》に中まで引きずり込まれ、江《ジャン》家の修士たちも慌てて宗主のあとについて中へと入ることとなった。広々とした伏魔洞の中では、ちょうど聶懐桑《ニエホワイサン》の大喜びする声がガンガンとこだまして響いている。

「皆さんも早く入ってきてくださいよ！　中はかなり広いです！　先輩のどなたか、すみませんが地面のこの陣を描き足していただけませんか？　私にはさっぱりで。どう描き足せばいいかわからないです！」

彼の最後の一言を聞いて、全員の心の中に同じ言葉が大きく浮かんだ。

『役立たず！』

藍忘機《ランワンジー》は指を弦から離さないまま、顔を上げて呼びかけた。

「叔父上！」

藍啓仁《ランチーレン》は元から決して中に入るつもりはなく、むしろ外で一人、最後の一瞬まで殺し合う心づもりだった。しかし今の彼は決して一人ではなく、まだ多くの藍《ラン》家修士と、指揮を任された金《ジン》家修士もいる。その上、戦いの主力は彼以外の者なのだ。藍啓仁《ランチーレン》はこの門弟たちの命を無駄にするわけにはいかず、生きる望みが一縷でもあればそれを掴まなければならないと思い直した。彼は藍忘機《ランワンジー》の方を見ないまま、剣を掲げると声を張り上げた。

「気をつけて入りなさい！」

これで、蘭陵金《ジン》氏、姑蘇藍《ラン》氏、清河聶《ニエ》氏、雲夢江《ジャン》氏の四大世家の者が全員洞窟内に入った。彼らが先頭に立ったことで、すぐさま残りの者たちも、これ以上不利な状況のまま無駄な抵抗をするのはやめようと決心する。もし万が一、伏魔洞の中に本当に甚だしい災禍《さいか》や妖魔鬼怪などが待ち構えていたとしても、先頭の四大世家が対処してくれるはずだと考え、慌てて雪崩《なだ》れ込むように中に入った。最後には、秣陵蘇《スー》氏のあの一行だけが動かずに残っていた。

「あれ、蘇《スー》宗主、お前は入らないのか？　いいだろう、ならここに残ればいい。でもさ、ここにいた全員が霊力を失ってるんだよな。それなのに外に残るなんてほとんど自殺行為じゃないか？　ずいぶんと勇気のあるお方だな」

魏無羨《ウェイウーシエン》がそう言うと、蘇渉《スーショー》は彼をちらりと見て、陰鬱さを帯びた眉の辺りをしきりに震わせながら、結局他の皆と同じように門弟たちを連れて入っていった。

伏魔洞はその千あまりの群衆をやすやすと収容した。千人分の呼吸音と、荒々しい会話、おどおどする声は、広々とした洞窟の中で繰り返しこだましている。藍啓仁《ランチーレン》は入ってすぐに聶懐桑《ニエホワイサン》のそばへと歩いていき、彼からは切実な期待の眼差しを向けられながら、地面の陣の欠けた箇所を調べた。この陣はやはり遥か昔に描かれた年代物だったので、藍啓仁《ランチーレン》はその場で手のひらを切ると、滴った自らの血を使って陣を描き足した。温寧《ウェンニン》は伏魔洞へと続く階段の上を守り、近づいた数体の凶屍を放り投げる。だが、藍啓仁《ランチーレン》によって陣が描き足された途端、その凶屍たちはまるで見えない障壁《しょうへき》に阻まれているかのように、何度突っ込んでも近づいてはこられなくなった。

魏無羨《ウェイウーシエン》は藍忘機《ランワンジー》が琴を収めるのを待ってから、ようやく彼と一緒にゆっくりと洞窟の中へと足を踏み入れる。修士たちはたった今ほっと息をついたばかりだったが、この黒と白の二人が揃って階段を下りてくるのを見て、その場の千以上もの心臓がまた一瞬で縮み上がった。

まさかこんな結末になるなんて、誰一人として想像すらしていなかった。彼らは夷陵老祖を包囲討伐しに来たはずだったのに、今は逆に包囲討伐される側となり、しかもよりによって夷陵老祖の巣窟に入って身を隠し、どうにか生き長らえているのだ。藍《ラン》啓仁《チーレン》は地面の陣を描き足し終えると、群衆の前に立ちこの二人の行く手を遮った。顔を上げて胸を張り、両腕を広げて彼らを止めんばかりで、もし魏無羨《ウェイウーシエン》が陣を破壊しようものなら自分の命を投げ出してでも彼と戦い、共倒れになることを覚悟した構えだった。

「……叔父上」

藍忘機《ランワンジー》が呼びかけた。

藍啓仁《ランチーレン》の心の中にある失望の気持ちはまだ過ぎ去っておらず、今もなお、子供から大人になるまで導き続けてきたこのお気に入りの弟子を、正面から見る気にはなれなかった。藍啓仁《ランチーレン》は魏無羨《ウェイウーシエン》の方に目を向け、冷淡に口火を切った。

「貴様の目的はなんだ？」

魏無羨《ウェイウーシエン》は階段の上に座り込んだ。

「目的なんて何も。全員中に入ったことだし、話でもしようか……」

それを聞いて、易為春《イーウェイチュン》が怒鳴った。

「我々は、貴様と話すことなど何もない！」

「話すことがないってことはないだろう？　俺は絶対に信じないぞ。お前ら、自分たちがなんでいきなり霊力を失ったのかを知りたくないのか？　誓って、俺にはそんな大したことなんてできない。誰にも気づかれないうちに、お前ら全員に何かを仕掛けるなんてな」

易為春《イーウェイチュン》は嘲笑《ちょうしょう》するように「ぺっ」と唾を吐き出したが、聶懐桑《ニエホワイサン》は魏無羨《ウェイウーシエン》に同意した。

「そうですよ。私も彼の言うことは一理あると思います」

すると、群衆は怒りの目つきで彼を睨む。

魏無羨《ウェイウーシエン》は話しながら状況を整理した。

「俺が推測するに、お前らがここに来る前には、皆で集まって食事をするような余裕なんてなかったはずだ。だからおそらくは、何かの毒にあたったわけじゃない」

「きっと毒ではありません。それに、私は今まで人の霊力を突然消失させる毒など聞いたことがないです。もしそんな毒薬があれば、きっととっくに多くの修士たちに大金で買い求められ、噂になっていたはず。その毒を巡って多くの血が流れていたに違いありません」

藍思追《ランスージュイ》が加勢するように続けた。

今回ここへ来た修士の中には医師も多くいる。彼らが何人かの手首を掴んでしばらく調べると、調べられた者たちは声を潜めて医師を問い詰めた。

「どうだ？　なぁ、どうなんだ？　この霊力の消失は今だけのことか、それとも、まさかもう戻らないのか？」

その声が耳に入ると、たちまち多くの者が注意を引きつけられ、魏無羨《ウェイウーシエン》がどうのと警戒するどころではなくなった。なんといっても、もし霊力が完全に消失して二度と戻らないとなれば、廃人になったも同然だ。それは修士にとって、ここで死ぬことより も遥かに恐ろしく、耐え難い苦痛なのだ。数名の医師たちは少しの間話し合い、最終的に口を揃えて言った。

「皆さんの丹元《たんげん》は損傷もなく無事なので、心配する必要はありません！　おそらく一時的なものです」

江澄《ジャンチョン》はそれを聞いて、やっと密かに安堵の息をつくことができた。金凌《ジンリン》が手渡してきた手ぬぐいを受け取って顔の血を綺麗に拭いてから、彼は医師たちに尋ねる。

「一時的？　一時的とはどれくらいだ？　いつになれば回復する？」

一人の医師が答えた。

「……おそらく……少なくとも、二時辰はかかるかと……」

「二時辰!?」

江澄《ジャンチョン》はこれ以上なく不機嫌な顔になった。

皆も衝撃に続々と顔を上げ、伏魔洞の周りに隙間なくびっしりと押し寄せた凶屍の群れに視線を向けた。その数は、今回ここへ討伐に来た生きている人間より決して少なくはない。凶屍たちは、多くの人間たちが密集し陽の気で沸き返っている伏魔洞の内部を凝視したまま、一歩たりとも離れようとはしなかった。外で押し合いへし合いしながらうごめいていて、陣に阻まれてさえいなければ今すぐにでも突っ込んできそうな勢いだ。その腐敗臭は強烈に人々の鼻をついている。

――霊力が回復するのに、少なくとも二時辰はかかるだと？　この長年放置されたまま破損し、今、臨時に描き足されただけの古い陣が、二時辰持ち堪えられるかどうかさえもわからないというのに！

その上、夷陵老祖は今まさに彼らと同じ空間にいる。彼がなぜ未だに修士たちに手を出さないのかはわからないが、もしかしたら猫がネズミを捕まえる時のように弄《もてあそ》び、たっぷりと怖がらせてから踏み潰すつもりなのかもしれない。それに、この魏無羨《ウェイウーシエン》が突然暴れだして人を傷つけたりしないなんて、誰も保証はできないのだ。

彼らの視線は、再び自然と魏無羨《ウェイウーシエン》のもとに集まった。

「おいおい、さっきも言っただろう、俺を睨んだってしょうがないって。今この伏魔洞の中で、霊力をまだ持ってるのは二組だ。まず俺と含光君、それから、数日前に山に拉致されてきたそこにいる子供たちだ。他の者は一切戦えないと言っても過言じゃないよな。この状況下において、俺がもしお前らに何かしようとしたら、あの子供たちに止められるとでも思うか？」

魏無羨《ウェイウーシエン》の言い分に、蘇渉《スーショー》がふんと鼻を鳴らした。

「無駄口を叩くな。殺したいなら殺せばいい。この場でもし叫び声を上げる者がいたら、もうそいつは英雄豪傑とは言えない。貴様も、誰かがしっぽを振って哀れみを請《こ》うことなど期待するな」

彼がそう言うと、逆に多くの者の心の中にはためらいが生まれた。この千あまりの人々の中に、魏無《ウェイウー》羨《シエン》に恨みがあるのは二十人前後だけだ。その他は皆、包囲討伐を聞きつけて深く考えずに参加を決めた正義感を抱く通りがかりの者で、彼らは道義に基づいて来ただけだと言ってもいいだろう。この者たちは、ただ先頭に立つ主力の隊列についてその波に身を任せていただけで、魏無羨《ウェイウーシエン》の手下の凶屍を一、二体殺し、それを触れ回れば自らの名前に箔《はく》をつけることができると考えていたのだ。しかし、もし彼らがその代償を支払わされるとなれば、もちろん進んで厄介事に関わりたい者などほとんどいない。

魏無羨《ウェイウーシエン》は彼をちらりと見てから、わざと尋ねた。

「失礼、一つ聞かせてもらうけど、お前は誰だ？」

蘇渉《スーショー》の額に微かに青筋が浮かび、彼が食ってかかろうとした時、藍景儀《ランジンイー》が大声を上げて話を元に戻した。

「それで？　毒じゃないなら、なんなんですか？」

魏無羨《ウェイウーシエン》はすぐさま蘇渉《スーショー》を忘れ、説明し始める。

「ああ、それで、人はいきなり霊力を失ったりはしないから、何かしら方法ときっかけがあったはずだ。お前らが乱葬崗に登る前かその途中で、何か物に触れたか、あるいは何かをしたかのどっちかだろう。子供たちは数日前に拉致されてきたから、時間が違う。そして、俺と含光君はお前らと同じ山道から山に登ってないから、道が違うんだ。お前らがいったい何をやったか、誰か思い出してくれる者はいないか？」

静まり返る中、誰かが呆然とした口調で呟いた。

「私たち、何をしていただろう？　乱葬崗に登る時、皆さん水を飲みましたか？　あれ、思い出せないな……わからないですね」

このような時に空気を読まず、積極的に魏無羨《ウェイウーシエン》に答え、やれと言われたらやるし、考えろと言われたらすんなりと考えるのはいったい誰だ？　それはもう、あの「一問三不知《いちもんさんふち》」の聶懐桑《ニエホワイサン》しかいない。彼のいかにも曖昧な話を聞いて、誰かが我慢できずに発言した。

「山に登る途中では、誰一人として水なんて飲まなかった！　こんな屍の山の水を飲む勇気がある奴なんていないだろう？」

すると、聶懐桑《ニエホワイサン》がまた適当なことを言いだす。

「だったら、山の霧を吸い込んだからですかね？」

もしこの黒い森の霧に何か怪しいところがあれば、その推理も成り立つ可能性はある。すぐさま誰かが賛同した。

「あり得る！」

しかし、金凌《ジンリン》が即座に反論した。

「あり得ない。霧は山頂の方がもっと濃いんだぞ。俺たちは山頂に二日も縛られてたのに、霊力には変化がなかっただろう？」

蘇渉《スーショー》はもうこれ以上は聞くに堪えないと思ったらしく、周囲を止めに入る。

「もういいでしょう？　皆さんまさか本当に奴と話し合おうとするなど、敵の言いなりになって鼻先を引っ張られて面白いのですか？　奴は……」

話している途中で突然彼の顔色が一変し、言葉が途切れた。

「どうした？　なんで急に黙るんだよ？」

魏無羨《ウェイウーシエン》が怪訝に思って尋ねると、秣陵蘇《スー》氏の門弟が続々と立ち上がった。

「宗主！」

「宗主、どうされたんですか⁉」

蘇渉《スーショー》は彼を支えようと近づいてきた門弟を振り払い、ぱっと腕を上げて魏無羨《ウェイウーシエン》を指さしてから、その指を真っすぐに藍忘機《ランワンジー》へと向ける。彼の一番近くにいる門弟が怒鳴る。

「魏無羨《ウェイウーシエン》、今度はなんの妖術を使ったんだ⁉」

「妖術ではありません！　それは……それは……」

藍思追《ランスージュイ》が言いかけて、自ら口を噤む。

傍らで端座《たんざ》している藍忘機《ランワンジー》が、右手の五本の指で七弦を押さえ、琴の弦の震えを止める。すると、息まいて口々にやかましく騒ぎ立てていた秣陵蘇《スー》氏の門弟たちは、まるで首を掴まれた鴨《かも》のように一瞬で騒がしい声がやんで、それきり静かになった。

この場にいる藍《ラン》家の者たちは皆、黙ったまま心の中で答えた——それは、姑蘇藍《ラン》氏の禁言術です……。

ざわめきがこだましていた伏魔洞内が再び静まると、藍忘機《ランワンジー》は振り向いて魏無羨《ウェイウーシエン》を促した。

「続けて」

蘇渉《スーショー》の目には天を衝かんばかりの怒りが溢れているが、上下の唇はきつくくっつき、さらに喉は火で焼かれたかの如く渇いてしわがれていた。今、彼の心が燃えるような憤りに満ちているのは、口を開いて魏無羨《ウェイウーシエン》を攻撃できない苛立ちよりも、藍忘機《ランワンジー》に制圧されたという屈辱のせいだった。彼は何度も指で自分の首に何かを描いて禁呪を解こうと試みたが、まったく歯が立たず、仕方なく藍啓仁《ランチーレン》に視線を向ける。ところが、藍啓仁《ランチーレン》は冷然たる面持ちのまま微動だにせず、彼を一瞥もしなかった。

本来なら藍啓仁《ランチーレン》にはこれを解くことができるし、しかも藍《ラン》家の先輩が禁呪を解きさえすれば、彼への敬いにより、藍忘機《ランワンジー》はきっと二度と蘇渉《スーショー》に術をかけたりしなくなるはずだ。しかし、秣陵蘇《スー》氏と姑蘇藍《ラン》氏の両家の間には多くの愉快とは言えない出来事があったため、藍啓仁《ランチーレン》には術を解いて彼を助けるつもりなど一切なかった。

それを見て、全員が理解する。誰かが魏無羨《ウェイウーシエン》と言い争おうものなら、藍忘機《ランワンジー》はその者の口を封じてしまうだろう、と。しばらくは皆口を噤んで押し黙っていたが、やはり命知らずの勇士はいるもので、誰かが前に出て皮肉った。

「魏無羨《ウェイウーシエン》、さすがは夷陵老祖だな？　なんて横暴な……つまり、お前以外は誰にも喋らせないつもりか？」

その言葉を無視して、魏無羨《ウェイウーシエン》はぽつりと呟いた。

「実に奇妙だ」

「魏《ウェイ》先輩、何が奇妙なのですか？」

不思議そうに尋ねた藍思追《ランスージュイ》に、魏無羨《ウェイウーシエン》が説明した。

「この蘇《スー》宗主、さっきからずっと、かなりおかしかったんだ。初めに屍の群れに囲まれた時、霊力をすべて失っている者たちに、生きる道を求めるな、さっさと一緒に死にに行こうなんて呼びかけてたし、今はまた、こうして追及させないように俺の口を塞ごうとしてる。しかも、俺を怒らせようと何度も焚《た》きつけてくるし、考え難いことだが、まるでお前らに少しでも早く死んでほしいと思ってるみたいじゃないか。これは、いったいどういう理屈だ？　仲間にこんなことをやる盟友なんているか？」

魏無羨《ウェイウーシエン》の話を聞くと、多くの者の胸に微かな疑念が湧いてきた——蘇《スー》宗主は今日、確かに少々喋りすぎていたように思える。しかし、それを明確に態度に示す者は誰もおらず、そんな中で自分だけが出しゃばるわけにもいかないため、皆慎重に沈黙を選んだ。中でもある一部の者たちは、密かに自分たちが山に登る前、あるいは途中にいったい何をしたかを考えていた。

魏無羨《ウェイウーシエン》が秣陵蘇《スー》氏の門弟たちに目を向けると、彼らは姑蘇藍《ラン》氏の門弟とはかなりの距離を置いて離れたところに立っている。しかも、後者にとって前者は一瞥にすら値しないようだ。彼は見れば見るほど何かが不自然だと思い、声を潜めてそっと藍忘機《ランワンジー》に尋ねた。

「含光君、ちょっと聞くけど、姑蘇藍《ラン》氏と秣陵蘇《スー》氏は両方が音律を修める一門だし、姑蘇と秣陵はどっちも江南《こうなん》一帯にあって、そう遠くもない場所なんだから、普通に考えれば関係はまあまあいい方じゃないのか？　なんで両家の人間たちはやたらと仲が悪く見えるんだ？」

　すると藍思追《ランスージュイ》と藍景儀《ランジンイー》が人込みをかき分けながらやってきて、藍景儀《ランジンイー》は「仲はもちろん悪いですよ！」と大声で答えた。

「秣陵蘇《スー》氏は姑蘇藍《ラン》氏から分離した一派だ」

藍忘機《ランワンジー》がそう言い、魏無羨《ウェイウーシェン》は驚いて思わず聞き返す。

「なんだって？」

藍思追《ランスージュイ》は藍景儀《ランジンイー》の口を塞ぐと、声を潜めて説明した。

「魏《ウェイ》先輩はご存じないと思いますが、秣陵蘇《スー》氏は、藍《ラン》姓以外の門弟の方が、姑蘇藍《ラン》氏から脱退したあとで自ら立ち上げた世家です。ですが、宗家《そうけ》の影から抜け出すことができなかったため、彼らの家の秘技は姑蘇藍《ラン》氏とそう変わらないもので、音律を得意としています。しかも、宗主である蘇憫善《スーミンシャン》の一品霊器《いっぴんれいき》までもが、含光君の七弦古琴とほぼ同じなんです」

　魏無羨《ウェイウーシェン》は振り向くと、暗く沈んだ表情をしている蘇渉《スーショー》の方を見て言葉を失った。藍景儀《ランジンイー》は藍思追《ランスージュイ》を振り離すと、ぷんぷん怒りながら勢い込んで話し始める。

「それだけじゃないんですよ。もっと意味不明なことがそのあとにあったんです！　この蘇《スー》宗主……はいはい、小声で話すって、わかったから！　この蘇《スー》宗主、どれもこれも真似するだけじゃなくて、人からうちの含光君を真似ているって言われるのを殊の外嫌がっていて、指摘されると急に怒りだすんです。いったいなんなんですかね、あの人は！」

「景儀《ジンイー》！」

　一度は抑えた藍景儀《ランジンイー》の声が、まただんだんと大きくなってきたため、藍思追《ランスージュイ》はやむを得ず彼を窘めた。

　しかし、蘇渉《スーショー》の耳には既にはっきりと彼の話が聞こえていて、その顔は青褪め、両目には怒りの炎が燃え上がっている。彼は血を吐き出し、ようやく力尽くで禁言術を打ち破ったが、口を開いてみると、その声はまるで十歳も老け込んだかのようにしわがれていた。

「さすが雅正を家訓とする姑蘇藍《ラン》氏ですね。一門は名士ぞろい、玄門で一番だ！　弟子への指導が実に行き届いている！」

「蘇《スー》宗主、今は大敵が目の前に迫っている時です。我々は決して仲間同士で仲違《なかたが》いなどしている場合ではないのですよ」

　欧陽《オウヤン》宗主が口を挟むと、蘇渉《スーショー》はそれをせせら笑った。

「仲間同士？　あなたたち、あいつら姑蘇藍《ラン》氏を見てみてください。どいつもこいつも魏無羨《ウェイウーシエン》と一団になってくっつき合って、どこが仲間ですか？」

　彼がそう言うと、姑蘇藍《ラン》氏の他の者たちは不快感を覚えた。藍啓仁《ランチーレン》は彼をちらりと見るだけで無言を通したが、年配の高階級客卿の一人が怒気を含んだ顔で苦言を呈する。

「蘇憫善《スーミンシャン》、君はもう姑蘇藍《ラン》氏の者ではなくなったとはいえ、そんなふうに軽々しくものを言うべきではない！」

　すると、すぐに秣陵蘇《スー》氏の門弟の誰かが前に進み出てきた。

「我々の宗主は、ずっと前にあなたたち姑蘇藍《ラン》氏から脱退した身だというのに、いったいどのような立場でそんなことをおっしゃるのですか？」

　藍景儀《ランジンイー》はとっくに秣陵蘇《スー》氏に対する不満が腹一杯に溜まっていたので、声を張り上げて言い返した。

「あなたたちの宗主が今ここまでの地位を得られたのは、かつて我々姑蘇藍《ラン》氏に教え諭されたおかげでしょうが。そもそも、最初に彼が根も葉もない言いがかりをつけてきたというのに、我々は何も言うべきではないと言うんですか？」

　伏魔洞内で対立する二組の者たちは、互いに憤怒の目で睨み合い、口々に心ない言葉を言い始める。

そして、秣陵蘇《スー》氏が固まっている方で、また誰かが叫んだ。

「姑蘇藍《ラン》氏の門弟はあんなにたくさんいるのに、まさか誰も彼もが自分で新たな世家を興せるとでも思っているんですか？　あまりにも傲岸不遜《ごうがんふそん》な話ですね！」

こちらにいる姑蘇藍《ラン》氏の方も、すぐさま誰かが反駁の声を上げる。

「傲岸不遜はどちらですか？　退魔曲を間違いだらけで弾いているのにまったく気づいていなかったのは、いったいどこの家の方なんでしょうね！」

その言葉が耳に入った瞬間、魏無羨《ウェイウーシエン》の頭の中に、ある考えが閃いた！

「食べ物でもないし、風水でもない！」

皆が驚く中、魏無羨《ウェイウーシエン》はさらに続けた。

「お前ら全員忘れてるぞ。山に登ったあと、もう一つ全員がやったことがあったんだ」

「なんですか？」

藍思追《ランスージュイ》の問いかけに、魏無羨《ウェイウーシエン》が答えた。

「彷屍を殺したことだ」

欧陽子真《オウヤンズージェン》は思わず思いついたことを口にした。

「あ、もしかして、義城にいたあの時みたいに、彷屍の体の中に屍毒《しどく》の粉みたいなものがあったのですか⁉　父さん、父さんたちがあの彷屍や凶屍を殺した時、あいつらの体の中から変な色をした粉末か何か噴き出していませんでしたか？」

「粉末なんて出ていない、そんなものは何もなかったぞ！」

欧陽《オウヤン》宗主が答えると、欧陽子真《オウヤンズージェン》は諦めずにさらに尋ねる。

「じゃあ……液体は？」

すると、江澄《ジャンチョン》が冷ややかに口を挟んだ。

「もういい。もし彷屍を殺したあとで何か怪しい粉末か、あるいは液体が噴き出てきたら、俺たち全員がその異常に気づかないわけがない」

自分がこの真相を見抜いたと思い込み、気が高ぶっていた欧陽子真《オウヤンズージェン》は、その言葉に顔を赤らめて焦り始めた。彼の父親は慌てて息子を後ろに下がらせ、その場に座らせた。

「今回の件は、彷屍を殺したことに関係がある。だけど、問題は彷屍の体にあるんじゃなくて、彷屍を殺す者の方にあったんだ」

魏無羨《ウェイウーシエン》はそう断言し、藍啓仁《ランチーレン》の方に向き直って丁重にお伺《うかが》いを立てる。

「藍《ラン》大先輩、あなたに一つお聞きしたいことがあります」

藍啓仁《ランチーレン》は藍忘機《ランワンジー》を一瞥すると、冷淡な面持ちであしらった。

「聞きたいことがあるなら、その者に聞けばよいだろう。なぜ私に聞く？」

藍啓仁《ランチーレン》は確かに融通は利かないが、決して浅慮《せんりょ》な人物ではないため、魏無羨《ウェイウーシエン》と同じように既に何かおかしいと気づいていた。だからこそ、聞きたくもない彼らの話をここまで長々と聞いてきたのだ。だが、その表情は相変わらず、ひどく苦々しいものだった。

魏無羨《ウェイウーシエン》は年少の頃からずっと彼に嫌な顔をされ続け、その後はさらに数えきれないほどの者たちから嫌な顔をされてきたおかげで、そんなことくらいではもはやなんとも思わなかった。しかも、この人が藍忘機《ランワンジー》をずっと育ててきた叔父なのだと思うと、いっそ怒るようなことではないとさえ感じられる。魏《ウェイ》無羨《ウーシエン》は指先で顎に触れながら笑った。

「あなたを差し置いてこいつにあれこれ聞いたら、失礼に当たるかもと思いまして。でも、あなたがそう言うならこいつに聞きますね。藍湛《ランジャン》？」

「うん」

藍忘機《ランワンジー》が応じた。

「秣陵蘇《スー》氏は姑蘇藍《ラン》氏から分離した一つの世家、合ってるか？」

「うん」

「たとえ分離したとしても、秣陵蘇《スー》氏の十八番《おはこ》はやはり姑蘇藍《ラン》氏を『参考』にしたもの。これも合ってる？」

「そう」

「姑蘇藍《ラン》氏の秘技の一つである破障音には、邪を払い魔を退ける効力があって、その中でも七弦の古琴で奏でたものが最も奥深く、卓越《たくえつ》している。だから、琴を修練する者が一番多かった。秣陵蘇《スー》氏は何もかもを真似するから、あいつらの家でも琴を修練する修士が一番多い。間違いないよな？」

「間違いない」

「秣陵蘇《スー》氏の宗主は、確かに技を身につけてから姑蘇藍《ラン》氏を脱退して、自分で世家を立ち上げた。だけど、あいつの琴の技術は別に最高の域に達してはいなかったから、宗主が教えた門弟たちが弾く音も間違いだらけだ。そうだろう？」

「そうだ」

その問いかけに、藍忘機《ランワンジー》は平然とした様子で答えた。

魏無羨《ウェイウーシエン》と藍忘機《ランワンジー》は、まるで周りに誰もいないかのように一問一答を続ける。その場にいる多くの者たちにも次第にわかってきた。彼らはただ単純に蘇《スー》渉《ショー》の悪口を言っているのではなく、細かく順序を立てて、今まさにここで起きている事の経緯を説明しようとしてくれているのだと。皆、だんだんと真剣な面持ちになって聞き入る。次に、魏無羨《ウェイウーシエン》はゆっくりと最後の質問をした。

「……それはつまり、たとえ乱葬崗に登って彷屍を殺していた時、秣陵蘇《スー》氏が弾いた戦曲《せんきょく》の旋律におかしいところがあっても、姑蘇藍《ラン》氏には慣れたことだからまったく気にしない。ただあいつらの技術が劣っているから、楽譜を間違って覚えた程度に思い、それが手元が狂って弾き間違えたのか、それともわざと弾き間違えたのかなんて気に留めたりもしない……そうなのか？」

その問いを聞くや否や、蘇渉《スーショー》の瞳孔は一瞬で収縮して、剣の柄を押さえていた手にはぐっと青筋が立ち、密かに鞘から剣の刃を半寸覗かせた。それと同時に藍忘機《ランワンジー》も視線を上げると、魏無羨《ウェイウーシエン》と交わした互いの目の中に、微かに見える明確な意思を読み取った。

藍忘機《ランワンジー》は一音一音はっきりと答える。

「その通り」

その時、蘇渉《スーショー》が佩いていた剣を抜き出すと、魏無《ウェイウー》羨《シェン》は指二本でその剣先を払いのけ、微笑んだ。

「何をするつもりだ？　忘れるなよ。お前は今すべての霊力を失ってるんだぞ。これで俺を脅して意味があるとでも思うのか？」

蘇渉《スーショー》は剣を握りしめたまま、彼を刺すことも剣を収めることもできず、ひとしきり歯ぎしりをした。

「貴様ら、私に狙いをつけてあれこれと当てこすって、いったい何が言いたい!?」

「ああ、俺があまりにも遠回しに言ったから、当てこすってるって思ったのか？　だったら、もっとはっきり言ってやろう。ここにいる全員が霊力を失ったのは、皆が同じことをやったからだ。それはどんなことか？　彷屍を殺すことだ。彷屍を殺す時、こちらの秣陵蘇《スー》氏の蘇《スー》宗主はお前らと一緒に登ってきて、琴を使って魔を退けるふりをしながら、実は誰にも気づかれないように、戦曲の一部分を一時的に人から霊力を奪う別の一節の旋律に改ざんしたんだ。お前らが血みどろになって奮戦しているっていうのに、こいつは表面上はお前らと一緒に戦っているように見せかけ、裏では陰険な手を使って……」

「誹謗中傷《ひぼうちゅうしょう》だ！」

蘇渉《スーショー》が荒々しく遮るが、魏無羨《ウェイウーシエン》は話し続ける。

「この場に姑蘇藍《ラン》氏の琴を修めた修士はかなりたくさんいるよな？　さっきお前たちが山を登ってきた時、秣陵蘇《スー》氏が奏でた戦曲には間違いがあったんじゃないか？」

このことに関して、姑蘇藍《ラン》氏の修士たちは誰よりも声を上げる資格があるため、即座に声を揃えて言った。

「その通りです！」

それを聞いて、魏無羨《ウェイウーシエン》はまた続けた。

「蘇《スー》宗主、お前は姑蘇藍《ラン》氏の多くの者が、お前と秣陵蘇《スー》氏を心から軽蔑していることを知っていて、その軽蔑を逆に利用したんだ。邪曲は確かに人に害をなすことができるが、奏者の霊力も必要とされる。お前一人だけでは、当然千人あまりの人の霊力を奪うほどの威力で奏でられるわけがない。だから、お前は秣陵蘇《スー》氏の琴を修める修士を総動員して、そいつらにお前と一緒に合奏させたんだ！　その場にいた世家の中では、姑蘇藍《ラン》氏だけがおかしいと聞き分けられる。だけど、彼らはお前には気を配る価値などないと考えてるから、たとえお前たちが戦曲を弾き間違えたことに気づいたとしても、ただお前の知識が浅いせいで、門弟にも間違って教えたに違いないと思い込んだんだ！」

聶懐桑《ニエホワイサン》は驚き呆然とした様子で声を上げる。

「世の中には本当に、そんなふうにただ聞くだけで人の霊力を奪うような怪しい曲があるんですか!?」

「むしろ、なんでないと思うんだ？　琴の音が魔を退けられるというなら、どうして邪を招くことができない？　東瀛《とうえい》の秘曲集で、名は『乱魄抄』というものがある。この中に書き写されているのはすべて東瀛の地で広く伝わる邪曲ばかりで、人を殺す秘曲までもがある。それなのに、人から一時的に霊力を奪うことくらい不可能なわけがないだろう？　藍啓仁《ランチーレン》先輩がここにいらっしゃるから、彼に聞いてみればいい。姑蘇藍《ラン》氏の蔵書閣の下にある禁書室の中に、その本があるかどうか」

魏無羨《ウェイウーシエン》の話を聞いたあと、少し冷静さを取り戻すと、蘇渉《スーショー》は失笑する。

「たとえそんな曲があったとしても、昔、私が姑蘇藍《ラン》氏で諸芸を習得していた時は、そもそも禁書室になど立ち入ることはできなかったし、目にする機会もなかった。それに、以降は雲深不知処に一歩たりとも足を踏み入れていない上に、そんな本については聞いたこともない！　むしろ貴様の方が、その『乱魄抄』とやらについてやたらと詳しいではないか。しかも含光君とは異常なほどに親密だそうだから、私よりもその本に触れられる可能性があるのではないか？」

蘇渉《スーショー》の言い分を聞いて、魏無羨《ウェイウーシエン》は笑った。

「誰がお前が禁書室に入らなければならないって言った？　お前の主《あるじ》が自由に出入りできれば十分だろう？　楽譜を改ざんする方法も、おおかたそいつがお前に教えたんだろうな」

雲深不知処を自由に出入りできるほど地位が高く、

強い権力を持つ者で、蘇渉《スーショー》の主——言うまでもなく、誰もが知っている。それは、斂芳尊《れんほうそん》しかいない！

「お前らの企みは名案だな。あちこちで各世家の若い弟子を捕まえた上、こんなに大勢の者を乱葬崗におびき寄せ、蟷螂《かまきり》に蟬《せみ》を捕まえさせたように見せかけて、実はその後ろには鶸《ひわ》がいたとはな。奴は怪我を理由に自分は参加せずに嫌疑を避け、お前と内外でやり取りしながら密かに攻撃を仕掛けてきた。一人は邪曲で人々の霊力を奪い、もう一人は陰虎符で凶屍を操って山を包囲させる。そうして最後には千を超える者が全員俺の縄張りで死んだなら、どんなに俺が手を下したんじゃないと否定したところで、もう誰も信じないだろう？　それに、お前ら二人は本当に俺が現れても、まったく心配はしていなかった。魏無羨《ウェイウーシエン》は悪名高いから、長年の恨みがすべて湧き上がって群衆の感情に火がつけば、どうせ俺の弁明になんて誰も耳を貸さない。それに、もしまた俺の残虐性を引き出して、上手いこと大量虐殺するようにでも仕向ければ、お前らが手を下す必要もなくなるしな」

魏無羨《ウェイウーシエン》の話を聞き、蘇渉《スーショー》が吐き捨てるように言った。

「馬鹿馬鹿しい。斂芳尊《れんほうそん》は既に百家を統率しておられる仙督で、今さら権力を争う必要なんてないだろう。それに、こんなに多くの人を死なせるなど、あの方になんの得があるんだ？　私を中傷するだけならまだしも、事もあろうに斂芳尊《れんほうそん》までも中傷するとは！」

「これが中傷だとこの場で言いきったからには、今すぐここにいる全員の前で、秣陵蘇《スー》氏が山に登っていた道中屍を駆逐《くちく》して魔を退けていた戦曲をもう一度弾く度胸はあるんだろうな？」

姑蘇藍《ラン》氏の琴を修める修士たちはすべてここにいる。もし蘇渉《スーショー》が弾いた旋律が前のものと違っていたら、すぐさま指摘されるだろう！

伏魔洞の中の群衆はそっと秣陵蘇《スー》氏の者から離れて距離を取り、いつの間にか彼らの周囲には空間ができて、その真ん中で孤立していた。

魏無羨《ウェイウーシエン》はこの機に乗じて先手を打った。

「嫌か？　いいだろう、それなら別に構わない。じゃあ、ちょっとこれを見てみろよ。これが何かわかるか？」

彼は懐の中から黄ばんだ紙を二枚取り出してひらひらさせ、そこに書かれているのはどうやら楽譜らしいと人々に知らしめた。

「お前は先日の金鱗台で、俺たちが本当に手ぶらで帰ったとでも思ってるのか？　芳菲殿《ほうひでん》の銅鏡の奥にある密室で、金光瑶《ジングアンヤオ》が隠していた『乱魄抄』から破り取った二枚は、既に俺たちが見つけていたんだ。これを藍啓仁《ランチーレン》先輩に渡して、この中にさっきお前が奏でた旋律があるかどうかを見てもらいさえすれば、すぐに真実は明らかになるだろう！」

蘇渉《スーショー》はその言葉を嘲笑った。

「はったりだな。その楽譜が、貴様が私を中傷するためにでたらめに書き殴ったものじゃないと、どうして言いきれるんだ？」

「まさか、俺が毎日楽譜を二枚持ち歩いて、いつでも出せるように準備していたとでも言うのか？　どのみち嘘かどうかは、藍啓仁《ランチーレン》先輩が見ればすぐわかるはずだ」

蘇渉《スーショー》は元から魏無羨《ウェイウーシエン》が自分にかまをかけようとしていると疑っていたが、彼が満面ににやにやと怪しげな笑みを浮かべ、揺るぎない口ぶりで話しているのがどうにも気になった。しかも、その紙を受け取った藍啓仁《ランチーレン》が眉をひそめて目を通しているせいで、だんだんと不安が込み上げ、思わず止めに入った。

「藍《ラン》先輩、騙されているかもしれません！」

蘇渉《スーショー》はとっさに手を伸ばして、その二枚の紙を奪おうとする。

しかし、ちょうどその時、避塵《ビチェン》の氷のような淡い青色の剣芒が彼に襲いかかった。同時に、腰に佩いていた蘇渉《スーショー》の剣も鞘から出て防御する。だが、その攻撃を防いだ瞬間、彼はようやくはっとして気づいた。

――騙された！

蘇渉《スーショー》の剣、名は「難平《ナンピン》」。たった今、避塵《ビチェン》と打ち合って剣芒を流している——その剣は、明らかに霊力に満ち溢れていた！

魏無羨《ウェイウーシェン》は素早く例の二枚の紙を折って再び懐の中に収めながら、驚いて怪訝そうなふりをした。

「俺の見間違いじゃないよな？　まさか、まだ霊力を持ってたなんて！　おめでとう、おめでとう。しかし、聞かせてもらいたいんだが、もしお前が良からぬことを考えていないんだったら、なんで自分が霊力を失っていないっていう事実をわざわざ隠す必要があったんだ？」

　先ほどの二枚の紙は当然のことながら、金鱗台で見つけた『乱魄抄』の欠けた頁などではなく、藍忘《ランワン》機《ジー》が禁書室にいた時、金光瑶《ジングアンヤオ》が奏でた怪しい旋律を手書きした物だった。あの時、藍忘機《ランワンジー》は藍曦臣《ランシーチェン》が照らし合わせて調べられるようにと一部を残し、魏《ウェイ》無羨《ウーシェン》はというと、無造作に自分と藍忘機《ランワンジー》用の二部を保管したまま持ち歩いていたのだ。そして先ほど、騙すようにしてそれを持ち出し、蘇渉《スーショー》を不安に陥れて焦らせた。加えて、それまでの間に魏無羨《ウェイウーシェン》がわざと当てこすり、何度も蘇渉《スーショー》を挑発していたため、彼の落ち着きを失わせることができた。最後には、魏《ウェイ》無羨《ウーシェン》に言葉で言われなくとも、藍忘機《ランワンジー》が突発的に攻撃を仕掛け試したことで、蘇渉《スーショー》はすぐに本性を現したのだった。

　群衆は続々と蘇渉《スーショー》を避け始めた。けれど、実はそうする必要などもうなくなっていた。なぜなら藍忘《ランワン》機《ジー》は、魏無羨《ウェイウーシェン》が話し始めるのと同時に攻撃を始め、一切手を緩めることなく厳しく攻め込んでいたからだ。情け容赦ない勢いに、蘇渉《スーショー》は全力で応じてどうにか劣勢にならずに済んでいた。

　蘇渉《スーショー》はよろめきながら階段の方へと下がり、俯いた視線の先の足元に、ちょうど赤い呪術陣があるのに気づく。それを見て、にわかに藍忘機《ランワンジー》の顔つきが厳しくなると、同じことに気づいた魏無羨《ウェイウーシェン》も心の中で声を上げた。

（しまった！　こいつ、さっき描き足されたばかりのこの陣を破壊するつもりだ！）

　案の定、蘇渉《スーショー》は舌を噛み、口内に溢れたその血を地面に向かって一気に噴きつけた。びっしりと細かい血痕が散り、暗くぼんやりとしている赤い痕跡の上に振り撒かれる。藍忘機《ランワンジー》はこれ以上彼と戦い続けるどころではなくなり、避塵《ビチェン》の刃に左手を滑《すべ》らせると、その血でもう一度陣を描き直そうと試みた。蘇《スー》渉《ショー》はその隙を突いて呪符を一枚探り出し、それを地面に叩きつけるなり、青色の炎と煙がもくもくと立ちこめてくる。

――伝送符《でんそうふ》!

櫟陽《れきよう》常《チャン》氏の墓地にいたあの墓荒らしは、姑蘇藍《ラン》氏の剣術を熟知していた。そして、藍《ラン》家門弟出身の蘇渉《スーショー》は、その条件にぴったり合う。あの何度も現れていた霧の覆面男は、蘇渉《スーショー》だったのだ!

魏無羨《ウェイウーシエン》は藍忘機《ランワンジー》のそばにしゃがみ込んで聞いた。

「どうだ?」

藍忘機《ランワンジー》は血を流している指で地面をしばらくの間なぞっていたが、首を横に振る。蘇渉《スーショー》の血は既に完全に上から覆い被さるようにして元の呪印《じゅいん》を破壊してしまい、描き足したところで元には戻らない。魏《ウェイ》無羨《ウーシエン》は彼の手を持ち上げると、自分の袖で血と埃を拭ってやった。

「無駄だったらもう描くな」

陣は凶屍たちによってそろそろ破られ、今にも崩壊しそうだ。秣陵蘇《スー》氏の門弟たちはただただ呆然とした顔つきをしていた。どうやら、蘇渉《スーショー》は彼らに件《くだん》の旋律が間違ったものだということも、自分と同じように霊力を失わずに済む方法があることさえも教えていなかったらしい。それはつまり、もともとの計画の中で、この秣陵蘇《スー》氏の門弟たちは他家の者たちと同じく、全員が死ぬはずだったということだ。

彼らは周りの者が自分たちに恨みを抱き、報復して鬱憤を晴らそうとするのではないかとひどく恐れて、一塊になって集まった。しかし、伏魔洞内は既に辺り一面が恐慌で満ち溢れ、彼らに報復する余裕のある者などほとんどいない。数名の宗主たちは、それぞれ自分の息子の肩を掴むと言い聞かせた。

「これから屍の群れが中に突っ込んで来たら、お前は自分を守り、なんとかして外に逃げて何がなんでも生きるんだぞ！　わかったか!?」

　それを聞いた金凌《ジンリン》はぞっとしない様子だったが、心の底では自分の叔父も同じことを言ってくれるのではないかと少し期待した。けれど、どんなに待っても江澄《ジャンチョン》は何も言う素振りを見せなかったため、思わずじっと彼を見つめた。すると、あまりにも凝視しすぎたからか、江澄《ジャンチョン》もようやく視線をこちらに向ける。曇っていた表情はわずかにましになっていたが、彼は眉間にしわを寄せて言う。

「その目はなんだ？」

「……」

　金凌《ジンリン》は明らかにムッとした様子で答えた。

「なんでもない！」

　魏無羨《ウェイウーシエン》は片方の綺麗な袖を破くと、藍忘機《ランワンジー》の指の傷口を綺麗にしてから、包帯代わりに巻いてやる。

　そのわずかな隙に、後ろから人影が一つ飛び出してきて、剣を振りかざして魏無羨《ウェイウーシエン》に斬りかかってきた。

　藍忘機《ランワンジー》が右手を伸ばして指先を弾くと、金属音が一回鳴り、素手でその無鉄砲な剣先をやすやすと弾き飛ばす。魏無羨《ウェイウーシエン》は斬りかかってきた相手を目を凝らして見る。

「またお前かよ？」

　その人物は弾かれた勢いで後ろに数歩下がり、地面に倒れ込む。それはまさにあの易為春《イーウェイチュン》だった。両目を真っ赤に充血させた彼は、剣を持ったまま食い下がる。

「魏無羨《ウェイウーシエン》、さっき貴様が言ったことなど、俺は一文字も信じない！」

「事が露見して、蘇渉《スーショー》がああやって剣を抜いて逃げたっていうのに、いったい何が信じられないいんだ？」

　易為春《イーウェイチュン》はまた剣を振りかざして斬りかかりながら、吠えるように大声を上げた。

「俺は信じない！　お前が話すことなんて、一切信じない！」

　恨みは人の目を眩ませ、自分の仇に有利な物事を決して認めさせない。

　ちょうどその時、前方から激しい恐怖に震え上がる叫び声がいくつか響いてきた。

「破られた！」

「陣が破られた！」

「突っ込んでくるぞ！」

温寧《ウェンニン》はボロボロの服を身に纏った凶屍を素手で一列撥ね飛ばしたが、所詮彼の体は一つしかない。血の陣による障壁を失った伏魔洞は、黒い潮《うしお》の如く押し寄せ荒れ狂う屍の群れを防ぐことはできなかった。腐敗臭と咆哮は、瞬く間に広々とした洞窟に充満した！

金凌《ジンリン》は、こんなにも多くの凶屍を至近距離で見たのは初めてのことで、思わずぞっとして身の毛がよだつ。歳華《スイホワ》の柄をきつく握りしめていると、突然誰かに手のひらを無理やりに開かされ、その中に氷のように冷たい何かを押し込まれた。とっさに俯いて見ると、目に映った物に愕然とした。

「叔父上？」

霊力のない三毒《サンドゥ》を地面についてどうにか立ち上がると、江澄《ジャンチョン》はわずかに体をふらつかせる。


「お前、もし紫電《ズデン》をなくしたら、わかってるな！」

藍思追《ランスージュイ》、藍景儀《ランジンイー》らも剣を抜いて前に出た。

「鬼将軍！　私たちも手伝います！」

欧陽《オウヤン》宗主は息子を止めることも、自ら立ち上がることもできず、悲痛な声で引き止めた。

「子真《ズージェン》、戻れ！」

欧陽子真《オウヤンズージェン》は全力で剣を振りながら、背後を向いて答える。

「父さん大丈夫です！　僕が守ります！」

ところが顔を前に戻した瞬間、素早く一本の枯れた手が彼の喉めがけて伸びてきて、それを見た欧陽《オウヤン》宗主は激しく動転して悲鳴を上げた。

「子真《ズージェン》！」

しかし間一髪のところで、一本の剣の刃がその枯れた手を斬り落とした。藍啓仁《ランチーレン》は欧陽子真《オウヤンズージェン》を掴むと人ごみの中に投げ戻し、自ら姑蘇藍《ラン》氏の剣を修める修士たち一行を率いて前に出ると、猛烈な勢いで剣を振るい始めた。ずいぶん長いこと休んだおかげで彼の体力はかなり回復し、その迅速で激しい剣筋に多くの者は驚き呆然とした。藍思追《ランスージュイ》もまた風の如く剣をさばいていると、ふいに後ろから金属音が一回聞こえ、誰かが自分を庇って背後の一撃を防いでくれたことがわかった。振り返った藍思追《ランスージュイ》は、その人物を見て驚いて問いかける。

「金《ジン》公子、なぜあなたも来たんですか？」

金凌《ジンリン》は、同世代の者たちが皆凶屍たちに向かっていくのを見て我慢ができなくなったのだ。江澄《ジャンチョン》の隙を突いて、紫電《ズデン》の銀の指輪を彼の手に押し込んで返すと、人だかりから飛び出して洞窟の中でも最も危険な辺りに突っ込んでいった。追いかけようとした江澄《ジャンチョン》は、よろめきながら数歩歩く中、辛うじて剣を数回振り回したが、手の中の三毒《サンドゥ》はまるで千斤を超えているかのように重く、もはやどうにもならない。そんな時、左右から女の屍がそれぞれ一体ずつ同時に飛びかかってきて、江澄《ジャンチョン》は一言悪態をつくと、再び剣を持ち上げて無理にでも戦おうとした。そこへ別の誰かの手が伸びてきて、二体の女の屍をずたずたに引き裂き、小さな声で名を呼んだ。

「江《ジャン》宗……」

江澄《ジャンチョン》はその声を聞いた瞬間に激怒し、一蹴りで温《ウェン》寧《ニン》を蹴飛ばすと罵り声を上げた。

「このクソが！　失せろ！」

それから彼は、続けざまに怒気を孕《はら》んだ大声で叫んだ。

「金凌《ジンリン》！」

藍景儀《ランジンイー》は思わず身震いしながら言った。

「お前はやっぱり戻れ！　このままだと、お前の叔父上が人を取って喰いそうな勢いだ」

金凌《ジンリン》は、目の前にいる凶屍よりも恐ろしい、遠くから聞こえた江澄《ジャンチョン》の怒鳴り声を無視した。

「誰が戻るか！」

欧陽子真《オウヤンズージェン》は一旦は父親に捕まえられたものの、しばらくすると、再び剣を持って凶屍たちのいるところへ突っ込んできた。

「うわ、僕初めて知ったけど、藍啓仁《ランチーレン》先生って剣も使えるんだね。しかも剣術もあんなにすごいなんて！」

藍景儀《ランジンイー》は大声で答える。

「そりゃそうさ。お前ら、含光君と沢蕪君《たくぶくん》が、十六歳まで剣術の手ほどきを受けていた先生が誰だと思ってるんだ！」

欧陽《オウヤン》宗主は、えいっと思いきって剣を振りながら、伏魔洞内でまだ呆然と固まっている他の者たちに向かって叫んだ。

「お前ら何を待っているんだ！　殺さなければ殺されるだけだぞ。年少者が皆戦っているというのに、お前らが座ったままでどうするんだ！」

全力で戦っている少年たちに感化され、さらに多くの者が剣を抜きだし、残り少ない霊力と体力をつぎ込んで戦闘に加わった。洞窟の外を取り囲んで入り口を塞いでいた屍の群れは、身動きすらできないほどの状態から、修士たちの突撃を受けて次第になんとか列を成すほどの数になる。おおよそ半時辰が過ぎた頃には、凶屍の姿はまばらになっていた。信じ難いことに、形勢が本当に逆転し始めたのだ！

藍忘機《ランワンジー》が最後に飛びかかってきた一体の凶屍を、剣を一振りして二段に斬り離す。伏魔洞内には既に屍が山のように積み上がり、地面には川のように血が流れていた。

誰もが浴びた血が固まってできた黒い殻まみれで、胸腔内は息が詰まりそうなほどの強烈な血生臭い悪臭でいっぱいだ。苦しい戦いを経て、多くの者は既に地面に倒れ込んで起き上がることすらできず、もはや死体も同然に見えた。数名の宗主たちと、あの体力旺盛《おうせい》な少年たちだけが、まだ辛うじて剣を地面について支えにしながら立っている。

虚ろな目をした藍景儀《ランジンイー》は、色を失った顔で口を開いた。

「俺……こんなにたくさんの彷屍を殺したのは初めてだ……俺一人で、少なくとも三十、いや、四十体以上も殺した……」

「僕……も……だ……」

欧陽子真《オウヤンズージェン》がぼそぼそと答える。

そう言い終えると、少年数名はまるで申し合わせたかのように、「バタン」という音とともに地面に倒れ込み、それきり起き上がりたくなくなった。

江澄《ジャンチョン》は無理をして倒れそうになるのを踏み止《とど》まり、金凌《ジンリン》のいるところまで歩くと、ぐっと彼を掴む。

「怪我はないか!?」

金凌《ジンリン》は鉄錆臭く感じる息を荒く吐きながら答えた。

「大丈夫だよ。俺……」

何か言いかけた言葉を遮り、江澄《ジャンチョン》は彼を叩いて地面に倒すと、叱り飛ばした。

「大丈夫だと!? むしろお前は少し怪我でもして、ちょっとは教訓を得ろ！ クソガキが、俺の話を聞き流しやがって！」

しかし、甥を叩いたあと彼も立っていられなくなって、ぐったりとその場に座り込んだ。息を吸いながら、視線を伏魔洞の最も入り口に近い場所にいる二人の方へ向ける。

魏無羨《ウェイウーシエン》と藍忘機《ランワンジー》は、どちらも全身散々な姿だった。魏無羨《ウェイウーシエン》は黒い服だったため、見た目はまだましな方だが、藍忘機《ランワンジー》の全身白い服は、薄く濃くまだらな赤黒い色に染まり、凄まじい状態になってしまっている。頭のてっぺんから足のつま先までで、綺麗と言えるのは、あの並々ならぬ意味を持つ抹額だけだった。避塵《ビチェン》は彼の手の中に握られたまま、依然として安定的に霊力を流し続けている。

ここまで身なりが整っていない含光君の姿を見るのは誰もが初めてだったが、この時はもはや自分のことだけで手一杯で、それに注目して驚くような余裕はなかった。

「終わったん……ですかね……」

誰かのその声が聞こえた途端、この場にいる全員が心の中で思った。声の主である聶懐桑《ニエホワイサン》は先ほどの猛烈な戦いの中で死んでいなかったどころか、話し声は大きく元気があり、実に奇々怪々《ききかいかい》としか言いようがない。誰も彼に答える気力がなかったが、聶《ニエ》懐桑《ホワイサン》はほとんど嬉し泣きしそうな勢いで続けた。

「ありがたやありがたや、彷屍たちはようやく全部殺されました！ この大惨事を生き延びることができて、災難から逃れられたのは、誠にご先祖様たちのご加護のおかげです！」

感激している彼に刺激され、数人の少年たちも歓声を上げ始め、さらに人々が歓喜の輪に続々と加わり始める。しかし歓声の中、姑蘇藍《ラン》氏の一団の方で、誰かが小さく驚きの声を上げた。

「先生！」

「支えなくていい！」

すぐに藍啓仁《ランチーレン》の声が門弟を窘めるのが聞こえる。

藍忘機《ランワンジー》がそちらに視線を向けると、藍啓仁《ランチーレン》がまた数回血を吐き出すところが見えた。藍啓仁《ランチーレン》は袖を振り、あぐらを組んで座ると呼吸を整え始めた。

藍忘機《ランワンジー》は素早く彼に近づいて、藍啓仁《ランチーレン》の脈をしばし測ってから霊力を送り込もうとしたが、藍啓仁《ランチーレン》はまたそれを止めた。

「必要ない！　私の霊力はまだ回復していない。その行為は泥の牛が海の中に落ちるが如く。ただの無駄骨だ」

そう言われ、藍忘機《ランワンジー》がやむを得ず手を引いて立ち上がると、数名の客卿たちが尋ねた。

「含光君、これからどうしましょう？」

つい習慣的に彼に尋ねたあとで、彼らはようやくこの場で藍忘機《ランワンジー》に指示を仰ぐことは不適切だと気づいた。しかし藍啓仁《ランチーレン》の方は目を閉じて気を休めていて、どうやら気にしてはいない様子だ。

「一時休息したら、死傷者の確認、怪我人の救助、長引かせてはならない」

藍忘機《ランワンジー》が的確に指示をした。

彼は日頃から姑蘇藍《ラン》氏の中でも極めて威厳があり、門弟たちは指示を受けてまるで気を静める薬でも飲んだかのように安堵する。呼吸までもが安定し始めて、声を揃えて「はい！」と答えた。しかし、彼らが行動するより前に、魏無羨《ウェイウーシェン》が急に張り詰めた声を発した。

「静かに」

彼の表情は真剣そのもので、皆もすぐさま口を噤んだ。まだ歓声を上げ、奮い立っていた数人も次々と静かになり、不安そうに彼を見つめる。伏魔洞内は抑えた呼吸の音以外、ひっそり静まりかえった。

静寂の中、異質な物音は殊更《ことさら》際立ち、次第にますますはっきりと聞こえてきた。

それは伏魔洞の外から響いてくる、枯れ枝と落ち葉を踏み潰す足音だった。

しかも一人の足音ではなく、隙間なくびっしりと集まった者たちが立てる、どこまでも限りなく続く、数えきれないほどの足音だ。

それに気づくと、伏魔洞内にいる人々は息を潜めて、無数の恐怖に怯える視線を洞窟の外に向けた。黒い森の中では何かがゆっくりと揺れ動いたりうごめいたりしていて、それは薄暗くぼんやりとした黒山のようで、はっきりとは見えない。しかし、もたつく足音が近づいてくるとともに、その揺れ動いているモノの姿もだんだんと鮮明になってくる。それらの青白い頬、やせこけた両手、黄色かったり赤かったりとまばらな色をしたむき出しの牙までもが一望できた。

——新たな一波の凶屍の群れだ。

しかも今度は、先ほどの一波よりもさらに膨大な数がいる！

〈二〉

伏魔洞内にいる人々は悲嘆に暮れた。先ほどようやく一縷の生きる望みが見えてきたばかりだったというのに、次の瞬間、巨大な絶望が洞窟全体を席巻《せっけん》し、その陰は全員にのしかかってきた。金凌《ジンリン》や藍思《ランスー》追《ジュイ》ら少年たちの心の中も、この身の毛がよだつような絶望感に徹底的に搦め捕られ、四肢を強張らせている。ある者たちは、希望が差し込んだあとの絶望を受け入れられずに気絶し、またある者たちは、命の危機に瀕して泣きだした。そんな中で、誰一人としてまだ剣を持って立ち上がり、また戦えるほど力が残っている者などいなかった。

たとえ温寧《ウェンニン》が再び洞窟の前に立ち塞がったとしても、彼一人の力だけで、いったいどれくらいの間持ち堪えられるのだろうか？

すると突然、魏無羨《ウェイウーシェン》が口を開いた。

「含光君！」

藍忘機《ランワンジー》が振り向いて彼を見ると、魏無羨《ウェイウーシエン》は一つ息を吸ってから続けた。

「俺、一つやってみたいことがあるんだ」

他の者たちもその話に注意を引かれ、皆の視線が彼のもとに集まる。

「つき合ってくれるか？」

魏無羨《ウェイウーシエン》が尋ねると、藍忘機《ランワンジー》は落ち着き払った目で彼を見据え、ためらうことなくはっきりと答えた。

「つき合おう」

それを聞いて、魏無羨《ウェイウーシエン》は満面に笑みを浮かべると、血に染まった黒い服を脱いだ。

黒い服の下は白い中衣《ちゅうい》一枚で、それも既に薄い赤に染まっていたが、彼が血のついた手のひらを持ち上げ、俯いてその上に数本の模様を描くのに支障はなかった。

次第に模様がはっきりしてくると、彼が描いているところを見ていた者たちの目つきが、信じられないものを見る目になった。まるで、何かの怪物にでも遭遇したかのようだ。方夢辰《ファンモンチェン》はさっと立ち上がると、顔中に愕然とした表情を浮かべて問い詰めた。

「お前、いったい何をするつもりだ？」

魏無羨《ウェイウーシエン》は彼を相手にはせず、俯いて黙々と描き続ける。

そして手を止めた時、彼が身に纏っていた白い服は、一枚の旗と化していた。

あらゆる凶屍、邪祟、妖獣、殺鬼《さっき》の類のモノを、すべて一人の者に引きつける——召陰旗！

魏無羨《ウェイウーシエン》は藍忘機《ランワンジー》のそばに並んで立つと、藍思追《ランスージュイ》たちを手招きし、集まってきた少年たちが二人を取り囲んだ。金凌《ジンリン》も立ち上がろうとしたが、江澄《ジャンチョン》に押さえ込まれて戻されてしまう。

「これから、第二波の屍の群れが突っ込んできたら、俺があいつらを血の池まで引きつけて、とどめは含光君に任せる。ここ」

魏無羨《ウェイウーシエン》は自分の胸をとんと叩いてから続けた。

「的があるから、あいつらはお前らには見向きもしない。だから、無駄に戦おうとするな。ひたすら外に向かって突き進め」

藍思追《ランスージュイ》は珍しく声を荒らげて必死に止める。

「こんなの駄目です！　こんなの、絶対駄目です！」

欧陽《オウヤン》宗主はとっくに息子を引き戻そうとするのを諦め、欧陽子真《オウヤンズージェン》も意気込んで言った。

「魏《ウェイ》先輩、僕たちも彷屍と戦いたいです！　僕はまだ百体は殺せます！」

藍景儀《ランジンイー》はというと、なぜか既に服を脱ぎ始めている。

「俺も体に旗を描く！」

魏無羨《ウェイウーシエン》は苦笑して、慌てて彼を止めた。

「いいから、もうバカなことはやめろ。的は一つで十分だ。含光君一人が残って、こいつと俺が連携して彷屍を仕留めればいい。他は邪魔するなよ」

伏魔洞内の全員が、この状況にどう向き合えばいいかわからなくなった。

召陰旗が何に使う物か、知らない者などいない。しかし、たとえ今誰かが間もなく陣を突き破ろうとしている屍の群れを自分の体に引きつけ、他の者たちの安全と引き換えることを厭わないとしても、そんなことをする者は、決して魏無羨《ウェイウーシエン》であるはずがないのだ！

藍思追《ランスージュイ》たちがさらに何か言おうとすると、藍忘機《ランワンジー》が先に窘めた。

「彼の言うことを聞きなさい」

そう言うとすぐに、彼は藍啓仁《ランチーレン》の方を向いて深々と一礼した。藍啓仁《ランチーレン》は目を開けたが、無言のままだった。

「藍《ラン》先生！　含光君が……含光君が……」

藍思追《ランスージュイ》が必死に訴えようとすると、藍啓仁《ランチーレン》は淡々と答えた。

「そうするべきだ」

「ですが……！」

藍思追《ランスージュイ》がまだ話そうとしていた時、魏無羨《ウェイウーシエン》が大声で叫んだ。

「温寧《ウェンニン》！　道を開けろ！」

温寧《ウェンニン》の首から伸びてきた黒い模様は一気に範囲を広げ、頬の大半を覆うほどになる。彼はもう屍の群れを止めることなく、喉から一声長い咆哮を上げると、幾重にも重なり合っていた屍の群れの中を力尽くで進み、それらを突き破って一本の道を開いた。

そして、妨げを失った第二波の屍の群れは、ようやく伏魔洞に足を踏み入れた。

魏無羨《ウェイウーシエン》は藍思追《ランスージュイ》の背中をぱっと押した。

「行け！」

魏無羨《ウェイウーシエン》が身を翻して血の池に向かって走ると、藍《ラン》忘機《ワンジー》も一歩たりとも離れずに、彼と肩を並べて走り始めた。あの白い中衣に描いた血の召陰旗は、やはり最高の的となり、他の者を狙おうとする凶屍など一体もいない。すぐそばをすれ違う生きた人間にはまるで関心を示さず、すべてのモノが双眸を血眼《ちまなこ》にして、真っすぐ魏無羨《ウェイウーシエン》一人に向かって突き進んだ！

屍の群れは前の屍のあとに続いて一目散に進み、温寧《ウェンニン》が開けた道も、あっという間に新たな彷屍に埋め尽くされてしまうため、温寧《ウェンニン》はすぐに駆け戻っては再び道を開くことを繰り返している。伏魔洞内には、撤退するのが間に合わなかった者たちがまだ多く残っていて、中には歩く力すら残っていない者もいる。避塵《ビチェン》の剣芒が無秩序に屍たちを薙ぎ払うと、最前列の凶屍が塊となって崩れ、その後ろからまた新たな一列がどっと押し寄せてくる。その様子を見て、洞窟内に残った者たちは天を揺るがすほどの大声で泣き叫び、悲鳴を上げ、その声は伏魔洞の天井を突き破りそうな勢いだった。

屍の群れは、ほどなくして魏無羨《ウェイウーシエン》と藍忘機《ランワンジー》の二人の周りだけを取り囲み始め、彼らは血の池に近づかせてもらえず、その場に足止めされてしまった。四方の屍の山はどんどん高くまで積み上がり、そして屍たちの包囲網もますます狭くなっていく。少年たちは、魏無羨《ウェイウーシエン》たちが追い詰められていくさまを目の当たりにして、焦りで居ても立ってもいられず、続々とまた剣を抜いて引き返し始めた。藍景儀《ランジンイー》は、誰かが剣を振って彷屍を殺しながら外へと突き進むのが見えると、必死に声をかける。

「すみません、手伝ってくれませんか？　まだ剣を持てるならどうか手伝ってください！　少しだけでもいいんです！」

「失せろ！」

「景儀《ジンイー》、もういい。私たちだけでいい！」

藍思追《ランスージュイ》が声を上げ、彼らの声が聞こえるなり魏無《ウェイウー》羨《シエン》は吠えるように叫んだ。

「温寧《ウェンニン》！　そいつらを外に放り投げろ！」

「はい！」

温寧《ウェンニン》は片手で藍景儀《ランジンイー》を捕まえ、もう一方の手で藍《ラン》思追《スージュイ》を捕らえようとしたが、藍思追《ランスージュイ》はそんな彼に向かって頼んだ。

「鬼将軍、私は外に出られません。ここに残らせてください！　でなければ、私は一生後悔します！」

彼と面と向かい合った瞬間、温寧《ウェンニン》の体は固まった。藍思追《ランスージュイ》は彼が自分を捕まえないと見るや、すぐさま剣を持って屍を斬り殺しながら中へと引き返した。藍景儀《ランジンイー》らもその機に乗じて温寧《ウェンニン》の手から逃れ、その横をすり抜ける。金凌《ジンリン》は、江澄《ジャンチョン》に半ば強引に引っ張って持ち上げられ、外まで引きずられながら、数体の凶屍とすれ違った。その凶屍たちは、魏無羨《ウェイウーシエン》の体に描かれた召陰旗に引きつけられ、双眸を血走らせて一点だけをじっと睨み、彼らに対してまったく興味を示さなかった。

「叔父上！　俺……」

金凌《ジンリン》が何か言いかけると、江澄《ジャンチョン》は冷たい声で言い放つ。

「お前、もし戻ったりしたら、もう二度と俺を叔父とは呼ぶな！」

金凌《ジンリン》が必死に彼を見つめると、江澄《ジャンチョン》は彼を外に放り投げ、「そこにいろ！」と怒鳴った。そして自分は三毒《サンドゥ》を手に、伏魔洞の中へと駆け戻っていく。金《ジン》凌《リン》は呆気に取られ、「叔父上、待って！」と言いながら、やはりそのあとについて一緒に中に戻った。

伏魔洞内の魏無羨《ウェイウーシエン》と藍忘機《ランワンジー》をぐるりと囲む包囲網は、既に一丈平方足らずまで縮んでいた。

避塵《ビチェン》の剣芒は依然として透き通ったまま、呪符の炎もぼうぼうと絶えず燃え続けている。しかし、あまりにも凶屍の数が多すぎる！

ぱっと数枚の呪符を同時に投げつけるや否や、魏《ウェイ》無羨《ウーシエン》は素早く危険を察知して、さっと横目でそちらを確認する。するとやはり、一体の凶屍が人の背の高さほどある屍の山に登り、口を開けて彼に向かって飛びかかってくるところだった。だが、魏無羨《ウェイウーシエン》は両手に何も持っておらず、悪態をつきながら袖の中を探ったものの、そこが空だと気づいていきなり心臓が縮み上がった。

彼はなんと全ての呪符を使いきってしまったのだ！

藍忘機《ランワンジー》の方も彼に危険が迫っていることに気づき、手を後ろに回して、魏無羨《ウェイウーシエン》を襲おうとする凶屍に剣で刺しかかった。けれど、唐突に甲高い叫び声が聞こえ、叫んだその凶屍は、驚いたことに空中で二つに裂けてしまった。

違う。あれは何者かによって二つに引き裂かれたのだ。そしてあれを引き裂いたモノは、今、全員の目の前にいる！

血をたらたらと垂らす真っ赤な一体の凶屍が、高く積み上がった屍の山、血の海の上に立ち尽くしていた。その左手と右手には、まだ痙攣している半分ずつの屍の塊を引きずったまま、俯いてじっと魏無《ウェイウー》羨《シエン》と藍忘機《ランワンジー》を見下ろしている。

藍景儀《ランジンイー》の口は、既に閉じられないほど大きくあんぐりと開き、欧陽子真《オウヤンズージェン》はぶつぶつと呟いた。

「……ご先祖様……あれは、いったいなんなんですか？」

それを目にしたすべての者は、心の中で皆、同じことを考えた――あれはなんなんだ!?

この、唐突にどこからともなく現れた謎の凶屍は、彼らが今まで見てきたすべての凶屍たちと何もかもが異なっていた。全身が緋色《ひいろ》で、頭のてっぺんから足のつま先まで血を垂らし続けている。その様子は、まるでつい先ほど血の池の中から這い出てきたかのようで、しかも痩せて骨ばかりの姿は、異常なほどに凶悪そうに見えた。

陰虎符に操られている屍の群れも、この奇妙な同類に注意を引きつけられ、魏無羨《ウェイウーシエン》を囲んで攻撃する手を止め、逆に戸惑いながらそちらを見ている。

その血屍《けつし》は、二歩前に進んだ。

それがふらふらと歩くと、骨の関節から「ポキポキ」という音がして、まるで筋肉と骨を伸ばしているみたいだ。進む度、茜色《あかね》の血が四肢と胴体からたらたらと流れ落ち、その足元にじわりと広がる。

凄まじく凶悪で残虐な邪気と怨念がその体から溢れ出てきて、それが徐々に近づくにつれて、その他の凶屍たちは逆にのろのろと後ずさり始めた。その場にいた多くの者の顔から血の気が引き、誰もが無言のまま口を噤む。

藍忘機《ランワンジー》は魏無羨《ウェイウーシエン》の前に立ち庇おうとしたが、魏無《ウェイウー》羨《シエン》は避塵《ビチェン》を握った彼の手を押さえつけ、小さな声で言った。

「……待て」

彼はじっと血屍を見据えた。心の中にある一つの憶測が生まれ、心臓が激しい鼓動を刻むのを感じながら、「待て」ともう一度繰り返す。

その血屍は、彼らの目の前、約一丈ほどのところで足を止めると、急に顔を上げて二回高い声で吠えた。

咆哮は、一回目よりも二回目の方がさらに甲高く、全員が耐えきれずに続々と耳を塞いでいく。

ふいに、血の池の表面にわずかなさざ波が立ち始めた。

最初はただ小石を一つ投げ込んだ程度に見えたが、波紋は広がり続け、まるで何かがどろどろした血《けっ》漿《しょう》の下で忙しなくうごめいているかのように、ますます大きくなっていく。

次の瞬間、一本の手が血を突き破って出てきた！

その手が思いきり岸辺の土を掴むと、五本の指は深々と地面に食い込んだ。そのあとについて水面から浮上してきたモノは、半分ほど腐乱し、五官と容貌がはっきりとはわからない緋色の顔だった。

そして二体目の血屍が、血の池から這って出てくる。

そのすぐあとに、血の池全体の水面が渦巻いて激しく揺れ動き始め、まるで沸騰《ふっとう》しているかのようにボコボコと多くの頭が水面から浮き出てきた。三体目、四体目、五体目……。

どの血屍も全身凄まじく血みどろで、凶悪な顔をして甲高い咆哮を上げる。そして、それらが血の池から這って出てきたあと、なぜかすぐさま他の凶屍と殺し合いを繰り広げ始めた！

陰虎符に操られていた屍の群れは、まるで一本の赤く鋭い刀に一気に乱雑にかき回されたかの如く、空気中に肉の欠片を飛び散らせ、辺りにはただの肉の塊と黒い血だけが残されていく！

金凌《ジンリン》は驚愕して声を上げた。

「……こいつらいったいなんなんだ!?　そもそも、血の池の中になんでまだ凶屍がいるんだ？　乱葬崗の凶屍はすべて焼き払われたはずじゃないのか!?」

傍らで息子を守りながら、欧陽《オウヤン》宗主が答えた。

「そうじゃない者もいる！」

「そうじゃない者っていったいなんですか!?」

「いや……その……」

藍景儀《ランジンイー》が問い質すと、なぜか欧陽《オウヤン》宗主は口ごもる。

彼は口に出して言うことができなかった。あれは、かつて乱葬崗にいたあの温《ウェン》氏残党たちだ。殲滅者たちは彼らを殺したあと、五十あまりの死体をすべて血の池の中に放り込んだのだ！

突然、金凌《ジンリン》が叫んだ。

「危ない！」

血を垂らした赤い人影が跳び上がり、藍思追《ランスージュイ》の前に着地した。剣を手にした彼が後ろに二歩下がると、その血屍はゆっくりと起き上がる。

それは、殊の外痩せて背中が曲がった一体の小さな血屍だった。頭はどうやら誰かに穴が開くほど砕かれ、まばらな白髪は血に浸されていたせいでちらほらと額にくっつき、加えて全身の肉も半分ほど腐っている。その様子はぞっとするほど不気味で、見た者の気分を害するほどだった。小さな血屍は立ち上がると、片方の足を引きずりながら、ゆっくりと藍思追《ランスージュイ》に近づいていった。少年たちは皆、驚きおののいて、慌てて藍思追《ランスージュイ》と血屍を囲むように集まってきた。

生きた人間が多くなると、血屍はしきりに警戒し、喉の奥からグーグーという唸り声を出した。少年たちがまるで大敵に臨むかのように一層緊張を高めると、藍思追《ランスージュイ》は慌てて声を上げる。

「動かないでください！」

本当は彼も少し緊張しつつも、なぜかわからないが、恐怖は感じなかった。

その痩せ細って弱々しい血屍にもし目玉があったなら、おそらくは彼を見つめているはずだ。血屍は首を傾げながら、伸ばした片手をゆっくりと藍思《ランスー》追《ジュイ》に近づけていく。どうやら彼に触れたいようだ。

その手は血みどろで、まるでかじられて欠損している鶏《にわとり》の脚のように見え、少年たちの全身に鳥肌が立った。金凌《ジンリン》が剣を持ってその手を防ごうとするのを見て、藍思追《ランスージュイ》はとっさに制止する。

「金《ジン》公子、やめてください！」

「じゃあどうするんだ!?」

「あなた……あなたたちは、とりあえず動かないでください」

藍思追《ランスージュイ》は、金凌《ジンリン》と他の皆にそう頼んだ。

その血屍が細々とした声を二回上げると、彼は気を落ち着かせてから、血屍に向かってゆっくりと手を伸ばした。

ちょうど、彼がその血屍にもうじき触れるというその時だった。新たな屍の群れが一波、どっと押し寄せてきた。血屍は瞬時に振り向き、長く咆哮を上げてから空中に跳び上がり、屍の群れに飛び込んだ。左を引き裂いて、右を噛みちぎり、その様子は狂気に満ちていて、血肉を四方に飛び散らせた。大きな咆哮は洞窟内に響き渡り、素早く凶悪で残忍な動きをする姿は、先ほど藍思追《ランスージュイ》の目の前にいた時の様子とは天と地ほどの差があった。温寧《ウェンニン》は数体の凶屍を撥ね飛ばし、全身を震わせながらその血屍に向かって叫んだ。

「あなたですか!?」

相手は彼の言葉に答えなかった。

すべての血屍が雪崩れ込んでくる凶屍たちと狂乱状態で殺し合う中、温寧《ウェンニン》は再び大声で叫ぶ。

「あなたたちなんですか!?」

伏魔洞の中は、高く低く不均一に響く咆哮で満ち溢れている。そのせいか、誰一人として彼の問いかけには答えず、また誰一人として、答えられる者はいなかった。

半時辰足らず過ぎた頃、あらゆる声が次第にやみ、洞窟内は静かになった。

すべてが終わったあとの伏魔洞は、さながら絵巻の中の地獄絵図そのものだ。

凶屍たちを全滅に追い込むと、あの血屍たちは、魏無羨《ウェイウーシエン》と藍忘機《ランワンジー》に向かって続々と集まり始めた。

背の高さもそれぞれ、男も女も、年長者も年少者もいるが、皆血をたらたらと垂らす修羅悪鬼《しゅらあっき》のような姿をしている。しかし、彼らのこの姿から、魏無《ウェイウー》羨《シエン》は見覚えのある面影をいくつも見つけた。

温寧《ウェンニン》は呟くように口を開いた。

「四叔父さん……」

「おばあさん……」

彼は一人一人を呼び、呼ぶほどにさらに声を震わせながら尋ねた。

「あなたたちは、ずっとここで待っていたんですか？」

もし彼が生身の人間だったなら、きっともう両目を真っ赤にして涙を流していたはずだ。

魏無羨《ウェイウーシエン》は唇を微かに震わせ、何か言おうとしたが、結局何も言葉が出てこなかった。

その代わり、彼は深々と頭を下げて丁重に一礼してから、掠れた声で礼を言った。

「……ありがとう」

藍忘機《ランワンジー》も同じく一礼した。

その血を滴らせる凶屍たちは、先ほど殺し合っていた時は極めて猛々しかったが、今、こうして彼らと向かい合ってみると、容貌は変わらずに凶悪なままではあるものの、動きはどこかぎこちなく見える。彼らはそれぞれがバラバラの動きで体を曲げると、両手を重ねて持ち上げ、二人に一礼を返した。

そして、まるで何かに体の中の精魂《せいこん》と生気を吸い取られたかのように、全員がその場に崩れ落ちた。

血の色をした体は、まるで脆い磁器のように少しずつ細かく割れ、砕けるほどに小さくなっていく。もし今、一陣の風でも吹こうものなら、一瞬で跡形もなく消え去ってしまいそうだ。

温寧《ウェンニン》は地面に飛びつくと、その真っ赤な骨の欠片を手で必死に寄せ集めた。一掴みずつ自分の服の中に押し込み、満杯になるまで詰め込む。それを見て、藍景儀《ランジンイー》はぽりぽりと頭をかくと、自分の香り袋を取り出して一つ解き、中の香料を捨ててから、しゃがんで彼に手渡した。

「はい！」

彼の行動を見て、他の少年たちも続々とそれを真似た。ただ金凌《ジンリン》だけが彼らを見て、また温寧《ウェンニン》に目をやって、複雑な表情のまま動かずにいる。それから金凌《ジンリン》は、眉間に冷たい霜でも降りたかのように硬い表情で遠くへと離れていった。

そしてこちらでは、七、八本の手が香り袋や布袋を温寧《ウェンニン》の前に差し出し、逆に温寧《ウェンニン》の方がどうしたらいいかわからなくなっていた。

「鬼将軍、手伝いましょうか？」

藍思追《ランスージュイ》の申し出に、温寧《ウェンニン》は慌てて答える。

「大丈夫、君たち……」

「こんなに大量の骨と灰、あなた一人じゃ拾いきれないでしょう！」

藍景儀《ランジンイー》がそう言った時、魏無羨《ウェイウーシエン》と藍忘機《ランワンジー》がこちらへと歩いてきた。

「お前らむやみに拾うなよ。手袋をはめてないんだから、屍毒にあたるぞ」

少年たちはそれを聞くと、やっと無理に手伝うことを諦めた。

「魏《ウェイ》先輩、含光君、そして鬼将軍、ありがとうございます。今回は皆さんの……」

藍思追《ランスージュイ》が礼を言っていると、それを遮るように群衆の中から冷ややかな声が響いてきた。

「何がありがとうだ？」

藍思追《ランスージュイ》たちが振り向くと、いちゃもんをつけてきたのは、またあの方夢辰《ファンモンチェン》だった。

彼は立ち上がり、顔中に憤怒の表情を浮かべて続けた。

「これは、なんなんだ？」

藍思追《ランスージュイ》は困惑して聞き返した。

「なんなんだとは、なんのことですか？」

魏無羨《ウェイウーシエン》と藍忘機《ランワンジー》も彼に視線を向けると、方夢辰《ファンモンチェン》は厳しい声で問い詰めた。

「お前に聞いているんだよ。まさか、贖罪《しょくざい》か!? お前ら皆、心の中で本気で奴に感謝し始めてなんかいないだろうな!?」

伏魔洞内はしんと静まり返り、ひそひそと話す声すら聞こえてこない。

この時、多くの者は、なんとも言えない気持ちを味わっていた。

大々的に騒ぎ立てて殲滅しに来たというのに、結局、逆に殲滅されそうになった。しかも、旗を振って大声を上げ、害を除くと言っていたのに、最後はその「害」に頼って自分たちの命を救ってもらったのだから。

それが滑稽なのか、異常なのか、ばつが悪いのか、それともまったく訳がわからないとでも言えばいいのか、まだどうにも説明することはできない。ただこの大芝居の中、義憤で胸をいっぱいにして右往左《うおうさ》往《おう》していた自分たちは、立派なものとは言えないのは確かだった。

魏無羨《ウェイウーシエン》に向かってありがとうと言うのか？ それはまったく話にならない……しかし、彼に助けてもらったことは間違いないため、感謝の気持ちなどないと言うのも憚られた。このような状況で最善の方法は、ただ沈黙を貫くのみだった。

誰も自分に返事をしてくれないのを見て、方夢《ファンモン》辰《チェン》はさらに激しく逆上した。彼は魏無羨《ウェイウーシエン》に向かって剣を突き出しながら言い放つ。

「心にもない態度を取って、少しばかりいいことをやって自分は悔い改めたと示せば、お前が犯してきた無数の人殺しの罪を帳消しにできるとでも思ったか!?」

魏無羨《ウェイウーシエン》は身をかわしてそれを避ける。

「方《ファン》殿！ そう感情的になるな。もういいだろう

「……」

　周りの誰かが宥めようとしたが、そう口にした途端、自分が言葉の選択を誤ったことに気づく。方夢《ファンモン》辰《チェン》はやはり両目を赤くしながら怒鳴った。

「もういいだと!?　何がもういいんだ？　家族を殺された仇だっていうのに、お前がもういいって言ったらそれで終わりになるのか!?」

　彼は相手を大声で責め立てた。

「魏無羨《ウェイウーシエン》は俺の両親を殺した。これは事実だ。それなのに、今、奴はまるで英雄にでもなったみたいじゃないか!?　ちょっといいことをしたくらいで、あっという間に奴のこれまでの所業を忘れられるのか？　だったら、俺の両親の死はいったいなんだったんだ!?」

　群衆の中、それを聞いていた金凌《ジンリン》は拳をきつく握りしめる。同時に肩に激痛を感じて振り向くと、江《ジャン》澄《チョン》が彼の肩に手をかけ、その手の指には力が込められていた。

　金凌《ジンリン》には彼の表情がはっきりと見えず、声を潜めて呼ぶ。

「叔父上……」

　ふいに、江澄《ジャンチョン》がなぜかせせら笑ったのが聞こえた。

　その時、魏無羨《ウェイウーシエン》が口を開いた。

「だったらお前はどうしたいんだ？」

　彼の問いかけに、方夢辰《ファンモンチェン》は呆気に取られてしまった。

「お前はいったい何を望んでる？　どうせ、俺に惨めな末路を迎えてほしいって言うんだろう。それで自分の怒りと憎しみを晴らすって」

　魏無羨《ウェイウーシエン》は、群衆の中で気を失ったままの易為春《イーウェイチュン》を指さした。

「あいつは足を一本なくしたけど、俺は八つ裂きにされた……お前は両親を亡くしたけど、俺はとうの昔に一家離散、一門から追放され、身を寄せるところのない犬になって、両親の骨灰なんて見たこともない」

　そう言うと、さらに問いかけた。

「それとも、温《ウェン》氏残党が未だに憎いっていうのか？

お前らが言う温氏《ウェン》残党っていうのは、十三年前に既に一度死んだんだ。そしてちょうどここで、ついさっき、その者たちは俺のために、お前らを助けるために、もう一度死んだんだ。今度は跡形もなくこの世から消え去ったんだよ」

魏無羨《ウェイウーシエン》は声を張り上げて人々に尋ねた。

「お前らに聞きたい。これ以上、いったいどうしたいんだ？」

方夢辰《ファンモンチェン》は彼をきつく睨みつけ、しばらくしてから、歯を食いしばって言った。

「無駄だ。いいか、魏無羨《ウェイウーシエン》、お前が何をしても、俺がお前を許したり、あるいは俺の両親の仇を忘れるなんてことは決して期待するな」

彼は声を張り上げて断言した。

「そんなこと、未来永劫《えいごう》あり得ない！」

「誰もお前に俺を許せとは言ってない。俺がやったことは、お前らだけじゃなくて、俺も覚えてる。お前が忘れられないように、俺だってもっと忘れられないんだ！」

魏無羨《ウェイウーシエン》は彼と一時真っすぐに目を見交わしたが、方夢辰《ファンモンチェン》はただただ万感が胸に迫る思いで、失意のどん底に落ちてしまった。

彼の命は確実に魏無羨《ウェイウーシエン》たちによって救われたが、これで恨みを晴らしたことにするのは悔しかった。とはいえ、もし彼が魏無羨《ウェイウーシエン》に復讐しようとしても、無勢である彼にはどうすることもできない。結局、彼は大きく一声叫ぶと、身を翻して伏魔洞を走り出ることしかできなかった。

彼が飛び出していったあと、誰かが心配そうに言う。

「これ以上、屍の群れとか来ませんよね？　私たち、今度こそ本当に安全ですよね!?」

この声を聞くと、皆の頭は爆発しそうになった。

(またこいつか！)

聶懐桑《ニエホワイサン》は辺りを見渡したが、誰も返事をしてくれなかったため、もう一度聞いた。

「じゃあ私たちもそろそろ……失礼していいですか？」

この質問は意外と的を射ている。今、ここにいる全員が、一刻も早く剣を踏んで飛び上がり、自分たちの家に帰りたくてたまらなかった。

すると、一人の女性修士が皆に声をかけた。

「そろそろ二時辰になりますけど、皆さんの霊力は今どれくらい回復しましたか？」

多くの者たちが呪符を手に持ち、それを霊力で燃やせるかどうかを試してみると、手の中の呪符が弱々しく燃え上がる者があちこちにいる。彼らは続々と答えた。

「私は二割戻りました」

「俺は一割……」

「ずいぶんと回復が遅いな！」

もともと出発する時は、彼らは皆、今回の戦いも十三年前の第一次乱葬崗殲滅戦に比べ、きっと勝《まさ》りこそすれ決して劣らず、史書《ししょ》に記されるほど悲劇的であることは必然だと思っていた。ところが、何人山に登ったかはわからないまでも、下山する時も減った者はほとんどいなかった。この第二次「殲滅戦」は、確かに史書には記されるだろうが、しかし、その理由は戦いの悲壮さと凄惨さによるものではなく、玄門百家にとって、これまでで一番滑稽で不可解な行動としてだろう。

幸運にも災厄《さいやく》を逃れて得た余生を喜ぶ者もいれば、目まぐるしく変化する情勢を憂い嘆く者もいた。数十名の宗主たちが集まって簡単に討議したあと、ひとまずは安全な場所を見つけ、霊力を八割以上回復させるまで休養してから各自家に戻ることに全員一致で合意した。途中で思いがけない邪魔が入って、不測の事態が起こることを防ぐためだ。

その計画を聞くと、魏無羨《ウェイウーシエン》にはすぐにわかった。夷陵から最も近い「安全な場所」は、自ずと雲夢江《ジャン》氏の管轄地だ。

「つまりお前らは、これから蓮花塢に行くつもりか？」

魏無羨《ウェイウーシエン》の質問を聞き、藍啓仁《ランチーレン》が警戒するように問い返した。

「貴様、それを聞いてどうするつもりだ？」

「どうもしませんよ。ただ一緒に行ってもいいかって聞きたくて」

すると、姚《ヤオ》宗主も警告する。

「魏無羨《ウェイウーシエン》！　確かに貴様が今日善行を積んだことは認めるが、しかしそれはそれ、これはこれ。どうかはっきりとわかっていてもらいたい。我々が貴様と友になるなど、決してあり得ない」

魏無羨《ウェイウーシエン》は唖然として、一時言葉を失った。

「まあ安心しな。誰もお前らに俺と友達になれなんて言ってないから。ただ、俺たちは今、言わば同じ陣営だろう。今日お前らを包囲して殺そうと計画したあの大物の手には、陰虎符があるんだぞ。それなのに、お前らだけで対処できるのか？」

宗主たちは互いに顔を見合わせると黙り込んだ。

魏無羨《ウェイウーシエン》の言う通りだ。もし彼がこちら側に加勢してくれたら、それは極めて大きな助けとなるだろう。しかし、誰も彼もが夷陵老祖に対して、殴るだの殺すだのと口先だけで何年も言い続けてきたというのに、いきなり彼に協力を仰ぐことになるなんて、どう考えても体裁《ていさい》が保てそうもなかった。

そんな中、藍忘機《ランワンジー》は藍啓仁《ランチーレン》に尋ねた。

「叔父上、現在、兄上の消息はわかりますか？」

しばしの沈黙のあと、藍啓仁《ランチーレン》はおもむろに口を開く。

「まだだ」

それを聞いた魏無羨《ウェイウーシエン》は藍啓仁《ランチーレン》に願い出る。

「沢蕪君《たくぶくん》は今、もしかしたらまだ金光瑶《ジングアンヤオ》に制圧されている状態かもしれません。藍《ラン》先生、一人でも多くいれば、その分助けになります。俺のことが信用できなくても、せめて含光君だけは、これからの計画に参加させてやってください。彼の兄貴なんですよ」

「……」

魏無羨《ウェイウーシエン》の頼みに、藍啓仁《ランチーレン》は無言だった。

彼は満面に疲労の表情を浮かべると、藍忘機《ランワンジー》に向かって告げた。

「来たければ来ればいい」

残りの者たちはさっと江澄《ジャンチョン》の方に目を向けた。この場にいる最も有力で著名な三つの世家の長《おさ》のうち、藍啓仁《ランチーレン》は態度を表明した。であれば、聶懐桑《ニエホワイサン》は表明してもしなくても、そもそもまったく役に立たないので、今はもう江澄《ジャンチョン》の動向だけが注目されている。

そして江澄《ジャンチョン》の方はといえば、もう一度霊力を流し、紫電《ズデン》を試しているところだった。明るくなったり暗くなったりしてはいるものの、とにもかくにも、もう紫電《ズデン》の輝きは消えることはなくなった。照らし出された江澄《ジャンチョン》の顔には紫の光が浮かび、明滅《めいめつ》するその光のせいで、彼の表情は読み取れない。だが、人々は皆知っている。この魏無羨《ウェイウーシエン》と仲違いをした江《ジャン》宗主は、誰よりも彼を嫌悪していることを。そのため、内心ではおおかた決裂するだろうと皆が思っていた。ところが、彼はただ一回せせら笑い、一言だけ挑発した。

「お前に蓮花塢に戻る度胸なんてあるのか？」

この前後の抜けた唐突な言葉を言い放っただけで、彼は他には何も言わなかった。皆、何がなんだかわからず、彼が言ったのは承諾かそれとも反対なのか、はっきりと意図が掴めずにいた。だが、皆が出発する時、魏無羨《ウェイウーシエン》と藍忘機《ランワンジー》が隊列についてきても、江《ジャン》澄《チョン》は彼らを一瞥すらしなかったため、どうやら承諾も反対もしなかったようだと結論づけた。

群衆が下山した時には既に夜の帳《とばり》が下り、町に戻るとすべての明かりが消えて、ひっそりと静まりかえっていた。誰もが心身ともにひどく疲れ果てていて、方陣を組んでも不格好に歪み統率が取れないいま、ばらばらに立つのが精一杯だ。しかし、喜ばしいことに、どうにか元気を出して人数を確認してみると、やはり入山した時とほぼ食い違っていないと確信できた。

ただ、大多数の者の霊力はまだ回復しておらず、御剣は不可能だった。蓮花塢に向かうのに最も速い手段は水路のため、この千人あまりで構成された隊列は、長旅で疲労困憊の中、夷陵の波止場に向かって出発した。とはいえ、蓮花塢行きを慌てて決めたこともあって、短時間で大量の船を揃えることはできなかった。宗主たちはやむを得ず、波止場にある漁船も含めた大小すべてのありとあらゆる舟や船舶《せんぱく》を借り上げて、そこに各世家の門弟たちをぎゅうぎゅうに詰め込み、流れに沿って川を下り始めた。

　十数名の世家門弟たちは、窮屈そうに同じ漁船に乗っている。この少年たちはほとんどの者が高貴な家に生まれ育ち、裕福に暮らしてきた。そのため、こんな薄暗く古びていて、あちこちに薄汚い漁網《ぎょもう》と桶《おけ》が積まれて生臭い魚の臭いを発し、木の板もギシギシと軋《きし》むボロボロの漁船に詰め込まれて乗ることなど当然初めての経験だった。

　夜になると風も強くなり、船体は上下に揺れた。水路が少ない北生まれで船に慣れていない数人の少年たちはひどく船酔いして、少しの間は我慢していたものの、限界を覚えて船室を飛び出す。ひとしきり空嘔《からえずき》すると、眩暈を感じて彼らは甲板にへたり込んだ。

「もう、なんなんだよ。揺れすぎて俺の腹の中まで大荒れだよ！　あれ、思追《スージュイ》殿、お前も吐くのか？　お前は姑蘇人だろう？　別に北生まれでもないのに、なんで船酔いして俺よりひどく吐いてるんだ？」

　一人の少年が不思議そうに言うと、藍思追《ランスージュイ》は手を振り、青白い顔で答えた。

「私……私にも、なぜかはわかりません。まだ四、五歳の頃、船に乗った時もこんな感じでした……生まれつきかもしれません」

　そう言うと、再び吐き気が込み上げてきて、舷側《げんそく》に手をついて立ち上がり、また嘔吐《おうと》しようとした。だがその時、突然真っ黒な人影が船体の舷側の下部に張りついて……いや、体の半分を川の水に浸しながら、真っすぐに彼を見つめているのに気づいた。

　一瞬、藍思追《ランスージュイ》は驚きのあまり、吐き出したかったものをすべて呑み込んでしまった。彼は手で剣の柄を押さえながら、じっとそれを凝視すると、声を潜めて「鬼……」と呟いた。

　船室の中にいた金凌《ジンリン》は、それを聞くなり剣を持って飛び出してきた。

「鬼だって？　どこだ、俺が殺してやる！」

「いえ、鬼ではなくて、鬼将軍です！」

少年たちは急いで甲板の端へどっと押し寄せると、藍思追《ランスージュイ》が指さした方向に目を向ける。やはり、舷側の下の方にへばりつき、そこから上を見上げている黒い人影は、まさしくあの鬼将軍温寧《ウェンニン》だった。

彼らが乱葬崗から下りたあと、温寧《ウェンニン》はすぐに姿を消した。その彼が、今また物音一つ立てずにこの漁船にへばりついていたなんて誰も予想できず、いったいいつからそうしていたかもわからなかった。

先ほどの乱葬崗で、温寧《ウェンニン》は彼らと肩を並べて戦っていたが、あの時は人も多く、しかもたくさんの先輩たちがそばにいた。それに対して今は真夜中で、しかも温寧《ウェンニン》は水の中から理由もなく現れ、どう見ても怪しい様子にしか思えず、少年たちはやはり驚かされた。長い間、皆で目を見合わせているうち、欧陽子真《オウヤンズージェン》がまず頭を引っ込めると、甲板に座って頭を悩ませた。

「鬼将軍は、なんで一人で僕たちのところに来たんだろう？」

誰かもぶつぶつと呟いている。

「どうりで、この船は進むのが遅いと思ったら、もう一人くっついていたんだ。ずっしりと重いのがね」

「あの人……あそこにへばりついて何してるんだろう？」

「ともかく、僕たちに危害を加えるつもりじゃないのは確かだ。じゃなかったら昼間、乱葬崗で僕たちを守ったりしなかっただろうし」

「でも、今はもう危険なんてないし、なのになんでまた俺たちのところに……」

「ぷっ！」

「景儀《ジンイー》、なに笑ってるんだ？」

「お前ら、あの格好を見てみろよ。船の外に張りついたままびくともしないなんて、あれじゃぼんやりしたでかい海亀《ウミガメ》みたいじゃないか！」

藍景儀《ランジンイー》の言葉に、意外にも本当に似ていると感じる者もいたが、彼らが笑いだす前に欧陽子真《オウヤンズージェン》が驚きの声を上げた。

「起き上がったぞ！」

その言葉の通り、温寧《ウェンニン》は本当に水の中から出てきて、甲板から下ろしてある一本の太い麻縄を両手で掴むと、ゆっくり上へと上り始めた。少年たちはばっとその場から散らばり、臆病な何人かはおたおたしながら甲板の上をぐるぐる走り回り、激しい音を響かせて闇雲に叫んだ。

「上がってきた、上がってきたぞ！　鬼将軍が上がってきた！」

「何をそんなに怖がってるんだ。さっきだって会ったじゃないか！」

藍景儀《ランジンイー》が呆れたように言うと、また別の少年が声を上げる。

「どうしよう、誰か呼んだ方がいいかな⁉」

びしょ濡れの温寧《ウェンニン》が舷側を乗り越えて重々しい足取りで甲板に上がると、漁船全体が彼の重みで少し揺れたようだった。少年たちはとても緊張していて、皆甲板の反対側まで逃げだしたくてたまらなかった。心臓が激しく鼓動したが、剣を抜いて彼に向けるのはさすがに気が引けてしまう。温寧《ウェンニン》は藍思追《ランスージュイ》の顔を見据えると、彼に近づいていった。彼が自分に向かってくることに気づいた藍思追《ランスージュイ》が冷静になろうとしていると、目の前まで来た温寧《ウェンニン》は彼に質問した。

「君……君の名前は、なんて言うんだ？」

藍思追《ランスージュイ》はやや呆然としていたが、きちんと背筋を伸ばして立つと彼に答えた。

「私は姑蘇藍《ラン》氏門弟、名は藍願《ランユエン》です」

「藍苑《ランユエン》？」

繰り返され、藍思追《ランスージュイ》は頷いた。

「君……君はその名前、誰がつけたのか……わかる？」

温寧《ウェンニン》は必死に問いかけた。

それは明らかに表情がない死人の顔のはずなのに、まるで錯覚でも起こしたかのように、藍思追《ランスージュイ》には温《ウェン》寧《ニン》の目が輝いて見えた。

彼はさらに、温寧《ウェンニン》の心は今非常に高揚し、話す時につかえてしまうくらい興奮していることがわかった。いつしか藍思追《ランスージュイ》もつられて微かな興奮を覚え、まるで間もなく長年封印されてきた秘密が明かされようとしているみたいに思えた。

藍思追《ランスージュイ》は慎重に答える。

「名前はもちろん両親がつけてくれました」

「じゃあ、君の両親はまだ健在なの？」

「両親は、私がまだかなり幼い頃に他界しました」

傍らの少年一人は彼の袖を小さく引っ張ると、小声で話しかけた。

「思追《スージュイ》、そんなにあれこれと話すな。怪しいかもしれないから気をつけて」

それを聞いて、温寧《ウェンニン》は小さな驚きを感じた。

「思追《スージュイ》？　思追《スージュイ》が君の字《あざな》なのか？」

「その通りです」

「誰が君につけたんだ？」

「含光君です」

藍思追《ランスージュイ》が答えると、温寧《ウェンニン》は俯いて、声に出さずに「思追《スージュイ》」の二文字を二回呼んだ。彼が何かを悟ったように見えて、藍思追《ランスージュイ》は口を開いた。

「将……」

彼は将軍と呼ぼうとしていたが、なんだか変な感じがして改めて言い直した。

「温《ウェン》殿？　私の名前がどうかしたんですか？」

「あっ」

温寧《ウェンニン》は顔を上げて彼の顔をまじまじと見据え、聞かれたこととは違う答えを口にした。

「君、君は私の、遠い親戚の一人によく、よく似ている……」

その言葉は、下級の修士や別姓の門弟が、本家の公子に親戚だと言って取り入ったり、親しげにする時に使う言い訳と非常に似ていた。少年たちはますます訳がわからず、彼が何を言っているのかさっぱり理解できなかった。藍思追《ランスージュイ》もどう答えたらいいかわからず、仕方なく「ほ……本当ですか？」とだけ返す。

すると温寧《ウェンニン》は、「本当！」と嬉々として答えた。

彼は懸命に口の両端の筋肉を上げて、おそらくは無理やり笑顔を絞り出そうとしているようだ。なぜかはわからないが、「鬼将軍」のその姿を見て、藍《ラン》思追《スージュイ》の心の中に深い悲哀と切なさを帯びた親近感と、あるぼんやりした思いが込み上げてきた――彼はおそらくどこかで、この顔を見たことがあるのだ。自分にはある呼び名があって、それはもう少しで何かの壁を突き破って出てきそうだった。無意識にでもその呼び名で呼ばれれば、その他の様々なものもすぐさま湧き出てきて、彼はすべてを悟るに違いないという予感があった。

しかしちょうどその時、藍思追《ランスージュイ》の目に傍らにいる金凌《ジンリン》の姿が映った。

彼の顔色は暗く、極めてひどいものだった。剣を握った手を緩めたり握りしめたりする度、手の甲から青筋が現れては消えている。藍思追《ランスージュイ》はようやく思い出した。目の前のいかにも害がなさそうな鬼将軍温寧《ウェンニン》は、金凌《ジンリン》の父親を殺した仇なのだということを。

彼の見ているものに気づくと、温寧《ウェンニン》が必死に浮かべた「笑顔」も次第に消え、ゆっくりと金凌《ジンリン》の方へ向きを変えて口を開いた。

「金如蘭《ジンルーラン》公子？」

金凌《ジンリン》は冷ややかな声で答える。

「それは誰だ？」

少し沈黙したあとで、温寧《ウェンニン》は言い直した。

「金凌《ジンリン》若公子」

金凌《ジンリン》はきつく彼を睨みつける。その他の少年たちはというと、緊張しながら金凌《ジンリン》を見つめ、彼が衝動的に行動しないかと皆気が気でなかった。

「金《ジン》公子……」

藍思追《ランスージュイ》が何か言おうとすると、金凌《ジンリン》が遮った。

「どけ、お前には関係ない」

しかし藍思追《ランスージュイ》は、これはきっと自分と無関係ではないはずだと微かに感じ、進み出て金凌《ジンリン》の前に立ちはだかる。

「金凌《ジンリン》、とりあえず剣を収め……」

金凌《ジンリン》は既に心の糸が張り詰めていて、彼に視界を塞がれると、思わず怒鳴った。

「俺の邪魔をするな！」

彼が手を伸ばして押すと、元から船酔いをしていた藍思追《ランスージュイ》は、足の裏から力が抜けて舷側にぶつかり、危うくそこを乗り越えて真っ暗闇の夜の川へと落ちそうになった。幸い温寧《ウェンニン》に素早く掴まれて、引っ張って助けられる。その他の少年たちも、誰もが即座に慌ただしく近寄り、彼を支えた。

「思追《スージュイ》殿！」

「藍《ラン》公子、大丈夫ですか？　まだ船酔いしているんですか？」

温寧《ウェンニン》は藍思追《ランスージュイ》の顔が青褪めているのを見て、とっさに焦って金凌《ジンリン》に請う。

「金《ジン》公子、私に当たってください。温寧《ウェンニン》は決して反撃しません。ですが……藍苑《ランユエン》公子は……」

藍景儀《ランジンイー》は激しく腹を立てて、金凌《ジンリン》を非難した。

「金凌《ジンリン》、お前って奴はなんてことをするんだ！　思《スー》追《ジュイ》がお前に何かしたのか？」

「思追《スージュイ》殿は君のことを気遣っていたというのに、その好意を受け取らないのは仕方がないとしても、なんで押したりするんだよ？」

金凌《ジンリン》も自分がやりすぎたと思って、皆と同じように愕然としていたが、同世代の者が彼を支えに行って、皆が自分を非難してきたことで、目の前の状況が過去の無数の情景と重なってしまった。ここ数年、父親も母親もいないせいで、誰もが彼のことを、しつける者がいないから甘やかされて性格はひどいしつき合いにくいと言い、金鱗台にも蓮花塢にも、同世代の気心の知れた親しい友はいなかった。明らかに高貴な身分に生まれた尊い血筋だというのに、いつも気まずい立場で、子供の頃から彼と遊びたがる世家弟子はおらず、少し大きくなったあとも、彼につき従う門弟は現れなかった。

考えれば考えるほど目が赤くなって、金凌《ジンリン》はいきなり大声を上げた。

「そうだ！　全部俺が悪い！　俺はこんなにも最低な人間だ！　それがどうした!?」

少年たちは、彼に怒鳴られて一斉にぽかんとしてしまった。しばらくの間その場はしんと静まり返り、ふいに誰かが不服そうな様子でぶつぶつと呟く。

「なんだよ。どう見てもお前が自分で先に手を出したっていうのに……なんで逆に怒るんだよ」

金凌《ジンリン》は憎々しげに答える。

「なぜお前らが俺に説教する!?　そんな筋合いなんてないだろう!?」

魏無羨《ウェイウーシエン》と藍忘機《ランワンジー》は元から比較的距離の近い一隻《せき》の船に乗っていた。そのため、船室内にいた魏無羨《ウェイウーシエン》は聞こえてきた叫び声に驚き、甲板へ飛び出して声がした方を眺めると、剣を持った金凌《ジンリン》が他の者たちと対峙している様子が見えて、声を張り上げた。

「いったいどうしたんだ?」

二人の姿を見るなり、藍思追《ランスージュイ》はどんな厄介な局面でもすべて自然に解決できる気がして、大喜びで返事をした。

「含光君！　魏《ウェイ》先輩！　早く来てください！」

藍忘機《ランワンジー》は右手を素早く魏無羨《ウェイウーシエン》の腰に回し、一緒に避塵《ビチェン》に乗ると、二人は御剣して弟子たちが乗る漁船の甲板に降りた。魏無羨《ウェイウーシエン》の体は少々ふらついてしまい、藍忘機《ランワンジー》にしっかり支えられながら再び尋ねる。

「温寧《ウェンニン》、どういうことだ?　ただちょっと見てくるだけって言ってたじゃないか?」

「すみません公子、私のせいです。私、我慢できなくて……」

温寧《ウェンニン》が悄然《しょうぜん》として謝ると、金凌《ジンリン》は剣先を彼に向けて怒鳴った。

「そんなところまでわざとらしくするな！」

「金凌《ジンリン》、とりあえず剣を下ろせ」

魏無羨《ウェイウーシエン》の言葉に、金凌《ジンリン》は強く反抗した。

「下ろさない！」

魏無羨《ウェイウーシエン》がさらに何か言おうとすると、金凌《ジンリン》は突然、大声を上げて泣き始めた。

彼が泣いたことで、その場の全員が呆気に取られてしまった。魏無羨《ウェイウーシエン》は呆然としながら彼に一歩近づく。

「これ……これは、いったいどうしたっていうんだ?」

金凌《ジンリン》は顔中を涙で濡らし、むせび泣きながらも声を張り上げた。

「これは俺の父さんの剣だ。下ろさない！」

彼が胸にきつく抱きしめているのは、金子軒《ジンズーシュエン》の剣、歳華《スイホワ》だ。その剣は、彼の両親が彼に遺《のこ》した唯一の物だった。

この瞬間、魏無羨《ウェイウーシエン》は人目も憚らずに大声で泣き叫ぶ金凌《ジンリン》を見て、かつて江厭離《ジャンイエンリー》が悲しみに暮れていた時、大声を上げて泣いた姿が重なった。金凌《ジンリン》くらいの歳の少年は、既に婚礼を挙げた者もいれば、もう少し年上なら子供がいる者もいる。そんな歳で泣くことは、彼らにとって極めて屈辱的なことだ。しかも、人前で泣き叫ぶとなれば、どれほど悔しい気持ちを味わっていたのだろうか。

たちまち魏無羨《ウェイウーシエン》は途方に暮れてしまった。彼は藍《ラン》忘機《ワンジー》をちらりと見て助けを求めたが、藍忘機《ランワンジー》にどうしたらいいかなど余計にわかるはずもなかった。ちょうどその時、川の方から誰かの声が響いてきた。

「阿凌《アーリン》！」

すると、五、六隻の大きな船が、ぐるりと周囲を取り囲む勢いでこの漁船に近づいた。どの船も満杯に修士が乗っていて、船首には宗主が立っている。雲夢江《ジャン》氏の大船はこの小さな漁船の右舷《うげん》にいて、近寄ってくると、船同士の間の距離は五丈足らずになった。先ほど声を上げたのは、まさしく大船の舷側にいた江澄《ジャンチョン》だった。涙目の金凌《ジンリン》は、叔父の顔を見た途端すぐさまごしごしと顔を拭い、鼻水を啜った。こちらを見て、またあちらを見たあと、歯を食いしばって飛んでいき、大船の上にいる江澄《ジャンチョン》のそばに降りる。江澄《ジャンチョン》は彼を掴むと問い質した。

「どうした？　誰がお前をいじめたんだ！」

金凌《ジンリン》はごしごしと強く目をこするだけで、何も話そうとはしなかった。江澄《ジャンチョン》は顔を上げ、冷ややかで厳しい視線を漁船に向ける。冷たく光る両目で温寧《ウェンニン》をさっと眺め、次に魏無羨《ウェイウーシエン》を睨もうとすると、藍忘《ランワン》機《ジー》は何気ない様子で一歩踏み出し、魏無羨《ウェイウーシエン》の前に立ちはだかってその視線を遮った。宗主の一人が警戒しながら詰問してくる。

「魏無羨《ウェイウーシエン》、貴様、その船に何をしに行った？」

彼の疑念を抱いたような口ぶりは、あからさまに魏無羨《ウェイウーシエン》が何かを企んでいると思っていて、聞いた者の気分を極めて害するものだった。

「姚《ヤオ》宗主、なにもそんなふうに言わなくてもいいんじゃないですか？　もし魏《ウェイ》先輩が何かしたかったら、今、おそらくここにいる全員が、平穏無事に船に乗ってなんかいられないですよ」

欧陽子真《オウヤンズージェン》がそれをとがめると、多くの先輩修士たちは皆が多少のばつの悪さを感じた。確かにそれは事実だったが、皆それを直接言われるところを聞きたくはなかったのだ。藍思追《ランスージュイ》もすぐさま同意する。

「子真《ズージェン》の言う通りです！」

少年たちも同じように口を揃えて賛成した。江澄《ジャンチョン》は微かに顔を横に向けて声をかける。

「欧陽《オウヤン》宗主」

名前を呼ばれた欧陽《オウヤン》宗主は、瞼も心臓も一緒になって激しく鼓動した。江澄《ジャンチョン》は冷ややかに続けた。

「記憶違いでなければ、今話したあの子、あなたの息子さんですよね。実に口達者な子ですね」

その皮肉に、欧陽《オウヤン》宗主は慌てて欧陽子真《オウヤンズージェン》を呼び戻す。

「子真《ズージェン》！　戻れ、父さんのところに来い！」

欧陽子真《オウヤンズージェン》は解せない様子で反論する。

「父さん、そもそもあなたが僕をこの船に行かせて、あなたたちの邪魔をしないようにしたんじゃないですか？」

欧陽《オウヤン》宗主は汗を拭いて続けた。

「もういい！　お前、今日はもう十分出しゃばっただろうが。さっさとこっちに来い！」

欧陽《オウヤン》家は巴陵を管轄し、雲夢とは近い場所にあるが、江《ジャン》氏の勢力とは比べものにならない。欧陽《オウヤン》宗主は息子が何度も魏無羨《ウェイウーシェン》のために声を上げたことで、江澄《ジャンチョン》に睨まれたくはなかった。江澄《ジャンチョン》は魏無羨《ウェイウーシェン》と藍忘機《ランワンジー》をまるで刃物で抉《えぐ》るような鋭い目で睨みつけると、金凌《ジンリン》の肩に手を回しながら船室の中に入っていく。欧陽《オウヤン》宗主はほっと息をつくと、また息子に向かって怒鳴り、叱責した。

「お前って奴は！　まったく、大きくなればなるほど言うことを聞かなくなるな！　いったい来るのか来ないのか！　これ以上待たせるなら、捕まえに行くぞ！」

欧陽子真《オウヤンズージェン》は気遣うように声をかける。

「父さん、あなたも中に入って休んでください。霊力もまだ回復していないっていうのに、ここまで来るのは無理ですから、闇雲に御剣しないでくださいよ」

現在、ほとんどの者の霊力はゆっくりと回復している最中で、無理して御剣などしようものなら、場合によっては頭から真っ逆さまに川へ落ちてしまうかもしれない。そもそも、そのために彼らは仕方なく船に乗ることを選んだのだ。欧陽《オウヤン》宗主は背が高く、体格も大きくて逞しいため、確かに今は飛んでいって捕まえるなんてことはできず、息子に腹を立てながら袖を振ると、船室に入っていった。

別の船にいる聶懐桑《ニエホワイサン》がハハッと笑い声を立てると、その他の宗主たちは彼を見て皆言葉を失い、船は解散とばかりに続々と離れていく。その様子を確認し、魏無羨《ウェイウーシエン》がほっと深く息をつくや否や、彼の顔には急に極度の疲労の色が浮かび、ぐらりと体が片側に傾いでしまった。


実は先ほど彼がふらついたのは、決して漁船が不安定だったせいではなく、本当は既に立っていられないほど気力が尽きかけていたからだった。

少年たちは魏無羨《ウェイウーシエン》の体や服に残った凄まじい血の跡にも構わず、藍思追《ランスージュイ》を支えた時のように一斉に慌ただしく近寄って彼を支えようとする。しかし、彼らが何かするまでもなく、藍忘機《ランワンジー》はわずかに腰を曲げると、片方の手で魏無羨《ウェイウーシエン》の腕を抱き寄せ、もう一方の手は膝の裏を支えて、さっと素早く横向きに彼を抱き上げた。

藍忘機《ランワンジー》は魏無羨《ウェイウーシエン》を抱いたまま、漁船の船室の中に入る。船室には横になれる場所は設けられておらず、ただ木でできた横長の腰掛けが四脚あるだけだった。藍忘機《ランワンジー》は片手で魏無羨《ウェイウーシエン》の腰を抱きかかえ、彼の頭を自分の肩に寄りかからせると、もう一方の手で、四脚の長い腰掛けを横になれるほどの広さに合わせて、魏無羨《ウェイウーシエン》をそっとその上に寝かせる。

その様子を見ていた藍思追《ランスージュイ》は、急にあることに気づいた。含光君は全身血みどろになっていたが、魏《ウェイ》無羨《ウーシエン》が自らの袖を引き裂いて、彼の小さな傷口に巻いてやった包帯は、まだちゃんと彼の左手の指に結ばれている。

これまでは見た目など気にしている余裕がなかったため、この時になって藍忘機《ランワンジー》はようやく手ぬぐいを取り出し、魏無羨《ウェイウーシエン》の顔についている固まった血の塊をゆっくりと拭き取ってやった。真っ白な一枚の手ぬぐいは、すぐに一面赤黒く染まってしまう。そして、魏無羨《ウェイウーシエン》の顔を綺麗に拭いたものの、同様に汚れている自分の顔を拭くことは後回しにしていた。

「含光君、どうぞ」

藍思追《ランスージュイ》は自分の手ぬぐいを取り出すと、すぐさま両手で彼に差し出す。

藍忘機《ランワンジー》はそれを受け取ると、俯いて顔を拭い、汚れていた顔は真っ白になった。少年たちはそれを見てようやくほっと息をつく。やはり含光君の顔は、このように氷雪《ひょうせつ》の如くあるのが自然だと感じられたのだ。

「含光君、なぜ魏《ウェイ》先輩は倒れたんですか？」

欧陽子真《オウヤンズージェン》が尋ねると、藍忘機《ランワンジー》が「疲れたからだ」と答えた。

それを聞いた藍景儀《ランジンイー》は、大げさに不思議がった。

「私はてっきり、魏《ウェイ》先輩は永遠に疲れないんだとばかり思っていましたよ！」

その他の少年たちも、皆同じように少々不思議に思った。伝説の夷陵老祖が、まさか彷屍を退治したくらいで疲れて倒れるなんてと。彼らは皆、夷陵老祖のことを、適当に指を曲げるだけで大抵のことは解決できるはずだと思い込んでいた。それを聞いた藍忘機《ランワンジー》は首を横に振り、ただ一言だけ答えた。

「皆人間だ」

――皆人間だ。疲れない人間などいないし、永遠に倒れないわけもない。

長い腰掛けは、すべて藍忘機《ランワンジー》の手で一つに合わせられたため、少年たちはただ見ている他はなく、仕方なく輪になってその場にしゃがみ込んだ。もし魏《ウェイ》無羨《ウーシエン》が起きていたら、調子のいいことを言ってしゃれを交えて皆を笑わせ、次から次へと誰かをからかい、今頃船室内はきっととても賑やかになっていたはずだ。しかし、よりによってその彼が横になっていて、背筋を真っすぐに伸ばした含光君だけが彼のそばに座っている。普通なら、だらだらと話して雰囲気を盛り上げる者がいてもおかしくはないのだが、藍忘機《ランワンジー》が黙っているというのに、周りの少年たちが何か話すような度胸などなかった。しばらくしゃがみ込んでいても、船室内は依然として静まり返っている。

　少年たちは皆、心の中で呟いた。

『……退屈すぎる』

　彼らはあまりにも暇を持て余して、視線で会話し始めた。

『含光君はなんで黙りこくっているんだ？　それに、魏《ウェイ》先輩はなんでまだ目覚めないんだ？』

　欧陽子真《オウヤンズージェン》は両手で頬を支えながら、密かにあちこちを指で示した。

『含光君はずっとこんな感じで、一言も話さないのか。魏《ウェイ》先輩がこの人と毎日一緒にいて、我慢できるはずないだろうな……』

　藍思追《ランスージュイ》は真剣な顔で深々と頷き、声に出さずにそれを肯定した。

『含光君は、確かにずっとこうです！』

　突然、魏無羨《ウェイウーシエン》はわずかに眉間にしわを寄せると、頭を片方にころりと傾けた。藍忘機《ランワンジー》は彼が寝違えないよう、そっと頭を元に戻してやる。魏無羨《ウェイウーシエン》はむにゃむにゃと呼んだ。

「藍湛《ランジャン》」

　皆は彼がようやく目覚めるのだと思い、期待していた以上に大喜びした。ところが、魏無羨《ウェイウーシエン》の瞼はまだきつく閉じたままだった。藍忘機《ランワンジー》はというと、いつもと変わらない表情のまま答えた。

「うん。ここにいる」

　魏無羨《ウェイウーシエン》はまた口を閉じると、とても安心したかのように藍忘機《ランワンジー》のそばに体を寄せ、再び眠りに落ちた。

　少年たちは呆然と二人を眺めながら、なぜかはわからないが、突如顔を赤らめた。率先してすっくと藍《ラン》思追《スージュイ》が立ち上がると、動揺しながら口を開く。

「含……含光君、私たち、少し外に出ます……」

彼らはほとんど逃げるように甲板まで駆けていく。夜風に吹かれているうち、先ほどのあの息が詰まりそうな感覚がやっと消えていった。

「どういうことだ。なんで俺たち飛び出してきたんだ！　なんでなんだ!?」

誰かが混乱して声を上げると、顔を覆いながら欧《オウ》陽子真《ヤンズージェン》が答えた。

「僕もどういうことかわからないけど、でも突然、あの中にいるべきじゃないような気がして！」

数人の少年たちは、互いの顔を指さしながら叫んだ。

「お前、なに赤くなってんだ！」

「お前の顔が赤くなったのを見たせいで、俺の顔まで赤くなったんだ！」

温寧《ウェンニン》は初めから魏無羨《ウェイウーシエン》を支えに行くことも、一緒に船室に入ることもせず、甲板でしゃがみ込んでいた。皆は先ほどまでそれを変だと思っていた。なぜ彼は中に入らないのだろうと。そして今、ようやくその理由に気づく。鬼将軍は実に賢明だ。

――あの中には、三人目など入れるわけがない！

彼らが出てくるのを見て、温寧《ウェンニン》はまるでとっくにそれを予想していたかのように、彼らが座るための場所を空けてくれる。けれど、そこに近づいていったのは藍思追《ランスージュイ》だけで、彼は温寧《ウェンニン》と並んで一緒にしゃがみ込んだ。他の少年たちは反対側の甲板に腰を下ろし、こそこそと話しだす。

「なんか、思追《スージュイ》と鬼将軍ってやけに親しくなってないか？」

すると、温寧《ウェンニン》が尋ねる声が聞こえてきた。

「藍《ラン》公子、君のこと、阿苑《アーユエン》って呼んでもいいかな？」

少年たちは一斉にぞっとした。

（……鬼将軍が、まさかこんなふうに馴れ馴れしい人だったとは！）

だが、藍思追《ランスージュイ》は快く応じた。

「もちろんです！」

「阿苑《アーユエン》、ここ数年元気で過ごしていた？」

「すごく元気ですよ」

藍思追《ランスージュイ》が答えると、温寧《ウェンニン》は頷いた。

「含光君は、きっと君にとても良くしてくださったんだろうね」

藍思追《ランスージュイ》は、彼が含光君の話をする時の口ぶりに尊敬の念を感じ取り、ますます親しみを覚えた。

「含光君は私に対して、兄のように、父のように接してくださり、私の琴もすべて含光君が教えてくださったんです」

「含光君は、いつから君の面倒を見始めたの？」

温寧《ウェンニン》が尋ねると、少し考えてから藍思追《ランスージュイ》は答えた。

「私もはっきりとは覚えていないのですが、おそらくは、私が四、五歳の頃だと思います。かなり幼い頃のことなので、ほとんど記憶にないんです。でももっと幼い頃は、含光君も私の面倒など見られなかったはずなんです。どうやらあの頃、何年もの間、含光君はずっと閉関していたみたいなので」

その時、藍思追《ランスージュイ》は突然思い出した——含光君が閉関していた時、第一次乱葬崗殲滅戦はその時期に起きたのだと。

一方船室内の藍忘機《ランワンジー》は顔を上げ、少年たちが飛び出していく時に閉めてくれた扉を見ていた。彼は再び俯くと、また頭を片方に傾けている魏無羨《ウェイウーシエン》を眺める。魏無羨《ウェイウーシエン》は眉間にしわを寄せ、どうにも快適ではなさそうに頭をゆらゆらと揺らしている。その様子を見て、一旦彼を腰掛けの上に寝かせ、藍忘機《ランワンジー》は立ち上がり扉まで歩いていって木の閂を差した。そしてまた魏無羨《ウェイウーシエン》のそばまで戻って腰を下ろすと、彼の肩を起こし、そっと優しく自分の胸に寄りかからせた。

これで魏無羨《ウェイウーシエン》の頭は揺れることもなくなり、藍忘《ランワン》機《ジー》の胸元のあちこちに頭をこすりつけて、ようやく心地よく眠れる姿勢を見つけたようだ。彼が大人しくなってきたのを見て、藍忘機《ランワンジー》は俯いて懐にいる者の顔を見つめた。俯いた藍忘機《ランワンジー》の真っ黒な長い髪がさらさら落ちてくると、ふいに魏無羨《ウェイウーシエン》は目を閉じたまま、藍忘機《ランワンジー》の襟元を掴み、もう一方の五本の指でちょうど彼の抹額を掴んだ。

魏無羨《ウェイウーシエン》はそれをかなりきつく掴んでいて、藍忘機《ランワンジー》が抹額の一方の端を摘まんで引っ張ってみると、引き抜けなかっただけではなく、逆に魏無羨《ウェイウーシエン》がまつ毛を震わせ、間もなく目覚めてしまった。

魏無羨《ウェイウーシエン》がゆっくり両目を開けた時、まず見えてきたのは頭上にある船室の木の天井だった。彼が起き上がると、藍忘機《ランワンジー》は船室の窓の前に立ち、川の真ん中、その果てに浮かぶ皓皓《こうこう》とした明月《めいげつ》を眺めていた。

「あれ、含光君、俺はさっき倒れたのか？」

魏無羨《ウェイウーシエン》が尋ねると、藍忘機《ランワンジー》は落ち着いた様子で、こちらに横顔を向けたまま答えた。

「そうだ」

「お前の抹額は？」

「……」

藍忘機《ランワンジー》は無言だった。だが、そう尋ねたあと、魏無羨《ウェイウーシエン》は自らの手元に視線を落とし、自分が持っている物を見て首を傾げた。

「あれ、なんでだろう。まさか俺が持ってるなんて」

彼は長い腰掛けから足を下ろしながら謝った。

「本当にごめん。俺は寝る時に何かを抱くのが好きでさ、そうでないとあれこれと掴む癖があって。悪かったよ、ほら、返すね」

藍忘機《ランワンジー》はしばし押し黙ったあと、彼が渡してきた抹額を受け取りながら言った。

「構わない」

しかし魏無羨《ウェイウーシエン》の方は、笑いを堪えるあまり内臓が痛くなりそうだった。先ほど、彼は確かに一瞬強い眠気に襲われたが、とはいえ、すぐさま意識を失って倒れるほどひ弱ではなかった。ただ少し体が傾いただけだというのに、藍忘機《ランワンジー》がこの上なく素早く彼をさっと抱き上げたため、魏無羨《ウェイウーシエン》も決まりが悪くて、まさかすぐに目を開けて、「はぁ、こんなことしなくても自分で立てるから」とは言えなくなってしまったのだ。それに、彼は藍忘機《ランワンジー》の腕の中から下ろされたくもなかった。誰かが抱き上げてくれるなら、なんで自分で立つ必要があるんだ？

魏無羨《ウェイウーシエン》は首の辺りを少し撫でながら、心の中には密かな喜びが湧いていい気分になり、同時に、残念にも思った。
（はぁ、藍湛《ランジャン》って奴は本当に……こんなことだとわかってたら起きなかったのに。あのまま目を閉じていたら、道中ずっとこいつの胸で寝てられたのにな）

——続く——

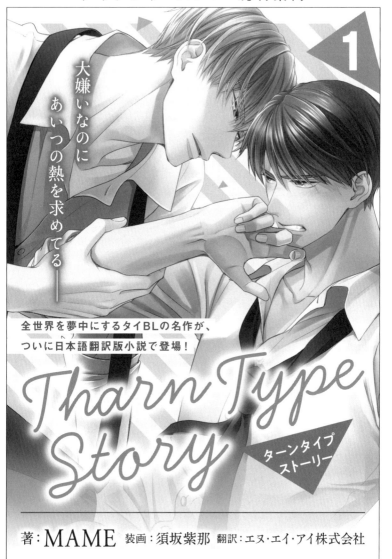

-ダリアシリーズ　既刊案内-

大好評発売中!!

Daria Series uni

# 魔道祖師 3

2021年 6月30日 第一刷発行
2024年 5月20日 第五刷発行

著 者 —— 墨香銅臭

翻 訳 —— 鄭穎馨（デジタル職人株式会社）

制作協力 —— 動物
釘宮つかさ

発行者 —— 辻 政英

発行所 —— 株式会社フロンティアワークス
〒170-0013 東京都豊島区東池袋3-22-17
東池袋セントラルプレイス5F
[営業] TEL 03-5957-1030
https://www.fwinc.jp/daria/

印刷所 —— 図書印刷株式会社

装 丁 —— nob